문학과지성 소설 명작선

이 소설 총서는
초판 간행 이후 시간의 벽을 넘어 끊임없이
독자와 평자 들의 애호와 평가를 끌어 열고 있는,
말의 바른 의미에서의 '스테디셀러'들을
충실한 원본 검증을 거쳐 다시 찍어낸,
새로운 감각의 판형과 새로운 깊이의 해설로
그 의미를 더욱 풍요롭게 만든,
우리 시대 명작 소설들이 펼치는
문학적 축제의 자리입니다.

◇ 문학과지성사에서 펴낸 허윤석의 책

구관조(1979)

구관조

허윤석

문학과지성사
2009

문학과지성 소설 명작선 24
구관조

초판 1쇄 발행__1979년 10월 15일
재판 1쇄 발행__2009년 11월 27일
지 은 이__허윤석
펴 낸 이__홍정선 김수영
펴 낸 곳__㈜문학과지성사

등록번호__제10-918호(1993. 12. 16)
주   소__121-840 서울 마포구 서교동 395-2
전   화__02) 338-7224
팩   스__02) 323-4180(편집)   02) 338-7221(영업)
전자우편__moonji@moonji.com
홈페이지__www.moonji.com

ⓒ 허윤석, 2009. Printed in Seoul, Korea
ISBN 978-89-320-2012-9

* 이 책의 판권은 지은이와 ㈜문학과지성사에 있습니다.
   양측의 서면 동의 없는 무단 전재 및 복제를 금합니다.

구관조

차례

분신(分身)과의 대화   9
증인 신립(申立)   41
삽화   69
인간 초심(初審)   83
인간 재심(再審)   90
돌아오지 않는 새들   105
무서운 대결   134
축제   164
하수인의 변(辯)   181
구관조   207
초인(草人)   225
타인을 대행하는 두뇌들   269

후기   388
해설 백일몽, 그 결여의 존재론_**우찬제**   391

일러두기

1. 이 책의 맞춤법은 1988년 1월 19일 문교부 교시 '한글 맞춤법'에 따르는 것을 원칙으로 하였다. 단 작품의 분위기에 영향을 준다고 판단되는 방언이나 명칭, 의성어나 의태어 등은 그대로 두었다.
   예) 제가 개를 말하는 것은 카프카의 「견족의 일원」 같은 그런 한담이 아닙니다.
   (현재 「어느 개의 회상」으로 번역되어 통용됨)
2. 원문의 한자는 그 뜻과 의미를 훼손하지 않는 범위 내에서 한글로 바꾸었으며, 필요한 경우에는 그대로 두고 괄호 안에 넣었다.
   예) 分身과의 對話 → 분신(分身)과의 대화
3. 외래어 표기는 1986년 1월 7일 문교부 교시 '외래어 표기법'에 따라 바꾸었다. 단 작품의 분위기에 영향을 미치거나 중요한 어휘로 등장하는 경우에는 원문을 그대로 살렸다.
   예) 마르텔 코냑의 '콜돈불'(현 외래어 표기법으로는 '코르동 블루')
4. 대화를 표시하는 「 」, 강조를 표시하는 〈 〉는 모두 " "와 ' '로 바꾸었다. 또 책의 제목은 『 』로, 시와 음악 등의 제목은 「 」로 표시하였다.

분신(分身)과의 대화

한갑수(韓甲洙)는 심장병 외에 또 하나의 딴 병을 지니고 살아왔다. 밤마다 구관조의 꿈을 보는 그런 병이었다.

꿈에 보는 구관조는 홰 위에 올라앉아 있지 않았다. 홰 밑에 떨어져 땅 위에 배를 깔고 엎드려 있었다.

한은 구관조를 홰 위에 앉히려고 애를 써보았다. 그러나 구관조는 전연 다리를 세우지 못했다. 올려 앉히면 떨어지고, 또 올려 앉히면 떨어지곤 했다.

한은 화가 치밀어 구관조의 가슴을 걷어찼다.

"죽어라! 죽어!"

그러자 어디서인지 이상한 소리가 들려왔다. 혹은 담 밖에서 나는 소리 같기도 했고, 천장에서 울리는 소리 같기도 했다. 그리고 억양을 푹 낮추어 하는 말투가 삼수의 음성같이 들려왔다. 삼수는 옛날 한이 부리던 새장지기였다. 한은 소리 들리는 쪽으로 귀를 세웠다.
"도련님! 필요 이상의 은혜를 더는 베풀려고 하지 마세요. 구관조는 몸을 가눌 수 없는 병신이 돼 있습니다. 그 깃을 좀 보세요. 양쪽 깃이 죄다 부러져 있지 않아요. 새는 발로만 서는 동물이 아닙니다. 발이란 하나의 장치에 불과한 것입니다. 사람처럼 발 따로 손 따로 노는 게 아니고 깃과 발은 신경이 하나로 돼 있는 동물입니다. 다시 말하자면 발을 움직여주던 중추신경이 깃에 있었던 것입니다. 발을 보완하던 깃이 상한 새가 어찌 오금을 세울 수가 있겠습니까? 그냥 두어두세요. 땅에 배를 깔고라도 편히 누워 있게 저 하는 대로 그냥 두어두세요."

분명 삼수가 할 수 있는 말이었다.

그러나 한은 그 말이 이상하다고 생각했다.

"깃이 부러졌다고 왜 다리를 못 세우는 거지?" 하고 따져 물어도 삼수는 아무런 대답도 해주지 않았다. 한은, 그럼 누워서라도 옛날 한이 가르쳐준 이야기를 한번 외어보라고 했다. 구관조는 머리만 껍신대고 말이 없었다. 다시 보니 구관조는 사지만을 못쓰는 게 아니었다. 이야기를 잊어버린 벙어리 새가 되어 있었다. 한은 구관조의 운명은 이미 끝났다고 생각되었다.

"너 그러구 사느니 죽어라! 어서 죽어! 내 손으로 네 무덤을 지어줄게. 철따라 꽃도 심어주구!"

한은 구관조를 새장에서 끌어내려고 했다.

구관조는 그제야 무슨 말을 하려고 안간힘을 썼다.

"아키코(秋子) 상 타자! 아키코 상 타자!"

한은 깜짝 놀랐다. 놀랐다기보다는 마음이 측은해졌다.

아키코는 한이 사귀어 지내던 어느 이국 여성의 이름이었다.

구관조가 젊었을 때는(죽기 이전) 아키코라고 부르지 않았다. 숙자

(淑子)라고 불렀다. 그러던 구관조가 꿈에서는 하필이면 왜 '아키코'라고 이름을 바꾸어 부를까!

구관조는 재우쳐 아키코를 불러댔다. 먹이를 찾을 때처럼 보채듯이 불러댔다.

한은, 어느덧 코허리로 아키코의 기모노 냄새가 풍겨왔다. 그리고 아키코의 풍만한 몸집이 한을 깔고 뭉개는 것 같은 그런 절박감을 느꼈다. 매일 밤 그랬다.

이것이 한에게 더친 또 하나의 병이었다.

그날은 소나기가 억수로 쏟아지고 있었다.
마구 밟고, 짓부수고, 대드는 그런 투로 몰아쳤다.

한은 따분한 환경을 싫어했다. 자기를 지배하고 있는 시간이 자꾸 뒤바뀌는 그런 변화를 좋아하는 성미였다. 눈도 뜰 새 없이 말이다. 그래서 비라도 한소나기 왔으면 했던 참이라 성긴 빗방울이 함석 차양을 두들겨대는 그 흐뭇한 맛에 들락날락하던 부정맥도 어느덧 제대로 돌아서는 듯했다. 매캐한 가슴도 얼마간 후련해지는 것 같았다. 소나기는 언제 들으나 그 뛰는 빗발 소리가 젊은 피부 같은 것을 느끼게 했다. 다시 말하자면 파상적으로 몰아치는 와일드한 소나기로 해서 한의 꺼져드는 듯한 노인성 피로감까지 제법 가셔주고 있었다. 동맥 경화증으로 막혀 있던 혈액도 피하 혈관으로 흘러내리느라고 출렁대는 소리를 냈다. 상반신이 허전하리만큼 그런 변화를 가져왔다.

그러나 하늘은 한의 심정과는 전연 딴판이었다. 벌써 입동(立冬) 채비를 준비하고 있었다. 뜰에는 낙엽 진 플라타너스 잎들이 마지막 손짓을 하고 있었다. 아마 이번 소나기 뒤에는 꽤 모진 추위가 밀어닥칠 모양이었다.
한은 비가 멎어서야 다가오는 계절을 피부로 느낄 수가 있었다.
계절이 바뀔 때마다 피부는 기상 예보 같은 그런 역할을 해주고 있었다.

비가 완전히 멎은 뒤의 일이었다.
S신문사 문화부 기자가 찾아왔다.
"박 기자가 다 오구! 웬일이지?"
한은, 연령에 어울리지 않게 카키 즈봉에다 잠바 스타일로 손님을 맞았다.
"인사차 온 게 아닙니다. 저흰 직업인걸요."
아닌 게 아니라, 박 기자의 그 싱싱한 얼굴에는 직업의식이 넘쳐흐르는 듯했다.
스피디한 그런 자세였다.
'직업은 현대인의 종교 같은 거구나.'
한은, 한참 조성하고 있던 기분을 뜻밖의 손님으로 해서 아주 잡쳐놓고 말았다.
박 기자는 주인보다 앞서 방으로 들어서는 것이었다. 그 뒤에는 키가 헌칠한 사진기자가 따라섰고 또 그다음에는 정 선생이 들어섰다.
한의 주소를 단 한 사람만이 아는 정 선생을 안내자로 하고 찾아왔다기보다는 용케 쑤셔든 셈이었다.

박 기자가 왔을 때, 한은 고별 작품이라도 한 편 써야겠다는 말을 했다. 그렇다고 꼭 작품을 쓰겠다는 약속은 아니었다. 원래 박 기자가 온 목적은 작품에 있지 않았다. 소외된 작가들의 부활 같은 그런 시리즈를 계획하고 있다는 것이었다. 그러니까 한은 박 기자의 직업의식에 걸려든 셈이었다. 한이 작품을 쓰고 안 쓰는 것은 한 자신이 알아서 할 일일 뿐, 박 기자가 알 바가 아니었다. 박 기자는 다만 자기 직업에 해당되는 기사를 꾸미는 데 필요한 몇 가지의 자료를 추려가면 그뿐인 것이다.

"그러니까 선생님 마지막 작품이 「감각파(感覺派)」였죠."

박 기자는 한의 과거를 묻기 시작했다. 그러나 박 기자의 대화에는 한에 대한 아무런 예비지식도 없는 듯했다.

「감각파」란 한의 마지막 작품이 아니라 초기의 시였다.

한은 얼마간 허탈감 같은 것을 느꼈다. 하나 이것은 어디까지나 한의 착각에 불과했다. 박 기자는 전형적인 현대인이었다. 현대인의 직업의식이란 자기 목적을 달성하기 위하여는 한이 생각하고 있는 그런 거추장스러운 순서에까지 머리를 쓸 필요가 없었다.

아마 박 기자에게 있어서 직업은 현대인의 종교 같은 그런 것일는지도 모를 일이다.

박 기자는 일반적인 그런 기자만은 아니었다. 쟁쟁한 전위 작가였다. 20대 작가가 벌써 단편집을 두 권씩이나 내고 있었다. 그러나 명작 의식 같은 것은 별로 느껴본 적이 없는 직선적인 작가였다.

그저 문학을 직업이라고만 생각하면 된다. 작품을 제작하고 작품을 파는 것만이 목적일 뿐이다. 한이 하듯 한 편의 작품을 쓰는 데 오랜 세월을 두고 안간힘을 쓰는 것 같은 그런 작가적 고민 같은 것은 이미 골동품에 속한다고 보아 넘겨 무방했다. 그러니까 사관이니 윤리관이니 하는 것 따위는 전적으로 거세를 당하고 있는지도 모를 일이었다. 그저 젊은 피부가 지니고 있는 현대인의 감각이 어느 윤리관을 대신하고 있는지도 모를 일이었다.

그러나 한은, 한대로 하고 싶은 얘기가 있었다. 그토록 철저한 상업주의 문학을 작가의 자세로 하고 있는 박 기자에게 한의 탄력 없는 대화

분신(分身)과의 대화

가 제대로 건네질지는 의문이지만.

한은 마치 뜰에 등을 비껴 대고 누워 마지막 손짓을 하고 있는 플라타너스의 마지막 잎새 같은 그런 존재로만 생각되었다.

"선생님에게 많은 독자가 기다리고 있습니다. 왜 작품을 안 쓰시죠?"
박 기자는 거침없는 말투로 한을 한번 떠보는 것이었다.
그러나 한도 이 말을 액면 그대로 받아들일 그런 어설픈 인간만은 아니다. 박 기자의 대화를 달리 해석해보기로 했다.
'댁 공장에서는 왜 상품을 내지 않습니까! 지금은 스토크를 하고 있을 때가 아닙니다. 매점·매석주의는 이미 지났습니다. 어서 많이 광고를 하고 많이 파는 자가 이기는 것입니다.' ─ 이런 투로 개념을 바꾸어보았다.
한은 약간 의기소침해졌다.
"그건 박 기자의 얘기지! 독자가 무슨 독자야. 내게……"
하나 박 기자는 이 말에 아무런 대답을 주지 않았다. 다만 자기가 발언할 권리는 있어도 들어주어야 할 의무 같은 것은 사전에 거부되어 있는 그런 자세였다. 아마 박 기자가 들어야 할 얘기는 따로 설정이 되어 있는 것이 아닐까!
박 기자는 한의 방 안 풍경을 샅샅이 살피고 나서,
"선생님! 지금은 춘향전을 쓰던 그런 때가 아닙니다. 먼저는 질보다 양입니다. 즉 돈이란 말입니다. 선생님이 12년간이나 작품을 내지 않았다는 것은 '고고하다'는 단 한마디의 허술한 단어에 속은 데 불과합니다. 즉 생활을 포기한 거나 마찬가집니다. 저희들의 사고방식은 좀 다릅니다. 많이 쓰고 많이 팔아서 남과 같이 살아가면서 멋진 글을 써보자는 거죠. 작가가 쓰는 작품도 하나의 상품입니다. 양말이나 넥타이 같은 거 말입니다. 작가는 상품을 생산해서 소비자에게 넘겨주면 그만 그뿐입니다. 상품을 골라 사는 것은 소비자 자신들이 알아서 할 일이 아니겠어요. 그 후의 문제까지를 누가 책임집니까! 저희들은 작품이 무슨 문헌 같은 그런 거로 남아 있기를 희망하지 않습니다. 이미 그런 시대는 접어놓은 지 오랜걸요. 그저 인기를 존중할 뿐입니다. 다량 소비 말입니다."

"그럼 발자크!"

한은 발자크의 작품의 양을 말하지 않았다. 발자크의 정력을 박 기자와 비겨보았을 뿐이었다.

"건 무슨 인간 총서인가 그런 거 아닙니까? 지루해서 그걸 누가 읽습니까? 저희들의 생활 템포는 무척 스피디해졌습니다. 불꽃같은 거죠. ……선생님! 저희들의 종교가 무언지 아십니까? 육체입니다. 저희들은 젊은 육체를 가지고 삽니다. 이 육체를 멋지게 구사하는 그런 즐거움 말입니다. 모든 것이 다 어떤 허구적인 과정을 거쳐서 이뤄지고 있지만 말입니다. 육체에서 일어나고 있는 불꽃만은 그렇지가 않습니다. 신도 감시를 다하지 못한 게 이 불꽃 아닙니까! 실낙원 같은 얘기 말입니다. 그러니까 말씀입니다. 발자크 같은 19세기 작가의 체취가 저희 세대와 맞을 리가 있겠어요. 그 하나의 이유를 들죠. ……저희들은 밀봉(蜜蜂) 세계에서 살고 있는 꿀벌입니다. 꿀벌들은 말입니다. 저마다 자기 세대에 속하는 체취를 지니고 있습니다. 이 체취로 자기들의 족속을 식별하는 것입니다. 즉 냄새로 말입니다. 그래서 딴 족속이 합류하려야 할 수가 없게 돼 있습니다. 체취 감별로 목을 짤라 죽이니까요. 그러니까 발자크가 죽거나 제가 죽거나 어느 한 사람은 죽어야 하겠죠. ……선생님, 헌데 하나 모순이 있습니다. 아니 모순이 아닙니다. 계산 착오 같은 그런 게 있단 말씀입니다. 세계 인구 통계를 보면 여자 수보다 남자가 훨씬 더 많지 않습니까! 꿀벌 세계도 마찬가지입니다. 여왕봉(女王蜂) 하나를 교접시키기 위해서 종봉(種蜂)을 몇만 개고 준비하는 것입니다. 그렇다고 이 종봉을 다 쓰는 게 아닙니다. 여왕봉이 발정을 하면 말입니다. 무수한 호위병을 거느리고 궁(집)을 떠나 공중으로 올라가는 것입니다. 물론 종봉도 거느리고 말입니다. 이를테면 신혼여행 같은 거죠. 사람은 결혼식이 끝난 다음에 신혼여행이 있지만 꿀벌은 그 순서를 아주 바꾸어놓은 셈입니다. 다시 말하자면 이 신혼여행 도중에서 결혼식이 시작되는 거죠. 즉 종봉이 여왕봉과 교접을 하게 됩니다. 여왕봉은 벌벌 떨구 엄살을 부리구 어서 죽여주기를 기다리는 식으로 말입니다. 그러나 이 교접만 끝나면 종봉은 굿 날 받은 황소 같은 거죠. 그다음은 무서운 살육이 시작되니까요. 종봉을 모두 목을 잘라버립니다. 교접도 못 해본 딴 종봉까지 말입니다. ……이렇게 살육이 끝나고 나서야 여왕봉은 새 궁전을 찾아듭니다. 이런 절차를 거쳐서 탄생된 제2세의 꿀벌은 모체의 피를 이어 또 하나 딴 체취를 창조하는 것입니다. 누구도 합류를 못 할 이를테면 신세대를 창조하는 거죠. 그러니까 현대인의 종교는 꿀벌의 체취 같은 것 아니겠습니까. 다시 말해서 발자크나, 도스토옙스키 같은 작가가 현대인에게 무어가 되겠습니까. 곰팡내 나는 문헌이 아니면 사료(史料)에 속하는 것뿐이겠죠."

박 기자의 대화는 하나의 입동채를 하는 모진 바람이 되어 한의 마지막 잎새 같은 존재를 마구 불어젖히는 것이었다.

"그렇다면 문학 유산도 이젠 필요 없어졌군! 안 그래! 안 그러냐 말이다."

한은 한대로 언성이 높아졌다. 이건 내가 발악이다 하는 그런 생각을 하면서 올린 기세였다.

박 기자는 어느새 담배에다 불을 퍽 켜대었다.

이건 너무 의외라는 듯한 얼굴을 지으면서,

"유산이요! 세계 문학 전집 같은 것 말씀이신가요. 그게 그렇게 못 잊히도록 문제가 됩니까? ……작가도 배우와 같은 것 아니겠어요. 작가가 잉크로 인간을 그린다면 배우는 육체로 인간을 시늉하는 그런 차밖에 더 있겠어요. 어디 스타의 코스가 유산을 물려받고 되는 겁니까. 멋진 육체를 가지고 무대 위에 올라서기만 하면 자연 대사도 외우고, 연기도 느는 거죠. 그다음 인기 같은 것은 관중이 맡아 할 일 아니겠어요."

박 기자의 대화를 듣고 있는 한에게는 하나의 낙엽이 되어 마지막 손짓을 하던 플라타너스 잎들이 이번은 모두 되살아나는 느낌을 했다. 그리고 새의 깃이 되어 날갯짓을 해 보였다.

한이 젊었을 때 기르던 구관조가 홰를 타느라고 깃을 풍기는 것 같은 그런 날갯짓으로 느껴졌다.

한의 전신에는 가냘픈 오한이 감돌기 시작했다. 아키코는 하나의 여왕봉이 아니었을까! 하는 그런 느낌이 오한과 함께 온몸을 엄습해왔다. 풍만한 피부와 짙은 체취로만도 아키코의 불타는 욕망을 능히 알아줄 수 있던 젊었을 때의 한은, 하나의 종봉임에 틀림없었다. 아무런 분별도 없이 섹스만을 도끼 삼아 쓰던 그때의 젊음이 박 기자가 말한 종봉 같은 운명이 아니었을까?

그렇다면 한에게도 할 말이 있었다.

"박 기자! 그 외설 같은 얘기는 그만하게나, 누군 작품을 머리로만 쓰는 줄 아나. 인간 전체로 쓰는 거야! 전체…… 그걸 박 기자 혼자만이 하는 일로 안다면 그건 큰 계산 착오야!"

그러나 박 기자의 인당(印堂)에는 냉철한 현대인의 지성이 착 가라앉아 있었다. 꺼진 담배에다 다시 불을 붙여 물고 나서,

"인간 전체로 글을 쓰신다구요? 그러시지만 그것은 아직 육체의 향연

은 아닙니다. 육체의 향수 같은 거겠죠. 저희들은 육체의 향연파라니까요. 이 말을 좀더 구체화시킨다면 말입니다. 저희들이 유명해지기 위해서라면 한 3년쯤 징역을 살다 나와도 좋다고 생각합니다. 이미 그런 각오가 다 돼 있으니까요. 센세이셔널한 신문 기사 같은 것 말입니다. ……저희들에겐 2대(大)의 주류가 흐르고 있습니다. 먼저는 섹스를 파헤쳐 기존 사회의 윤리관을 엎어놓자는 거죠. 그리고 다음 하나는 정치 이념을 현대인의 완구로 한번 바꾸어보자는 것입니다. 이렇게 해서 사회적으로 문제만 된다면 저희들은 영락없는 서대문행입니다. 이거 얼마나 신나는 사건입니까! 몇 사람의 편집자가 얻어터지고, 몇 개의 신문 잡지가 정간을 당하는 것 같은 거 말입니다. 이걸 문학이라고만 생각지 마시고 우리 실생활 면으로 한번 바꾸어 놓아볼까요. 서울 시민치고 서대문행을 면할 사람이 몇이나 될까요. 이걸 잘못 환산했다가는 큰일입니다. 지금 저마다 서대문엘 먼저 가기 위해서 머리를 싸매고 연구들을 하고 있으니까요. 쉽게 말해 교환 교수 같은 거죠. 이게 서울 시민의 자세입니다."

박 기자는 아주 신이 나 했다. 그러나 한은 수긍이 가지 않았다. 데카당에 속하는 그런 얘기로만 들렸다. 그렇다고 신구 대립 같은 것은 아니었다. 한도 박 기자의 대화에 많은 동감을 느꼈다. 그 발랄한 대화를 한은 당해내는 재주가 없었다. 만일 두 사람의 대화를 어느 스포츠로 옮겨놓는다면 한보다 박 기자가 먼저 골인했을 것만은 엄연한 사실이었다.

그러나 굳이 차가 있다고 한다면 한은 평면적 묘사였고, 박 기자는 입체적 묘사에 불과했다.

한은 박 기자 앞에서, 손을 들어 보일까 하는 생각이 들었다. 그러나 이런 경우에 골인을 누가 먼저 하건 그것이 문제가 아니었다.

한은 한대로의 시야가 있었고, 피부에 배 있는 생활 감정이 있었다.

"내가 시술 의사라면 말일세. 박 기자 눈에다 내 동공을 한번 바꿔 채워봤으면 좋겠어! 박 기자의 입에서 무슨 말이 나오나 한번 들어보게."

한도 박 기자 못지않게 응수를 했다고 생각하면서도 박 기자의 얼굴을 넌지시 떠보았다.

그러나 박 기자는 역시 한의 대화 따위에는 수화기를 들 필요조차 없다는 그런 태도였다. 그만 것쯤은 남이 하다 버린 썩은 송장 냄새 같은 그런 거라고 넘겨버리는 모양이었다.

현대인은 배타심이 꽤 강하다고 보아줄 수밖에 없었다.

"선생님! 글을 못 쓰시는 지가 12년간이라고 하셨죠. 저희들은 하루에 4, 50장 정도는 보통입니다. 단편이라면 하룻저녁에 한 편쯤은 거뜬히 해치우죠. 연방 담배를 피워가면서 말입니다. 그뿐입니까, 작품을 쓰는 도중에 그다음 써야 할 딴 작품을 구상하는 수도 있죠. 불로소득 같은 거 말입니다. 다시 말해서 일석이조라고나 할까요. 그런데 선생님은 신병이 계시다죠. 허지만 말입니다. 저희들의 10분지 1로 쳐서 하루에 여섯 장씩 칩시다. 한 달이면 180장이죠. 이걸 12년간으로 통산을 낸다면 2만 4천 6백 장이 넘습니다. 이것을 돈으로 환산해보세요. 참말 선생님을 보면 세월이 아깝다는 생각이 드는군요. 참말 아깝습니다. 아깝습니다."

감탄사도 아닌 말을 몇 번이고 되뇌는 것이었다.

한도 듣고 보니 그럴듯하다는 생각이 들었다. 하나 한은 전혀 생리가 달랐다. 작품을 팔아서 생활을 한다는 그런 생각은 해본 적이 없었다. 말하자면 박 기자의 이야기대로 고고한 생활이라는 간단한 단어 한마디에 일생을 팔아넘겼을는지도 모를 일이었다. 그렇다고 고고한 것은 더구나 아니었다. 작가의 개성과 환경이 하모니가 안 된 데서 온 비극이었다.

"나는 작품을 쓰기엔 즐거움보다 고민이 너무 컸어. 작품을 쓴다는 것은 생각만 해도 가슴이 막히는 것 같으니 말이야."

"고민이요? 선생님은 아직도 흑백 영화 그대로군요. 현대인이 즐겨 보는 시네마스코프를 좀 보세요. 그 색채가 얼마나 노골적이고 직선적인가를요. 고민이 무슨 고민이 있습니까! 작품은 자기가 즐거워 쓰면 그만입니다. 기성세대에선 이론에 많이 치중하는 모양이죠. 창작 이론 같은 거 말입니다. 허나 저희들은 일체의 논평을 거부하고 있습니다. 그랬다고 누구도 탓하지는 못할 것입니다. 본래 문학 이론이란 무슨 사회 운동 같은 거 아니겠어요. 쟁화 운동이니 뭐니 하는 거 말입니다. 그러나 사회 운동이란 윤리관의 기준을 과거에다 두었기 때문에 아무 내용이 없는 것입니다. 그저 이름뿐이죠. '세상이 이래선 말세가 왔다 말세가 왔다' 하는 그런 넋두리뿐입니다. 왜 우리가 말세에서 산다는 겁니까? 창조의 기슭입니다. 저희들은 도리어 이론가들에게 한바탕 얻어터져 보고 싶은 심정입니다. 그것도 취급을 안 당한 것보다는 광고가 되니까요. 전단통 5단통 같은 큰 광고가 되죠. ……지금의 광고술을 한번 살펴보실까요. 이걸 좀 보셔요. 타이틀을 부러 거꾸로 박는 수가 있습니다. 남이 안 볼 걸, 부러 미스테이크로 해서 한 번 더 보게 한다는 거죠."

박 기자는 연신 담배를 피우고 끄고 하다가 한의 책상머리를 살피는 것이었다.

"선생님 뭐 쓰고 계시는군요. 대작입니까?"

한에겐 욕에 가깝도록 쑥스러운 이야기를 아무렇지도 않게 천연스러운 자세로 지껄이는 것이었다.

"아냐! 내 때를 씻는 의미에서 그저 적어본 것뿐이야!"

한은 원고지철을 책상 서랍에 처넣고 말았다.

"제가 듣기에는 12부의 장편을 쓰신다고 들었는데요. ……시대는 선생님의 반려자가 아닙니다. 메이커들과 소비자를 찾아다니는 중개인과 같은 겁니다. 좋게 말해서 말입니다. 그 12부가 다 완성이 되었다고 칩시다. 맨 첫째 권은 12년 전 작품 아닙니까! 이제 그걸 내다 판다고 해 보세요. 누가 거들떠나 볼 줄 아십니까. 잔품 정리는 염가로 넘어가는 법입니다."

거침없이 주위대는 박 기자의 대화에는 한이 생각하고 있는 고민의 연속성 같은 것은 하나의 액세서리에 불과할 뿐 그 이상의 뜻을 풍기지 않았다. 그저 자신이 켜댄 불길에 몸이 바싹 타버리면 그만 그뿐인 것이다.

박 기자는 그만큼 직선적인 생활 감정을 가지고 살고 있다.

"선생님! 현대인의 작품은 말씀입니다. 뭐 한 편을 써서 두고두고 읽자는 게 아닙니다. 휴지 같은 거죠. 휴지는 밑씻개를 하면 그것으로 목적은 끝나니까요. 아마 이런 얘기를 하면 선생님은 깜짝 놀랄 겁니다. 저희들은 생활을 상반신에다 두고 사는 게 아닙니다. 어디까지나 하반신에다 두고 살죠. 그러니까 저희들은 연애를 해도 무슨 러브레터 같은 그런 구차스러운 절차를 거치지 않습니다. 먼저 육체의 교접부터 하죠. 왜 그거 있지 않습니까! 휘황찬란한 과정부터 먼저 거치고 나서 다시 연애를 시작하는 거죠. 무대 위에서 대사를 외우고 연기를 배우는 스타의 코스 같은 그런 거죠. 누가 3년, 4년을 두고 아니꼬운 눈짓콧짓을 해가면서 연애를 합니까. 목적만 달성하면 그만 그뿐입니다."

박 기자는 대화에 약간 지친 듯했다.

한은 한대로 어깨가 주저앉는 것 같은 피로감을 느꼈다.

"박 기자의 얘기를 듣다 보니 나는 분명 자기 소외야! 자기 소외……인간 소외를 당했단 말이야!"

한은 자폭을 할 것 같은, 그러면서도 어딘가 마음이 착 가라앉는 것 같았다.

박 기자는 담배를 연방 피워대고 있었다. 하얀 담배 신에는 불이 채 댕기기도 전에 흙빛 같은 니코틴이 배어들고 있었다.

꽤 성급한 흡연 방법이었다.

한의 말대로 이렇게 쓰다 보니 주인공을 완전히 바꾸어놓은 셈이 되었다. 그러나 박 기자는 실재 인물이 아닐는지도 모른다.

들리는 말에 의하면 박 기자가 한번 찾아온 것만은 사실이었다. 그렇다고 장시간을 두고 그런 대화를 주고받았는지 그것조차 알 수 없는 일이었다.

한이 본 현대인의 유형을 박 기자를 통해서 한 자신의 이야기를 시키고 있는지도 모를 일이다.

다만 여기서 생각해볼 문제는 박 기자의 이야기가 한이 시킨 이야기라고 한다면, 그리고 한이 설정한 가상 인물이라고 한다면 한은 이 이야기 이외에도 또 하나 딴 이야기를 가져올는지도 모르겠다.

그러니까 박 기자란 한의 분신으로 보아도 무방한 것이다.

그 한 이유로는 작가가 작가 자신의 이야기를 할 때면 대개 딴 대명사를 빌려오기 마련이다. 변호사를 가져온다거나, 대학 교수를 빌린다거나, 그렇지도 않으면 하다못해 쌀가게 주인으로라도 분신을 해놓고 보는 법이다. 그리고 나서야 작가 자신은 주인공의 뒤에 앉아 목축을 달래듯 끈을 주었다 당겼다 하고 있는 것이 항례일 것이다.

이런 경우로 미루어보아 한은 박 기자를 그냥 기자라고만 하지 않았다. 박 기자를 굳이 문학청년으로 설정한 점도 하나의 계산에 속할 것이다.

박 기자는 피우던 담배를 절반도 타기 전에 재떨이에다 불을 끈다기보다는 담배 허리를 꺾어 버리고 나서, 한에게도 아닌, 그리고 사진기자에게도 아닌, 안내자인 정 선생에게도 아닌 엉뚱한 말을 했다.
　"저는 6·25를 통해 개 한 마리를 보았을 뿐입니다. 사람은 한 마리의 개더군요."
　한은 저건 카프카가 하던 소리구나! 하고 듣고 있었다. 그러나 옆에 앉아 있던 정은 평범할 수만은 없었던 모양이었다.
　"개라니요! 누가 개란 말입니까?"
　좀 기분이 상한 어투였다. 하나 박 기자는 당돌한 대답을 했다.
　"지금 방문을 하고 있는 정 선생도 한 마리의 개가 아닐까요."
　이 말에 그만 좌석이 와르르 하고 웃음을 터뜨렸다. 사진 기자는 쿡쿡대고 웃다 가래를 채기까지 했다.
　"그것 보셔요. 왜들 웃으시죠. 그 웃는 뜻을 제가 한번 해명해드릴까요. 제가 어느 여학교 작문 시간을 맡았을 때의 일입니다. 그 시간이 제가 맡아 간 첫 시간이었죠. 학생들의 작문 실력을 테스트하기 위해서는 먼저 독서 경향부터 알아보기로 했습니다. 방법은 간단합니다. 지금 이 자리와 같은 그런 거죠. '너희들 『죄와 벌』을 읽은 사람 손들어보아라' 하니까 단 한 사람도 없었습니다. '그럼 『춘희』를 읽은 사람 손들어라' 하니까 일곱 사람쯤 있었습니다. '그럼 방×× 씨 작품을 읽은 사람 손들어보아라!' 하니까 이번은 말입니다. 손을 드는 대신 학생 전원이 와르르 하고 웃음을 터뜨리는 것이었습니다. 이 웃음이 말입니다. 표결 대신 전원이 다 읽었다는 정확한 대답이 아니겠습니까? 지금 이 방 안의 웃음과 그것과 무엇이 다릅니까? 누구나 마음 한구석에는 '나는 한 마리의 개다' 하는 개념을 갖고 있는 것이 현대인의 정서가 아니겠어요. 에티켓으로 봐서는 약간 미안한 논조입니다마는……"

한은 꽤 재미난다고 생각했다. 자기 작품의 주인공들이 가다가는 엉뚱한 이야기를 해서 한 자신을 배꼽을 쥐게 하는 그런 장면 같은 것이었다. 그러나 박 기자의 이야기가 이런 조로 흘러만 간다면 밑도 끝도 없는 풍자에 그치지 않을까 하는 조바심을 할 때였다.

"선생님! 다만 한 가지 문제만을 해결 짓는다면 개가 아니라 말이라고 해도 좋습니다. 실낙원 이후에 인류를 한 다발로 묶어놓았던 그 꽃다발 같은 것 말입니다. 이 꽃다발을 관리하던 신은 이미 죽었습니다. 그러니까 말하자면 꽃다발을 묶었던 끈이 썩어 문드러진 거죠. 그래서 인류는 산산조각이 난 겁니다. 흩어진 꽃다발을 무엇으로 다시 모아 묶습니까! 지금 양대 진영이 헐개빠진 팸플릿 같은 이데올로기를 가지고 서로 제가 먼저 묶어본다고 나발을 불어대긴 하지만 누가 속아줍니까. 개는 개대로 말은 말대로 뛰노는 것뿐이죠."

이때 식모가 과일 접시를 가지고 들어왔다. 그러나 손님의 시선은 과일로 가지 않았다. 껍신대고 돌아가는 하잘 나위 없는 식모의 하반신으로 눈을 모으고 있었다. 무슨 습성 같은 그런 것이었다.

한은 그만 돌발적인 폭소를 터뜨리고 말았다. 그리고 박 기자를 한 계단 더 낮추어 불렀다.

"박 군! 개나 말에 무슨 종교가 있어! 꽃다발 같은 그런 종교가 어디 있단 말이야. 노예 근성이 있다면 몰라도······"

"예! 제가 개를 말하는 것은 카프카의 「견족의 일원」 같은 그런 한담이 아닙니다. 그보다 좀더 입체적인 묘사입니다. 왜 개나 말에 종교가 없어요. 그들도 젊은 피부를 가지고 있는데요. 종교가 있어도 철저한 종교가 있죠. 사람에게 그런 것이 있듯이 말입니다. ······신을 누가 낳는 줄 아십니까. 끊어 말하자면 신이 종교를 설정하는 것이 아닙니다. 종교가 신을 우상화하는 것입니다. 기독 탄생 같은 예를 보세요. 목수 요셉은 말입니다. 낙후된 종봉 같은 존재가 아니겠어요. 여왕이 신혼여행을 할 때, 요셉은 미처 참여를 못 했던 거죠. 또 하나의 강한 육체의 인력으로 인해서, 성 균등 분대를 위한 수단 방법 같은 거죠. 그러니까 말입니다. 신이 탄생할 때마다 반드시 여자 한 사람이 모진 산욕을 당해야 하는 것입니다. 어서 죽여달라는 엄살을 부리면서 말입니다."

이 말을 되받아넘길 사람은 아무도 없었다. 한만이 알 듯 모를 듯한 얼굴로 머리를 끄덕이고 있었다.

"선생님! 신을 낳는 것도 여자였구요, 신을 죽인 자도 여자였습니다. 다만 그 발랄한 현대 여성들의 소망인 액세서리가 모자랐을 뿐이지 종교가, 아니 인류가 남아 있는 한 신은 완전히 죽지는 않습니다. 좀더 구체적으로 말한다면 기존 신들은 후광이니 뭐니 하고 머리에만 자꾸 치레를 하다가 그만 실격을 한 거죠. 그러니까 신이 죽은 것은 아닙니다. 딴 신과 접하기 위하여 멀쩡히 살아 있는 기존 신을 놓고 사망 신고를 낸 것뿐입니다. 다시 말하자면 새로 탄생한 꿀벌의 체취와는 전연 맞지 않은 거죠. ……가장 쉬운 얘기를 한 번 더 말씀드릴까요. 이건 항간의 이야깁니다. 바로 저의 옆집에 칠공주 댁이라는 게 있습니다. 딸이 일곱이나 있었으니 그 종봉이란 놈들이 얼마나 들끓었겠어요. 여왕봉을 만나기 위해서 많은 종봉들이 죽는 시늉을 했죠. 그런데 말입니다. 맨 마지막 올드미스가 말이지요. 어느 날 외척 먼촌 오빠뻘 되는 사나이하고 교외로 나갔을 때의 일입니다. 개 한 마리가 딴 개 한 마리를 따라다녔다는 것입니다. 앞장서 쫓기는 놈은 포인터였고, 뒤를 따라나선 놈은 세찬 셰퍼드였다는 것입니다. 그런데 올드미스 앞 저만치서 이놈들 두 놈이 대번 한 덩어리로 겹쳐지더라나요. 올드미스는 그놈들 하는 양이 하도 괘씸해서 안 보는 척했다지 뭡니까. 안 본다고 애를 쓴 것이 도리어 관심을 가지고 보게 된 거죠. '저놈들 겹쳐졌다! 저놈들 겹쳐졌다!'

하고 마음으로 되뇌는 동안 어느덧 자기네들도 두 사람이 한 사람으로 겹쳐졌다는 것입니다. 그러니까 넷이 둘로 합산을 하는 숫자놀이를 한 셈이 됐죠. 이 꿈틀대던 숫자놀이가 말입니다. 흥분의 도가니를 벗어났을 때의 일입니다. 여왕봉이 되어 어서 죽여달라던 올드미스가 그 어느 순간과는 전혀 반대로 처녀막이 상처를 입었으니 이제 시집은 다 갔다고 칙칙 울었다는 것입니다. 오빠란 작자가 아주 걸작이죠. 그길로 올드미스를 끌고 정형외과엘 갔다는 것입니다. 그러니까! 파괴된 올드미스의 처녀막을 정형수술로 땜질을 한 거죠. 간단한 방법으로 상처 입은 여왕봉은 다시 부활을 한 것입니다. 그런데 말입니다, 그다음이 아주 재미있는 얘기가 있죠. 이번은 올드미스가 어느 회사 사장의 비서 역을 맡게 된 거죠. 꽤 큰 회사였으니까요. 한일 회담이 이루어지자 사장이란 작자가 비서를 대동하고 일본으로 산업 시찰을 떠나게 되었습니다. 얘기는 들어보나 마나 이 산업 시찰이 말입니다. 결과적으로는 그 어느 날 교외로 나갔던 것과 같은 그런 것이 되고 말았습니다. 이번은 넷이 둘이 되는 계산이 아니고 둘이 하나가 되는 숫자놀이를 했다는 것입니다. 왜놈의 이불 속에서 말입니다. 역시 올드미스는 파혈로 해서 죽는다고 떼를 썼다는 것입니다. 여왕봉이 신혼여행이 끝나면 신궁을 찾아드는 그런 욕심에서였겠죠. 사장이란 작자는 잘 속아주었습니다. 이번은 올드미스를 데리고 정형외과로 가지 않았습니다. 제대로의 개통식을 한 셈이죠…… 두 사람은 살림을 꾸리기로 했습니다. 그러나 본처는 이혼을 절대로 승낙하지 않았습니다. 사장이란 작자는 본래 불도저식 생활 방법으로 치부를 한 놈이라, 이혼 방법도 불도저식 방법으로 실천에 옮겨놓고야 말았습니다. 말하자면 신을 죽인 하수인이 하듯 멀쩡하게 살아 있는 아내를 두고 사망 신고를 낸 것입니다. ……이 법적 절차와 신의 사망과 뭐가 다릅니까!"

한은 박 기자의 억양에서 송홧가루 냄새 같은 것을 느꼈다.

한은 저도 모르게 빈말을 했다.

"구관조! 구관조!"

벽에다 등을 비껴 대고 눈을 내리감았다. 피로한 듯한, 그리고 벅차하는 듯한 그런 태도였다. 아마 피하 혈관이 수축을 하고 있는지도 모를 일이다.

"구관조라니요. 대체 구관조가 뭡니까? 선생님, 피로하신 게 아니셔요. 제가 그냥 뜰까요?"

그렇게 차갑고 당돌하던 박 기자도 이 헛소리 같은 한의 말에 약간은 당황해했다. 그러나 겁을 내는 것은 아니었다. 한과 박과는 별개의 생명체였다. 한 생명체가 손해를 본다고 해서 딴 생명체가 떨어야 할 공포감 같은 것은 박에게는 찾아보려야 찾아볼 수가 없는 것이었다.

"아냐! 피로하긴…… 박 군의 그 얘길 좀더 구체적으로 들려줄 수가 없을까!"

"구체적이라면 어떤 것이죠."

한은 얼마간 머뭇거리다가,

"말이 중복이 되어도 좋으니까, 지금 박 군의 얘기는 한참 꽃밭을 걷고 있는 것 같은 얘긴데 그 얘기에다 한번 거센 바람을 태워보지!"

한의 말이 떨어지자 기다리고 있었던 거나처럼 박 기자는 말의 억양을 좀더 높였다.

"그 얘긴 제가 하려던 참입니다. 그럼 이번은 무대를 한번 6·25로 옮겨다 놓아볼까요. 아닙니다. 6·25가 아니고 1·4후퇴 때였군요. 저희들이 부산으로 피난을 갔을 때니까요. 산은 지리산이었죠. 이북에서 남파했다 낙오된 괴뢰군의 패잔병들이 지리산으로 집합을 한 것입니다. 저희들 말에 의하면 김일성의 지령을 받고 남한에 남게 되었다는 빨치산이란 족속들이라고나 할까요. 하여간 함경도 사투리를 많이 쓰는 작자들이었으니까요. 이자들이 지리산에다 아지트를 쌓고 국군과 대결을 하고 있었습니다. 그러니까 전투가 치열했던 것만은 사실이었죠. 쌍방간 희생자도 많이 났지만, 빨치산은 전사자보다 낙오병이 더 많은 데 골치를 앓게 되었습니다. 말하자면 국군 쪽으로 귀순을 해오는 하산자가 많이 생겼다는 것입니다. 이 낙오자를 막기 위해서 괴뢰군 쪽에서는 한 꾀를 내었습니다. 즉 여당원을 한 10여 명 끌어들인 거죠. '우리 위대한 ××× 장군의 지령을 받고 여당원 열 명이 파견돼 왔다. 이 과업을 다들 명심해주기 바란다.' 이렇게 간단한 말로 전투복 차림의 간호 장교 열 사람을 소개했습니다. 개같이 굶주렸던 빨치산들은 와아! 하고 환성을 올렸습니다. 물론 그날 밤부터는 하산을 하는 낙오병이 한 사람도 없었던 것은 물론이었지만 괴뢰군의 참모들도 아주 만족하리만큼 안심을 했던 것입니다. 하나 이번은 낙오자보다 좀더 무서운 현상이 나타났습니다. 반대로 사기가 저하되고 있었습니다. 여당원 때문이었죠. 여왕봉을 한번 만나기 위하여 죽음을 각오하는 종봉이 된 거죠. 심지어는 여당원을 보자 대번 허기가 들려 구토증을 일으켰다는 놈까지 생겼다는 것으로 미루어보아 가히 알 만한 일이죠. 참모들은 이 반사 작용 때문에 골치를 앓게 된 것입니다. 조만한 고질이 아니었죠. 그리고 그 여당원이란 작자들이 말입니다. 이북에서 남파된 세뇌 공작을 받은 정예 부대가 아니었습니다. 그 산간 부근에서 아무렇게나 주워 모은 모조리패였던 모양입니다. 그러니까 이것들을 어서 처리를 해야 할 단계에 놓인 것입니다. 그렇다고 어디로 보낼 수도 없고, 쉽게 말해서 막다른 골목이었죠. 전초 작전의 미스테이크로 해서 비밀 아지트까지 이미 국군의 정보망에 포착되었다는 보고가 들어오고 있는 다급한 판이라 생각다 못해 이 여당원들을 총살하기로 했습니다. 그네들이 말하는 피의 숙청 같은 그런 거죠. 이것은 물론 비밀회의에서였습니다. 간부 몇 사람만이 인제 여당원들은 죽었구나 하는 생각을 했을 뿐입니다."

"……"

"사형장은 붙들려 온 부락민을 총살하던 암실이었습니다. 이 암실에는 촛불이 켜져 있어 서로의 얼굴을 간신히 알아볼 수 있을 정도의 조명장치가 돼 있는 셈이었습니다. 이날 밤도 암실에는 역시 촛불이 커져 있었습니다. 사병이 다 잠든 틈을 타서 간부 몇 사람이 여당원 열 사람을 몰고 들어왔습니다. 그러나 여당원들은 자기네 차례인 줄을 전연 몰랐습니다. 그저 어느 부락민을 또 총살하거니 죽음을 확인하거나, 운반을 위해서거니만 생각했습니다. 소를 끌어다 바치고, 쌀을 져다준 대가로 그런 무자비한 일을 곧잘 했으니까요. ……그런데 말입니다. 이건 말이 좀 딴 데로 빗나가고 있습니다마는 그 전날 밤 이 아지트로 황소 한 마리가 끌려왔습니다. 이 황소가 먼저 와 있는 암소를 보자 대번 생리 작용을 일으키는 것이 아니겠습니까? 국군의 직격탄이 마구 떨어지는 그 무시무시한 시간에 말입니다. 그리고 빨치산 전원이 보는 앞에서였죠. 여당원도 아마 입을 쥐어 싸면서 같이 보았겠죠. 다만 이 광경을 보지 않은 사람은 '간나이' 한 사람뿐이었다고 합니다. 간나이란 하나의 별명이었죠. 이성에는 전연 눈을 뜨지 못하고 있다고 해서 계집애 같다는 걸로 간나이라는 별명을 붙이게 된 모양입니다. 함경도 사투리로 이 계집애를 이 간나이라고 하니까요. 그만큼 성에는 등한했던 모양이죠. 여당원까지도 남자 축에 쳐주지 않았다니까요…… 그러나 빨치산들은 이 황소의 치욕적 거사로 해서 공기가 아주 험악해져갔습니다. 황소 못지않게 광란을 일으킨 거죠. 여당원을 대번 덮칠 듯이 말입니다. 여북했으면 여당원을 잠시 피신을 시켰겠어요. 그러니까 사람이 소보다도 무모한 거죠. 짐승이야 직격탄 같은 걸 알 건 뭡니까!"

이때 창밖에서는 낙엽을 밀어젖히는 바람이 좀더 거세게 설레고 있었다. 한은 날씨가 좀더 추워지려는 게지! 하려다 말고,

"그것만으로는 외설 아닌가? 외설!"
하고 그다음을 재촉했다.

"물론이죠. 다음이 문제가 되는 겁니다. 그날 그 사건이 황소 탓이 아니었습니다. 암소 탓이었죠. 괴뢰군이 말입니다. 제 딴에는 무슨 위안회를 한답시고, 소를 잡기로 했습니다. 전투도 절박해가고 있었으니까요. 힘을 좀 내보자는 거겠죠. 이때 괴뢰군 장교 한 사람이 암소 갈비가 맛나니까 암소를 잡자고 했다나요. 그러나 사병 전원은 절대 반기를 든 것입니다. 암소는 씨를 뱄으니까 두고 새끼를 받자는 것이었습니다. 장교인들 어쩝니까? 모두 황소를 잡자는 의견이 지배적이었으니까요…… 이때 여당원들은 환호성을 올렸다는 것입니다. 이걸 좀 보세요. 이래저래 수놈은 죽기로만 마련입니다."

"그럼 황소를 잡았군!"

한은 어느 편을 들어 하는 이야기인지도 모를 말을 불쑥 했다. 그러나 성차별만이 아닌 것만은 분명했다.

"왜요! 황소를 잡은 게 그렇게도 분합니까? 그러나 안심하세요. 그날밤 암실로 끌려들어간 놈은 열 명의 여당원이었습니다. 대기를 하고 있던 사격수의 총신도 여당원의 가슴을 향해서 시각을 재고 있었습니다. 황소 대신 말입니다. 아주 아슬아슬한 판이었죠. 허나 이때였습니다. 빨치산 한 사람이 암실로 나타났습니다. 토주나마 처먹고 거나해서 남 다 자는 시간에 말입니다. 이게 누군지 아십니까? 그 병신 같은 간나이였습니다. 남자 축에도 들지 못하던 간나이였습니다. 이거야말로 알다가도 모를 일이 아니겠어요! 그때 빨치산들은 밤을 낮으로 쓰고 낮을 밤으로 살던 때니까 시각으로 치면 오전 한두 시쯤이 아니었을까요.

그날 그들의 암호는 '바람'이었습니다. ……암실에서는 의외의 난입자가 나타나자 그쪽으로 총신을 돌려댔습니다. '누구야앗' 하고, 암호를 확인하는 것이었습니다. 간나이는 잠깐 머뭇대다 '바람'이라고 대답해야 할 암호는 미처 생각이 나지 않았던 모양입니다. 아니죠. 생각이 못 난 게 아니라 간나이에게는 이미 암호가 필요 없었던 거죠. '간나이 아닙니까? 간나이!' 하고, 가슴 대신 하반신을 불쑥 내밀었다는 것입니다. ……그렇게도 헐개빠졌던 간나이의 눈에는 푸른 불을 켜는 듯한 광채를 내면서 말입니다. '장교 동무! 이건 누가 시킨 짓입니까!' 소대장이란 작자는 그제야 알아채고 '걸 몰라서 묻나! ××× 수령님의 지령이다. 왜!' 하고 발끈 화를 냈습니다. 간나이는 노예 근성 같은 그런 습성에 눌리어 얼마간 머뭇대다가, '내게도 이게 있습니다. 이게!' 하고 바지 단추를 따더니 그걸 내놓는 것이었습니다. 보니 꽤 흥분해 있더라는 것입니다. 몇 사람의 목숨이 이슬이 될 그런 찰나에 말입니다. 다시 말하면 직격탄이 명중하는 그런 순간이었죠. 간나이는 사지를 와들와들 떨었습니다. 그 떨리는 양손에는 보기좋게 그걸 움켜쥐고 있었습니다. '장교동무! 이게 지금 막 노했습니다. 암소는 씨를 받아야 한다구요. 이놈이 그러구 날뜁니다. 어서 이놈부터 먼저 총살해주세요. 동무 소원입니다' 하고 앞으로 좀더 다가섰습니다. 하긴 간나이의 얘기에도 일리가 있었죠. 수놈이 없이도 인공 수태를 얼마든지 할 수가 있으니까 종봉의 가치란 여왕봉의 주전부리를 하기 위한 하나의 액세서리밖에 별 의미가 없어진 게 아닙니까. 있다면 좋게 말해서 노동력이 있을 뿐이겠죠."

방 안은 무거운 공기가 내리깔리고 있었다. 말이 이쯤 되면 누구도 사내랍시고 뽐낼 만한 아무런 존재 가치도 없어졌다. "종축이 아니고 육축이구나!" 하는 느낌까지 들었다.

바로 정관 절제 수술 같은 그런 현상을 머리에들 떠올리는지도 모를

분신(分身)과의 대화 31

일이었다.
 "선생님! 이 암실에서 누가 죽었다고 생각하세요. 간나이가 나타났을 이때 말입니다. 누구도 입을 뗀 사람은 단 한 사람도 없었습니다. 허나 간나이를 잡아야 한다는 의견이 지배적이었습니다. 사격수 한 사람이 찰각 하고 탄창을 풀자 간나이를 밀어뜨리고 말았습니다. 이것으로 다 죽게 된 여당원의 목젖에다 생명이란 인간 액세서리를 한 번 더 달아주게 된 셈이죠. 그러니까 남자란 이래저래 죽기로 마련입니다. 아무렇게나 쓰다 버려도 아깝지 않은 소모품 같은 그런 거 말입니다."
 이때, 안내자로 온 정 씨는 정 씨대로의 자기 해석을 하고 있었다. 다시 말하자면 자기 사업 의욕에 대한 의문이 생긴 것이었다. 본래 정 씨는 자기 직업을 지키다 자기 직업에 묻혀 죽으면 가장 행복하다고 생각해온 사람이다. 그러니까 정 씨에게 종교가 있다면 직업의식 그것뿐이었다. 정 씨는 자기 재산의 총산을 내보았다. 적은 돈이 아니다. 일생을 먹어도 절반을 다 먹을 수가 없으리만큼 이미 저축이 범람되어 있었다. 그렇다면 가족계획과 정 씨의 가정과는 아무런 연관성이 없는 것이다.
 그러나 정은 이미 정관 절제 수술을 끝내고 있는 것이었다. 하나 정의 경우는 인구 폭발을 막기 위한 그런 운동과는 전연 딴것으로 해석되었다. 다만 아내의 체력을 높이기 위한, 아니 그 풍만한 피부를 좀더 기름지우기 위한 시술에 불과한 일이었다. 그리고 정은 육체적으로 완전한 사명감을 상실한 몸이었다. 이제 자기에게 가치가 있다면 아내가 즐겨 씹는 껌 같은 그런 존재에 불과할 뿐이다. 이것을 바꾸어 말하면 정의 사업 의욕이란 아내의 육체를 가꾸고 지키기 위한 하나의 역사(役事)에 불과한 것이 되고 말았다. 한도 지그시 눈을 감고 있었지만 정과 비슷한 그런 생각을 하고 있었을는지 모를 일이다. 하나 한은 성 기능은 거의 마비되다시피 되어 있었으니까 박 기자가 말한 대로 정보다 한 단계 더 밑에서 육체의 향수 같은 그런 것을 느끼고 있을는지도 모를 일이었다.

"선생님! 이야기를 단 한마디로 조져놓겠습니다. 그다음 날이었습니다. 빨치산 소대장이란 작자가 말입니다. 다급해진 상황을 놓고 작전을 짜고 있었습니다. 아지트에서 그리 멀지 않은 칠가촌이 국군의 손에 떨어진다는 소문이 파다했을 때니까요. 이 칠가촌이란 비록 작은 취락에 불과했지만 아지트의 목에 해당되는 마지막 보루이었습니다. 어느 쪽이 죽느냐 사느냐 하는 불꽃같은 대결이었죠. 이때 소대장의 머리는 시시덕대고 있는 여당원에게로 자꾸만 신경이 쓰였습니다. 저것들을 어떻게 하면 옳게 처치를 하나 하는 거죠. 아무리 생각을 짜보아야 별도리가 없었습니다. 사병들은 그날 밤의 전투를 위하여 어서 낮잠을 잘 자주어야 할 판이었습니다마는 일렬종대로 드러누워 있는 사병들은 코만 쿵쿵대고 잠을 자지 않는 게 아니라 잠을 못 이루고 있는 거죠. 그러니까 오매불망 같은 그런 거겠죠. 이렇게 사기가 저하된다면 칠가촌의 작전은 보나 마나였습니다. '인제 끝장이 났구나' 하는 촉박감이 가슴으로 치달아올랐습니다. 이때였습니다. 저쪽 창(배기 구멍)으로 화사한 저녁 햇살이 흘러들고 있었습니다. 바로 그 창 옆에 화분도 아닌 조그마한 돌확에다 어느 사병이 가꾸어놓은 봉선화 한 포기가 눈이 부시도록 꽃을 피우고 서 있었습니다. 이것을 본 소대장놈은 무슨 기적 같은, 기발한 생각이 파도같이 밀어닥쳤습니다. 그 내용은 하나의 기발한 착상 같은 거라고나 할까요…… 그날 저녁 출발 직전이었습니다. '오늘 밤의 작전은 여당원들로 독전을 하기로 한다. 그리고 여당원의 암호는 봉선화로 한다. 이 암호를 잊는 자는 적으로 간주한다.' 이 말이 떨어지자 사병들은 와아! 와아! 하고 환성을 올렸습니다. 소대장의 만세를 불러주는 놈, 엉엉 우는 놈까지 생겨났습니다. ……이 광란이 무슨 뜻인지 아십니까! '봉선화'란 암호 하나로 성의 정신적 분배를 한 것입니다. 마음의 꽃다발 같은 거죠. 어쨌든 이 간단한 것으로 해서 그날 밤 국군이 많은 희생을 당했던 것만은 사실입니다. 하룻밤에 탈환하고도 남을 칠가촌 하나를 달포나 걸려서야 완전 탈환을 했다니까요."

"아지트도!"

"물론이죠. 어느 포로의 말에 의하면 아지트가 완전 점령을 당했을 때도 봉선화 한 포기만은 화사하게 꽃을 피우고 있었다고 합니다. 한 번 더 기발한 작전이나 할 것처럼 말입니다. 그러니까 죽는 놈은 이래저래 황소 같은 사내놈들뿐이랄까요."

방 안은 한동안 고요해졌다. 넷으로 갈라 앉아 있던 분신들이 하나로 합산이 될 듯한 그런 시간이 다가오고 있었다. 그러나 그 분신들은 계산 착오 때문에 좀체 합산을 내지 못했다.

한의 책상머리에는 또 하나의 원고용지철이 놓여 있었기 때문이었다. 한은 분명 책상 서랍 속에 처넣었다고만 계산을 하고 있던 원고철이었다. 이 원고용지를 본 박 기자는 앞서 하던 투로,

"선생님! 뭐 쓰고 계시는군요. 존슨 박사의 영어 대사전 같은 겁니까?"

박 기자는 잠깐 말을 끊고 머뭇대다가,

"선생님! 민화에 부전을 다는 것 같은 그런 수법에 독자들이 식성을 느끼지 않습니다. 거두절미하셔요. 저의 세대 이전의 작가들은 무슨 요리사처럼 돼 있었습니다. 남의 자료를 외상으로 들여다 잔칼질을 하고 고명을 하는 것 같은 것 말입니다. 선생님만이 가지고 계시는 원료를 독자들에게 제공해주도록 하십시오. 낼 만한 원료가 없으시면 역시 폐업을 하셔야죠. 연수표를 남발하진 마십시오. 장사는 역시 신용입니다."

이 말을 들은 한은, 얼굴을 불에 덴 것 같은 감을 느꼈다. 박 기자의 말은 조금도 틀리지가 않았다. 지금 한이 쓰고 있는 작품은 그 작품을

승화시켜줄 만한 생활감정이 없었다. 남들은 이미 막을 내리고 있는 어느 연극을 보고 하나의 대본을 꾸미는 데 지나지 않았다. 한은 박 기자 앞에서 쓰던 원고를 갈기갈기 찢어놓았다. 그리고 캐비닛 문을 땄다. 그 속에도 원고가 가득 들어 있었다. 한은 원고 묶음을 들어내어 마구 뭉개버렸다. 방 안에는 묵은 원고용지에서 나는 매캐한 곰팡 냄새로 찼다. 이 광경을 당한 정 선생은 당황해져 허겁지겁 자리를 떴다. 하나 박 기자는 당돌한 자세였다. 역시 직업의식을 발휘하는 것이었다.
"이 기자! 사진! 사진!"
그다음 일은 한도 전연 모른다.
찰칵대고 두어 번 셔터를 누르는 소리만을 귀로 기억할 뿐이었다.

방 안에는 한만이 혼자 남아 있었다. 아마 분신들이 합산을 한 셈이었다. 한은 어깨가 눌려오고, 팽만감이 왔다. 협심증 같은 징상이 가슴을 죄고 있었다.

이날 밤도 한은 구관조의 꿈을 보았다. 구관조는 역시 횃대 위에 앉아 있지 않았다. 부러진 죽지를 늘어뜨린 채 배를 땅에 깔고 누워 있었다.
"그러구 살려거든 죽어라 죽어!"
하고 한은 구관조를 나무랐다. 역시 어디선지 목이 푹 가라앉은 삼수의 말소리가 들려왔다.
"사지를 못 써서 망정이지, 구관조는 아직 버리기는 아깝습니다. 그 튀어나온 가슴을 보세요. 색소폰을 안고 있습니다. 그래서 매일 밤 색소폰을 불고 싶다는 거죠. 알토로 말입니다. 그러나 사지가 말을 듣지 않는다는군요."
이때 저만치 앉아 있던 암놈이 날아와 수놈을 깔고 뭉개는 것이었다.

그러나 아키코가 한을 깔고 뭉갤 때처럼 기모노 냄새를 풍기지는 않았다.

구관조도, '숙자 씨! 숙자 씨' 하고, 이름을 바꾸어 불렀다.

한은 배알에 찬 허탈한 웃음을 마구 웃어젖혔다. 그러나 얼굴은 웃지 않았다. 아래턱이 점점 이그러져갔다. 눈에는 눈물 같은 것이 적셔주고 있을 뿐이었다.

박 기자가 다녀간 그날 밤도, 한은 구관조의 꿈을 보았다.

구관조의 제2화를 보게 된 것이었다.

이 제2화에서도 구관조는 홰를 타지 못했다. 홰 밑에 떨어져 땅에다 배를 깔고 누워 있었다. 날갯짓을 해야 할 깃 대신 두 발을 버둥댔다. 몸을 앞으로 내끌려고 무진 애를 쓰고 있는 것이었다. 눈에서는 푸른 불을 발산했다. 그러면서도 체면이 깎인 것 같은 난색을 보였다. 한은 안간힘을 쓰고 있는 구관조가 어딘지 모르게 심상치 않다는 생각이 들었다. 전에 없이 밖으로 튀어나갈 기세를 하고 있기 때문이었다.

"하늘을 날아보고 싶어 그러니? 자유 같은 하늘 말이야. 아니 하늘 같은 자유가 그리워서 그러는 거지!"

한은 구관조의 옆으로 다가서며 이렇게 말을 건네보았다.

구관조는 대답이 없었다.

그저 몸을 앞으로만 내끌려고 기를 쓸 뿐이었다.

끈질기도록 기를 썼다.

역시 몸이 말을 듣지 않았다.

기를 쓰면 쓸수록 구관조의 위치는 제자리걸음을 했다.

"그럼 저 홰를 못 타서 그러는 거야?"

한은 한 번 더 말을 던져보았다.

그제야 눈치를 채고 한에게로 시선을 돌리는 것이었다.
구관조는 많이 축이 가 있었다.
푹 꺼진 눈 가장자리에는 어느덧 먹물 같은 물기가 번지고 있었다.
"찌이! 찌!"
뜻도 모를 외마디 소리를 내면서 몸을 뒤틀 뿐이었다.
"그럼 아직도 지상에 미련이 남았군그래!"
한은 짜증 비슷한 말로 대해보았다.
구박을 받고 나서야 구관조는 고개를 푹 꺾는 것이었다.
한은 피시시 웃음이 나왔다.
"그만하면 나도 알 만하다. 자유가 아니지! 밤에만 앓는 그런 현상 때문이라 그런 말이지!"
구관조는 연붉은 주둥이를 들어 몇 번이고 조아렸다. 즉 그 말이 옳다는 뜻이었다.
한은 대번 새장 안에 이상이 일어났다는 것을 직감할 수가 있었다.

새장에는 두 개의 홰가 있었다.
한쪽은 수놈이 타는 홰였고 다른 한쪽은 암놈이 타는 홰였다.
한은 두 대의 홰와 함께 두 마리의 새 이름을 기억해낼 수가 있었다.
수놈의 이름은 새장지기의 아명을 따서 돌매라고 불렀고 암놈은 득심이라고 불렀다.
사람의 애칭 같은 것이었다.
"돌매야!"
한은 예전대로 애칭을 불러보았다. 한도 모르게 한의 마음에는 눈물이 번지고 있었다.
향수 같은 그런 기분이었다.

"득심이는……"
암놈이 앉아 있어야 할 홰 위에는 암놈이 보이지 않았다.
"돌매야! 득심인 어데 갔지?"
한은 재우쳐 물었다. 순간 불안감 같은 것이 느껴왔다.
"어서 썩 이르지 못할까?"
"찌이! 찌!"
겸연쩍은 얼굴을 하면서 앞을 가리키는 것이다.
한창 광란이 일어나고 있는 줄을 한은 전연 모르고 한 말이었다.
암놈이 수놈 앞으로 등을 바싹 들이대고 엎디어 있었다.
암놈의 눈에서도 푸른 불을 쏟고 있었다.
예전에 하던 투로 수놈을 한번 업어줄 모양이었다.
얼굴에는 제법 교태가 흘렀다.
"시간 가요. 어서요. 시간 간다니까요."
호되게 가슴 앓는 시늉을 했다.
이럴 때마다 수놈은 그 부자유한 몸을 앞으로 내끌려고 무진 애를 쓰는 것이다.
한은 어처구니없다는 생각이 들었다. 예전에는 암놈은 말을 전연 몰랐다.
그래서 벙어리 새라고도 했다.
그러던 바보가 이런 시각에서만은 어쩌면 그렇게도 말을 유창하게 잘하는지 도시 이해가 가지 않았다.
암놈은 점점 숨이 가빠했다.
"시간 가요. 그러구만 있지 말고, 어서 제 몸을 좀 무겁게 해주세요. 어서요."
암놈은 꼬리를 폈다 접었다 했다.

부챗살을 펴듯이, 그리고 부챗살을 접듯이 육체의 비밀이 한참 펼쳐지고 있었다.

구관조의 꼬리는 그리 화려하지는 못했다.
그러나 아키코의 스커트에 해당하리만큼 인력의 기원을 과시하고 있는 것이었다.

  어서 커튼을 걷어다오.
  너희들만이 살고 있는
  고요한 동구 앞 길에는
  장미꽃이 피듯이
  장미꽃이 피듯이
  너희들의 젊음이
  태양을 안고 산다.

  어서 저 문을 열어다오.
  너희들만이 살고 있는
  동구 앞 바다에는
  물이랑을 말아올리듯이
  네 젖가슴 위로
  피를 밀어올리는
  거센 파도가 있다.
  너희들의 젊음이 해일이 있다.

한이 아키코에게 준 시였다.

물론 이 시는 그때는 왜말로 되어 있었다.

그렇다고 한은 어감에 부자연한 것을 느끼지 않았다.

어느 시간의 해일을 위하여는 언어의 장벽도 능히 밀고 넘어갈 수가 있었다.

그러나 구관조는 깃이 부러져 있었다.

아무리 애를 써보아야 다 썩어빠진 사지가 제대로 말을 들어주지 않았다.

시간이 갈수록 구관조는 난색을 나타낼 뿐이었다.

한은, 이제 너도 끝장이 났구나 하는 측은한 생각이 들었다. 자기 자신의 외로움 같은 것을 덤으로 느끼면서,

"득심아! 돌매를 제 고향 하늘로 보내주자. 인도로…… 아니 호주로 말이다."

수놈의 눈에는 저주 같은 원망이 내뱄다.

그리고 모든 것을 체념이나 한 듯이 주둥이를 땅에다 되는대로 처박고, 앞가슴을 푹 꺼버리는 것이었다.

한은 안 할 말을 했다고 후회를 하면서 암놈의 눈치를 다시금 살폈다.

암놈은 웅크리고 있는 수놈을 보다 못해 발끈 화를 냈다.

마치 살기를 머금은 눈매를 하면서,

"널 그냥 둘 줄 아나 봐!"

하고 수놈을 타고 앉아 그 육중한 주둥아리로 등허리를 내리패는 것이었다.

그러나 수놈은 대항하려 하지 않았다.

"찌이! 찌!"

목쉰 소리를 할 뿐이었다. 이 단조로운 외마디 소리는 그날 밤의 시가 돼주지 못했다.

증인 신립(申立)

한은 의자에 등을 비껴 대고 앉아 박 기자가 던져주고 간 섹시한 이야기들을 놓고 반추 작업을 하고 있었다.
어쩌다가 그런 생각을 했는지는 모르지만 한은 첫눈에 들어온 박 기자를 대번 천재에 속하는 족속의 한 사람이라고 규정지어보기로 했다. 그러나 마음이 개운치가 않았다. 자꾸 무언가 낌새에 끼어드는 것 같은 그런 석연치 않은 감이 들었다.
한은 천재의 한계를 어디다 두어야 할지 정의를 제대로 내릴 수가 없었다. 생각하면 할수록 불안감뿐이었다.
박 기자와, 천재와, 윤락 여성이 서로 엇갈리면서 뱃속이 좀 메슥메슥해왔다. 그렇다고 박 기자의 말을 전부 버릴 수도 없었다. 그러나 한은 하는 수 없이 박 기자의 말에서 많은 말을 커트해보았다. 그제야 좀 알 것 같은 생각이 들었다.
박 기자를 강력한 작가라고 믿을 신념이 나지 않았다. 자기 육체만을 믿고 사는 어느 소녀 같은 유약한 작가 자세를 한은 얼마든지 나무랄 수가 있었다. 박 기자가 한을 나무라듯이

　—박 기자! 나는 이렇다 그 말씀이야. 신을 하반신에 두고 사는 박 기자 같은 분신을 내 준거의 표준으로 삼을 수는 없는 거야. 유산을 전부 거부한 신이 없듯이 신을 전부 절단한 생활은 인류사에는 단 한 번도 없었단 그 말이야. 그걸 박 기자가 몰라서 하는 말 아닌가? 이월 가치 같은 것 말이다—

　물론 이 자리에는 박 기자가 있지 않았다. 한 혼자만이 앉아 씨불이는 독백 같은 것이었다.

　한은 재주 같은 것은 그리 필요하지 않았다. 인간 핵심이 필요했다. 그래서 모든 것을 다 단절하고 드르누운 하나의 화석에 불과했다. 즉 불치병의 변모에 지나지 않았다.

　한의 생활에는 하루라는 일정한 시간조차 없었다. 하루가 24시간이란 관습이 한에게는 도시 이해가 가지 않았다. 그래서 한은 가끔 이런 생각을 해보았다. 지구의 회전 속도도 24시간이란 일정한 시간만은 아니라고 생각했다. 가다가는 몇 초씩 틀릴 때가 있다. 사람도 마찬가지였다. 24시간을 24시간대로 사는 사람은 이 지구 위에는 단 한 사람도 없을 것이다. 사회의 생활 관습은 일정한 시간 등분으로 되어 있다. 하루 동안 8시간을 노동하고, 8시간을 휴식하고, 8시간을 잠을 자야 한다. 그러나 24시간의 분배는 계급에 따라 일정치가 않다. 박 기자의 작업 시간이 다르고, 한의 작업 시간이 다르다. 그것만은 부인 못 할 사실로 되어 있다. 그뿐만이 아니다. 자는 시간은 즉 죽은 시간이나 마찬가지다. 그렇다고 치면 사람이 생활하는 시간은 16시간이라야만 올바른 계산이 될 것이다. 그러니까 지구의 회전 시간과 사람의 생활하는 시간에는 큰 차질을 가져오고 있는 셈이 된다.

한에게 있어서는 시간적 계급 차가 너무 심했다.

어떤 날은, 8시간을 독서해야 했고 8시간을 사색해야 했다. 나머지 8시간은 구관조의 꿈을 보는 시간으로 되어 있었다. 이런 채산 면으로 본다면 제법 지구의 회전 시간을 그대로 생활한 셈이 된다. 그러나 가다가는 혼수상태에 빠질 때가 있다. 남이 노동하고, 남이 휴식하는 시간 전부에 해당하는 그런 시간이었다. 그러나 구관조의 꿈을 보는 그 8시간만은 빼놓지 않고 꼬박꼬박 지켜왔다. 좀더 까놓고 말한다면 이 시간만은 누구도 착취를 못 했던 것이다. 그러니까 한의 계산법으로 친다면 한의 하루의 생활은 24시간일 때도 있었고, 16시간일 때도 있었고, 가다가는 단 8시간으로 줄어들 때도 있었다.

이 시간의 변화무쌍한 신축 작용 때문에 한은 유산을 받아놓은 때도 있었고, 이월 가치의 변모를 가져올 때도 있었다. 한의 고혈압이 그랬고, 부정맥이 그러한 나날을 건네주는 교량 역할을 맡아왔다.

한은 이 교량을 건너면서 많은 변신을 해왔다. 즉 철학과 사상의 마찰이었다. 자신의 증언이 사실성의 소외라고 해도 좋았고, 거짓말이라고 해도 좋았다. 리얼리티한 것은 한에게 있어서는 아무런 도움도 되지 않았다. 도리어 거추장스럽기만 했다. 리얼리티의 과잉처럼 싱거운 거짓말은 더는 없었기 때문이었다.

현실이라는 그 말 자체가 그러했다. 현실과 인간 핵심과는 너무나 먼 거리에 앉아 있었다. 다만 있다고 하면 공통된 개념으로 해서 하나의 대열에 참여하는 것뿐이다. 그러니까 시류적으로 오는 인간 데모 현상 같은 것이다.

한은 어떻게 보면 고전적인 데가 있었고 어떻게 보면 이질적인 데가 보였다. 그러니까 이월 가치와 현실과의 맞씨름을 하고 있는 셈이 되었다. 다시 말하자면 박 기자의 얘기는 분신이 될 수도 있었고 적수가 될 수도 있었다.

합산을 내기는 영원히 틀린 것 같은 생각이 치밀었다.

—박 기자! 자네는 말을 타듯 신을 한번 타고 살아보자는 거지. 신을 죽인 하수인이 하듯이 타다 싫으면 또 딴 말을 갈아타보자는 거고…… 그러나 이것은 현실의 과잉 충성에 해당하는 하나의 시대적 제스처에 불과한 거야. 안 그러냔 말이다. 신에게 케네디라운드 같은 것을 맡길 수는 없잖아. 우리의 가슴을 맡겨야 한다니까. 인간 심정 같은 거 말이야. 하긴 무신 종교론 같은 것은 신의 폭권을 막기에 적절한 커트라고 할 수는 있겠지. 박 기자! 한 번만 더 만나줄 수 없나! 내게도 할 말이 있다니까. 내 생활을 가꾸어줄 사람은 신을 죽인 하수인은 아니야. 그럴 수는 없단 말이다.

혼자서 이렇게 중얼대고 있는 한의 뇌리에는 넓은 광장이 마련되고 있었다. 이 산만한 광장에는 많은 협잡배가 등장해주었다. 사상이 등장을 했고, 철학이 등장을 했다. 종교가 등장을 했고, 천국과 지옥이 한꺼번에 등장해주었다. 모두가 이월 가치의 플래카드를 들고 시위를 했다. 그러나 인간은 단 한 사람도 등장되어 있지 않았다. 다시 말하면 이 광장을 맡아줄 주인공이 미참이 된 것이었다.

그 뜻은 딴 데 있지 않았다. 가치의 차원 같은 것이었다. 좀더 쉽게 말한다면 인간적 입체 파악과 인간적 이해가 전무했던 것이다. 이 양자의 공동 작업의 태업 때문에 한은 불행히도 자기 광장에 참여를 못 했던 것이다.

—박 기자! 나를 정신분열증 환자로만 생각지 말아줘! 시대의 참여자만을 올바르다고 할 수는 없는 거야. 내가 정신분열증이라면 자네도 마찬가지의 환자야. 어느 것만을 옳다고는 할 수 없는 거 아닌가? 역사도 하나의 분열과 집합과 발광과 해체로 끝나는 거야. 안 그래! 안 그러

냔 말이야. 내가 본 박 기자는 현대 의식에 대한 도박벽이 너무 지나쳐. 난 그게 싫단 말이야.

한은 눈을 내리감았다. 차라리 어두운 절벽이 좋았다. 아니 절벽 같은 어둠이 어설픈 표현보다는 월등히 좋았다. ─박 기자, 너는 내 분신이 아니다. 어서 썩 꺼져다오. 꺼지란 말이야…… 하고, 허망한 이야기를 중얼댔다. 그러나 이 말들은 입 밖에서 소리를 내는 대화가 아니었다. 배창자 밑바닥에서 꿈틀대고 있는 경련과 같은 것이었다.

─박 기자! 사람은 신과 자리를 같이할 수는 없는 거야. 신이, 가꾸어놓은 한 떨기의 꽃이라면 몰라도 그 이상일 수는 없는 거야. 있다면 그것은 하나의 우상이지 인간은 아니거든. 신이 자기 이외의 우상은 섬기지 말라는 것은 신이 가진 욕심이 아니라 인간은 인간 이상으로 살지 말라는 뜻이 아닐까. 그러나 악마는 신과 동등한 계단 위에 앉아 있을 수 있는 특권층이란 말이다. 박 기자! 다수결에만 참여하지 말고 한번 악마가 되어줄 수는 없을까! 자신의 증인을 찾자면 그 한 길밖에는 없을 거야. 어서 인간 내면 세계로 돌아오라 그 말이야.

한은 이런 정신적 경련을 일으키면서 웃는 것도 아닌 우는 것도 아닌 우거지상을 하고 있었다.

밖에서는 박 기자가 찾아왔던 그 전날처럼 여전히 서남풍이 불어닥치고 있었다. 함석 챙이 금속성을 내면서 마치 함석 공장에서 한창 작업에 바쁜 그런 투로 소음을 내는 것이었다.

이맘때쯤 되면 한은 절벽 같은 어둠의 다리를 다시 건너야 할 시간이 왔다. 등으로 오한이 쏟아지고 사지가 바싹 말라드는 감을 느꼈다. 니코틴을 입에 물린 살모사처럼 뒤통수를 헤겨매는 것이었다. 아마 혈관이 수축을 하는 모양이었다.

한은 파카를 내어 걸쳤다. 추위를 막아보자는 것이었다. 등이 훈훈해지면서 얼마간 수축을 풀어놓은 것 같은 느낌을 했으나 그렇다고 몸은 가만하고 있지 않았다. 기어코 중추신경이 흔들리기 시작했다.

한은 자신의 맥박을 짚어보았다. 이것은 하나의 버릇처럼 되어 있는 일이었다. 맥박은 벌써 120을 넘어서고 있었다. 경맥과 연맥이 엇갈리면서부터 맥박은 열에 하나씩 뛰어넘기도 하고 다섯 번에 한 번씩 거르기도 했다. 부정맥이라기보다는 난맥 상태를 나타내고 있는 참이었다. 머리는 석고로 빚은 뒤웅박처럼 쥐면 우석우석 부서질 것 같았다. 그만큼 감각이 멀어져가고 있는 것이었다. 어깨가 눌려오고 가슴이 죄어왔다. 협심증을 일으키고 있는 모양이었다.

방 안에는 켜놓은 전등불처럼 들어와 앉은 자외광선이 고정되어 있었다. 그러나 한의 동공은 장난을 치기 시작했다. 전등불을 켰다 껐다 하듯이 광선이 켜졌다 죽었다 하고 있었다. 아마 시신경이 부정맥과 함께 마비 상태로 빠져들고 있는 모양이었다.

이런 순간이 반복되고 있는 동안 한의 등불은 영원히 꺼질는지도 모를 일이었다. 그래서 한은 '약속'이라는 또 하나의 사회적 습성을 포기할 수밖에 없었다.

이렇게 생명이 엇갈리고 있는 골목길에서 한은, 자기 자신의 증인을 삼을 수 있는 한갑수 자기 자신을 만나주는 참이었다. 그러나 반갑다기보다는 가슴이 널름댔다. 박 기자와의 분신은 횡적 대면이었으나 한갑수만은 정면 대결인 것이다. 환자와 의사와의 대결 같은 그런 순간이었다.

"갑수! 날 용서해줘! 별건 아니지만서두 말이야. 사회 풍속 같은 외적 상황만은 그냥 덮어둬줘. 다만 나의 내적 세계만을 입증하면 되는 거야. 그걸 좀 알고 싶어서 갑수 자네를 만나잔 것뿐이야."

그러나 갑수는 아무런 대답이 없었다. 꼭 꿈에 본 구관조같이 감정도 눈물도 거세된 삭막한 마스크를 하고 있었다. 그리고 한의 혈압이 올랐을 때의 감각처럼 석고로 빚은 사람같이 쥐면 우석 부서질 것같이만 보였다.
한은 위태위태한 생각이 들었다. 눈을 감아보았다. 다시 눈을 떠보았다. 이렇게 몇 번을 반복하고 나서야 말을 건네기로 했다.
"갑수 자네만은 내게 꼭 할 말이 있을 텐데……"
이렇게 달래보아도 갑수는 역시 대답이 없었다.
한은 대번 울화가 치밀었다.
"너 그럴램 어서 썩 내 앞에서 꺼져라. 혈압 오른다. 혈압 말이야. 그래도 못 알아듣겠어!"
한은 대번 갑수의 하반신을 걸어챘다. 참 이상한 일이었다. 아무리 차보아도 한의 발길에는 아무런 반응이 오지 않았다. 발에 차인 갑수 역시 아무 반사 작용을 하지 않았다.
한은 그만 지치고 말았다. 이때였다. 천장 같기도 한, 그리고 담 밖 같기도 한 그리 멀지 않은 곳에서 이상한 소리가 들려왔다.
한은 소리 나는 곳으로 귀를 세워보았다. 이번은 새장지기의 음성이 아니었다. 억양이 그리 높지도 낮지도 않은 은은한 음성이었다.
"갑수야! 너무 서둘지 마. 구관조의 학력과 네가 지닌 학력과 그리 큰 차가 없느니라. 구관조가 망각 지대에서 살듯이 갑수 너도 망각 지대에서 살다 온 수인(囚人)이 아니냐. 듣고 싶은 얘기가 있거든 네가 먼저 리드를 해야지. 인간 내면 세계로 말이다."
이 말은 한의 할아버지가 한이 어렸을 때 타이르던 그런 말투였다.
그렇다고 한은 참고 있을 수가 없었다. 석고상 같은 갑수의 마스크를 멋지게 후려갈겼다. 역시 한의 손에는 아무 반응이 없었다. 한은 갑수의 멱살을 추켜들려고 앞으로 부썩 다가서보았다. 갑수도 따라서 저만치 물러서는 것이었다. 그렇다고 사지를 움직이는 것도 아니었다. 꼭 무중력 상태 같은 그런 동작이었다.

갑수라면 그럴 리가 없을 텐데 하는 의심이 들었다.

"너 분명히 갑수지?"

"갑수! 갑수가 뭐야. 난 거세된 당나귀야!"

"당나귀!"

"당나귀야!"

"정말!"

"그렇다니까!"

"정말!"

"아니야. 나도 사람은 분명한 사람인데 말이야. 네가 생각하는 것과는 좀 달라!"

"뭐가 달라!"

"시민 질환(市民疾患)에 걸린 환자야. 신경쇠약 같기도 하고, 정신분열증 같기도 하고, 좌우간 알쏭달쏭해서 잘은 모르겠어."

"너 돌았구나!"

"그 말이 맞았어. 난 돌았어. 그것도 내가 돈 건지 역사가 돈 건지 알쏭달쏭해서 잘은 모르겠어! 전등불만 켜면 밤이 낮 같거든. 밤에 작업을 하다 잠이 들면 그땐 밤이 꼭 낮 같잖아! 그러니까 말이야. 지금은 밤에만 나다니던 도둑이 대낮에만 나다니는 거야. 그것도 광화문 네거리를 활보하면서 말이야. 그러니까 낮과 밤과, 밤과 낮이 서로 범벅이 된 게 아니야. 지구의 현대적 회전 방식이 그렇게 되어 있는 거지. 낮에는 도둑을 싸갈기구 밤에는 죄수를 싸갈겨야 한다나. 아마 그렇지."

한은 얼굴을 찌푸렸다.

"건 풍자 아니야. 말을 좀 삼가라구. 풍자는 사실 이상이란 걸 알아야 해."

"풍자는 사실 이상이라구? 이거 무슨 문학 이론 같군그래. 그건 활자의 마술에 속고 있는 게 아니야. 그렇다면 말일세. '민중의 지팡이' 같은 활자는 유머에 속하는 거지. 사실 이와 같은 유머 말이야. 개같이 벌어서 정승같이 쓴다는 속담이 있잖나. 이게 서울 시민의 국민 소득이야. 해마다 한 백 프로씩 상승하는 국민 소득이란 말이야. 이 국민 소득이 상승할 때마다 역시 활자가 마술을 부리지. '국민 경제 안정 계획' 같은 활자 풀이 말이야."

한에게는 갑수의 화술이 어느 외곽 지대를 제멋대로 나대는 그런 투의 이야기로밖에 들리지 않았다. 참말 못마땅했다.

"입 그만 닥쳐. 내가 언제 그런 얘길 듣쟀어."

"그럼 우리들이 타고 있는 황포 돛대 말인가. 배가 떠나가는 이별곡 같은 것⋯⋯ 난 그 얘기만은 차마 못 하겠어!"

갑수는 다시 석고상 같은 삭막한 마스크를 푹 눌러쓰고 서 있었다.

한은 오늘도 S신문사 박 기자가 왔을 때처럼 이상한 숫자놀이를 하고 있는 참이었다. 그날은 넷으로 나누어졌던 숙자가 다시 하나에다 셋을 합산하면 넷이 되지 않고 하나가 되는 숫자놀이였다. 그러나 오늘은 하나를 둘로 쪼개면 영점 오가 되어야 정상일 텐데, 역시 일대일의 복수를 지속하고 있었다. 한은 이 전대미문의 장난을 지탱할 체력이 없었다. 혈압이 오르고 눈에서는 전등불이 켜졌다 꺼졌다 했다. 이번만은 틀림없이 어느 모세혈관이 터진다는 생각이 들었다.

"갑수? 우리 한 번만 합산을 해보지. 둘이 하나로 환원하는 합산을 말이야. 제발 좀 그래주어. 애원이야 애원."

하고 신음을 했다.

한은 대화는 입이나 귀로 주고받는 것이 아니었다. 피부였다. 바람이 밀어올리는 물이랑이 일렁이듯 고혈압에 이글대고 있는 피부가 이야기를 주고받았다. 아마 죽음을 직면한 사람이 공포감을 잊기 위한 하나의 수단 방법인지도 모를 일이다.

그러나 한은 죽음이 두렵다는 말은 단 한 번도 입 밖에 내본 적이 없었다. 도리어 나타나는 모든 현상이 모두 병 탓이 아니라고 했다. 어서 만나야 할 갑수 자신을 만나지 못하는 데서 오는 반항 의식 같은 거라고 믿었다. 그래서 혈압이 오를 때마다 그 삭막한 마스크를 한 한갑수를 만나게 되는 것이었다.

그러니까 한에게는 두 가지의 현상이 나타나고 있는 것이었다. 고혈압으로 해서 오는 항거의 세계가 있었고, 저혈압이 될 때의 이완에서 오는 긍정의 세계가 있었다. 전자는 갑수와의 분신의 시간이었고 후자는 박 기자와의 분신의 시간이었다.

하긴 한의 생각도 그리 무리는 아니었다. 한의 육체를 좀먹고 있는 병이 설파제에 몸을 떨고 다니는 세균 작용은 아니었다. 피부와 신경의 음모에서 오는 퇴화 현상임을 한은 너무나 잘 알고 있었던 것이다. 그랬다고 한은 자신을 버린 적도 없었지만 자신을 단 한 번도 사랑해본 적이 없었다. 자신을 가꾸어 어느 대열에 참여시키고 싶은 생각은 더욱 없었다. 자기 인간적 핵심을 떠나 군중의 데모 의식 같은 시민 정신에는 아무런 즐거움도 흥미도 느끼지 못했다. 한이 사회적 연락 장소를 갖고 있다고 한다면 육체적 교환을 맺는 그런 시간 외에는 단 한 곳도 없었던 것이다. 그 이외의 시간은 전부를 여백 그대로 남겨놓고 있는 프로세스 인쇄의 미스테이크 같은 존재였다.

한은 어서 바삐 이 인간 여백에다 원고를 채워야 했다. 허나 부딪치면 나는 소리가 그 소리였다. 어느 교환 교수 같은, 풍자와 유머 같은 대열이 교차되는 발자국 소리뿐이었다.

──이 쓰레기 같은 생활이 어디서부터 시작됐을까?
 이 인간 대열의 기원을 찾기 위하여 그 많은 분신을 해왔고 전무후무한 숫자놀이를 하고 있는 것이었다.

 한은 한 번 더 갑수를 달래보기로 했다.
 "어데서 오는 길이지?"
 "없어!"
 "뭐가 없어!"
 "글쎄 없다니까!"
 "그게 무슨 뜻이지?"
 "뜻은 무슨 뜻이야. 없으니까 없는 거지!"
 "좀 더 친절할 순 없을까?"
 "그렇게도 말귈 못 알아듣나. 파종할 밭이 없단 그 말이야."
 "솔 씨 한 알이 떨어져 도리 기둥이 된다는……"
 "그게 솔 씨였나? 난 보리라구…… 현대 여성의 사이즈가 별로 여백이 없을걸! 스펀지로 칸막이까지 했다니까!"
 "스펀지!"
 "왜 있잖아! 가족계획 협회에서 무료로 제공하는 것 말이야."
 한은 목구멍이 꽉 집히는 듯했다. 단 하나밖에 없는 한의 인간 연락처가 폐문을 했다는 그런 소문으로 들려왔다. 그 자식 꽤 심각한 얘기를 한다는 생각을 하면서도,
 "너 좀 꺼져다우. 우리 두었다 다음 만나기로 하지. 섭섭할 건 조금도 없는 거야. 또 만나야 할걸……"
 한은 눈앞이 핑 돌았다. 땅속으로 몸이 꺼져드는 것 같은 느낌을 했다.

해후치고는 무서운 해후였다. 정말 인간 증인이 되어줄 듯한 허망한 해후였다.

한은 고역을 치르고 난 것 같았다. 맥이 쑥 빠졌다. 눈이 꺼져들고, 혈압이 120쯤 올랐을 때였다.

닥터 우가 찾아왔다. 손에는 까만 진찰 백이 들려 있었다. 한의 눈에는 진찰 백도 닥터 우도 보이지 않았다. 그저 우가 왔구나 하는 어림한 환상을 느낄 뿐이었다.

"좀 어때?"

닥터 우의 음폭은 바리톤에 속했다. 부드럽고 다정한 데가 있었다.

한은 피식피식 웃으면서,

"없어……"

닥터 우는 뒤로 푹 쓰러질 뻔했다. 임상학에서 많이 당해본 그런 현상이었다.

"이 사람이 어찌된 거 아냐!"

닥터 우는 한을 반듯이 눕히고 베개를 뽑아주었다. 그리고 겉저고리의 단추를 땄다. 청진기를 낼 시간이 없었다. 젖가슴 밑에 손을 얹어보았다. 심장이 뛰고 있는 게 아니라 한참 볶아대고 있는 중이었다.

"안정을 해요. 안정……"

그러나 한은 입을 가만하고 있지 않았다.

"글쎄 없다니까!"

한은 갑수가 하던 이야기를 반복하고 있는 것이었다.

우는 한의 눈을 까보았다. 동공이 많이 확대되어 있었다. 혈압은 보나 마나였다. 닥터 우는 대번 백을 끌러놓고 몇 개의 주사를 놓아주었다. 매우 민첩한 솜씨로 투약을 시작한 것이었다.

주사침이 피부를 찌를 때마다 한은 얼굴을 뒤틀었다. 이렇게 얼굴을 뒤트는 순간에도 ──없어! 글쎄 없다니까! 사이즈가 너무 좁단 말이야…… 하고, 닥터 우는 전연 알아들을 수 없는 빈말을 중얼대고 있었다.
　닥터 우의 얼굴에도 약간 초조감이 감돌았다. 백에서 다시 비타캠퍼 한 개를 내어 이번은 젖가슴께다 놓아주었다. 심장부와 제일 가까운 거리였다. 아마 협심증이 다급해진 모양이었다.
　이때도 한은 ──파종할 밭이 없다니까! 정말 없다니까 그래…… 하고 정신분열증이 병발하고 있었다.
　얼마간 있다가야 한은 입을 다물었다. 약간 안정이 되는 모양이었다. 그렇다고 안심이 되지 않았다. 우는 한의 맥박을 보았다. 들락대던 맥박이 제대로 리듬을 바로 잡아드는 듯했다. 다시 혈압을 재보았다. 고혈압이 190이었고 저혈압이 80에서 고정되어 있었다. 한의 저혈압은 언제 보나 80이었다. 닥터 우는 늘 천행이란 생각을 잊지 않고 있었다.
　만일 한의 저혈압마저 피를 몰고 다니는 고혈압이 하듯 고저가 심했다고 하면 한의 등불은 이미 꺼진 지 오래였을 것이다.
　닥터 우는 한의 병을 맡아보는 주치의이자 유일한 벗이었다.
　한이 무어라고 해도 닥터 우는 한의 병을 누구보다도 잘 알고 있는 증인 같은 사람이었다. 한은 한동안 몸이 좀 비대한 적도 있기는 했지만 한의 고혈압은 본태성은 아니었다. 정신 과로에서 오는 신경성 고혈압이었다. 이런 환자에게는 노이로제까지 따르기로 마련이다. 아니 한의 병은 노이로제가 선행했을는지도 모를 일이었다. 그뿐이 아니었다. 닥터 우의 임상학적 견지에서 따진다면 한은 사회 환경에서 받는 압박감으로 해서 오는 피해망상증에 걸려 있었다. 이 불치병이 점점 번져서 나중에는 여자의 육체에서까지 변태 성욕을 내포한 특유의 피해망상증을 하나 더 느끼고 있었다. 여자만 대하면 흔히 하는 말이 냄새가 난다는 것이었다. 다시 말하면 이 변태성이 한의 모든 병의 태반이 되어 있다고 해도 과언이 아닐 것이다.

한번은 이런 일이 있었다.
닥터 우가 개업을 한 그다음 해 6월이었다. 한과 함께 일산 수로로 낚시를 간 적이 있었다. 수로는 그리 넓지도 못한 데다 수초 한 포기 없는 낚시터였다. 군데군데 다리가 놓여 있었고 수문이 많았다. 바로 다리 옆에 장산 쪽으로 터놓은 배수문이 있었다. 이 배수문을 기점으로 하고 어족이 많이 교류를 하고 있었다.
다만 신경이 쓰인다고 하면 맞은쪽이 빨래터로 되어 있는 점이다. 그날도 부락 여인네들이 한 20명가량 일렬로 앉아 빨래를 하고 있었다. 우와 한은 맞은쪽에 자리를 잡고 낚싯대를 폈다. 긴 대가 필요 없었다. 열자 대가 마침이었다.
어족은 메기와 장어가 많았다. 붕어도 곧잘 달렸다. 가다가는 복도 달리곤 했다. 조사의 성격에 따라 복은 꽤 애교가 있는 고기라고 할 수가 있었다. 복어의 성격은 물 밖에만 나오면 복! 복! 하고 제 이름을 연방 뇌까리는 어족이었다. 그리고 대번 숨을 몰아쉬면서 배가 고무풍선만 하게 커지는 것이었다. 가스에 팽만해진 배를 퉁기면 배에서도 역시 뽀그그 뽀그그 하고 소리를 냈다. 그만큼 족명에 철저한 어족이었다. 닥터 우는 복어를 올릴 때마다 매우 신이 나 했다. 그 전날 밤의 아내와의 잠자리를 떠올렸던 것이었다.
"이거 여자 나체 같잖아!"
닥터 우는 시선을 한과 맞은쪽 여자들에게로 번갈아 보내면서 우다운 유머를 터뜨렸다. 그러나 한은 찌뿌듯한 안색을 하면서,
"자식 또 주접떤다!"
하고 복어만 올라오면 대번 목줄째 잘라 등 너머로 집어던졌다. 한의

뒤에는 동리 애들이 모여 앉아 한이 집어던지는 복어를 주워 모으고 있었다. 한은 그거 잘못 먹다 죽어! 하려다 말고 애들을 헤쫓기 위해 좀더 저만치 멀리로 던졌다.

그러나 어족들은 엇갈리고 있었다. 한의 낚시에는 기다리는 붕어 대신 복어가 올라왔고 우의 낚시에는 붕어가 많이 달렸다.

한은 그만 짜증이 났다. 복어가 올라올 때마다,

"똥갈보 같은 년!"

하고 복을 좀더 멀리로 내던졌다. 그러면서도 한은 한대로 어느 여인의 나체를 연상하고 있었을지도 모를 일이었다. 마치 임산부의 나체와 흡사한 어족이었기 때문이다.

우는 올라온 복어를 따서는 부러 한이 좀 보아달라는 듯이 어망에 넣으면서,

"난 오늘 저녁 곱게 자긴 다 틀렸는걸!"

한술 더 뜨는 것이었다.

이 말이 떨어지자, 맞은쪽 여인네들도 그 말뜻을 알아챘던지, 서로 옆을 찔러가며 쿡쿡대고 웃었다.

이렇게 닥터 우가 육체의 욕구를 음담으로 발산하듯이 맞은쪽 여인네들은 여인네들대로 한창 정신적 발산을 하고 있을 때였다. 한은 이렇단 말 한마디 없이 낚싯대를 걷어 챙기고 있었다.

"어뒈! 어뒈!"

하고 수면에다 침을 뱉더니,

"인간 탄생이! 인간 탄생이!"

하고 느닷없이 이런 말을 뇌까리는 것이었다. 아주 심각한 안색을 하면서 그랬다. 그러자 맞은쪽 여인네들도 한에게로 시선을 모으고 있었다. 차드락대던 빨랫방망이 소리도 멎었다. 배수문 일대는 순간 정적이 흘

렀다. 아마 상황 판단을 하자는 모양이었다.
"아저씨! 방망이 소리가 싫어 그러세요?"
머리를 망아지 꼬리를 한 젊은 여인네가 말을 건네왔다.
"듣기 싫어!"
한은 자기 아내에게 하듯이 대번 화를 냈다. 여인네들은 와르르 웃음을 터뜨렸다.
"아니 저이가 돌았나 봐! 왜 그러지!"
역시 망아지 꼬리의 여인네의 말이었다.
"그래 돌았다. 돌았어! 이 똥개 같은 년아, 어서 썩 꺼지지 못해."
한은 얼굴이 이글대고 있었다.
한의 욕설이 이쯤 되면 상대편에서도 마주 핏대를 올릴 단계라고 생각했으나 장본인인 망아지 꼬리의 여인네는 천연스럽게 웃고만 있었다. 닥터 우는 이상하다고 생각하면서, 그 망아지 꼬리의 여주인공을 마주 바라보았다.
"저게 뭐야! 저게!"
못 볼 것을 우도 보게 된 것이었다. 망아지 꼬리는 치부를 그냥 드러내놓고 앉아 있었다. 드로즈를 입지 않았거나 이왕 빨래를 나온 김에 빨았거나 한 모양이었다.
우는 폭소라기보다는 몸을 가누지 못하고 그 자리에 꺼꾸러지고 말았다. 배꼽을 쥔다는 말이 이를 두고 한 말일 것이다.
우는 임상에서 여자들의 하반신을 많이 보아왔다. 그러나 때와 장소에 따라 그 반사 작용이 전연 달라진다는 생각이 들었다. 그것이 그렇게 험상궂다고 보아지기는 우도 이번이 처음이었다. 한이 대번 '인간 탄생이!'를 비명처럼 부르짖게 된 것도 그리 무리가 아니라는 생각이 들었다.
그러나 망아지꼬리의 여인은 여전히 그걸 드러내놓고 웃고만 있었다.

그와는 반대로 옆에 있던 아주머니들이 흥분하여 빨랫방망이를 들고 한이 있는 쪽으로 데모를 해왔다.

"저 자식을 그냥 둘 줄 알아! 그냥! 그저!"

사태는 점점 험악해가고 있었다. 한도 다급해진 모양이었다. 챙기던 낚싯대도 다 집어던지고 앞으로 내빼는 것이었다.

우는 한번 볼만한 사태가 벌어지고 있다고 생각했다. 지식인과 농민과의 대결…… 이곳에는 아무것도 존재하지 않았다. 홀랑 벗어던진 나체들만이 밀고 당기는 육체의 존재 가치가 있을 뿐이었다. 조명 장치를 하지 않은 밤의 쇼에서는 어떤 계급 의식도 개재할 수 없이 된 인간 알맹이를 미처 모르고 한은 그만 예절을 차린다는 것이 욕으로 변모를 했던 것이었다.

한은 여인네에게 쫓기고 있었다. 큰길로 가야 할 코스를 논틀로 잡아들었다. 그 지방 지리에 익숙한 여인네들은 지레짐작하고 두 패로 갈라져 협공 작전을 폈다. 빨랫방망이를 잔뜩 엇메고서.

"아주머니 사람 좀 살리슈!"

그러나 물러설 기색은 보이지 않았다. 한은 다급한 판이라 논으로 뛰어들었다. 논에는 모가 한창 자라고 있었다. 여인네는 이 모에 걸려서(벼가 상하니까) 논판으로 뛰어들지는 못하고 한이 나설 때까지 포위를 하고 있을 기세였다.

한은 모판에 되는대로 앉아 왜액! 왜액! 하고 구토증을 일으키고 있었다. 보통 구토증이 아니었다. 배창자 맨 밑에서부터 밀어올리는 구토증이었다. 이 소리는 마치 '인간 탄생이! 인간 탄생이!' 하고, 한이 올리는 비명 소리로 들려왔다.

이때도 우는 여인네들을 만류할 생각은 않고 망아지 꼬리의 주인공을 마주 건너다보고 자지러지게 웃고만 있었다.

여인은 여인대로 여전히 하반신을 흔들면서 웃고 있었다.

인간은 이렇게 남을 건너다보고 웃고 사는 그 맛에 살아가는 다감한 동물이라는 해석밖에 더 딴 의미를 찾을 길이 없었다.

그러나 이 사건을 간단한 난센스로만 넘겨버리기에는 너무나 심각한 문제가 개재되어 있었다.

한이 '인간 탄생이! 인간 탄생이!' 하고 비명을 올린 것은 현실감도 객관적 묘사도 아니었다. 자기에 대한 증인의 고발은 더구나 아니었다. 한의 주관적 고백에 불과했다. 한은 단순하면서도 중대한 모순을 내포하고 있었던 때문이었다. 자신의 인사를 자기 자유로 할 수 있다고 생각해왔고, 자기 생활을 자기 노력으로 미화시킬 수 있다는 오산을 범한 것이다. 다시 말하자면 시대의 속박에 얽혀 있는 구체적 인간성에 아직 눈을 뜨지 못했기 때문에 그만 자기 자신을 완전히 망각하고 있는 셈이 되었다. 그래서 때로는 인간 이하로 움직이기도 하고, 가다가는 인간 이상으로 나타날 때도 있었다. 그뿐이 아니었다. 한은 형이하학적 통찰력이 모자랐기 때문에 망아지 꼬리의 주인공을 그만 인간 이하로 보았던 것에 불과했다. 그것은 즉 한 자신이라고 해도 과언이 아니었다. 한은 인간 탄생의 문이 그럴 수야 있겠느냐고 비명을 올렸지만 기실 여인의 하반신은 한에게 있어 하나의 거울의 역할을 해준 셈이 되었다. 그러니까 그 거울에 나타난 자기 상반신을 보고 놀라고 만 것이다. 하나의 예를 들어 도스토옙스키가 청년 라스콜리니코프를 시켜 노파를 죽여놓은 것은 뜻이 딴 데 있지 않았다. 그 거울에 비친 자기 인간의 증인을 찾자는 데 있었던 것이다. 한 번 더 강조해본다면 자기 인간성의 증인 신립을 한 것이었다.

닥터 우가 알기에는 한도 그만한 기회쯤은 있었을 것으로 알아왔다.

라스콜리니코프가 노파를 도끼로 내리패던 그 순간 이상으로 어느 여성의 육체에다 자기 인간성을 도끼 쓰듯 했을 것이었다. 닥터 우의 임상학적 관찰로 본다면 주어진 현실에서 자기 증인을 찾지 못하고 육체에만 휩쓸려 성 과잉증에 걸린 것이 아닌가 생각했다. 이렇게 성 과잉만이 거듭되는 동안 허약해진 신경과 함께 성 유약증을 가져온 것이었다. 이것이 한이 앓고 있는 질환의 시발점이 된 것이었다.

박 기자가 자기 증인이 되지 못하고, 시류적인 데만 끌려 현실 과잉증을 앓고 있는 현상과 같은 것이다.

시간이 얼마간 흘러서야 한은 눈을 제대로 떴다.
"오늘은 왜 늦었어…… 뭐 재미나는 일이라도 있었나?"
제법 농담조까지 섞어가면서 인사 같은 말을 물었다. 닥터 우가 오기는 한 시간 이상이 지난 것이다. 그만큼 한의 생활은 시간에 제한이 없었다. 이것이 한의 병의 특징이었다.
"인제 살아난 게지!"
닥터 우도 농담을 되받으면서 진찰 백에서 주사약을 꺼냈다.
케이스에는 '오우버 홀몬'이라고 씌어 있었다.
한은 이 약을 넌지시 바라보면서,
"건 여자에게 쓰는 약 아냐?"
"그래 여자에게 쓰는 약이다. 왜?"
닥터 우는 건성으로 대답이라기보다는 쏘아붙이는 말투였다.
"여자의 육체와 내 육체와 무슨 관계가 있지!"
닥터 우는 한의 말에는 귀담아듣지도 않는 태도로,
"이건 말이야. 병리학에도 투약법에도 없는 거야. 이 위대한 우 박사의 임상학의 소산이라고만 알아두면 되는 거야!"

닥터 우는 심장병 전문의였다.

우의 손을 거쳐간 심장병 환자는 그 수를 우도 잘 기억하지 못하고 있다. 그만큼 심장병 환자가 많다는 것만을 기억하고 있을 뿐이었다. 아니 닥터 우의 눈에는 서울 시민이 전부 심장병 환자로만 보였다. 이런 직업의식으로 해서 그렇게 현명하다는 닥터 우도 왕왕 오진을 하기가 일쑤였다. 어떤 때는 빈혈증 환자를 신경성 심장병 질환으로 오진을 하고는 자기 자신의 허술한 처사를 웃음으로 넘겨버린 때가 있었다. 그만큼 닥터 우에게는 환자가 많았다.

그런데 환자들의 통계 숫자로 보면 혈압이나 심장 질환으로 졸도하는 숫자가 여자보다는 남자 편이 월등히 많은 데 놀랐던 것이다. 가령 남자 졸도 수가 100퍼센트라면 여자는 0.8퍼센트밖에 나타나지 않는 것이었다. 그것도 심장 판막증으로 영 죽어버리거나 빈혈증 같은 것이 항례였다. 남자가 하듯 고혈압으로 쓰러지는 것 같은 예는 거의 없다시피 되어 있었다.

닥터 우는 이 근원을 파악하기 위하여 남녀의 체질의 차를 가지고 여러 해 동안 씨름을 해왔다. 그러나 아무리 머리를 썩여보아야 우의 지혜로써는 그 신비성을 도저히 파악할 수가 없었다. 그래서 방향을 바꾸어 나타난 현상에 의존할 수밖에 없었다. 즉 수유기에 있는 또래들에게는 심장병이나 혈압 환자가 전혀 없다는 데 착안을 해보았다. 그 또래들은 그 체능이 남자와 여자가 동등한 비율을 나타내고 있었다. 여성의 체질을 유도를 통해서 남자에게도 이식되고 있다는 엉뚱한 착상을 하게 된 것이다.

닥터 우는 대번 이것을 실천에 옮겨보았다. 환자를 A·B 두 반으로 갈라놓고 A반에다 오우버 홀몬을 투약했고, B반에는 에나루몽을 사용해보았다. 즉 A반에다 여자에게나 사용할 수 있는 주사약으로 여자의 체질을 이식해보는 것이었다.

닥터 우의 착상은 틀림이 없었다. B반에서는 많은 졸도 환자가 나타나는 반면에 그와는 반대로 A반에서는 단 한 사람의 졸도 환자도 나타나지 않았다.

이것이 위대한 우 박사의 임상학의 소득이었다.

닥터 우는 한의 피하에다 오우버 홀몬을 투약한 것이었다.

"여자는 그만큼 남자보다 강하다고만 알아두면 그만이야. 알겠나!"

한은 그래도 미심쩍어서,

"그럴까?"

"그럴까가 아니야. 여자와 남자의 체질 교환 같은 거라니까. 무역 교류를 몰라. 그것도 매일 하는 게 아니구 1년에 두 번이면 충분한 거야." 하고 한의 허벅다리를 툭 치는 것이었다.

그때에야 한은,

"내가 한 시간은 잤지?"

하고 공포에서 풀려난 죄인 같은 얼굴을 했다.

닥터 우는 ─죄와 병은 동등한 위치에 놓여 있구나 하는 생각을 하면서 백에서 파란 교갑에 든 리브리엄을 몇 알 내주면서,

"잠이 잘 안 오거나 공포감이 오거든 이걸 한 알씩 먹고 실컷 자봐!" 하고 일어서려다 말고,

"자네 우리 옆집 김 교수 아내 알지?"

"김 교수!"

"그래, 왜 그 살쾡이 같은 여자 있잖아! 그 여자가 정신분열증을 일으킨 거야!"

한은 우의 얼굴을 넌지시 건너다보면서,

"정신분열증도 사회병 아닌가?"

"맞다! 맞았어! 자네 같은 거지. 시대에 얽매여 있으면서도 안 그런 척하다 생기는 병을 시민 질환(市民疾患)이라고 하는 거야!"

"나도 그럼 시민 질환이게?"

"어쨌든 세균 작용은 아니니까! 자네 인간을 감당해줄 만한 자신의 신을 발견하지 못하는 데서 온 신경쇠약 같은 거야!"

이 말에 한의 얼굴에는 대번 먹구름이 번지기 시작했다.

"잘됐군! 그럼 내겐 약도 없겠군그래."

"물론이지. 자네에게 투약을 하는 목적은 단순한 거야. 급성 질환을 만성으로 전환을 시켜보자는 것뿐이야. 그다음은 자네 책임이야. 다시 말해서 병원이 되고 있는 자네 생활을 개선해야 하는 거야. 자네『죄와 벌』을 읽은 적 있지. 도스토옙스키가 라스콜리니코프를 단 한 번이라도 용서를 했다는 대목은 없단 말이야. 다만 라스콜리니코프 자신의 자책으로 해서 자기 신을 발견한 거야. 그 신의 힘으로 자수를 했다고 되어 있지 않냐 그런 말이야. ……그러니까 말일세. 범죄와 질환은 동등한 위치에 놓여 있다는 생각을 하고 있으면 되는 거야. 자네가 듣기에는 좀 거북한 얘기긴 하지만…… 나는『육법전서』의 범죄 조항에다 질환죄란 항목을 하나 더 삽입해보고 싶은 엉뚱한 생각을 할 때가 있다니까!"

한은 우에게서도 구원을 받을 수가 없었다. 역시 절벽 같은 다리를 건너야 할 시간이 온 듯했다.

우는 한과 단둘이만이 앉아 있다고 생각하고 있었다. 그러나 한은 닥터 우 외에 또 한 사람을 옆에 앉히고 있었던 것이다. 역시 한이 만난 한갑수가 앉아 있는 것이었다.

한은 우 대신 무슨 구원이나 청하듯이 한갑수를 바라보았다.

한갑수는 씁쓸한 웃음을 지으며,

"그 말은 닥터 우가 가질 법한 실존 의식 같은 거야. 그러니까 모든 사실적 실증은 사람 나름이라니까. 그러니까 말이야. 어디 사실주의란 저 혼자만이 독립할 수는 없는 거야. 표현 방법의 하나라면 몰라도…… 그걸로 해서 많은 작가들이 골탕을 먹었지! 다시 말하면 사실주의 문학이란 어느 한 사관에만 과잉 충성을 하다 작가 자신을 상실한 거야. 증인 없는 사실은 하나의 데모 의식 같은 거 아닐까! 사실은 그렇지 않으면서도 어느 위압에 끌려다니는 그런 걸음걸이 말이야. 그러니까 작가는 인간 울타리 밖에 서면 안 돼…… 인간 울타리 안에서 싸워야 해."

한갑수는 제법 신이 나 했다.

"그건 문학 얘기 아냐! 내 병과 무슨 관계가 있어!"

이 말에 우는 어리둥절했다.

"문학 얘기라니…… 자네 또 헷소릴 하는군!"

그러자 한은 당황해서,

"아냐. 갑수가! 갑수가!"

하고 변명 비슷한 대답을 했다. 우는 더욱 의심이 갔다.

"갑수라니! 그럼 자네 외에 또 갑수가 있단 말인가!"

한은 한참이나 어림해 있다가,

"내가 그런 얘길 했던가!"

한은 탄력 없는 웃음을 지을 뿐이었다.

우는 한더러 좀더 안정하라는 말을 남기고 일어서려 했다.

그러자 한은 우를 붙잡다시피 하면서,

"그 김 교수의 아내가 어찌 됐지!"

하고 우의 중단된 말에 집념을 가지는 것이었다.

"그거 들으나 마나야!"

하고 떨떠름한 대답을 하고는 좀 뜸을 들이고 나서 말을 다시 계속했다.

"살쾡이 같은 그 여자가 말이다. 임신 중절 수술을 했다는 거야. 가족계획 같은 거지."

"임신 중절!"

"그래. 병원에 가서 긁어내는 거 있잖아, 그것도 한 번이 아니고 벌써 다섯 번째라나. 그러니까 모체가 약해질 수밖에. 아니 모체의 중추 신경을 건드린 거지."

방 안은 얼마간 침울한 공기가 흘렀다. 닥터 우도 어딘지 모르게 찌뿌듯한 안색을 했고, 한도 그 말에는 별 흥미를 느끼지 않았다.

"그 참 구질구질한 인생들이군. 그런 것쯤 참으면 되잖아."

"자식 생불 같은 소리 하지 마. 그건 다 먹을 것 찾아 먹고 나서 하는 소리야. 그 살쾡이 같은 여자가 그냥 있을 줄 아나! 목덜미라도 물고 늘어질걸……"

한은 꿈에서 본 구관조들의 광란을 연상했다. 꼬리를 폈다 접었다 하는 그 암놈의 유혹을 떠올린 것이었다.

"하긴 그렇군!"

한은 신음 같은 소리를 냈다.

"그렇군 정도가 아니지. 왜 그 유명한 소문이 있잖아. 그녀여 내게 휴식을 좀 다오. 단 하룻밤이라도 잠을 잘 수 있는 휴식을 다오, 했다는 소문 말이야!"

"그렇다면 김 교수 편이 정관 절제 수술을 함 되잖아."

"것도 안 된다는 거야. 지금은 가세가 구차하니까 망정이지 힘만 핀다면 그때는 멋진 자식을 낳아본다는 게 그녀의 소원이거든."

"되게 얼어걸렸군. 그렇다면 말이야, 여자 편이 스펀지로 피임 장치를 함 되잖아!"

"그것도 안 된다는 거야. 부작용을 일으켜 몸에 열이 난다는 거야.

남 다 겪는 걸 못 겪는 이상 체질이란 거지. 그러니까 하는 수 없이 긁어낸다는 거야. 그게 그녀의 운명 같은 병이란 말이야."

닥터 우의 설명 조의 말을 듣고 있던 한은 느닷없이 핏대를 올리는 것이었다.

"그깟 년을 그냥 둬. 목을 댕경 잘라 처치해버릴 노릇이지."

고혈압 환자의 특징 같은 이질적인 말투였다.

"지성인이 어디 그럴 수야 있나. 김 교수는 한 월여 전에 그녀를 뇌병원에다 입원을 시켰다는 거야. 입원한 병원이 뭐라드라! 아마 S정신신경 외과라고 했지. 그런데 말일세. 예의 그 환자가 두 주일도 채 못 돼서 천연스럽게 낫더래는 거야. 그래 퇴원을 시켰댔잖아! 헌데 하루는 점잖게 성경책을 끼고 교회를 다녀오더니만 엉뚱한 소리를 하더래지 뭐야."

닥터 우는 잠깐 말을 중단했다. 한은 갑자기 초조해지면서,

"뭐라고, 응 뭐라고 하더래?"

"예배당을 다시는 안 나간다는 거야. 기독은 사람을 구원하러 온 구세주가 아니라 오다가다 그냥 다리쉼이나 하러 들른 과객에 불과한 존재라고 하더라나. 그리고 그다음 말이 재미나는 얘기야. 기독만을 나무라는 게 아니고, 도시 인생을 창조했다는 여호와부터가 마깝지 않다는 거야. 인간을 생산하는 완제품 공장은 있으면서, 왜 부속품 공장을 잊어버렸는지 도시 신의 섭리가 돼먹지 않았다는 거지. 눈이 상했을 때는 눈을 갈아 채우고, 다리가 썩으면 다른 다리로 바꿔 맞추면 사람을 기계 쓰듯 두고 쓸 게 아니냐는 거야. 이 말이 하도 기특해서 말이야. 김 교수란 작자도 맞장구를 쳤다나. '기계 같은 것 말이지, 분업 작업 같은 것' 이러고 응수를 했다는 거야. 그러니까 그녀 말이 '그래요. 그것 말이에요' 하고 아주 태연한 대답을 하더라는 거야. 김 교수도 제법 신이

나서 '그거 그럴 법도 한데……' 하고 마주 받았다지 뭐야. 그다음 그녀 대답이 아주 걸작이야. '나 부속품만 생산할래요. 제발 좀 그래주세요.' 이때에야 그녀의 대답이 정상적이 아니라는 걸 눈치채고 '뭐라구' 하고 따져 물으니까 '왜 그러셔요? 내 말이 어디가 잘못됐어요. 당연하잖아요. 번번이 긁어내느니 그편이 낫잖아요. ……제발 부탁이에요. 당신은 오늘 밤부터 내가 주문하는 것만 해주면 되는 거예요. 알아들었죠. 그렇지 않을램 이젠 더는 옆에도 오지 마세요. 누가 응하나 봐요. 국물도 없어요' 하고 눈을 하얗게 까뒤집더래나. 글쎄 김 교수는 하도 기가 막혀 엉엉 울었다니, 말 다했지 뭐야."

이 말을 들은 한은 광기 들린 사람처럼 벌떡 일어나 앉았으며 폭소를 연발했다.

"야 거 참 신난다. 됐어! 됐다니까! 내가 하고 싶은 말이 그 말이야."

그러자 옆에 앉아 있던 갑수도 말을 받아넘겼다.

"파종할 밭이 없다는 내 말이 역시 그 말이라니까. 나는 여자만 생산하고 싶거든. 그런데 말이야, 역사는 내 생각과는 정반대로 역전을 하고 있는 거야. 영국은 벌써 여자 하나에 남자 두 사람꼴이라나. 한국도 마찬가지야. 가족계획 본부로 들어온 통계 숫자를 보면 여자 한 사람이 아들 둘에 딸 하나만을 낳는다는 게 지배적이라는 거야. 이걸 한번 따져보란 말이야. 무슨 꼴이 되나. 남자 둘에 여자 하나라는 숫자 대 숫자로만 본다면 제법 남성 지상주의같이만 보이는 거야. 그러나 이걸 액면 그대로 받아들였다가는 큰일이야."

갑수의 말은 좀 막연한 데가 있었다.

"건 왜 그렇지. 남자가 소중하니까 많이 두자는 욕심 같은 거 아니야."

"하긴 그 말이 타당한 말이지. 물론 남자가 소중해서지. 허나 그걸 한번 엎어쳐보란 말이야. 어떤 결과가 오나. ……이건 여자 하나가 남자 둘을 가지고 살아보자는 거창한 혁명이야. 만일 이걸 좀 과장해서 여자 한 사람이 남자 열에 여자 하나만을 낳는다고 생각해보란 말이야. 그렇게 된다면 박 기자의 말대로 밀봉 세계와 같은 것이 되고 마는 거야. 여왕봉 한 마리의 교접을 위해서 종봉을 몇만 마리나 두는 그런 제도가 되고 만다니까. 이렇게 따지구 보면 어디 남자가 마음놓고 잠을 잘 수가 있느냔 말이야. 그러니까 작가의 작품은 외각에서만 배회하지 말고 신의 고지서 같은 걸 발부해야 하는 거야. 신은 어느 신이든. 그 소재를 가릴 필요는 없어. 굳이 이름을 짓는다면 인간적 내면 세계에서 사는 신이면 되는 거야."

그러나 한에게는 한의 인간을 뒷받침해줄 만한 신이 없었다. 있다면 육체의 향수 같은 것이 남아 있을 뿐이었다.

그렇다면 아키코의 육체가 한의 신이 돼줄 수는 없을까! 한은 조바심이 났다. 갑수의 해답이 듣고 싶었던 것이었다. 하나 갑수는 벌써 자리를 뜨고 있는 것이었다.

한은 갑수를 붙잡으려고 했다.

"갑수— 잠깐만! 잠깐만!"

하고 헛소리를 씨불였다.

그러나 갑수는 말을 듣지 않았다. 갑수는 한과 합산을 해주지 않은 것이었다. 다만 간헐적으로 오는 고혈압이 2백을 넘어서고 있을 뿐이었다.

이날 밤도 한은 구관조의 꿈을 보았다.

구관조는 말이 아니었다. 암놈이 뜯어놓은 검은 털이 되는대로 흩어져 있을 뿐이었다.

그런데 하나 이상한 일이 있었다. 암놈이 이 털을 날라다 둥지를 트느라고 한창 열을 올리고 있었다. 아마 수정이 되지 않는 무정란이라도 낳아보자는 심산인 모양이었다. 아니 부속품을 낳겠다는 김 교수의 아내 같은 정신분열증을 일으키고 있는지도 모를 일이었다.

삽화

닥터 우가 다녀간 그날 밤도 한은 구관조의 꿈을 꾸었다.
한은 제법 영주(領主)다운 걸음걸이로 초당(草堂) 앞뜰을 건너 새장〔禽舍〕 쪽으로 걸어가고 있었다.

뜰 안에는 때아닌 들국화가 한창 피고 있었다. 한은 그 꽃을 꺾어볼 생각이 났다.
꽃가지를 한 움큼 움켜쥐고 기를 써보았다. 꽃은 좀체 꺾이지 않았다. 이번은 뿌리째 뽑아볼 욕심을 냈다. 역시 꽃은 뽑히지 않았다. 한은 무슨 꽃이 이렇게도 끈질긴가 하는 이상한 생각이 들었다.
한은 꺾어보려던 생각을 단념하고, 이번은 발로 꽃밭을 마구 뭉개보았다. 그제야 우석 하고 꽃가지 부서지는 소리를 냈다. 한은 통쾌한 생각이 들어 연방 뒤를 돌아보았다. 꽃은 금세 한의 발에 밟힌 자국을 메워주고 있었다. 한은 울화가 치받쳤다. 꽃이 메운 자리를 한은 몸째 누위 뒹굴어보았다. 역시 깔아뭉갠 꽃들은 제대로 곧 허리를 펴는 것이었다. 이렇게 한참 동안 꽃과 한이 한데 얽혀 북새가 일 때였다.

저쪽 모과나무 뒤에서 나비 떼가 들이닥치고 있었다. 한은 대번 현기증을 일으켰다. 그렇다고 나비 떼에 밀려날 수는 없는 일이었다. 한은 손으로 나비 떼를 헤쫓아보았다.

나비 떼 역시 꽃이 꺾이지 않듯이 물러설 줄을 몰라 했다.

"똥개 같은 자식, 죽어라! 죽어!"

한은 나뭇가지를 꺾어 들고 나비를 마구 때려눕혔다. 한의 폭력에 여러 마리의 나비가 죽어 떨어졌다. 나비는 눈물 대신 분가루 같은 하얀 가루를 뿌리면서 죽었다. 그러나 나비 떼는 어느덧 꽃밭을 뒤덮고 말았다.

꽃은 나비 떼에 항거하지 않았다. 순정 같은 자세로 나비들을 받아들이기에 열을 올리고 있었다.

한은 가슴이 메슥메슥하도록 질투에 말려들고 있었다. 피를 밀어올리는 질투와 함께 한의 코로 이상한 냄새가 풍겨왔다. 맨 처음은 꽃 냄새라고 생각했다. 그러나 꽃 냄새만은 아니었다. 몇 해를 두고 기다리던 아키코의 체취 같은 그런 냄새였다.

한은 그 자리를 뜨고 싶지 않았다. 그냥 서서 육체의 향수를 느껴보고 싶었다. 그러면서도 꽃은 사람이 맡을 대상이 못 된다는 생각이 들었다. 어서 나비 떼에게 맡겨주어야 할 나비들의 소유물이었다.

본래 사람이 꽃을 가꾸는 뜻은 딴 데 있지 않았다. 춘화를 보는 것 같은 최음제에 속해 있었다.

이것이 어쩌다 하나의 정상적인 취미로 승격을 한 것뿐이었다.

한은 꽃밭과 나비 떼를 한참 헤어나서야 간신히 새장을 찾아들 수가 있었다.

새장 안은 무거운 침묵이 깔려 있었다. 구관조의 신음 소리도 들리지 않았다. 어딘지 모르게 모든 문제가 끝장이 났다는 불안감이 안겨왔다.
 구관조는 이미 죽어 초상을 치르고 난 뒤였다. 다만 구관조가 땅에 배를 깔고 누워 있던 그 습기 진 자리에는 암놈이 상장을 달고 앉아 삼우제(三虞祭)를 지내고 있었다.
 암놈은 폈다 접었다 하던 꼬리놀림을 하는 대신 깃을 나부끼면서 무어라고 한참 주워섬기고 있었다. 한은 무슨 말인지 알아들을 수가 없다. ──죽은 넋이라도 있다면 어서 내 몸을 좀 무겁게 해주세요. 땅이 꺼져들듯이 말이에요. 제발 소원이에요. 마지막 소원이에요⋯⋯ 하고 읊조리는 애절한 추억담으로 들렸다. 그러나 구관조의 암놈은 한의 해석보다는 좀더 간절한 제문(祭文)을 읊조리고 있거나 아니면 김 교수의 아내가 하듯 신을 저주하고 있는지도 모를 일이었다.

 한은 무색한 낯을 하고 서 있었다.
 "아직 비관하지는 말자."
 문득 딴생각이 들어, 한은 암놈이 지어놓은 둥우리로 가서 손을 넣어보았다. 둥우리 안에는 두 개의 알이 나란히 누워 있었다.
 아직 체온이 담겨 있는 생명체 같은 그런 알이었다.
 "이거 봐! 여긴 경사가 났군그래. 마음을 좀 고정하고 어서 이 알을 품어주어!"
 한은 암놈을 달래주고 싶은 심정이었다. 그러나 암놈은 한에게로 대드는 시늉을 했다. 당장 한의 눈을 찍어낼 듯이 부리를 돋우어 들면서,
 "남자 양반이 너무 시시하군요. 왜 남의 내정 간섭을 하는 거죠."
 암놈은 한을 향해 하얗게 눈을 흘겨주었다.
 "내정 간섭이 아니다. 탄생 축하를 온 것뿐이다."
 "탄생 축하시라구요? 말씀만은 상감님 같은 말씀을 하시는군요."

한은 자존심이 꺾이는 것 같았다.

"알을 둘씩이나 낳아놓았으니 탄생 축하지 뭔가! 그래 내 말이 어디가 불만인가?"

이 말에 암놈은 목을 푹 꺾고 있다가 눈에 먹물 같은 눈물을 떠올리면서,

"무정란인걸요."

"그래도 체온이 있던데…… 밤새껏 품고 잔 게 아냐?"

"맞았어요. 어젯밤도 아빠 대신 밤새껏 품고 잤어요. 그렇다고 부화 작업을 하는 것은 아니었어요. 모성애 같은 거죠."

"모성애."

암놈은 약간 당돌한 자세를 취했다.

"왜 있잖아요. 서방님의 조국애 같은 것 말이에요. ……조국애는 뭐 별건 줄 아십니까? 생활 습성뿐이에요."

한도 얼마간 수긍이 가는 말이었다.

"하긴 그렇군!"

"그렇다 뿐입니까! 서방님이 조국애를 못 잊어 대구 감영(監營)을 들락거린 거나, 제가 모성애를 못 잊어 무정란을 품고 자는 거나 그 운명이 뭐가 다릅니까?"

"뭐라구! 그래 내 조국이 무정란이란 말이야! 조국이!"

한은 대번 암놈을 후려갈길 뻔했다. 그러나 구관조의 암놈은 좀더 앙칼진 눈매를 하고 맞섰다.

"그만 말이 그렇게도 노여우세요? 그러다 보니 제 말귀를 채 못 알아들으셨군요. 저의 아빠를 보지 않으세요? 죽어 뻐드러진 우리 주인 양반 말이에요. 저희들이 포로가 되어 한국의 풍토에서 살다 죽듯이 한국은 대륙의 포로가 되어 이국의 풍토에서 살다 그만…… 서방님이 타고

있는 배는 너무 바람을 타는 것 같군요. 아라사 버들같이 말이에요. 북동풍이 불다 멎으면, 서남풍이 밀어닥칠지 누가 압니까."

이 말에 한은 대번 고집이 앞섰다. 배짱 같은 그런 고집이었다.

"바람은 어느 놈이 불어닥치건 내가 탄 배는 내가 몰고 가는 거다. 파선은 당해도 죽지는 않는다. 이만하면 내 의지도 알 만하지!"

"그러세요? 그럼 기항지(寄港地)는 어디시죠?"

한은 아직 흥분이 꺼지지 않은 어지로,

"내 배가 닿을 기항지는 두 개가 겹쳐 있는 곳이다. 새 같은 족속들은 개성에서만 살다 죽으면 그것으로 횡사쯤은 면할 것이다. 그러나 나(인간)는 두 개의 세계를 한꺼번에 살아야 하는 거다. ……나는 고추장을 먹는 맛에만 사는 줄 아는가 보지! 네 주둥아리를 날름대는 품이 말이야, 내게는 대륙의 틈바구니에서 조국을 지키는 무개성의 세계도 있는 법이다. 너는 그걸 바람을 탄다고 하지만 바람을 타는 것만은 아니다. 이 무식한 똥개 같은 년아! 가만하면 면무식은 되잖냔 말이다. 내게는 획일주의라는 또 하나의 법칙이 내 개성을 키워주고 있는 거야. 다시 말하면 세계의 품 안에서 개성을 살려야 하는 법이다. 그게 너와 다른 인간의 차원이다. 현대의 고차원이란 말이야."

이 말을 듣고 있던 구관조의 암놈은 입가에 차가운 미소를 떠올렸다. 복수심 같은 그런 것이었다.

"그러시다면 왜 아키코를 죽이려고 하셨죠. 왜놈의 기모노나 얻어 입고 실컷 놀아나 보실 일이지!"

"너 뉘게다 욕을 보여주자는 거 아냐? 한다는 소리가 그렇잖냔 말이다."

한은 점점 체신을 잃어가고 있었다.

"그렇다 해두세요. 그러나 감정을 너무 외곬으로만 몰아세우진 마세요. 좀 삼가시는 게 좋으실 거예요."

구관조의 암놈은 애죽애죽 말을 까발리고 있었다.

"서방님은 시를 쓰신다면서요. 애국의 창가를 쓰셨다는 소문이 파다하더군요."

암놈은 패식패식 웃음을 떠올리다 말고 꼬리를 돌려댔다, 가슴을 돌려댔다 하면서 홰를 타고 팽이놀림을 했다. 구관조가 놀랐을 때 흔히 하는 그런 버릇이었다.

이번은 한이 홰 앞으로 다가섰다.

"난 체신쯤 문제가 아니다. 네가 하고 싶은 얘기가 있거든 실컷 해보아라. 실컷 말이다. 너무 깔보지 마. 내게도 그만 아량쯤은 있으니까."

한은 온몸이 떨렸다. 그런다고 구관조의 암놈은 낯빛 하나 바꾸지 않았다.

"서방님도 별수 없으시군요. 화를 내는 품이 꼭 돌아가신 우리 아빠 같네요. 어쩌면 그렇게도 사내들은 하나같이 닮았죠. 마치 주물 공장에서 나온 냄비 뚜껑 같은 자세를 하시네요."

암놈은 등빛 주둥이로 한창 깃을 다듬고 있었다. 사람들로 치면 헝클어진 머리를 가다듬고 있는 셈이 된다. 대화를 주고받을 때마다 여인에게 그런 버릇이 있듯이 구관조에게도 몸매를 가누는 버릇이 심했다.

"방금 뭐라고 했었죠? 머 개성이 획일주의의 포옹에서 사신다구요. 듣고 보니 그 말도 제법 그럴싸하군요. 여자란 이렇게 마음이 간사해서 탈이에요. 그렇다고 너무 웃지는 마셔요. 아니 으스대지 마시란 말씀입니다. 이 말 알아들으시겠어요?"

"알아들었다 해두자! 속어에 점입가경이란 말이 있다. 아마 그 말이 네 말을 두고 말한 말이었나 보구나! 내가 미처 몰라 죄송하다. 죄송해!"

한은 암컷이란 짐승들은 제대로 말을 알아듣지 못하는 똥개란 예의 개념을 떠올리고 있었다. 그저 몇 개의 출입구로 생리가 요구하는 식료품을 날라 들이면 그만이라는 외잡한 생각까지 떠올렸다.
　이때도 구관조의 암놈은 한의 얼굴 어느 한 곳으로 초점을 조절하고 있었다.
　"우리 아빠도 허세가 좀 심했어요. 남에게서 전수한 몇 마디의 단어를 자기 창조라고 하면서 예술가연했거든요. 그때마다 저를 표현 없는 벙어리 새라고 구박이 막심했어요. 이제 보면 아마 우리 아빠도 획일주의의 포옹 속에서 살다 죽었는가 보죠."
　구관조의 암놈은 간드러지게 웃음까지 웃어댔다.
　"서방님도 우리 아빠 같은 존재라고 하면 아마 욕이 되시겠죠. 그렇지만 하는 수 없군요. 전 제가 본 대로 하는 얘기이니까요. 제 악의의 소치라고 오해는 마셔요. 우리 아빠가 서방님한테 전수받은 몇 마디의 단어로 천재가 되듯이 서방님은 누헌테 그 많은 단어를 전수받으셨죠. 아닙니다. 말이 좀 빗나갔군요. 왜『애정수첩』이란 시집이 있지 않으셔요.『사랑의 찬가』말씀이야요. 그때 서방님은 누헌테서 갈채를 받으셨죠. ……아키코 상이었습니까?"
　한은 얼굴이 확 달아왔다. 처음은 어쩌다 망신살이 뻗쳤다고 생각했으나, 듣고 보니 이건 문제가 좀 다르다는 기우심을 일으켰다.
　한은, ─그 오만한 소리 그만 좀 닥쳐라…… 하려다 말고,
　"그다음은 뭐지? 어서 그다음을 좀 말해주어!"
　"저를 아직 벙어리 새라고만 기억하시나 보죠. ……하램 하죠. 누가 못 할 줄 아시나 봐요."
　"아니다. 건 오해다. 오해야."
　이번은 한이 목을 꺾었다.
　"서방님은 왜 남의 생명체를 완구시켰죠. 우리 아빠를 천재다! 천재다 하면서 그런 시시한 대화를 전수시켰죠."

구관조의 암놈은 다시금 눈물을 떠올렸다.

"제게는 아직도 젊음이 남아 있어요. 그러니까 제게는 천재보다는 건강한 아빠가 있어야 하는 거예요. 자연의 자세 그대로 살아야 할 신의 계시 같은 것 말이에요. ……서방님 제 하반신에 뭐가 담겨 있는지 아시기나 하셔요. 당신네들이 애칭하는 난자(卵子)가 당신네들의 전용품만은 아니에요. 내게도 그게 꽉 차 있어요. 이걸 얻다 처치하면 좋죠. 어서 대답 좀 하세요. 천재다운 그 많은 단어를 한번 나열해보시죠. 무슨 시가 되나 보게요."

한은 지금 정신분열증 환자인 아내를 놓고 엉엉 울었다는 김 교수의 절박한 심정을 느낄 수가 있었다. 구관조의 암놈의 혈관에서는 현대가 조성하고 있는 당연한 육체적 감정과 신과의 엇갈림을 하고 있는 것이었다.

그래서 암놈은 '아빠'란 찬란한 대명사를 잊지 못하는 것이었다.

"돌매(수컷)가 죽은 건 큰 불상사야! 언제 그랬었지?"

"어느 날 저녁 0시예요. 그이도 숨을 거둘 때는 고향이 그립다는 그 얘기뿐이었어요. '호주가 예서 몇 마일이나 남았지? 아직도 먼가!' 하고 자꾸만 거리감을 재는 것이었어요."

구관조의 암놈은 번지는 눈물을 숨기려고 무척 애를 쓰는 품이 역력히 엿보였다.

한은 더욱 민망한 생각이 들었다.

"우리 아빠가 왜 죽었는지나 알고 계셔요? 서방님이 죽인 거예요. 생명체를 가지고 완구놀음을 하다 그만…… 아니지요, 좀더 정확히 따진다면 잘못 전수한 대화의 교정을 한다고 암실에 처넣은 것이 화근이 된 거죠. '아키코 상 타자!'가 수치에 속하는 단어라면서요. 사내들은 대담한 체하면서도 왜 그렇게 수줍음을 타는 거죠. 화초 재배의 취미가 정상 생활로 승격을 하듯이 그 '타자'란 단어가 상용어로 승격을 할 때는 지금의 불상사를 누구의 오산이라고 해야 옳습니까? 사람에게는 좋지 않은 말버릇이 너무 많더군요. 오관의 지칭어가 제대로 제정이 되어 있으면서, 뭐 어디를 가리켜서는 '치부'라고 하면서요. 그건 무슨 애칭입니까. 제가 보기엔 점잔을 빼는 사람일수록 너무 음성적이더군요. 눈을 눈이라듯이 ××를 ××라는 게 어디가 부족합니까? 신문소설의 윤리위원회까지 간섭을 한다면서요."

한은 기분이 벙벙해 서 있다가,

"그만했으면 됐다. 참어라! 참어! 참는 자에게 복이 있단 말도 있잖나!"

"아닙니다. 제게는 아직 해야 할 법적 절차가 남아 있습니다."

"사망 신고!"

"무어라구요?"

구관조의 암놈은 너무 외의란 듯한 표정을 했다.

"상소문을 올려야 하겠어요. 아빠의 인권을 위해서 말입니다."

한은 가슴이 와르르 무너지는 허탈감을 느꼈다.

한의 난색을 눈치챈 암놈은 한의 앞으로 다가서며 부리로 집게놀림을 해 보였다.

"우리 아빠를 죽인 범인이 서방님이 분명하죠?"

한은 처음 겁을 먹어보았다.

"아니다. 건 삼수가 그랬다. 삼수가!"

하고 허겁댔다.

"그러세요. 알 수 있는 말이군요. 우리 아빠 깃을 분질러놓은 사람이 새장지기라 그 말씀이죠. 그러나 삼수는 진범의 사주를 받은 하수인이 아닐까요? 저도 그만 법조문쯤은 기억하고 있어요."

"하수인!"
"왜 그러세요. 그게 못마땅하세요. 그러시다면 증인을 불러댈까요."
하고 대번 목젖에 볼륨을 높여 삼수를 불러대고 있었다.
한의 등골에는 소름이 끼쳐왔다.

삼수를 만난 곳은 새장이 아니었다.
한이 아키코와 마지막 작별을 짓던 여풍장(麗風莊)이란 산장이었다. 구관조의 암놈을 따라 탱자나무 울타리를 들어서자 서쪽 석등 앞에서 잡초를 뽑고 있던 삼수가 반가운 듯, 지겨운 듯한 얼굴로 맞이해주었다.
"서방님! 용케 남아 계셨군요."
"용케 남다니! 그 말이 무슨 뜻이지? 아마 인사말만은 아니겠지?"
한은 서운한 생각과 함께 초조감 같은 것을 느끼기 시작했다.
삼수도 엉거주춤한 채 한의 얼굴을 마주 보고 있을 뿐이었다.
"구관조의 분묘가 어디쯤이냐?"
삼수는 떨리는 손을 들어 저쪽 잔디밭을 가리켰다.
"바로 저깁니다. 서방님 무덤 뒤쪽 산머루나무 말입니다. 서방님! 이건 엉뚱한 얘깁니다마는 현대인은 자살을 무서워하지 않는다면서요. 그저 시시해서 못 하는 것뿐이라죠. 도스토옙스키가 말한 생명에 대한 공포감 때문에 자살을 못 한다는 인간 실존성이란 조항 하나가 삭제를 당했다면서요. 서방님도 그렇습니까?"
이 말에 불경을 당한 것 같은 감이 들어 한은 대번 핏대를 세웠다. 아마 몸에 배어 있던 옛 습성이 그랬는지도 모를 일이었다.
"너까지 비웃기냐! 현대인 현대인 하지만 현대인이라고 다 그럴라고…… 세상을 도깨비가 판을 친대도 그것은 어디까지나 현대인의 자세다."

한은 삼수를 나무라듯 타일렀다.

"고정하셔요. 제가 한 말은 득심(구관조의 암놈)의 상소문에 의문이 있어 여쭈어본 것뿐입니다. 자상히 말씀드리자면 말입니다. 상소문에는 구관조의 죽음이 타살로 되어 있습니다. 그러나 구관조 본인의 말에 의하면 단식 자살을 했다지 뭡니까. 지루한 나날을 의욕 없이 사느니 자살을 하는 편이 한결 즐거웠다는 미담 같은 거였습니다. 하긴 분신 자살자가 날로 늘어가고 있는 것을 보면 현대인의 취미 같은 거 아닐까요."

이 말에 구관조의 암놈은 날개를 나부끼면서 삼수 앞으로 대들었다.

"삼수 씨! 그건 너무 불신스러운 말투예요. 아직도 갑수 씨를 영주로 모실 셈이세요."

이건 사건 전말의 입증을 굳혀놓자는 심산으로 보였다.

"좀 진득이 있어주어! 그러니까 현장 검증을 하자는 게 아닌가. 왜 그리 나대지!"

삼수는 한을 힐끗 바라보더니,

"서방님! 어서 무덤으로 가시죠. 한번 무덤을 파헤쳐보아야 알겠습니다. 평등한 판가름을 하자면 지금의 서방님보다는 구관조를 데려온 그때의 도련님을 만나야 하겠습니다."

암놈은 그제야 안심을 하는 표정이었다.

그러나 한은 머리를 흔들어 보였다.

"그런다고 알 수가 있을까! 내가 구관조를 받아올 때는 내 나이 열여덟 살 때니까 지금은 내 무덤을 파본댔자 별것 없잖아! 살도 뼈도 사그라져 흙밖에 남지 않았을걸!"

한은 조금치도 비겁한 생각을 하지 않았다.

다만 인간 실증을 위하여 사건 진행을 뒤로 미루고 싶을 뿐이었다.

"아닙니다. 방부제를 썼으니까요. 아키코가 주고 간 행커치프까지도 그대로 남아 있을 것입니다."
　삼수의 얘기는 삼엄한 선고에 속했다.
　"하긴 그렇기도 하군!"
　한은 어느 외국 작가의 작품을 머리에 떠올리고 있었다.

　작품명과 작자는 기억에 남아 있지 않았다. 다만 내용만을 어설픈 영화 각본 같은 스토리로 더듬을 수가 있었다.
　――무대는 어느 진영의 작은 위성 국가로 되어 있었다.
　때는 혁명 기념일이었다.
　데모대에 참가했던 형이 주검으로 돌아왔다. 그러나 그곳에도 보안법이란 게 있어 반란군의 시체 따위는 제대로 장례를 치르지 못하기로 되어 있었다. 시체를 불에 태우거나 강물에 내던져야 했다. 그러니까 형의 시체를 받아놓은 집에서는 남의 눈을 피해 시체를 오지그릇에다 넣어 뒷담 밑에 암매장을 했다. 그 옆에는 동생이 소리를 죽여가면서 울고 서 있었다. 이때 형의 연령은 열여덟 살로 되어 있었고, 동생의 나이는 열두 살로 되어 있었다. 그 후 많은 세월이 흐르고 나서 반란군이 승리를 거두게 되었다. 이를테면 정권 교체가 된 셈이었다.
　이쯤 되고 보면 형은 당당한 혁명 투사의 선구자가 되어야 했다. 그러니까 이 영웅의 무덤을 그냥 둘 수는 없었다. 개장하기로 했다. 그날도 형을 암매장을 할 때처럼 동생이 입회를 하고 있었다. 동생은 형의 죽음을 애통해했다. ――오늘의 영광을 못 보시고 돌아가신 형님! 우리 형님!…… 하고 혁명가의 가족다운 대사를 읊조리면서 눈물을 지었다. 상주를 옹위하고 둘러서 있던 관속들도 엄숙한 자세를 하고 어서 영웅의 시체가 나타나기를 기다리고 있었다. 토역꾼은 토역꾼들대로 가슴을 죄어가며 흙을 파헤치고 있었다. 얼마간 흙을 파헤치자 시체를 넣어 묻은 오지그릇이 나타났다. 주위는 일순간 고요해졌다. 이때 오지그릇 속에서 위대한 선구자인 형의 시체가 나타났다. 시체는 이마에 주름살 하나 없는 어린 소년이었다. 아니 반소매 샤쓰에 구멍 난 반바지를 입은 일개 초립동에 지나지 않았다. 이것이 영웅으로 모셔야 할 위대한 선구자인 형님의 모습이었다. 이때 동생의 나이는 이미 오십 고개를 넘어서고 있는 중늙은이에 속해 있었다. 동생은 시간의 차가 너무 심하다는 생각이 들었다. 시체를 본 동생의 입에서는 차마 형님이란 말이 나오지 않았다. 바로 자기 옆에는 형님 또래의 열여덟 살짜리 막내둥이가 서 있었기 때문이었다. 추억담을 떠나서 숫자로만 계산한다면 형님의 시체는 막내둥이 아들과 동갑뻘이 되는 셈이었다. 관속들도 마찬가지의 심정을 느끼고 있었다. ──저 애가 어쩌다 군중의 발에 밟혀 죽었을까……영웅이란 데모대가 남기고 간 뼈라 쪽지에 불과하다는 생각들을 했다. 동생은 울지 않았다. 아무런 실감이 나지 않았기 때문이었다.
　동생은 쓸쓸한 웃음을 입가에 떠올리고 있었다.

　　주　이 지방 풍토는 시체를 땅에 묻으면 방부제를 쓰지 않았어도 피부색이 변한다거나 원형이 파괴되지 않는다는 말이 있다. 그러나 이것은 작자의 픽션일는지도 모르겠다.

　꿈에 본 한의 무덤도 마찬가지였다. 한의 앞에는 『혁명가의 무덤』을 쓴 작가의 구성력을 빌려온 것 같은 현상이 나타나고 있었다.
　삼수가 드러내놓은 한의 시체는 열여덟 살짜리 혁명 소년 같은 그런 존재였다.
　굳이 다르다고 하면 그 소년에 비해 매우 오만한 점이었다.
　구체적인 예를 든다면 한이 젊어서 입던 의장이 그 소년에 비해 지나치게 화려했다.

불제(佛製) 캐시미어 웃저고리에 우물 정 자 무늬가 진 현란한 바지를 입고 있었다.

목에는 수박색 바탕에 하얀 물방울무늬가 진 나비넥타이를 매었고, 구두는 까치구두를 신고 있었다.

게다가 머리 위에는 맥고모를 비스듬히 젖혀 썼다.

좋게 말해서 프랑스 가구 쉬발리에같이도 보였고 나쁘게 말한다면 어딘지 모르게 건달기가 흘렀다.

지금으로 친다면 비틀스에 속하는 족속으로 보였다.

때로는 건달패도 되었다, 애국자도 되었다 하고 나대는 젊은 한갑수 일행을 미행하던 왜경의 입에서 ─경성(서울)이 일본 식민지가 된 게 아니고, 도쿄가 조선 식민지로 뒤바뀌고 있는 셈이군…… 했다는 말도 비틀스 같은 한갑수 일파의 사치성을 말함이었다.

이 소년의 시체를 본 한은 대번 구토증을 일으켰다.

─저 애가 대구 감영을 드나들던 갑수란 앤가! 연방 조국애를 불러가면서 말이야.

한은 웃음을 참을 수가 없었다. 아니 웃음이라기보다는 차라리 호된 기침 같은 것이 쿡쿡대고 치솟아올라왔다.

그러나 아무도 웃는 사람이 없어 다행이라고 여겨졌다.

인간 초심(初審)

　삼수는 약간 겁먹은 얼굴을 하고 증인석으로 가 앉았다. 구관조의 암컷은 바른쪽 원고석에 앉아 있었고, 한의 시체는 왼쪽 피고석에 누워 있었다.
　방청석에는 한의 직계 가족을 선두로 원근 친척들과 친지들로 꽉 차 있었다. 따지고 보니까 이 방청객들은 모두가 세상을 달리한 사람들이었을 뿐 현존한 사람은 단 한 사람도 참석해 있지 않았다. 아키코의 얼굴도 보이지 않았다.
　한은 맨 뒷자리에 얼굴을 반쯤 가리고 앉아서 흐느껴 울고 있었다.
　주심이 피고를 불렀다. 한의 시체가 벌떡 일어서자 직업은, 연령! 하고 심의가 계속되었다.
　"한갑수 너는 구관조를 살해한 사실을 시인하는가!"
　"상소문과는 많은 이의가 있습니다. 구관조를 죽인 사람은 삼수가 분명합니다. 그러나 삼수는 한갑수의 하수인이었습니다.『육법전서』에는 방조죄라는 조항이 있지 않읍니까?"

"그건 네가 알 바가 아니다. 갑수 너는 네 죄만 시인하면 되는 거다. 그러니까 네 죄상을 너는 시인하는 거지?"

갑수는 대번 얼굴이 상기가 되면서,

"누가 죄를 시인한다고 했읍니까! 누가 그런 무책임한 말을 했다는 겁니까! 다만 구관조를 죽인 공범죄를 시인할 뿐입니다."

"건 모순이 아닌가! 남의 생명을 죽였으면 당연히 살인죄를 시인해야 하는 것이 범죄인의 사명이요, 의무다" 하고, 테이블을 내리치는 소리가 법정을 울렸다. 뒤이어 갑수의 시니컬한 웃음소리가 터져나왔다.

"살인죄를 나더러 시인하라 그 말씀이시군요. 그러나 살인을 하고 싶어 할 사람은 이 세상에는 단 한 사람도 없읍니다. 굳이 그렇다고 우겨세운다면 그건 법정의 횡포입니다. 저는 돈이 시킨 하수인일 뿐입니다. 돈이 말입니다. 돈이……"

"그럼 너 외에 어느 딴 사주자가 있단 말이지!"

"그렇습니다. 분명 그렇습니다. 저의 아버지가 고액 납세자였거든요. 노부하라 지사의 생활비를 대어주고 있는 고액 납세자의 돈의 사주를 받은 겁니다."

"그럼 너의 아버지의 사주를 받았다 그 말이지?"

"아니죠. 그건 우문우답 아닙니까! 돈이 시킨 짓이라 그 말씀입니다. 아키코를 만나게 된 동기도 돈의 장난이었읍니다. 아키코도 아버지의 뇌물을 먹고 살았으니까요. 구관조를 받아 온 것도 제 자유만은 아니었 읍니다. 아키코의 육체가 교량 역할을 한 셈이죠."

"그 아키코란 여자는 누구지?"

"광공국 기좌의 아내입니다."

"너 그럼 아키코하고 간음을 했구나."

"아마 『육법전서』에는 그런 것도 간음죄로 되어 있나 보죠. 아키코가 남의 유부녀니까 말입니다. 그러나 법전에 기록되어 있는 범죄 조항과 사실과는 너무나 거리가 먼가 봅니다. 정으로 따진다면 기실은 제가 아키코를 간음한 게 아닙니다. 아키코한테 제가 강간을 당한 거죠."

이 말이 나오자 방청석에서 웃음이 와르르 하고 터지는 게 아니라 무너지는 소리를 냈다. 주심도 어쩌는 수 없이 웃음을 지으면서,

"그 병신 같은 소리 그만 닥쳐. 뭐 여자가 강간을 해!"

"그러시다면 구체적으로 진술을 해보죠. 어느 날 밤의 어둠과, 시간과, 여성의 풍만한 육체가 저를 마구 깔아뭉갠 거죠. 아키코는 어느 순간이 다가올 때마다 나더러 어서 빨리 죽여달라고 마구 나댔으니까요. 밀어닥치는 해일 같은 그런 밤이었죠. 저도 똥개 같은 년 어서 죽어라! 죽어라! 하면서 제 몸을 도끼 삼아 써주었을 뿐입니다. 그게 간음입니까?"

이때 구관조의 암컷이 발끈 일어서면서,

"제게도 한마디 발언권을 주세요. 여성을 대신해서 말입니다. 제가 듣기에는 아키코는 소유욕의 향연의 밤이 분명합니다. 그러니까 갑수씨에게는 간음죄가 해당되지 않습니다. 위대한 공로자였습니다. 저도 지금 막 그런 시간을 요구하고 있는 참이니까요."

주심은 빽 하고 소리를 질렀다.

"그 입 닥쳐! 넌 법정 모독죄다. 모독죄란 말이야!"

하고, 흐트러진 법정을 정돈해놓았다. 방청석은 물을 끼얹듯이 고요해졌다. 갑수를 업어주던 월매가 갑수가 자라던 예전 그대로 눈물을 꼭꼭 찍어내면서 울고 앉아 있을 뿐, 법정에는 어떤 운명을 빚어낼 그런 엄숙한 시간이 다가오고 있었다.

"구관조 너는 법정 모독죄로 6개월 체형에 80원 벌금형을 구형한다.

삼수 너는 살인방조죄로 6년 금고에 3년 집행 유예를 구형한다. 한갑수 너는……"

하고, 잠깐 숨을 들이고 나서,

"사형을 구형한다."

초심 판결이 떨어지자 구관조의 암놈이 대번 대상으로 날아올라가더니 마구 대드는 것이었다.

"그런 무모한 판결은 유사 이래 처음입니다. 원고도 피고도 증인도 모두 유죄 판결을 내린 초심 구형을 저는 단연 거부합니다."

암놈은 주심의 눈을 찍어낼 듯이 부리로 가위 놀림을 했다.

"오늘의 구형은 『육법전서』의 법조문대로다. 법정을 모독하는 이년을 당장 끌어내어라."

하고, 호통이 터져나왔다.

이때도 삼수는 노예 근성에 눌리어 아무 반항도 항거도 없이 풀이 죽어 있었다. 갑수는 이것이 더욱 못마땅했다. 자신에게 배당된 인권을 행사 못 하는 삼수에게 노예 근성을 이식(移植)한 죄는 왜 범죄 조항에서 소외를 당했단 말인가! 한의 시체는 삼수의 풀죽은 얼굴이 풍겨주고 있는 인상에서 살인죄 이상의 중압감을 감당할 수가 없었다.

한은 발작을 일으켰다. 손에 들려 있던 아키코가 주고 간 행커치프를 발기발기 찢어 단상을 향해 집어던졌다. 지금의 계란 공세 같은 것이었다.

"주심! 댁은 무얼 먹고 사시죠. 국민 소득만으로 사신다는 선관입니까? 그렇지만은 않겠죠. 댁은 뒷담에 나 있는 비상구가 밤마다 큰 하품을 한다는 소문이 파다한 줄이나 아십니까? 댁이 누굴 구형한다는 겁니까! 사람이 하는 일이라면 어느 것도 현행 법조문으로는 범죄를 규정지을 수 없는 것입니다. 알아듣겠습니까? 다시 말하자면 법전에 해당되는 모든 범죄 사실이 기실은 범죄로 되어 있지 않습니다. 때에 따라서는 생활의 리듬을 이루어주고 있습니다. 만일 현행 육법전서의 성문대로 우리 생활에서 모든 범죄를 꼬나버린다고 쳐보십시오. 생활 형체는 썩은 담이 무너지듯 누구의 힘으로도 감당할 수가 없을 것입니다. 악마를 보기 전에 신을 볼 눈이 없는 거나 마찬가질 것입니다. 쉽게 말해서 범죄는 공기 같은 것입니다. 아니 기류를 타고 흘러내리는 산소 같은 작용을 하고 있는 거죠. 그뿐입니까. 댁은 현행 법조문이 얼마나한 기능을 발휘하고 있는지나 아십니까. 그렇게도 모르시겠거든 제가 한번 입증을 해 보일까요."
하고, 한의 젊은 시체는 한 편의 토막 실화를 엮어내렸다.

——솔매 마을에서 생긴 일이었다.
옥수수가 한창 아이팰 무렵이다. 아직 장마철로 들기 전에 난데없는 홍수가 밀어닥쳤다. 둑이 무너지고, 밭이 패었다. 해가 지자부터 하늘이 마을을 집어삼킬 듯이 으르렁대기 시작했다. 그러나 차마 마을까지야 하고 부락민들은 한창 잠이 들어 있었다.
길재도 비가 멎기를 기다리다 못해 옷을 입은 채로 뒷마루에 아무렇게나 쓰러져 잠이 들고 있었다.
잠을 자던 길재는 무엇을 목을 누르는 것 같은 압박감이 왔다. 마치 잠허리를 친 그런 순간이 계속되고 있는 것이었다. 길재는 어서 잠허리를 깨야 할 텐데, 어서 깨야 살아날 텐데 하고 애를 쓰는 동안, 이번은 누구의 손길 같은 것이 길재의 숨구멍을 꽉 막는 것이었다. 영락없이 죽었다는 생각과 함께 마지막 기를 써보았다. 잠에서 깬 길재는 엉겁결에 "불이야" 하고 소리를 질렀다. 그러나 방 안에는 불이 아니라 이미 물이 들고 있었다. 길재는 대번 안방으로 뛰어들었다. 안방은 문지방이 높아 아직 물길이 넘쳐들지 못하고 있었다. 길재는 가족을 깨웠다. 아내부터 먼저 깨웠다. 그다음 어머니를, 다음 어린것들을, 이런 순서로 가족 전원을 깨워 일으켰다. 그러는 동안 물길은 벌써 뒷담벼락을 밀고 들어왔다. 부엌에서는 물에 뜬 그릇들이 서로 부딪치는 쟁그렁 소리를 냈다. 어떻게 하면 가족을 구해낼까! 길재의 눈에는 불꽃이 확 타올랐다. 그러나 아무런 방법이 나서지 않았다. 그저 죽음이 절박해올 뿐이었다. 그렇다고 사람이 죽지는 않는다ㅡ하늘이 무너져도 솟아날 구멍이 있다ㅡ고, 길재는 이를 악물었다. 어쨌든 자기 힘으로 수마에서 가족을 건져내야 했다. 길재는 찰나적 순간에 인광 같은 것이 퍼뜩 떠올랐다. 가족을 데리고 초가지붕을 타기로 했다. 수위는 점점 높아져 도리에 찼다. 지붕은 고요히 미끄러져나갔다(물이 도리에 차면 지붕은 곧 뜨기로 마련이다). 황해 바다를 향해서 한없이 떠나가고 있었다. 지붕을 탄 가족들은 모두 저만 산다는 공포에 차 있었다. 어머니는 어머니대로, 아내는 아내대로 그리고 어린것 오 남매는 오 남매대로 자신들의 생명을 붙잡아놓기에 혈안이 되어 있었다. 아내는 모성애를 상실한 망각 지대를 헤매고 있는 눈치였다. 그러나 파도에 부대끼고 있는 지붕은 이 여덟 식구를 구해낼 만한 노아 방주의 역할을 감당해낼 것 같지가 않았다. 지붕은 점점 물속으로 빠져들고 있는 것이었다. 길재는 지붕을 탄 가족의 중량이 너무 무겁다는 데 생각이 미쳤다. 이 중량감을 덜자면 단 한 사람이라도 제거해야 할 절박한 단계에 처해 있었다ㅡ누구를 제거할까ㅡ길재의 마음에는 제거할 사람이라곤 자신 단 한 사람밖에 없다는 생각을 했다. 그러나 자신을 제거한다면 온 가족의 생명을 포기하는 거나 마찬가지였다. 그렇다고 주저하고 있을 때가 아니었다. 길재의 눈에는 살기가 서렸다. "누구도 움직이면 죽인다" 하고 핏대를 올렸다. 이 말에 가족들은 지붕에 착 달라붙는 것이었다. 길재는 순간 가족의 상황을 살폈다. 노모가 좀더 겁에 질린 눈매를 하고 몸을 떨었다. 길재의 발길은 어느 가족을 향해 재빠른 동작을 했다. 아내가 보이지 않았다.

이 지붕의 위기에서 길재는 아내 한 사람을 제거하고 나머지 일곱 식구를 거느리고 다시 솔매마을로 돌아온 지 한 3개월 후였다. 길재 앞으로 소환장이 날아들었다. 죽었다고 생각했던 아내가 생환한 것이었다. 그러니까 길재는 살인범으로 고발을 당한 것이었다. 갑수는 이 실화 한 토막을 다 마치고 나서

"주심은 이 피고인 길재에게 어느 범죄 조항을 적용할 수가 있느냐 그 말씀입니다. 지금 같으면 배경 같은 것이 있어 사건을 밑에 깔아눕히고 몇 해씩 끌 수 있는 그런 수법도 써보았겠지만 그때는 그런 길도 없을 때입니다. 사법권이 왜인의 손에 쥐여 있었으니까요. 그러나 동족이 아닌 왜인도 해당 조항을 찾아내지 못했던 것입니다. 이 사건 결말이 어찌되었는지 아세요. 그날의 판정은 법조문이 아니었습니다. 그 바보 같은 성문 따위가 무슨 기능을 발휘할 수가 있었겠습니까. 화해였습니다. 살인범이란 범죄 조항이 다시 산소 호흡으로 되돌아와서 다 무너진 두 부부의 생활을 다시 부활시킨 거죠. 육체적 애정과 엇갈려 있던 신이 영합을 한 보람 같은 것이었습니다. 그것뿐이 아닙니다. 댁은 현행 법전의 기원을 단 한 번이나마 생각해본 적이 있습니까? 어느 때 어느 상인과 상인간의 협상 조약에 불과한 것입니다. 그 부패해빠진 상인들의 협상 조약이 어째서 저희들에게 해당이 된다는 겁니까? 피고 본인은 초심 판결을 거부할 확고한 결심입니다."

"피고는 거부권을 행사하지 못하게 되어 있다. 오늘부터 너는 자유가 박탈되어 있는 몸이다. 다만 권리를 허용한다면 재심을 상고할 수 있는 것뿐이다."

인간 재심(再審)

고등법원 2호 법정에는 방청객을 들이지 않았다.
증인도 없었다. 원고도 보이지 않았다. 피고인 젊은 한갑수만이 푸른 수의(囚衣) 자락을 끌면서 등장했다.
수석 판사도 초심 때보다는 언어 동작에 중후감을 풍겼다. 피고에 대한 선서가 끝난 후 곧이어 심의가 시작됐다.
"피고는 어찌해서 상고를 했는가?"
"정상 참작이 모자라서 그랬습니다."
갑수도 따라 분위기에 호흡을 맞추었다.
"정상이라면 어떤 것이었나."
"제 인간 생장 과정 말입니다."
"생장 과정이라고! 피고의 진술치고는 듣던 중 처음이군그래! 그럼 간단명료하게 말해보아라."
갑수는 한참 머뭇거리다가,

"인간 범죄는 세대교체를 할 때마다 특사를 받아왔습니다. 생활의 축적으로 해서 가끔 헌법은 기능 마비를 가져오기로 마련입니다. 즉 갚을 힘이 없는 묵은 부채를 탕감해주는 셈이죠. 피고인 본인도 8·15 해방과 더불어 특사를 받은 적이 있습니다. 그러니까 어느 법정에도 제게 대한 기록이 전연 남아 있지 않습니다. 저는 이것이 불만입니다. 그러니까 제가 상고한 뜻은 초심 판결을 파기하자는 데 목적이 있는 것이 아닙니다. 제 인간 고발을 하자는 데 초점을 두었습니다."
하고, 한갑수 자신의 생장 과정을 진술하고 있었다.

——갑수는 여자를 깨어진 물병이라고 생각하면서 자라왔다.
갑수를 업고 다니던 몸종이 그랬고, 유모가 그랬다. 어머니도 울기를 좋아했다. 어쩌다 갑수가 코감기라도 한번 앓아누우면 말 대신 우는 사람들뿐이었다. 몸종은 머리맡에 앉아 눈물을 찍어내면서 울었다. 마치 노동이나 하듯이 그랬다. 유모는 돌아앉아 괸 젖을 대접에다 좔좔 짜내면서 울었다. 어머니는 떨리는 손으로 청심환을 갈아 맡기면서 울었다.
그러나 갑수는 그 눈물들을 조금도 섧다거나 애처롭게 생각한 적이 없었다. 그저 그러는 게 당연한 일처럼 생각해왔다. 아니 간단한 코감기로 해서 여인들을 울려놓는 것만으로도 어떤 쾌감 같은 것을 느끼면서 자라왔다. 다만 뇌리에 남는 것이 있다고 한다면 유모는 어쩌면 그렇게도 젖이 많은지 모를 일이었다.
젖이 많은 것은 유모의 둘도 없는 자랑이 되어 있었다. 인생의 보람 같은 것을 잊지 않았다. 동시에 갑수의 발육을 위하여 더할 수 없는 여건으로 되어 있었다. 그러나 이 여건이 가다가는 일을 곧잘 엎질러놓을 때가 있었다. 어쩌다가 젖을 많이 먹인 것이 그만 탈이 되어 갑수는 푸른똥을 싸는 일이 있었다. 이 똥 빛을 회복하기 위하여 가족들은 경면을 갈아 맡기느라고 한참 떠들썩하곤 했다. 이것이 갑수의 어렸을 때의 잔병 중의 하나였다.

경면은 아무 맛이 나지 않는 약이었다. 쓰지도 달지도 않은 맹물 같은 약이었다. 다만 이상이 있다면 빛이 물과는 좀 다른 점이었다. 주홍색 그림물감을 뭉갠 것 같은 붉은 빛깔이 날 뿐이었다. 그러니까 목이 탈 때 물을 마시는 식으로 그저 받아 마시기만 하면 그만이다. 그것도 많은 양이 아니었다. 혀를 축이는 정도면 된다. 그러나 갑수는 이 약을 먹지 않으려고 떼를 썼다. 갑수가 떼를 쓰면 쓸수록 난처해진 사람은 몸종하고 유모였다.

몸종은 새끼 고양이처럼 갑수 앞에 나부죽이 엎드려 빌어보기도 하고 웃겨보기도 했다. 갖은 시늉을 다해보았다. 그러나 갑수는 막무가내였다. 여전히 몸종을 발길로 밀어젖히면서 거부권을 행사할 뿐이었다. 이럴 때마다 몸종은 소임을 감당하지 못한 죄책 같은 것을 느꼈다. 몸종은 제 진에 지쳐 역시 눈을 꼭꼭 찍으면서 눈물을 짜야 했다.

그러는 서슬에 어머니가 동원이 되고 할머니의 카랑카랑한 앙칼이 터지고 할아버지까지 너털웃음을 웃기고 나서야, 흔히 하는 할아버지의 말투대로 갑수는 용감한 기사가 되어 그 약을 통쾌하게 들이켜곤 했다.

비스듬히 돌아앉아 젖을 짜며 눈물을 질름대던 유모도 이것을 보고 나서야 비로소 만족한 듯한 그리고 안심하는 듯한 비굴한 웃음을 떠올리는 것이었다. 역시 겁먹은 낯색을 잊지 않았다.

이걸 갑수 할머니는 가풍이라고 했다. 그러나 이 가풍은 별것이 아니었다. 몸종은 갑수를 업고 나다니다 모풍을 했다는 죄로 기합을 받아야 했다.

유모는 유모대로 젖을 과음시킨 죄였고, 어머니는 자신이 낳아놓은 자식을 자기 품에 품어보지 못하는 애정의 과잉에서 오는 현상이었다.

어쨌든 이쯤 되면 할머니 방으로 제일 먼저 출두 명령을 받아야 할 사람은 그 새끼 고양이처럼 허리를 제대로 펴지 못하고 다니는 몸종이었다. 몸종은 할머니 방문 앞에서 한참이나 주뼛주뼛하고 방 안 동정부터 살피고 나서,

"노마님, 저 부르셨어요?"

간신히 모기만 한 소리를 냈다.

지금의 할머니들이라면 으레껏 너 좀 이리 들어오너라! 하고 부드러운 대답을 했을 것이 뻔한 사실처럼 되어 있다. 그러나 그때의 할머니는 그렇지가 않았다.

"이년 발에 옴이 텄니!"

이 말은 대답이라기보다는 어서 냉큼 못 들어와 하고 얼굴을 마구 할퀴어대는 그런 말투였다. 몸종의 등골에는 대번 소름이 돋았다. 가늘게 떨리는 손길로 할머니 방문을 방긋이 열고 조심히, 그리고 죽는시늉으로 들어서곤 했다. 그러나 언제고 방 안에서는 카랑카랑한 할머니의 고성이 들려 나왔을 뿐 몸종은 단 한 번의 대답이 없었다. 그저 우는 것이었다. 그다음이 유모였다. 할머니 방을 다녀 나오는 유모는 역시 대답 대신 눈물을 짰다. 어머니도 할머니 방을 나설 때면 치마끈으로 눈잔등을 누르곤 했다.

성서에 말은 즉 혼이라고 한 그 찬란한 한 개의 센텐스도 그들에게는 아무런 소임을 하지 못했다. 어느 한 계급을 대변한 데 지나지 않는 편견이라면 몰라도 완전히 진리에 속하지는 못했다.

그녀들에게는 전연 말이 없었다. 아니 언권이 있을 수가 없었다. 그러니까 그녀들을 위해서라면 성서의 어느 한 구절을 수정해놓아서야만 올바른 진리로 직통을 했을 것이다. '눈물은 즉 여성의 혼이라'고. 그러나 이런 경우에 있어 성서는 어디까지나 일방적인 표현이 되고 만 셈이

었다.

> 주 한이 생각한 점이 그것이었다. 어설픈 표현은 표현 없는 표현보다는 늘 열등감을 느끼고 있었다. 이 말을 엎어쳐본다면 천재보다는 바보가 좀더 인간 편에 서 있다는 자부심을 가지고 살아왔다.

갑수 어머니는 개성을 가진 인간이 못 되었다. 가끔가다 머리에다 동백기름을 치레한 적은 있었지만 별난 치레를 해본 적이 없었다. 어머니의 앞가슴을 장식하고 있는 노리개나 패물 같은 것은 갑수 할머니에게서 물려받은 가보에 지나지 않았다. 그러니까 갑수 어머니의 소유물이 될 수는 없는 일이었다. 언제고 한 번은 다음 세대에 넘겨주어야 할 가보에 속할 뿐이었다.

그러나 소유물이 될 수 없는 이 가보가 가다가는 색다른 소리를 내곤 했다. 어머니는 남편을 맞이할 때마다 패물을 따놓는 소리를 냈다. 이것이 애정 교환의 신호처럼 되어 있었다. 여왕봉이나 칠공주 댁 막내딸이 하듯 어서 죽여달라는 거센 호흡 한 번을 못 해본 대신 그 많은 아기를 낳아놓아야 할 기계의 소임을 감당해왔을 뿐이었다.

이런 막연한 과정을 거쳐서 탄생한 하나의 생명체가 바로 말썽 많은 한갑수였다. 그나마 갑수 어머니는 갑수를 낳아놓았을 뿐, 갑수는 어머니의 젖을 단 한 번도 빨아본 적이 없었다. 아니 어머니는 자신이 낳아놓은 자기 혈육을 자기 품에 품어볼 기회를 얻지 못했다. 아기를 낳기만 하면 아기는 이미 준비되어 있는 사육장으로 가곤 했다. 그곳에는 유모가 준비되어 있었다. 아기를 받아 안은 유모만이 만족한 웃음을 웃을 뿐이었다.

그것은 모성애와는 다른 직업의식에서 오는 위선적인 웃음이었다. 이 이야기를 한번 바꿔쳐본다면 갑수 어머니는 알을 낳기만 하고 알을 품어보지 못하는 백색 레그혼 같은 존재였다. 레그혼은 알을 많이 가지고 알을 많이 낳아놓으면 그뿐이었다. 병아리는 모계가 기르는 게 아니고 사람의 손에서 키워지고 있는 것이 현대인의 양계업이니까.

갑수 어머니의 뱃속도 레그혼 못지않게 별로 휴식 시간이 없었다. 남은 3년 맏이니 4년 맏이니 했지만, 갑수 어머니는 1년이 멀다 하고 아기가 들곤 했다.

그렇다고 별로 육체적 감흥도 느껴보지 못했다. 애정 교환이래야 무슨 잠허리 같은 그런 순간밖에 없었다. 다만 있었다고 하면 남편을 대할 때마다 얼굴에는 늘 수줍음이 가셔지지 않았다. 이런 수줍음과 수줍음의 교환으로 애를 배는 것이었다.

그러니까 지금의 여성들은 남편을 '우리 아빠'라는 애칭을 가지고 애정 생활을 영위하고 있는 것이다. 그러나 갑수의 어머니는 이런 다감한 애칭을 가져보지 못한 인생이었다. 수줍음에 포위를 당해 사는 갑수의 어머니는 남편을 '바깥양반'이라고 불러왔다. '우리 주인 양반'이란 대명사도 갑수 어머니 이후에 생긴 애칭이었다. 이렇게 따져놓고 본다면 갑수의 어머니는 시골 간이역에서 기차를 타고 있는 승객에 불과했다. 이 승객이 갑수 아내가 살고 있는 '우리 아빠'란 역까지 닿자면 '바깥양반'에서 '우리 주인 양반'이란 두 개의 역을 거쳐서야 '우리 아빠'란 화려한 현대식 대합실에 도착할 수가 있을 것이다.

그만큼 애정 교환의 시대적 차가 있었다. 이것을 산부인과의 임상학을 빌려 본다면 갑수 어머니는 불감증 임신 시대라고 해야 옳을 것이다. 그러니까 피를 몰고 다니는 육체의 해일의 파도 대신 시신경의 반사 작용이 한갑수를 낳아준 것이었다. 인공 수태 같은 이런 과정을 거쳐서 갑수 어머니는 칠남 일녀를 낳았다. 이 여덟 개의 생명 중에서 제일 먼저 혜성처럼 나타난 것이 갑수란 생명체인 것이다.

주 유모가 본 갑수의 가정은 많은 계급으로 구성되어 있었다. 맨 위에, 85세가 된 갑수의 증조모가 있었고, 그 밑에 갑수의 할아버지와 할머니가 있었고 그다음이 갑수 아버지의 내외였다. 이것이 한갑수의 직계 가족이었다. 그 밑에는 당나귀가 연자방아를 싸고돌듯 직계 가족을 싸고도는 부대 가족이 많았다. 할머니와 어머니 밑에 몸종이 하나씩 달려 있었다. 하나는 처녀였고 하나는 혼례를 치러준 색시였다. 즉 비부(婢夫)가 있었다. 이 비부가 갑수의 새장을 지키던 삼수였다. 삼수의 아내를 월선이라고 불렀고 동생을 월매라고 했다. 들리는 말에 의하면 그녀들은 증조할머니의 몸종이었던 금주란 여인의 손녀들이라는 것이었다. 금주의 딸에 해당되는 월선의 어미는 갑수 고모가 출가할 때 월선의 나이 너무 어렸기 때문에 딸 대신 갑수 고모의 몸종으로 갑수의 집을 떠나고 말았던 것이었다. 물론 비부도 같이 갔다는 것이었다. 그러나 월선의 어미는 자식을 둘씩이나 두고도 단 한 번 딸을 만나러 오는 일이 없었다. 어쩌다가 갑수의 고모를 따라 본가로 오는 일이 있었으나 월선이나 월매는 엄마를 보고도 엄마라고 부르지 못했다. 상전들이 하듯 엄마의 아명인 옥심이라고 불러야 했다. 어미가 갑수의 고모를 따라 본가로 오는 날은 월선이와 월매 두 형제는 엄마를 마중 나가지 않았다. 엄마인 옥심이를 피하여 뒷담 모퉁이로 도망을 치곤 했다. 두 형제는 옥심이 옥심이가 왔어! 하고 갑수가 감기에 앓아누워 있을 때처럼 눈물을 꼭꼭 찍어내면서 울곤 했다. 그뿐만이 아니었다. 월선이와 삼수는 이름뿐인 부부였다. 그들대로의 살림이 따로 있는 것이 아니었다. 월선이와 삼수는 남이 하듯 한방에서 잠을 자는 일도 그리 흔하지 않았다. 삼수는 사랑채에서 잤고 월선이는 할머니 옆방에서 잤다. 서로 말을 주고받는 일조차 삼가야 했다. 있었다고 하면 결혼식 날 밤 신방을 차린답시고 법석댄 것뿐이었다. 그러니까 월선이는 어쩌면 아직도 처녀대로 있을 것이라는 낭설이었다. 유모가 가끔 가다 꽃 같은 색시가! 꽃 같은 색시가! 하고 그녀들의 젊음을 아껴주었다. 그뿐이 아니었다. 월선이와 월매는 왜 그렇게도 예쁘게 태어났는지 모를 일이었다. 갑수 어머니의 갑절은 더 예뻐 보였다. 만일 이 땅 위에 꽃 같은 색시가 있다고 한다면 이들 몸종을 두고 한 말일 것이다. 어쨌든 이 몸종은 갑수의 직계 가족과 생사를 같이할 운명에 놓여 있었다.

그 밑에 침모가 둘이 있었고 찬모가 셋이 있었다. 다음 서사(書士, 지금의 비서 역)가 있었다. 마부가 있었고 상노아이가 셋이나 있었다. 기실 유모는 객식구에 속했다. 즉 유질 여하로 부대 가족으로서의 수명이 좌우되는 것이었다. 유질이 나빠 아기가 똥질을 하면 곧 그 자리에서 물러나야 했다. 이것이 유모의 인권이었다. 그다음이 아낙 행랑과 바깥 행랑이 몇 세대가 살고 있었다. 유모가 처음 부대 가족으로 편입되어 들어왔을 때는 음성적인 가풍을 카랑카랑한 할머니의 성대가 조성하고 있다고 생각했다. 그러나 유모의 관찰은 지나친 미스테이크였다. 맨 아랫방에 이불을 두 채씩이나 깔고 앉아 있는 반송장 같은 증조할머니의 지휘였다. 증조할머니는 눈을 뜰 기력조차 없으리만큼 육체가 퇴화되어 있었다. 그래서 위 눈꺼풀을 반창고로 올려 달아매고 있었다. 이 방은 누구도 드나들지 못했다. 갑수 할아버지만이 아침저녁으로 의관을 정제하고 인사라기보다는 배례를 하고 나오면 그날 하루의 절차가 진행되는 것이었다. 심지어는 찬거리에까지 변화를 가져왔다. 이렇게 연자방아는 끊임없이 돌아갔다. 눈꺼풀을 반창고로 달아매고 앉아 있는 증조할머니는 연자방아의 기둥이 되어 있었고 할머니와 할아버지는 방아틀에 해당되었다. 그리고 연자돌만큼 무거운 직계 가족을 나귀가 끌듯 부대 가족이 끌고 일정한 코스를 돌아가야 했다.

이것이 유모가 본 한갑수의 가풍이었다.

"그걸 좀더 구체적으로 얘기해볼 수 없을까!"
수석 판사는 자기 자신까지 덤으로 느끼면서 한의 과거를 파악하려 들었다.
갑수는 머리를 번쩍 들면서 만족한 낯빛을 지었다.
"구체적이라면 어떤 것을 말씀입니까? 숨은 죄상 같은 것 말입니까? 노변에서 오줌을 갈기다 경범죄에 걸린 적이 없나 그 말씀이시죠."
"아니다. 네 생장 과정 말이다. 네가 한 지금까지의 진술에는 네 연령이 미달이 되어 있다. 너는 미성년에 속하고 있다. 그러니까 아직은 무슨 범행을 알자는 게 아니고 정상을 들어보자는 것이다."
한갑수는 한참이나 묵묵히 생각하고 있다가,
"그럼 제 생활의 출발을 말씀드리겠습니다. 제 생활의 첫출발은 달맞이였습니다. 그때 저의 집에서는 장자가 중심이 되어 있었으니까요. 달맞이도 장자 본위로 되어 있었습니다. 다시 말하자면 사내아이가 다섯 살이 되면 첫 달맞이를 하게 되어 있었습니다. 그 얘기를 하겠습니다."
"달맞이— 달맞이가 뭐지?"
"아 왜 그거 있지 않습니까. 정월 보름날 밤 달을 제일 먼저 보는 사람이 그해 오는 모든 복을 혼자 받는다는 미신 같은 거 말입니다."
하고 한은 다섯 살 나던 해 달맞이 얘기를 시작했다.

주 한이 자라던 큰마을은 뒤로 장군봉이 높이 솟아 있었다. 그다음에 무학봉이 있었고 그 밑으로 구릉에 가까운 붉은재가 흘렀다. 붉은재의 유래는 간단했다. 나무 하나 없이 너부죽이 흘러내린 산허리로 두 갈래 황토빛 길이 나 있었다. 길 한 가닥은 읍으로 가는 길이었고 남을 향해 뻗은 길은 포구로 가는 길이었다.

이것이 이 마을의 교통망이었다.

이 길을 제일 먼저 타고 이 마을로 떠들어온 씨족이 한 씨 가문이었다. 그다음이 한 씨 일대조의 외척이 된다는 원 씨가 외곽 지대를 차지하게 되었다. 제3외곽 지대를 차지하고 있는 장 씨는 한 씨 일대조인 한 대감의 마부의 손이란 말이 있었다. 그러니까 이 부락의 구성을 쉽게 따진다면 연자방아 제도를 확대한 청사진 같은 것이라고 하겠다. 한 씨는 연자 기둥에 속한다고 한다면 원 씨는 연자 틀에 속했고, 장 씨는 연자를 끌고 도는 나귀에 속했다. 큰 마을에서 장 씨를 서민이라고 불렀다. 그러니까 한갑수가 자랄 때 갑수의 직계 가족의 연자방아를 끌고 돌던 부대 가족이 서사 한 사람을 빼놓고는 거개가 장씨였던 것이다. 다만 월매·월선이만이 장 씨의 외손녀에 속했다. 월선의 남편인 비부가 황삼수이듯 금주의 남편도 동족결혼은 안 시켰던 것이다. 이것이 한 씨 가문의 긍지였고 윤리관이었다.

이것이 서사가 본 큰마을의 유래다.

한갑수는 무엇을 한참 더듬고 있다가,

"그날 밤은 마을 풍경이 대단했습니다. 아마 제가 처음 본 70밀리 원색 영화 같은 장면이었다고 해야 올바른 표현이 될 것 같습니다. 저의 집에서는 길군악을 잡히고 달맞이를 떠났습니다. 물론 저는 저희 할머니에게 안겨 사인교를 타고 장군봉을 올랐습니다. 제가 산을 타보기는 이때가 처음이었고 산이 그렇게 높고 장엄하다고 느껴보기도 이때가 처음이었습니다. 물론 사인교 뒤에는 몸종인 월매와 월선이가 뒤를 따랐습니다. 제가 탄 사인교가 거의 닿을 무렵 해서 온 마을 남녀노소가 산을 메웠습니다. 그 후 안 일이지만 이 장군봉에 오른 사람들은 전부가 저의 친척 되는 한씨였습니다."

한갑수는 한참 말을 끊었다가,

"저의 할머님은 가마 안에 앉아 있었고 저를 업고 동쪽을 향해 섰는 월매는 수건으로 눈을 싸매고 있었습니다. 그해는 저를 위한 달맞이였으니까요. 제가 달을 보기 전에는 월매가 달을 보지 못하도록 장님 놀음을 시킨 거죠. 글쎄 이걸 좀 들어보십시오. 월매가 무어라고 했는지 아십니까. 아마 들으시면 깜짝 놀라실 겁니다. 제 나이 다섯 살이 아니었겠어요. 그런데 월매는 깍듯이 존댓말을 써가며 달맞이를 독촉하는 거였죠. ─도련님 달이 뜨셨습니까?…… 하고 묻는 것이었습니다. 안 떴다!─뜨셨습니까?─안 떴다!─이렇게 몇십 번을 반복하는 동안 정말 달이 뜬다기보다는 공중으로 불기둥 같은 것이 치솟고 있었습니다. 저는 약간 몸이 떨렸습니다. 그러니까 월매가 ─큰어른이 되시려면 몸을 떠시면 안 되십니다. 마음 푹 놓으십시오…… 하고 제 엉덩짝을 투덕대주는 것이었습니다. 그러자 달은 윤곽이 완연해지면서 솥뚜껑만 한 불덩어리가 되어 장군봉을 환히 비추는 것이었습니다. 이때에야 저의 할머님이 제일 먼저 제가 달맞이를 했는가의 순번을 확인하고 나서 몸종의 눈을 풀어주는 것이었습니다. 월매는 대번 제게 나부죽이 엎드려 큰절을 하는 것이었습니다. 그다음이 더 장관이었습니다. 저만치 바위 밑에 몸을 가리고 있던 삼수가 튀어나오더니 미리 준비해놓은 장작더미에다 불을 질러놓는 것이었습니다. 그러니까 화염과 달빛이 한데 엉클어져 장군봉은 온통 불바다가 되었습니다. 이 장작불은 달이 솟았다는 하나의 신호였죠. 즉 봉화 같은 것이었습니다. 이 봉화가 오르자 그다음 무학봉에 모여든 한패의 군중들이 와아! 환성을 올리는 것이었습니다. 이것도 그다음에 안 얘기지만 이 무학산에는 원씨 촌이 모였다는 것이었습니다. 그곳에서도 장군봉에서 하듯 봉화를 올렸습니다. 그러니까 두번째의 봉화가 오르자 저 맨 밑에 깔려 있는 붉은재에 모여 섰던 군중들이 환성을 올렸습니다. 이 소리는 환성이라기보다는 마치 밀려오는 무슨 파도 소리같이 거세게 들려왔습니다. 이것이 장씨 마을 사람들이었습니다. 그러니까 군중 집합으로는 붉은재가 승리를 한 셈이지요. 사인교에 다시 실려 내려오면서 저의 할머님은 ——너는 큰사람이 된다…… 소리를 몇 번이고 되뇌었습니다. 그러나 저는 의심이 가시지를 않았습니다. 어째서 그게 큰사람이 되는 것인지 이해할 수가 없었습니다. 도리어 제 마음은 자꾸만 무학재로 갔습니다. 사인교를 부수어버리고 어서 꽃같이 예쁜 월매의 손길을 잡고 그 군중으로 뛰어들고 싶어졌습니다. 그들과 함께 꽹과리를 치고 춤을 추었으면 큰사람이 되는 것보다는 좀더 즐거울 것만 같았습니다."

이 말에 주심은 눈매에 칼날을 세웠다.

"네 그 감정은 혁명 의식 같은 거 아닌가!"

"『육법전서』에는 그렇게 되어 있습니까? 그러나 그건 생판 억지입니다. 어째서 혁명 의식입니까. 인간 생장 과정이라고 해야 올바른 심의일 것입니다. 쉽게 말해 근대적 발상 같은 거죠. 생리 의식은 나면서부터 이미 출발되어 있는 게 아닙니까. 월매에게서 받은 육감적 작용이었습니다. 사인교보다는 월매 등에 업힐 때가 더 즐거웠으니까요. 피부와 피부가 마주 닿는 촉감은 어려서나 커서나 매마찬가지가 아닙니까. 이성애는 모성애의 연속이라고 생각합니다. 여자는 남자와 반대로 부성애의 연쇄 작업이구요. 안 그렇습니까."

수석 판사는 얼마간 머뭇대다가,

"그럼 조실부모한 사람은 애정도 없겠군."

"물론이죠. 그만큼 감도가 희박하고 냉담하죠. 제 생활 체험이 그것을 증명하고도 남습니다. 제게 젖을 제공한 유모는 하나의 직업여성에 불과했습니다. 모성애를 느낄 수 있는 한 사람의 어머니가 되기에는 너무 모자란 데가 있었습니다. 제게 주는 용어가 존칭어로 돼 있었습니다. 어서 젖 많이 잡수세요. 하는 따위의 대화에서 모성애가 싹틀 수 있겠습니까. 제가 유모에게 달려 있을 동안은 육체의 중량은 늘었어도 인간 생장이 그만큼 만성적이 되었습니다. 그러니까 할아버지께서 하시는 생활 관습을 전수했던 거죠. 약을 받아먹을 때도 반드시 용감한 기사가 되었어야 먹었고, 잠을 잘 때도 황제같이 모셔주었어야 했습니다. 저는 어려서는 꽃을 보는 꿈을 단 한 번도 보지 못했으니까요. 칼을 쓰는 시늉이 아니면 금관을 머리에 얹고 노는 임금놀이를 했습니다. 만일 제게 그날 밤의 달맞이가 아니었다면 월매를 그렇게도 다정한 인간 생명체로 느껴보지 못했을는지도 모를 일입니다. 달맞이 이전에는 저는 월매를 생명체라고 생각해본 적은 단 한 번도 없었으니까요. 그저 찬합을 쓰듯이 쓰다 깨어지면 내다 버릴 그런 그릇 같은 것으로만 여겨왔습니다. 다섯 살 난 이 어린애가 갖고 있던 개념이 무언지 아세요. 가풍이 아니었습니다. 사회 환경에 얽매여가고 있는 죄수 연습을 하고 있었던 거죠. 이걸 좀더 구체적으로 말씀드리죠. 달맞이를 하던 해 여름이었습니다. 저는 월매를 따라 어느 냇가로 갔습니다. 월매는 남이 보면 도련님의 낯이 깎인다고 펄쩍 뛰는 것이었습니다. 그런다고 양보할 제가 아니었으니까요. 냇가에는 갯버들이 한창 잎이 무성하고 있었습니다. 서로 몸을 숨기기에 알맞을 만한 장소였습니다. 저는 이곳서 목욕을 하자고 졸랐습니다. 월매는 대번 얼굴이 빨개지면서 도련님이나 목욕을 하는 거지 월매는 어림도 없다는 거였습니다. 그러나 저는 약을 먹을 때처럼 역시 떼를 썼습니다. 월매는 역시 새끼 고양이처럼 모래밭에 몸을 나부죽이 깔고 엎드려 빌어도 보고 웃겨도 보고 갖은 시늉을 다하는 것이었습니다. 그러나 이번은 여느 때와는 좀 다른 데가 엿보였습니다. 월매는 자유롭게 율동에 맞추어 팔다리를 놀리고 있는 것이었습니다. 저는 저도 모르게 만족한 웃음을 웃어주었습니다. 이러는 서슬에 월매는 월매대로 약간 흥분한 얼굴을 지으면서 항라 적삼 옷고름을 떨리는 손으로 따더니 반나체가 되는 것이었습니다. 이때 어린 저에게도 월매는 얼굴 외에도 또 하나 아름다운 딴 물체를 갖고 있다는 데 놀람과 동시에 대번에 월매의 가슴으로 뛰어들었습니다. 즉 월매의 유방을 물고 늘어진 거죠. 월매도 애엄마가 하듯 젖을 손으로 받쳐 들고 제게 물려주는 것이었습니다. 그러고는 점점 숨을 가빠 쉬면서 도련님 그만요, 도련님 그만요 하면서 눈물을 짓는 게 아니겠습니까. 월매의 눈물을 본 저도 엉겁결에 마구 울어댔습니다. 발버둥을 치면서 말입니다. 비로소 수줍음을 알게 된 거죠. 그리고 민망한 생각 같은 것도 한꺼번에 느꼈습니다. 월매가 운 것은 어딘가 못마땅한 데가 있어 울었거니만 했습니다. 그런 지 며칠이나 지나서였습니다. 월매는 저를 데리고 역시 그 냇가로 가는 것이었습니다. 이번은 남의 눈을 피하는 눈치까지 보여가면서 말입니다. 월매는 반나체가 되어 제게 가슴을 내맡겨주는 것이었습니다. 저도 품에 안기고 말았습니다. 월매는 숨이 가빠 했습니다. 그리고 또 눈물을 떠올리지 않겠어요. 저를 꼭 끌어안고 몸을 우드득 떨면서 느껴 우는 것이었죠. 그러면서 '도련님은 우는 게 아니에요. 우는 게 아니에요!' 매우 요염한 음성이었습니다. 저는 월매의 소원대로 울지 않았습니다. 그 대신 어떤 의문 같은 것을 풀어보고 싶어졌습니다. '월매 왜 울었어! 어디가 아퍼?' 하고 물어보았습니다. 월매의 얼굴은 눈물과 웃음이 한데 범벅이 되면서 '아냐요 도련님이 좋아서 그러는 거야요, 난 도련님이 제일 좋아!' 하고, 저 할 얘기를 다 하는 것이 아니겠습니까. 저도 제법 '어느만큼' 하고 물었습니다. '전 엄마가 없으니까 엄마만큼……' 월매의 가슴속에서는 웃음과 눈물이 동도(同道)에 서서 한창 풍랑을 겪고 있었던 모양입니다. 그 후부터 저는 월매에게 용감한 기사가 되지 않았습니다. 아주 순한 양이 되고 만 것입니다. 그리고 저는 어서 크면 월매에게로 장가를 든다는 생각을 했습니다."

수석 판사는 빙긋이 웃고 나더니,

"월매는 몇 살이었지?"

"열세 살이었습니다. 그러니까 저보다 7년 만이였죠."

"피고는 명심해 들거라. 미성년에게는 살인죄가 해당되지 않는 법이다. 사주자가 없는 한 죽은 사람만이 손해를 볼 뿐이다. 지금까지의 진술에는 피고인 갑수도 월매도 미성년이니까 다만 정상을 참작하는 데 불과할 뿐이다. 오늘은 여기서 폐정을 선언한다."

이때 검사가 발끈 일어서며 항의를 했다.

"그럼 원심을 파기하는 겁니까?"

이 말에 갑수는 배꼽을 쥐고 한참이나 폭소를 터뜨리고 나서,

"신은 죽지는 않습니다. 월매의 가슴에서 눈물과 웃음이 한데 얼크러져 풍랑을 겪듯이 신과 악마는 뜨거운 정을 나누다 헤어지는 이별이 있을 뿐입니다. 제게는 원심의 파기가 문제가 아닙니다. 신과의 작별이……저와 월매와 동도에 서서 웃고 울던 신의 뜻이 문제일 뿐입니다."

수의 자락을 끌면서 간수에게 끌려나가고 있는 갑수의 눈에도 어느덧 눈물이 번지고 있었다.

돌아오지 않는 새들

한이 수감되어 있는 27호 감방은 북향을 한 맨 끝 방이었다.

여느 감방보다도 햇빛이 뒤늦게 들어왔다 제일 먼저 사라지는 그런 방이었다.

그나마 다양한 햇빛이 아니었다.

간신히 어둠을 가셔주는 정도로 광선이 다리쉼을 하고 가는 그런 방이었다.

이 시신(屍身)같은 광선의 무색 감각(無色感覺)으로 해서 이 방은 누가 보나 북향을 하고 있다는 것쯤은 쉽게 알아챌 수가 있었다.

한은 이름 대신 110번이란 번호를 달고 들어섰다.

"이 양반, 여기가 어딘 줄 알고나 들어오시오?"

한이 들어서자, 땀에 젖어 앉아 있던 고참자들의 첫인사였다.

인사라기보다는 사람을 한번 거쳐보자는 말투였다.

"어디는요. 27호 감방 아닙니까?"

한은 이렇게 대답은 했으나, 감방 분위기를 곧 알아채지 못해 한참 머뭇거렸다.

그러자 우거지상을 하고 있던 미결수 한 사람이,

"우리는 지금 비행기를 타고 막 적도(赤道)를 넘어서고 있는 참이라오."

이런 농담조의 말이 떨어지자, 몇 사람이 키득키득 웃음을 터뜨렸다.

이제야 한은 곧 그 말귀를 알아들을 수가 있었다.

북향을 하고 있는 이 감방은 여느 감방보다 더위를 심히 탄다는 뜻과 함께 기껏 절도수가 아니면 살인 미수 정도의 하치들만을 몰아넣는 방이라는 것을 귀띔해주는 말이었다. 여관방으로 친다면 지게꾼이나 받아들이는 변두리 하숙에 불과한 그런 감방 중의 감방이었다.

그러니까 한을 보고 너는 보나 마나 잡범이구나 하고 한을 깔보는 눈치였다. 한은 얼마간 겸연쩍은 낯빛을 했다.

방 안 공기는 그냥 흐리다거나 침침하다는 정도의 말로는 너무 실감이 나지 않았다.

오물 냄새와 썩은 체취가 진한 액체가 되어 폐부로 마구 밀고 들이닥치는 그런 방이었다.

이 방은 별로 광선이 들지 않았다. 굳이 있다고 한다면 뒷담벼락 저쪽으로 사각형의 적은 공기창이 나 있을 뿐이었다.

그나마 태양을 볼 수 있다거나 계절을 더듬을 수 있는 그런 생활의 문이 아니었다. 그저 그놈의 창을 한번 보아란 듯이 뚜들겨 부수고 나서, 쌍문닫이 영창문으로 바꾸어 달아보고 싶은 부단한 의욕을 느끼게 하는 하나의 자극제에 속해 있었다.

한의 생각대로 친다면 싱싱한 과일 대접을 안은 옛날 '월매' 또래의 소녀가 영창문을 살포시 밀고 들어서주는 그런 문이 되어주었으면 하는 허망한 생각을 하고 있었다. 과육에서 발산하는 자연의 냄새와 소녀가 풍겨주는 살냄새가 범벅이 되어 "도련님은 우시면 안 돼요, 우시면 안 돼요" 하고 웃음과 눈물이 아베크를 하고 있는 '월매'의 얼굴에서 느껴 보던 예의 신의 계시 같은 자연의 자세 그대로의 생활의 문이 되어주었으면 더욱 좋았을 것 같았다.

그뿐이 아니었다.

"제겐 어머니가 없어요. 도련님이 엄마만큼 소중해요."
하고, 왈칵 쓸어안던 애정의 불길이 치닫는 그런 인간의 문이 되어주었으면 하고 몸이 확 달아왔다. 아무런 의미도 부여되어 있지 않다고 느껴온 가정의 문이 그만큼 그리워지는 것이었다.

그러나 생각과는 너무나 거리가 멀었다. 푹푹 찌는 비좁은 방에는 미결수가 다섯 사람이나 수감되어 있었다.

한 사람은 70이 다 된 노인이었고, 다음 두 사람은 40대 안팎의 상인 투의 중년 신사였다. 그다음에 앉은 사람이 20 전후의 학생 타입을 풍겨주는 아주 젊은 축이었고, 자리를 약간 멀리하고 쌀자루같이 놓여 있는 50대의 중늙은이가 있었다. 미결수들은 이 바위같이 생긴 중늙은이를 주 선생이라고 불렀다.

한은 얼마간 망설이다가, 젊은 학생의 옆자리를 골라 앉았다. 수의 자락을 단정히 여미고 천연스러운 자세를 해 보였다.

그러자 상인 투의 한 사람이 한을 흘겨보는 것이었다. 이 감방에서 가장 주접을 떠는 축일 게라는 인상을 대번 느끼게 하는 그런 얼굴이었다.

한은 대구 감영 때 치르고 난 경험으로 그런 눈치쯤은 곧 알아챌 수가 있었다.

"방장님이 어느 분이십니까?"

한은 자리에서 일어섰다. 앞으로 벌어진 수의 자락을 아래로 밀어내면서 상인을 향해 다져 물었다.
　상인은 한쪽 눈을 반눈을 해 보이면서,
　"기특한데! 방장부터 찾아보자는 품이 그냥 새치기만은 아니군그래. 우리 선배 아니야!"
　이 말에 감방 안은 또 한바탕 웃음이 터져나왔다. 한도 따라 웃었다. 마주 웃어준 것만으로도 한은 그들에게 무언가 보태준 것 같은 보람을 느꼈다.
　방장은 먼저 수감된 칠십 노인으로 되어 있었다. 이 노인도 우는 시늉을 해가면서 허리를 쥐고 웃었다. 되는대로 놓인 쌀자루같이 앉아 있던 주 선생도,
　"그거면 됐어! 어서 앉아요."
하고, 입가에 웃음을 떠올리고 있었다.
　남에게 중압감을 주는 그런 인상이었다.
　그렇다고 한은 그냥 있을 수가 없었다. 방장을 향해 반절을 하고 나서, 다시 제자리로 돌아와 앉았다.
　감방 안은 순간 고요해졌다.
　이를테면 한은 처음 수감되는 죄수로 그 거추장스러운 감방 풍습을 무난히 넘긴 셈이 되었다. 다시 말하자면 먼저 들어온 고참들이, 수감되어 들어온 죄수를 놓고 한참 야유를 터뜨리는 것이 감방의 특전처럼 되어 있었다.
　그 야유를 한은 무난히 받아넘긴 셈이었다.
　한은 그것만으로 좋았다. 그러나 한은 앉는 서슬에 그만 얼굴을 찌푸리며, 손으로 입과 코를 싸쥐었다. 즉 오물 냄새를 막아보자는 것이었다.
　이건 부지중에 한 일이었다. 목욕을 할 때 수평을 짓고 있는 목욕물을 헤저으면 열도가 좀더 가해지는 것 같으면서 따가운 촉감이 피부에

살살이 꽂히듯이, 수의 자락을 펄럭이면서, 자리앉음을 하는 동작에 방 안 공기가 흔들렸다. 흔들어놓은 공기도 목욕물 같은 작용을 했다. 좀 더 강해진 오물 냄새가 코로 치받치는 것이었다. 한은 쿡쿡대고 기침 같은 것을 했다.

이건 하나의 생리 작용에 불과했다. 그러나 한의 거동을 본 예의 상인이 왈칵 핏대를 올리면서 코를 싸쥐고 있는 한의 오른쪽 손을 탁 쳐부수는 것이었다.

"그게 뭐야! 돼먹지 않게스리……"

순간, 한도 턱을 받친 때처럼 얼굴에 핏기를 떠올리면서,

"왜 그러세요. 저도 이런 오물 냄새를 한 5년쯤 맡고 산 사람이에요. 너무 괄시 마세요."

한은 상대방을 노려보았다. 상대방도 눈을 부라리고 있었다. 마주치고 있는 시선에서 불꽃이 튀겼다.

"뭐 괄시!"

"괄시지 뭡니까! 이 냄새는 언제고 누가 맡으나 유쾌하달 순 없잖아요."

"너 듣다 보니까 절도범이구나. 5년간이나 관식을 먹었다는 녀석이 그따위 김빠진 소릴 해!"

예의 상인은 당장 대들 듯한 기세를 취했다.

예의 상인뿐만이 아니었다. 말라빠진 방장의 얼굴에도 노기 같은 것이 이글대고 있었다. 형세는 점점 험악해가고 있었다.

이렇게 대끼고 나서야 한은, 자신이 한 얘기가 하나의 변명에 지나지 않는다고 생각했다. 그렇다고 겁을 내지는 않았다. 어서 자신의 착각을 시정해보고 싶은 생각뿐이었다.

이때였다. 쌀자루가 놓여 있듯이 저만치 앉아 있던 주 선생이 양쪽 새를 트고 앉으면서,

"그만들 해요. 사람이란 사정을 모르면 그럴 수도 있는 게 아닌가. 사람은 신은 아니지 않아!"

주 선생은 타이르다시피 하는 말투였다. 그러나 방장의 얼굴에서도, 상인들의 얼굴에서도 모두 못마땅해하는 안색이 가셔지지 않고 있었다.

한은 주 선생의 얼굴로 시선을 돌렸다. 서로 얼크러지는 시선이 야합을 하는 그런 순간적 감정이 번지면서 한은 대번 주 선생의 인품을 엿볼 수가 있었다.

그들과는 너무나 대조적인 얼굴이었다.

굵은 주름살이 진 넓은 인당에는 지성이 넘쳐흐를 뿐, 불안도 증오감도 그늘져 있지 않았다. 피로감 같은 것도 찾아볼 수가 없었다. 그저 천연스러운 안색이었다. 비근한 예를 들어 표현한다면 어느 안방에서 손님을 대해주는 그런 자세였다. 그러면서도 어딘지 모르게 풍상을 다 겪고 나서 탈피를 할 대로 하고 난 나무등걸이 앉아 있는 그런 인간으로 보였다.

아마 비범한 인간이란 말이 있다면 이 주 선생을 두고 한 말일 것이다.

"아 참! 내가 좀 늦었군. 다들 인사나 하시지. 앞서 함자가 머랬지?"

한은 고개를 들었다.

"한갑수라고 했습니다. 전 잡범입니다."

주 선생은 죄명 같은 데는 무관심한 태도였다.

"한갑수 씨라구!"

주 선생은 방 안 공기를 어루만지듯이 더듬고 나서, 칠십 노인을 먼저 소개했다.

"저분의 존함은 배호 씬데, 이 방 방장님이시라오. 왜 한동안 신문에 떠든 적이 있었지! ×대통령을 어쩌다가 문제가 된 거물이셔. 그다음 분이 박인호 씨고, 그다음이 이창호 씨야. 이를테면 그 사건의 연루자지. 한방에 수감돼 있다는 것은 좀 이해가 가지 않겠지만 그만큼 알아서 하면 무난할 거야. 그리고 바로 한 형의 옆에 앉아 있는 학생이 김 군(김입삼(金笠三))이야. 모 대학 학생회장으로 있다 들어왔는데 머 선거법 위반이라나 그렇지! 난 그 내용을 잘은 몰라. 아니 절차조차도 모르는 거야. 그런 전례가 없었으니까 말이야. 하긴 회장 선거 때 어느 막걸리 집에서 무전취식을 한 죄라나, 아마 그런가 보지?"

주 선생은 학생 쪽을 바라보았다. 그러나 학생은 아무런 부정도 긍정도 하지 않았다.

한의 뇌리에는 신문 사회면 같은 시사성으로 사건의 윤곽 정도는 기억할 수가 있었다. 그러나

"저는 한 15년간 시체로 있었습니다. 그런 시사적인 면에는 아주 장님이 됐습니다. 왜들 그러죠? 그저 유행성 같은 거 아닙니까? 생활의 전부는 아니겠죠. 전 제가 맡은 역사를 올바로 이해하지 못하고 삽니다. 주 선생님도 매 마찬가지가 아닐까요. 만일 역사를 안답시고 떠맡고 나서는 사람이 있다면 그건 허세거나 기만이 아닐까요. 자기기만이라 해두어도 좋겠죠. 제가 여지껏 타고 온 배의 방향이 그랬으니까요. 어느 방향을 향해서 키를 돌려도 배가 닿은 기항지의 역사관은 전연 딴거더군요. 또 속았구나 했죠. 어디로 가나 마찬가지니까요. 항구마다 그랬습니다. 술이 있고 여자가 있고 밤이 있을 뿐이더군요. 그러니까 술과 여자가 있는 밤을 위해서 사는 게 인간이 아닙니까. 신을 찾고 천국에다 집을 짓는다고 설계도를 작성하는 사람들도 역시 밤이 없는 기항지라면 무의미할 것만 같더군요."

주 선생은 한의 말을 들은 척도 안 했다. 그러면서도 얼굴에는 화기 같은 것을 떠올리면서,

"한 형을 어데서 꼭 한번 본 사람 같은데……"

"글쎄올시다. 저도 주 선생을 많이 뵌 것 같은 인상이 듭니다. 혹시……"

한은 다음 말을 하다 말고 더듬대고 있었다.

"잠깐만…… 이번은 나를 소개할 차롄데, 한 형 혹시 영화 감독 오 군을 아나? 오일남이 말일세."

이 말에 한은 대번 친밀감을 느끼기 시작했다.

"별로 친숙한 처지는 못 됩니다마는 서로 인사는 하고 지내는 처지죠."

주 선생의 얼굴에는 엄연히 안도감 같은 것이 깃들고 있었다.

"그렇다면 됐어! 오 군이 내 사위야. 내가 오 군의 장인이라니까!"

주 선생은 그 이상 자신을 소개하려 하지 않았다. 한 역시 그것만으로도 주 선생의 신분을 짐작할 수가 있었다.

주 선생은 얼마간의 공간을 두었다가,

"한 형! 오늘부터는 한 형도 우리와 한가족이 된 셈일세. 한 홰닭이 한꺼번에 운다는 속담이 있잖나. 그러니까 한 형도 오늘부터는 우리와 호흡을 같이해주어. 우리는 27호 감방에서 사는 동안만은 오물 냄새란 말은 전연 안 쓰기로 했어. 앞서 박 선생이 화를 낸 뜻도 그거야. 별 악의가 있어서가 아니었어. 한 형은 아마 웃을지도 모를 일이지. 하나, 우리가 27호 감방으로 묶여 온 것은 누구의 탓도 아니야. 한 형이 말한 기항지와 비슷한 거야. 그러니까 사회의 오물 냄새가 싫어서 이리로 피서를 왔다고 치면 그뿐이야. 여자의 육체가 풍겨주는 체취는 무언 줄 아나! 그것도 하나의 오물 냄새의 일종이야. 썩은 오물 냄새로 해서 서울 시민의 소득률이 상승하고 있는지도 모를 일이지. 나도 한때는 역사의 키를 잡아보았지. 다시 말하자면 썩은 오물 냄새를 치는 청소부로 자처했단 말이야. 그것이 탈이 되어 지금 이 27호 감방의 신세를 지게 된 거지. 그러나 나도 지금은 생각이 좀 달라졌어. 생활은 그냥 투쟁만은 아니라는 엉뚱한 생각을 할 때가 있곤 하지. 오물은 오물대로 그냥 덮어 두고 이건 향내다 하고 사노라면 그 오물 썩은 자리에 흙이 덮이기로 마련이야. 그 위에서 피어난 백합화의 향기가 역사가 불러세운 민족의 혼 같은 거 아닐까."

한은 주 선생의 대화에서 자신의 기항지의 밤의 풍경 같은 것을 느끼면서 부러 젊은 기백을 발휘해 보았다.

"그건 인간 해이에서 오는 태만 같은 거 아닙니까. 주 선생이 맡은 사관을 주 선생 자신이 관리하는 게 아니라 역사 자체에 맡긴다 그 말씀이죠."

주 선생은 빙긋이 웃더니,

"타성이라 그 말이지! 다시 말하면 생의 애착에서 오는 도피 같은…… 그렇게 꾸짖어도 할 대답은 없는 거야. 하지만 인간 생장은 자기 혼자만의 것이 아니야. 내적 세계를 좌절당하면서 인간은 현실과 접근해가는 게 아닐까. 어쨌든 현실은 어느 때고 오물과 범벅이 되어 있기로 마련이니까."

그러나 주 선생의 말에는 어령(語靈)이 딴 데 있는 것 같았다. 에너지의 부족도 아니었고, 콤플렉스에서 오는 모놀로그도 아니었다.

자연도태를 말하는 하나의 풍자로 들렸다.

한은 주 선생의 심경을 완전히 이해할 수가 있었다. 주 선생의 위치에 서면 누구나 그런 상황에 말려들 수 있을 거라고 동정심을 느끼면서 평범한 심정 쪽으로 뒷걸음질을 치기 시작했다.

"선생님! 지금 그 말씀은 생명의 거리감을 재고 있는 것같이만 들리는군요. 그 감정 자체가 죽음을 당면한 공포감에서만 온다고는 생각지 않습니다. 그러나 몸을 빼칠 수 없는 어떤 단애에 섰을 때 하잘 나위 없는 가정 풍경 같은 습관성에서 일상적인 정감을 느끼는 경우도 있지 않겠습니까. 제 몸에도 지금 그런 감정을 의식하고 있는 중입니다. 아니 말이 좀 빗나갔습니다. 의식이 아닙니다. 향수라고 해야 옳겠습니다. 제가 맡은 사관은 제가 처리할 작정입니다. 어느 사관이 간질병 환자가 된대도 후회하지 않겠습니다. 저는 한 15년간 죽어봤다니까요. 누구도 모르게 말입니다. 그러니까 저는 15년 전 사람입니다. 제가 지금 갖고 있는 현실 감각이 어데 속해 있는지 그것조차도 아직은 잘 모르겠습니다. 그저 역사를 알고 산다는 사람, 즉 저만이 잘 알고 저만이 잘한다고 자처하는 자식은 병신 같은 자식이라는 내적 개념을 고수할 뿐입니다. 그러다 그만 잡범이 된 거죠. 저는 매일 밤 구관조의 꿈을 꾸거든요. 이거나마 없었다면 저는 전연 생활이 없는 거나 마찬가지겠죠. 먹고 자는 것 외에는…… 전 주 선생의 의식 세계를 그렇게만 믿을 수는 없다고 말씀드리고 싶습니다."

이 말에 주 선생의 얼굴에는 잊었던 투지 같은 것을 다시 불러일으키고 있었다.

"한 형이 오 군을 안다고 했지! 그 녀석은 말이야. 인간의 부정적인 세계를 무대 위에 올려놓아보는 것으로 자기 생장을 삼는다는 거야. 그렇지만 나는 그따위 정서를 가지고 내 인간을 표백해보고 싶은 생각은 조금치도 없는 거야. 다만 앞서 한 얘기는 한 형 말씀대로 어떤 절박한 거리감에서 말일세. 그건 생명의 거리감이라고 해도 좋아. 어쨌든 마지막 단계에 몸을 맡기고 있는 나 자신이 말일세. 내가 본 내 인간의 평면 묘사를 했을 뿐이야. 사람이 어쩌다가 비약을 하는 건 하나의 기만 같아. 그 말을 좀더 구체적으로 따지자면 말이지. 혹시 자기 비호 같지만 나는 나 혼자만의 생각으로 산 게 아니거든. 내게는 나 이외에도 여러 잡배들이 모여 살고 있었어. 이 잡배들의 손들이 내게다 나와는 걸맞는 타인의 마스크를 씌워준 거야. 그게 으스대고 다니던 오늘의 주 선생이란 말이야! 알겠나! 으하하! 하하!"
하고 눈물이 나오도록 웃어댔다. 죄수들은 수감 이래 주 선생의 웃음을 듣기는 이번이 처음이라고 했다.

잠잠하던 감방 안 시선이 주 선생에게로 집중되고 있었다.

한도 배 밑에서 무언가가 울컥울컥 치밀어왔다. 주 선생이 하듯 한바탕 웃어도 보고 싶은가 하면 주변머리 없는 이야기나마 한참 주워대고 싶은 심정에 사로잡히고 있을 때였다.

주 선생은 한에게 그 이상 더 얘기를 시키지 않으려는 눈치를 보이면서,

"배호 씨는 별로 오물을 쳐보지도 못하고 이리로 왔지요. 그때 그 장소가 무슨 사열식 전이었지! 그러니까 여건이 불리했어요. 그 삼엄한 경비 속에서 권총 한 자루가 어디 사족을 쓸 수가 있겠어요. 다시 말하자면 권총이 불발탄이 된 게 아니라, 계산 착오가 아닐까요? 어쨌든 지나간 과거지만 말입니다. 그때의 상황이나 한번 말씀해보시지!"

방장은 아랫수염을 자꾸만 위로 치올려 입에 물고 빨면서,

"별 상황이란 게 있습니까. 강약이 부동이라 묶여 온 것뿐이지요. 아닙니다. 묶여 오지는 않았습니다. 나이 탓도 있겠지만 그냥 가자고 손을 잡아끌기에 그냥 끌려온 거죠."

그러자 한의 옆에 앉아 있던 학생이 피식피식 웃고 있었다.

주 선생은 좀 계면쩍은 얼굴을 지으면서,

"하긴 지금의 사법 행정은 몇 사람을 위해서 박수만 치면 되는 관객 구실밖에 못 하니까. 선거 운동을 할 때 왜 프락치 박수란 게 있지 않습니까. 결말을 빌린다면 지금의 사쿠라 말입니다. 그러니까 그날의 상황은 오물로 쏠리고 있는 민중의 시선을 딴 데로 돌려놓기 위한 한 편의 창작을 한 셈이 됐군요."

방장은 짐짓 놀라는 표정을 하면서,

"아닙니다. 불발탄만 안 되었더라면 유사 이래 처음 있는 거창한 거사가 됐겠죠. 그러니까 실패를 한 것은 권총입니다. 제 자신만은 여느 잡범과는 다르다 그 말입니다. 이 27호 감방의 엘리트에 속하는 존엄한 존재 아닙니까. 이제부터는 한 점 더 놓고 보아주셔야 합니다."

이 말에 몇 사람을 빼어놓고는 모두 창자가 끊어지도록 웃어댔다.

그러나 젊은 김 군은 웃지 않았다. 조소에 찬 눈초리로 방장을 노려보고 있었다.

한도 무언가 짐작이 갔다. 어디서 주워들은 이야기 같기도 했고 신문 기사에서 본 내용 같기도 한 석연치 않은 데가 있었다.

"권총의 불발탄설은 무슨 코미디를 보는 감이 드는군요."

한은 방장을 보았다.

"머가 코미디야!"

방장은 발끈 화를 내는 것이었다.

이 말을 한 대신 옆에 앉아 있던 학생이 받아넘겼다. 총알이 튀길 것 같은 표정을 하면서도, 침착하고 잔잔한 말투로 신문 기사를 읽어내리는 자세로 대했다.

"방장님! 제가 듣기엔 어딘지 모르게 어설픈 데가 있는 것 같습니다. 사건 전개로 보아 전연 뒷받침이 없는 하나의 연극이 아니었습니까. 아무리 연령 탓이라고는 하지만 손을 묶지 않고 그냥 끌려왔다는 것만으로도 방장님에겐 하나의 치명상입니다. 그뿐이 아닙니다. 바로 사건 전날 밤 어느 요정에서 모의를 했다면서요. 그렇다면 중이(衆耳)를 꺼려야 할 시간에 기생들은 왜 동원이 된 거죠. 야당인지 여당인지는 모르지만 역시 어데서 흘러들어온 국물이 있었던 게 아닙니까."

방장은 흥분이 지나쳐 금지되어 있는 담배꽁초에 불을 탁 그어 대었다. 담배 연기는 한 방울도 새어나오지 않았다. 꽤 훈련된 솜씨로 흡연을 하고 있었다.

"후레자식 같으니라고, 머 국물! 그래 내가 뇌물을 먹고 가짜 징역을 산다 그 말이지!"

그러나 김 군은 조금치도 흥분하지 않았다. 얼굴빛이 좀더 영롱해지면서,

"뼛심 늘려 모은 돈이 아니면 그게 국물이 아니고 뭡니까? 아무리 연령 연령 하고 나이를 앞세우지만 누구도 속지 않을 그 때 묻은 소리 그만 하셔요. 저희들이 그런 청부를 맡았다고 하면 그 거추장스러운 변명 따위는 필요 없을 것 같습니다. 제가 하는 얘기의 뜻은 딴 데 있는 것이 아닙니다. 쇼를 했건 코미디를 했건 그걸 탓해 하는 말이 아닙니다. 어설픈 표현이 싫다 그 말입니다. 저희들의 세대는 돈과 여자만 생긴다면 횡적 과정을 밟지 않고 직선적으로 나갔을 것입니다. 즉 비굴하지 않다 그 말씀입니다. 민생 문제가 어쩌니 국사가 어쩌니 하는 게 어째 배호 씨만의 문젭니까. 배호 씨 혼자만이 해결하는 체하지 마십시오. 그건 이중 매매예요. 그러니까 말입니다, 저희들이 누굴 믿는 줄 아셔요. 무슨 사건이 생기면 어데서 또 개홍정을 하는구나 하는 것뿐입니다. 그러니까 저희들이 믿을 건 신도 아닙니다. 여자의 육체뿐입니다. 순정이니 정조관이니 하는 것도 저희 세대 이전의 유물입니다. 그저 체취를 풍겨 주는 여자의 육체면 그만 그뿐입니다. 머 27호 감방의 거물급이니까 한 점 더 놓고 보아달라구요. 그거 귀신이 하는 얘기 아닙니까."

이 말이 떨어지자, 방장과 동범인 예의 박 선생이 입에 거품을 물고 대들었다.

"이 자식이 사쿠라 아냐! 너 지껄이는 품이 사람 구경 못 했구나. 너 맛 좀 볼래!"

하고, 대번 김 군의 멱살을 추켜들고 공중잡이를 했다. 다음은 발길이 허리를 향해 박치기를 했다. 퍽 하고 어디가 터지는 소리를 냈다.

김 군은 배를 움켜쥐고 "사람 살리슈" 하고 비명을 올리려다 말고,

"이런다구 누가 겁낼 줄 압니까. 이만 것쯤에 허리를 굽히지는 않을 겁니다. 어쨌든 저희들의 세대는 육체밖에 달리 믿을 만한 세계가 아직 마련되어 있지 않습니다. 젊은 세대의 숙명 같은 거죠. 그렇다고 그따위 청부업은 맡지 않습니다. 박 씨! 내게다 왜 손을 대죠. 전 일체의 폭력을 싫어합니다. 저를 보고 무엇 때문에 핏대를 올리죠. 그래 이게 다한 겁니까! 기껏 이걸로 폭력 행사가 끝난 겁니까! 인저 다했느냐 그 말이야!"

말이 채 떨어지기도 전에 김 군은 당수를 썼다.

박은 똥통 위에 나가떨어졌다. 정확하게 말한다면 박은 한번 볼만하게 뻗은 셈이었다.

"이 자식 그 치사스러운 때 좀 벗고 살란 말이다. 권총이 불발탄이 됐다구. 왜 하필이면 불발탄을 선택했지! 나는 ×대통령을 죽여야 한다는 실감을 느껴보지는 못했다마는 만일 내가 했다면 틀림없이 이 비좁은 땅 위에 두 사람의 안식처를 마련해주었을 것이다. 그러니까 우리 20대는 불신에서 산다는 거다. 너희들이 우리에게 물려줄 국물이나 있느냐 그 말이다. 너나 나나 썩기는 일반이다. 사람은 나면서부터 썩기로 마련이니까. 유독 너만 썩었다는 말은 아니다. 그러나 썩을 바에는 어서 빨리 썩어주기를 바랄 뿐이다. 주 선생의 말대로 네가 썩은 오물 위에 흙이 덮이면 백합화가 필 것이다. 역사의 부름을 받은 민족의 혼이 향기를 풍겨줄 것이 아니겠는가? 그때는 우리가 가지고 있는 현실 감각을 살릴 수 있을 것으로 확신하고 있다. 이것이 불신에서 생장하고 있는 20대의 자랑이다."

한의 귀로는 어느 말이 옳고 그른지를 제대로 분간할 수가 없었다. 다만 젊음의 차가 있다는 것만은 분명해 보였다.

김 군은 아직도 흥분을 가누지 못하고 있다가,

"우리에겐 좀더 심각한 얘기가 남아 있다. 딴말이 아니다. 간단한 몇 마디로 표현할 수 있는 숙원을 말하겠다. 우리는 우리대로의 육체를 지니고 있으면서도 이 육체들을 만나줄 만한 광장이 없는 것이다. 그래서 무슨 애수 같은 시선을 교환하면서 삶의 보람을 느끼고 있을 뿐이다. 말이 좀 과하다마는 이 감방에서나마 어서 쓸어내야 할 쓰레기 같은 존재가 너란 말이다. 너 같은 것을 가지고 정치범이다, 암살단이다 하고 국비를 소비해가면서까지 끌고 다니는 것을 보면 ××가 웃겠다 ××가 웃겠어!"

김의 이야기는 김 한 사람만의 입에서 꾸며지고 있는 욕설이 아니었다. 20대의 세계에서 한꺼번에 울려 나오는 합창으로 들려왔다.

그러나 방장은 이 말에 이를 갈아붙이고 나섰다.

"이왕이면 이 늙은이에게도 손을 대보지! 머 20대는 불신에서 살어! 얌생이 같은 자식…… 네 죄명이 뭐지! 간음죄 아냐. 치사한 자식이."

"그런다고 누가 사양할 줄 아나 부지. 늙어빠진 것만으로는 재산이 될 수 없을걸!"

김은 노인이라도 해치울 그런 기세로 보아 내일이 없는 사람이었다. 마치 한번에 타버릴 성냥개비 같은 그런 인생관의 소유자로만 보였다.

이때였다. 주 선생이 중재에 나섰다.

"김 군, 그만 나대고 게 좀 앉게!"

간단한 힐책이었다. 그러나 불길에 휩말려들고 있던 핏기 어린 김 군의 눈자위가 푹 꺼지는 것이었다.

"방장도 좀 참으시오. 김 군의 말에는 표현이 모자라다 뿐이지 우리

네보다는 때가 덜 타 있는 것만은 사실이오. 가령 예를 들면 말입니다. 북괴의 20대들은 세계를 저희들이 보고 들고 한 공산 제도로밖에 더 바라볼 눈이 없다는 것입니다. 다시 말하자면 지역 단위에서만 사는 산개 같은 족속들이지요. 그러니까 이 지구 덩이 위에는 좀더 화려한 민주주의 제도가 따로 있다는 사실을 모르고 사는 거죠. 그러니까 쓰든 달든 자기네 제도에서 떠나면 죽는 줄로만 알고 있다는 겁니다. 남한도 마찬가지가 아닐까요. 해방둥이들이 보고 들은 것이 돈하고 육체밖에 더 뭐가 있습니까. 지금에 와서 유관순이니 백범이니 해보아야 그것은 그들에게 있어서는 하나의 일화로 바뀌고 있는 그런 단계에 놓여 있다는 것입니다. 그렇다고 그것이 그들의 죄악상은 아닙니다. 방금 방장이 김 군을 후레자식이니 뭐니 했지만 20대의 김 군에게는 먹어주지 않는 얘깁니다. 속담에 이런 말이 있지 않습니까. 닭이 먼저냐, 달걀이 먼저냐! 하는 따위 말입니다. 치사스러운 비유입니다마는 제가 생각하기에는 엄연히 말해서 계란이 먼저입니다. 왜냐구요? 산성(産聲)이란 말이 있잖아요. 까놓은 병아리는 모계가 없이 자라도 모계가 하던 짓을 다 하고도 남습니다. 전통이니 유산이니 하고 떠들어쌓기는 하지만서도 20대가 생각하고 있는 전통과 유산은 우리가 떠들어대는 그런 것과는 가치관이 전연 다른 것입니다. 그러니까 말입니다. 생활은 출발이 있을 뿐입니다. 출발의 연속전이라고 해야 옳겠죠. 이 감방의 오물통을 완전히 들어내 버릴 청소부도 우리는 아닙니다. 박 선생을 때려눕힌 김 군입니다. 이들이 앞으로 맡아볼 생활 형체에는 감방이 없을는지도 모르죠. 지금의 주일 예배 정도로 금고형을 치를 수 있는 교도 작업이 생길는지 누가 압니까. 그때에도 역시 사람이 믿을 수 있는 것은 육체밖에 또 별다른 게 나타나줄 수는 없지 않을까요. 우리도 지금 그걸 찾아 헤매다 그만 횡로를 들어 27호 감방을 찾아든 것이 아니라고 누가 감히 부인할 수 있겠습니까. 나타나는 현상이 하나는 직선적이고, 하나는 우회적인 것뿐입니다. 어느 것이 좋다 나쁘다가 문제가 되지 않습니다. 20대의 그네들은 그네들대로의 새로운 차원을 찾고 있으니까요. 그렇다고 그네들을 나무랄 아무런 권리가 없습니다. 왜냐구요. 그건 어느 한 개인이 즐겨 추는 춤은 아닙니다. 세계의 일환성에서 오는 획일주의의 포옹입니다. 아무리 개탄을 하기로니 무슨 소용이 있습니까. 숫자 대 숫자의 대결인 걸요. 그러니까 숫자의 팽창과 아울러 정서의 폭을 넓히고 있는 거죠. 달밤의 풍경이나 꽃밭 같은 것이 정서의 전부일 수는 없습니다. 단조로운 멜로디는 하나의 영탄조가 되고 마니까요. 그래도 굳이 우격다짐을 한다면 그것은 극소수의 향수에 속하겠죠. 어느 들길에서 한 소녀를 만나 서로 웃고 헤어진 것뿐으로 그때의 심정을 못 잊어 하는 애수 같은 것이 아니겠습니까. 그러나 지금 김 군이 말한 육체란 그런 게 아닙니다. 영탄조를 떠난 지 이미 오래였습니다. 불과 불이 서로 마주치는 동력이 시동이죠. 유행어를 빌린다면 우주선의 도킹 같은 거죠. 그게 어디 생식만을 위한 것이겠습니까. 연료를 보급받기 위한 도킹이지. 그와 마찬가지로, 서로 가솔린 탱크를 찾아 자기 발전의 연료를 보급받기 위한 것입니다. 이것이 육체와 사랑의 엇갈림길에서 얻어지는 신의 교체인 것입니다."

이 말에 경청하던 한은 입을 가만하고 있지 않았다.

"동감입니다. 우리의 용어 중에서 제적을 당한 말이 기수부지입니다. 영웅이다 위대하다 하는 기사 투의 말에는 모두 구토증을 느끼고 있거든요."

마주치고 있는 주 선생과 한의 시선에서는 푸른빛을 발사하고 있었다.

이때 식사 당번이 네모진 창구멍으로 밥그릇을 하나하나 받아들이고 있었다.

저녁 식사에는 국이 들어오지 않았다. 칸막이를 한 나무곽〔木器〕에는 한쪽으로 칸을 막아, 찬그릇을 겸용하게 되어 있었다. 넓은 쪽에는 보리밥이 담겨 있었고 한쪽에는 조린 꽁치 쪼가리가 곁들여 있는 그런 식사였다.

사람이 먹을 식사라기에는 지나치게 조잡하고 빈약했다. 아마 백과전서에도 이들의 식단은 명시돼 있지 않을 것이다. 그러나 미결수에게 있어서는 이것을 그냥 밥이라고만 한다면 더도 없이 무식에 속할 것이다. 창자를 채우라는 음식이 아니라, 창자에다 달아주라는 하나의 보석이었다. 양감보다는 이 찬란한 액세서리의 발광(發光)으로 해서, 미결수들은 거의 꺼져가던 생명 기능을 되찾는 것이었다.

그러나 주 선생만은 이런 식사를 받아놓았을 때의 태연한 그 인간 자세에 매력을 느끼게 했다. 이분만은 빈약한 관식에서도 제법 양감에서 충만감을 느끼는 것이었다.

"한국 사회에 죄인이 있다면 남보다 소비를 많이 하는 사람이 죄인이야. 한 곳에서는 썩어나고, 한 곳에서는 굶은 것 같은 그런 것말이야."

한은 주 선생보다 먼저 밥을 한입 떠 넣으면서 목멘소리로,

"국민이 소비를 하지 않으면 생산 기관이 마비가 된다면서요."

넌지시 떠보았다.

"시장 경제를 말하는 건데 그건 국민 소득 이후의 문제지 다방 거래가 국민 소득을 좌우하고 있는 서울 시민에게는 해당되지 않는 말이야. 아마 한 형은 불(弗)을 좀 확보하고 있는 눈친가 보군. 경제 순환의 절차를 그대로만 믿고 있는 그 말투가 말이야."

하고, 주 선생은 밥통을 들고 뒤 공기창문 쪽으로 가 밥 첫술을 떠서 창틀 위에 놓는 것이었다.

한은 이상한 생각이 들었다. '주 선생에게도 가족을 생각해서 하는 미신 같은 게 있구나!' 하고 주 선생도 별게 아니란 생각을 할 때였다.

참새 두 마리가 창틀로 날아들어와 주 선생이 떠놓은 보리밥을 다 주워 먹고 가는 것이었다.

이 새들이 다녀간 다음에야 주 선생은 식사를 시작했다. 천천히 그리고 포만 상태에 가까운 몸가짐을 했다.

그날 밤도 한은 구관조의 꿈을 보았다. 이번은 한이 철창 안에서 보는 꿈이었다.

한은 깃이 부러진 구관조가 되어 땅에다 배를 깔고 엎드려 있었다. 땅 밑은 습기가 돌았다. 홰를 타보려고 무진 애를 써보았다. 사지가 말을 듣지 않았다. 누구를 불러볼 생각으로 소리를 질렀다. 전연 말이 돼 주지 않았다. 자꾸만 철창 가를 향해 배밀이를 해보았다. 역시 제자리 걸음을 할 뿐이었다.

그렇다고 한은 자신이 구관조라는 생각을 하지 않았다. 환각에서 오는 잠허리라고 생각했다. 이런 잠허리 속에서도 한은 구관조와 아키코와는 불가분의 인과 관계를 날라다 준 한의 구세주라는 생각을 하고 있는 참이었다.

구관조의 암놈이 면회를 온 것이었다.

구관조의 암놈은 소복을 입지 않았다. 아키코가 즐겨 입던 금사지(錦糸地)의 에도고몬(江戶小紋)의 기모노에 후쿠로오비(袋帶)를 묶었다.

녹색 비취 반지를 낀 왼쪽 손에는 제법 아키코가 하듯 네모지게 개킨 학 무늬〔千羽鶴〕의 보자기를 단정히 받쳐 들고 서 있었다.

"얼마나 욕을 보세요."

이것도 흔히 하는 아키코의 말투였다.

한은 대답 대신 구관조가 하듯 몸을 앞으로 끌려고 기를 써 보였다.

불구가 된 한의 동작을 바라보던 암놈은 제법 놀라운 표정을 했다.

"어마나! 꼭 돌아가신 우리 아빠 같네요."

하고, 양 볼에 보조개를 지으면서, 얼굴에는 웃음 절반 눈물 절반으로 교태를 부렸다. 평소에 아키코가 하던 그런 표정이었다.

한은 시야를 가로막아 선 에도고몬의 기모노에 동공이 확대되면서 망각의 환상을 되살리고 있었다.

몸 어느 한 부분이 부서지는 소리를 냈다. 흔히 감정이 격했을 때 일어나는 현상이었다.

"아키코! 아키코가 여길 왜 왔지! 여긴 일본 식민지의 게이조(京城)가 아니야. 대한민국이야. 버젓한 독립국의 수도 서울이란 말이다. 나막신을 신은 아키코 따위가 들어설 자격이나 있어! 어서 물러가주어!"

한의 눈에는 불꽃이 튀고 있었다. 적의와 애욕의 갈등에서 나오는 볼멘소리를 했다.

이걸 본 구관조의 암놈은 한참 간드러지게 웃고 나서,

"사내란 다 그렇다니까요. 누굴 보고 그 명예스럽지 못한 지명을 하시죠. 전 아키코가 아니예요. 좀 바로 보세요. 그건 한갑수 씨의 오매불망에서 오는 성욕의 발광 같은 거예요. 전 구관조의 암컷이에요. 서방님! 아키코 대신 저를 타줄 수는 없으세요. 아키코를 타듯이 말이에요."

"……"

한은 아무 대답을 하지 않았다.

여자의 매력은 옷에 있었던가 싶은 생각을 하고 있었다. 그러나 아키코의 매력은 옷이 아니라는 기억을 더듬었다. 눈이었다. 마음의 창 같은 눈이었다. 한을 노려보던 아키코의 눈에는 푸른 불기둥이 서곤 했다. 불을 켜들던 아키코의 눈은 아직도 한의 가슴에 한 개의 횃불을 받고 서 있는 것이었다. 모성애의 솜씨로도 켜대지 못한 횃불을 켜대준 눈이 아키코의 눈동자였다.

눈에서 눈으로 신화가 옮아오는 밤이면 으레껏 올림픽 경기 같은 제전이 벌어지곤 했다.

"갑수 씨는 여성이 선택한 엘리트야. 저는 한국이 좋아요. 한국의 갑수 씨가 제일이야. 제게 올림픽의 신화를 올바로 이식해준 사람이 갑수 씨거든요. 그 스포츠맨십이 제 육체를 도취시킨 거예요. 나의 조국도 한갑수 씨의 육체에서만 살고 있는 거야."

아키코가 한의 허리를 감아 안을 때마다 하던 격정의 대화였다.

한의 눈에는 구관조가 하듯 먹물 같은 눈물을 떠올리고 있었다.

그러자 구관조의 암놈은 어느새 옷을 소복으로 갈아입고 서 있었다.

한과 시선이 마주치자 눈을 하얗게 흘기면서,

"대답이 없는 걸 보니 거부권을 행사하시는군요. 그렇담 좋아요. 한갑수 씨에게 또 하나의 죄상이 있다는 것만 기억해두세요. 아키코가 임신이 되었을 때 왜 아키코를 죽이려고 하셨죠. 그때의 아키코의 생명은 두 사람 몫을 겸하고 있었어요. 그러니까 두 사람을 죽이려던 살인 미수 죄가 하나 더 있다는 걸 잘 기억하셔야 해요. 난 그걸 밀고할 테니까요."

한은 어안이 벙벙했다.

"밀고! 홍 똥개 같은 년! 그게 살인 미수냐. 그건 한국의 숙명이었다. 죄가 있다면 사상의 갈림길에서 교통 위반을 한 것뿐이야. 다시 말하자면 사상범에 속하는 거란 말이다. 안 의사가 이등박문을 총살했다는 근대사를 한번 읽어보아라. 나는 일체의 테러리스트를 부정한다마는 그때 내가 한 일이 살인죄에 속하지 않는다는 것쯤은 알고도 남을 거다."

이 말에 구관조의 암컷은 불신을 나타내면서,

"또 애국자 타령이시군요. 그 마음 편한 소리 좀 그만 하세요. 세월이 지나갔다고 죄를 탕감한 줄로 착각을 하시는 게 아닙니까. 인저 기회를 탔으니까 잡범이 사상범으로 탈바꿈을 하신다 그 말씀이시군요. 중국에서 아편 장사를 하다 돌아온 귀환 동포가 애국 투사로 날뛰던 그런 식이군요."

구관조의 암놈은 약간 음모가 빗간 데 실망은 하면서도 한의 심정을 긁어 부스럼을 만들어볼 작정이었다.

"어쨌든 나는 사상과 애정의 대립이 있었을 뿐이야. 살인 미수는 절대 아니었다, 그 말이다."

"그건 지나친 모순인걸요. 사상이 애정을 동화시킬 수도 있지 않았을까요. 사내 양반이 그만 걸 못 해서 임신부를 죽이려고 했다면 그건 졸렬한 수법에 지나지 않는 거예요."

한은 몸부림을 쳐가면서 배밀이를 시작했다. 좀더 철장 앞으로 가까이 가보고 싶은 생각에 몸을 앞으로 내끌려고 애를 썼다. 숨이 가빴다. 앞가슴을 들먹였다. 꼭 죽은 구관조의 시늉을 한 셈이었다.

한은 발을 비비적대면서,

"네가 세운 변호인의 변론에 의하면 너는 죽은 남편의 인권을 찾는다는 거지. 바보 같은 거! 인권이 어데 있어! 인권이! 산 사람에게도 없는 인권이 죽은 사람에게까지 배당이 되어 있는 줄로만 아나 부지!"

한도 마주 약을 올려주려고 했다.

구관조의 암놈은 한쪽 손으로 자기 젖가슴을 찰싹 하고 때리면서,

"죽은 우리 아빠의 인권은 제가 맡고 있어요. 제가 상속자거든요. 여자라고 무시 마세요."

구관조의 암놈은 홰에서 하던 습성으로 팽이놀림을 했다.

이 말에 한은 잠허리에서 깨어날 만한 소리로 한참 웃어댔다.

"너 명심해 들거라. 사람에게는 단 한 번의 자유도 있은 적이 없었다. 아니 자유란 있을 수가 없는 것이다. 사람은 계급 의식으로 살고 있으니까. 너 선악(善惡)이 무언지나 알고 나대니? 선이란 계급 의식의 포만감에서 오는 아첨이고, 악이란 계급 의식의 불만에서 오는 분노야. 다시 말해서 선과 악은 이복동생 같은 존재라니까. 씨는 같은 씨니까 말이야. 인간이 이 계급 의식을 벗지 못하는 한은 자유도 평화도 없는 것으로 되어 있다 그 말이야."

구관조의 암놈도 이 말에는 귀를 기울이는 시늉을 했다.

한은 "네깟 년이 알 건 뭐냐!"고, 하려다 말고,

"나는 지금 고문을 당하고 있다. 그렇지만 말이다. 기독은 속옷까지 벗어주고도 우리에게 못 찾아준 자유를 내가 당하는 고문 따위로 찾을 수가 있겠느냐 그 말이다. 그러니까 이것을 좀더 정확히 말한다면 내게는 계급 의식의 대상물인 집 한 채가 있는 것이 죄가 된 거야. 네가 어떤 밀고를 한대도 이 이런 계급 의식의 대상물만 내놓으면 고문 따위는 무난하게 벗을 수가 있는 것이다. 해방 전도 그랬고 지금도 역시 마찬가지야. 왜 기독의 명언이 있지 않아! 부자가 천국을 들어가는 것은 낙타가 바늘구멍을 빠져나가는 것보다도 어렵다는 그 말 말이야. 천국이란 지금 우리들이 말하는 자유를 가리킨 말인데 못 가진 자가 가진 자보다 자유롭다는 뜻 아니겠나!……"

"그것 역시 매수 작전 아닙니까? 거 참 꽤 솜씨가 느셨군요. 그런 생각을 다 하게. 하긴 좀 이상하다 했죠. 사형수는 감방에서도 수갑을 차고 있는 게 교도소의 관례가 되어 있잖아요. 그런데 왜 수갑을 안 차고 계시죠? 서방님 지금은 어떤 고문을 당하고 계십니까."

통쾌해서 묻는 그런 어조만은 아니었다. 그렇다고 동정해서 하는 말도 아니었다. 그저 감방 풍속이 듣고 싶어서 하는 말투였다.

한도 그 말을 한번 하고 싶던 참이었다.

"난 아직 사형수는 아니다. 장차 교수대로 갈 수속 절차를 밟고 있는 참이다. 조서를 꾸미자면 으레껏 고문이 따르기로 마련이니까. 그러니까 나는 지금 전기 찜질을 하고 있는 참이다. 그게 지금의 고문 방법이다."

"전기 찜질을 하신다구요? 신경통 치료 같은 것 말씀이세요."

"네 말이 맞았다. 해방 전의 고문 방법은 근육과 싸웠다. 그러나 지금의 고문은 신경과 싸우고 있는 것이다. 대구 감영 때는 고문이 대략 5단계로 되어 있었다. 첫 단계가 손톱눈에 죽침을 꽂는 법이 있었다. 나는 그때 피를 몇 방울 흘렸을 뿐 내용을 불지 않았다. 그다음이 몸을 달아매고 코에 물 붓기였다. 익사(溺死) 같은 현상이 나타났다. 역시 불지 않을 수가 있었다. 천행히 가사를 당했으니까. 제3단계가 똥구멍에 화약심지를 꽂아놓고 불을 댕겨놓았다. 불길이 가까워올수록 가슴이 터지는 것 같은 현상을 일으키는 수법이다. 이건 다이너마이트의 원리를 적용한 것이었다. 역시 질식을 했을 뿐 불지는 않았다. 제4단계가 뭔지 아니?"

한은 얼마간 기운을 돌리고 나서,

"이 4단계는 얼핏 보기에는 매우 어설픈 고문 형식이었다. 내 몸에다 가죽옷을 입혀놓고 고무호스로 물을 끼얹었다. 처음은 아무런 반응이 없어 이상하다고 생각했다. 지금 흔히 쓰는 결말을 빌린다면 공갈조가 아닌가 했다. 허나 생각과는 딴판이었다. 물에 젖은 가죽옷이 점점 수축을 하는 것이었다. 몸이 오그라들면서 숨이 가빠왔다. 그래도 불지 않고 참노라면 눈이 앞으로 비어지곤 했다. 이것은 임상학에서 빌려온 수법으로 협심증을 일으키는 것이었다. 대번 코로 피가 쏟아지면서 졸도를 하는 것이다. 그러나 영원히 죽지는 않는다. 묘하게도 먼저 코피를 쏟기 때문에 모세 혈관이 파열이 되지 않는 것이다. 이것이 협심증의 발작만을 나타내는 수법이다. 그래도 나는 불지 않았다. 그러나 말이다. 그다음의 5단계가 그때에는 가장 지능적인 수법이라 할 수 있다. 즉 잠을 재우지 않는 것이다. 역시 어느 임상학에서 얻은 혼수상태로 신경을 몰아넣어보자는 것이다. 사람은 혼수상태에 빠지면 횡설수설하기로 마련이니까. 그 환자의 오열 같은 무두무미한 얘기로 버젓한 조서가 되어 넘어가는 것이다. 이 조서를 놓고 곡예를 하는 것이 그때의 보안법이었다. 이게 무슨 인권이 있고 자유의 탐색이 있겠느냐 그런 말이다."

구관조의 암놈은 얼굴을 찡그려 보이면서,

"사람을 놓고 아무리 그럴라구요. 서방님의 과장이거나 엄살이겠죠."

"그래! 엄살이다. 그러나 그때의 고문은 당장 잡아 죽일 듯이 구는 하나의 협박에 불과했다. 허나 그때는 원시 상태의 폭력에 지나지 않았다. 지금은……"

한은 하려던 얘기를 중단하고 구관조의 암놈을 노려보고 있었다.

"지금의 전기 찜질은 그때보다는 신사적인 수법이군요. 자유의 탐색에도 예민한 바로미터가 되어줄 게 아닙니까! 그렇다면 밀고를 할 필요가 없군요."

구관조의 암놈은 제법 신이 나 했다.

한은 상대방이 여자라는 생각이 들어 얼마간 쭈뼛쭈뼛하다가,

"전기 고문이란 폭력을 부리지는 않는다. 신경과 싸우는 메커니즘의 소산이다. 전기 침을 더도 말고 생식기에 댔다 뗐다 하는 순간 온 전신에 분해 현상을 일으킬 뿐 가사나 질식을 시키지 않는 것이다. 좀 말이 너절한 감이 있다마는 현대인은 생활을 하반신에 두고 있는 데 착안을 한 거지. 이런 마당에 신이 입회할 수가 있겠나 좀 생각해보란 말이야. 하나 내 마음에는 신의 암시가 있었다. '쿠오바디스 도미네! 쿠오바디스 도미네!' 하고 울부짖는 소리를 들은 거야! 알겠나! 내가 그 자리를

떠난다고 세상은 달라지지 않는 거야. 나 대신 누가 와서 또 그 자리를 메워야 하니까. 난 속옷이 아니라 마지막 한 개의 팬츠까지도 벗어줄 참이야. 그러니까 어설프게 너까지 위협하려 들지는 말아주어. 귀찮아서가 아니야. 배꼽이 빠지도록 웃음이 나와서 그러는 거야. 머 변호인을 댄다구? 엄연한 정상을 전기 찜질로 바꾸어놓는 그런 줄타기는 그만하란 말이야. 똥개 같은 년! 제법 말은 멀끔하지! 죽은 남편의 인권을 찾는다구. 그만 물러가지 못해!"

한은 화를 냈다.

그러자 구관조의 암놈이 철창문을 따고 들어왔다.

한은 몸을 피해보려고 애를 썼다. 역시 몸은 제자리걸음을 했다.

"너 그따위 뻔뻔한 말버릇 한 번만 더 해보아라. 팬츠까지 벗겨준댔지! 그러니까 넌 인제 알거지다. 알거지야. 네가 찾는 자유가 그거란 말이지. 암컷이라고 너무 깔보지 마! 네가 기껏 승화해야 '니힐리즘'이 아니면 '아나키즘'이지 뭐냐. 사회 질서의 파괴자를 그냥 둘 수는 없는 거다. 획일주의가 어쩌고 하던 때는 언제고, 팬츠를 벗어줄 때는 언제냔 말이다."

구관조의 암놈은 대번 한의 등허리를 타고 한의 두 눈을 찍어내는 것이었다.

한은 눈앞이 캄캄해졌다. 깃이 부러져 땅에다 배를 깔고 뭉개던 죽은 구관조 이상의 신세가 되었다는 생각이 들었다. 그러나

"나는 눈이 없어도 살 수가 있다. 아키코가 켜댄 햇불이 아직 남아 있으니까 눈을 찍어냈다고 장님이 될 내가 아니라는 것을 명심해두어라. 이 똥개야! 나는 눈이 없어도 내가 맡은 여정은 충분히 달릴 수 있는 가솔린 같은 연료가 있단 말이다. 머 인권을 찾어…… 자유가 있어…… 언제 누가 뉘게 자유를 주었단 말이냐. 자유를……"

한은 눈이 없이도 제대로 웃어줄 수 있는 풍자를 발휘했다.

아침 기상 시간이 왔다. 정각 5시에 예의 관식이 들어왔다. 이날 식사 당번은 한이 맡아 했다.
자리순으로 식사를 나르다 보니 역시 이번도 주 선생이 마지막 차례가 되었다.
한은 안되었다는 생각을 하면서, 뜸도 제대로 들지 않은 쿠실쿠실한 혼식으로 한참 창자를 장식하고 있었다. 위에 기별도 채 가기 전에 이미 밥그릇이 밑이 드러났다. 한은 목젖에서부터 항문까지 가는 거리가 그렇게까지 먼 거리감을 느껴보기는 이날이 처음이었다.
"이거다. 교도소를 창안한 것도 뜻이 딴 데 있지 않다."
한은 지금 한이 느끼고 있는 그 먼 거리를 채우기 위하여 만들어진 몇 사람의 직장에 불과하다는 생각을 할 때였다.
"한 형! 벌써 끝나셨군!"
주 선생은 먹지도 않고 보는 것만으로 포만된 안색을 하고 있었다.
"어서 드시죠? 시장하실 텐데요."
주 선생은 젓가락을 넌지시 들면서,
"그래 나도 먹어야지!"
하고, 밥통을 들고 역시 뒤창 쪽으로 가더니 이번은 밥을 반이나 떠놓고 제자리로 돌아와 앉았다.
역시 그 시각에 찾아드는 예의 참새 한 쌍이 날아들어와 주워먹는 것이었다.
방 안 시선은 모두 그리로 쏠리고 있었다.
새는 그 떠놓은 밥을 반도 채 못 먹고 날아가버리고 말았다.
"오늘은 특별히 배가 부르군!"

주 선생은 밥에는 입도 대지 않고 밥그릇을 그대로 밀어 내놓는 것이었다.

감방에서는 환자가 생겼거나 누가 밥을 남기는 때가 있으면 서로 그 밥을 먼저 차지하려고 쟁탈전이 벌어지곤 했다. 그러나 주 선생이 밀어 놓은 밥그릇에는 누구도 손을 대려 하지 않았다.

주 선생의 얼굴에는 조그마한 표정도 보여주지 않았지만 한은 주 선생의 심정을 알 수가 있을 것 같은 느낌이 들었다. 법이 간섭하지 않는 자유, 그리고 사람의 손을 타지 않는 생장이 즉, 주 선생의 포식 상태 같은 그런 인간 자체가 아닐까 했다.

식사가 끝난 지 한 시간쯤 지나서였다.

옥리가 와서 주 선생을 불러냈다.

"교도과장의 면회입니다. 어서 나오십시오."

하고, 감방문을 땄다.

그 문 따는 소리는 언제 들으나 마찬가지의 전율감을 느끼게 했다. 그러나 주 선생의 얼굴에는 아무런 동요도 보이지 않았다.

감방 동료들도 그저 그런 것이려니만 생각했다. 사형수에게는 감방에서도 반드시 수갑이 채워져 있었다. 하나 주 선생에게는 수갑을 채우지 않은 채 수감이 되어 있을 뿐이었다. 눈짐작으로라도 주 선생은 중죄라는 데까지는 미처 마음이 미치지 못했지만 인물에 대한 어떤 중량감을 안 느낀 바는 아니었다.

주 선생은 벌떡 일어서더니, 참새들이 와 앉던 뒤쪽 창문께로 갔다. 그 후에 안 일이지만 아마 자기가 떠난 뒤에도 찾아왔던 새들이 섭섭이나 면할 관식이 좀 남아 있나 하는 뒷날을 생각해서 한 일이었는지도 모를 일이었다. 주 선생은 옥문을 나서려다 말고,

"한 형! 우리 오 군을 만나거든 내 애길랑은 말아주게. 난 뒷얘기가 싫으니까 알아듣겠지!"

"……"

한은 무슨 대답을 해야 옳을지 몰라 약간 엉거주춤해 있었다. 그러자 주 선생은 감방 동지들을 향해,

"그럼 다녀오지요" 하고 면회를 나가는 사람들이 흔히 하는 그런 평범한 몸가짐을 하고 나섰다. 10분 후였다. 옥리가 와서 주 선생의 명패를 떼어가지고 가는 것이었다.

"교수대로 가는 건 아닐까!"

어느 한 사람의 입에서 이런 말이 튀어나왔다.

"그렇지가 않을 겁니다. 이감이겠죠."

"그럼, 뒷얘기가 싫다는 말은 무슨 뜻에서 한 말일까!"

그다음 대답에는 아무도 입을 떼지 않았다.

주 선생이 떠난 후에는 아침저녁으로 찾아오던 참새들이 단 한 번도 찾아오지 않았을 뿐 그 후의 소식은 전연 알 수가 없었다.

"사람의 손을 타지 않는 생장이 이 세상에 있을 수 있을까!"

한의 생각에는 사람과 얽매이지 않은 물체가 있다면 이미 자연 도태가 된 공룡 같은 것이라는 견해를 가질 뿐이었다.

무서운 대결

주 선생의 명패를 떼어간 후부터 미결수들은 한층 더 우울한 낯짝들을 하고 있었다.

"새들이 오늘도 안 오는군요."

누군가의 입에서 이런 말이 떨어졌다. 그러나 아무도 대답하지 않았다. 그저 묵묵히 앉아 있었다.

그러면서도 새들을 무척 그리워하는 그런 눈치들을 보여주고 있는 참이었다.

철컥 하고, 감방 문이 열리면서 사형수 한 사람이 수갑을 찬 채 수감되어 들어왔다.

감방 안은 대번 찬바람이 도는 듯했다. 모두들 가슴이 서먹해서 제대로 바라보지도 못했다.

간죽스럽도록 상좌를 타고 앉았던 방장이 얼핏 자리를 비워주면서,

"어서 이리로 앉으십시오."

하고, 누구의 옆자리로 옮아앉았다. 사형수는 서슴지 않고, 당연한 자세로 방장이 비켜준 상좌로 가 앉았다.

사형수는 당연한 정도가 아니었다. 위력을 발휘하는 그런 기세를 보였다. 고참자들은 한이 수감해 올 때처럼 사형수를 향해 떠들지 못했다. 사형수도 아무 말이 없이 으스스한 분위기를 조성하고 있을 뿐이었다. ─비행기를 타고 적도를 넘는다느니, 북방향이니…… 하는 따위의 잡담 같은 것은 대번 얼어붙을 것만 같은 감이 들었다.

미결수들은 주고받는 시선으로 잡범과 정치범을 곧 식별할 수가 있었다. 그러나 사형수에게 있어서는 범죄 성격 같은 건 문제가 되지 않았다. 그저 목숨을 내놓게 된 그것 하나만으로도 당당한 위세를 지닐 수 있는 것이 감방의 풍속처럼 되어 있었다. 그러니까 먼저 들어온 미결수들은 마치 범죄의 잔품 정리 같은 초라한 꼴로 뒤바뀌고 있었다.

한은 온몸이 설레기 시작했다. ─진리는 표현이다. 사색은 진리로 가는 기초 작업이다…… 위세를 부리고 있는 사형수의 표정과 돌아오지 않는 새를 기다리고 있는 미결수들의 심정은 표현과 사색의 차였다.

사형수의 죄명은 구태여 알아볼 필요가 없었다. 살인범이라도 좋았고, 갱이라도 좋았다. 목숨을 내어놓은 사형수의 범죄 성격에 무슨 별다른 차원을 붙일 필요는 더구나 없다는 생각을 했다. 한 사람 몫의 자리와, 한 사람 몫의 소모품을 남에게 넘겨주고 가는 사형수의 심정을 한은 제대로 짐작할 것만 같았다. 돌아오지 않는 새를 기다리고 있는 미결수의 뱃속 따위는 보나마나 자기 도피를 노리고 있음이 분명했다. 자신들이 점령하고 있는 자리와 자기 몫을 남에게 뺏기지 않기 위하여서 무죄 석방이 되기를 기다리고 있는 타성이 낳아놓은 오물 더미에 지나지 않았다.

한도 처음 새를 보았을 때는 동심으로 돌아가고 있었다. 깃에 자연의 냄새를 묻혀가지고 날아드는 그 화사한 꼬리놀림을 보고, 한 자신도 새가 되어 그들이 헤젓고 다니는 산과 들을 꿈으로 그려보곤 했다.

딸기가 한창 익고 있는 산촌에는 물레방아가 그 육중한 몸집을 천천히 돌려가면서 보리방아를 찧고 있는 그런 계절을 직감할 수도 있었다. 듬성듬성 엎드려 있는 바위도 좋았다. 그 바위를 씻고 가는 차가운 냇물도 좋았다.

다만 이상한 것이 있다면 미결수들은 누구도 새를 잡으려 하지 않았다. 만일 감방으로 찾아드는 새가, 살벌한 감방이 아니고, 어느 가정에서 생긴 일이라고 한다면 새를 잡아보려고 누구나 한 번씩은 덮쳐보았을 것이었다. 그러니까 새를 잡아 새장에 넣고 보는 쾌감도 이를테면 동심의 소치가 아니겠는가!

동심은 그만큼 맹목적이었다. 27호 감방에 들어 있는 미결수들은 저마다 이런 동심 하나씩을 아끼고 있었다.

자신이 지니고 있는 동심의 발로가 서로 비끄러매고 묶이고 하지 않을까! 27호 감방 같은 것 말이다.

한은 엉뚱한 생각을 했다.

성서의 한 구절이었다. ─하늘에 나는 새는 농사를 짓지 않아도 양식 걱정을 하지 않고 살 수가 있다. 창고가 없어도 자연은 새들이 먹고 살 일용할 양식을 저축하고 있으니 말이다……고 한 성서의 한 구절을 어렴풋이 떠올리고 있었다.

사람들도 물질 생활을 하늘에 나는 새처럼 영위해보자는 것이 기독의 경제관이었다. 사람들이 차지하고 남은 자원을 가지고도 새는 굶어 죽지 않는다는 뜻이었다. 하긴 새가 나락을 먹고 갔다고 해서 누구도 새를 보고 도둑이라고 말하지는 않는다. 그들에겐 벌레와 풀씨가 있었다.

사람이 관리하는 것 같은 소유권이 없다. 그렇다고 새들은 단 한 번도 가난을 느껴본 적이 없었다.

즐거움만이 있었다. 즐거움만이 생활의 전부였다.

기독의 착상은 참말 재미있다고 생각했다. 아무리 생각해도 자연에 소유주가 정해 있을 것 같지 않았다. 당절(當節)이 있을 뿐이었다.

한은 당절에 살다, 물길에 가는 어족을 생각해냈다. ─사람은 정말 뻔뻔하다. 누가 누굴 어쩐다는 거야! 그러나 유부녀를 간음하지 말라! 도둑질하지 말라! 이것도 배꼽이 빠질 소리였다. ─주인이 없는 곳에 도둑이 있을 수 있을까…… 이것은 지나친 이율배반이었다. 그러고 보면 기독도 인의 장막에 둘러싸여 현실 감각을 상실했던 모양이다. ─역사의 자유를 잃고 나서 그만 엉겁결에 한다는 소리가 역사의 성분을 따졌던 게 아닐까─피의 숙청 같은, 그리고 사사오입 같은……

'더는 새를 기다리지 말기로 하자! 자기 도피는 비굴에 속한다!'

한은 속으로 자신을 뇌까리면서 수갑을 차고 앉아 있는 사형수의 입에서 무슨 기발한 뉴스라도 터져나오기를 은근히 바라고 있었다.

사형수는 역시 아무 말이 없었다. 핏기 선 눈을 어느 한곳으로만 모으고 있었다.

한을 말을 건네보려다 말고,

"오늘도 새들이 안 오는군요."

한 자신도 모르게 나온 얘기였다. 안 할 얘기를 했다고 후회 비슷한 생각이 들었다.

그러나 사형수는 이 말을 듣고 깜짝 놀라는 시늉을 하는 것이었다.

"이 감방에 새들이 옵니까!"

한은 우연한 말이 좋은 기회를 지어주고 있는 데 흥미를 느꼈다.

"며칠 전까지 새가 왔는데요. 지금은 안 옵니다."

한은 사형수의 심적 변화에 넌지시 시선을 주고 있었다.

"이 감방에 주 선생이란 분이 이감되어 오자부터 새들이 그분의 관식을 갈라 먹으려고 따라온 거죠. 그다뿐입니까. 아침저녁으로 왔다니까요. 참말 놀랐습니다. 그렇듯 찾아오던 새들이 말입니다. 한 일주일 전 주 선생이 그만 이 감방을 떠나게 됐습니다. 그 후부터 오던 새가 영 안 오잖아요. 몇 사람이 주 선생이 하던 투로 밥을 어질러 주어보았지만 아마 우리는 믿어지지가 않는 모양이죠. 그래서 돌아오지 않는 새가 되고 만 거죠. 봉황새는 오동나무에만 앉는다는 말을 저는 귀족적이라고만 해석해왔습니다. 그러나 말입니다. 날아가던 새도 저 앉고 싶은 가지에 앉는다고, 옛말 그른 데가 없더군요. 전 놀랐습니다. 정말 놀랐습니다. 그러다 보니까 말입니다. 신화가 아직 남아 있었던 모양이죠. 핵(원자핵)은 핵대로 나가고, 신화는 신화대로 나가는가 보죠. 하긴 핵도 신화의 일종이 아닐까요!"

사형수는 한참이나 침묵을 지키다가,

"참새 얘기는 저도 들은 지가 오래였습니다. 그러니까 제가 예심 때였군요. 맨 처음 주 선생이 이사하(二舍下) 십이방(十二房)에 있었다죠. 그때도 새들이 찾아왔다잖아요. 다들 신화라고 떠들어댔죠. 그다음, 주 선생이 이감을 했습니다. 그때도 오던 새들이 전연 안 왔다더군요. 예서 하듯 돌아오지 않는 새가 된 거죠. 그러니까 말입니다. 제가 알고 싶은 것은……"

얼마간 말꼬리를 흐렸다가,

"주 선생이 이 방에 있었다 그 말씀이시군. 새도 주 선생의 이감을 따라 이 방으로 왔던 게 아닙니까? 저도 그 새를 좀 보았더라면 좋았을걸……"

한은 저도 모르게 이 말을 곧 받아넘겼다.

"그러시다면 즉 이번도 주 선생이 이감이 되어 가셨다는 말씀이군요."
사형수도 그건 지나친 오버센스란 듯이 한을 한참 마주 바라보고 있었다.
"저도 그건 모릅니다. 늘 궁금했던 참에 그 얘기를 들으니까 마음이 좀 비장해지는군요. 신화 말입니다. 분명 새를 보았습니까? 새가 분명히 감방으로 날아들어온 적이 있습니까?"
이건 한이 듣고자 한 얘기가 아니었다. 새야 어찌되었든 어서 주 선생의 생사가 알고 싶을 뿐이었다.
사형수는 미심쩍은 얼굴빛을 하면서,
"새를 분명 보셨습니까? 한 마리쯤 어쩌다 온 걸 가지고 그러는 게 아닙니까?"
한은 미간을 찌푸리면서,
"제 말이 그렇게도 못 미더우세요. 새가 온 것도 틀림없구요, 주 선생이 이 방에 수감되어 있었던 것도 틀림없습니다. 그다뿐이세요. 일주일 전에 주 선생이 이곳을 떠나간 것도 틀림없구요, 돌아오지 않는 새가 된 것도 틀림이 없습니다. 이래도 안 믿어집니까."
화풀이라도 하듯이 마구 주워섬겼다.
사형수의 얼굴에는 먹구름 같은 것이 깔리고 있었다.
"들을수록 신화 같은 얘기군요."
그는 한숨을 껐다.
"새도 사람을 골라 볼 줄 아는 안목이 있군요. 그렇다면 우리들도 사람을 제대로 알아보기는 알아보면서 모르는 체하는 게 아닙니까. '네 마음을 알긴 안다. 그러나 너는 어서 죽어다오. 나는 네 목숨을 탐내는 게 아니라 네 자리를 탐낸 것뿐이다' 하고, 그 짓들을 하는 게 아닙니까. 아마 그게 감투싸움의 전모인 모양이죠."

한은 의외로 재미나는 얘기를 한다고 생각하면서,

"감투싸움의 전모라구요? 그런 건 저는 잘은 모르겠습니다마는 주 선생과 새를 보고 이런 생각을 해보았습니다. 사람의 육안으로 볼 수 있는 곳에는 전부가 동물이 난동을 치고 있다구요. 하는 짓, 하는 말이 틀림없는 동물이거든요. 그러니까 말입니다. 사람은 움직이면 글자 그대로 곧 동물로 나타나더군요. 아무리 좋은 소리를 해보세요. 새소리 아니면 고양이 소리로밖에 들리지 않는다 그 말입니다. 우리가 입으로 선을 한번 부르짖어보세요. 왜 그렇게 위선이 앞장을 서서 껍신댑니까. 예술의 가치도 어느 권위가 매개를 하고 다니잖아요. ……하나 저는 낙심하진 않습니다. 반대로 우리 육안으로 볼 수 없는 곳에 인간이 살고 있더군요. 그 인간이 가다가는 저를 불쑥 만나주곤 하죠. 이때마다 저는 깜짝 놀랍니다. 아니 말이 빗나갔습니다. 놀라는 게 아니죠. 너무 황홀해서 가슴이 떨리죠. 다음은 해일이 밀어닥치듯 눈물이 솟구치곤 합니다."

사형수는 피식피식 웃고 있었다.

"그럴까요. 거 과장 아니세요. 동물 이외에 인간이란 게 또 있을까요. 인간이 있긴 있겠죠. 역시 그것도 동물일걸요. 이합집산으로 오물 더미가 되어가는 그런 인간 말입니다. 말이 좀 과합니다마는 저는 사람만 보면 이를 갈아붙입니다."

한은 이런 때일수록 태연할 수가 있었다.

"가마안…… 좀 고정하세요. 그러시다면, 제가 한번 예를 들어보죠. 사람을 한번 앞에 가까이 놓고 보아주세요. 무얼로 보입니까? 더도 말고 둘도 없는 적으로 분장을 하죠. 즉 파괴 대상이 된다 그 말씀입니다. 그래서 서로 밀고 당기고 하는 줄다리기를 시작하는 거죠. 다음은 한번 멀리 떼어놓고 보아주세요. 어떻게 되었죠? 대화도 미소도 없는 망각

지대에서 무엇인가가 솟구쳐오고 있잖아요. 소리 없이 샘이 솟듯이 말입니다. 얼마나 찬란합니까. 성장(盛裝)도 하지 않은 사람이 왜 그리도 찬란하게 빛나고 있습니까. '나는 말을 죄다 잊어버렸노라. 눈물도 웃음도 먼 그날에 잊어버렸노라' 하고, 말이 하고 싶어도 옮길 말이 없어 그냥 서 있는 그 입매가 반갑고 다정하고 또 겁나잖습니까. 허나 전 그렇게 승화할 수가 없더군요. 왜냐구요? 주 선생의 말씀대로 제 뇌리에는 저 이외에도 수많은 잡배들이 들끓고 있거든요. 이들의 모의에서 도저히 몸을 빼칠 수가 없습니다. 웃지 마세요. 이들이 씌워준 올가미를 쓰고 저도 예까지 끌려온 참입니다. 하긴 저도 좀 승화해보려고 기를 써보았습니다마는 안 되겠더군요. 왜 이런 얘기가 있지 않습니까. 어느 구도승이 말입니다. 입적(入寂) 바로 전날 구슬을 먹었다는 거죠. 이것이 다비된 법체에서 몇 개의 구슬로 나타났다는 것입니다. 이걸 사리(舍利)로 봉안했다는 일화가 있잖습니까. 즉 유리 쪼가리가 구도승의 법체와 함께 불에 탄 것이 어쩌다 사리가 된 거죠. 전 이게 싫어서 승화는 단념하고 말았습니다. 좀 민망한 얘기지만 저는 지금 만족했습니다. 수갑을 차고 앉아 계시는 선생의 그 무시무시한 눈매에서 인간 그림자 같은 것을 느끼고 있습니다. 그 이상 표현을 마십시오. 제발 부탁입니다."

한은 이 마지막 한마디로 사형수의 위력을 조져놓고 말았다.

그러나 사형수는 한의 이야기에는 별로 흥미를 느끼지 않았다. 귀를 주는 둥 마는 둥하고 앉아서,

"새가 왔다! 분명 새가 왔다면……"

하고, 자기 불만에 뒤쫓기고 있는 자세를 했다. 아마 인격의 단일성을 깨고 내적 세계로 뛰어들고 있는 모양이었다.

사형수에게는 가장 무서운 시간이 다가온 것이었다. 이것을 좀더 깨우쳐본다면 사형을 집행하고 있는 마지막 순간 같은 것이 아닐까.

그렇다고 한은 자신의 생각을 조금도 굽히지 않았다. 주 선생과 사형수의 심정을 한데 합산을 한다면 죽음에 대한 공포감쯤은 0점 이하가 될지도 모른다는 생각을 하는 참이었다.

듣고만 앉아 있던 방장이 끼어들었다.

"왜 당신네 둘이서만이 얘기를 주고받는 거요. 나도 한몫 낍시다. 댁은 어쩌다가 이 지경을 당했소?"

사형수는 열띤 시선을 얼마간 주고 나서,

"죄명을 아시자는 말씀 같은데 제게 그런 것이 소용에 닿을까요?"

방장은 눈을 깜짝이면서,

"아닙니다. 동정이 가서 하는 말이죠."

하고, 어깨를 추스르고 있었다.

"동정이요! 나를 동정할 사람이 있을 수 있을까요."

사형수의 피진 눈매는 좀더 날카로워지고 있었다.

한은 가슴이 서먹해졌다. ──저건 성서의 어느 한 구절 같은 얘기구나. 나를 구하기 전에 남을 구하려고 하지 말라……는 그 얘기구나 했다. 그리고 젊은 학생이 생각났다. 만일 김 군이 옆에 있었다면,

"방장님은 번번이 석연치 않은 얘기를 곧잘 하시는 게 탈입니다. ××가 부었으면 부었다고 할 것이지 왜 죄명이 알고 싶다는 말을 동정을 한다고 하십니까. 그건 기성세대의 에티켓입니까" 하고, 한번 쏘아붙였을 만한 장면이었다. 다행히 학생은 법정 출두를 하고 자리에 있지 않았다.

이때 옆에 앉아 있던 상인 투의 박 선생이 방장을 끼고 나섰다.

"그 노인이 27호 방장입니다."

사형수는 약간 거추장스러운 기분을 느끼는 듯했다.

"그러세요. 그럼 제 죄상을 복명하지요. 저는 다 아시는 바와 같이 ××회 회장입니다. 우리 ××회는 정치 이념 같은 것은 치지도외해왔

습니다. 우리는 민족정신의 앙양에 중점을 둔 것뿐입니다. 가령 예를 들면 한국은 많이 발전한 것만은 사실입니다. 경제 건설이 그렇고, 민주주의가 그렇습니다. 그러나 말입니다. 이 두 개의 발전이 모두 기형아란 말입니다. 경제 발전은 차치하고, 우선 대한민국의 민주주의만은 많은 발전을 했다고 보아야 옳겠죠마는 그 민주주의가 말입니다. 자기 자유는 존중하면서도 남의 자유를 존중할 줄 모른다 그 말씀입니다. 저의 ××회에서는 누가 잘한다고 내세울 필요도 없고 누가 못한다고 파괴하잘 필요도 없다고 주장해왔습니다. 현실 참여란 말들을 많이들 하고 있습니다마는 대한민국을 구할 길은 참여 이전에 해야 할 일이 있지 않습니까. 어느 한 사람의 위대한 정치가보다는 국민 각자가 지켜야 할 사회 질서만 지켜준다면 대한민국은 아직도 그리 비관할 단계는 아니라고 보아왔습니다. 그게 저희들의 지론이죠."
하고, 약간 머뭇대다가,
"세상은 참 딱하더군요. 당국에서는 ××회와 간첩과 관련이 있다는 겁니다. 기밀비로 교포의 자금을 반입도 했다는 거죠. 그런데 공교롭게도 구속 영장이 떨어지기도 전에 부회장이란 분이 겁을 집어먹고 은신을 하고 말았습니다. 그뿐이면 다행이게요. 이분이 어쩌다가 월북을 기도한 겁니다. 저는 평소부터 운명론을 거부해왔습니다. 모든 결과는 노력에 있다고만 생각했습죠. 한데 말입니다. 이번 저는 양손 바짝 들었습니다. 부회장이 월북을 하잘 하등의 이유도 없지만 설혹 월북을 기도했다 칩시다. 그냥 생포만 돼주었더라면 한 번쯤은 정상을 참작할 기회가 올지 누가 압니까. 불행히도 이분이 휴전선 근방에서 경비병의 총에 맞아 떨어지고 말았습니다. 그러니까 사건은 본의 아닌 딴 방향으로 굳어지고 만 거죠. 이런 걸 가지고 아마 운명이라나 보죠. 그러나 말입니다. 저도 맨 처음은 저 하나쯤 죽는 것은 역사의 치차에 치어 죽은 한 마리의 파리 정도로밖에 더 생각지 않았습니다. 그 지긋지긋한 전기 찜질을 겪으니 어서 죽었으면 했습니다마는 막바지에 당도하고 보니 왜 이렇게 죽음에 대해서 겁이 나죠. 이 공포감을 도시 주체할 수가 없군요. 전 지금 어린애가 되어 있습니다. 단 한 시간이라도 좋으니까 어머님 치마폭에 꽉 묻혀 잠이라도 한번 실컷 자보고 싶은 심정입니다. 사람은 어려울 때일수록 제일 먼저 생각나는 사람이 어머니더군요. 인간 사십에 아직도 의지할 곳은 어머님밖에 없다고 생각합니다. 앞서 한 선생이 말씀하신 그 말씀 명심해 들었습니다. 눈에 보이지 않는 곳에 인간이 살고 있다는 말씀이 즉 그런 데 속하지 않을까요. 제가 이 세상에 나서 처음 들은 감격적인 말이었습니다. 그런데 말씀입니다. 이게 큰일이죠. 어머님을 생각하면 죽음에 대한 공포감이 좀더 심각해지니 이 일을 어쩌면 좋습니까. 다시는 어머님을 못 뵙게 되겠거니 하면 당장 미칠 것만 같습니다. 아마 그 시각이 오면 발광을 할지도 모르죠. 저를 찾아온 죽음을 놓고 말씀입니다. 남들은 저를 보고 졸렬한 죽음을 했다고 빈축을 주겠죠. 그렇다고 그만 것쯤은 개의치 않습니다. 하긴 저의 아내도 제게다 깨끗한 죽음을 기대하고 있을 겁니다. 저번 면회 때도 그런 부탁을 하고 갔으니까요. 애들은 자기가 봐란 듯이 가꿀 테니 그런 걱정은 아예 하지 말라는 거죠. 이것이 저의 아내의 긍지 같은 겁니다. 지금에 와서 그따위 긍지가 제게 무슨 소용에나 닿습니까. 저는 벌써 관식을 세 끼째나 굶었습니다. 덮쳐누르는 공포감 때문에 어디 밥이 목구멍으로 넘어가야 하지 않습니까. 하긴 어머님이 이제라도 오셔서 제가 어렸을 때 학교로 달래 보내듯이 저를 달래주신다면 남 못지않은 긍지를 가지고 죽을는지도 모르죠. 한 선생이 말씀하신 육안으로 볼 수 없는 곳에 살고 있는 인간도 받아들이는 자세 여하로 그 양상이 달라질 게 아니겠습니까. 가령 신을 만났을 때 동물 세계를 체념하는 사람도 있을 게고 동물 세계 그대로 신에게 매달릴 경우도 있겠지요. 지금 죽음을 앞에 놓고 나서, 어머님이 그립다, 어머님이 제일이다 하는 것 같은 것은 후자에 속하지 않을까요. ……한 선생 저는 어떡허면 좋습니까. 주 선생이 떠나실 때 무슨 말씀이라도 있으시면…… 저는 주 선생의 심경이 무척 알고 싶습니다."

"……"

"제가 아니고는 지금 저와 대결하고 있는 죽음이 얼마나 무서운 것인지를 누구도 모를 겁니다. 참말 무섭군요."

사형수는 빈말 같은 이야기를 자꾸만 거듭하고 있었다.

"죽음을 같이하지 않은 생활은 없을까요? 죽음을 같이하지 않고 죽을 수 있는 죽음 말입니다."

사형수는 벌써 정신이 반은 죽어 있다고 느껴졌다. 자신을 제대로 지탱하지 못하고 지향 없는 걸음걸이로 지척대는 몸가짐을 했다.

한도 어느새 사형수의 그 애잔한 시선에 몸이 젖어들고 있었다.

"김 회장은 주 선생의 심정을 무척 알고 싶으신 모양이군요. 만나보지 못하신 게 참 유감입니다. 그러나 만나시나 마나 매일반입니다. 주 선생이 떠나실 때 별말씀이 없었으니간요. 교도과장이 면회를 한다고 해서 그저 면회를 나간 것뿐입니다. 그게 우리와 마지막 인사였죠."

사형수는 교도과장의 면회라는 말에 펄쩍 뛰었다.

"머 교도과장의 면회를 했다구요? 그게 정말입니까? 그렇다면 일은 이미 끝장이 났습니다. 교도과장의 면회라면 곧 교수대로 가는 마지막 길입니다."

사형수는 얼굴에 핏기가 가시고 있었다.

"한 선생! 저는 교도과장의 면회는 안 할랍니다. 그걸 누가 속아줍니까?"

얼굴은 다시금 분노에 이글대기 시작했다.

"한 선생! 저의 어머님에게 좀 전할 말이 있는데요. 혹시 출옥하는 분이 없으실까요. 좀 부탁이나 해보게 말입니다. 저의 집이 장충단이거든요. 아주 찾기 쉽습니다. 바로 이××씨 댁 뒷집이니까요. 좋은 방법이 없겠습니까. 어머님을 당장 만나고 싶다는 건 아닙니다. 그저 말 한마디만 전해준다면 감사하겠습니다. 누가 무슨 얘길 해도 곧이듣지 마시라구요. 저는 어머님이 오실 때까지는 교도과장의 면회를 거부할 거라구만 전해주시면 됩니다."

"……"

한도 가슴이 꽉 막혀왔다. 어떤 위안의 말도 할 수가 없었다. 그저 딱하다는 생각뿐이었다.

사형수는 기갈 들린 사람처럼 목이 타는 듯한 시선을 한에게로 집중해왔다.

"제가 어렸을 때 학교를 안 간다고 떼를 쓰면 어머님이 곧잘 달래 보내주시곤 했어요. 이번 교수대로 갈 때도 어머님이 한 번만 달래주신다면 저는 공포심을 잊고 갈 수가 있을 것만 같은 생각을 하곤 하죠. 이게 불효자일까요. 전 불효자래도 좋아요. 어머님이 달래주시지 않는 길은 저는 갈 수가 없습니다."

사형수는 비굴한 얼굴 표정을 하면서 흑흑 느껴 우는 것이었다. 한은 —자기를 구하기 전에 남을 구하려고 하지 말라. 그것은 동심이 가져다준 하나의 불장난에 불과한 것이다……라고 한 성서의 어느 한 구절 같은 것을 다시금 머리에 떠올리고 있었다.

"김 회장님! 사람은 현실을 벗어나본 적은 단 한 번도 없었습니다. 그 부질없는 생각은 다 집어치시고, 당면한 현실이 하는 대로 그냥 맡겨두어보시죠. 당면한 현실을 어떻게 거부할 수가 있겠습니까. 현실 앞에는 딴 이유가 통하지 않습니다. 현실이 맡아 하는 결제 방법은 6·25 동란 같은 거죠. 거게 무슨 이유가 있습니까. 저는 사회적 윤리관은 잘은 모릅니다마는 제가 아는 과거담을 하나 하죠. 제가 살던 어느 지방에서 생긴 일입니다. 그 면에 속칭 일산 부락(日傘部落)이란 촌락이 있었습니다. 본래 이 동리의 원명은 진석동이라고 했습니다. 진석동이 말입니다. 살인 사건으로 해서 일산대가 꽂히게 된 거죠. 그때는 원님이라거나 감사가 나타나면 반드시 일산을 꽂았으니까요. 그때부터 진석동은 일산 부락으로 낙후를 한 셈이 됐죠. 때는 한말 당시였습니다. 저의 아버님이 열한 살 때였다니까요. 이 고을은 원님이 치정을 했습니다. 지금의 군수는 행정만을 맡고 있지만 그때는 사법 행정을 겸임하고 있었습니다. 즉 생살권을 한 손에 쥐고 있는 셈이 되죠. 그러니까 그때는 살인 사건이 나면 원님이 행차하기로 마련입니다."

한은 사형수의 얼굴을 한 번 더 더듬고 나서, 전연 뜻이 다른 얘기를 했다. 인간 고발을 해주어보자는 것이었다.

"이 마을에 철호라는 호색한이 있었습니다. 철호는 낮잠을 자기만 하면 꼭 이상한 꿈을 본다잖아요. 지금으로 치면 카프카의 「변신」 같은 얘기인데, 꿈에서 자신이 송충이가 되어 암벽을 탄다는 것입니다. 그 벼랑 위에 서 있는 소나무를 탐낸 거죠. 그러나 이 송충이는 암벽을 거의 오를 무렵해서 반듯이 자신의 몸무게를 가누지 못하고 인력에 끌리어 떨어졌다는 것입니다. ──이번은 영락없이 죽었구나…… 하고 떨어지는 순간 잠에서 깨어나곤 했습니다. 다시는 암벽을 안 탄다고 자신에 다짐을 하면서도 역시 꿈에서는 그 위험한 암벽을 탄다는 거죠. 이것이 송충이가 당면한 현실이 아닐까요. 사람도 마찬가집니다. 위험한 지역일수록 사람들은 범하기를 좋아하는 것입니다. 다시는 그 짓을 안 한다고 하면서도 그 위험 지대를 들어서게 되는 것이 사람이거든요. 즉 현실의 오랏줄에 걸려드는 거죠."

한은 사형수인 김 회장의 동정을 한 번 더 살폈다.

"사람은 먹으려다 죽는다 그 말씀이신데 전 솔잎을 탐내 한 일은 아닙니다. 국민정신 앙양이었다니까요. 그걸 못 믿겠어요."

사형수는 못마땅한 얼굴을 했다.

한은 발끈 화를 냈다.

"그럼 그건 현실이 아니고 하나의 장난기였다 그 말씀입니까. 그러시다면 다음 이야기를 들어보시죠. 그 송충이 씨가 말입니다. 암벽에서 떨어지는 꿈을 꾸고 나면 온몸에 땀이 쪽 내뺀다는 거죠. 그런데 말씀입니다. 이 친구가 꾸는 꿈은 어딘가 모르게 복선이 있었습니다. 밤에 꾸는 꿈은 그렇지가 않았다니까요. 꼭 낮잠만 자면 송충이로 변신을 하는 꿈을 꾼다는 것입니다. 그에는 절대적인 원인이 있었던 것입니다. 이 송충이란 작자는 일종 변태성욕자였던 모양이죠. 남의 유부녀가 아니고는 호색을 할 흥미가 없다는 것입니다. 그나마 밤이 아니고 대낮이라야만 기회가 있었다는군요. 남편이 출타한 기회를 타자면 자연히 그리될 게 아닙니까. 그리고 겁탈을 하다시피 그랬다는 것입니다. 당장 발각이 되고, 당장 칼날이 날아들 것 같은 그러한 쫓긴 순간에서 좀더 스릴을 느낄 수 있다지 뭡니까. 이것이 현실에 도전하는 인간 본연의 자세입니다. 그러나 현실에 도전을 하면 도전을 할수록 자신은 현실의 오랏줄에 묶여들기로 마련입니다. 송충이 씨의 꿈의 변신이 여기에서 온 하나의 고질이 된 것이 아니겠어요. 누가 들으나 그렇게 보아주어야 타당할 것입니다. 안 그렇습니까. 송충이가 높은 암벽을 타다 떨어질 때면 다시는 그 짓을 안 한다고 했지만 역시 그 도전을 계속했던 것입니다. 다시 말하자면 이 일화의 주인공인 철호 씨는 얼마나 절박한 도전을 계속했고, 얼마나 피나는 반성을 했길래 송충이로 변신까지 했겠습니까?"

사형수인 김 회장은 목을 푹 꺾고 한참이나 묵묵히 앉아 있다가,

"한 선생 말씀대로 하면 저도 현실에 도전하다 그만 사형수로 변신을 한 셈이 됐군요…… 하긴 한 선생 말씀이 옳아요. 사람은 모두가 타의에 의해서 살기로 마련이거든요. 저는 말입니다. 그렇다고 죽음을 태연하게 맞이할 수 있다는 말은 전연 믿어지지가 않습니다. 누구는 교수대로 갈 때 무슨 등산이나 가듯이 쾌재를 부르며 갔다는 둥, 박장대소를 했다는 둥 하고 그런 말들을 떠올리지만 전 그 말이 시답잖게만 들립니다. 그것도 다 타의에서 오는 게 아닐까요. 사람은 괴로워도 괴롭지 않은 체해야 할 경우가 있지 않겠어요. 아닙니다. 그런 체하는 거죠. 다시 말하자면 뻔한 뱃속을 자신이 모른 체하는 게 아니겠습니까. 나는 괜찮다…… 나는 사내답다 하고 허세를 피우는 것도 역시 타의에서 오는 게 아닙니까. 저는 제 죽음을 타의에 의해서 웃고 맞이할 그런 아량을 갖고 싶지 않습니다. 어디까지나 아니 최후의 일각까지 버텨볼 작정입니다. 단 1초라도 더 생명을 연장하기 위해서 이번은 타의에 도전할 각오입니다. 한 선생 저를 졸렬하다고 너무 꾸짖지는 마세요. 제가 현실에 도전했던 것만은 사실입니다. 그 말씀은 수긍하겠습니다. 그러니까 당면한 현실의 재가에 제 생명을 넘겨줘야 하겠죠. 허나 명확히 말해 전 타의에 살고 타의에 죽고 싶지는 않다 그 말씀입니다."

사형수의 흥분은 한을 향해 도전을 해오고 있었다. 핏기 어린 시선이 한의 동공과 마주쳐 당장 그릇 깨는 소리를 낼 것 같은 형세였다.

그렇다고 한은 물러앉고 싶지 않았다. 수의 자락을 한 번 더 여미고 나서,

"그건 오해입니다. 사회에 얽매여 사는 사람이 타의를 벗을 수가 있겠어요. 그럼 이철호의 최후를 한 번 더 찾아보기로 할까요. 이 스토리

의 마지막 장면 말입니다. 철호만이 송충이로 변신을 한 게 아니었습니다. 대상자였던 그 유부녀도 송충이로 변신을 했던 거죠. 이 송충이가 철호보다 앞질러 기어코 그 높은 암벽을 타고 올라 소나무를 찍어 눕히고야 말았습니다. 즉 남편을 독살한 거죠. 그러니까 이 정부(情婦)는 그때의 유행어를 빌린다면 독부(毒婦)가 된 거죠. 철호도 본의 아닌 타의에 의해서 시체는 처리해주어야 했습니다. 지금으로 말하면 방조죄에 속한다고 할까요. 그런데 말입니다. 철호는 독부와의 사랑의 도피를 거절했던 것입니다. 철호에게는 독부의 타의보다 좀더 절실한 타의에 그만 자기 도전 의욕을 좌절당한 거죠. 즉 아내가 있고 자식이 있었으니까요. 이 이야기의 종말이 어찌됐는지 아세요? 독부만이 몸을 숨긴 것이었습니다. 그러니까 당면한 현실의 재가를 철호 혼자 뒤집어쓰게 된 거죠. 독살을 당한 본부(本夫)에게는 홀어머니가 있었습니다. 그때의 사법권은 어느 특정 관리에게만 맡겨둔 게 아니었습니다. 존속 관계에 있어서는 사법권을 개인이 행사해도 무방한 걸로 되어 있었습니다. 그러니까 아들의 복수를 관가에 의뢰하지 않고 직접 어머니의 손으로 집행할 수 있었습니다. 홀어머니는 푸른 날이 선 칼을 들고 아들의 복수를 나선 것입니다. '내 아들의 원수 철호야! 어서 내 칼을 받아라! 내 칼을 받아라!' 하고, 철호 앞으로 육박해 갔습니다. 칼춤을 추면서 말입니다. 철호는 이미 반죽음이 되어 있었습니다. 당면한 현실에 도전할 모든 기능이 마비된 거죠. '내 아들의 원수야! 이놈 어서 썩 배를 내놓지 못해!' 어머니도 반은 미친 사람이 된 거죠. 아마 이 홀어머니도 본의만은 아니었습니다. 타의였습니다. 즉 칼춤이 홀어머니로 하여금 이렇게 무서운 도전을 시키고 있다고 생각했습니다. 철호도 칼이 시키는 일이라고만 생각했습니다. 칼은 자꾸만 푸른빛을 발산했습니다. 철호의 귀에는 그 칼 우는 소리가 어느 구름장 밑에서 뇌성이 운다고만 여겨졌습니다. 이제 철호의 몸은 자신의 것이 아니었습니다. 현실의 제물로 선택된 한 마리의 가축이라는 생각과 함께 정부의 얼굴이 떠올랐습니다. 정부의 육체를 한참 흥분의 도가니로 몰아넣을 때 그 다급해하던 호흡을 듣고 있었습니다. 숨소리는 점점 높아갔습니다. 생과 사가 한데 엉클어져 밀고 닥치던 순간이 철호의 가슴을 덮치면서, '어서 마음대로 하시오' 하고 그네의 옷고름을 따던 투로 자기 옷끈을 끄르고 배를 불쑥 내밀어주었습니다. 푸른 칼날에서 낙뢰를 하는 순간 철호의 배는 균열을 일으켰습니다. 그런데 말이죠. 철호는 비명을 올리지 않았던 것입니다. 그만 '이크!' 하고 쏟아지는 자기 창자를 양손으로 다시 긁어모아 복부로 되집어넣는 시늉을 했습니다. 이게 즉 현실의 결제가 남겨주고 간 잉여 가치라고나 할까요. 본능 같은 것 말입니다. 죽음을 두려워하는 그런 본능 말입니다."

이때 사형수는 몸을 와드득 떨면서,

"그만하세요. 너무합니다. 너무해!"

하고, 찢어지는 소리를 냈다. 공포감이 번지고 있던 눈동자 위에 짙은 분노의 핏빛이 달무리가 지듯 번져가고 있었다. 성냥을 그어대면 불이 확 탈 것만 같아 보였다.

한은 약간 주춤하고 있다가,

"즉 한 여인의 타의로 해서 두 사람의 생명이 제물이 된 거죠. 이걸 벗을 수가 있단 말입니까. 이걸 부인한다면 현실에 당면한 당사자가 아니라는 것뿐입니다. 하긴 사람들이 흔히들 제삼자적 입장의 이야기를 무슨 진리나처럼 떠벌리고 있더군요. 난 사건의 단서는 잘 모릅니다마는 김 회장은 자신의 현실 앞에서 아직도 삼자적 입장을 취하고 있는 게 아닙니까!"

한은 조소를 머금은 얼굴로 사형수를 노려보았다.

사형수는 얼굴에 거친 주름을 지으며 이글대기 시작했다.

"뭐라구요. 듣자듣자 하니 별소리가 다 나오는군요. 저는 암벽을 탄 사람이 아닙니다. 칼을 받을 죄도 없습니다. 그건 간음죄를 말하는 건데 그게 나와 무슨 공통점이 있단 말입니까. 나는 정신문화에 헌신을 한 것뿐이라니까요. 아직도 못 알아듣겠소?"

하고, 수갑을 찬 손을 들었다 났다 하면서 점점 어설픈 인간상을 드러내고 있었다.

"물론이죠. 김 회장의 그 의도에는 저도 경의를 표하고 있습니다. '일산대'의 이야기는 김 회장을 풍자해보자는 말은 아니었습니다. 제 말을 그토록 오해하신다면 이번은 제가 대신해서 김 회장의 심회를 한번 읽어보기로 하죠. 우리가 살고 있는 사회는 지뢰 지대와 같은 위험 지역입니다. 언제 어느 곳에서 터질지 모를 위험 지대를 헤엄치고 다니는 것이 우리들입니다. 이것을 생활이라고도 하죠. 이 생활이 말입니다. 아니 생활인의 대열이 지뢰원(地雷源)을 건너다 그만 뇌관을 밟기가 일쑤입니다. 뇌관이 있는 줄 누가 알기나 했습니까. 안 그래요. 알고 밟을 바보가 어디 있겠어요. 모르고 한 일이죠. 다만 알았다고 하면 송충이의 변신이 암벽을 건너지르다 떨어질 우려가 있다는 정도로 대열의 행진을 위험시한 것뿐이겠죠. 허나 송충이가 소나무를 보고 무심히 비켜갈 수가 있겠습니까. 이것이 생활인의 자세입니다. 그러니까요. 뇌관을 밟아도 하는 수 없는 일이 아니겠어요. 뇌관을 밟으면 당면한 사람만이 폭사를 당하는 게 아니죠. 대열의 일부가 폭사를 하는 거죠. 누구의 죄도 아닙니다. 현실이 내포하고 있는 지뢰 탓입니다. 김 회장도 뇌관을 밟은 것만은 사실이 아니겠어요. 아닙니다. 말이 좀 애매해졌군요. 현대인의 자세는 말입니다. 지뢰를 두려워하지 않습니다. 지뢰 탐지기가 있거든요. 이 탐지기에 고장이 났을 때는 하는 수 없는 일이지요. 성패가 여기 달려 있습니다. 좀더! 아닙니다. 이것을 함축해서 말해본다면 지뢰 지역을 뛰어드는 게 올바른 자세가 아닐까요. 인간 생활이 껌이나 설탕 장수가 아닌 이상 생명을 걸지 않고 어떻게 새 시대를 창조할 수가 있겠습니까. 교수대를 너무 겁내지 마십시오. 현대인은 지금 교수대를 타고 사는 우주인 같은 겁니다. 어느 것 하나 교수대 아닌 게 있습니까. 자동차가 그렇고, 비행기가 그렇고, 아닙니다. 그것도 모자라서 초속도의 교수대 하나를 더 연구 중에 있지 않습니까. '스푸트니크' 같은 것 말입니다. 김 회장! 댁이 교수대로 갈 때는 어머니에게 작별 인사도 할 필요가 없습니다. 사형 선고는 하나의 여권을 발부받았거니만 하면 됩니다. 1초라도 편히 계시다 가시죠. 어디 사람에게 내일이 있습니까. 누가 우리에게 내일의 잔치를 준비하고 있겠어요. 저는 한 시간 후라는 것을 생각해본 적이 없습니다. 지금 현시점이 있을 뿐이에요. 언제나 현시점에서 사람은 결산을 보기로 마련입니다. 자! 한번 웃어보세요. 통쾌하게 말입니다. 제가 먼저 웃어볼까요."

이렇게 장담을 하고 난 한의 입에서도 차마 웃음은 나오지 않았다. 내심 갈피를 못 잡으리만큼 갈급증을 느끼고 있었다. 눈물이 나오도록 마음이 아팠던 것이었다.

한은 김 회장의 옆으로 바짝 다가앉았다.

"김 회장! '일산대'의 후일담으로 이 얘기에다 부전을 달아보겠습니다. 아마 문제의 그녀가 꽤 이뻤던 모양이죠. 그 후 그녀는 어느 관속의 후실이 되었다는군요. 지금의 치안국장 같은 권력층의 아내가 된 거죠. 동정녀 마리아가 목수 요셉에게로 가서 애를 낳듯이 그녀는 관속의 집으로 간 지 여덟 달 만에 팔삭둥이 아닌 팔삭둥이를 낳아놓았다는 겁니다. 자! 이게 누구의 씨일까요. 관속의 씨라고 해도 무방하니까 말입니다. 참말 알쏭달쏭한 일입니다. 아홉 달 바사기는 죽어도 팔삭둥이는 산다는 말이 있지 않아요. 그러나 말입니다. 그녀는 동정녀 마리아가 된 것입니다. 그 암벽 위에 서 있던 소나무를 찍어 눕힐 때 그녀의 자궁 벽에는 이미 핵균을 내포하고 있었던 거죠. 기독은 요셉의 아들이 아니듯이 팔삭둥이는 관속의 아들이 아니었습니다. 그녀는 관속의 아들이 아니라는 것을 팔삭둥이에게 알려준 것입니다. 흙바람이 모질게 불던 어느 날 성난 상사말이 그녀를 덮쳤다고 했습니다. 맨 처음 그녀는 공포에 떨었다고 했습니다. 그러나 몸이 완전히 화염에 말려들었을 때는 죽어도 좋다는 생각을 했습니다. '여서 날 죽여주어요. 당신이 씹어 삼켜도 나는 아프지 않다니까요. 당신 알겠어요. 난 동정녀 마리아 같은 기분이에요.' 눈물과 웃음이 한참 범벅이 되는 그 시각에 씨를 받았다고 소상히 일러주었습니다. 아버지가 없는 팔삭둥이는 우울해했습니다. 그녀가 뭐라고 했는지 아십니까? '생명을 전연 낳아보지 못한 사람은 생명에 대한 값어치를 분별하지 못할 것이다. 생명을 하나쯤 죽여보지 못한 여인은 올바른 생명을 창조하지 못할 것이다'라고 했습니다. 그런데 말입니다. 이 후일담의 피날레는 참말 애절한 데가 있었습니다. 문제의 그녀가 7년 만에 소주 한 병을 들고 팔삭둥이와 함께 철호의 무덤을 찾아갔습니다. 술을 한잔 부어놓고 '이 못난 것아, 이 퇴주잔이나 실컷 처먹어라! 실컷 처먹으란 말이야. 처먹어! 어서 먹으란 말이야!' 그녀는 울지 않았습니다. 흙바람이 불던 날 상사말을 대하듯이 눈에 불을 켜댔습니다. 아마 성난 피마(암말)가 되었던 모양이죠. 술병으로 봉분을 두들겨 부수고 패고 하면서 '그 못난 자식을 죽이기는 내가 죽였는데, 왜 네가 대신 죽었단 말이냐. 왜 죽었어! 왜 죽었느냔 말이야! 여기 네 새끼도 와 있다. 목화밭에서 나를 깔아뭉개듯이 네 새끼도 깔아뭉개보아라! 이 에미 새끼를 한꺼번에 깔아뭉개달란 말이야!' 그제야 그녀는 성난 상사말이 육체에다 불을 댕겨줄 때처럼 눈물 절반 웃음 절반으로 얼굴빛을 되새기고 있었습니다. 이때 옆에서 떨고 있던 팔삭둥이가 입을 비쭉거리며 한참 울먹이다 '엄마 우지 마! 나 엄마 마음 다 알어! 나 안 울 테야. 나도 아버지같이 죽어볼 테야!' 팔삭둥이는 정말 안 울었습니다. 그 후 '일산' 부락을 부흥시킨 그 유명한 김××목사가 그분입니다. ……그분의 설교는 좀 파격적이란 말도 있었습니다마는 그분은 많은 설교를 구성하지 않았습니다. '하늘나라 형제자매 여러분, 천국이 그대들의 것입니다. 천사 선녀가 바로 그대들입니다. 나는 그대들의 죄를 책벌하지 않겠습니다. 죄를 모르는 사람이 선을 알 수가 있겠습니까. 나는 그대들에게 그런 거짓말을 하고 싶지 않습니다. 우리의 생활은 어느 것 하나 죄가 아닌 것이 없고 선이 아닌 것이 없습니다. 그대들의 가슴 속에 눈물과 웃음이 함께하고 있듯이 선과 악은 함께하고 있는 것입니다. 하늘나라가 따로 있고 신이 따로 있는 것이 아닙니다. 그대들이 살고 있는 곳이 하늘나라요, 그대들이 즉 신입니다. 신과 악마를 함께 빚은 것이 우리의 영혼입니다. 아니 신을 위하여 악마를 덤으로 둔 것이 아니고, 악마를 위하여 신을 덤으로 둔 것입니다. 하늘나라 형제자매여, 우리들의 앞에는 늘 악마가 선행을 하고 있습니다. 그 뒤에 후행을 서 가는 이가 바로 우리가 만나려는 신인 것입니다. 악마가 없는 곳에 신은 존재하지 않습니다. 나는 신을 만나기 위하여 악마를 달래는 것으로 하늘 가는 문을 찾고 있습니다.' 김 회장님! 저도 김 목사님의 설교를 가지고 오늘의 하루를 건너고 있습니다. 지뢰 지대를 걷는다 그 말씀입니다."

아무리 달래도 사형수의 눈에는 핏기가 가시지 않았다. 틀에 달아맨 당나귀 같은 사내였다.

이때 법정으로 나갔던 김 군이 재감되어 들어왔다.

미결수들의 모든 시선은 김 군에게로 집중되면서, 이것을 교차점으로 하고 시선은 서로 엇갈리고 있었다. 김 군의 시선은 사형수에게로 갔다. 아마 마음속으로는 그분이 누구냐고 묻는 시늉을 하는 것같이 보였다.

김 군은 한의 옆자리로 와 앉았다. 앉는다기보다는 쓰러진다는 편이 정확할 것이다.

"김 군! 어찌됐어. 어디 좋은 소식이라도 있어!"

한 미결수가 묻자,

"좋은 소식은요. 저는 오늘 잡쳐놨습니다. 그 술집 마담은 위증을 세웠더군요. 아마 매수를 당한 모양이죠."

김 군의 입술에는 조갈이 일고 있었다. 어쩌다가 방장이 김 군의 편을 들고 나섰다.

"매수를 당했다면 김 군의 동지들이 그냥 둘라구. 까부수지."

김 군은 허탈한 얼굴을 지으면서,

"까부숴요? 누가 까부순단 말씀이죠⋯⋯ 어디 그럴 용기가 있습니까. 학원이라고 별게 아닙니다. 제가 학생회장으로 당선이 되었을 때 몇 번 칼침을 맞을 뻔한 줄 아셔요. 회장단은 이미 재선이 됐을는지도 모를 일입니다."

이때 한이 벌떡 나앉으면서,

"맞았어! 학원도 지뢰 지대야. 뇌관을 밟으면 그만 그뿐이야. ×범 선생을 봐. 그분이 떨어졌을 때 세상은 끝장이 난다고들 했지만 별탈 없이 ×민당까지도 말살을 당한 게 아니야."

김 군은 한의 손목을 덥석 쥐면서,

"옳은 말씀입니다. 제가 유능하다 그 말씀은 아닙니다마는 이 일이 저 하나 때문만은 아닙니다. 저희들의 대열을 지뢰 지대로 몰아넣고 있는 거죠."

아랫수염을 올려 쓸어 입에 물고 빨던 방장이,

"그럼 빠져날 수 없다 그 말이군."

"네! 아주 굳어졌습니다. 전 오늘부터 이곳에서 영주할 각오입니다."

"애석한데. 연령이 아깝잖아."

김 군은 의외란 듯이 방장의 얼굴을 한참 응시하고 있다가,

"저희들도 달관할 것은 달관하고 났습니다. 사람은 나면서부터 두 개의 미결 서류에 서명을 하지 않습니까. 하나는 생명에 대한 의무고, 하나는 죽음에 대한 각서를 쓰죠. 그런 것은 기정사실로 되어 있습니다. 지금 제가 잡쳤다는 것은 딴말이 아닙니다. 제 심정을 말한 것입니다. 주 선생은 벌써 사형 집행을 끝냈다는군요. 그렇듯 하시던 주 선생도 교수대에 오를 때는 그분의 말씀대로 심정을 가정으로 돌리고 있었던 모양이죠. 하긴 유족에게 별말씀을 남기지 않은 것만도 제법 태연한 자세라고 하겠지만 말씀예요. 그렇지만 그다음이 좀 안 좋았군요. 담배 한 대하고 술 한잔을 찾으셨다니 말입니다. 한 선생의 말씀대로 그 하찮은 가정 습성이란 어쩔 수 없었던 모양이죠. 그러고 보니까 저희들의 천국은 가정에 있었던 게 아닙니까. 그렇다면 사람이 차지할 것은 몇 간 남직한 주택에 국한된 좁은 세계가 대기하고 있는 게 아닙니까? 참말 사람이란 허무하군요. 어떻게 그 구질구질한 가정생활만을 인간의 보람으로 삼고 삽니까."

김 군은 발을 헛짚고 도랑에 빠진 황소 같은 몸가짐을 했다.

그러자 이 말을 귀담아듣고 있던 사형수가 몸을 후들후들 떨면서 김 군 앞으로 왈칵 나앉았다.

"주 선생이 뭐라고 하셨대요? 주 선생이— 아니 주 선생이 무어라고 하셨대요?"

그때의 사형수의 눈에는 눈물도 광채도 아닌 것이 번지고 있었다. 어떻게 보면 뒤통수를 한 대 얻어맞은 사람 같은 그런 눈가짐을 했다.

무서운 대결 157

"저도 잘은 모르겠습니다. 집중되고 있는 불길을 끄기 위해서 관중의 시선에 물을 끼얹자는 것 같은 누구의 창작일는지도 모르죠. 어디 나 이외에 믿을 말이 있습니까?"

사형수는 머리를 푹 꺾고 돌아앉았다.

"주 선생의 심정은 영원한 미궁이로군요."

방 안은 저마다의 생각에 꽉 차 있었다.

한은 앉은 채 잠깐 졸음을 졸았다.

한은 이 순간적인 수면에서도 구관조의 꿈을 보는 것이었다. 밤에 보는 꿈이 아니었다. 낮에 보는 꿈이었다. 그리고 아키코의 육체를 처음 느껴보던 시발점으로 되돌아가고 있었다.

다시 말해서 한은 구관조를 처음 보던 그날 밤으로 되돌아가고 있었다. 구관조를 만난 것도 그날 밤이 처음이었다.

꿈에서는 낮이 아니고 어두운 밤이었다. 아키코는 한 손에 플래시를 켜 들고 한쪽 팔로는 갑수의 옆을 끼고 새장을 안내하고 있었다. 아키코는 정에 격해서 몸을 떨었다. 솟구쳐오르는 젊은 피를 지탱하지 못해 했다.

"어느 것으로 택할래요?"

"수컷이 잘 운다니까 수놈을 가지죠. 주기만 한다면……"

"전 자유예요. 그러나 제가 시키는 대로만 하면 실패 없을 거예요. 꼭 암놈을 가져가세요."

한은 이상하다는 생각이 들어 아키코의 얼굴을 바라보았다.

아키코의 얼굴은 벌써 흥분의 도가니를 건느고 있었다.

눈은 플래시보다도 더 환히 섬광을 발하는 것이었다.

이유 없이 가슴이 후둑였다.

그러면서도 태연한 척해 보였다.

"암컷은 벙어리 새라잖아요?"

아키코는 한의 어깨 위에 얼굴을 처박고 킥킥 웃어댔다.

머리에서 기름 냄새 같은 게 풍겨왔다.

"입만 가지면 제일이에요. 그 외에 또 있잖아요. 아직 그것두 모르시나 봐. 암컷이 가는 곳에는 반드시 수컷이 따라가기로 마련이에요. 알아듣겠어요."

"……"

한은 대답을 못 했다.

아키코가 시키는 대로 행할 길밖에 별도리가 없다는 생각이 들었다.

새장 안으로 들어서자, 아키코는 찰각 하고 플래시를 꺼버렸다. 대번 시야가 캄캄해졌다.

그러나 아키코의 눈에서는 어둠 속에서 좀더 강한 인광을 발했다.

"절 안아주세요."

어느새 아키코의 입술이 한의 입술 위에 포개어졌다. 비릿한 '오존' 냄새가 확 풍겨왔다.

한의 가슴에도 불이 댕겨졌다.

"죽일 테야!"

목이 꽉 눌린 소리를 했다.

"어서 그래주세요. 자! 어서 죽여주어요. 어서요."

아키코는 몸을 와드득 떨었다. 한은 아키코의 옷자락을 와락 잡아 젖혔다.

강한 체취에 코를 묻었다.

"너 죽어도 후회 안 하지!"

"누굴 바보로 아나 보죠."

아키코는 대담한 몸짓을 하면서도 숨이 가빠 했다.

두 사람은 서로 허리를 감아 안았다.

좀더 뜨거운 포옹이 시작될 찰나, 철그럭 하고 저만치서 문 여는 소리를 냈다.

한은 깜짝 놀랐다. 온몸에 소름이 끼쳐왔다.

오수에서 잠을 깬 한은 27호 감방을 아직도 새장 안이라고 착각을 하고 있었다.

"아키코! 아키코!"

하고 빈말을 했다.

다시금 정신을 가다듬고 보니 한만하게 아키코를 부르고 있을 때가 아니었다. 한이 놀란 것은 새장 문 열리는 소리가 아니고 27호 감방 문 따는 소리가 꿈으로 새겨졌던 것이었다. 전에 없이 간수가 세 사람씩이나 와서,

"105호 나오세요. 교도과장의 면회입니다."

하고, 사형수를 불러냈다.

사형수는 용수철이 퉁기듯이 제물에 벌떡 일어섰다.

"교도과장이!"

"어서 나서시오. 시간 없습니다."

사형수는 대번 이를 두드득 갈아붙이면서,

"흥 뭐 교도과장의 면회라구! 누가 속아줄 줄 알고. 난 교도과장과 면회할 일 없어! 없단 말이야!"

마구 허세를 떨었다.

그러나 눈은 이미 빛을 잃고 있었다.

"아닙니다. 차입 관계로 해서 교도과장이 잠깐만 보잡니다. 오해 말

고 어서 나오세요."

간수들은 어린애를 대해주는 그런 평범한 태도였다. 이 말에 사형수의 눈에는 증오의 불길이 타오르기 시작했다.

"요 쥐새끼 같은 것들! 뭐 차입! 나 그런 것 다 일없다고 해! 그럼 내가 안 가도 되잖아!"

그런다고 물러설 간수가 아니었다.

차분차분 대들기 시작했다.

"건 간수의 소관이 아닙니다. 댁이 가서 얘기하면 되지 않아요. 우리는 데리고 갈 의무밖에 없으니까 어서 나와요. 어서!"

불같이 독촉을 했다.

"흥 안 나간다면 안 나가는 줄 알어! 목을 매 끈대도 난 안 나갈 테야."

이때 뒤에 섰던 간수 한 사람이,

"그러고 있지 말고 어서 끌어내! 끌어내라니까!"

이 말이 떨어지기가 무섭게 두 사람의 간수가 와르르 밀려들어왔다.

사형수는 날쌔게 몸을 빼쳐 저쪽 구석으로 물러섰다.

"내 몸에 손만 대봐! 죽인다. 죽여! 물어 죽일 테다."

사형수는 자기 입술을 깨물어 피거품을 내뱉으면서,

"이렇게 말이다. 이렇게!"

저주와 원망과 공포에 차 있는 사형수의 눈에서는 동공을 좁혔다 넓혔다 하고 신축 작용을 하고 있었다.

아마 피가 터질는지도 모를 일이었다.

한은 이렇게 무서운 시선을 대해보기가 처음이었다.

사람을 그토록 저주하고 미워할 수가 있을까! 그것만도 아니었다. 웃음과 애교로 꽃밭을 이루던 얼굴이 그렇게도 험상궂은 마스크로 갈아챌 수가 있을까 하는 점이었다.

―내 얼굴은 그동안 가면을 쓰고 살았구나⋯⋯ 웃음과 눈물이 범벅이 되어 자기만은 거짓이 없다던 아키코의 마스크도 하나의 가면이었구나. 지금 사형수가 뒤집어쓰고 있는 저 무서운 마스크가 그에게만 있는 게 아니라 한의 피부 맨 밑바닥에 쫙 깔려 있다고 생각했다.

"간수장! 이거 보세요. 그일 이상 더 속이려 들지 마세요. 김 회장이 어려서 학교를 안 간다고 떼를 쓸 때면 어머님이 달래 보냈다는 말을 몇 번이고 했습니다. 그러니까 교수대로 간다고 솔직히 가르쳐주십시오. 그리고 어머님이 데리고 간다고 하십시오. 짐승을 잡듯이 우격다짐만 하지 마시고 한번 달래보십시오. 웃고 갈는지도 모를 겁니다."

한이 이런 말을 하자, 한참 북새가 났던 감방이 일순 잠잠해졌다. 연극의 대단원이 다가왔을 때 관객이 숨을 죽이듯이 그랬다.

간수장이 긴장을 풀면서,

"김 회장! 좀 진정하셔요. 교도관이 면회를 하자는 것은 거짓말이었습니다. 교수대로 가는 길입니다. 저희들이 끌고 가는 게 아닙니다. 김 회장의 어머님이 김 회장을 달래러 온 것입니다. 어서 나서십시오. 이왕 갈 길을 웃고 갑시다. 저도 배웅하겠습니다. 아니 어머님이 말입니다."

간수장의 눈에도 눈물이 어렸다.

그제야 사형수도 얼굴을 풀면서,

"어머님이! 우리 어머님이! 정말 우리 어머님이 저를 달래 보내시는 겁니까! 좋아요. 좋아요. 여러분 저 다녀오겠어요. 그동안 새가 오나 좀 지켜보아주세요. 주 선생을 찾아오던 새가 오나 잘 보아주세요. 부탁합니다."

사형수는 간수들의 손을 뿌리치고 감방을 나섰다.

모두 울었다. 누구의 눈도 젖어 있었다. 누가 누굴 미워한다거나 저주하는 빛을 찾아볼 수가 없었다.

육안으로 바라볼 수 없던 인간이 이 순간에 나타나주고 있는지도 모를 일이었다.

축제

27호 감방에서 이루어지고 있는 현실의 결제는 너무 인색한 감이 없지 않았다.

김 회장이 떠나면서 비워주고 간 한 사람 몫의 자리란 그리 넓은 면적이 못 되었다. 숫자대로 따진다면 반 평도 채 모자라는 좁은 면적을 한 사람도 아니고, 다섯 사람에게 분배를 해야 했다. 비좁기는 매일반이었다. 게다가 방장이 맨 앞자리를 차지하고 번듯이 드러누웠다. 그다음이 박 선생, 다음이 배호 씨, 배호 씨 다음이 김 군, 이런 순서로 되어 있었다. 그러고 보니 한갑수는 그날 밤도 곱사잠을 잘 수밖에 없이 되었다.

이렇게 해서 한은 김 군에게 사지를 펴고 잘 수 있을 만한 한 사람 몫의 자리를 마련해주었다.

그러나 김 군은 좀체 사지를 펴려고 하지 않았다. 한이 하듯이 곱사등을 한에게로 비껴 대고 누워 끙끙거리고 있었다. 무언가 고민하는 투였다.

"김 군 어디가 언짢은가?"

나직한 대화였다.

"별로……"

역시 나직한 대꾸였다.

"그럼 왜 잠을 못 자지!"

"글쎄올시다. ……좀체 잠이 안 오는군요."

"하긴 그렇기도 하겠군."

한도 김 군의 불면증을 짐작할 수가 있었다.

법정을 다녀온 날 밤은 대개가 몸은 피로하면서도 긴장이 풀리지 않은 탓인지, 좀체 잠을 이루지 못하는 것이 죄수들의 체질처럼 되어 있었다. 방청객들의 얼굴이 떠오르는가 하면, 판검사의 차가운 눈초리가 되새겨오는 그런 고비를 김 군은 지금 막 넘고 있는 모양이었다. 한은 김 군의 어깨를 넌지시 당겨주면서,

"어서 몸을 펴고 좀 자봐요."

하고, 달래주었다.

"그냥 두세요. 잠쯤이야 오늘 못 자면 내일 자죠. 저는 잘 때마다 꼭 죽는 것만 같은 생각이 들거든요. 또 한 번 죽는다, 또 한 번 죽는다 하면서 잠을 들곤 하죠."

한은 밖에서 흘러드는 희미한 불빛에 김 군의 웃는 듯한 얼굴을 볼 수가 있었다.

"남 다 자는 잠을 왜 그렇게 생각하지! 거 피해망상 아냐?"

김 군은 쿡쿡대고 진짜로 웃어댔다. 아마 자신이 우스워진 모양이었다.

"한 선생은 안 그렇습니까! 저는 잠자리에 누울 때가 제일 불안합니다. 세상이 저를 그냥 둘 것 같지가 않거든요. 꼭 누가 와서 제 목을 덮쳐누를 것만 같은 공포감을 느끼곤 합니다. 그래서 늘 깊은 잠을 못 들

곤 하죠."

한도 피시시 웃음이 나왔다.

"자다 죽는 것쯤은 돈 주고 사서 할 일 아니야? 공포감도 없을 게고. 죽는다는 걸 의식하고 죽는 것보다는 그편이 편치 않을까!"

이 말에 김 군은 왈칵 한에게로 몸을 뒤치면서,

"왜 그렇습니까! 저는 그렇게 생각지는 않습니다. 파인 플레이를 하다 죽는다면 몰라도 그런 개죽음을 하고 싶지는 않거든요."

"사형장으로 가게 된다면……"

"사형장이 어떻습니까. 싸우다 지면 진 놈이 먼저 가는 거죠."

한은 수감 이래 처음 통쾌한 대답을 들었다고 느꼈다. 남 다 자는 밤이 아니라면 모든 대답 대신 한번 호들갑스럽게 웃어주고 싶은 그런 장면이었다.

"김 군은 승리를 위해서라면 수단 방법을 가리지 않는다 그 말이지! 실리주의 같은 거 말이야!"

김 군은 이 말에 아무 대답이 없었다. 한의 얼굴을 더듬는 듯한 몸가짐을 하고 나서,

"사람은 죽을 때도 꼭 한 번만은 자신을 속이고 나서야 죽기로 마련이더군요. 한 선생! 안 그렇습니까. 사람이 죽을 때만은 솔직하다는 것도 뻔뻔한 거짓말 아닙니까. 어쨌든 사람은 사람으로 살다 사람으로 죽을 뿐입니다. 다시 말하자면 거짓말을 팔아먹다 거짓말에 치여 죽는다 그 말씀입니다. 한 선생! 노여워 마세요. 이걸 한 번 더 강조해본다면 사람은 개같이 벌어 개같이 먹고살다 개죽음을 하는 거죠."

한은 대답에 궁해했다. 이쯤 되고 보면 신이고 인간이고 할 아무런 건더기도 없어지고 만 것이었다. 그렇다고 불쾌하지는 않았다. 김 군의 입에서 토해내는 얘기는 인간 배설물 같은 느낌이 들었다.

"그래! 다음은 또 뭐야! 어서 토해보아! 어서 토해보란 말이야!"

한은 무심중 억양을 높이었던 것이다.

"한 선생! 왜 이러세요. 그럴 계제가 아닙니다. 한 선생도 몸소 체험한 일 아닙니까. 오늘 교수대로 간 사형수 말입니다."

"사형수가 어쨌다는 거야."

한은 아직도 마음이 석연치가 않았다.

"왜 있잖아요. 어머니가 어쩌고 한 것 말입니다. 결과는 강약의 부동으로 끌려간 것뿐이에요. 그 이상 무어가 있단 말입니까. 저는요, 한번 볼만한 장면이 일어나고 있다고 잔뜩 긴장을 했습니다. 그런 싱거운 게임이 어디 있어요. 뭐 어머니가 어쨌다구요. 학교를 안 간다고 떼를 쓸 때면 어머니가 뭐 달래 보내주곤 했다구요. 생명의 쟁탈전과 그것과 무슨 관계가 있다는 겁니까. 안 그래요. 한 선생! 안 그러냔 말입니다."

김 군의 대화는 벌써 흥분의 도가니를 건너서기 시작했다. 한은 아무 대답을 못 했다.

"제가 알기에는 사람이 그렇게 천연한 자세를 갖추고 있다고는 믿어지지가 않습니다. 제 선배 한 사람이 최전방에서 즉결 재판을 받게 되었습니다. 물론 총살감이었죠. 인제 죽었다고 생각했을 때 그의 머리에 제일 먼저 떠오른 물체가 무언지 아십니까? 십자가도 아니었습니다. 자식이었다. 그 말씀입니다. 그다음이 아내였고, 그다음이 어머니 정도였습니다. 그렇다고 한다면 한 선생은 어느 편이 당연하다고 생각하십니까. 전잡니까 후잡니까? 그만 것쯤 왜 대답을 못 하세요. 저는요, 오늘 사형수가 흥분했을 때 말입니다. 이왕이면 간수를 한 놈쯤 해치우고 나서 그걸로 사형 집행을 며칠 더 연기를 시켜주기를 바랐던 거죠. 그 자식이 왜 그걸 못 합니까."

김 군은 젊은 객기에 들떠 있었다.

한은 얼마간 있다가,

"김 군! 그건 너무 직선적이 아닐까. 나는 일체의 비판을 거부한다 그 말이야. 물론 나는 그 말뜻을 알아듣지 못하는 건 아니지만, 건 김 군의 취미야. 취미! 만일 김 군이 사형수의 심정을 아직 이해할 수 없다면 나 자신의 이야기로 말을 대신 해보기로 하지. 내게는 숙부님 한 분이 계셨는데 그만 조사를 하신 거야. 자녀라곤 따님 한 분을 남겨놓았으니까 이를테면 절손을 한 셈이 됐지만(그후 내 동생이 입양을 했지만) 따님 한 분이라도 있었으니까 망정이지, 만일 그나마도 없었다면 숙모님이 좀 더 외로웠을 걸세. 그 따님의 이름은 은실이라고 불렸지. 그러니까 이 은실이는 내 사촌누이동생이 아니겠나. 이 여동생이 이화여대에 입학을 하던 그해 봄에 그만 숙모님이 발병을 하신 거야. 맨 처음에는 하복부가 간간이 아프시다고 했지. 그러던 어느날 장을 담그시느라고 장독대를 오르내리시다 그만 발을 헛짚고, 쓰러지는 서슬에 하혈을 하신 거야. 그제야 자궁암이란 걸 알아채긴 했지만 때는 이미 늦은 거지. 암이란 김 군도 아다시피 암인 줄을 알고 났을 때는, 때는 이미 늦어진 거니까. 김 군의 말대로 죽음의 각서에 서명을 하고 난 셈이 된 거 아니겠나. 치료를 해보았던들 무슨 소용에나 닿겠나 말일세. 그해 가을에 숙모님마저 돌아가셨다우. 그런데 말이야, 그렇게 명랑하던 은실이가 어머니를 잃자부터는 일체 입을 떼려 하지 않는 거 아니겠나. 가끔 어쩌다 피식 하고 헛웃음을 할 뿐 일체 표현을 거부하는 거야. 학교를 왕복하는 일 이외에는 주면 먹고 안 주면 그냥 앉아 있는 거야. 즉 등신이 된 거지. 그런 지 얼마 후에 학교에서 보호자를 찾기에 내가 대신 가보지 않았겠나. 글쎄 시험 답안지를 전부 백지로 내놓았으니 이런 딱할 데가 또 있겠나 말일세. 그렇다고 성적 따위를 문제삼는 건 아니었네. 개구리하고 여자의 마음은 그 뛰는 방향을 알 수 없다는 말이 있지 않

나. 아니나 다를까. 하루는 숙모님이 쓰러지던 그 장독대에서 숙모님이 하던 투로 은실이 자신이 발을 헛짚는 시늉을 해가면서 쓰러져보는 거였지. 이렇게 몇 번 그 시늉을 반복하다 이번은 정말 진짜로 쓰러져 뇌진탕을 일으킨 거야. 의사도 은실의 생명은 시간문제라고 했지. 허나 말일세. 은실이는 뇌진탕이 아니고 잠시 졸도를 했던 거라나. 아주 쉽게 생명이 부활한 셈이 됐지. 그러나 이거 좀 보게. 의식이 회복되었을 때는 언어만 망각한 게 아니라, 모정(母情)까지도 망각하고 말았다는 말일세. 그렇게도 안 먹겠다던 음식을 언제 그랬던가 싶게 이번은 그저 먹는 거야. 정말 먹기 위해서 사는 등신이 된 거야. 그러나 하나 기특한 것은 어머니란 단어 한마디만은 잊지 않고 있었다네. 그것도 어머님이 아니고 '엄마'야. 그저 '엄마'야. 먹을 것을 달라고 할 때도 '엄마' 돈을 탈 때도 '엄마!' 그저 '엄마!'란 단어 하나를 가지고 자신의 생활을 영위하는 거야. 그런데 하나 더 재미있는 것은 은실의 측근자들이야. 이 '엄마!'란 단어 하나를 가지고 은실과의 의사 전달이 곧잘 되거든. 즉 음색 하나로 어의를 새겨듣는 거지. '엄마!'란 대명사 한마디를 가지고 백 가지로 해석해 들을 수 있다는 거야. 이건 퇴화가 아니라 거창한 발견이라고나 할까. 그러다 보니까 말일세. 나는 자질구레한 어휘를 많이 까발리고 사는 나 자신을 의심하게 되었네. 현대인이 많은 용어를 창안해 낸 것은 생활에 꼭 필요해서가 아니라 장난으로 시작된 말이 곁말이 되듯이 무슨 몹쓸 장난들을 하다 지어놓은 말들이 현대인의 대화가 아닐까. 안 그래! 간단한 몇 마디의 단어로도 족할 생활을 많은 말로 까발리잘 건 없지 않을까! 이건 말이 좀 장황해졌지만 말일세. 따지고 보면 모성애는 인간의 시발점이야. 아니 우리 대화의 첫출발이었다 그런 말일세."

 김 군은 한참 웃고 나서,

"거 무슨 청사진 같은 말씀을 하십니까. 저도 어렸을 때는 어머님을 못 잊어 했습니다. 그건 별게 아니었습니다. 젖을 주었으니까요. 그러나 다 생장한 우리에게 있어서는 생명을 초월할 정도로 그렇게 절실한 문제는 못 됩니다."

한은 한숨을 겼다.

"그렇다면 이번은 어머니 편으로 되돌아가서 다시 한 번 이야기를 찾아보기로 하지. 이건 고구려 시대의 일일세. 그때는 고려장이란 게 있었다네. 쉽게 말해서 흉년이 들면 늙은 '어미' '아비'를 산에 업어다 버리는 버릇이 있었지. 이걸 입산(入山)이라고도 불렀지만…… '곰'이란 청년이 남은 무슨 짓을 한대도 어머니를 한 해만 더 모셔볼 욕심으로 밥을 죽으로 먹고, 죽을 미음으로 끓여가면서 기근을 버텨보기로 기를 쓴 거지. 그러나 보릿고개를 넘길 무렵 해서 어머니를 입산시킬 수밖에 없는 단계에 이른 거지. 식량 문제만이 아니었네. 고령이 된 어머니를 입산을 시키지 않는 자를 불효자라고 마을 사람들이 들고일어난 거야. '곰'은 그제야 자신의 자유로 사는 게 아니고 사회에 얽매인 몸이란 걸 다시금 깨달은 걸세."

하고 한은 어느 동화 한 토막을 읽고 있었다.

어느 산촌에서 생긴 일이었다. 산대마을이란 이 마을은 산이 높았다. 해가 산에서 돋고 산으로 지는 그런 산협에 가까운 동리였다. 농토는 산을 따라 자연 논보다 밭이 많았다. 밭농사는 수재보다 한재가 더 무서웠다. 논농사는 비가 안 와도 인수로 가뭄을 극복할 수가 있었지만 밭농사는 그렇지가 않았다. 제철에 올 비가 안 와주면 밭농사는 며칠 동안에 결딴이 나곤 했다.

그러니까 산대마을은 운명을 하늘에만 맡기고 사는 불모 고지에 가까왔다. 제대로 풍년이 진다고 해도 반철 식량밖에 거두지 못했다. 나머지 몇 개월은 역시 초근목피로 연명을 해야 했다.

이것이 산대마을 사람들의 운명이었다.

이 산대마을에 3년째 흉년이 들던 어느 해 초여름이었다. '곰'의 어머니는 일흔둘이었다.

그러나 '곰'은 어머니의 입산을 안 하기로 3년간이나 고집을 세워왔다.

"우리 어머니는 밥을 안 잡수시죠. 겨울이면 시래기로 때우고 봄이면 산나물을 잡숫죠. 그것만으로도 양에 족하시거든요."

'곰'은 부락민을 보고 이런 구차한 변명을 해야 했다. 그러나 산대마을 사람들은 '곰'을 못마땅히 여겼다.

"시래기는 식량 아니고 먼가! 봄나물은 어디서 나는 거지. 산대마을에서 나는 초식이겠지. 초식은 식량 아닌가! 초식도 안 먹고 살아야만 이치에 닿는다 그 말 아니겠나. 너휜 인저 나물 캐러도 못 간다. 그만큼 알아두어!"

'곰'은 별 대답을 못 했다. 그저 답답하기만 했다.

"이봐! 아직 내 말 못 알아듣겠나! 우리 산대마을에는 육십 노인이라고는 단 한 사람도 없다구! 산으로 다 가고 한 사람도 남아 있지 않다 그 말이다. 본래는 환갑을 지난 사람이라야만 산으로 가기로 했다. 그것이 산대마을의 율법이었다. 그러나 연흉 3년이라고, 해마다 지는 흉년에 칠십 노인까지 먹여 살릴 쥐뿔이나 있어. 존우 영감(지금의 동장)이 하는 말을 못 들었나 부지. 금년 보리농사까지 흉년이 든다면 보릿고개를 넘기 전에 입산 연령을 오십 대로 범위를 늘리자는 거야. 그렇게 된다면 자네 형님까지 걸려든다 그 말이야."

'곰'은 사지가 떨려왔다. 눈에 불길 같은 것이 타올랐다.

"나더러 어서 어머니를 업고 입산을 하라 그 말이지. 차마 어머니를 어떻게…… 그것도 다 죽게 된 어머니를 말일세. 그냥 두어주어도 머잖아 돌아가실 텐데……"

"그렇다면 자네 어서 봇짐 싸야 하네. 이 마을에서는 못 배겨날 테니까. 산대마을 신령님이 가만둘 줄 아나."

'곰'은 산대마을에서 반동분자로 지목을 받았다.

지금의 북괴에서 사상으로 하여 피의 숙청이 있듯이, 그때의 산대마을에서는 식량으로 하여 피의 숙청이 있었던 것이었다.

이런 말이 있은 지 한 열흘 후의 일이었다.

산대마을에는 비가 오지 않았다.

산에는 송충이의 목을 축여주는 안개만이 덮일 뿐 소나무도 보리도 바싹 타버리고 말았다.

"무심한 보릿고개를 누가 넘겨주나 보아. 산나물도 다 먹었다 시래기도 다 먹었다"하고, 산대마을에서는 플래카드 없는 구호를 불러댔다. 대열 없는 데모가 시작된 셈이었다. 기우제를 지내던 각시무당도 칠십 노파인 곰의 어미가 입산을 거부한 죄로 산신령의 노여움을 샀다는 청승이었다. 가뜩이나 가뭄과 기근을 저주하던 산대마을 사람들은 이 말 한마디에 흥분의 도가니로 뛰어들기 시작했다.

'곰'은 마음이 다급해졌다.

어서 봇짐을 싸 지고 산대마을을 떠나거나, 아니면 어머니를 업고 입산을 해야 할 절박한 단계에 이르렀을 때였다.

'곰'의 형인 '큰곰'이 총에 쫓긴 산짐승이 하듯 동생의 품으로 뛰어들었다. 사지를 화들화들 떨면서,

"동생— 나 좀 숨겨주어. 나 좀 살려달란 말일세."

하고, 문고리부터 걸어 잠그는 것이었다.

동생인 '곰'은 올 게 왔다는 다급한 생각이 들었다. 이런 경우에는 인

정보다는 마음을 모질게 먹는 편이 나을 거라는 생각에 쫓기면서

"어머님이 계신데 숨기는 어딜 숨는다구 그러십니까. 참말 딱두 하시우."

'곰'은 형의 뜻을 거부했다. '큰곰'은 목젖이 꽉 눌린 소리로 분별없는 얘기를 지껄여댔다.

"그럼 넌 저 소리도 못 듣니? 저 불빛도 못 보니. 저 소리 말이다. 저 불빛 말이다. 산대마을의 오십 대 사람은 오늘 저녁으로 작당이 난단 말이다. 나도 오십 아니가!"

'곰'은 형의 손길을 뿌리치고 건너마을 쪽으로 달음을 놓고 있었다. 일은 다급해졌다. 마을 안 오십 대 사람들이 전부 밤도망을 치고 있는 참이었다. 젊은 패들은 젊은 패대로 창을 꼬나 쥐고 존우 영감 댁 뜰로 모여들고 있었다.

"존우 영감부터 입산을 해라."

"존우 영감을 내놓아라!"

하고, 함성을 올리는 것이었다.

양식으로 해서 무서운 피의 숙청이 무참한 형태로 나타나고 있었다.

어떤 흉년이 와도 존우를 입산시킨 전례는 없었다. 그러나 젊은 패들은 존우부터 해치우자는 것이었다. 그렇다고 아무도 반대할 사람이 없었다. 존우의 편이 될 70대에서 50대의 사람들은 이미 존우의 손에 숙청이 끝난 뒤의 일이었기 때문이었다.

존우는 대청마루에 도사리고 앉아 나만은 안 된다! 나만은 존엄하다! 하고, 좀체 나서려고 하지 않았다. 분노의 불길에 휘말려들고 있는 젊은 패들은 이곳저곳서 부싯돌을 치기 시작했다.

존우의 저택에다 불을 질러놓은 것이었다. 지금으로 친다면, 중공의 홍위대 같은 것이었는지도 모를 일이었다.

존우가 불에 타 죽은 다음 날 먼동이 틀 무렵, '곰'은 어머니를 업고 싸리문을 나섰다.

그날도 역시 안개가 짙었다. '곰'은 천행이라고 생각했다. 어머니를 업고 입산을 할 때 남의 눈에 띄면 불효자가 된다는 미신이 있었다.

"어머님! 안개가 깊습니다. 마음 푹 놓으십시오. 좋은 곳으로 가시라고 산신령이 복을 내리신 모양입니다."

어머니는 머리만 끄덕였다. 역시 입산을 하는 자신도 남의 눈에 띄면 지옥으로 간다는 미신이 있기 때문이었다.

'곰'은 마음이 흡족해서, 어머니를 업고 한참 숲을 헤치고 있을 때였다. 등 뒤에서 나뭇가지 꺾는 소리가 자주 들려왔다.

'곰'은 이상하다고 생각했다. 뒤를 돌아보았다. 어머니가 하는 일이었다. 떨리는 손을 간신히 추켜들어 적당한 간격을 잡아 나뭇가지를 꺾어 늘어놓는 것이었다. '곰'은 한층 더 의심이 갔다. 어머니는 입산도 끝내기 전에 이미 등신이 되었다고만 여겨졌다. 그렇다면 매우 불길한 일이라고 생각했다. 입산을 할 때 죽음을 두려워하는 사람은 죽어서 유황불에 들어간다는 또 하나의 미신이 있었기 때문이었다. '곰'은 어머니를 못마땅하게 생각했다. 발길이 점점 거칠어졌다. 바위를 마구 뛰어넘었다. 걸음을 재우쳐 걷기 시작한 것이었다. 그러나 걸음이 거칠어지면 거칠어지는 것만큼 나뭇가지 꺾는 소리도 잦아졌다. '곰'은 마을 젊은 패가 하듯이 어떤 분노에 가슴이 꽉 미어져왔다. 사람들이 흔히 가질 수 있는 반발심 같은 그런 것이었다. 이렇게 한 50리 길을 타서, 이만한 거리라면 어머니 혼자서는 되돌아올 수 없을 만한 지점에 도달했다. 숲도 하늘이 내다보이지 않으리만큼 깊어 보였다. 낮이 밤처럼 어두워 보이는 음침한 곳이었다. 저쪽 바위 뒤에서 이상한 산짐승 소리가 들려왔다. '곰'은 무시무시한 생각이 들었다. 발길이 이상 더 나가지지가 않았다.

'곰'은 이곳에서 등에 업힌 어머니를 내려놓았다. 어머니는 아들을 마주 바라보았다. 아들인 '곰'도 어머니를 마주 바라보았다.

사람은 참말 알 수 없는 동물이었다. 말이 빚어주고 있는 아름다움만큼 말이 마련해놓은 잔인성이 앞을 섰다. ──죽는 사람은 죽어가도 산 사람은 역시 살아야 한다. 이 말은 가장 진부하고 가장 무식한 말이었다.

아무렇게나 되어먹은 말이라고 생각해왔다. 그러나 이 말이 이 시간에 이렇게도 명중할 줄은 미처 몰랐던 비밀에 속하는 명언이었다.

풀밭 위를 자리로 하고 마구다지로 앉아 있는 어머니의 육체에는 아직도 생명이 깃들어 있었고, 체온이 남아 있었다. 그러나 '곰'의 눈에는 어머니가 시체로만 보여왔다. 곰은 무서운 생각부터 앞섰다. 어머니에게 맡겨두었던 모든 정을 되돌려받는 차가운 마지막 시간이 다가온 것이었다.

'곰'이 돌아설 때 어머니는 아무 말이 없었다. '곰'도 말이 없이 돌아서 나왔다.

나오는 길은 숲이 좀더 깊은 듯했다. 걸음을 재우쳐 몰아 한 10마장쯤 나왔을 때였다. 문득 생각키우는 것이 있었다.

'곰'은 어머니에게로 되돌아갔다.

"어머니 들어오실 때 나뭇가지는 왜 꺾으셨죠?"

어머니는 한참 동안 입술을 적시고 있다가,

"네가 돌아갈 때 길을 잃을까 보아 그랬다. 나뭇가지 늘어진 곳으로 잘 살펴 가거라!"

어서 가라는 듯이 손을 헤젓는 것이었다.

'곰'은 가슴 밑이 울컥하고 무엇이 치받치는 것 같았다.

그러나 '곰'이 눈물을 흘리기 전에 소나기가 먼저 쏟아지기 시작했다.

"김 군! 전래 동화에 의하면 '곰'은 어머니를 업고 하산을 했다고 되어 있네. 그러니까 '곰'의 어머니가 하나의 신화를 낳아놓은 셈이 된 거지. 아니 한 마리의 '곰'이 하나의 신으로 변신을 한 거야. 신은 언제고 그런 데서 탄생이 됐으니까. 그러니까 한 사람의 여인이 켜댄 신화(神火)로 해서 홍위대 같은 산대마을의 젊은 패들이 '곰'의 힘에 몰려나고 만거야. 그때부터 고려장 제도를 철폐했다니까. 다시 말하자면 물질은 악마 편이고 정신은 신의 편을 들고 있는 거 아닐까. 악마 뒤에 신이 후행을 서듯이 물질 뒤에는 늘 정신이 따르기로 마련이야. 즉 저울추의 역할을 해주는 거지. 생활의 뜨락에 꽃도 피워주고 웃음과 눈물을 한꺼번에 흘리고 다니면서 신의 찬가를 부르다 꺼지는 불꽃 같은 거지."

김 군은 잠이 들었는지 대답이 없었다.

"이건 좀 평면적인 서술이긴 하지만 그 사형수의 육체 위에 어느 모성애가 꽃을 피워주고 있었는지 누가 아나. 하나의 물체를 정리하기 위해서는 반드시 하나의 정신이 따르기로 마련이니까. 내가 생각하기엔 사형수의 어머님의 타성으로 해서 그만 좋은 기회를 놓치고 말았단 말이야."

잠이 들었다고 생각했던 김 군이 이 말을 듣자 불쑥 일어나 앉는 것이었다.

"한 선생! 기회라니 무슨 기회 말씀이세요."

"만일 김 회장의 어머니가 '곰' 같은 신을 낳아놓았다면 고려장 같은 사형 제도를 철폐할 수 있었을 게 아닌가."

김 군은 얼마간 있다가,

"하긴 오늘 27호 감방에서도 소나기가 오긴 왔죠. 저마다의 구름장에서 저마다의 생각에 소나기가 오긴 왔죠마는 전 그런 게 도시 믿어지지가 않습니다. 역사 대관 같은 그런 과장의 한 페이지가 아닐까요."

불신에서 나서 불신에서 생장한 김 군의 마음을 몇 마디의 단어로는 도저히 달래줄 만한 마음의 문이 열려 있지 않았다.

한은 김 군의 가슴을 메우고 있는 마음의 열쇠를 누가 갖고 갔을까──하는 더듬한 생각을 하면서 벽 쪽을 향해 돌아누우려 할 때였다.

"한 선생! 명확히 말씀하세요. 신참입니까? 고참입니까? 어느 쪽입니까? 태도를 명확히 해주십시오."

역시 김 군은 한에게까지 불신에 찬 어조로 되물어왔다. 한이 제일 꺼려하는 곳, 그리고 제일 아픈 상처를 찔린 셈이었다.

한은 한참 울먹이는 얼굴을 하다가,

"난 신참도 고참도 아닐세. 언젠가 내가 한번 그런 얘길 한 적이 있잖나. 주 선생이 떠나기 바로 전날인가 그렇지. 난 한 15년간 죽었다 온 사람이라고. 그러니까 어느 편이 신참이고, 어느 편이 고참인지 그런 걸 나는 잘 모른다 그 말이야. 쉽게 말하자면 내 존재란 한 사람의 관객에 불과하다고 해야 옳겠지. 하긴 나도 놀랐어. 사람이 꼭 이런 형체로 발전해야만 할 필요가 어디 있는지 그 인간 섭리를 전연 이해할 수가 없으니 말이야. 가령 단적으로 예를 든다면 창을 가리고 있는 커튼 말이야. 커튼의 고안자가 누군지나 아나? 여자야, 여자──여자들이 하는 짓이라 그 말이야."

한은 자기 생각에 웃다 입이 찢어질 뻔했다.

한참이나 쿡쿡대고 나서,

"김 군! 임자도에 가본 적 있나? 임자도엔 전부가 어부뿐일세. 그러니까 밤을 낮으로 바꾸어 사는 어부들만의 세계지. 이 어부들이 말일세. 밤이면 출어를 나갔다, 낮에야 집으로 돌아오기로 마련이니까 자연 잠도 낮에 잘 수밖에. 출어를 하게 되면 혹은 3일, 혹은 일주일 이상 걸리는 경우도 있기는 하지만 대개가 돌아오는 시간이 낮으로 되어 있어. 아마 지리적 조건이 그렇게 되어 있는 모양이지. 여건은 어찌 됐건 애정 생활을 언제 해야 하느냐가 문제인데 이게 참 묘하게 되어 있단 말이야. 어부가 들어 자는 날은 여자의 속옷 하나를 대문 밖에다 내다 걸어 놓고 행동을 개시하는 거지. 즉 여자는 속옷까지 벗고 있으니 일체의 출입을 엄금한다는 뜻이 아니겠나. 저 할 짓 다 한 뒤에는 그 문밖에 걸어놓은 속옷 하나만 거둬들이면 그만 그뿐이야. 아주 간단하고 그리고 또 천연스럽다 그 말이야. 그런데 말일세. 그다음이 아주 재미나는 장면이야. 어쩌다가 누가 옷을 왜 내다 걸었느냐고 물으면 옷을 말린다는 거야. 대답이 아주 셋은 듯하단 말야. 허나 이건 말일세. 제가 하고 싶어서 한 짓인데, 하고도 안 했다는 거야. 그리고 하고도 안 했다는 말이 직통을 하고 있는 곳이 임자도의 풍속이야. 어느 법조문을 준수하듯이 이 풍속을 준수하는 곳이 임자도야. 이 여자의 속옷하고 현대인이 애용하는 플래카드하고 성질이 좀 다를까! 다르다면 속에 들어 있는 음모가 좀 다르겠지 별 방법이 따로 있을라고. 안 그래! 그러니까 나는 신참도 고참도 아니란 말이야. 어쩌다가 관람표를 한 장 얻은 것뿐이야."

김 군은 갑자기 몸을 축 늘어뜨리는 시늉을 했다.

"말씀은 대단히 솔직하시군요. 고참도 신참도 아니시다! 거 참 묘한 대답이신데요."

김 군은 여전히 한의 말을 받아들이려고 하지 않았다. 어느 절벽과 대결을 하고 있는 모양이었다.

"한 선생! 제 구호를 한번 들어보시겠어요. 인간 슬로건 말입니다."

하고, 얼마간 공간을 두었다가,

"이놈이 저놈이다. 저놈이 이놈이다. 그놈이 그놈이다. 또 그놈이 그놈이다. 다음 그놈이 또 그놈이다. 하하하하하."
하고, 늘어지게 웃고 나서,

"이게 현대인의 악순환입니다. 한 선생은 이제 사랑방이나 꾸리고 드러누우시거나, 교수대로 가시죠. 저도 한 선생의 얘기를 한 번만은 믿어볼까 했습니다. '육안으로 볼 수 없는 곳에 인간이 깃들어 있다'는 그 말씀 말입니다. 그러나 저희 세대는 그 너절지근한 단어의 나열에 넌덜머리가 났습니다. 저희들의 눈빛을 보아주세요. 핏빛 같은 이 눈빛을 한 번만 더 보아주세요. 저희들은 마주 앉으면 대화를 하지 않습니다. 서로 살을 앗아내죠. 내가 저놈의 귀를 베어 먹으면 저놈은 내 코를 베어 먹습니다. 이게 서울 시민의 당면한 현실입니다."

역시 김 군에겐 김 군만이 가진 세계가 있을 뿐이었다.

한은 가슴이 매캐해왔다.

"그래도 한 번만은 사람으로 살아볼 만한데! 한 번만은 말이야!"
하고, 누구에게도 줄 곳 없는 빈말을 되뇌다 잠이 들고 말았다.

그날 밤도 한은 구관조의 꿈을 보았다. 삼수를 따라 새장으로 갔다.

이건 새장이라기보다는 어느 동물원을 모방한 하나의 울이었다.

울 정면에는 「육체파(肉滯派)의 카니발」이란 현수막이 드리워 있었고, 그 주위에는 많은 관객들이 둘러서 있었다.

한은 문을 따고 울안으로 들어섰다. 구관조의 암놈은 머리에다 분홍색 리본을 달고 땅바닥에 엎드려 있었다. 그리고 주위에는 많은 까마귀 떼가 행렬을 지어 한창 분열식을 하고 있었다.

한은 이상하다는 생각이 들어 문 쪽으로 몸을 약간 비켜주기로 했다.

이때, 까마귀 떼들은 분열식을 다 끝내고 나서, 그중 한 놈이 구관조의 분홍색 리본을 물고 올라타는 것이었다. 구관조의 암놈은 대번 꼬리를 한쪽으로 비껴 대면서 '끽끽' 하고 기성을 올리곤 했다.

한은 괘씸한 생각이 들었다.

"이 개새끼들아! 그건 윤간이다. 윤간······"

하고, 화를 냈다.

"넌 또 뭐냐! 윤간······ 자식 그 속 편한 소리 작작해두란 말이다."

까마귀 떼는 천연스럽게 그 짓을 다시 계속했다.

한은 좀더 화가 치받쳤다.

"이 똥개 새끼들 어서 썩 꺼지지 못해!"

그러자 까마귀 떼들이 "와아!" 하고 함성을 올리는 것이었다.

그중 한 놈이 한의 앞으로 바싹 다가붙어 서면서,

"네 말대로 우리가 하는 일은 윤간이라 치자. 그렇다면 아키코를 타던 너도 윤간을 한 거 아닐까. 밤에는 왜놈이 타고, 낮에는 한국 놈이 타고 한 것 말이다. 그러지 말고 내 말을 명심해 들어두지. 우리는 송장을 파먹는 족속들이다. 이만 걸 가지고 윤간이라고 하지는 않는다. 우리들의 '카니발'이라고 한다. '카니발!'"

이런 항의와 함께 까마귀의 대열은 난무로 변하면서 구관조의 암놈을 묻어버리고 말았다.

울 밖에서는 관객들이 박수를 보내고 있었다.

하수인의 변(辯)

 그로부터 한 사흘 뒤의 일이었다. 그날 밤 한갑수는 매일 밤 보던 구관조의 꿈을 보지 않았다.
 한이 새장을 들어섰을 때는, 새장 안은 구관조도 산꿩도 보이지 않았다. 저만치 대 위에 박제된 부엉새 한 마리가 유리알을 박아준 붉은 눈을 부릅뜨고 혼자 앉아 있었다.
 "지금 이 시각은 막 밤이 되고 있습니다. 어두운 밤이 되고 있습니다." 하는, 그런 투로 앉아 있었다. 그러나 밤은 아니었다. 한참 자외광선과 산소가 부서져내리는 중낮에 속해 있는 시각이었다. 인간 세포들이 산소를 받아먹고 신진대사를 하기에 바쁜 부산한 생활 감정을 느낄 수가 있었다.
 한은 새장을 나섰다. 어느 망각 지대를 접어든 것 같은 이상한 예감을 느끼면서…… 한이 찾아든 한의 고가(古家)의 건축 구조는 규모가 짜여 있지 않았다. 일자로 늘어선 바깥채는 우수로 행랑방이 있었고 좌수로는 마구간이 곁들어 있었다. 그리고 남풍받이를 하고 있는 우람찬 밖 대문이 한을 막아서는 것이었다. 대문 전면에는 주석으로 장식을 했고 안쪽으로 달아맨 녹슨 풍경이 바람에 밀릴 때마다 목쉰 소리를 냈다.

한은 대문을 밀고 들어섰다.

다음은 중대문이 있었고, 그 중대문을 기점으로 하고, 서쪽을 향해 가로지른 협문이 나 있었다.

이날 밤 한은 꿈에서도 옛 습성 그대로 먼저 이 협문을 밀고 들어섰다. 이곳은 과객이 묵어가는 사랑방으로 되어 있었다. 여독이 든 손님이나 노비가 떨어진 과객들이 들어 자는, 지금으로 치면 무료 숙박소 같은 소임을 맡아온 방들이었다.

식객들은 지방 사투리를 많이 퍼뜨리고 갔다. 한이 기억하기에는 호남 사투리가 제일 많았다는 기억을 했다.

한은 디딤돌을 몇 계단 올라서서 방 안 동정부터 살펴보기로 했다. 이 객실 역시 새장만큼 고요했다. 식객도 보이지 않았고, 그들이 내뿜던 독한 엽초 냄새도 풍겨주지 않았다. 화단 위에 저 혼자 서 있는 화루나무가 한창 꽃을 피우고 있었다. 꽃이 핀다기보다는 연보라색 꽃 둥치가 그 연연한 가지를 감아쥐고 늘어진 그런 인상을 했다. 한은 그제야 성하(盛夏)라는 계절감을 느낄 수가 있었다.

무더운 계절이 해마다 화루나무에 꽃을 달아주듯이 한에게도 많은 화제를 마련해주었던 것이었다. 인간 세포가, 어느 타계에서 날아든 딴 생물의 유전자를 이식하던 날부터 산소를 먹고 생활을 영위하듯이 신의 창조설도 그날부터 시작되어온 것인지도 모를 일이라는 막연한 생각을 하면서 한은 다음 중문을 밀고 들어섰다.

중문을 막아선 몇 개의 창고와 찬광을 지나서 한의 조부께서 가꾸고 있는 난실(蘭室) 앞을 비켜나면 이 난실을 마주하고 동쪽을 향해 내리닫이로 서 있는 옆채가 한의 조부인 한 대감이 기거하는 거실이요, 손님을 맞아들이는 대합실이었다.

한은 미닫이를 밀고 방으로 들어섰다. 한 대감은 물론이고, 상노아이까지도 보이지 않았다. 갑수는 칸막이를 밀어젖혔다. 역시 아무도 없었다. 방 안에서는 주검 같은 곰팡 냄새가 코를 찔렀다.

"공백은 주검이다. 공백은 송장이다" 하고, 한은 조부의 거실을 뛰쳐나왔다. 한갑수는 꿈에서는 흔히 표리부동한 두 개의 인간형으로 나뉘곤 했다. 인간 내적 세계는 기성인의 사색으로 행동을 했고, 표피로는 여섯 살 만이의 동안으로 퇴화 현상을 나타내는 것이었다.

"할아부지! 어디 있어? 할아부지?"
하고, 겁에 질린 어린애의 비명을 올렸다. 누구도 대답해주지 않았다. 갑수는 더욱 겁을 집어먹었다. 그러면서도 갑수의 내적 세계에서는 학생 시절에 읽었던 아인슈타인의 4차원 세계설을 어렴풋이 기억해냈다. 시리우스 별을 여행하고 돌아오자면 왕복 18광년이 걸린다. 이런 빠른 속도로 여행을 한다면 공간은 짧아지고 시간은 길어지니까 비행사는 출발 때 그 연령 그대로 되돌아오게 된다는 아인슈타인의 상대성 원리를 풀고 있었다.

갑수 자신은 4차원 세계에 해당될는지도 모른다는 생각까지 하면서, 어린애가 하듯 신발도 벗어던진 채 안뜰로 뛰어들었다.

뜰에는 증조모님이 계시던 거실 앞에 제단을 차려놓고, 어머님이 상복을 입고 앉아 있었다. 그 옆에 월매도 소복 차림으로 앉아 있었다. 갑수는 어머님 품으로 뛰어들었다. 어머님은 갑수를 받아주지 않았다. 갑수는 다시 월매의 등에 업혀볼 생각을 했다. 그러나 월매는 그전의 월매가 아니었다. 중년 아주머니에 속했다. 한쪽 옆에는 갑수와 동갑뻘쯤으로 보이는 사내아이가 붙어 앉아 있었고, 품에는 세 살쯤 나 보이는 계집아기를 안고 젖을 물리고 있었다.
"이건 분명 우주여행 같은 거다! 갑수에 비해 월매가 너무 늙었구나!"
하고, 내적 세계에서는 조직 공학 같은 사고방식을 하면서도 입으로는 딴소리를 씨불였다.
"월매 왜 울구만 있어! 흉물스럽게!"
옛날 하던 그런 투로 떼장을 써보았다. 월매는 새끼 고양이 시늉을 해주지 않았다. 그저 눈물을 찍어내고 있을 뿐이었다. '그만했으면 나도 짐작이 간다. 증조모님의 상을 입었으니까 몸종의 소임을 다해야 하는 그런 시간이구나!' 하고, 갑수는 엉거주춤해서 있었다. 품에 안긴 계집애는 열심히 젖꼭지를 빨아댔다.
월매의 젖을 먼저 빤 사람이 갑수 자신이었다는 과거를 더듬으면서,
"월매! 정말 울고만 앉아 있을 테야? 너 내 말 안 들으면 패 죽인다."
하고, 으름장을 놓았다.
그제야 월매는 갑수 쪽으로 시선을 돌려댔다.
시선과 시선이 마주치는 순간 갑수의 가슴에는 어느 한쪽이 무너지는 것 같은 참회가 밀어닥쳤다. 월매의 눈물은 증조모님을 위해 울고 있는 그런 소임에서가 아니었다. 한(恨)과 연정이 한데 얽혀 방황하는 절박한 눈물이었다. 갑수도 목이 꽉 집혀 "왁!" 하고, 울음을 터뜨리려는 순간, 월매의 얼굴이 점점 영롱해지면서, 갑수를 향해 클로즈업해 왔다. 카메라의 마법 같은 기교로 월매의 얼굴은 소녀로 되살아나고 있었다. 옷도 옛날 보던 연분홍 갑사 치마저고리로 분장을 바꾸고 있었다.
"월매! 내게로 와! 어서 오라니까!"
갑수는 월매의 등을 타던 옛날의 기사로 되돌아가고 있었다.
"도련님! 잠깐만 기다려주세요. 잠깐만요."
월매는 다시 새끼 고양이 시늉을 했다.

한갑수의 내적 세계에서는 "이건 부활이다, 멋진 부활이다! 아니 흘러간 시간을 되돌려받고 있는 장면이다" 하고 환성을 올렸다.

월매도 웃었다. 양볼에 우물을 지어가며 웃었다. 연연한 입술이 터지면서 하얀 송곳니까지 드러내 보였다.

비오트리스도 월매가 탈바꿈을 하고 있는 그런 테크닉을 구사했을는지도 모른다는 생각까지 덤으로 느끼면서 꿈에서 개구쟁이로 나대고 있는 갑수의 육체 어느 한 부분에서는 무슨 데모 행렬 같은 것이 술렁대기 시작했다.

"월매 너도 어서 20세기 말로 둔갑을 해야지. 네게다 미니스커트를 입힌다면 너는 너대로의 모던 여성이 될 거다. 영어 단어를 씨불이면서 캠퍼스를 나서는 그런 여인 군상같이 말이다."

그런 독단적인 해석을 하고 있는 동안 월매는 나부죽이 엎드려 갑수 앞으로 등을 밀어댔다.

"도련님! 어서 제 등에 업혀보세요. 얼마나 무거워졌나 보게요. 어서요! 저를 밟아 뭉개듯이 마구 짓밟고 올라타보세요."

얼굴에는 수줍음 같은 것을 떠올리고 있었다.

"냇가로 가서 목욕시켜줄래!"

"그러세요. 어서 업히시라니까요."

그러나 갑수는 아직도 거리감 같은 것을 느끼고 있었다.

"이리로 좀더 다가대야 타잖아?"

그제야 월매는 치맛자락을 여미면서,

"이만했음 됐어요?"

"좀! 더! 이리로!"

"자, 이만큼요."

월매는 등을 바싹 다가대줬다.

갑수는 월매가 하라는 대로 등을 밟고 올라탔다.

갑수를 업은 월매는 석류꽃이 한참 피고 있는 뒤뜰 화단을 돌아 동구 앞으로 걸음을 재우쳤다. 장군바위 앞 샘터를 찾아가는 길이었다.

"도련님! 누가 보나 봐요. 얼굴을 제 등에 꼭 묻으세요."

갑수는 어깨 위로 감아올렸던 팔을 풀어 월매의 겨드랑 밑으로 돌려 가슴께를 바싹 죄어 안았다.

월매의 등에서는 창포 냄새 같은 살냄새가 풍겨왔다.

"월매! 내가 무겁지! 그래도 괜찮아!"

"도련님 가만하고 계셔요. 제가 다 알아서 할께요."

그러나 월매는 숨 가쁜 소리를 했다. 갑수도 월매의 가슴께를 자주 죄어 안았다. 월매의 걸음걸이도 점점 거칠어가고 있었다. 한 5백 미터쯤 가서였다. 월매는 발을 헛짚는 시늉을 했다. 갑수는 월매가 쓰러진다는 생각이 들어 등에 묻고 있던 얼굴을 들어보았다. 월매가 달리고 있는 길은 옛날 다니던 그런 길이 아니었다. 밀집한 갈대숲을 뛰어들고 있었다. 마치 운무를 헤저으며 나가듯이 무성한 숲을 헤저어나가고 있었다.

갈대는 길이 넘었다.

갑수는 우선 신바람이 난다는 생각을 했다.

"월매 정말 잘한다. 잘해! 잘해!"

하고, 등을 투덕였다.

갈숲도 두 개의 육체를 감아 안았다 풀어주었다 하면서, 길을 비켜주는 게 아니라 두 사람을 집어삼키는 시늉을 했다.

이건 목욕을 가는 그런 뜻이 포함되어 있지 않다고 보았다. 무슨 행군 같은 것이었다. 아니 행군보다도 좀더 다급해진 돌격전 같은 것이었다.

이렇게 한참 동안 갈밭을 헤젓고 달리던 월매가 이번은 진짜로 발을 헛짚고 나가떨어졌다. 갑수도 저만큼 팽개쳐졌다. 분명 어디가 부서졌다는 충격을 느꼈다. 갑수 자신보다 월매 편이 좀더 무섭게 부서졌다는 생각이 들었다. 그러나 월매는 민첩한 동작을 해왔다. 옛날처럼 새끼 고양이 시늉도 하지 않았다. 매가 꿩을 다루는 그런 동작을 해왔다. 월매의 치마가 햇살을 받아 눈이 부시다는 느낌을 하는 순간 월매는 갑수를 낚아 안으면서,

"도련님! 이런 때일수록 가만하셔야 해요. 제가 다 알아서 할게요."

월매는 여전히 보조개를 지으며 웃음을 떠올렸다. 두 개의 송곳니도 드러나 보였다. 하나 월매는 태연하지가 않아 보였다. 그러기엔 월매의 숨결이 지나치게 거칠어지고 있지 않는가!

갑수는, 이번만은 월매가 꼭 죽고야 만다는 생각이 들었다.

"월매! 왜 그러지! 너 죽는 거 아냐?"

월매는 갑수의 허리를 바싹 감아 안으면서,

"지금은 그런 때가 아닙니다. 도련님은 다 아시면서 그러시네."

하긴 갑수도 월매의 말뜻을 알 것만 같았다. 이건 죽는 게 아니라는 생각을 하면서, 갑수도 왈칵 대들어 하느작대는 월매의 목을 감싸안아 줬다. 두 사람의 입이 하나로 포개지면서 사지를 와들와들 떨었다. 누구의 사지가 떨고 있는지는 갑수도 월매도 미처 알아챌 수가 없었다. 갑수는 월매에게 몸을 좀더 밀착시켜주었다. 월매의 손길은 벌써 갑수의 배꼽 밑으로 흘러내렸다. 그리고 눈에는 무지개 같은 핏발이 서리고 있었다. 거칠어지는 호흡과 함께 가슴을 일기 시작했다. 숨을 위로만 추스르면서 이를 으드득으드득 갈았다.

"월매 너 죽는 거지! 이번은 정말 죽는 거지!"

월매는 대답 대신 목이 집힌 소리로 신음을 했다. 신음보다도 좀더 무서운 죽음 같은 순간이 자꾸만 밀어닥치고 있었다.

"이건 예삿일이 아니다. 월매는 지금 숨은 신을 찾아서 승화하고 있는 순간이다. 인류사는 번번이 그래왔다. 초인간적 운명에 봉착했을 때만 신은 문을 열어주었던 것이다. 지금 막 월매가 육체의 문을 열어주고 있듯이 말이다!"

갑수의 인간 맨 밑바닥에서는 이렇게 준열한 부르짖음을 되새기고 있었다.

한참 동안 피를 일고 있던 월매의 피부가 얼마간 잠잠해져서였다.

"월매! 인저 괜찮지! 안 죽는 거지!"

그제야 월매는 가냘픈 두 손으로 얼굴을 감싸안으면서,

"도련님! 절 바로 보지 마세요. 도련님 눈이 무서워요."

하고, 목을 반대쪽으로 돌려댔다.

월매는 다시 동적인 세계에서 정적인 세계로 되돌아온 모양이었다.

이때였다. 어디선가 카르멘의 합창곡이 울려 퍼지고 있었다.

갑수는 몇 번이고 흔들어서야 잠을 깼다.

"한 선생은 잘 때마다 왜 그렇게 끙끙대죠. 어데 몸이라도 아프신 게 아닙니까."

김 군은 갑수를 아껴주는 어투였다.

"아픈 게 아니야! 꿈이어서. 아마 내가 몹시 잠꼬대를 했나 보지!"

"한 선생 자신은 여직 모르고 계셨습니까? 잠꼬대 정도가 아닙니다. 이를 갈고 손을 헤젓고 하다는 푹 꺼지곤 하더군요."

한갑수는 긴장했던 몸을 확 풀면서,

"그렇다면 좀 고려해볼 문젠데……"

한은 담배 생각이 났다. 흩어진 신경 세포를 신축시킬 수 있는 담배 생각에 입안이 텁텁했다.

"김 군! 다음은 그냥 버려두어주게! 나는 내 인간을 전부 꿈으로 사는 거야!"

한갑수는 파흥이 된 그런 어조였다.

"꿈은 잠재의식이 명멸하는 어느 찰나 아닙니까! 1초 동안에 하루 살 걸 다 사는 그런 순간적 작용입니다."

김 군은 역시 논리적인 어조로 대해왔다. 누구나 젊어서 한때 혀끝을 장식하는 수식 방법같은 그런 말투였다.

"내가 꾸는 꿈이 유머 소설 같은 거라 그 말이지. 어느 샐러리맨이 월급 봉투를 다 털어 마시고 곤드레가 되어 집에 돌아와 자던 그날 밤, 그 댁 아주머니가 질투를 참다못해 잠에 떨어진 남편의 코를 물었다지! 잠에 떨어졌던 샐러리맨은 아내에게 코를 물리는 찰나 다시 말해서 그 1초 동안에 전개된 샐러리맨의 잠재의식은 이 집 저 집, 술집을 찾아다니면서 접대부를 건드리다 그만 술집 개한테 코를 물린 거로 되어 있지. 샐러리맨은 비명과 함께 코를 감싸 쥔 손등으로 피가 쏟아지더라나. 이 얘기를 다시 한 번 반복한다면 꿈에서 개한테 물린 코에서도 제법 피가 나더라는 그런 얘기 말인가!"

한갑수의 한 토막 민화에 한갑수 자신도, 김 군도, 그리고 온 감방 죄수들까지 배꼽을 움켜쥐고 한바탕 웃어댔다. 그러나 웃음으로만 넘겨버릴 수는 없는 얘기였다. 유머에 젖은 생활 의식과 함께 저마다의 죄의식 같은 것을 되새기고 있었다. 유머는 다 썩은 생활을 부활시킬 때도 있고 한참 피고 있는 생활의 꽃밭을 뭉개놓는 개구쟁이 구실을 할 때도 있었다. 즉 인간은 악마와 신을 동시에 수태도 하고 해산도 하고 있기 때문이었다.

한갑수는 악마가 없었다면, 한 자신의 생활은 가난을 당했을 것 같은 회의를 느끼면서,

"내가 꾸는 꿈은 유머 소설만은 아니지. 인간 생활의 체취 같은 거야. 이걸 한번 강조해본다면 99.999퍼센트의 정확률을 가진 절박한 꿈이지. 나는 이 꿈으로 산다니까. 낮에는 눈을 뜨고 앉아 잠을 자고, 밤이면 눈을 감고 누워 꿈으로 사는 거라니까."

김 군은 한의 말에 실감을 느끼려 들지 않았다. 아무런 응대도 하지 않았다.

아마 정신분열 환자로 넘겨버리는 모양이었다. 다시 말하면 김 군이 기대했던 '한 선생'답지 않은 잠꼬대 같은 소리로만 흘려버리고 마는 것이었다.

한은 인제야 꿈에서 겪고 난 긴장감이 완전히 풀리면서 이마와 등골로 식은땀이 흘러내렸다.

"김 군! 밀봉 세계에서는 모체의 체취를 받아 종족을 식별한다지만 사람은 두 개의 체취로 생활을 영위하는 거야. 하나는 모체에서 받은 체취고 다음 하나는 이성에서 받은 후천적인 체취로 개성을 가꾸는 게 아닐까?"

김 군은 피식피식 웃고만 있다가,

"한 선생의 논조는 초점을 어데 두었습니까. 어데까지가 사실이고 어데까지가 허구인지 분간할 수가 없군요. 이러다는 저까지 말려드는 거 아닙니까!"

김 군은 안 해도 좋을 얘기를 그예 뱉어놓고야 말았다.

"성격 파탄자라 그 말이지! 기껏 자네 말이 그 말뿐인가!"

이 말에 김 군은

"흐흐! 흐흐" 하고, 호들갑스러운 웃음을 터뜨렸다.

한도 시민 의식을 발하고 있는 김 군의 웃음소리에 자신의 인간 주체가 확 꺼지는 듯한 허탈감을 느꼈다. '인간은 저마다 무엇을 동경하면서 살아왔다. 그 점에 있어서는 한 자신도 마찬가지가 아니겠나!' 하는 생각을 했다. 그러나 김 군은 접어들고 있는 방향이 전연 딴판이었다. 김 군은 동경의 세계를 앞질러 불꽃 튀기는 쟁탈전을 전개하고 있는 그런 인간에 속해 있었다. 하긴 조국이니, 국적이니 하는 단어 몇 개로 인간 상품 가치의 기준을 삼고 있는 판에 한갑수 같은 인간쯤 폐품 정리에 들는지도 모를 일이었다.

한은 꽉 차오르는 소외감에 가슴이 매캐해왔다. 한은 왼쪽 손을 바른쪽 어깨로 가져갔다. 손은 의료 기기의 소임을 시작했다. 왼쪽 손이 어깨를 쥐었다 놓았다 할 때마다 한은 얼굴을 뒤틀고 있었다.

"에구 아퍼! 에구 아퍼!"

하고, 신음 소리까지 냈다.

"왜 그러세요. 잠을 잘못 주무신 게 아닙니까?"

"아니야. 김 군 육법전서를 본 적 있지! 그 많은 범죄 조항 말일세. 내 체내에는 범죄 조항만큼 질환이 많다 그 말이야. 세균 같은 공범자도 없는 단독 질환이지. 처음은 '고혈압'이었고, 그다음은 '척수간판 탈출증'이었고, 지금은 골암을 앓고 있는 거야. 법전으로 따진다면 3범으로 수감이 된 셈이지. 그런데 하나 기특한 게 있거든. 어쩌다 육법전서의 범죄 조항에서 질환죄(疾患罪)란 조항 하나를 빼어먹었는지 모르겠어. 환자와 죄수와 사회적 위치가 뭐가 다른가. 인간 대열에서 소외당하기는 매일반 아니야. 그다뿐인가. 골암은 사형수에 속한다 그 말일세!"

한은 왼쪽 손으로 바른쪽 어깨를 열심히 주물러대고 있을 때였다.

저쪽 감방에서,

"약제사 아주머니! 약제사 아주머니!"

하고, 기성을 올리는 소리가 8호 감방에서 9호 감방으로, 9호 감방에서 그다음 감방으로 점점 옮아오고 있었다. 저적대는 발소리도 가까워왔다.

"그 실팍한 엉덩이가 아깝다. 과연 일품이다. 일품이야!"
하고, 야유하는 소리도 들려왔다.

27호 감방도 예외는 아니었다. 배호란 자가 철창으로 바싹 다가서면서,

"아주머니! 이왕지사 가는 길에 내 손이나 한번 쥐어주고 가시지. 지옥 가선 내가 타줄게……"

이건 웃을 수도 울 수도 없는 광경이 벌어지고 있었다.

이때 감방장이 벌떡 일어서면서,

"치사한 자식 저리 좀 못 비켜날까!"

감방장은 대번 배씨의 얼굴을 후려갈겼다. 배씨는 김 군의 무릎 밑에 머리를 처박고 쓰러졌다. 코를 싸쥔 손 새로 피가 내뱄다.

감방장은 배씨 쪽으로 한 번 더 뛰어들 듯한 자세를 하다 말고,

"아주머니 미안해요. 이왕 가는 길인데 그만 것쯤 과히 고깝게 생각지 마시고 가시오."

하고, 작별 인사를 건넸다. 한도 그제야 창밖을 내다보았다.

30대를 갓 넘어선 듯한 젊은 여죄수 한 사람이 간수들의 호송을 받으며 걷는 게 아니라 끌려가다시피 하고 있었다. 한 발짝 떼어놓고는 다시 멈춰 서고, 한 발짝 떼어놓고는 다시 멈춰 서곤 했다. 모든 동작이 이미 정상이 아니었다.

"아주머니! 마음 든든히 먹고 가세요!"

하고, 감방장이 한 번 더 작별 인사 같은 말을 건네자,

"……"

여죄수는 대답 대신 인사를 받았다는 식으로 얼굴을 돌려 보이고는 목을 푹 꺾었다.

그 풍만한 몸집을 와들와들 떨면서 걸음마 타는 시늉을 했다.

"갈 수만 있다면 내가 같이 가주었으면 좋겠다. 대신 가도 좋지!"

하고, 감방장은 몸 둘 바를 몰라했다.

"잘 아시는 분입니까!"

한은 무심코 물어본 얘기였다.

"알긴 뭐가 알어! 저 아주머니가 계동 삼오약방 마담이라고 말로만 들어 알 뿐이지."

"……"

"알고 모르고가 문제가 아니잖아! 인간 대 인간이니까. 사람은 죽어서 죄를 씻는다는 말도 있지 않나? 나는 저런 꼴을 이 감방에서 여러 번 직면한 적이 있었지. 그때마다 나는 이런 생각을 해보지. 속죄를 하면 구원을 얻는다, 속죄를 하면 구원을 얻는다 하고 나팔들을 불어대지만 아무리 현명한 속죄를 하는 자가 있다고 쳐도 사형수 같은 속죄는 없을걸세. 그래 지금 저 아주머니에게도 구원 같은 게 있을까!"

그러자 누가 말을 되받아넘겼다.

"죄질 여하겠죠."

이 말에 감방장은 눈으로 우는 게 아니고 코허리로 우는 시늉을 했다.

"걸 말이라고 하나! 죽으면 그뿐이지. 무슨 썩어빠질 놈의 죄질이야 죄질이…… 하긴 저 아주머니도 잘못은 했지. 남편을 독살을 했으니까. 가만둘 순 없는 거야. 허지만 인권 행사를 잘못한 것뿐이야. 이혼을 했어도 쓰고 남을 일을 가지고 왜 남편을 독살을 했다는 건지 그게 좀 애매하거든. 그다뿐인가. 사건 전말을 들어보면 남편이란 작자가 7년간이나 간장염으로 앓아누웠다니까 환자 자신이 안락사를 부탁했는지 누가 아나. 그럼 그것도 역설이라고 치자. 의사가 투약을 하다가도 치사 사건을 왕왕 빚는 판인데 약제사라고 치사가 없으라는 법은 없겠지. 이런 식으로 치부를 한다면 제약 회사도 한몫 끼어야지. 부정 약품 같은 거 말일세. 그건 그렇고, 아주머니의 사건은 시동생이란 작자가 권력층이라는 데서 생긴 거야. 아니 그보다는 재산 상속이 아주머니에게로 돌아가게 된 데서 사건은 살인죄로 둔갑을 한 거야. 그러니까 사건의 진부를 판가름할 사람은 육법전서도, 판검사도 아니야. 저 아주머니 자신뿐이라니까."

감방장의 정확한 추리 방법에 한갑수도 수긍이 갔다.

아마 죄수들의 법률 지식은 죄질을 재단하고 있는 검사보다 우위에 있을는지도 모를 일이다. 저마다 자신들의 형량을 잘 판가름하고 있었으니까 말이다.

"그렇군요. 살인은 아주머니가 치른 게 아니고 약제사란 그 직업이 저지른 일이군요."

하고, 한도 응대를 해주려는 순간이었다.

"저 꼴 좀 봐. 저거" 하고 모두들 문 쪽으로 다가섰다. 한갑수도 다가서서 봤다.

감방 27호실 저쪽으로 푸른 잔디밭이 깔려 있었고, 군데군데 장미꽃도 피고 있었다. 이 잔디밭 건너 가로 늘어선 사형장이 화사하게 쏟아지고 있는 햇살을 받고 서 있었다. 공포심이 빚어주고 있는 인상 탓이라고 할까 시야로 다가서는 그 음산한 정문 앞에서 지금 막 걸어나가고 있던 예의 그 아주머니가 삼십 평생을 내적으로만 키워온 인간 본연의 자세를 드러내고 있는 참이었다. 순간적 찰나에서 받은 인상을 좀더 정확히 표현한다면 치마도 저고리도 다 벗고 드로즈마저 벗어던진 벌거숭이 그대로 대드는 것 같은 그런 인간 자세로 한참 승강이를 벌이고 있었다.

"야, 이 개자식들아 내가 왜 죽어! 나는 안 죽는다! 나는 안 죽어!"
하고, 찢어지는 소리를 냈다.

그러자 간수들은 한 사람씩 여자의 양쪽 겨드랑이 밑을 끼고 한 사람은 등을 밀어댔다.

정문을 한 간쯤 새에 두고 일진일퇴를 반복하고 있는 불꽃 튀기는 싸움이었다.

이렇게 해서 정문 앞까지 육박해 갔을 순간 이번은 아주머니가 비명을 올리는 게 아니라 간수 편이 비명을 올렸다.

"야얏! 이 개년이 사람 문다!"

아주머니는 간수의 손을 물고 늘어진 것이었다.

"풀어줄게 이거 놓아! 풀어줄게 이거 놓아!"

다급해진 간수들은 아주머니를 풀어놓았다. 아주머니는 물었던 간수의 팔을 놓고 달음질쳐 회양나무 울타리 뒤로 몸을 숨겼다. 간수들도 따라 뛰어들었다. 이번은 죄수를 그냥 끌고 나오는 게 아니었다. 간수 두 사람은 죄수의 하반신을, 한 사람은 머리끄덩이를 감아쥐고 들고 나왔다. 꼭 가축을 운반해 가는 그런 수법이었다.

"엄마! 난 안 죽을 테야! 엄마! 난 안 죽을 테야……"

우는 소리 같기도 하고 구원을 청하는 소리 같기도 한 가냘픈 소리를 냈다.

"개년! 노래 한번 잘한다. 너 실컷 울어봐라, 누가 동정할 줄 알구……"

극히 대조적인 간수의 대답이었다. 아주머니는 간수들의 완력을 대항할 아무 능력이 없었다. 사지를 버둥댈 때마다 고무신 짝이 여기저기 흩어질 뿐 그다음은 사형장 정문이 여인 한 사람을 완전히 삼키고 만 것이었다.

주위는 언제 그런 일이 있었던 거나처럼 잠잠해졌다. 화사한 햇살이 쏟아지고 있는 잔디밭 위에는 바람이 스쳐갈 때마다 장미꽃만이 하느작대고 몸짓을 할 뿐이었다.

감방도 고요해졌다. 고요하다기보다는 납덩이 같은 인간 오뇌가 침전을 하고 있었다.

"아주머니! 나는 당신의 그 무서운 비밀을 잘 알고 있습니다. 저 장미꽃을 보십시오. 해마다 피고 지는 하나의 장미꽃도 바람과 비와 산소만으로는 만족하지 않습니다. 벌과 나비들이 심어주고 가는 하나의 수정(受精)을 하기 위하여 저토록 호들갑스러운 몸짓을 하고 있지 않습니까! 당신은 인간입니다. 그러나 당신은 산소로 생명을 영위하고 있는 그런 고정된 인간만으로는 만족할 수가 없었습니다. 당신은 고정된 인간이기 이전의 여성입니다. 물기 젖은 피부와 풍만한 당신의 육체는 모든 사연 대신 꽃향기보다 더 짙은 체취를 풍기고 있습니다. 그 풍만한 당신의 육체 위에 어느 하나의 딴 세포를 이식하기 위하여는 어떤 의례 준칙도 육법전서도 그저 거추장스럽기만 한 존재입니다. 누구의 간섭도 받지 않고 살 수 있는 자연인의 생활을 찾다 꺼진 생명입니다. 당신의 주검쯤은 이 하수인이 대신했어도 좋았을 것을 그랬나 봅니다. 막달라 마리아를 달래던 기독처럼 말입니다. 아직도 장미꽃 앞에는 당신이 벗어놓고 간 고무신 한 짝이 당신의 최후의 모습을 대신하고 있습니다. 그러나 당신은 죽지 않았습니다. 당신이 두고 간 이 하수인들은 당신 같은 풍만한 육체를 찾아서 또 하나의 딴 세포를 이식할 것입니다. 동정녀가 기독을 잉태할 때처럼, 기독이 부활을 부탁하고 가듯이 말입니다."

한갑수는 한나절을 두고 시 같기도 하고 제문(祭文) 같기도 한 독백을 되뇌고 있었다.

그러나 김 군은 그 여인을 조금도 동정하지 않았다. 자신의 사고를 냉담하게 처리하고 있을 뿐이었다.

"한 선생 왜 그렇게 우울해하시죠. 그토록 그 여인이 못 잊히시거든 장송곡이나 한번 불러주시죠. 지금 막 시체가 실려 나가고 있습니다."

김 군이 가리키는 쪽을 바라보았다. 과연 흰 보자기를 씌운 시체 운

반차가 푸른 잔디밭을 가로질러 형무소 뒷문 쪽으로 가고 있었다. 감방 죄수들은 장송곡 대신 손짓을 해주는 시늉을 할 때였다.

'얼치기'라고 불리는 간수 한 사람이 27호 감방을 찾아왔다.

"김입삼 편지다!"

김 군은 날쌔게 편지를 받아 들면서,

"간수 아저씨! 오늘은 한몫 잡으신 거죠. 큼직하게 말입니다."
하고 킥킥 웃어댔다.

"이자식 생사람 잡지 마! 까불면 국물도 없다."

간수는 눈을 흘기고 갔다.

"잡다니 무엇을 잡았다는 건가!"

한갑수는 아직 몸에 감방 용어가 배 있지 않았다.

"그만 걸 몰라 물으세요. 너무 천진하시군요. 지금 간수실에서는 그 아주머니의 치모(恥毛)를 놓고 암거래가 되고 있는 거죠. 즉 돈 많은 작자들이 경쟁 입찰을 벌이고 있다 그 말입니다. 치모로 팔베개를 하면 염복이 터진다나요."

"……"

한갑수는 누구를 후려갈길 것 같은 그런 자세를 하다 말고 "더러운 말을 들었을 때는 귀를 씻었다는 허유(許有)의 말이 이런 경우를 두고 한 말이구나." 하고, 김 군을 노려보고 있었다.

"왜 저를 무섭게 노려보고 계십니까! 거짓말 아닙니다. 방장님 그렇죠? 제 말이 사실이죠?"

방장은 대답은 없었으나 수긍을 하는 표정을 했다.

한갑수도 "당신들 썩 좋은 세계를 보아왔군그래!" 하는 식으로 감정 방향을 바꾸어갔다.

"김 군! 그만하고 편지나 어서 읽어보지그래……"

김 군은 한갑수 쪽으로 편지를 몇 번 흔들어 보이면서,

"이 편지의 주인공이 무슨 역을 맡아주고 있는지 아십니까! 예의 김 사장이나 아주머니가 찾아대는 어머니 같은 역이 아닙니다. 제 약혼녀 역을 맡아주고 있습니다. ……그러나 저 이 편지 안 읽습니다. 이 편지 속에 들어 있는 그녀의 대사는 하나의 신파조죠. 제가 무죄 석방을 하면 꽃다발을 안겨준다는 겁니다. 그래도 그것까지는 좋았는데 말입니다. 제 사건이 사형 선고로 둔갑을 한다면 그때는 제 무덤 앞에 백합꽃 한 다발을 놓아준다는 거죠. 한 선생, 제가 이런 영탄조에 먹혀들 것 같습니까. 그녀의 뇌리에는 벌써 제 죽음까지 계산에 넣고 있다니까요. 그다음에 올 일을 한번 생각해보세요. 그녀는 지금쯤 어느 영화관에 앉아 외화 감상을 하고 있을는지도 모를 일입니다. 혼자일 수도 있고 둘일 수도 있는 그런 식 말입니다. 하긴 저도 한동안은 그녀를 중심으로 하고 움직여왔죠. 점심도 그녀하고, 영화 감상도 그녀하고 티 한잔까지도 그녀하고 하는 그런 식이었죠. 그녀는 몇 사람쯤 뇌쇄를 하고도 남으리만큼 육감적이고 우아한 데가 있었으니까요. 티 없는 눈동자, 윤기 있는 입술, 풍만한 피부, 어느 것 하나 나무랄 데가 없었죠. 교양도 남 못지않았구요. 얘기도 잘 했습니다. 아무리 지저분한 얘기라도 그녀의 혀끝에만 달아준다면 단어 하나하나가 모두 보석이 되어 그녀의 혀끝을 장식해주는 액세서리 구실을 했습니다. 차분히 정리해 나가는 품이란 그야말로 일품이었죠. 그만큼 대화의 소비성이 풍부한 소지를 지닌 여성이라고나 할까요."

"……"

한갑수는 김 군의 논조가 언젠가 한번 가정 방문을 다녀간 모 신문 기자를 뺨을 치고도 남을 만한 사내라는 생각을 했다. 아닌 게 아니라 김 군의 대화에서는 벌써 '한 선생'이 '아저씨'로 탈바꿈을 해가고 있었다.

"아저씨는 저를 독선이다, 편견이다 하고 못마땅히 생각하고 있는 모양이군요. 그건 옳지 않은 자세입니다. 아저씨의 유일사상 같은 영탄조가 아닙니다. 심각한 실존 의식이죠. 저와 그녀와는 약혼기를 한 1년간 끌어왔죠. 숨바꼭질 같은 것 말입니다. 사내는 언제부터 여성의 피부 맛을 들인 그 못된 습성이 시작되었는지 저는 잘은 몰랐습니다. 무턱대고 이성의 피부를 한번 맛봐야겠다는 욕망에 쫓기는 몸이 된 거죠. 저는 대번 주판을 감아쥐고 나섰습니다. 현대 여성은 아저씨들이 사용하던 애정 교서 같은 것은 먹혀주지 않으니까요. '당신 말재주 많이 늘었군요' 하는 식이죠. 그러나 말입니다. 내 딴에는 내가 하는 처사가 무척 약삭빠르다고 생각한 것이 오산이었습니다. 그녀는 주판을 사용하지 않았습니다. 전자계산기 같은 계산 방법을 구사하고 있는 게 아닙니까. 이를테면 먼저 여자라는 숫자를 집어넣고 다음 남자라는 숫자를 밀어넣으면 '남자는 먼저 여자에게 정신적 봉사부터 해야 한다' 이게 현대 여성이 계산해낸 해답이죠. 99.999퍼센트 정확성을 지닌 해답이라는 유권적 해석을 주장하는 거 아니겠어요. 그러니까 제가 감아쥐고 있는 주판 따위는 셈 구실을 못 하게 된 거죠. 다음 계산은 현금 봉사였습니다. 역시 제 주머니를 털어 바쳐야 했습니다. 이런 식으로 그녀의 계산기는 내 계산보다 늘 앞질러 갔습니다. 제 계산기는 뒤를 따르고, 이렇게 몇 달 동안 주판 씨름을 하던 어느 날 밤 온천장에서 그녀와의 밀회가 이루어졌죠. 그때도 저는 여자 편보다 월등히 흥분해주었습니다. 여자를 집어삼킬 듯이 말입니다. 나는 내가 먼저 여자를 용케도 덮쳤다는 생각을 하게 됐죠. 이 승부야말로 제 인간 전부를 털어서 대결한 셈입니다. ……아저씨 이 승부에서 누가 이겼다고 보십니까! 저는 접을 하는 그 순간 그녀의 육체가 산산조각이 난다는 느낌을 했습니다. '선희! 내가 골인하던 그 순간 감상이 어때?' 하고 한 번 더 열을 올리자, 그녀는 그 영롱한 눈동자를 굴려가며 한다는 소리가 '짓궂긴! 정확히 말해서 열 길 벼랑에서 떨어지는 그런 순간 같더군요. 그만했음 됐어요!' 하고 양같이 순한 몸가짐을 하더군요. '난 성냥개비가 타듯이 확 타버리는 것 같던데!' 하고, 한 번 더 불을 댕겨봤죠. 그녀는 눈꼬리를 가늘게 흘기면서 '엉큼하긴! 그만 과장에 누가 넘어갈 줄 아나 봐!' 말도 차분했고 몸가짐도 매우 침착했습니다. 위트와, 육감적인 시선과, 우아한 품위도 차분히 가라앉아 있었습니다. 그런 지 얼마 후였습니다. 불에 타는 순간과 벼랑에 떨어지는 순간과의 밀회는 번번이 그 거추장스러운 주판과 부담을 치르고 나서야 역시 그녀는 '정확히 말해서 열 길 벼랑에서 떨어지는 순간 같은 거죠. 그만했음 됐어요!' 이 짧은 한 줄의 센텐스로 셈을 끝내곤 했죠. 그러나 저는 저대로의 딴생각이 있었습니다. (얼마 후에야 그것 역시 오산인 줄을 알고 났지만) 산소를 마시고 들먹이는 그녀의 육체에다 내 생명체의 유전자 하나를 이식해볼 계획이었죠. 아저씨가 흔히 되뇌는 그런 유전자 말입니다. 그녀도 임신만 한다면 곧 결혼식을 올려야 한다나요. 그것도 아주 천연스럽게 말입니다. 허나 1년이 지나도 임신은 되지 않았습니다. 아저씨 제 말뜻을 알아들으시겠어요. 그녀의 몸에는 이미 완충 지대 같은 것이 구축되어 있었습니다. 피임 장치 말입니다. 피임 장치! 그러니까 그녀는 어떤 부담도 없이 남자의 피부를 맛볼 수 있는 온갖 태세를 갖추고 나서 저더러 자신의 육체를 덮쳐오도록 우아하고 품위 있는 몸짓으로 열을 올려준 셈이죠. 아저씨가 뭐라고 했었죠. 남자는 여자의 하수인이라고 하셨잖아요. 그러니까 그녀와의 게임에서 저는 그녀의 하수인이 돼준 셈이죠. 그녀의 계산 방법에 알맞도록 벼랑을 떨어지는 순간 같은 충족을 시켜주어야 할 하수인 말입니다. 저는 이 편지 안 읽습니다. 이번은 제 편에서 그녀가 제 시체를 깔아뭉개리만큼 그녀에게 약을 올려주어볼 생각입니다."

이렇게 김 군은 한참 주워섬기고 있었다.

한갑수는 별로 신이 나지가 않았다. 성 과잉이 흔히 빚고 있는 한담으로 넘겨버렸다.

"김 군! 그 얘기는 인간 본질 문제가 아니지 않아. 내가 듣기엔 김 군과 그녀와의 성격 차에서 오는 일방적인 해석 같군그래!"

"아저씨! 꽤 유식한 체하시는군요. 제 얘기를 잘 이해해주시니 억지로라도 감사합니다 해드리죠. 그러나 말입니다. 아저씨같이 안이한 인간 풀이를 할 때가 아닙니다. 현실이란 곧 생명과 직통하고 있습니다. 저는 뼈젓한 현대인의 일원입니다. 너 안 죽으면 나 죽기다 하는 그런 투의 인간형입니다. 저는 그녀의 밀회에서 육체의 맛으로만 그친 게 아닙니다. 그녀에게서 인간 본연의 자세를 더듬어볼 수가 있었으니까요. 다시 말해서 현대인의 애정 교환이란 양대 진영의 국제 교류 같은 거죠. 개같이 벌어서 개같이 먹고 개같이 죽는다는 그런 거 말입니다. 얼굴에는 천사의 마스크를 쓰고…… 그런 걸로 해결이 되겠습니까. 예의 그 아주머니도 천사의 마스크를 쓰고 병든 남편을 죽인 거죠. 저는 그 아주머니를 조금도 동정하지 않습니다. 나와 밀회를 하던 그녀도 아직 창부 타입의 생활 습성을 인간 마스크로 쓰고 살더군요."

이 말에 한갑수는 발칵 화를 냈다.

"자아식! 듣자듣자 하니까, 뭐 여자가 창부야! 창부란 족속은 따로 있잖아! 그 말 좀 조심해!"

한갑수는 핏대를 세웠다. 그러자 김 군은,

"이거 말 한번 멋지게 받아넘기는군."

하고 한갑수가 대들면 김 군도 사양 없이 대들어줄 그런 태세를 했다.

이런 경우일수록 김 군과 한갑수와는 극히 대조적인 변모를 했다. 충혈이 된 한갑수의 얼굴에 비해 김 군의 얼굴은 핏기가 싹 가시고 있었다.

"한 선생! 당신의 그런 흥분 따위는 탈색된 스커트 같은 폐품입니다. 언어 수식으로만 살던 낡은 생활 습성으로 방패를 삼지는 마십시오. 저의 세대는 일체의 객기를 배제하고 있습니다. 적을 낼 때도 웃으면서 패주죠. 절대 감정에 사로잡히진 않는다 그 말입니다. 감정은 숫자에 속해 있지 않으니까요. 어느 것 하나 숫자 아닌 게 있습니까. 인간 문제의 전부가 숫자 풀이입니다. 한 선생도 숫자놀이를 꽤 잘하신다면서 가다가는 하자를 내시는군요."

한은 이건 대화가 아니고 강의구나 했다.

"……"

한은 응대해줄 만한 용어에 궁해 있었다.

"그럼 말을 한번 바꾸어보죠. 한 선생은 우먼 파워를 무얼로 해석하십니까. 무슨 노동 쟁의로 아십니까! 제가 생각하기엔 아직 일대일이 못 됩니다. '돈은 네가 긁어들여라! 먹기는 내가 먹어주마! 열은 네가 먼저 올려라…… 네 육체는 내가 흡수해주마!' 저는 이런 거로밖에 해석이 가지 않습니다. 한 선생 내 말이 못마땅하십니까. 그러시다면 이번은 여자 편에서 한번 사명 분석을 해보죠. 다른 현대는 성 과잉 시대라는 말들을 많이 쓰고 있습니다. 이거야말로 무책임한 얘기입니다. 성 과잉은 예나 지금이나 마찬가지입니다. 멀게는 '서태후' 같은, 그리고 가깝게는 왕관을 내던진 '윈저 공' 같은 예 말입니다. 이들이 걸레쪽같이 흔들고 다니던 '연애지상주의'란 단어의 내용도 별게 아닙니다. 저와 그녀와 대결하던 주판 같은 것입니다. 다만 다르다면, 즉 현대인은 왜 노출증이 심하냐고 따진다면 그건 문제가 되겠습니다. 그렇다고, 그렇게 복잡한 문제도 아닙니다. 인구수와 식량 자원의 언밸런스에서 오는 경제 현상입니다. 그 하나의 구체적인 예를 들어볼까요. 미니스커트의 발상지가 어덴지 아십니까. 세계에서 제일 전통적인 영국입니다. 그 나라의 시장 경제가 우리완 좀 다르죠. 아동복에는 간접세가 없으니까요. 성인복보다 월등히 값이 쌉니다. 어느 날 가정 경제의 언밸런스에 쫓기던 어느 주부가 아동복을 사 입었다는 겁니다. 그러니까 한 여자의 탈세 행위가 동기가 되어 미니스커트의 유행을 불러일으킨 거죠. 이게 제3국으로 옮아오면서부터 성 과잉 같은 육체 노출증으로 둔갑을 하고 나선 거 아니겠어요. 한 선생! 이 편지의 주인공인 그녀도 이런 울타리 안에서 서식을 하고 있는 인류의 일원입니다. 저는 이래서는 안 되겠다는 생각이 들더군요. 어서 그녀의 마음에도 눈을 하나 더 달아주어야 하겠다는 엉뚱한 생각을 해왔죠. 그녀는 잘 먹어주지 않더군요. 우먼 파워 같은 유행성에 몸이 푹 젖어 있으니 말이 닿기나 하겠어요. 저는 실패를 하고 나서 그 이유를 깨달은 거죠. 주판이 따르지 않는 곳에 성사가 없다구요."

자기 감정을 되찾고 있던 김 군은 그녀의 편지를 네모진 봉투째 쭉쭉 찢어 호주머니에 넣었다. 아마 휴지로 사용할 모양이었다.

"김 군! 그녀의 마음에다 눈을 달아준다는 그 말뜻은 즉 신(神)을 낳는다는 말이 되는데, 신은 여자가 낳지 남자가 낳는 게 아니라니까. 현대 여성은 하수인을 시켜서 기존 신을 때려잡는 데만 스릴을 느끼는 거야. 김 군 생각은 인간 위치에서 좀 빗나갔는걸!"

한갑수는 김 군의 인간 오뇌를 감싸주고 싶었다.

"왜요? 그녀가 제 뜻을 받아들이지 못한 것이 잘못이지, 제 생각이 빗나간 건 아닙니다. 지금 인간이 어느 시점에서 헤매고 있는지나 아십니까. 무서운 홍수에 휩쓸리고 있습니다. 한참 밀어닥치고 있는 조직공학 말입니다. 메커니스트들이 거인(巨人) 거인 하고 인공위성을 현대의 신처럼 떠받들고 있지만 저는 그렇게만은 생각지 않습니다. 이 땅 위에는 아직도 버스 한 대가 없어 도보로 다니는 족속들이 99.999퍼센트란 숫자가 남아 있습니다. 케네디 기지에서 발사된 아폴로 11호를 놓고 한번 분석해보세요. 710만 개의 부속품을 제작하는 데 우리 민족이 1년간 먹고도 남을 돈을 제작비로 소비해가면서 월면(月面) 착륙을 했으면 그게 어쨌다는 겁니까?"

"왜! 놀라운 발전이지! 인류 사상 최대의 행사 같은……"

"네, 저도 그것까지는 부인하지 않습니다. 허나 소득은 월석 몇 덩어리뿐 아닙니까. 그런 건 지상에서도 얼마든지 흔해빠진 물건입니다. 우위로 보아도 달 쪽보다는 지구니까요. 세계는 지금 매스컴 의식에 들떠 사명 분석조차 못 하고 있죠. 저는 현대 과학을 아직 생각하는 과학이지 테크닉에는 도달하지 못했다고 봅니다. 즉 장님 과학이라 그 말입니다. 이 장님 과학에 누가 먼저 눈을 달아주느냐 하는 것이 현대인의 사명이겠죠. 사명은 곧 생사 문제와 직통이 되니까요. 인류가 매스컴 의식만 먹고 살 시간적 여유가 없습니다. 무척 다급해진 거죠. 사태(인간 상황)는 홍수가 밀어닥치고 있는 천재지변 같은 위기에 놓여 있습니다. 아직 이해가 안 가신다면 또 하나의 구체적 사실을 들어보죠."

김 군은 이마의 땀을 씻었다.

한갑수도 '내 생각이 그 생각이다! 내 생각이 그 생각이다!' 하고 수긍해주고 싶은 생각에 초조감을 느꼈다. 들쑤시고 있는 바른쪽 어깨를 주무르면서,

"또 하나의 구체적 사실이란 건 뭐지!"

하고, 풀 죽은 얼굴을 해 보이자,

김 군은 '이건 케이오승이다' 하고 생각을 하면서,

"그럼 이번은 현대의 악순환을 의사의 임상학을 빌려 사태의 사명 분석을 해보죠. 세균성 염증 환자에게 '설파제'만 투약하면 99.999퍼센트의 효율성을 나타냅니다. 그러니까 지상에서 장질부사나 폐렴 같은 고

열성 환자가 없어진 거나 다름없죠. 좀더 정확한 표현을 한다면 발상자의 소신대로 인간은 '설파제'의 구원을 받은 것입니다. 예전에는 한 쌍의 부부가 애기를 열도 낳고 열다섯도 낳았죠. 허나 이 많은 아기 중에서 세균성 질환에 약한 놈은 다 죽어갔습니다. 세균을 이겨낸 제일 강한 놈만이 남아서 자랐죠. 그때는 그녀가 하는 피임 장치라거나 산아 제한을 하지 않아도 자연 도태가 되어 지금보다는 월등히 건강한 인간들이 살고 있었습니다. 한 선생! 이거 참 재미나는 현상입니다. 이걸 한번 엎어놓고 분석해보기로 하죠. '설파제'가 나자부터는 약체도 강체도 없어졌습니다. 열을 낳아놓으면 열 다 길러내고 있으니까요. 그러니까 지금 8억 인구를 '설파제' 이전으로 환산한다면 인구의 태반은 병신들이 살아 있는 셈이 됩니다. 누구는 이런 얘길 하더군요. 병은 반드시 세균 작용만은 아니잖느냐구요. 물론이죠. 지금 한 선생이 앓고 있는 혈압이나 골암 같은 병은 세균성 질환은 아닙니다. 허나 이런 유의 질환으로는 식량 자원의 균등을 기할 만한 자연 도태가 되지 않습니다. '설파제'의 공과(功過)로 따진다면 환자 편에서 볼 때 적중한 것만은 사실입니다. 허나 국제적 무대에서 본다면 무서운 후유증이 오고 있습니다. 즉 '설파제'는 세균만 보아왔지 질환 뒤에 서 있는 후유증을 미처 살피진 못한 거죠. 그러니까 이것도 장님 과학에 속합니다. 양대극의 대립을 보세요. 평화 무드가 무언지 아세요. 이것도 식량 자원의 언밸런스에서 오는 궁여지책입니다. 무기의 살육만으로는 식량 자원과의 밸런스를 기할 만한 자연 도태가 못 됩니다. '우리 총으로는 싸우지 말자, 돈과 돈으로 싸워보자!' 하고, 돈을 가지고 노동력 가치를 올려보자는 것입니다. 한 선생, 아시겠어요. 옛날은요, '섹스'로 싸웠습니다. 중국의 안록산 난 같은 거 말입니다. 그때는 여자가 '섹스'의 본산(本山)이었으니까 여자가 신을 낳았지만 양대극의 극한 투쟁 속에서는 남자가

신을 창조해야 합니다. 저는 이런 생각을 하죠. 금성이나 화성으로 여행하기 전에 어떤 딴 생물체의 유전자 하나를 우리 세포에다 이식을 해줘보자는 거죠. 그래서 이번은 이식을 받는 그 세포가 산소로만 생활 영위를 할 게 아니라, 질소로도 신진대사가 될 수 있는, 그리고 식량 자원 대신 수분만으로도 즐거운 생활을 영위할 수 있는 그런 체질 개조 말입니다. 안 그렇습니까. 생활 없는 곳에 평화가 있겠어요. 저는 무죄 석방만 되면 장님 과학에 눈을 달아주는 이 거대한 사업에 참여할 생각입니다."

한은 피식피식 웃었다. 저건 무제한 동력 같은 소리다. 새로운 인간형(型)이 아니고 주객을 뒤바꿔놓고 있는 신인(新人) 기질 같은 거다.

"김 군! 잘해보게. 개개인의 관찰은 주관적이 아닌 것이 없듯이 주체 의식의 변화를 무엇으로 감당해낼 셈인가. 악마와 신은 쌍태아라는 것만 잘 기억해두게……"

시간은 벌써 한이 꿈에서 본 박제 부엉새가 울고 있는 것 같은 그런 시늉으로 구석구석 어둠이 내리깔리고 있었다.

구관조

그날 밤도 한갑수는 구관조의 꿈을 보았다.
"삼수! 삼수!"
하고, 한은 구관조에게 메기를 주려고 새장지기 삼수를 찾았다. 아무리 불러도 삼수는 대답이 없었다. 사방을 둘러보았다. 저만치 토막나무로 된 탕판이 놓여 있었고, 탕판 위에는 삼수가 막 쓰다 놓고 간 듯한 칼과 반쯤 다지다 남은 배추 잎이 널려 있었다. 한은 손수 구관조의 밥을 다지기 시작했다. 알맞추 다졌다고 생각할 무렵이었다.
"도련님! 저 찾으셨에요."
새장 뒷문이 열리면서 월매가 들어서고 있었다. 역시 연분홍 갑사 치마저고리를 입었다. 한 손으로 치마폭을 폈다 접었다 해 보이고 서 있었다.
한은 '저년이 어쩌다 저렇게 말버릇이 사나워졌을까!' 하는 괘씸한 생각이 들었다.

"그 입버릇 좀 못 고칠까! 나는 인저 도련님이 아니야. 어엿한 서방님이란 말이다. 삼수는 어데 갔지!"

월매는 눈에 눈물을 떠올릴 듯하다 말고,

"도련님두! 삼수는 벌써 죽잖았어요."

한갑수는 뒤통수를 한 대 얻어맞은 것 같은 그런 느낌이었다. 꿈이 현실로 바뀌고 현실이 꿈으로 탈바꿈을 해와도 조금도 부자연하다는 생각을 해선 안 된다! 안 된다! 하는 그런 장면이 전개되고 있었다.

"누가 죽었다는 거야! 죽길……"

한은 부지중 억양을 높였다.

"삼수가 죽었다니까요. 왜 그러세요? 저 죽고 싶어 죽은 걸 이제 탓함 뭐하세요."

월매는 형부를 형부라고 부르지 못했다. 상전들이 하는 대로 꼭꼭 삼수라고 이름을 불러대야 했다. 한 대감 댁의 세도요, 가풍이 빚어온 하나의 불문율이 되어 있었다.

"도련님 삼수만 죽어자빠진 줄 아세요. 구관조도 다 뒈어진걸요."

"너 한술 더 뜨는구나! 그래 죽긴 언제 죽었다는 거냐!"

"그건 알아 뭐하세요. 삼수는 제삿날이 없잖아요. 언니가 그러던데요."

"이 자식이! 말이면 다하는 줄 알구! 너 왜 형부의 제사를 안 지내주지!"

그러면서도 갑수는 겸연쩍은 얼굴을 했다.

"도련님도 큰일 날 소릴 하시네. 그런 소리 하는 게 아니에요. 노대감님 귀에 가 닿기만 해보세요. 전 죽고 남지 못할 거예요."

월매는 눈을 흘길 듯하다 말고,

"도련님 어서 제 등에 업히세요. 노대감님이 모셔오라시는 분부예요."

월매는 나부죽하니 등을 한에게로 비껴 댔다.

현실이 꿈과 탈바꿈을 할 때는 한갑수도 여섯 살짜리 동안으로 변모를 해야 했다.

한은 서슴지 않고 월매의 등에 올라탔다.

"난! 할아버지한테로 안 간다. 가면 너 죽인다! 죽여!"

하고, 월매의 목을 졸랐다.

"도련님! 간지러워요. 제발 안 갈게요. 이거 좀 놓으세요. 네! 네! 인저 됐어요. 그만큼만 하세요."

월매는 갑수가 하자는 대로 들국화가 한창 피고 있는 빨래터 쪽으로 가고 있었다. 들국화도 가냘픈 목을 흔들면서 두 사람 몫을 한꺼번에 맞이해주었다.

"월매! 나 여기서 놀 테야! 내려와줘! 어서!"

두 사람은 정신없이 꽃을 꺾기 시작했다.

갑수는 완전히 개구쟁이 시절로 돌아갔다.

"월매! 너 나보다 많이 꺾으면 죽인다. 죽여!"

갑수는 월매가 꺾으려는 꽃포기에 손을 못 대도록 꽃을 발로 밟아 뭉갰다. 이렇게 해서 갑수만이 들국화를 한 아름 꺾어 안았다.

"어때! 내가 제일이지!"

월매는 대번 새끼 고양이 시늉을 했다.

"도련님! 이 많은 꽃이 다 도련님 거예요. 누구도 감히 이 꽃을 다칠 사람은 없습니다. 이 하늘 아래 것이 다 도련님 것이라니까요."

월매의 얼굴은 점점 화사해가고 있었다. 월매에게서만 찾아볼 수 있는 눈매와 정열과 향기가 넘쳐흘렀다.

"월매는 그럼 뉘 거지!"

"저도 도련님 거죠. 도련님이 좋으시다면 말이에요."

월매는 신(神)을 탄생할 듯한 그런 자세를 취해 보였다. 만일 이런

구관조 209

경우에도 김 군의 이야기를 빌려올 수 있다면 월매 몸에 갑수의 피부가 닿기만 하면 대번 확 타버릴 것 같은 충동을 느꼈다.

"나 크면 월매하고 결혼할 테야! 애기 낳는 거 말이야! 애기!"

"저 같은 쌍게 정경부인이 될 수 있을까요?"

"정경부인이면 제일인가! 증조모님 같은 거! 아니 우리 어머니 같은 거 말이지! 난 그런 거 겁 안 난다니까. 누가 겁낼 줄 알어!"

"도련님! 그럼 맹세하시겠어요. 꼭 맹세하시죠."

월매도, 갑수도 동시에 옷고름을 내밀었다.

이렇게 두 사람이 옷고름을 마주 매고 광기에 휘말려 한참 엉크러지고 있는 참이었다.

"한 선생! 또 꿈을 꾸시는 겁니까."

김 군은 짜증을 내다시피 했다.

갑수도 마주 짜증을 냈다.

"꿈을 꾸건, 내가 죽건, 김 군이 알 바가 아니잖아!"

김 군은 한참 피득피득 웃고 나서,

"무슨 꿈을 꾸셨는데 그렇게 열을 올리십니까?"

한갑수는 '너 같은 졸개가 알 건 머냐!' 하고 대답하려다 말고,

"새장에서 월매하고 만나는 꿈을 꾼 거지. 월매하고 둘이서 말일세."

"이를테면 멋진 밀회를 하셨다 그 말씀이죠. 진작 알았더라면 깨우지 않았을 걸 그랬죠. 파흥이 된 거 아닙니까!"

진담도 농담조도 아닌 소리를 했다.

"김 군도 꽤 짓궂은 사람인데! 파흥이 무슨 파흥이야."

"왜요? 꿈과 현실은 종이 한 겹의 차 아닙니까! 나폴레옹이 대통령이 되는 꿈만 안 꾸었다면 1차 대전은 없었을지 누가 압니까."

이번은 한갑수 편이 킥킥대고 웃었다.

"그 잠재의식이 참 묘하단 말일세. 그때가 내 나이 여섯 살 때의 일이니까 연대로 따진다면 50년 전 일 아니겠나. 헌데 갑수란 인간이 말일세. 꿈에서는 꼭 아인슈타인의 4차원 세계설을 인용하지 않겠어. 시리아 성(星)을 여행하고 돌아온 우주 비행사처럼 여섯 살 맏이 한갑수로 되돌아가서 열네 살 난 처녀를 새장에서 만나준 거지. 이걸 밀회로 치부할 수 있을까! 다시 말하자면 김 군의 과장 묘사에 해당이 되느냐 그 말일세. 허나 내가 월매를 여직 못 잊어 하는 것만은 사실이니까 김 군을 나무라잘 수도 없는 일이겠지."

여자의 마음은 개구리같이 그 뛰는 방향을 예측할 수 없다고 한 말은 어디까지나 독선적인 해석이었다. 남자도 매 마찬가지였다. 김 군의 감정 전환은 그 방향을 미처 알아차릴 수가 없었다. 어느새 동생 같은 그런 친밀감으로 대해왔다. 사실과는 정반대 해석일는지도 모를 일이지만.

"김 군 옛말에 이런 얘기가 있지. 꿈에서는 ××리가 시애비하고 잔다는 난륜(亂倫)같은, 그리고 윤리관 이전의 인간 같은 그런 경우 말일세. 내가 지금 꼭 그런 경우를 당하고 있는 거야. 자네니까 하는 얘길세마는 예의 월매라는 여자가 우리 증조모님의 몸종이야! 이거 수치에 속하는 얘기지! 허나 말일세. 내 마음속에 닻을 내려준 여자가 월매뿐이니까 낸들 어쩌겠나. 월매도 마찬가지겠지. 그래서 밤마다 50년 전으로 되돌아가 여섯 살짜리 한갑수가 되어 월매의 등을 타고 노는 그런 꿈을 꾸는 거 아닐까? 그렇다고 복고 정신 같은 후퇴가 아니라는 것만은 한 번 더 다짐해두어야 하겠네마는 이게 다 어느 시대의 사상의 차가 아니고 인간 본연의 자세에서 오는 그런 현상 아닐까. 꿈에서 시아버지의 품으로 뛰어드는 여성이나 꿈에서 월매의 등을 타는 갑수나 그 동기는 사람이기 때문이 아닐까. 마돈나도 이런 유혹에서…… 즉 성모 마리아의 수태설도 동기는 같은 거 아닐까! 기독은 신의 아들이라지만 수태를 한 사람은 여성이었으니까. 김 군이 그녀와의 밀회에서 몸이 확 타버리는, 그리고 그녀가 벼랑에서 떨어지는 것 같은 그런 과정을 거치지 않고 수태를 한 여인이 있다면 그건 강간 같은 거겠지. 내 말이 신을 모독하는 것 같아 미안은 하네마는……"

한갑수는 자신의 발언에 어디까지 책임을 져야 할지 자기 자신에게 의심이 갔다. 아니 자기 자신을 저주하기까지 했다.

"한 선생! 꿈은 자유가 아닙니까! 법전도 성서도 꿈을 간섭할 순 없잖아요. 정확히 말해서 그것들도 그러한 기능을 갖추고 있지는 못합니다."

한은 한동안 침묵을 지켰다.

"참 그렇군그래. 기독은 어데까지나 인간 편에 서 있었지. ……저마다의 동기가 다르고, 그 동기로 해서 가치관이 다를 뿐이군그래. 그렇다면 가치관이야 어찌됐든 내 인간 동기를 간단히 고백해보지. 나는 두 개의 육체의 다리를 건너온 사람일세. 처음 건넌 다리는 증조모님의 몸종인 월매의 다리였고, 다음 건넌 다리는 외국 여성인 아키코의 육체의 다리였어. 첫번째 다리를 건널 때는 정신으로 건넜고, 다음 다리는 피부로 건넌 셈이야. 이 육체의 다리를 건널 때의 나는 무중력 상태의 비행사 같은 거라고나 할까. 나는 이 다리를 어떻게 건너야 한다는 사명 분석도 없었고 어떤 수확을 거둔다는 발상도 없이 타의반 자의반으로 건넌 거지. 아키코의 육체를 건너던 밤은 기상대도 미처 알아차릴 새 없이 몰아닥친 그런 태풍 같은 기세였어. 너무 바람이 드셌다 그 말일세."

김 군은 약간 안색을 바꾸면서,

"그건 국제결혼 아닙니까. 튀기를 잉태하는 그런 결혼 말입니다."

"내 말이 그 말이야! 아키코하고 갑수하고 두 사람은 분명한 국제결혼을 한 셈이 됐지. 자네들의 밀회처럼 벼랑에 떨어지는 그런 투가 아니었으니까. 그날 밤 아키코는 '어서 죽여줘! 어서 죽여줘!' 하고 비명을 올렸고, 갑수도 '이년! 죽여줄게! 이년 죽여줄게!' 하고 밀회라기보다는 죽음과 죽음이 대결을 한 거야! 이만했으면 결혼이 아니고 뭔가! 허나 두 사람의 결혼을 인준할 법전이 없었다 그 말이야. 아키코는 유부녀였으니까."

"그럼 그건 간음죄에 속하죠."

한갑수는 하마터면 폭소를 터뜨릴 뻔했다.

"그런 경우를 육법전서에는 간음죄로 되어 있지…… 김 군! 자네는 장님 과학에 눈을 달아준다고 했겠다. 우리를 감방으로 몰아넣고 있는 현대 법전도 장님 법전이라 그 말이야. 자네 판례집을 한번 뒤져보게. 남자가 여자를 강간한 죄는 있어도 여자가 남자를 강간했다는 판례는 단 한 곳도 기록되어 있지 않네. 갑수는 아키코한테 강간을 당한 거야! 강간!"

김 군은 배꼽을 감싸 쥐고 웃어댔다.

갑수도 제 결에 부자연한 웃음을 지었다.

"왜 웃지? 자네 왜 웃느냐 그 말이야."

"한 선생! 남자가 강간을 당해요. 걸 누가 믿습니까."

이 말에 한은 대번 열을 올렸다.

"그래! 그렇다면 현장 검증을 한번 해볼까! 그때는(일제 시) 우리 아버지께서 어쩌다가 다액 납세자가 된 거야. 그다뿐인가 광주였어. 본부(총독부)를 밤낮 들락날락하면서, 계집과 술과 돈으로 왜놈들을 낚아 올리고 있을 때였지. 하루는 아버지께서 하시는 말씀이 '너 앞으로 출세를 하자면 지금부터 사교를 좀 배워두어야 한다. 학점만이 인간의 전부는 아니니까. 대인 관계란 교과서로 배우는 게 아니라 어려서부터 몸에 젖어야 하는 거다. 내 말 알아듣겠지!' 하고 얘기를 다져놓는거야. 나는 얘기 초점이 어데 있는지를 몰라 '무슨 말씀이시죠?' 하고, 반문을 하자, '광공국 아오야마(靑山) 기좌를 소개해줄게 같이 낚시나 한번 다녀 보지! 네 의사가 어떠냐?' 우리 아버지께서는 언제나 명령조는 아니었지. 내 인간 아량에 맡겨보는 그런 식의 가정 교육을 받은 셈이지. '낚시라면 그거 좋습니다.' 이런 대화가 있은 그다음 토요일이었나, 분명하진 않지만…… 곧장 나를 전화로 불러대는 거 아니겠나. '누구세요?' 그러자 저편은 여자의 목소리로 '한 대감 댁이세요, 잠깐 기다려보세요. 주인 양반 대드릴게요.' 나는 그 명랑한 이국 여성의 억양 하나만으로도 대번 아오야마 여편네로구나 하는 직감으로 상대를 알아채긴 했지만…… 얼마간 있다가 목이 확 풀어진 소리로 '자네가 한 대감 댁 한갑 순가?' '그렇습니다만……' 내 대답이 채 떨어지기도 전에 '나 아오야마일세. 알겠나?' 명령조 같은 기분이 들어 좀 불쾌는 했으나 '아버님께서 소개를 받았습니다. 허지만……' 하고 약간 주저하니까 그런 것쯤은 아랑곳도 안 한다는 투로 '내일 4시 반일세. 장소는 천엽 농장이야. 자네 마음에 드나!' 나는 얼결에 '천엽 농장이라면 몇 번 가본 적이 있었죠. 장어가 많이 나오죠?' 나도 낚시를 너만큼은 안다 하는 투로 대답했지. '그거 잘됐네. 무시할 존재가 아닌걸! 술은!' '네 몇 잔 정도는……' 하자 '됐어! 됐어!' 하고는 전화를 탁 끊어버리는 게 아니겠나. 이렇게 해서 그자하고 아무런 격의 없이 한 3개월간 낚시를 다녀본 거야. 이자를 깊이 사귀어서는 안 되겠다, 안 되겠다 하는 동안 나도 모르게 깊숙이 사귀어진 거지. 그래도 그것까지는 좋았는데 말일세. 그때 그자의 연령이 40을 부쩍 넘어선 데 반해 그자의 아내인 아키코는 23세라는 거야. 풍만한 피부와 육감적인 눈매와 쾌활한 성격의 소유자였지. 남편과는 극히 대조적인 여성이었어. 참 아깝다는 생각이 들더군. 그다음 안 일이지만 전처와는 3년 전에 이혼을 하고 두번째 맞아들인 여자라나. 술만 처먹으면 이자가 한다는 소리가 '애를 못 낳는 여자는 인형과 같은 거다. 인형, 알겠나!' 하고, 아키코를 못살게 들볶기가 일쑤야. 얘기를 하다 보니까 내 얘기를 하나 뽑아먹은 게 있군. 그때 나는 왜말이 그렇게 유창한 편은 못 되었지. 가다가는 말을 더듬는 거야. '아노네 (저 거시기)! 아노네!' 하고 대화가 헛다리를 짚곤 했지. 이걸 가지고 그들 내외가 나를 무어라고 했는지 알겠나! 내게다 '아노네 선생'이란 대명사 하나를 붙여준 거야. 아키코가 약간 감정이 거슬리면 '아노네 선생! 우리 주인 양반이 뭔지 아세요. 잠보예요. 잠보! 잠자기 위해서 난 사람이라 그 말씀이에요' 하고 남편을 깔보는 눈치를 짓더군. 그러나 이걸 유머로만 넘기면 인사치레는 된다고 생각한 것이 잘못이었어. 서로 웃고 떠들고 하는 동안 해가 지고 달이 뜨듯이, 우리들의 가슴에도 해가 지는, 그리고 달이 뜨는 변화를 가져온 거야. 그러나 나는 그저 그녀가 가엾다는 생각만 했지 그 이상은 이해할 인간 여건이 갖추어져 있지 않았으니까 그런 거거니만 여겨왔지. 즉 여자에는 장님에 속해 있었다 그 말일세. 그러던 어느 날 토요일이었네. 낚싯대를 챙기고 있노라니까 전화벨이 울려오지 않겠어. '누구세요?' 머리로는 아오야마다 하고, 짐작은 하면서…… '아오야마 날세. 내일 시간 있겠나?' 하고 다져 묻는 거야. 나는 이상한데 하면서 '네 지금 막 낚싯대를 챙기고 있는 참입니다. 가시는 거죠?' 하고, 되물어봤지. '아닐세! 내일은 그럴 시간 없네. 파티야! 파아티!' '파티요? 전 그런 거 별 흥미 없는걸요.' '이 사람아! 제발 그러지 마! 이건 내 부탁이야. 너 한 사람을 위한 파티니까! 꼭 와야 하네!' 마음으로는 그렇게 싫은 것도 아니지만 낚시만은 못한 거니까 '기껏해야 새우찜 아니면 장어구이 정도겠죠?' 내 조크에 저쪽에서도 한참 웃어젖히고 나서 '자네 약은 체하지 마! 구관조 한 쌍하고 아키코를 놓고 하는 파티야! 아키코가 그렇게 못마땅한가!' 저쪽 수화기 옆에서 '온대요? 그이가 꼭 온대요?' 하고, 아키코의 대화까지 합창을 해오더군. 그제야 나도 약간 마음이 쏠리긴 했지만."

한의 말을 한참 듣고 있던 김 군이 무슨 생각이 들어선지,

"어느 쪽이었습니까! 아키코 쪽이었습니까? 구관조 쪽이었습니까?"

"그건 물어보나 마나지. 그때 나는 새에 미쳐 있을 때니까. 물론 구관조 쪽이었지. 허나 그다음이 불만한 거야. 나는 그날 저녁 지정된 시간에 아오야마의 관사 현관을 막 들어서면서 '안녕하세요!' 하고 인사를 하자, 현관문이 채 열리기도 전에 안에서는 '아노네 선생이 왔다. 아노네 선생이 왔다' 하는 말과 함께 웃음소리가 범벅이 되어 마구 터져나오는 거 아니겠나. 나를 반겨 맞아주는 소리 같기도 하고, 희작을 부리는 그런 투로 말일세. 이때의 이 광경을 유쾌하다고 생각해야 할지 불쾌하다고 생각해야 할지 지금의 나에게도 분간이 잘 가지 않는 그런 심정이었네. 어쨌든 하녀의 안내대로 거실을 들어섰지. 방 안에는 벌써 주안상이 제대로 마련돼 있더군. '아노네 선생 잘 와줬어. 자네 말대로 안주래야 지금 보는 그대롤세. 새우찜하고 장어구이뿐이야.' 나는 자리로 옮아앉으면서 '이거 약속과는 다르잖습니까!' 하고, 이번은 내가 제법 큰 웃음을 쳤지. '허! 이건 너무 속단인걸! 결과는 두고 봐야 아는 거야.' 역시 관록이 탁 붙어 있는 그런 사교법이구나 하는 생각이 들더군. 소년 한갑수 따위는 열을 한데 묶어놓아도 너 같은 건 상대가 안 된다 하는 위압 같은 거 말일세. 이때 아키코가 쟁반에 술을 받쳐 들고 들어서면서 '안녕하셔요!' 하고 화사한 웃음을 건네오더군. '아주머니 미안합니다.' 하고 응대를 하자, '새우찜 말이세요? 오늘 밤의 무대는 우리 주인 양반이 감독이니까요. 저를 탓하진 마세요' 하고, 내 옆으로 바싹 다가앉아 잔에 술부터 따라주는 거야. 술을 따를 때마다 도쿠리(일종의

술병을 말함) 한쪽으로 빠진 술 양만큼 공기를 빨아들이면서 휘파람 소리를 내지 않겠어. '구관조가 저런 소리를 합니까?' 하고 엉뚱한 질문을 하자, 아오야마는 입을 실룩거리면서 한다는 소리가 '꽤 성급한걸! 그건 술 먹고 나서 할 얘기 아냐! 만일 여자 앞에서 그따위 식으로 나와 봐. 이건 남의 문전이나 더럽히고 갈 작자다 하고 퇴짜를 놓을걸!' 이 말에 방 안은 온통 웃음판으로 화신을 한 거야. 아키코는 내 다리를 꼬집어가면서까지 말일세. 나는 웃으면서도 우리 아버지의 하신 말뜻을 되새겼지. '이게 사교계를 들어서는 첫 관문이구나! 이런 경우를 사교의 첫출발이라고 하신 거구나!' 하는 생각을 하면서 아키코 쪽을 바라봤지. 양장을 하고 나앉던 아키코가 이날 밤은 화려한 화복 차림을 했더군. 화장도 전보다는 약간 짙은 편이고, 어쨌든 양장을 한 편보다는 화복 차림의 아키코가 좀더 우아했고, 좀더 무르익었다는 생각이 들더군. 참 아깝다, 아깝다 하는 생각을 하면서 나는 술을 마신 거야. 그날 밤 술은, 아오야마도 안주를 들지 않았고 나도 안주 쪽으로는 손이 가지 않았지. 새우튀김·장어구이·어란(魚卵) 같은 안주들은 향응 대신 우리 쪽을 바라만 보는 관객 구실을 한 셈이지. 아오야마는 점점 술에 취하는 게 아니고, 술에 빠져들고 있더군. '자! 한잔 또 들어!' 약간 얼버무리는 소리를 하면서 술잔을 내게 건네주는 게 아니라, 내 앞에다 탁 놔주더군. 아키코가 내 잔에 술을 따르면서 '우리 주인 양반 겉보기와는 다르죠' 하고, 아키코는 한의 얼굴에서 무엇을 더듬는 시늉을 하더군. '네, 재미있는 분입니다. 허지만 나 아직 손 안 들었습니다.' 소년 한갑수도 제법 사교가다운 솜씨를 보여준 셈이 된 거지. '거 대답 한번 잘했다. 여자는 그렇게 달라야 하는 거야. 잘했어! 자알……' 하고 술잔을 받아든 채 조는 시늉을 않겠나. '우리 주인 양반은 잠보라니까요. 자기 위해서 난 사람이라니까요' 하고, 뇌까리던 아키코의 그 말뜻을 제법 짐작할 것만 같더군. 그날 밤 두 사람의 주량은 내 말 그대로였지. 나는 주량이(생술이니까) 반도 차기 전에 40대를 넘어선 아오야마는 벌써 술에 푹 젖어 있는 게 아닌가! 술잔을 받아든 아오야마는 머리를 반쯤 떨군 채 앉아, '아키코! 아키코!' 하고, 풀어진 소리로 부르자 아키코가 '이렇게 대령하고 있잖아요' 하고, 대답하자, '응! 새장으로 가봐! 약속은 약속이니까 한 형을 어서 안내해주지그래!' 새장이란 말에 나는 술이 확 깨는 것 같더군. '네, 명령대로 이행하겠습니다.' 아키코의 말투는 마치 판에 박은 듯한 그런 대답조야. 나는 아키코의 안내를 받아, 아니 좀 더 정확한 표현을 한다면 아키코가 끄는 대로, 그리고 아키코가 하자는 대로 다리를 휘청대면서 새장으로 가는 거야. 취중에 흔히 하는 그런 시늉을 해 보인 셈이지. 아키코는 대번 내 팔을 끼고 화단을 지나 상나무 뒤를 돌아설 무렵 마치 발을 헛짚고 쓰러지는 시늉을 하는 게 아닌가. 나도 아키코 쪽으로 몸이 쏠리면서 부지중 내 팔이 아키코의 가슴께를 감아 안아준 거야. 손에 유방이 닿는 순간 꽤 탄력 있는 몸집이라는 걸 알아챈 거지. '아오야마는 못 당해낸다. 아오야마는 못 당해낸다' 하고, 나도 예전엔 느껴보지 못한 그런 감정을 느껴본 거지. 아키코는 킥킥대고 웃으면서 자기 한쪽 손으로 내 손을 자기 유방과 함께 꽉 감싸 쥐면서 '우리 쥔은 잠보예요. 잠보!' 하고 몸을 내게다 떠맡기는 게 아니겠나. 그러고는 입을 내 귀에다 가져다 대고, '어느 걸 가져가시겠어요. 암커요! 수커요!' 아키코는 이때 벌써 숨결이 거칠어지더군. 나도 약간은 마음이 흔들리는 감을 느끼면서 '수컷!' 하고 대답하니까 '바보! 암컷만 가면 수컷은 자연 따라가잖아요.' 두 사람이 몸을 비벼대면서 새장을 들어서자 대 위에 앉아 있던 구관조가 '아키코 상! 아키코 상!' 하고 우는 게 아닌가. 나는 깜짝 놀랐지. 술기도 아키코에게서 받은 흥분도 싹 가시잖아. 그 말솜씨가 앵무새 따위가 아니었으니까. '저게 암놈입니까!' '바보! 수컷이 먼저 울어야 하잖아요.' 나는 새에만 탐을 내기 시작했지. '저 샐 날 줄까요!' 아키코는 점점 눈에 불을 켜드는 시늉을 하면서 '그건 제가 맡아 할게요' 하고, 전기 스위치를 탁 꺼버리면서, 대번 내게로 몸을 던져오는 게 아니겠나. 그리고 내 입술을 찾는 거야. 나는 겁이 더럭 나더군. '아키코 상 이러면 안 됩니다! 전 아직 총각입니다' 하고, 아키코의 앞가슴을 밀어냈지만 이미 때는 늦은 거야. 아키코는 나를 깔아뭉개다시피 했지. 그날 밤의 어느 과정을 나는 지금도 전연 기억하고 있지 못한다니까. '어서 죽여줘요. 어서 죽여줘요' 하는 피와 죽음이 뒤범벅이 된 신음 소리, '너 죽여줄게! 죽여줄게!' 하는, 죽음 같은 대결이 몇 차례 지나고 나서도 쇠를 녹이는 것 같은 어느 부분의 도가니가 완전히 식고 나서야 두 사람은 감았던 팔을 풀고 새장을 나선 거야. 아키코는 사지를 후들후들 떨면서 말이야. 가엾다는 생각이 들더군. 이번은 내 편에서 먼저 아키코를 안아줬지. '아키코 괜찮아!' 마치 구세주가 되어준 거나처럼 말일세. 아키코는 대답 대신 한 번 더 내 입술을 찾는 거야. 나도 아키코의 요구대로 내 입술을 아키코의 입술 위에 몇 번이고 포개줬지."

김 군은 한의 말을 수긍하는 눈치였다.

"현장 검증치고는 너무 심각하군요."

"헌데 말일세. 사람의 본능은 어떤 눈을 달아주어도 역시 그놈은 그놈대로 행동할 거야. 그날 밤 그 일을 치르고 난 순간부터 내게는 무서운 변화를 일으키기 시작하는 거지. 대번 아오야마가 미워지더군. 적개심 같은 거 말일세. 아키코는 다시 나를 거실로 잡아끌지 않겠어! '나 안 들어갈 테야. 그냥 갈 테야! 그냥……' '그럼 구관조는요.' '그것도 싫다니까!' 아키코는 얼마간 주저주저하다가, '네, 그 심정 이해하겠어요. 그럼 그냥 가세요' 하고, 문을 따주는 거야. 이런 수속 절차를 밟아 구관조 한 쌍이 내 새장으로 옮아오면서부터 김 군이 그녀와 하듯 아키코와 나는 한 1년간 죽음을 치르는 것 같은 대결을 계속한 후의 일이야. 내게 한 장의 편지가 날아들어온 거야. ─이곳은 교토(京都)입니다. 당신과 함께 읊던 시구처럼 해가 지고 달이 뜨는 그런 정서를 영원히 찾을 수 없는 불모 지역입니다. 내 곁에는 당신만큼 큼직한 고독이 도사리고 앉아 잠을 자고 있습니다. 그러나 저는 조금도 외롭지 않습니다. 지금 제 육체의 어느 한 부분에서는 당신 같은, 그리고 아키코 같은 또 하나의 생명체가 우리들이 하듯이 해와 달을 볼 수 있는 외계로 여행 수속을 밟고 있습니다. 2월 3일 아키코…… 김 군이 지금 그네의 편지를 찢듯이 나는 이 편지를 갈기갈기 찢으면서 '알 수 없는 얘기다. 이 자식 일본 군국주의자만 되어보아라. 나는 네 목부터 칠 테다.' 간단한 동기로 한갑수는 그날부터 사명 분석도 발상도 없는 애국 운동을 시작한 거지. 즉 감방 순례를 했다 그 말일세."

그날 밤도 갑수는 역시 구관조의 꿈을 보았다.

새장 안에는 구관조 한 쌍이 대 위에 앉아 있었다. 새장지기 삼수도 구관조에게 메기를 주고 있었다.

"서방님! 사람은 늙으면 초식을 좋아하는데 구관조는 늙어가면서 초식엔 일체 입도 댈 생각을 하지 않습니다. 그래서 정어리를 주죠."

"그걸 노쇠 현상이라고 한다. 실컷 줘라!"

이때 새장 뒷문으로 월매가 들어섰다.

월매는 전처럼 화사한 얼굴을 하지 않았다. 부끄러움을 많이 타는 그런 얼굴을 했다. 안색도 좋지 않았다. 바람에 많이 꺼슬린 얼굴이었다.

월매는 누구를 보려고도 하지 않는 태도였다. 신었던 고무신을 벗어 놓고 다 떨어진 운동화로 바꿔 신고 있었다.

"너 어딜 가는데 운동화를 신지?"

"건 왜 물으셔요. 대구 형무소로 가는 길입니다."

"형무소는 왜 가는 거지!"

"서방님 차입 들이려 간다니까요."

"서방님이라면 난데, 그게 무슨 소리지!"

그제서야 월매는 갑수 쪽으로 시선을 돌리면서,

"어머나 내 정신 좀 봐! 서방님이 여기 와 계시네."

"그래 그동안 화장지허며 책을 들여준 사람이 너라 그 말이지! 누구도 모르게 말이야!"

월매는 풀 죽은 얼굴을 하면서,

"대구 형무소는 꽤 멀더군요. 겨울은 칩구요."

한은 코허리가 시큰해왔다.

"자식! 이왕이면 면회를 신청할 것이지! 그냥 차입만 넣고 돌아섰군 그래."

월매는 물기 없는 눈매에 무슨 한 같은 걸 떠올리면서,

"서방님두, 저 같은 쌍게 면회를 신청했다 보세요. 서방님 체면이 뭐가 되죠."

한의 눈에서는 눈물이 푹 쏟아졌다. ──사람의 소임이란 그런 거구나. 뜻을 찾아보아도 별뜻이 나타나주지 않는 그런 거구나. 실컷 빠져보라지!…… 이런 생각을 하면서 새장을 나섰다.

그러고 나서 한 3일 후의 일이었다.

법정에서 돌아온 김 군(김입삼)이 이번은 수갑을 찬 채 감방을 들어섰다. 감방은 대번 숙연해졌다. 또 한 사람 가는구나 하는 공포감에 싸였다.

구관조 221

그날 밤부터는 김 군에게 좀더 자리를 많이 양보해주었다. 담요도 몇 장 더 깔아주었다.

"전 남의 동정은 싫어합니다. 다들 이러지 말아주세요. 그게 저를 위해준다는 겁니까."

하고, 김 군은 싹 잘라 말을 했다.

그다음 날부터였다.

김 군은 감방을 왔다 갔다 하고, 답보 연습을 했다.

"김 군! 사지가 거북한가! 나 지압해줄까?"

한의 말이 채 떨어지기도 전에,

"얘기가 다릅니다. 저는 지금 보행 연습을 하고 있습니다. 케네디 타운에 장치되어 있는 탄두 같은 존잽니다. 대통령의 재가만 떨어지면 날아갈 몸이죠. 저는 저번 김 회장이나 약방 아주머니처럼 그런 투로 가진 않습니다. 화성을 향해 가고 있는 '매리너 9호'처럼 무중력 상태를 이용할 생각입니다. 한번 멋있게 말입니다."

한갑수는 대번 머리를 푹 꺾고 말았다. 인정치고는 김 군을 정면으로 바라볼 용기가 나지 않았다.

색맹이 된 어느 역사의 한 페이지가 길을 가다 개천에 빠지는 그런 소리로만 들렸다.

"김입삼 씨는 지성인이야. 저만큼 깨끗이 체념하는 사람도 보기 드물걸! 인간이 모두 다 저만한 자세를 가진다면 사형 조항을 휘두르고 나다니던 법전도 한 번쯤은 생각해볼 문제 아닐까."

한동안 김입삼 얘기로 문제가 되고 있던 어느 날 아침이었다.

김 군은 불안과 초조에 쫓기는 얼굴을 했다.

"한 선생! 저 어젯밤 매우 좋지 않은 꿈을 꾸었어요. 잠재의식과는 전연 별개의 것이 나타나지 않겠어요!"
하고, 패기가 푹 꺼져드는 소리를 했다.
"무슨 꿈을 꾸었는데 그래!"
김 군은 한숨을 푹푹 끄고 나서,
"꿈에 그녀를 만난 거죠. 별 대화 한마디 없이 아주 삭막한 해후를 한 거죠. 그녀가 제게다 보재기 하나를 건네주지 않겠어요. 전 그 보재기를 받아 풀어보았죠. 그녀 앞에서 말입니다. '당신 겨울옷이에요. 한번 맞나 입어보셔요' 하고, 옷을 입혀주더군요. 옷이 제게 꼭 맞았습니다. 그러자 그녀가 하는 말이 '내 정신 좀 봐! 당신 줄 행커치프를 잊고 왔네요' 하고, 백을 열더니 흰 손수건 하나를 더 덤으로 주고 가지 않겠어요. 이거 흉조 아닙니까."

한갑수는 이런 때 섣불리 응대를 해주어서는 안 되겠다는 생각이 들었다. '기대 밖이다. 기대 밖이다' 하고, 김 군의 동정만 엿보고 있을 뿐이었다.

김 군은 열심히 하던 보행 연습도 중단을 했다.
"한 선생! 이런 때 담배 한 대만 있었으면…… 주 선생도 사형장에서 담배부터 먼저 찾았다죠."

그리고 또 얼간 침묵이 흘러서였다. 사무실 저쪽에서 저적대고 걸어오는 몇 사람의 발자국 소리가 들려왔다. 이번은 김 군 쪽보다 한갑수 편이 먼저 불안감을 느꼈다.

틀림이 없었다. 세 사람의 간수가 27호 방문을 따는 것이었다.
"김입삼! 면회다! 어서 나와라."
김 군은 얼결에 벌떡 일어서기는 했으나 다리를 후들후들 떨기 시작했다.

간신한 소리로,

"한 선생, 그녀에게 안부나 한번 전해주세요. 제가 태연하게 가더라고만 하세요."

"그래 꼭 지켜줄게……"

감방을 나선 김 군은 약방 아주머니가 걸어나가던 복도를 약방 아주머니가 하던 투로 몇 발짝 걷다가는 한참 섰고, 또 걷다가는 섰고 하면서 걸음마를 타는 시늉을 했다.

장님 과학에 눈을 달아준다고 그렇게도 벼르던 예의 김 군이 자신의 마음에조차 눈을 달아주지 못한 채 수많은 사형수가 걸어 나간 그 길을 그들이 하던 그대로 걸음마를 타고 있었다.

초인(草人)

　김 군이 꺼들려간 날 밤 한갑수는, 잠은 다 잤다는 으스스한 생각이 들었다. 그만큼 중압감을 느끼고 있었다. 그러나 그날 밤도 갑수는 구관조의 꿈을 보았다. 꿈으로 생활을 영위하다시피 하고 있는 갑수에게 있어서는 꿈이 산소 호흡과 같은 작용을 하고 있는지도 모를 일이었다. 산소로 하여 세포가 신진대사를 하듯이, 꿈은 갑수의 생활의 신진대사를 해주었다.

　갑수는 꿈에서 자기 서재로 돌아가 자기 자신의 원형을 되찾고 있었다. 갑수의 서재는 한 대감이 거처하고 있는 의제실(義齊室)을 우수로 끼고 동쪽 협문을 들어서면 탱자나무로 울타리를 한 작은 초당이 있었다. 이 초당이 갑수의 서재로 되어 있었다. 초당의 건축 구조는 극히 단조로워 보였다. 앞이 탁 트인 서남간향으로 넓은 대청마루가 있었고 옆으로 물간과 다실을 곁들여놓았다. 그리고 동쪽으로 치우쳐 열 평 남짓

한 온돌방이 있었다. 이 온돌방이 갑수가 언제고 석고상처럼 앉아 있는 서재였다. 창문을 동북향으로 낸 것을 보면 그 뜻이 직사광선을 피해보자는 데 있는 성싶었다. 방은 그리 밝지도 어둡지도 않은 은은한 기분을 냈다. 아침, 낮, 저녁을 별 차 없이 채광을 해주는 이 방은 들어서기만 하면 산산이 흩어져 있던 모든 신경이 대번에 제자리에 집중해오는 그런 느낌을 주는 방이었다. 갑수의 말대로 갑수의 가슴속에 들어 살고 있는 그 많은 협잡배들이 한자리에 모여 앉아 모의를 할 수 있는 시간을 마련해주고 있는지도 모를 일이었다.

갑수의 장서는 그 설계가 좀 비현실적인 데가 있어 보였다. 어느 쪽으로 계산을 쳐보아도 갑수 한 사람의 장서치고는 지나칠 정도로 전시 효과를 노린 것 같은 인상을 풍겼다. 영영대사전을 비롯해서 어학, 지리, 역사, 자연과학, 사회과학, 종교, 철학, 경제, 법률, 의학, 문학, 엔사이클로피디어, 게다 낚시 전집까지 곁들여놓은 그런 식의 장서로 되어 있었다. 좀더 구체적으로 표현을 한다면 풍속 지리 대계 같은 것은 장서라기보다는 수집에 속해 있을 정도로 같은 계열의 것을 이것저것 닥치는 대로 긁어모은 것이었다. 그나마 태반이 원서였고, 반은 일인 저서였다.

그러고도 서가가 모자라서 방 한쪽으로 미술 전집, 월간지, 또 무슨 자료 같은 장서를 잔뜩 쌓아 올렸다. 이렇게 책 이외에는 사람 하나 들어설 자리가 없었다. 굳이 공백이 있다고 한다면 책상을 중심으로 하고 갑수 한 사람만이 앉았다 누웠다 할 수 있는 비좁은 자리가 있을 뿐이었다.

갑수는 가끔가다가는 독서를 하기 이전에 책과 마주 앉아 이질적인 대화를 주고받았다.

"인간이란 도대체 무엇으로 빚어 만든 물체일까! 육체의 세포 조직은 그렇게 복잡한 것은 아니잖나! 산소 호흡을 하는 간단한 과정을 거쳐서 신진대사를 하는 것뿐인데 누가 저 많은 거짓말을 배설했길래, 책은 들이면 들일수록 그 종착역이 없느냔 그 말이다."
하고, 피로에 지친 눈을 비비곤 했다. 책도 가만히 있지는 않았다.
"너 지혜를 얻기 위해서 책을 읽는 게 아니지! 어느 죄수의 조서(調書) 같은 걸 뒤지고 있는 참이지!"

갑수의 네모진 책상 위에는 아인슈타인의 저서 한 권하고, 카를 마르크스의 『자본론』 첫째 권이 놓여 있었다. 『자본론』 1권은 3분의 1쯤 책장이 젖혀져 있었다. 언제 읽다 놓은 책인지 책장 위에는 엷게 먼지가 깔려 있었다.

아마 이 한 장면만을 커트해놓고 본다면 갑수의 학생 시절에 해당될는지도 모를 일이다. 그 이유는 간단하고도 분명한 증거가 있었다. 갑수가 외국 땅에서 이국 여성의 육체를 깔아뭉개고 나대면서도 『자본론』만은 잊지 않고 읽었으니까 말이다.

세상은 카를 마르크스의 『자본론』을 경제학의 바이블이라고 했다. 아니 현대인의 성서라고까지 떠들어댔다. 그때도 사람들은 나발을 불어대기를 좋아했다. 지금으로 치면 양대 진영이 불어대고 있는 그런 소음 같은 나발이었다.

갑수도 『자본론』을 해득하기 위하여 열한 번을 거듭 되읽었던 것이었다. 첫번 읽을 때는 어느 외국인의 이름같이 길고도 거추장스러운 술어의 마술에 얽혀 신경 세포가 균열이 질 것 같은 중압감과 함께 누가 무엇을 읽었는지 모르리만큼 난해한 책이라고 생각하면서 읽었다. 두번째 읽을 때는 속 알맹이를 조금은 찾아볼 것 같은 가능성을 가지고 읽었다.

세번째 읽고 나서는 카를 마르크스의 뱃심쯤 뻔하다는 생각을 하면서 읽었다. 그다음 여덟 번은 여덟 번 다 제3회독에서 얻은 이미지로 읽었을 뿐이었다. 그 이상은 이해하지 못했다.

　아니 그 이상은 아직 공백을 채워놓지 못한 반제품 같은 학설이라고 생각했다. 언제 씹어도 그 맛이었고, 언제 읽어도 막연한 그런 독서였다. 아니 갑수가 모르듯이 누구도 잘 모르면서 아는 체하고 나발을 불어대는 떠돌이 학설이었다. '이거 한번 멋지게 당했는걸!' 갑수는 사실이라고도 믿지 않았고, 그렇다고 의심을 품지도 않았다. 굳이 그런 식으로 표현을 한다면 카를 마르크스의 뱃심에 대한 의심과 갑수의 역량 부족에서 오는 회의, 즉 두 개의 복수로 해서 자신의 지식 세계를 한번 후퇴를 해놓아야 했다.

　이 갑수의 얘기에 어느 삽화 같은 사족을 하나 더 달아놓아 그때의 외곽 지대를 클로즈업해보기로 하자.

　현대인은 섹스를 기원으로 하고 비틀스가 유행하고 있듯이 갑수의 학생 시절에는 떠돌이 학설이 조성하고 있는 사상성을 기원으로 하고 올백 머리가 유행되고 있었다.

　갑수도 올백 머리가 아니고는 시대 의식을 제대로 섭취할 수 없다는 어느 빗나간 차원 때문이었다. 어찌됐든 갑수는 기초 작업을 다시 착수해야 했다. 부하린의 『유물사관』에서 맬서스의 『인구론』을 거쳐 트로츠키의 『잉여 가치설』 같은 팸플릿을 탐독하는 게 아니라 막 밀어젖혀보았다. 아무리 깔아뭉개보아도 역시 그놈이 그놈이었다. 갑수가 찾고 있는 어느 수인(囚人)의 조서 같은 것은 나타나주지 않았다.

　갑수는 손을 들 수밖에 딴 방법이 없었다.

　성서라는 족속들은 머리에 이고나 다녔지, 그녀를 포옹하듯 가슴에 품고 살 수는 없는 알쏭달쏭한 존재로만 여겨졌다.

　허나 갑수의 두뇌로도 하나만은 알 것만 같은 생각이 들었다.

　카를 마르크스는 상층 구조보다 하층 구조에 경제 원리의 비중을 더 크게 두자는 것이었다. 그럴듯한 얘기였다. 아니 사실 같은 거짓말이었다. 즉 생활의 주역을 형이하학에다 맡겨보자는 고집이었다.

갑수는 안 될 말이라고 생각했다. 숫자놀이만을 가지고 장난을 치는 놈치고는 사기꾼 아닌 놈이 없다는 그런 독선적인 생각을 했다.

갑수는 책을 밀어젖히고 일어섰다.

"아니지! 아니야! 형이하학만이 우리들 생활의 전부일 수는 없어…… 카를 마르크스의 대목(臺木)에다 기독의 접을 한번 붙여봐야지. 그것도 아니다! 그럴 수는 없는 일이다. 버젓한 기독의 대목에다 카를 마르크스를 접목해야지. 형이상학과 형이하학이 도킹을 하는 그런 창조 이식 말이다. 두 개의 논리는 물과 기름이라고 하지만 그건 잘못된 얘기야. 죽고 못 사는 아베크족들이야. 아니지! 그것도 아니야! 그건 계산 착오다 그 말이야. 기독의 대목에다 접목을 할 만한 형이하학은 아직 탄생하지 못한 거야. 차라리 카를 마르크스하고 아인슈타인하고 접목을 해볼까? 어떤 기형아가 나타나나 보게. 보나 마나 뻔하지! 니체의 약육강식 같은 외통수가 나타나겠지. 외짝 눈을 가진 기형아 말이다. 우리 지혜는 아직 외통눈이라니까. 모두 하는 일 하는 것이 불장난에 불과하거든! 현대인의 지식이 그렇다. 그 말야. 형이상학은 형이상학끼리, 형이하학은 형이하학끼리 섹트 놀음을 하는 것도 양대 진영의 나발수 같은 존재야."

하고 한갑수 투의 독백을 읊조리면서 대청마루로 나섰다.

대청마루에는 정오의 화사한 자외 광선이 눈부시게 깔리고 있었다.

갑수는 역광에 마비된 눈을 닫았다 열었다 하면서 마루문을 열어젖히고 동구 앞을 바라보았다. 이랑이 진 보리밭과 벌논에는 좀더 짙은 광선이 쏟아지고 있었다. 퇴비를 져 나르는 농민들의 모습이 카메라의 광각 렌즈로 잡아 보는 피사체가 하듯이 모든 물체를 80도 각도로 확대해 가면서 깊숙이 뒤로 밀어주는 느낌을 했다.

　광온(光溫)이 냉조(冷調)에서 온조(溫調)로 바뀌고 있는 참이었다.

　하늘도 어지간히 낮아졌다고 생각하는 순간, 동쪽에서 서북간을 향해 기러기 떼가 브이 자형의 2열종대로 계절 바꿈을 하느라고 한창 하늘을 건너는 중이었다. 기러기 떼 뒤에는 물오리 떼가 대오도 없는 행군을 해 왔다. 바람에 구름이 밀리듯 마구 밀어닥치는 식이었다. 역시 서북간을 향해 방향을 잡아 갔다.

　"저건 작년 가을에 떠났다 다시 돌아오는 딴 후조들에게 자리를 비워 주기 위해 하는 그들의 윤리관 같은 거구나!"

하고, 갑수는 우주의 섭리에서 오는 자연 현상에 몸이 푹 접어들고 있었다. 아니 갑수의 가슴에도 계절이 엇갈리는 부산한 소리를 냈다. 한겨울에 수축이 되어 있던 피하 혈관이 확대되면서 심방에서 솟구치는 혈액이 관개 수로로 물이 빠지듯 혈관으로 마구 쏟아지면서 출렁대는 소리를 냈다.

　갑수는 제법 가슴을 울렁이면서 새장 앞으로 다가갔다.

　문을 밀고 들어서자,

　"도련님! 왜 이제야 오셔요. 좀 일찍 오셨더라면 좋았을걸 그랬죠."

　구관조의 암놈이 느닷없는 얘기로 대화를 건네왔다.

　"……"

　갑수는 대답 대신 구관조의 암놈을 응시했다. 구관조의 암놈도 꽤 늙었다는 생각이 들었다. 사람으로 치면 40을 갓 넘어선 아주머니 꼴을 하고 있었다.

　"차려놓은 밥상인데 왜 안 잡수시죠. 어서요! 자…… 어서 제 몸을 좀 무겁게 해줘요!" 하고 수놈을 시달리던 그런 자세가 아니었다.

갑수는 가엾은 생각이 들어서,

"너 그동안 애정 생활을 무얼로 참아왔지? 용케 참았다. 용케……"

이 말을 듣자, 구관조의 암놈은 대번에 한쪽 날갯죽지를 번쩍 들어 보이면서,

"여길 좀 봐주세요. 여길 말이에요."

하고, 얼굴을 붉히는 것이었다.

날갯죽지 밑에는 많은 이빨 자국이 나 있었다. 푸른 멍이 들고, 더께더께 딱지가 앉아 있었다.

"그거 왜 그래졌니. 피부병 아냐? 홍콩서 왔다는 옴 말이다."

구관조의 암놈은 대 위에서 예의 팽이놀림을 시작했다. 흥분할 때마다 나타내는 발작이었다.

"사내양반이 그만 것도 몰라보세요. 우리 아빠 생각이 날 때면……"

하고, 구관조의 암놈은 얼마간 말을 더듬고 있었다.

그제야 갑수도 알 성싶다는 생각이 들었다.

"그래 알겠다 알겠어. 피부를 서로 밀착시켜주는 거 말이지…… 둘이 하나로 겹쳐지는 거."

"맞았어요. 여자란 본래 그걸 전부 바치는 게 사명이거든요. 하긴 저도 우리 아빠가 들이닥치던 첫날밤은 겁에 질려 벌벌 떨었다니까요. 어데가 찢어진다 찢어진다 하면서 말이에요."

이 말은 갑수 편이 부끄러울 정도였다. 다시금 여자는 섹스의 본산이라는 생각을 덤으로 느끼면서,

"아픈 건 쾌감일 순 없잖아! 무드는 더구나 아니구……"

"아니죠. 그건 첫날밤 일이죠. 아빠는 비상한 재주가 있었던가 봐요. 제게다 곧잘 충전을 해주었거든요. 온몸에다 불꽃을 달아매듯이 말이에요. 하긴 그 양반이 어떤 때는 졸리다고 먼저 쓰러질 때도 있기는 했죠.

허나 제가 놓아줍니까. ……아직 멀었어! 아직 멀었어! 하고 마구 물고 늘어지곤 했죠."

갑수는 약간 반색을 하면서,

"그러니까 내 말이 그 말 아니야. 그 호된 질병을 무얼로 참아왔느냐 그 말이야."

구관조의 암놈은 입가에 조소를 머금으면서,

"도련님도 담벼락 같은 소릴 하시네요. 방금 제 겨드랑 밑을 보잖았어요. 밤마다 아빠가 충전을 해주던 그 시간이 닥치면 저는 제 겨드랑 밑을 물어뜯고 다리 살을 찢어 피를 내곤 하죠. 피를 보면 상쾌해지니까요. 그걸로 감미롭던 습관성을 잊어버리는 거죠. 아니 지워버리는 거라니까요."

구관조의 암놈은 숨구멍이 꽉 막히는 것 같은 소리를 했다.

"그러니까 자학으로 참았다 그 말이군. 그건 꼭 사람이 하는 얘기 같은데!"

"맞았어요. 아키코한테 들은 얘기예요. 아키코가 도련님 생각이 날 때면 다리 살을 쥐어뜯었다더군요. 저도 그 수법을 그대로 써본 거죠."

제멋대로 설치고 있는 구관조의 암놈에 대하여 갑수는 허탈 상태에 빠져 있었다.

"도련님! 저흰 피나 죽음 같은 것엔 조금도 겁내지 않습니다. 살을 물어뜯고, 피를 보고 해야 직성이 풀리곤 하죠. 정확히 말해서 충전 작업이 끝난 뒤에 오는 그로기 상태 같은 기분이 되곤 하죠. 아키코도 그렇다던데요."

갑수는 '아키코'란 말이 거듭 튀어나오자 대번 머릿속이 이글댔다.

"너 남의 울화에 부채질이나 하자는 거 아냐! 당한 편은 아키코가 아니라 나다 나야. 나는 말이다, 아키코의 육체의 다리를 건널 때보다는 월매의 영롱한 정신의 애정의 다리를 건너던 때가 못 잊히도록 그리운 거야. 짐승과 사람이 서로 닮지 않은 점이 그거다 그 말이야."

갑수는 자신도 모르게 이런 역설조로 대해보기는 했으나 기실 갑수 자신의 애정 생활은 어느 타의로 해서 인간 본연의 자세를 상실한 채 개념만이 앞장을 서 걷고 있는지도 모른다는 생각이 들었다.

"하긴 월매도 별건 아니지! 허나 이왕이면 다홍치마라고, 순종을 미덕으로 삼는 여성이 좋다 그 말이다. 그게 남자의 욕심이라고 할까 아니면 배짱이라고나 할까."

그제야 구관조의 암놈이,

"아 참 내 정신 좀 봐! 지금 막 월매 같은 색시가 우리 새장 앞을 지나가던데요. 조금만 일찍 오셨더라면 상봉을 했을걸 그랬죠."

구관조의 암놈은 대화를 딴 데로 비약해가고 있었다.

갑수는 미처 말귀를 알아채지 못했다.

"그게 또 무슨 소리지!"

"월매 말이에요. 월매도 모르세요. 영롱한 정신의 다리……"

갑수는 씁쓸한 얼굴을 했다.

"왜 그러고 계시죠! 제 말이 못 미더워 그러세요. 제가 보기엔 꼭 월매를 닮았던데요."

갑수는 손끝으로 담뱃재를 튕기고 나서,

"너 어쩌다 그렇게 말재주가 늘었지? 뭐 월매를 닮은 색시가 다녀갔다구! 사람이 서로 닮았다는 건 기존 개념뿐이야! 이 세상에 꼭 같이 닮은 사람은 단 한 사람도 없는 법이다. 역사에도 없고, 현실에도 없고, 또 미래에도 영원히 없는 거다."

"건 역설 아닙니까. 꼭 닮았던데 그러시네요. 달무리 어린 것 같은 젖꼭지하며가 꼭 월매 그대로던데요."

"글쎄, 그건 네가 지니고 있는 개념이라니까. 그리 예쁘지 않던 사람도 정들면 예뻐진다는 말이 있지. 분명히 말해서 사람은 영원히 닮지 않기로 되어 있는 물체라니까. 본래 사람은 저마다 철저하게 독립되어 있는 개체일 뿐이야. 개성이 인권의 기원이 되어 있듯이 그 이유는 누구도 모르고 사는 거다. 즉 신도 어느 개성의 화신이 아닐까. 그래도 내 말을 못 알아듣겠다는 거지. 그렇다면 네가 알아듣기 쉽도록 한 번 더 설명을 반복해보기로 하지."

그제야 구관조의 암놈은 엉거주춤해 있었다. 갑수는 담배 연기를 폐부에까지 들이마시고 나서,

"사람은 본래 마흔여섯 개의 염색체로 되어 있다. 그 염색체의 숫자를 분해한다면 엄마가 지닌 난자 한 개의 염색체가 스물세 개고, 아빠가 지닌 정자 한 개의 염색체가 역시 스물세 개니까 난자와 정자의 염색체를 합산해내면 다시 마흔여섯 개의 염색체가 된다. 이걸 다시 확률의 곱 사상으로 계산을 낸다면 70조 분의 1이란 숫자가 된다. 이걸 다시 세계 인구 38억에다 나눠준다면 세계 인구의 2만 배라는 숫자가 된다. 그러니까 이걸 한 번 더 바꿔친다면 같은 한 사람의 어머니와 같은 한 사람의 아빠인 이 두 내외가 전 세계 인구의 2만 배를 싸갈긴다면 그중에서 한 사람꼴의 닮은 사람이 나올까 말까 한 확률을 지녔을 뿐이다. 이래도 닮은 사람이 있다고 생각할 수가 있을까. 그러니까 월매를 닮은 사람은 영원히 없는 거다. 현대인은 지구 위에 지천인 게 사람인 것처럼 착각들을 하고 있지만 사람은 그만큼 소중한 거다. 아니 사람보다 저마다 지니고 있는 개성이 좀더 소중한 거야."

그러나 구관조의 암놈은 아직도 수긍이 안 간다는 듯이 고개를 모로 저었다.

"인상만은 아닌 것 같던데요. 제가 본 색시는 월매가 틀림없다니까요."

갑수는 쓴웃음을 지었다.

"그렇다면 네게다 한 번 더 얘기를 해주마. 나도 예전엔 책으로 독서를 한 사람이다. 나는 그때 인간을 책의 지혜로만 이해하려고 들었다. 그러나 고혈압을 앓아누우면서부터는 모든 학설 이전의 인간 본연의 자세를 보면서, 즉 인간 자체로 독서를 했다. 그러니까 쉽게 말한다면 책 대신 사람으로부터 독서를 했다 그 말이다. 너 영화관에 모여드는 관객을 본 적 있지? 관객들이 뭐라고 생각하는지 알어. 스크린에 나오는 주연 배우들을 보고 사람이 걷는다고 생각하는 거야. 그게 어째 사람이 걷는 거냐! 어디까지나 사진이 걷는 거지. 이것을 가지고 개념 동물이라고 한다. 그래도 모르겠거든 이 이야기를 폭군 네로한테로 한번 몰고 가 보기로 하자. 네로는 시를 쓰려고 했고, 시로써 찬사를 받으려고 했다. 네로의 개성은 시에 있지 않았다. 어디까지나 네로는 네로였던 것이다. 그러니까 네로 그대로의 찬사를 받았어야 했을 것이다. 그러나 네로는 자기 개성과는 별개인 시를 썼고, 시로써의 찬사를 강요했다. 이것이 즉 기존 개념의 횡포인 것이다. 이것을 한 번 더 엎어쳐본다면 네로의 개성은 본래 폭군이 아니었다. 확률의 곱 사상으로 계산한 70조 분의 1에 해당하는 숫자에 불과했던 것이다. 이만했으면 개념의 횡포가 무언지 알겠니? 그러니까 내가 네게다 부탁하고 싶은 말은 딴 데 있는 것이 아니다. 너 누구를 책잡으려고 하지 마! 책할 사람도 없고 책할 자격도 없는 것이 인간 개성이요, 인간 존재인 것이다. 존재 가치라고 해두면 좀더 명확한 얘기가 되겠지."

갑수는 새장을 나섰다.

이때 저만큼서 종달새가 지저귀고 있었다. 땀이 철철 흐르도록 열심히 지저귀고 있었다.

클래식한 멜로디였다.

"그러면 그렇지! 구관조의 암놈이 월매를 닮은 색시가 있다고 한 얘기가 바로 저 종달새를 두고 한 말이구나."

갑수도 종달새의 울음에 몸이 푹 젖어들면서 월매를 닮은 것 같다는 착각을 했다. 아니 월매와 주고받던 대화로만 들려왔다.

"월매! 월매!"

동안으로 되돌아가고 있는 갑수의 눈에는 달무리에 구름이 덮이듯 눈물이 번지고 있었다. 구관조의 꿈을 보고 나서, 방장과 대화를 나누게 된 것은 두어 시간 후의 일이었다.

"한 선생! 어제저녁도 또 꿈을 꾸신 거지?"

—너 신들린 인간 아니야! 하는 투로 물어왔다.

"방장님 참 기특도 하시군. 제가 꿈을 꾼 것까지 다 아시고 계시니 말입니다."

갑수는 방장을 정면으로 대해주지 않았다. 말을 마구 꺾어젖히는 투로 대답을 했다.

방장은 네모진 행커치프를 개켜서 인당을 살살 닦고 있었다.

"허긴 그렇군. 허나 난 어제저녁부터 한 선생 옆으로 자리를 옮겨 잤거든. 아마 1시쯤 되었을까 해서였지. 한 선생은 주무시는 게 아니더군. 헛소리를 하고, 몸을 후둑후둑 떠는 폼이 옆에서 보기에도 참 딱하던데!"

"……"

갑수는 대답 대신 마음속으로 '내가 또 그랬었구나' 하는 생각을 했다.

"꿈은 누구나 꾸는 거니까 그건 그렇다 치고 월매! 월매, 하고 찾는 분이 도대체 누구지! 저번 김 군하고 대화를 나눌 때도 월매가 튀어나오기는 했지만 그때도 이름만 나왔다 뿐이지 정체를 깨놓지는 않더군. 내가 들어 안 될 분의 얘긴가? 아니면 한 선생의 죄명에 속한 얘긴가?"

"죄명이라구요, 이거 너무하시는 말씀인데…… 월매를 제 죄명에까지 끌어넣으실 건 없잖습니까?"

갑수는 방장의 얘기보다 그 인간이 싫어졌다. 필요 이상의 대답을 했다고 생각을 하면서, 갑수는 역시 필요 이상의 얘기를 다시 계속하고 있었다.

"월매는 누구의 죄명에도 죄질에도 속해 있지 않습니다. 굳이 그런 데로 끌고 간다면 어느 역사의 죄질에 속한다고나 할까요. 인류사 같은 것 말입니다. 저는 주체 의식이 없는 정사(正史) 따위는 잘 모릅니다마는 흔히 야사에 튀어나오는 궁중 비화가 있지 않습니까? 그런 거라고 해두어도 무방하겠죠."

방장은 갑수의 얘기가 역시 신들린 사람이 하는 넋두리 같은 거구나 하면서,

"이건 너무 과장인데…… 얘기를 그렇게까지 확대시킬 건 없잖아! 나는 허리에 치마를 두른 여자의 얘기라면 뭐든지 신나게 들어줄 수 있는 아량을 가졌다 그 말이야!"

방장은 끝내 갑수의 심정을 건드려보자는 말투였다. 그러나 갑수는 호락호락하지가 않았다.

때로는 이완이 되기도 하고 때로는 직선으로 밀어젖히기도 했다.

"방장님! 왜 점입가경이란 말이 있죠. 보면 볼수록 우스꽝스러워지는 것 말입니다. 그러니까, 저더러 섹스어필한 얘기를 하라 그 말씀이시군. 어쩌다 대접 한번 잘 받았습니다. 인간 대접 말입니다."

갑수가 격해지자, 방장은 대번 상냥한 얼굴로 바꾸면서,

"난 그런 말이 아닌데! 그렇게 오해하셨다면 매우 미안한걸!"

"미안한 건 이쪽이구요. 오해는 방장님 쪽입니다. 저는 삐지는 것을 제일 금기로 하고 살아온 사람입니다…… 방장님, 제가 왜 월매의 얘기

를 터놓지 않는지 아십니까. 만일 그 얘기를 터놓는다면 말입니다, 듣는 쪽이 창피해하실까 보아 그럽니다."

갑수는 점점 더 초점이 빗나간 얘기를 하고 있었다.

방장은 감정 전환을 해볼 생각으로 시선을 딴 데로 돌리면서,

"그러시다면 내 얘기부터 먼저 해보지. 내게도 그런 꿈이 없는 건 아니야. 누구나 다 그런 꿈 하나씩은 갖고 사는 게 사람 아닐까?"

방장은 얼굴에 화기를 떠올리면서,

"나는 본래 술을 좋아하거든! 1년이면 한두 번쯤 행주 나루터를 찾곤 했지. 그곳엔 쓸 만한 술집도 있고 여름 한철 웅어회가 먹을 만했으니까. 웅어는 단오 전후해서 제일 기름이 지는 생선 아닌가! 그때 나루터 주막에서 한번 본 듯한 색시인데, 아니 꼭 한 번만 말일세. 이 색시가 꿈에 나타나곤 하지. 나루터에서 보던 때보다는 몇 갑절은 더 예뻐 뵈는 얼굴로 둔갑을 해가면서 ─영감님! 저를 잘 알아보아주시는 거죠. 그렇죠! 이곳 나루터 색시들은 전부가 왜놈을 붙어먹는 바람잡이거든요. 그러나 저 하나만은 영감님을 처음 받아보는 처녀예요. 그렇다고 믿어주시는 거죠…… 하고, 몸을 내게다 내맡기곤 하지…… 그 이상은 한 선생의 상상에 맡긴다 그 말일세. 이 나루터 처녀가 나를 밀어 넣을 때까지 밀어 넣고 나서 말이야, 아니지 ─아직 멀었어! 좀더! 좀더!…… 하고 제 욕심을 다 채우고 나서 나더러 무어라고 하는지 알겠나? 웃지 말게. 손부터 쑥 내밀면서 ─남의 배를 탔으면 어서 선가를 내셔야 하잖아요…… 하고, 대드는 거야."

이 말에 감방 안은 폭소가 터져나왔다. 방장 자신도 제 결에 한참 배꼽이 빠지도록 웃고 나서,

"이건 꿈이긴 하지만 너무 기가 차서…… 나는 이런 꿈을 수감되어 오면서부터 꾸기 시작한 거야. 다시는 그런 꿈 안 꾼다 안 꾼다 하면서

도 번번이 그녀한테 수모를 당하곤 한다니까."

갑수는 그제야 얼굴에 혈색을 떠올리면서 방장에게로 방향을 전환해 왔다.

"방장님, 그건 재담 같은 얘긴데, 이런 때일수록 가장 명중한 얘기가 됐습니다. 그러나 하나 잘못 생각하는 게 있군요. 선가를 달라고 한 게 왜 수모에 속합니까? 나루터 처녀가 탄생하던 인간 시발점은 그게 아니었겠죠. 처녀 자신은 행주 나루터의 마돈나가 된다고 생각하면서 성장하지 않았을까요."

방장은 '이 사람 장광설을 또 펴는군그래!' 하려다 말고, 대번 눈으로 손을 가져갔다. 눈초리가 무거워진 것이었다.

"그래그래! 내가 말을 하나 잊어먹은 게 있어. 그 나루터 처녀가 말일세, 손에다 책 한 권을 거머쥐고 있지 않겠어! 그 책 한 권만은 살을 내맡기는 그런 순간까지도 거머쥐고 놓질 않는 거야. 하도 따분하길래 그 책을 뺏어 봤지. 한국 작가 심훈 씨의 『상록수』야. 이건 왜 갖고 있느냐고 하니까, 그 나루터 마을에는 그 책 한 권하고, 하이네의 서정시집 한 권이 있었다나. 그러니까 다시 말하자면 그 책 두 권을 그 마을 소녀들이 돌려가면서 읽었다지 뭐야. 꿈에서 나를 만나주는 그 처녀는 소설책을 택했고, 딴 소녀는 시집을 택했다는 거야. 그런데 말일세. 그 다음이 재미나는 얘기야!──제가 왜 이 책을 갖고 있느냐고 물으시는 거죠. 그렇게도 의심이 많으세요. 영감님, 이 책 아직 못 읽어보셨군요. 제가 아직 살아남아 있는 것도, 영감님을 만나주는 것도 다 이 책을 택한 덕분이라고만 기억해두면 되는 거예요. 별로 큰 이유는 없다니까 그러시네요. 우리 옆집 애는 시집을 열심히 읽고 있었죠. 시집을 읽던 그 애가 저더러 무어라고 했는지 아셔요. '나는 나비같이 살다 나비같이 죽을래!' 하고, 애절한 호소를 하는 거 아니겠어요. 이게 그 애의 마지막 유언이었어요. 어느 날 밤 그 애는 읽던 시집을, 제가 이 책을 거머쥐고 있듯이 그 시집 한 권을 거머쥐고 물로 뛰어든 거죠. 저길 좀 보세요. 저게 그 애 무덤이에요. 하얀 십자가에 무어라고 씌어 있는지 아시겠어요. '나비 무덤'이라고 써넣어준 거죠. 그러니까 지금 그 애는 나비가 되어 이 나루터로 와서 저희들에게 시를 읽어주곤 하죠. 나루터에는 슬픈 이별이 너무나 많다구요. 이만했음 마음이 후련하시겠죠…… 하고, 눈물을 짓지 않겠어!"

방장은 자신의 얘기에 발이 푹 빠져들고 있었다.

갑수는 갑수대로 딴 상념을 떠올리면서,

"『상록수』가 한국 문학의 대표작은 아니잖습니까."

"한 선생, 난 문학엔 장님이니까 그것까진 잘 모르지. 『상록수』란 소설이 있었다는 것조차 처음 들어 알았으니까. 문학 얘긴 내겐 장님보고 길 묻기야. 난 그걸 말하는 게 아니지. 사람은 저마다 자기 자신 이외의 딴 형체, 즉 유형이라고 해도 좋겠지, 그런 걸 붙잡으려고 안간힘을 쓰는 게 사람 아닐까! 잔인할 정도로 자신을 승화시켜보려는 그런 노력을 부단히 하고 있다 그 말일세. 한 선생! 내 표현이 좀 모자라지! 그러시다면 내 꿈 얘기로 되돌아가보기로 하지! 내가 그 처녀한테 번번이 욕을 당한다 그 말인데, 행주 나루터에서 그녀를 만나던 때가 해방 이전이니까 지금과는 상황이 전연 딴판이었지. 내 거사가 불발탄이 되긴 했지만 지금 내 적수가 이××대통령으로 되어 있듯이 그때는 왜놈이 적수였으니까 나루터 처녀도 그런 유형의 인간 승화를 위해 안간힘을 쓰고 있었는지는 모를 일 아니겠나…… 그 처녀 말이 참 맹랑하거든. 나를 보고 『상록수』에 나오는 채귀 강기천이라는 거야. 그러니까 강기천에게서 선가를 뜯어내어 계몽 운동의 경상비로 쓴다지 뭐야. 이거 사람 미치겠다니까요. 자신은 채영신이가 되어 나비 무덤의 부활을 시켜준대나."

이 말에 갑수는 매우 당돌한 자세를 취했다.

"방장님! 사람이 무언지나 알고 사시오! 아니 방장님 자신이 누구인지나 알고 계시느냐 그 말입니다. 방장님은 보시나 마나 나는 나다! 나는 나 자신으로 산다 하고 안이한 생각을 하시겠죠. 그렇죠?"

갑수는 방장의 얼굴에다 구멍을 낼 듯이 노려보았다.

방장도 거침없이 응수해왔다.

"그야 이르다 뿐인가! 나는 내 소신껏 사는 거지. 그만 그놈의 총이 불발탄이 돼서 내 웅지대로 역사를 한번 바꾸어놓지 못한 것이 한이라면 한이지만……"

방장도 흥분이 가시지 않아 눈에 인광을 번득였다.

"방장님, 전 그런 얘기가 아닙니다. 이 한갑수는 지금 막 완충 지대 같은 육십 고개를 넘어서고 있습니다. 제 인생의 마지막 고개 같은 거 말입니다. 이 고개를 넘어서면서도 저는 제 자신을 발견하지 못했습니다. 내 인간은 고사하고 어리친 개새끼 한 마리 얼씬하지 않더군요. 이번만은 꼭 내 자신을 붙들어놔야겠다고 생각하면 역시 그놈이 그놈이고, 또 그놈이 그놈 아니겠어요. 인간이 꼭 이래야만 한다는 윤리관의 정설을 주장하는 것은 아닙니다. 허나 제가 만나본 제 자신은 전부가 협잡배뿐이더군요. 소설책을 거머쥐고 다니는 나루터 처녀가 하듯 어느 책에서 주워다 기른 놈 아니면, 만기도 채 치르기 전에 누구의 특사를 받고 나서는 죄수 같은 놈들뿐이었다니까요."

갑수는 예의 고혈압 증상을 나타내기 시작했다. 피를 상반신으로 밀어올리면서 부정맥은 난맥 상태로 접어들고 있었다.

"방장님, 이건 갑수가 어렸을 때 보고 온 얘깁니다. 그때 갑수는 월매의 손을 잡고 동산을 탔죠. 산에는 떡갈나무 숲으로 되어 있었습니다. 중국 산동(산둥 성) 뙤(중국인을 뙤라고 불렀다)가 산잠(山蠶)을 치더군요. 산동 뙤는 긴 장대 끝에 가죽끈을 달아맨 채찍을 휘두르면서 까마귀를 헛쫓고 있더군요. 저는 산잠을 유심히 바라보았죠. 산잠은 벌써 성충이 되어 떡갈잎을 마구 먹어젖히는 게 아니겠어요. 저는 그 산잠이 송충이보다도 더 무섭다는 생각이 들었죠. 월매, 이 무서운 버러질 왜 치지! 하고, 묻자 ──도련님, 그렇게 무서우세요! 그러나 산잠은 예쁜 명주실을 뽑아내거든요. 산동 뙤는 산잠으로 국도 끓여 먹는대잖아요. 아주 맛있게 먹는다던데요…… 월매는 비단을 짠다는 데 매력을 느꼈던 모양이죠. 저처럼 그 산누에를 겁내지 않더군요. 저도 월매의 대화에 호기심이 나서 무슨 실습이나 하듯 매일같이 산잠을 보러 갔죠. 성충은 월매의 말대로 약간 늙은 시늉을 하더니만 머리를 휘휘 내저으면서 명주실을 뽑아 그물코를 잡아 묘한 집을 짓더군요. 어쩌면 약속이나 한 것처럼 지천으로 깔려 있던 누에가 일시에 집을 짓는 게 아니겠어요. 마치 나무에 산과일이 달리듯이 덩굴로 달아놓지 않겠습니까. 저는 이놈을 영락없이 갇혀 죽는다고만 생각했죠. 허나 제 어린 지혜는 무참할 정도로 빗나가고 만 거죠. 며칠 안 되어 이 누에고치 속에서 흰 나방들이 쏟아져 나오기 시작했습니다. 이거야말로 멋진 승화 아니겠어요. 기어다니던 버러지가 천사처럼 날아다니니 말입니다. 그뿐입니까. 이번은 나비들이 떡갈잎을 먹는 게 아니었습니다. 꽃술에 앉아 꿀을 빨아먹는 게 아니겠어요. 월매 너 나비 한번 돼보지 않을래, 하고 저는 월매의 등에 올라탔죠. 월매는 저를 업어주면서 ──암은요, 저도 나비가 돼서 도련님을 업고 하늘로 훨훨 날아볼 테야요. 도련님 그게 제 소원이에요……하고 신이 나 했죠. 그러나 이게 다 꿈같은 얘깁니다. 승화했다는 그놈의 나비 한 마리가 다시 떡갈나무에 몇백 곱으로 버러지 알을 싸갈겼죠. 알은 다시 성충이 되고, 나비가 되고 성충이 되는 그런 작업을 반복하는 동안 누에고치는 산동 뙤놈들이 다 가져가고 떡갈나무만 폐목이 되어 앙상하니 잔해를 남겨놓았을 뿐이죠. 승화가 무슨 승화입니까. 버러지는 역시 버러지 그대로 남았습니다. 인간 사회도 그런 거 아니겠어요. 석가모니, 공자 같은 사람들도 영원히 승화하진 못했습니다. 아니 사람을 승화시켜주지는 못했습니다. 현대인의 학설도 산누에가 집을 짓는 거나 마찬가지가 아닐까요. 자기가 낸 법전이나 학설에 역습을 당하고 있거든요. 정치사에 있어 모든 경제학과 종교를 역이용하고 있는 좌익 진영 같은 것 말입니다. 그리고 문화사도 예외는 아닙니다. 모든 작가군이 많은 명작을 냈다고는 하지만 어느 작품도 인간을 승화시켜주지는 못했습니다. 시집 한 권을 안겨서 소녀로 하여금 물로 뛰어들게 한 것뿐입니다. 물로 뛰어든 게 승화일 수 있습니까. 나루터의 나비 무덤 말입니다."

갑수는 온몸이 열에 들떠 있었다. 그러나 방장은 석연치 않은 안색을 했다.

"그건 역설인데! 왜 승화가 없어, 자유나 해방이 곧 승화 아니겠어. 아직 자유가 완성되지 않았다면 몰라도……"

"자유요! 아직도 그걸 몰라 그러십니까. 서울 시민의 자세를 한번 보세요. 승화했다는 나비가 마구 나대던 끝에 다시 버러지 알을 싸갈기듯이 8·15 이전에 왜놈들하고 야합을 해서 서민의 어깨를 지르밟고 다니던 그 잔인성을 지금은 그 몇 갑절로 보태어 싸갈기고 있는 게 아닙니까. 저는 이런 걸 생각해보았습니다. 인간에겐 아직 자유를 얻을 대안이 준비돼 있지 않습니다. 대안이 없는 해방이나 대안이 없는 자유는 주인 없는 가축과 같다구요. 가축이 울 밖을 나가면 뭐 자유가 기다리고 있는 줄 아십니까. 자유가 아닙니다. 이리 떼들이 기다리고 있는 겁니다."

방장은 시선을 날카롭게 세우면서,

"그건 좀 이질적인 논조인데! 국시는 어디까지나 민주주의야. 즉 국민의 자유를 찾기 위한 가교 작업을 하고 있는 거야. 알겠나!"

"제 얘기는 국시와는 좀 딴 데 있습니다. 조국을 가꾸고 있는 국시를 말하지는 않겠습니다. 전 어데까지나 인간 문제를 말한 것뿐입니다. 방장께서, 제 얘기가 석연치 않다 그 말씀인데 정 그러시다면 이 얘기를 옛날로 몰고 가 밤마다 제 꿈에서 만나주고 있는 월매 얘기를 들어보기로 하죠."

하고 갑수는 월매의 얘기를 엮어나갔다.

월매는 증조모님의 몸종이었다.

갑수가 일곱 살 나던 그해 봄은 윤삼월이 들어 있었다. 제법 바람이 후덥지근한 어느 날 밤, 갑수의 잠자리 시중을 들던 유모가 편두통으로 앓아누웠기 때문에 월매가 유모 대신 갑수의 방에서 잠을 자야 했다. 갑수를 꼭 껴안고 잔잔한 입김을 불어댔다. 갑수도 곱게 잠들어 있었다.

먼저 잠이 들어 있던 갑수가 유모 품에서 하던 시늉으로 월매의 가슴을 더듬었다. 손에 유방이 쥐어졌다. 처음에 유모의 젖이라고 생각하면서 월매의 젖을 주물렀다.

그러나 손에 느껴지는 촉감이 점점 탈바꿈을 해왔다. 유모의 젖에 비해 너무 탄력이 있다고 느꼈다. 갑수는 확 정신이 되살아났다.

유모의 젖이 아니오, 월매의 유방이라는 것을 명확히 알 수가 있었다.

이때도 월매는 잠허리를 하는 시늉을 하면서 갑수의 손을 밀어내려고 안간힘을 쓰고 있었다. 갑수는 말을 듣지 않았다.

"월매! 이건 내 거야! 내 거……"

하고, 갑수는 월매 쪽으로 바싹 대들어 양쪽 유방을 마저 주물러댔다.

그제야 월매도 잠에서 깨났다.

"어머나! 이건 안 돼요. 이러는 게 아니에요. 어서 놓으세요."

월매는 갑수의 손길을 밀어젖혔다.

"난 안 놓을 테야! 안 놓아준다니까."

갑수는 월매의 유방을 좀더 움켜쥐려고 들었다.

"노마님이 아시면 벼락 나요. 어서 놓으세요."

월매는 울상을 했다.

"월매 너 정말 그럴 테야. 그럼 난 노할머니한테로 가 잘 테다. 그래도 좋아!"

갑수는 자리를 걷어차고 벌떡 일어났다.

월매는 다급해졌다. 증조모님의 그 카랑카랑한 꾸지람 소리가 무서워진 것이었다.

"도련님! 안 그럴게요. 나 말 잘 들을게요."

월매는 갑수를 부둥켜안았다.

"그럴 걸 왜 그랬어! 나 하자는 대로 하는 거야!"

"어서 마음대로 하시라니까요."

어둠 속에서도, 월매가 꽃잎이 깔리듯 자리에 몸을 눕히는 순간 그 하얀 유방을 눈으로 알아볼 수가 있었다.

이번은 월매 편에서 먼저 갑수의 손길을 끌어다 유방에 대주었다.

손이 가냘프게 떨리고 있었다.

갑수는 월매의 유방을 다시 주무르기 시작했다.

유방은 점점 더 탄력을 가해오면서 월매는 가슴 뛰는 소리를 냈다.

갑수하고 술래잡기를 하다 지치면 월매는 곧잘 갑수를 쓸어안아 올렸다. 꼭 그때 듣던 숨소리를 다급하게 몰아쉬면서,

"도련님! 어서 잠드시는 거죠."

연연한 입술을 갑수의 귀에 사뿐히 포개면서 귀엣말을 했다.

대화라기보다는 입김을 몰아넣는 소리로 그랬다.

"흥, 자긴 왜 자! 누가 잔댔어!"

갑수는 월매도 미처 알아채지 못하고 있는 무엇을 알아챈 것 같은 그런 말투였다. 월매는 가슴이 좀더 뛰었다.

"월매도 안 잘 테예요. 이렇게 밤을 새기로 해요. 네!"

"왜 안 자! 넌 어서 자라니까."

"월매도 못 자는 거예요. 도련님이 안 자는데 저 혼자 어떻게 잠을 자요."

월매는 몸을 추스르면서 갑수에게로 가슴을 밀어댔다.

"어서 주무시라니까요!"

발끝에 힘을 주는 시늉을 하면서,

"도련님도 저같이 가만하시는 거죠?"

어느덧 월매의 손이 갑수의 하반신으로 가려다 말고,

"도련님 도련님!"

하고, 목이 잦아드는 소리를 했다.

이번은 월매가 갑수의 손목을, 갑수가 월매의 유방을 주무르듯 주물러댔다. 어린 갑수의 육체에서 전에 없이 거창한 산그늘 같은 것이 느껴왔다. 월매도 미처 깨닫지 못하고 있는 또 하나의 딴 세계가 벌어질 것처럼……

그러나 갑수는 소변이 마렵다고만 생각했다.

"월매! 나 소변 볼 테야! 소변."

월매는 곧 요강을 가져다 갑수의 사타구니에 대주었다. 그러나 월매의 손길이 닿을 때마다 갑수는 몸을 추스를 뿐, 소변은 나오지 않았다.

갑수는 요강을 밀어젖히고 다시 쓰러져 누우면서 월매의 머리채를 꽉 끌어당겼다. 월매도 갑수가 하자는 대로 따라 누워야 했다. 그러나 월매는 가슴이 뛰는 것 같기도 하고 설레는 것 같기도 한 지향 없는 공포심이 다가섰다. 갑수는 다시 일어나 앉으면서,

"월매! 왜 오줌이 안 나오지. 불 좀 켜봐!"

월매는 불을 켰다.

갑수의 돌출부는 무섭도록 충혈이 돼 있었다.

월매는 황겁히 불을 꺼버렸다.

이번은 요강 대신 갑수의 하반신을 이불로 감싸 안았다. 사지가 와들와들 떨렸다.

그러나 갑수에게도 월매에게도 그 문을 열어주지는 않았다.

희미한 불빛 같은 갑수의 입김을 빌려, 월매는 자신의 몸에 피를 밀어올리면서 갑수에게로 애정의 가교를 놓은 것뿐으로 밤이 새어가고 있었다.

훤히 동이 트자, 앓아누웠던 유모가 양손으로 머리를 감싸 쥐고 갑수의 침실로 들어섰다.

유모가 한 대감 댁으로 올 때는 수줍음을 잘 타는 것이 흠이라면 흠이라 할까, 그 이외에는 별로 나무랄 데가 없는 여인이었다. 그러나 한 대감 댁 가풍에 미처 몸이 젖기 이전에는 증조모님의 꾸지람을 많이 받아야 했다. 옷매무시가 허술하다, 그릇 깨는 소리를 잘 낸다, 늦잠이 많다 하고 몰아세우는 노할머님의 성품을 맞추는 동안 증조모님의 생각과는 정반대로 유모는 점점 얼뜨기가 되어가고 있었다.

"월매 나 좀 잘 봐줘! 꼭 신셀 갚을게."

유모는 입장이 거북할 때면 월매를 기대곤 했다. 증조모님의 몸종은 증조모님의 비서에 해당했으니까.

그러나 그날 아침은 정반대였다.

유모가 모든 것을 눈치채고 들어선 것만 같은 불안감이 덮쳐 왔다.

월매는 유모를 바라볼 수가 없었다.

목을 꺾은 채 담벼락을 향해 앉아 옷매무시를 바로잡고 있을 때였다.

"도련님! 잘 주무셨어요? 월매가 잘 재워주셨죠. 그렇죠?"

이런 경우일 때, 월매 입장을 보아 "그래 잘 잤다!" 하고 대답을 했어야만 도련님다운 대답이 되었을 것이다. 그러나 갑수의 대답은 월매에게 있어 지나치게 솔직한 대답이 튀어나온 것이다.

"유모! 어젯밤 나 잠 다 잤어. 거짓말 아니다. 못 잤다니까!"

월매의 얼굴에 불을 안겨주는 것 같은 말이었다. 방에 앉아 있을 수가 없었다. 월매는 갑수가 움켜쥔 치맛귀를 뿌리치고 방을 뛰쳐나왔다. 아니 방을 뛰쳐나왔다기보다는, 야구 배트에 맞아 터진 땅볼처럼 문을 밀어젖히기가 바쁘게 튕겨져 나갔다.

그러나 용케 내야 안타가 되었다.

야구 볼은 야구 볼만이 지닐 수 있는 가치관을 지니고 있다. 그 이상의 가치도 그 이하의 가치도 지니지는 못한다.

파울이 지는 한이 있더라도 야구 볼은 배트에 맞아 얻어터지는 맛에 날아드는 것이었다. 이게 야구 볼의 가치관이었다.

월매도 마찬가지였다.

월매는, 월매 이상의 생명체도 월매 이하의 생명체도 아니었다. 언젠가는 한번 얻어터져야 할 육체였다.

그러나 갑수는 월매를 강타해줄 만한 배트 구실을 못 했다. 월매는 그저 눈에 불을 켜보는 그리고 피를 밀어올리는 감정만으로 갑수에게로 애정의 다리를 놓아본 것뿐이었다.

월매는 이 애정의 다리 위로 자신을 밀어올리면 굴러떨어지고 굴러떨어지면 또 밀어올려보았다. 이렇게 갑수가 월매의 등에 업혀 앞 냇가로 목욕을 갈 때도 윤삼월이 들어 있는 그해의 일이었고, 월매의 젖을 빨던 것도 그해 여름에 있는 일이었다고 했다.

　유두도 지나고, 칠월 칠석도 지났다. 그리고 또 8월 추석도 지나서였다. 한 대감 댁 일가에는 고대조의 성묘가 9월 9일로 정해 있었다.

　성묘는 해마다 있는 행사 중의 하나였다.

　갑수는 그해 처음 할아버지 한 대감을 따라 성묘를 나섰다. 선영(先塋)은 한 대감이 가장 경모하고 있는 25대조 할머님의 산소였다. 원래 한 대감 댁은 남인(南人)의 종파였다. 지금으로 치면 여당의 후손이었다. 여당인 남인은 야당인 서인과 싸웠다. 여당은 무력을 내세웠고, 야당은 명분(정의)을 내세웠다. 이 정쟁에서 역사가 번번이 그랬듯이 무력은 명분 앞에 무릎을 꿇었다.

　그때도 선의(善意)의 세대교체는 요원한 꿈으로 되어 있었다. 즉 피의 숙청이 시작된 것이었다.

　그때의 숙청은 주동자인 장본인이나 연루자만을 잡는 게 아니었다.

　삼족을 멸한다고 해서 외척, 처족, 딸은 물론이고 사위까지도 삭관 탈직을 했다. 즉 한씨의 패전으로 해서 한씨와의 연고자까지도 쑥밭이 되어나갔다.

　그뿐이 아니었다. 죽은 사람까지도 역시 한씨였으니까 예외일 수는 없었다. 한씨 일족의 무덤을 파헤치는 작업이 시작됐다. 지금으로 따진다면 4·19 혁명 때, 데모대를 구경 나왔던 버스 조수, 구두닦이 같은 소년들까지 가담을 해서 방화와 파괴 작업을 도맡아주듯이 한양 시민들은 한씨 조상의 무덤을 파헤치고 패물과 금니를 빼내느라고 '한씨'를 잡으라는 구호를 목이 찢어지도록 불러댔다.

　남의 뺨을 치자면 나도 맞아야 한다고, 데모 대열에서는 흔히 희생자가 나기로 마련이다. 이 희생자 중에는 칼잡이도 끼어 있었다. 아니 백정 마을이 먼저 들고일어났던 것이었다.

여당을 때려눕히고 집권당이 된 서인들은 이놈들이 때가 바뀌면 그때는 남인을 잡듯이 또 서인을 잡아치울 게 아닌가 하는, 으스스한 생각을 하면서 그들에게 양반 접지를 내렸다.

즉 양반이 상놈이 되고, 상놈이 양반이 되는 새 역사의 한 페이지를 남겨놓은 것이었다.

그러나 일부 서민들은, 즉 지금으로 치면 중립파는, 역사는 장난을 좋아하는 개구쟁이라고 했다.

"큰일 났군. 이왕 다 처먹은 남인을 내쫓는 것까지는 좋았는데, 굶주린 미친 개(서인)가 뛰어들었으니 역시 남인이 먹듯이 또 처먹을 게 아닌가. 이래저래 서민만 죽기로 마련이니 말일세."

그러나 불을 댕긴 군중들은 이런 말 따위에는 귀도 주려 하지 않았다.

"저건 반역자다. 초가삼간 다 타도 빈대 죽는 게 통쾌하다, 죽일 놈은 어서 죽여야 한다, 계집년이건 애새끼건 가릴 것 없이 잡아치워라, 무덤은 무덤대로 파헤쳐라."

이런 피의 숙청이 쓸어간 뒤에도 용케 남아난 무덤이 한갑수가 할아버지 한 대감을 따라 성묘를 간 25대 조모의 무덤이었다.

분묘는 그리 크지 않았다. 일장지지(一葬之地), 즉 사궁(蛇宮)이라고 해서 비문도 상석도 없는 초라한 무덤이었다. 정성껏 가꾸어놓은 상나무가 많았고, 금잔디가 눈이 부시게 빛날 뿐이었다.

갑수는 이 잔디밭이 비단 방석 같다고 생각했다. 장난기가 시작됐다.

잔디밭을 한참 뛰어봤다. 그래도 마음이 가셔지지 않았다.

잔디밭을 한참 뒹굴어봤다. 역시 마음이 가셔지지가 않았다. 그제야 생각이 났다. 월매였다.

월매 그녀도 같이 왔더라면 한바탕 술래잡기를 했을 텐데 하면서 뒹굴어보았다.

이렇게 한참 뒹굴 때였다. 우수 쪽으로 저만치 아기 무덤 같은 작은 무덤이 나부죽이 엎드려 있었다.

갑수는 호기심에 끌려 곧 그리로 달려갔다. 틀림없는 무덤이었다.

갑수는 무덤을 어루만져보았다. 무언가 손에 잡히는 게 있었다. 사람의 머리 하나쯤 들어갈 만한 돌로 된 문틀이 나 있었다. 갑수는 문틀 안으로 손을 넣어 휘저어 보았다. 무덤 속은 갑수 하나쯤 들어앉을 만한 공간이 나 있었다. 그리고 습기와 어둠으로 차 있었다. 갑수는 한 번 더 손을 넣어 휘저었다. 아무것도 잡히는 게 없었다.

이때 뒤에서,

"도련님! 어서 손을 뽑으세요. 그 안에 귀신이 있어요. 귀신!"

비부(婢夫)인 삼수가 달려왔다.

갑수도 얼결에 손을 뽑으며,

"무슨 귀신이 있다고 떠드는 거야!"

"생매장한 귀신 모르세요."

"생매장! 삼수, 생매장이 뭐지?"

삼수는 '사람을 산 채로 묻는 거……' 하려다 말고,

"도련님은 아직 그런 것 알면 안 됩니다. 어서 저리로 오시랍니다."

갑수는 삼수를 한참 흘겨보고 있다가,

"난 알면 안 된다고 했지. 분명 그렇지. 어서 너나 비켜줘! 나 이거 파헤쳐볼 테야. 생매장이 나올 게 아니야?"

삼수는 비굴한 얼굴을 해 보이면서,

"그건 안 됩니다. 그랬다가는 큰일납니다. 저 무덤에 계시는 고대조 할머님이 대로하십니다."

"흥! 노해보라지. 누가 겁나 할까 봐!"

갑수는 대번 토역꾼들이 보토를 하다 놓은 삽을 집어들었다.

초인(草人) 251

"도련님! 다 얘기할게 이것만은 놓으세요."

갑수의 두뇌는 언제나 삼수보다 앞을 서서 걸었다. 그러다가는 또 무슨 기발한 착상을 할는지를 모를 일이었다. 그러니까 번번이 당하듯이 이번도 당한 편은 삼수였다.

삼수도 연대를 잘은 모른다고 했다. 갑수가 살고 있는 큰마을에는 그때 일을 목격한 사람은 다 죽어 고대조 할머니 같은 무덤에 묻혀 있다고 했다. 지금은 말로만 전해오는 전래 동화 같은 얘기라고 갑수에게 거듭 다짐을 하고 한 얘기였다.

한 대감의 25대조 할머님이 숨을 거둔 그날 밤은 지구의 생성기를 방불케 했다.

사흘 낮, 사흘 밤을 비가 쏟아졌다. 아니 비가 쏟아졌다기보다는 하늘이 지구를 두들겨 패는 식으로 비를 퍼부어댔다.

철따라 진달래꽃이 화사하게 피던 꽃동산도 동산 앞 고촌 마을도 모두 휩쓸어댔다.

일산 쪽으로 치뻗어 흐르던 한강이 주발 쪽으로 옮아온 것도 그때 일이라고 했다.

밭으로 되어 있던 김포 벌이 벌논으로 변한 것도, 양천읍 뒤에 샛강이 나간 것도 그날 밤에 생긴 일이라고 했다.

그러니까 큰마을에서는 한 대감 댁 25대 조모가 숨을 거둔 날 밤 지구의 재편성이 시작된 셈이었다. 한 씨 일가가 좀더 부강해진 것도 그 후의 일이라고 했으니까.

날이 들자 한 씨 일가에서는 발인 준비에 바빴다. 호상인(護喪人)을 중심으로 하고 모여 앉아 의논이 분분해졌다. 천재지변을 당했으니 호장(豪葬)은 그만두고 간소화하자고 하는 사람이 많았다. 몸종도 그냥 두자고 했다. 그러나 상주가 말을 듣지 않았다. 조화나 노제 같은 것은 다 집어치우더라도 몸종만은 생매장을 해주어야 할머니도 몸종도 극락을 갈 게 아니냐고 주장을 했다.

누구도 양단을 해서 분명한 태도를 취하는 사람은 단 한 사람도 없었다.

이때 안방에서는 아낙네들이 모여 앉아 수의를 짓고 있었다.

시신은 하나인데 짓고 있는 수의는 두 벌로 되어 있었다. 주위의 사람들은 대번 눈치를 챘다. 한 벌은 시신이 입고 갈 옷이었고 다른 한 벌은 몸종이 입고 갈 옷이었다.

몸종은 자신이 입고 갈 수의를 지으면서 눈물을 찍어냈다.

"이 자식아 울긴 왜 울지…… 너 몸종이 무언지나 알고 그러니, 죽어서도 몸종은 데리고 가는 게 율법으로 되어 있는 거다. 너 그러다가 벌받는다. 이왕 갈 길인데 어서 마음 고쳐먹고 저세상에 가서도 할머님 시중 잘 들어드려야 극락 간다. 극락……"

마치 들놀이 갈 때나 할 수 있는 그런 말투로 타이르는 것이었다.

"……"

몸종은 '이년들 언제 그렇게 죽음에 대한 신경이 둔해졌지!' 하려다 말고 입술을 잘근 물고 묵비권을 썼다. 눈물 대신 독이 올랐다. 수의를 짓고 있는 몸종은 분노에 손이 와들와들 떨렸다. 바늘을 몇 개고 분질러놓았다.

"고것 연령이 아깝다."

누군가가 이런 귀엣말을 했다.

"아니야! 꽃 같은 얼굴이 좀더 아깝잖아."

이런 대화가 가슴에 와 박힐 뿐, 누구도 그 이상의 말을 해주는 사람은 없었다.

―나는 극락이란 말을 이해하지 못한다. 이렇게 눈을 뜬 채 죽어가

야 할 몸이다.

몸종은 몸을 우드득 떨었다. 눈에는 아무것도 보이지 않았다. 그러나 한 가지만은 분명했다. 어서 몸을 빼쳐서라도 살아야 한다는, 무서울 수도 있고 스릴을 느낄 수도 있는 현실이 다가오고 있었다.

이때였다.

강물에 걸려 못 오고 있던 개화골 막내딸이 머리를 풀어 늘이고 곡부터 하며 들어섰다.

"애고! 애고!"

수의를 짓던 아낙네들도 마주 곡을 하면서 마중을 나갔다.

몸종은 이 순간적인 기회를 포착했다. 무척 날쌘 동작을 해야 할 시간이 왔다. 뒷문으로 몸을 빼어 제물포 쪽을 향해 달리기 시작했다.

그러나 일은 뜻과 같지 않았다. 착상은 좋았으나 계산이 빗나가고 있었다. 조금 삐어졌으리라고 믿었던 박촌내는 아직도 물이 길을 넘었다. 몸종은 강을 헤어 건널 생각을 했다. 그러나 무언가 발에 걸리는 게 있었다. 어디서 떠내려온 젊은 여인의 익사체였다.

"어머나! 시체 아냐!"

몸종은 등골로 찬물이 건너가는 것 같은 오한을 느꼈다. 기가 질려 풀밭에 주저앉고 말았다.

몸종은 이틀이고 사흘이고 강물이 줄기를 기다려볼 생각을 했다.

그러다 그만 덜미를 잡힌 것이었다.

"이년! 네가 도망을 치면 어딜 갈 테냐. 어서 썩 나서지 못해!"

승산 없는 계산은 승산 없는 현실로 되돌아가고 만 것이었다. 이것이 갑수가 손을 넣어 휘저어본 작은 무덤의 내력이었다.

말을 다 듣고 난 갑수는 아직도 미심쩍은 데가 있었다.

"그럼! 무덤에 문은 왜 냈지!"

삼수는 어린 갑수에게 잔인한 얘기까지 하고 싶지는 않았다. 그러나 늘 삼수보다 앞질러가고 있는 갑수의 사고력을 가로지를 수가 없었다. 차라리 삼수 편이 역습을 해야겠다는 생각으로,

"다 잘 아시면서 그걸 모르세요."

갑수는 눈에 쌍심지를 켜대면서,

"내 생각하고 삼수 얘기하고 다르잖아!"

삼수는 역시 찔끔해져서,

"이것도 전해 들은 얘기니까 사실 같은 거짓말로만 들어두면 됩니다. 아셨죠. 그 구멍으로 말입니다. 무덤 속에 들어 있는 몸종이 먹을 식사를 날라준 거죠. 그것뿐입니까, 몸종은 밤이면 그 문으로 달빛을 바라보며 울다 날라다 준 밥을 채 못다 먹고 죽었다는 말도 있고 뉘 집 더부살이가 색시를 빼내어 멀리로 날았다는 말도 있으니까, 어느 말이 진짜고 어느 말이 가짜인지 그건 삼수도 모릅니다. 그때 종의 무덤은 평토장을 했다니까 혹은 종의 무덤 아닌지도 모르죠."

삼수는 사실 반 의심 반으로 자신의 얘기를 얼버무려놓고 말았다.

"삼수! 나빠. 왜 또 거짓말을 꾸며대지. 할아버지한테 이를까 봐 그러는 거지."

삼수는 좋지 않은 예감이 들었다.

"도련님, 그렇게 흥분함 안 돼요. 대감님이 아시면 삼수는 쫓겨납니다."

갑수는 칼날 같은 시선을 세웠다.

"삼수! 겁내지 마! 내 말에 대답만 하면 되는 거야. 그 몸종 이름도 월매야?"

"그런 건 저도 모른다니까요."

"그럼 우리 노할머니가 죽으면 월매도 생매장(고려장)할 게 아냐. 그

랬다만 봐라. 가만두지 않을 테다."

갑수는 흥분하는 정도가 아니었다. 정신으로나마 인간 생활의 첫 관문을 들어서고 있는 참인지도 모를 일이었다.

"도적놈들이다. 도적놈!"

갑수는 느닷없이 도적놈이란 말을 되뇌었다. 누구를 향해 도적놈이라는 건지 그 뜻은 분명치가 않았다.

허나 무서운 심적 변화를 일으키고 있는 것만은 사실이었다.

이때 성묘를 다 마치고 난 한 대감이 갑수 쪽을 향해 다가오고 있었다.

"할아버지! 내게로 가까이 오지 마! 오면 안 돼!"

나대는 갑수를 본 한 대감은 갈피를 잡지 못해 어리벙벙해 있었다.

"갑수야! 너 왜 그러지!"

갑수는 뒷걸음을 치면서,

"나한테 오지 마! 할아버지 무서워!"

한 대감은 다가오던 걸음을 멈추면서,

"갑수야! 할아버지가 왜 무서우냐? 너, 내가 어디가 무섭다는 거지."

"그건 대답 안 할래. 무서운 건 무서운 거야."

인간은 영특하다, 인간은 꽃밭이다 하고 아름답게만 보아오던 갑수의 그 영롱한 눈동자에도 인간 혐오가 끼기 시작했다.

풍채 좋은 한 대감의 얼굴에 전에 없이 개기름이 흘러 보였다.

"난 할아버지가 싫어졌는걸!"

"이 녀석, 느닷없이 그게 무슨 소리냐."

한 대감은 너털웃음으로 관용을 베풀어보았으나, 하산을 할 때 갑수는 한 대감의 손길을 마주 잡으려 하지 않았다. 기다리고 있을 월매를 생각하면서 집을 들어섰다.

월매는 큰 베개를 등에 받치고 앉아 있는 증조모님 앞에서 낭랑한 소리로 흥부전을 읽어드리고 있는 참이었다.
"암 그렇지! 사람은 흥부같이 착하게 살아야 하는 거다."
증조모님은 조는 듯한 그리고 꺼질 듯한 얼굴로 앉아 있다가 월매가 책장을 넘길 때마다 그런 감탄사를 잊지 않았다.
월매는 갑수의 손길을 잡으면서,
"노마님! 더 읽어드릴까요?"
이제 진력이 나니 그만 읽어두는 게 어떠하실까요! 하는 투의 말이었다.
이 말뜻을 증조모님도 잘 알아듣고 있었다.
"책은 그만해두고 나를 좀 눕혀다오."
하고, 눈을 달아맸던 반창고를 뜯어냈다.
월매가 증조모님을 조심껏 눕혀드리면서,
"노마님! 좀 주무세요. 네!"
"그래 나 잘란다······"
"······"
"월매야 내가 죽거든 너는 꼭 흥부같이 의리 있는 서방을 맞아야 한다."
"그 말씀 알아 모시겠어요."
하고 월매는 만족한 웃음을 웃곤 했다.

9월도 다 지나고 밤이면 하얀 서릿발이 내리는 10월 하순이었다.
증조모님의 임종의 밤이 왔다.
"도련님! 어서 일어나세요. 노할머님이 운명하시나 봐요. 어서요! 어서."
월매의 다급한 소리에 갑수는 잠이 확 깼다.
얼결에 한다는 소리가,
"월매! 나좀 업어주어! 어서."

월매는 갑수에게로 등을 돌려댔다. 그러나 갑수는 월매에게 업히지 않았다. 월매가 하듯 몸을 떨면서 가족들의 어깨 너머로 증조모님의 임종을 지켜보고 있었다.

증조모님의 얼굴에는 벌써 검은빛이 깔려 있었다. 아니, 한 대감 댁 가보(家譜)의 중추역을 맡아주던 그런 준엄한 노마님의 얼굴이 아니었다. 늑대한테 쫓기고 있는 어린애 같은 겁먹은 얼굴로 탈바꿈을 하고 있었다.

"덕수(한 대감)야! 날 좀 붙들어다오. 나 안 죽을란다! 안 죽어!"
하고 겁에 질려 와들와들 떨면서 아들의 품에 바싹 달라붙어 죽음을 피해보려고 안간힘을 쓰는 것이었다.

"어머님! 고정하세요. 이렇게 제가 어머님을 지키고 있지 않습니까."
한 대감은 떨리는 소리로 증조모님의 임종을 달래주고 있었다.
겁에 질린 어린애를 달래듯이.

그러나 증조모님의 얼굴에서는 어떤 아량도 여유도 찾아볼 수가 없었다. 아들의 손길을 거머쥐고 기를 쓴다기보다는 매달리는 시늉을 했다.

"덕수야 나 1년만 더 살게 해다오. 꼭 1년만!"
다음은,
"무서워! 무서워!"
하고, 턱이 덜덜 떨리면서 이가 서로 마주 닿는 소리를 냈다.

"어머님 고정하세요. 너무 겁내시면 극락 못 가십니다. 어머님도 제 말이 들리세요!"

한 대감도 코멘소리를 냈다.

"극—락! 싫—다!"

극락도 마다하는 증조모님의 이 마지막 처절한 비명이 수레바퀴 소리가 멀어져가듯이 아득하게 멀어져가는 듯했다. 그러나 다시 그 신음 소리를 되살리면서, 이번엔 '끙! 끙!'하는, 숨 가쁜 소리를 냈다. 마치 무거운 짐을 풀어놓을 때 같은, 그리고 산욕을 치를 때 같은 그런 고비를 넘기고 있었다.

"어머니! 절 아시겠어요. 제 말이 들리세요. 어머니……"

한 대감도 매우 당황한 자세를 취했다. 그러나 증조모님은 시선을 무섭도록 한곳으로만 모으고 있었다. 한 대감 댁 가풍(倫理觀)을 지켜보던 그런 시선이 아니었다. 아들을 어루만져주던 눈은 더욱이나 아니었다.

죽음에는 고통이 깃들어 있는 것 같지가 않았다. 육신의 아픔보다는 더 무서운 충일된 공포감으로 육체를 냉각시키고 있는 순간이 있을 뿐이었다.

한 대감은 증조모님의 가슴에 손을 대보았다.

"어머님! 어머님!"

하고, 불러보았으나 이미 모자간의 대화는 단절되어 있었다.

한 대감의 손은 증조모님의 눈으로 갔다. 그제야 증조모님은 곱게 눈을 감았다. 손을 걷어들인 한 대감은 눈물보다 이마로 땀이 앞서고 있었다.

한 사람의 목젖에 달아놓았던 생명의 액세서리 하나를 되돌려주기 위하여 온 가족이 혼연일체가 되어 고된 작업을 하고 있는 엄숙한 시간이었다. 그러나 갑수만은 가족이 하듯 그렇게 엄숙할 수만은 없었다.

갑수는 두 개의 임종을 보아왔다.

처음은 사냥개의 죽음이었고 다음이 증조모님의 임종이었다. 이 두 개의 개체는 모두 동물과에 속해 있었다. 이것을 다시 문명 계보로 분해를 해보면 사냥개는 짐승에 속해 있었고, 증조모님은 인간 편에 서 있었다. 이걸 한 번 더 대위적으로 따져본다면 하나는 짐승의 임종이었고 다음 하나는 인간의 임종이었다.

초인(草人) 259

짐승은 인간처럼 그렇게 잔인한 죽음을 하지 않았다. 무섭다는 얘기도 하지 않았고, 1년을 더 살고 싶다고도 하지 않았다.

고즈넉이 배를 땅에 깔고 엎디어 눈을 곱게 덮는 것으로 죽음을 끝낸 것이었다.

그러나 증조모님의 임종을 보고 난 갑수는 사람의 죽음은 너무 비굴하다는 생각이 들었다.

'여행을 떠나듯이, 그리고 여행을 떠나보내듯이 서로 웃고 마주 손을 흔들면서 헤어질 수는 없을까! 그것도 아니라면 여자는 꽃이 피었다 꽃잎이 지듯이, 남자는 독수리같이 공중을 무한정 날아가다 어느 공간을 다이빙하듯이 그런 무덤 없는 죽음을 할 수는 없을까!' 하고, 어느 편이 문명 계보에 속해 있는지는 모르지만 가족들 대신 갑수만이라도 천연한 자세를 취하려 했다.

그러나 갑수는 자신도 모르게 어느덧 뜨거운 눈물을 떠올리고 있었다. 겁이 나서가 아니었다. 서러워서도 아니었다. 느닷없이 흘러내리는 눈물을 갑수는 처치할 수가 없었다.

"도련님! 그만 우세요. 너무 우시면 돌아가신 노마님이 극락을 못 가신대요."

월매는 한 대감이 하던 얘기를 반복하면서 갑수를 꽉 껴안아주었다.

"극락 좋아한다. 이거 봐, 난 네가 가여워 우는 거야……"

"왜 제가 가엾다고 그러세요?"

"너 평토장한다. 생매장 하는 거 모르지!"

"어머나! 느닷없이 그게 무슨 얘기세요. 왜 절 생매장을 한다고 생각하시죠?"

"글쎄 난 다 알고 있다니까 그러네. 월매 너는 바보야, 바보……"

"그럼 도련님은 월매 땜에 우시는 거예요."

"그렇다니까 그러네. 이 바아보!"

월매는 갑수를 좀더 꽉 안으면서,

"우리 도련님이 제일이다."

하고, 월매는 미소를 지어 보였으나 눈으로는 또 하나의 딴 의미에서 눈물을 글썽이었다.

"도련님! 월매는 죽어도 섧지 않으니까 그만 우세요. 네! 안 우시는 거죠."

"그럼 나 안 울란다! 안 울어도 좋아!"

이런 다짐을 하면서도 갑수는 눈에서 아직 눈물을 거두지 못했다.

갑수 역시 역사의 쳇바퀴를 벗어나보지 못할 인간 존재로 되어 있기 때문이었다. 아니 타의로 빚어지고 있는 문명 계보의 숫자군에 속해 있었던 것이다. 다시 말해서 갑수의 목에도 엄연히 생명이란 액세서리 하나를 달아놓고 있었으니까.

한 대감 댁에서는 증조모님의 발인 준비에 바빠졌다.

뒷방에 아낙네들이 모여 앉아 수의 두 벌을 짓고 있었다. 한 벌은 증조모님이 입고 갈 옷이었고, 한 벌은 월매가 입고 갈 옷이라고 했다.

갑수는 사실 반 의심 반으로 얼버무려놓던 삼수의 고려장 얘기가 인간 분노로 되살아나고 있었다. '자신은 저 살 몫을 다 살고도 모자라 1년만 더 살게 해 달라면서, 그래 꽃 같은 월매를 정말 생매장할 참이야! 그랬다만 봐라! 그냥 두지 않을 테다. 그냥 두지 않아!' 하고 갑수는 눈에 불을 켜댔다.

그러나 나타나고 있는 양상이 삼수의 얘기와는 좀 다른 데가 있었다. 삼수의 얘기에는 25대조 할머님의 몸종은 수의를 지으면서 눈물을 찍어냈다고 했는데 월매는 그와는 정반대였다. 겁을 내지도 않았고, 몸을 빼칠 생각도 하지 않았다.

월매는 꽃같이 예쁜 얼굴에 좀더 화사한 웃음을 지으면서,

"유모! 내 옷 치수 좀 잘 재줘요. 저고리가 너무 크면 흉하니까 치수를 꼭 맞게 재세요. 치마도 폭을 너무 넓게 잡지 마세요."
하고, 대화를 꽃잎 나부끼듯 했다.

그뿐이 아니었다. 월매는 예전처럼 부엌 시중을 들지 않았다. 고양이 새끼같이 조심성 많던 월매였지만 누가 그녀에게 그런 생활 습성을 안겨주었을까. 월매는 당돌한 자세로 정좌를 하고 앉아 어머님의 몸종인 선화(仙花)가 날라다 주는 밥상을 받아먹고 있었다.

한 대감 댁에서는 처음 보는 일이었다. 이건 아무리 생각해보아도 이변이 아닐 수 없었다. 윤리관에 변화가 왔거나 아니면 제도상의 재가에 기능 마비를 가져온 게 아닐까!

월매는 갑수를 얼싸안으면서,

"도련님! 노할머님이 쓰고 가신 노비를 내게 절반을 갈라준대요. 아셨죠! 그 돈으로 도련님이 좋아하는 연 사줄게요."

노비란 상여꾼들에게 주는 돈을 말함이었다. 그러나 갑수는 그것만으로는 아직도 의문이 가시지 않았다.

"까불지 마! 누가 연 사달랬어!"

"그럼 뭐 사드릴까요. 네? 도련님은 화낸 얼굴이 좀더 귀여운걸요."
하고, 월매는 예전대로 새끼 고양이 시늉을 해 보였다. 그러나,

"……"

갑수는 수긍 반 의심 반으로 볼이 부르터 있을 뿐이었다.

이때, 갑수 어머님의 입에서 이색적인 말이, 아니 말이라기보다는 선언문이 터져나왔다.

"노할머님 잘 모신 덕분에 월매만 복이 텄구나. 송낙(해방) 즉 노비

문서를 파기하는 것을 해준다니까, 오죽 좋으냔 말이야. 월매 그렇지."

"언니 말씀이 지당하셔요. 노할머님을 생각해서라도 월매는 송낙을 해줘야 합니다. 시집도 가고, 아들딸 낳고 잘 살아봐야죠."

옆에 앉아 있던 고모가 맞장구를 치자, 시중을 들고 있던 어머니 몸종인 선화도 한몫 끼어들면서,

"마님! 월매는 이름도 바꾼다면서요? 월매는 아버지가 없는데 성은 뭐라고 하죠?"

"자식! 걸 말이라고 하니. 왜 애비가 없어! 월매 애비가 최 서방이라고 하니까 최가로 하면 되잖아!"

"이름은요?"

"글쎄다."

하고 생각을 더듬다가,

"분이(紛伊)라고 하면 어떨까!"

"그럼 최분이가 되게요! 애 분이야, 이름이 꼭 네 얼굴 닮았다 얘! 넌 좋겠다. 좋겠어!"

하고, 선화가 호들갑을 떠는 바람에 온 방 안이 초상집답잖게 웃음판이 터졌다.

증조모님의 임종으로 해서 빙점 이하로 냉각되어 있던 한 대감 댁 가족들은 그때의 상념에 사로잡혀 있지 않았다.

다시 인간 제자리로 되옮아와 앉은 기분을 했다.

그러고 또 사흘이 지나서였다. 증조모님의 발인식이 거행되었다. 까만 옻칠을 한 관이 조화에 싸여 운구되고 있었다. 관을 옹위하고 있는 증조모님의 직계 가족들이 호곡을 시작했다. 침침하게 차일이 쳐 있는 저쪽으로 조객들이 열을 지어 지켜보는 가운데서 증조모님의 운구는 상여 위에 안치되었다.

안력을 읽고, 배례를 끝내자 이번은 소복을 하고 서 있는 월매 앞으로 초인(草人)이 운반되어 왔다. 초인은 월매가 입던 옷을 대신 입고 있었다.

월매는 울지 않았다. 겁도 내지 않았다. 화사한 웃음을 지으면서, 월매만 한 초인을 받아 안고 마상으로 올라앉았다.

그분의 그 박자로 조가(弔歌)가 울려 퍼지면서 상여가 움직이기 시작했다. 월매가 탄 말도 상여 옆을 따라나섰다.

"월매야! 노할머님 잘 모시고 가야 한다."

유가족이 증조모님에게 보내는 마지막 인사였다.

"……"

월매는 대답 대신 머리를 끄덕여 보였다. 고별인사치고는 너무 담담했다.

이것이 갑수가 꿈에서 만나고 있는 월매의 이야기였다.

갑수의 얘기를 다 듣고 난 방장이,

"그러니까 월매라는 색시가 바로 한 선생의 증조모님의 몸종이었다 그 말씀이군. 한 선생! 그럼 초인이란 뭔지?"

"초인은 별게 아니었습니다. 본래는 무당들이 갖고 놀던 허수아비죠. 왜 그 논이나 밭머리에 서서 새를 헛쫓고 있는 허수아비가 있지 않습니까. 그것도 초인의 일종이죠. 석불(石佛)이나 장승은 있었어도 지금처럼 애완용 인형이 없었습니다. 그러니까 볏짚으로 사람처럼 틀어가지고 옷을 입힌 거죠. 샤머니즘의 소산이라고 할까 그런 거죠."

"아니지…… 누가 허수아비를 몰라 그것을 묻는 줄 아시나 본데, 그게 아니라니까! 증조모님의 발인식에 왜 초인을 등장시켰느냐 그 말씀야!"

갑수는 얼마간 주저주저하다가,

"저도 고증은 잘 모르고 있지만 그거 간단한 겁니다. 그때 사람들은 생전보다 사후를 더 중요시한 데서 온 신앙 같은 거죠. 죽어서까지도 자기가 부리던 시녀들을 데리고 간다는 겁니다. 그러니까 다시 말하면 월매 대신 초인을 증조모님 분묘 옆에 평토장을 해주고 온 거죠. 지금도 고분에서 유물이 나오고 있지 않습니까. 그것도 마찬가지 이유입니다. 피라미드 같은 것 말입니다."

"그만했으면 그건 이해가 가는데, 그 후 월매는 해방을 해준 건가!"

"맞습니다. 제 얘기의 초점이 그겁니다. 물론 송낙을 해주었죠. 이름도 분이라고 불러주었구요. 이 분이가 말입니다, 몸종인 월매 시절에는 담 밖을 제대로 나서지 못했습니다. 그러던 월매가 분이란 이름으로 바뀌면서부터 담 밖 세계와 교제도 잦아졌고, 장터도 나다닐 수 있는 인권을 제대로 행사한 셈이 됐죠. 물론 월매 자신도 흥분할 대로 흥분했으니까요. 외부의 자극, 즉 이성이 건네주는 시선의 자극으로 생장이 좀 빨라지고, 얼굴도 월등히 예뻐졌습니다. 그런데 말입니다. 큰마을에 남사당꾼이 들었습니다. 이때 분이가 좀더 흥분한 것도 무리는 아니겠죠. 허나 구경을 나갔던 월매가 그날 밤 자정이 훨씬 넘어서야 집에 들어섰습니다. 월매는 말이 아니었습니다. 치마폭이 터지고, 옷고름이 따진 한 개의 걸레쪽이 되어 방에 들어선다기보다는 엎드러지다시피 하면서 흐느껴 우는 것이었습니다. 이유를 물어도 대답을 하지 않았습니다. 지금은 침묵이란 용어와 묵비권이란 단어를 많이 쓰고 있지만 그때는 금인(金人)이란 말을 많이 써왔습니다. 즉 월매는 금인이 된 거죠. 금인은 지금의 침묵과는 시대적 감각이 전연 딴판으로 되어 있었습니다. 침묵이 아니라 실어(失語)를 했다 그 말입니다. 이 금인이 된 월매가 어찌되었는지 아세요. 아비 없는 딸을 낳아놓은 거죠. 그 후 들어서 안 애깁니다마는 그날 밤 남사당패 다섯 놈이 월매에게 눈독을 들여오다

납치를 해가지고 어느 상두막으로 끌고 가 윤간을 했다지 뭡니까. 맨 처음 네 놈이 월매의 사지를 하나씩 붙들고 한 놈이 먼저 거사를 했다나요. 이렇게 차례로 윤간을 할 때 말입니다. 나머지 두 놈이— 이 자식아 빨리 치러! 하고 열을 올리다 그만 격정을 느껴 두 놈은 거사도 못하고 왝왝 구토를 했다는 것입니다. 한 대감의 명령에 압송돼 온 놈이, 즉 구토를 한 그 두 놈이었다는 얘깁니다. 그러니까 월매의 해방은 자유가 기다리고 있지 않았습니다. 월매가 꿈으로 새기던 착한 홍부도 만나지지 않았습니다. 몇 마리의 이리 떼가 대기하고 있었던 거죠. 그러니까 제 말뜻이 딴 데 있지 않습니다. 저는 자유를 존중하는 데까지는 인정하지만 인간에게 자유가 있다고는 인정하지 않습니다. 방장님, 언제 자유를 그렇게 누려보았습니까!"

"그럴까! 사람에게 분명 자유가 없을까!"

"그럴까가 아닙니다. 인간의 목젖에다 생명이란 명패를 달고 있는 한 완전한 자유는 영원히 없습니다. 이유는 명확합니다. 사람은 간단한 몇 개 진리로 생활을 영위하고 있습니다. 그 이상의 진리는 필요치 않습니다— 해방은 진리다 하고 떠들어대는 것 같은 거 말입니다. 또 하나 색다른 울타리를 치는 작업이라면 모르지만 그 이상의 진리에 속할 수는 없습니다."

이때 27호 감방으로 관식이 들어왔다.

방장은 밥을 한입 떠넣고 목을 추스르면서 갑수를 노려보고 있었다. 관식은 대단한 위력을 발휘했다.

"한 선생!……"

방장이 무슨 얘기를 하려다 말고 연거푸 밥을 떠넣는 것이었다. 갑수도 관식을 목구멍으로 밀어 넣으면서 언제나 하는 그런 투로, 목젖에서 항문까지는 아무리 측정을 해보아도 그 활주로의 길이가 60센티를 하회

하고 있을 뿐이었다. 그러나 관식이 이 짧은 활주로를 건너고 있는 순간은 눈이 부시게 인광을 발했다. 밥도 아니었다. 식량도 아니었다. 흘러가는 유성 같다고나 할까! 다 썩어 문드러진 꽁치 쪼가리를 넘길 때는 보석 같은 액세서리를 달아매는 소임을 해주었다. 굴뚝같이 어두운, 아니 썩은 냄새를 풍겨주던 창자 속이 대번 궁전으로 변모해왔다.

갑수는 목이 찢어지도록 웃음을 웃어댔다. 그러나 누구도 이상해하지 않았다. 아마 그들도 소리 없이 미친 웃음을 뱃속으로 웃고 있는지도 모를 일이었다.

그날 밤도 갑수는 꿈에서 월매를 만났다. 월매는 옷을 입고 있지 않았다. 젖꼭지에서 연자색 달무리를 한 두 개의 유방을 안고 갑수를 향해 도전해 오고 있었다.

"월매! 날 알아보겠어!"

갑수도 월매를 향해 마주 다가서고 있었다.

"도련님! 저는 월매도 분이도 아닙니다. 인간 원점으로 되돌아온 하나의 여자입니다. 본래 사람에게는 이름이 없었습니다. 지금은 개에게도 메리니 또순이니 하는 이름을 달아주고 있습니다. 도련님! 알아들으시겠어요. 원래 개의 원명은 워리였습니다. 우리들에게는 암컷이라는 육체 하나와 수컷이라는 육체 하나가 있을 뿐입니다. 이 두 육체만 있으면 우리들의 진리는 충족되고도 남습니다."

"그건 니힐리스트 아냐! 인간 후퇴라 그 말이야!"

그러면서도 월매를 바라보고 있던 갑수의 시선은 대번 월매의 하반신으로 미끄러져 내려가고 있었다. 걷잡을 수 없을 정도로 그랬다.

과연 월매의 육체에는 유방 이외에 좀더 아름다운 구릉과 계곡이 져 있었다.

"월매! 그러지 말고 내게로 돌아와서 나를 업어주어! 어서 이리로 오라니까!"

"도련님! 이번만은 역수(逆水)를 해 오세요, 아시겠어요. 도련님 쪽이 제게로 오십사 그 말이에요. 어서 그 유리창을 깨고 비좁은 쇼윈도를 벗어나 보세요. 도련님이란 대명사도 그 거추장스러운 옷도 다 벗어던지고 제 육체로 직통해주세요. 제 육체에는 우리들 인간의 고향을 건네줄 문이 열려 있습니다. 날이 새기 전에 어서 제게로 오세요."

갑수는 자기 옷을 봤다. 참 이상한 일이었다. 꿈에서만은 도련님이 입고 있던 옛날 그 옷을 입고 있었는데, 이날 밤만은 땀에 밴 수의(囚衣)를 입고 있었다.

갑수는 방향을 잡을 수가 없었다. 현실이 없는 꿈이 없듯이, 그리고 꿈이 없는 현실이 없듯이 갑수가 보고 있는 꿈은 곧 현실과 직통을 하고 있는 줄을 깨닫지 못한 것이었다.

"도련님! 절 아직도 증조모님의 몸종으로 아시나 보죠. 그렇죠? 전 몸종이 아니라니까요. 신을 탄생할 모체로 되어 있어요. 알아들으시겠어요."

하고, 월매는 사향 냄새를 풍기고 있었다.

"월매! 건 오해야. 나 갈게! 월매에게로 갈게!"

갑수는 수의를 되는대로 벗어던지고 월매에게로 맹견처럼 덤벼들었다. 과연 월매의 육체의 계곡에는 갑수를 인간 고향으로 건너줄 황홀한 관문이 열려 있었다.

관식이 창자를 건널 때마다 광채를 발하듯이 이번은 '난 죽어! 난 죽어!' 하고 가슴을 일고 있는 월매의 신음 소리가 갑수의 뇌리를 건너면서 보석처럼 빛내주었다.

타인을 대행하는 두뇌들

꿈을 깨고 나서야 꿈인 줄을 깨닫게 되는 것이 인간 두뇌의 생리 현상으로 되어 있다. 그러나 한갑수는 그렇지 않았다. 꿈인 줄을 알면서 꿈을 꾸곤 했다. 마치 포수가 맹수인 줄을 알면서 곰을 향해 뛰어들듯이 갑수는 지금 막 꿈을 향해 뛰어들고 있는 참이었다.

갑수의 육체가 앉아 있는 위치는 시계의 초침이 11시를 접어들고 있는 청등한 대낮으로 되어 있다.

그러나 꿈에서는 낮을 밤으로 바꾸어놓고 있는 참이었다. 후광을 드리우고 있던 보름달이 달무리가 가시면서부터 구름 떼들이 서쪽으로 이동을 해왔다. 달은 기상 변화에 순응을 해가면서 해녀가 잠수를 하듯 구름 속에 몸을 묻었다 떴다 하고 그녀는 이상한 몸짓을 하기 시작했다.

본래 그날 밤 그녀의 여행 코스는 언제나 하듯 서쪽을 향해 가기로 돼 있었다. 그러나 그녀는 자신의 방향을 포기한 채 동쪽으로 되돌아가는 시늉을 해 보였다. 구름 떼가 빨리 밀어닥칠수록 그녀는 더욱 심한 자세를 취했다.

허나 한갑수의 시야에 나타나고 있는 역현상은 기차를 타고 달리면 기차 자신이 달리는 게 아니고 산과 들이 뒤로 달려가는 것 같은 그런 착각에 불과했다.

그렇다고 한갑수는 착각이라고만 생각하고 싶지는 않았다. 어처구니없이 빗나간 해석이라고 해도 좋았다. 우주의 일력이 인간 두뇌가 계산해내듯 꼬박꼬박 고정된 궤도로만 운행하고 있다는 그런 생각이 전연 들지 않았다. 기상 조건에 따라서는 달이 동쪽으로 역행을 해 가면서 낮과 밤을 바꾸어놓고 있는지도 모른다는 이질적인 해석까지 했다.

허나 달 자체는 이미 서경 100도를 넘어서고 있었다. 동쪽에서 밀어닥치고 있던 구름 떼는 구름 떼들대로 서경 180도를 종점으로 하고 집을 짓기 시작했다.

그제야 달 그녀는 물기 젖은 피부를 완전히 드러내 보이면서 제자리걸음을 하기 시작했다.

이 무렵 "피쭝! 피 피 피쭝!" 하고 새장 쪽에서 접동새 우는 소리가 들려왔다.

갑수는 날씨가 궂을 징조라는 생각을 떠올렸다. 흔히 신경통 환자가 느끼고 있는 병적 감각 같은 것을 느끼면서 갑수는 새장 안을 들어섰다.

"누가 저렇듯 청승맞게 우는 거지?"

갑수는 자신에게 뭔가 동감해오는 것이 있다고 생각을 하면서 따져 묻자, 예의 구관조가 상대에서 하대로 옮아와 앉으면서,

"저 미친년이 달을 보고 그러잖아요" 하고 접동새 쪽을 향해 고개짓을 해 보이는 것이었다. 갑수도 시선을 그리로 돌려보았다.

접동새의 새장은 외계를 등지고 동북쪽을 향해 앉혀 있었다. 원래 접

동새는 낯을 좋아하지 않는 새였다. 태양은 물론, 등불조차 싫어하는 새다. 일체의 광선에 항거하면서 낯을 밤으로 바꾸어 어둠으로 생활을 영위하고 있는 것이었다. 갑수는 측은한 생각이 들어 구관조를 바라보면서,

"접동새가 왜 저다지 설워 울지? 그녀에게도 무슨 이유가 있을 게 아냐?" 하고 묻자,

"그걸 왜 저더러 묻는 거죠? 그녀보고 물어보면 되잖아요" 하고 대답이 채 떨어지기도 전에 "피쭝! 피 피 피쭝!" 하고 접동새가 재우쳐 울었다.

이번은 우는 소리로 들리지 않았다. 웃는 소리로 들렸다. 웃어도 호들갑스럽게 웃는 것이었다.

갑수는 깜짝 놀랐다.

"저거 우는 게 아니고 웃고 있잖아! 웃어도 장난기로 웃고 있잖아!" 하고 소리를 지르자 구관조가 하얗게 이를 드러내 보이면서

"뭐 새가 웃어요? 이거 살다 보면 못 듣는 얘기가 다 없군요" 하고 갑수를 조소하려 들었다.

"넌 귀를 하나만 가지고 있군그래…… 우는 소리만 듣는. 다시 한 번 들어봐! 저게 웃는 게 아니고 뭐냔 말이다. 분명 웃는 거다. 그렇지?" 하고 갑수는 접동새 쪽으로 몸을 내끄는 시늉을 했다.

"그건 서방님의 유권적 해석 아닙니까? 인간 세계에서는 새가 운다! 새가 노래한다! 하고 제멋대로 해석하려 들거든요. 새는 우는 것도 웃는 것도 노래하는 것도 아닙니다. 서로 주고받는 대화로 되어 있습니다. 이제 아시겠어요" 하고 눈을 까뒤집는 것이었다.

"하지만 말이다. 사실을 부인할 수는 없는 거 아냐! 접동새 그녀가 지금 막 울었다, 웃었다, 하고 있잖아!" 하고 내뱉었다.

"그건 서방님 자신이 울었다, 웃었다, 하는 거죠. 접동새는 그렇지가 않다니까요."

"그럼 닭이 시간을 알리듯 그런 건가!"

이 말에 구관조는 다시 몸을 가다듬으면서

"서방님 미안하지만 사람 그만 웃기세요. 닭이 무슨 괘종인 줄 아세요? 그것도 다 인간들이 흔히 하는 유권적 해석입니다. 내가 제일이다! 내가 제일이다 하는 그런 유권 해석으로 살고 있는 인간형 말입니다" 하고 구관조는 불신감을 가지고 대해왔다. 갑수는 마음 어느 한쪽이 쫓기고 있는 이상 감정을 느끼면서,

"네 말대로 새가 우는 것은 너희들의 대화라고 해두자! 그러나 대화에도 무슨 뜻이 있을 게 아니냐 말이다, 뜻이."

구관조는 얼마간 목을 꺾고 있다가,

"서방님은 자신의 생활에만 몸이 푹 젖어 있다고 생각하시면 됩니다. 접동새 그녀의 대화에 뜻이 있다면 무슨 뜻이 있겠어요! 광선의 반사 작용에서 오는 신경 예민증 같은 거겠죠. 히스테리 말입니다. 접동새 그녀의 백서(白書)에 뭐라고 돼 있는지 아세요? 달만 보면 광견병 환자처럼 달을 막 물고 싶다잖아요. 이제 아셨죠" 하고 이야기에 한창 피치를 올리고 있을 때였다. "피쫑! 피쫑! 피 피 피쫑!" 하고 접동새는 어느 한시(漢詩) 한 구절 같기도 하고 한 폭의 동양화 같기도 한 자연 정감을 갑수에게 안겨주기 위하여 울어젖히는 그런 투로 울고 있었다.

이때 새장 안에는 또 하나의 이변이 일어나고 있었다.

저만치 놓여 있는 네발 의자에 웬 젊은 사내 하나가 웅크리고 앉아 잠을 자는 것이었다. 옛날 삼수가 새 먹이를 주고 나서 새장을 지키고 있던 자리다. 갑수는

"저거 삼수 아냐! 삼수!" 하고 말을 얼버무리자, 구관조는 대번 잇몸을 드러내면서 웃어젖히는 것이었다.

"삼수는 죽잖았어요? 너무 떠들지 마시고 잠깐만 기다려보세요" 하고, 앞을 가로막아서는 것이었다.

"삼수가 아니면 그럼 누구냔 말이다, 저게."

구관조는 얼마간 머뭇대고 있다가

"월남서 돌아온 신문 기자래나 보죠. 가만 계세요. 제가 깨워드릴게요" 하고 앞장을 서려고 했다.

갑수는 약간 가슴이 설레었다.

"아냐! 그러지 마!" 하고 갑수는 담배부터 찾았다.

그러자 의자에 앉아 있던 사내가 푸시시 일어나 갑수에게로 다가오고 있었다. 아무리 보아도 기억이 나지 않았다.

"누구세요, 그대는?" 하고 묻자, 사내는 갑수 앞에 머리를 굽실해 보이고 나서,

"선생님! 저 기억 안 나세요. S신문사 박 기자입니다" 하고 넌지시 웃어 보이는 것이었다.

박 기자를 본 한갑수는 동공이 튀어나올 지경이었다.

"아니 박 기자라면……"

갑수는 말끝을 맺지 못했다. 머리에선 대번 뇌장(腦漿)이 부서지는 소리를 냈다. 그만큼 충격이 컸다.

그러나 박 기자는 역시 직선적인 인간 자세를 취하고 있었다. 마주 담배에다 자동 라이터로 점화를 하면서

"선생님! 현대 과학은 연령을 초월해주고 있습니다. 선생님은 왜 노인 시늉을 하고 계시죠? 그거 무슨 처세법 같은 겁니까?" 하고 밀어젖히는 것 같은 대화를 건네왔다.

타인을 대행하는 두뇌들 273

갑수는 대번 숨통이 콱 막혀왔다.

"내 말은 그런 뜻이 아니고…… 신문에는 박 기자가 전사자로 되어 있던데, 이렇게 느닷없이 나타나주면 어쩌자는 거지?" 하고 갑수는 수전증을 일으키기 시작했다.

그러나 박 기자는 좀더 발랄한 얼굴을 지으면서

"네, 그거 말씀이세요. 그건 신문 기사 아닙니까? 특종 기사 같은 것 말입니다. 만일 독자가 다 선생님만 같다면 신문 기자 한번 해먹을 만합니다" 하고 웃어댔다.

갑수는 건네줄 대화가 없었다. 못 견디도록 흐늘대고 있는 시선으로 박 기자를 무슨 물건을 확인하듯이 존재 여부를 확인하고 있을 뿐이었다.

박 기자는 연방 물부리에 담배를 갈아 채우고 있었다. 끽연 방법도 성급한 품이 그전과 조금도 달라진 데가 없었다. 얼마 타지도 않은 담배 신이 흙빛으로 꺼메지도록 빨아들일 뿐만 아니라 그전보다 하나 더 보태진 것이 있다면 담배 필터를 몽땅 잘라버리고 나서 기다란 상아 물부리에 담배 신만 꽂아 피우는 것이었다.

갑수는 엉거주춤한 자세를 취하면서

"이왕 왔으니 어디고 좀 앉지그래!" 하고 자리를 권하자,

"그러시죠" 하고, 먼저 앉아 있던 네발 의자로 되돌아가 앉는 것이었다.

새장 안에는 의자라고는 박 기자가 타고 앉은 네발 의자 하나밖에 없었다. 그렇다고 갑수 혼자 서 있을 수도 없는 일이었다. 갑수는 새밥을 다지다 놓은 탕판을 당겨놓고 박 기자를 향해 40도 각도로 마주 앉아 보았다.

박 기자는 물부리에서 빠지직 소리가 나도록 담배를 빨아들이면서

"선생님! 저는 무슨 인사차로 온 것이 아닙니다. 병인인 체하는 선생님의 그 위선적인 자세에 늘 제 신경이 쓰이고 있거든요. 전 그걸 한번

깨보고 싶어서 온 것뿐입니다. 선생님! 지금 막 새장을 들어서면서 하신 말씀 있잖습니까? '인간은 유권적 해석으로 살고 있다'고 하신 말씀입니다. 그게 무슨 뜻이죠?"

이 말에 갑수는 외계와 격리되어 있는 사람들이 흔히 가지는 그런 엉거주춤한 태도를 취하면서(직선적인 박 기자 같은 사람을 대할 때면 자신이 치기스러운 것만 같은 퇴영성 때문에 뒤로 콱 물러앉고 싶은 그런 소외감에 몰리곤 했다),

"박 기자! 그건 내가 한 얘기가 아니야. 구관조가 한 얘기라니까! 구관조가……"하고, 갑수는 좀더 치기에 몰리고 있었다. 박 기자는 갑수의 입에서 이런 대화가 떨어지기를 기다리고 있었던 거나처럼 입가에 조소를 떠올리면서

"그게 무슨 말씀이시죠? 구관조가 사람이 하듯 얘기를 했다 그 말씀입니까, 새가. 그러시다면 여기는 그냥 새장만은 아니지 않습니까? 구관조와 밀담을 하는 선생님의 비밀 아지트로 되어 있군요. 이거 한번 놀랄 만한 일입니다. 하긴 선생님이야말로 초인간적 경지에 속해 계시는군요. 허지만 선생님! 지금은 그런 신화 시대가 아닙니다. 저더러 평가를 하라면 선생님의 주가는 완전히 땅에 떨어져 있군요" 하고 박 기자는 이죽대고 있었다.

갑수는 멋지게 한번 박 기자의 페이스에 말려들었구나 하는 생각을 하면서

"아니야! 구관조가 한 얘기가 아니야! 내가 한 얘기야, 내가" 하고 좀더 치기를 드러내 보였다.

"진작 그럴 것이지, 구관조는 뭡니까!"

박 기자는 이건 광기에 속합니다, 하려다 말고 담배를 피워 무는 것이었다.

갑수는 갑수대로 의문을 품었다.

박 기자가 새장으로 오게 된 것은 분명 구관조의 안내를 받았을 거라는 생각이 들었다.

"박 기자는 누구의 안내를 받아 이 새장으로 왔지?" 하고 묻자 박 기자는 가슴을 확 펴면서

"제가 누구의 안내를 받고 올 사람이라고 생각하십니까. 그러시다면 선생님은 남의 안내를 받아 작품 구상을 하고 계셨군요. 저는 어디까지나 직업의식으로 행동을 합니다. 제 자신의 센스를 구상하는 거죠. 스피디한 기동력 같은 것 말입니다. ……오늘 저녁 상황이 그런 것 아닙니까. 저는 찾아온 게 아니고 앞질러 와서 복병을 하고 있었던 참이죠. 제 착상이 적중했다고 할까요. 어쨌든 틀림이 없더군요. 선생님은 새장을 들어서면서 대번 작품 구상의 트레이닝을 시작하시는 게 아니겠어요. '새가 웃는다' '인간은 유권적 해석으로 산다' 하고 말입니다. 하지만 그것만으로는 작품이 되지 않습니다. 그건 어디까지나 신경 질환에서 오는 병적 현상 아닙니까!"

박 기자의 대화는 단체 경기의 팀워크를 무시하고 개인기에만 치중하는 스포츠맨십 같은 것이었다.

갑수는 여전히 자신의 치기와 소외감에 몰리면서

"박 기자의 얘긴즉슨 나더러 어서 뇌병원으로 가시지! 하는 그런 투의 말인데 내겐 뭐 할 말이 없는 줄 아나 보지! 왜 그 윌리엄 포크너의 얘기가 있잖아! '죽었다 다시 태어난다면 독수리가 될망정 이 세상을 사람이 되어 찾아오진 않겠다!'고 한 얘기 말일세. 신문 기사를 그만큼 요란히 장식을 해줬으면 됐지, 박 기자는 뭐가 또 모자라서 나타난 거지?"

갑수는 예의 혈압이 오르는 느낌을 했다.

하나 박 기자는 다시 담배를 꼬나물고 자동 라이터로 점화를 하면서 "선생님, 그건 유머가 되지 않습니다. 이미 지나간 고담입니다. 제게도 아직 남은 얘기가 있잖습니까. 이 박 기자는 선생님이 보아주시듯 그렇게 유치한 속물만은 아닙니다. 제 얘기는 그게 아니지 않습니까. 저는 월남에서 이런 것을 느꼈습니다. 월남전은 승전도 패전도 없는 전쟁이더군요. 다시 말해서 양쪽이 다 전진이 없는 전쟁이죠. 있다고 하면 밤과 낮이 양상을 바꾸어놓는 것이라고나 할까요. 양대 진영의 무기 시험만 끝나면 그날의 전과는 그것으로 족한 걸로 되어 있다 그 말씀입니다. 신문 보도는 흔히들 사이공은 위기 1초 전에 놓여 있다, 월맹군의 전사자가 몇백이다, 하고 떠들어대지만 전과는 딴 데 있는 거죠. 그 나라의 경제 구조는 정글로 되어 있습니다. 만일 월남에서 정글 하나만 뽑아버린다면 국민 소득은 0점 이하로 떨어집니다. 국제 무역 대상품이 전연 없는 나라니까요. 하층 구조만으로 경제 편성이 될 수가 있겠습니까. 그렇다고 정글을 자력으로 요리할 만한 상층 구조가 전연 준비돼 있지 못한 원시 취락 같은 나라죠. 그러니까 하는 수 없이 정글이나 팔아먹을 수밖에요. 이것을 한번 바꿔쳐 말한다면 말입니다, 전쟁의 발단도 정글에 있었고, 전과도 정글에 있었습니다. 전쟁을 어느 이데올로기가 맡아주고 있는 줄 아십니까. 그런 게 아닙니다. 정글을 많이 깔아뭉갤수록 그만큼 장사가 잘됐다고 알면 그만입니다. 사이공을 한번 가보세요. 신문 보도를 보고 초조해하는 제3국과는 전연 딴판입니다. 농사 하나 짓지 않고도 잘 먹고 흥청대는 새 인간 가족이 탄생하고 있는 거죠. 빌딩도 들어서고 전자기기의 공장이 가동을 하고 있습니다. 그뿐입니까! 몇 해에 한 번씩 치르고 있는 선거 자금을 거뜬히 해내고 있죠."

박 기자는 이야기에 한참 열을 올리고 있었다.

그러나 갑수가 듣고자 하는 얘기는 아니었다. 초조감 같은 것을 느끼

면서

"듣고 보니 박 기자의 얘기는 딴 얘기가 아니군그래. 현대전은 국제 시장 같은 거라 그 말이지! 그거 뭐 그렇게 신통한 얘기는 아니잖아! 말을 떠돌리지만 말고 좀 구체적으로 얘기를 해보지그래" 하고 마주 드리블을 해주었다.

그제야 박 기자는 얼굴에 화사한 웃음을 떠올리면서,

"그거 간단합니다. 선생님! 몽블랑(만년필)을 써보신 적 계시죠. 몽블랑의 본산(本山)은 서독으로 되어 있습니다. 이 모델 케이스를 일본이 가져간 거죠. 시장 상황이 어떻게 바뀌고 있는지 아세요. 지금 일산 몽블랑이 세계 시장에서 판을 치고 있는 중입니다. 노벨 문학상 수상 작가 가와바타(川端)의 애용품이라는 대의명분까지 세워가면서 말입니다. 상품은 반드시 질적 요소가 값을 좌우하고 있는 것만은 아닙니다. 도벽(盜癖)의 전시 효과가 판가름을 하고 있는 셈이 됐죠. 문학상도 마찬가집니다. 노벨은 이미 죽었으니까 노벨 문학상은 노벨 자신이 주는 게 아닙니다. 국제 외교가 상을 떠돌리고 있는 셈이죠. 하긴 선생님에게 그런 문학상이 온다면 선생님은 거절하실 분으로 되어 있으니까 말은 다했습니다마는⋯⋯" 하고 머리를 긁적거리고 있었다.

갑수는 박 기자의 대화에 부담감을 느꼈다.

"박 기자, 그 입버릇 한번 고약하군그래! 자신의 얘기에 왜 남은 자꾸 걸고 자빠지지! 어쨌든 나는 모조품은 싫다니까! 나도 박 기자를 이해 못 하는 건 아닐세. 사관의 정립도 젊은 박 기자 자신이 맡아야 할 일이고, 현대의 스타도 젊은 박 기자가 아니겠나. 허나 박 기자의 얘기에는 타의 아닌 게 없잖으냐 그 말뿐일세" 하고 갑수는 박 기자를 넌지시 타일러주었다.

"아 그러세요? 저 그 말씀 정중히 알아 모시겠습니다. 그러나 말입니다. 한강 물을 떠 마시고 살기는 선생님이나 저나 매일반입니다. 아니 한강 물이 오염이 됐다고 쳐둡시다. 그 오염을 떠 마시고 살아야 하는 것이 서울 시민의 현실로 되어 있습니다. 그래도 수긍이 안 가십니까! 그러시다면 이 이야기를 드라마로 한번 엮어보기로 하죠."
하고 박 기자는 월남서 주워들은 민화 한 토막을 씨불여대고 있었다.

——박 기자가 전사를 했다는 퀴손 산 어느 한촌(寒村)에서 생긴 일이라고도 했고, 아프리카 흑인 취락에서 생긴 일이라고도 했다.

무대는 명확치가 않았다.

때는 군혼 시대(群婚時代)였다. 처녀가 시집을 가자면 결혼식 전날 밤 또 하나의 장엄한 초야를 치르고 나서야 결혼식을 올리기로 되어 있었다. 즉 추장이 먼저 처녀를 개봉한다는 그런 식으로 되어 있었다.

신부의 집에서는 예식을 며칠 앞두고 신랑 쪽보다는 추장네 집부터 음식을 날라가야 했다. 돼지와 닭을 잡아가고 과일까지 곁들여 갔다. 이렇게 며칠을 두고 추장의 스태미나를 높여놓고 나서야 처녀를 가져다 바치기로 되어 있었다. 즉 사육제 같은 초야를 치르는 것이었다. 그렇다고 추장의 제물이 되는 것은 아니었다. 성교육을 받는 것으로 되어 있었고, 하나의 수속 절차를 밟는 것으로 되어 있었다.

그날 밤 추장의 스태미나는 무섭도록 왕성했다. 마치 독수리가 새를 차고 앉아 작살을 내는 식으로 추장은 대번 그녀를 타고 깔아뭉개기 시작했다.

그녀는 산이 무너진다고 생각을 했다. 가슴이 뛰었다. 공포감에 사지를 와들와들 떨면서

"추장님, 저 좀 살려주세요. 무서워요. 어서 좀 놓아주세요!"
하고 목이 기어드는 소리를 하면서 추장의 가슴을 밀어냈다.

그러나 추장은 그녀와는 정반대였다.

이번은 총을 들이대는 포수로 화신을 해가면서 동작이 점점 난폭해지고 있었다. 더운 입김을 확확 불어내면서 비명 같기도 하고, 고함 소리 같기도 한 리드미컬한 음향까지 발하는 것이었다.

이건 추장이 할 짓이 아니라는 생각이 들었다. 표범이 산짐승을 덮치는 무서운 살생 같은 것으로만 느껴왔다.

그녀는 추장의 가슴을 한 번 더 밀어내보았으나 추장은 화산이 터지기 직전 같은 몸가짐을 하면서

"이년아! 이럴 때는 죽여주, 하고 자빠져 있기만 하면 되는 거야!" 하고 그녀의 몸을 바싹 죄어 안으면서 뜨거운 입술을 포개왔다.

그녀는 입을 열어주지 않았다. 추장을 물 것 같은 살기를 품었다. 그러나 그녀는

"엄마! 난 죽어!" 하고 울음을 터뜨릴 것만 같은 그런 순간을 몇 번이고 참아 넘기면서부터 그녀 자신도 모르게 그녀의 육체는 어느새 느낌을 달리해가고 있었다.

피가 역류를 하는 그런 느낌과 함께 그녀도 숨이 가빠왔다. 육체의 어느 문이 하나 더 열리고 있었던 것이었다.

그녀는 추장에게 겁을 내지 않았다. 그녀의 육체는 이미 자신의 것이 아니었다. 광기에 무섭도록 몸이 말려들면서 그녀도 마주 피치를 올리기 시작했다. 그녀는 추장의 육체의 어느 한 부분을 받아들이기에 안간힘을 쓰고 있었다. 도리어 문을 열어준다고 나대고 있는 추장의 키가 모자라는 것 같은 아쉬움을 느끼면서부터 온몸이 불꽃을 튀기는 것이었다.

이건 추장의 힘만은 아니라는 생각이 들었다.

그녀는 신이 주어진 또 하나의 딴 세계로 접어들면서 무섭도록 광기

에 말려들기 시작했다.

"추장님! 제 숨통을 좀더 꽉 막아주세요. 어서 그래주세요. 어서요, 어서!"

하고 그녀도 몸을 마주 부딪쳐갔다.

그제야 추장은 그 우악진 두 손으로 그녀의 머리채를 왈칵 감아쥐는 시늉을 하면서 그로기 상태에 빠져들고 있었다. 그녀도 추장이 하듯 눈앞이 캄캄해지는 다급한 순간이 다가왔다.

이렇게 해서 두 사람이 오르가슴을 치르고 났을 때는 이미 시간은 자정을 훨씬 넘어서고 있었다. 그러나 밖에서는 아직도 그녀의 초야를 위한 부족들의 축제가 계속되고 있었다.

역사는 인간의 사고방식과는 전연 별개인 길들지 않은 동물에 속해 있었다.

곰같이 우둔할 때도 있었고 맹수같이 민첩하고 용감할 때도 있었다.

현대인은 그녀의 초야를 역사의 제물이라고 할 것이다. 그러나 그때 그녀의 초야는 모권 시대 직전에 놓여 있었던 것이었다.

그 후 추장이 어느 날 사냥을 나갔다 허리를 몹시 다쳐 들것에 들려 집으로 돌아왔다. 의사의 카르테에 의하면 추장의 부상은 한 2개월쯤 치료를 받아야 할 중환자로 되어 있었다. 추장은 곧 약초 찜질을 시작했다. 아무리 찜질을 해보아도 허리는 제대로 말을 잘 들어주지 않았다.

부족들이 병문안을 들락대고 있을 때였다.

결혼 날짜를 받아놓은 또 하나의 과년한 신부 한 사람이 초야를 신청해왔다. 그러나 추장은 허리가 시원치 않으니 날짜를 좀 늦추어보자고 했다. 신부가 보기에 추장의 허리가 제대로 서자면 아직 한 반년은 더 걸릴 거라는 생각이 들었다.

"그건 너무하시는군요! 저번 양지골 새댁도 거뜬히 치러주지 않았어요? 저도 어서 초야를 치러주셔야 합니다."

신부는 추장을 향해 눈을 까뒤집는 것이었다.

본래 신부는 과년해 있을 뿐만 아니라 남보다 월등히 덩치가 커 보였다. 유방과 입이 좀더 발달이 돼 있는, 지금으로 치면 육체파에 속해 있었다. 아마 문명인이 본다면 "저거 암곰 아냐!" 하고 도망을 칠 정도로 우직하게 커 보였다.

신부는 몸짓만큼 사고방식도 우직했다. 지금의 용어로 따진다면 와일드하다고나 할까, 좌우간 왈패스러웠던 것만은 사실이었다. 신부는 생각을 달리했다. 누구의 권유도 듣지 않았다. 추장 따위는 안중에도 없었다.

만사가 어느 정점에 도달하면 자신의 것이 아니듯이 과년한 신부의 생각은 신부 자신의 것이 아니었다. 짐승에 속해 있는 사관(윤리관)이 신부의 마음에 부채질을 해주고 있는 것이었다.

어느 날 밤 신부는 그 거추장스러운 절차(초야) 하나를 커트해버리고 신랑 방으로 직통을 해 가기로 했다.

그런데 하나 유감스러운 일이 있었다. 신랑과 신부의 비중이 너무 차가 져 있었다. 신부의 덩치에 비해 신랑은 신부의 절반밖에 안 돼 보였다. 가무잡잡한 얼굴하며 팔다리가 오줌싸개(당랑, 螳螂) 같은 인상을 주었다.

성격도 마찬가지였다. 신부는 저돌적인 데 반해 신랑이 내성적이었다. 계집애같이 패식패식 웃기를 좋아하는 그런 축에 끼어 있었다. 어느 것 하나 비중에 맞는 것이 없었다. 그렇다고 신부는 크다, 작다, 하고 골라잡을 마음의 여유를 주지 않았다. 일은 저질러놓고 보아야 한다는 식으로 신랑방 문을 두들겨댔다.

문이 잠겨 있었다. 다시 문고리를 당겨보았다. 역시 열리지 않았다. 문을 안으로 걸어 잠근 것이 분명했다.

신부는 설레는 마음을 걷잡을 수 없었다.

"이것 봐요. 곰네가 왔어요. 어서 문 좀 따줘요!" 하고 불러보았으나 자신의 가슴 뛰는 소리만이 들릴 뿐 방 안에서는

"어서 가! 가라니까! 가!"

하고 초야도 치르지 않고 뛰어든 이단자를 받아줄 수는 없다는 것이었다.

신부는 대번 피가 끓어올랐다.

"이 병신 같은 새끼야! 어서 문 열어! 문!" 하고 목따는 소리를 했다. 그러자 방 안에서는

"아버지 승낙도 없이 문을 열어줘! 건 안 되겠는걸!" 하고 목젖이 기어들어가는 소리를 냈다.

"요 맹추 같은 것, 내가 너의 아버지하고 결혼하러 왔으니, 너하고 결혼하는 거지! 너하고 나하고 좋으면 됐잖아!" 하고 따지듯이 대들었다.

"그럼 초야는……"

신랑은 약간 떨리는 소리를 냈다.

"추장은 허리가 부러졌잖아! 그러니까 초야도 네가 대신하는 거야. 네가."

신부는 부리나케 독촉을 했다.

몇 사람의 부족이 만류를 해보았으나 신부의 가슴에는 젊음이 꽉 차 있어 누구의 권유도 비집고 들어설 자리가 없었다. 모여들었던 부족들도 하는 수 없이 신부의 요구대로 문을 열어주기로 했다.

신부는 방 안을 뛰어들기가 바쁘게 불을 탁 꺼버리고 그 육중한 몸을 신랑에게로 밀착해갔다. 신랑도 원숭이같이 이를 희게 드러내면서 마주 밀착을 해오는 시늉을 했다. 그러나 누가 보기에도 걸맞지 않은 불장난

이 시작된 것이다.

신랑은 그다음 절차를 미처 감당해내지 못했다.

"잠깐만! 잠깐만!" 하고 뒷걸음질을 치고 있었다.

숨이 거칠어진 신부는 대번 히프를 까서 신랑에게로 밀어넣었다. 신랑은 겁에 질린 얼굴을 했다. 정글에서 산돼지를 만났을 때만큼이나 겁을 냈다. 신부는 눈이 붉어지면서 신랑을 윽박지르기 시작했다. 그제야 신랑도 약간 짐작이 간다는 투로 제법 신부를 덮쳐주는 시늉을 했다. 신부는 대번 비명 같기도 하고 고함 같기도 한 기성을 올리면서 더욱 입김을 몰아내기 시작했다.

그러나 신랑은 그만했으면 잡시다, 하는 투로 감았던 팔을 풀고 돌아누워 곧 잠이 들고 말았다.

스태미나가 너무 모자랐던 것이었다.

"그만 것도 못 감당해내는 바보, 어서 뒤어져라! 이 새끼야! 어서 뒤어져!" 하고 신부의 얼굴에는 광기가 이글대기 시작했다. 입에 거품을 한입 물고 이를 득득 갈면서 신랑을 타고 깔아뭉개보았다. 하나 여기에는 사람도 신도 나타나주지 않았다.

멀리서 부족들이 축제에 열을 올리고 있는 육감적인 북소리만 들려올 뿐이었다.

신부는 그 전의 자세로 되돌아가기를 희망했다. 그러나 그녀의 육체는 그녀를 놓아주지 않았다. 자신의 심정을 걷잡을 수 없으리만큼 그녀의 육체는 젊음과 분노를 밀어올리고 있었다.

가슴이 메슥메슥해왔다. 토할 것도 같고 울 것도 같았다. 심장에서는 거품이 튀도록 피를 걸러내고 있었다.

그녀는 스컹크같이 진한 체취를 내뿜기 시작했다.

"황사(黃蛇) 같은 자식, 목을 졸라줘야지!" 하고 초야도 치러주지 않고 마냥 나가자빠져 있는 추장을 저주하면서 문을 박차고 밖으로 뛰쳐나갔다.

그녀는 추장네 집을 찾아가는 길이었다. 추장네 집은 한 5마장쯤 떨어져 있었다.

우기가 채 걷히지 않은 밤길은 유별나게 질척댔다. 몇 번을 미끄러지면서 그녀의 발길이 샘터(공동 우물)를 지나칠 무렵이었다. 그녀의 뇌리에 이상한 그림자가 스쳐 지나갔다. 저번(추장이 발병하기 전) 초야를 치르고 난 양지골 새댁의 얼굴이 떠오르며 추장의 허리는 그날 밤 그년이 망쳐놨다는 생각을 했다.

"망할 년이 저 혼자만 해처먹었구나! 살쾡이 같은 년!" 하고 질투심이 일어나기 시작했다.

그녀는 발걸음을 양지골로 방향을 바꿔 갔다.

"이년, 어서 나와라! 살쾡이 같은 년아! 어서 나와라!" 하고 볼멘소리를 지르면서 양지골로 막 접어들 때였다.

검은 물체 하나가 앞을 막아서는 것이 있었다. 처음은 웬 나무토막이서 있었다고 생각했다. 그녀도 어깨를 추스르면서 발걸음을 멈춰 섰다.

"거 누구지! 누구냔 말이야!" 하고 길을 막는 것이었다.

"나다! 왜? 사내 양반이 여자도 몰라봐!"

지향 없이 치닫고 있는 그녀의 광기는 어디고 한번 부딪치고 나야만 했던 참이었다. 바위라도 좋았고 나무토막이라도 좋았다. 그녀는 때마침 잘 만났다는 생각이 들었다.

상대는 그녀 자신도 모르게 그녀가 찾아다니던 양지골 새신랑이었다. 대번 복수심에 불타기 시작했다.

그녀는 사내를 꺼둘러가지고 집으로 되돌아왔다. 사내는 겁먹은 얼굴을 하면서

"그런 법이 어디 있어! 이거 놓아! 놓으라니까!"

그녀는 그를 놓아주기에는 이미 때가 늦어 있었다.

"법이 따로 있나! 내면 법이지. 안 그래!" 하고 사내를 거머안았다.

사내는 사지를 와들와들 떨면서

"추장이 알면 우린 화형감이다. 화형감!"

부족의 규율(법)은 간음죄는 화형에 처하는 것으로 되어 있었다. 그러나 그런 윤리관 따위는 그녀의 불장난을 꺼줄 힘이 되어주지 못했다.

"화형은 이년이 다 맡아 할게……" 하고 그녀는 불을 탁 끄고 마주 엉켜들었다.

방 안 공기는 대번 살기를 띠기 시작했다. 그녀의 말대로 황사가 산돼지를 삼키는 그런 신음 소리 같기도 했고, 산돼지가 황사를 작살을 내는 소리 같기도 한 기성을 올리고 있었다. 그날 밤의 일이 그녀에게 있어서는 애정 교환치고는 너무 거친 살생 같은 순간을 치르면서 비로소 육체의 문은 어느 한쪽만이 와서 열어주는 게 아니고 그녀도 마주 그녀의 육체가 요구하고 있는 키를 찾아나서는 데 눈뜬 것이었다. 지금으로 치면 성 해방 같은 것이었다.

그러나 부족들은 그때부터 그녀를 경계하기 시작했다. 특히 부녀자들이 그녀를 마치 전염병 환자를 대하듯 "바람잡이! 바람잡이!" 하고 그녀를 멀리하기 시작했다.

밤이면 그녀가 남편을 광에 잡아 가둔다는 소문까지 퍼지고 있었다. 그러나 그녀는 소문 따위에는 조금도 겁을 내지 않았다. 그녀가 믿을 수 있는 것은 자신의 육체뿐이었다. 도리어 그녀는 자신을 즐겁게 해주고 있는 자신의 육체를 위하여 기발한 착상을 떠올리기에 여념이 없었다. 그녀는 남자만을 끌어들이는 것이 아니었다. 남의 돼지도 훔쳐다 먹었고 닭도 훔쳐다 먹었다. 먹는 것만큼 그녀는 덩치도 커갔고 간덩이도 부어올랐다. 그것만이 아니었다. 그녀가 훔친 양만큼 그녀를 헐뜯고 그녀의 소문을 터뜨리고 다니는 년들이 굶고 있는 꼴을 보아주는 스릴을 느끼는 맛에 도벽은 날로 더 심해졌다.

그러던 어느 날 밤이었다. 그녀도 모르게 추장은 부족 회의를 열고 그녀를 화형에 처하기로 했다. 법치 국가로 친다면 사형 언도 같은 것이었다.

박 기자는 담배에다 불을 댕기면서
"현대인이 '부정'이다, '부패'다, 하는 것도 다 그녀와 같은 성 윤락에서 오는 악순환이 아니겠습니까?"
하고 다시 얘기를 계속했다.

——사형 언도를 받고 난 그녀는 이왕 죽을 바에는 실컷 처먹고나 죽겠다는 생각이 들었다. 사형 집행 전날 밤, 그녀는 추장네 집 돼지 한 마리를 훔쳐가지고 도망을 치고 있었다. 겁도 났고 숨도 찼다. 거친 발걸음이 마을을 한 절반쯤 건넜을 때였다. 용케 움켜 안았던 돼지를 놓친 것이었다. 그녀는 포기를 할까 하는 생각을 했다. 그러나 마지막 주어진 기회를 그냥 놓칠 수는 없는 일이었다. 그녀는 어둠 속을 더듬어 가면서 제대로 돼지를 다시 덮쳤다고 생각하는 찰나 돼지와 함께 우물로 뛰어든 것이었다.

극히 순간적으로 일어난 일이었다. 그녀는 몇 번 솟구쳐보았다. 손에 잡히는 게 없었다. 다시 한 번 기를 써보았다. 그러나 그녀를 건져줄 사람은 아무도 나타나주지 않았다. 겁이 왈칵 났다. "엄마!" 하고 불러보았으나 말이 되어주지 않았다. 이미 그녀의 육체는 그녀를 멀리하고 있었다. 그녀의 생각과는 반대로 코로 물을 빨아들이면서 그녀는 누구도 모르게 죽어갔다.

타인을 대행하는 두뇌들

부족들이 나타났을 때는 그녀의 시체는 그 돼지 한 마리를 먹지 못하고 죽은 것만이 억울하다는 투로 돼지를 꽉 껴안고 죽어 있었다. 부족들은 그녀의 익사체를 건져놓고 저마다 엇갈리는 의견을 내세웠다. 이왕 죽음을 받아들여야 할 사형수로 되어 있었으니까 죽은 것도 제대로 맞아떨어졌다고 떠드는가 하면, 비록 사형수로 되어 있기는 하지만 사형 이전에 죽은 것은 자연사에 속하니까 제대로 절차를 갖추어 장례를 치러주는 것이 옳다고 주장하고 나서는 사람도 있었다.

그러나 추장은
"법은 어디까지나 준법정신으로 그녀를 처단한다. 화형 대신 그녀의 시체를 독수리에게 맡겨라" 하고, 추장다운 수권을 내세웠다.

추장의 말은 그 말 자체가 곧 법으로 되어 있었다. 누구도 반대하지 못했다. 후각이 예민한 독수리 떼들은 이미 모여와 앉아 시체를 어서 내주기를 기다리고 있는 참이었다. 까마귀 떼들도 날아들었다. 부족들은 그녀의 시체에서 물러나야 했다. "우! 우!" 하고 독수리 떼는 그녀의 시체를 덮어버렸다. 까마귀 떼도 예외는 아니었다. 그녀의 시체는 완전히 새 떼에게 묻히고 말았다.

샘터 분위기는 점점 살벌해가고 있었다. 부족들은 그녀만이 못 당할 것을 당하고 있다고 생각지 않았다. 자신들이 새 떼에게 먹히고 있는 것만 같은 죄책감을 느꼈다. 차마 인정치고는 못 보아줄 일이었다. 얼굴을 감싸 안고 있던 아낙네 한 사람이 추장 앞으로 나서면서

"추장님! 큰일났습니다. 미친년이 빠져 죽은 물을 그냥 퍼마실 수는 없잖습니까? 만일 이 물을 우리가 퍼마신다면 산신이 노하십니다. 그냥 무사하진 못할 거라 그 말씀입니다" 하고 항의를 해왔다.

추장은 대답이 없었다. 궁지에 몰리고 있는 것이었다. 이 취락에는 샘터라고는 그녀가 빠져 죽은 공동 우물 하나밖에 없으니까. 그 외에

있다고 하면 한 2마장쯤 떨어져 '도깨비 우물'이 하나 있기는 했지만 '도깨비 우물'은 샘이 나지 않았다. 우기에만 객수가 훤히 떠올랐다가 건기만 되면 물은 도깨비가 사라지듯 어디로 도망을 쳐버리는 그런 우물이었다. 추장은 생각할수록 난처할 뿐이었다. 먹자고 할 수도 없었고 안 먹자고 할 수도 없는 일이었다.

"이 일을 어쩌면 좋지!" 하고 추장이 혼잣말 비슷이 씨불이자,

"어쩌구 자시구 할 일이 못 됩니다. 미친년이 빠져 죽은 물을 퍼마시면 생사람도 미쳐납니다. 도둑년같이 신들린다 그 말입니다!" 하고, 어느 할머니 하나가 살기 어린 대답을 했다.

"일인즉슨 곤란해졌군!" 하고 추장은 시체 쪽으로 시선을 돌렸다.

까마귀 떼는 시체만을 탐내고 있는 게 아니었다. 온 마을을 뒤덮어버릴 기세를 했다. 아니 인간에 도전을 해오는 무서운 난무로 보였다. 추장은 겁이 더럭 났다. 그 샘물을 떠 마시지 않고도 추장 자신이 먼저 미쳐날 것만 같은 생각이 들었다.

"다들 무엇들을 하고 있지! 어서 예언자를 불러와라! 예언자를!" 하고, 명을 내렸다.

예언자는 곧 달려왔다. 지금으로 치면 예언자는 추장의 비서 격에 속해 있었다. 예언자는 "별이 보인다, 별이 보인다" 하고 하늘을 향해 손짓을 몇 번 하고 나서

"이 물을 퍼마시면 추장이 죽고 이 물을 퍼마시지 않으면 부족들이 죽습니다!" 하고 예언자는 양자택일을 내세웠다.

추장은 펄쩍 뛰었다.

"그거 안 될 말이다. 그런 것말고도 딴 방법이 있을 게 아니냐? 어서 다른 방법을 말해보아라" 하고 추장은 예언자를 힐책했다.

예언자는 한참 생각에 잠겨 있다가 추장의 안색을 슬금슬금 훔쳐보

면서,

"소인은 별도리가 없는 줄로 압니다. 본래 그년은 도둑년이라서 그게 무섭습니다."

추장이,

"도둑이라는 게 얼마나 무서운 건데 예언자까지 쩔쩔매는 거지!" 하고 묻자,

"그건 저도 지나보지 않고는 잘 모르는 일입니다" 하고, 예언자는 몸을 떨어 보였다.

예언자가 말하는 도둑은 지금으로 치면 부정부패 같은 것이었다. 추장은 안 된다는 생각이 들었다.

"오늘부터 이 샘물을 떠 마시는 자는 화형에 처하기로 한다. 그 대신 '도깨비 우물'을 아껴 먹기로 정한다!" 하고 비상조치령을 내렸다.

부족들은 난색을 표명했다. '도깨비 우물'만으로는 많은 부족들의 식수가 될 수 없었다. 그렇다고 반기를 드는 사람도 나타나주지 않았다. 추장의 말을 거역하는 자는 곧 반역으로 몰리기 때문이었다.

해가 질 무렵 해서 부족들은 해산을 했다. 추장이 맨 앞을 서 갔고 그 뒤에 예언자가 따라갔다. 부족들은 얼마간 간격을 두어 가고 있었다. 까마귀 떼는 점점 더 기승을 부렸다. 이것을 본 어느 젊은 치 하나가 돌을 들어 새 떼를 향해 팔매를 쳤다.

이것을 본 늙은 부족 한 사람이

"이 자식아, 어쩌자고 그따위 짓을 하지! 추장한테 눈치만 채봐, 넌 가는 거다, 가는 거야" 하고 부족 한 사람이 제지를 했다.

"어쩌긴 뭐가 어쩐다고 꾸중이십니까! 법을 지켜도 죽고, 안 지켜도 죽고, 죽기는 매일반 아닙니까!" 하고 볼멘소리를 했다. 이 말을 귀담아듣고 있던 예언자가

"여기 불평분자가 하나 생겼습니다. 이자를 어떡하랍쇼?" 하고 추장에게 알려바쳤다.

추장은 차가운 얼굴을 하면서

"내 말은 곧 법이다. 그자를 본보기로 화형에 처하여라!"

부족들은 범법자를 추켜들고 화형대로 몰려갔다.

그날은 밤이 깊도록 부락 뒷산 화형대에서 타오르는 불길이 춤을 추고 있었다.

박 기자는 무릎을 탁 치면서

"선생님! 이제부터가 더 볼만한 얘기입니다" 하고 다음 얘기로 옮아갔다.

――우기가 걷히고 건기가 다가왔다. '도깨비 우물'에 괴어 있던 물은 슬금슬금 도망을 치기 시작했다. 처음은 그럭저럭 부족들의 기갈을 해결해나갈 수가 있었다. 그러나 건기가 부쩍 다가서면서부터 추장네가 먼저 물을 퍼나르고 나면 그다음 남은 물로는 균등 분배가 되지 않았다. 부족들은 기갈에 몰리기 시작했다. 부락은 점점 시끄러워져가고 있었다. 추장은 부족들의 떠드는 꼴을 그냥 보아 넘길 수가 없었다.

"다음 우기가 올 때까지는 음료수 이상을 퍼가는 자는 부락에서 추방하기로 한다" 하고 긴급 조치령을 내렸다.

그러나 추장이 말하는 다음 우기가 오자면 아직도 3개월은 더 있어야 했다. 그뿐이 아니었다. 우기가 주기적으로 꼭꼭 오리라고 누가 장담할 사람도 없었다. 날은 부쩍 더 가물었다. 부족들은 기갈에 쪼들리어 입 안이 타들고 있었다. 벌써 사냥을 못 나가는 사람도 있었고, 시궁창에 코를 처박고 떼죽음을 하는 사람들이 생겨났다. '이러고 있다가는 다 죽는다' '샘물을 퍼마셔야 산다' '추장을 들어내자!' 하고 누구의 입에선지도 모르게 이런 얘기가 떠돌기 시작했다. 유언비어 같은 것이었다. 그러나 경우에 따라서는 유언비어가 불을 댕긴 화약 구실을 해줄 때가 있다. '추장이 알면 화형감이다, 화형감이다!' 하면서도 부족들은 동요하기 시작했다.

그들에게 추장의 말은 곧 법으로 되어 있었고, 법은 영원한 진리로만 믿어온 그들이었다. 그러나 개념보다는 현실이 더 무서웠다. 법 제정은 당면한 상황에서만 필요했던 것이었다. 그때는 이미 과거에 속해 있었고, 지금은 곧 생명과 직통을 해주고 있는 준법정신보다 좀더 존엄한 현실과의 대결이 남아 있을 뿐이었다. 부족들은 추장 모르게 미친년이 빠져 죽은 샘물을 퍼먹기 시작했다. 대번 몸에 수분이 오르고 피부가 윤택해졌다. '인제 살았다! 살아났다!' 하고 부족들은 활기를 띠기 시작했다. 다시 사냥도 나갔고 산열매도 거둬들이기 시작했다. 하나 부락에서는 또 하나의 이변이 일어나고 있었다. 흥분한 부족들은 '공동 우물이 기적을 낳는다. 가난은 죽음보다도 무섭다!' 하고 물에 빠져 죽은 그녀가 하듯 도벽이 심해가고 있었다. 부정을 해서는 안 된다는 고수파도 있기는 했지만 사태는 양상이 이상한 방향으로 바뀌고 있었다. 가난이 무서워 하는 일도 아니었고, 식량이 부족해서 하는 일도 아니었다. 이미 큰 도둑들은 작은 도둑들을 모아 세력권을 구축해놓고 소비의 미덕을 주장하는 것이었다. 한쪽으로는 썩어나는 물건들을 묻어가면서…… 부족들의 균등 분배는 완전히 무너지고 말았다. 그러던 어느 날 추장 앞에 도둑을 맞았다는 부족 한 사람이 상신을 해왔다.

"추장님, 큰일났습니다. 부족들이 그 샘물을 퍼마시고 물에 빠져 죽은 그년처럼 모두 놀아나고 있습니다" 하고 넙죽 엎드리는 것이었다.

그러나 추장은 이 말을 곧이들으려고 하지 않았다. '어서 썩 물러가지 못할까, 유언비어로 부족을 좀먹고 다니는 자는 도둑보다 더 무서운 적이다' 하고 호령을 치려다 말고 곧 감시반을 파견했다.

추장은 꽤 영리한 체하려고 했던 것이었다. 그러나 부족들은 감시반을 조금도 두려워하지 않았다. 감시반에게 술을 퍼먹이고 구슬을 안겨 줘 보냈다(구슬은 부족들의 최대 보물로 되었었음). 향연에 몸이 푹 빠진 감시원 한 사람이 추장 앞으로 되돌아와서

"추장님! 책임을 완수하고 돌아왔습니다. 아무 이변이 없는 줄로 아시면 되옵니다. 부족들이 샘물을 퍼먹었다는 말도, 도벽이 번지고 있다는 말도 모두 낭설입니다" 하고, 천연덕스러운 자세로 경과 보고를 해 왔다.

이 말을 듣고 난 추장은

"그러면 그렇겠지! 내 명령을 거역할 부족이 있을라고!" 하고 자리 위에 기다랗게 누워 약초 찜질을 하고 있었다.

그러나 며칠이 안 되어 추장 앞에 다시 부족 한 사람이 나타났다. 이건 상신을 하기 위해 온 사람이기보다는 피신을 해 온 사람같이 보였다. 반은 부서진 얼굴로 피를 흘리면서 들어서는 것이었다. 부족을 본 추장은 짜증이 났다.

"넌 또 뭐냐? 얼굴이 어쩌다 그 꼴을 당했느냐 그 말이다."

부족은 부복을 한다기보다는 거꾸러지는 시늉을 해 보이면서

"추장님! 지금은 그렇게 누워만 계시고 있을 때가 못 됩니다. 저는 도둑들한테 집을 몽땅 털리고 났습니다" 하고, 간신히 말을 이어갔다.

추장은 벌컥 화를 내면서

"네 그런 거짓말을 꾸며댄다고 속을 내가 아니다. 썩 물러가지 못할까!" 하고 눈을 부릅떠 보였다.

"추장님, 그건 너무하십니다. 어느 앞이라고 감히 거짓말을 하겠습니

까. 저는 아내까지 뺏기고 난 몸입니다" 하고 항의 조로 나왔다.

추장은 좀더 악에 받쳐

"감시반의 경과 보고에는 너희들이 하고 다니는 말은 모두가 유언비어로 되어 있다. 너를 반동으로 체포한다."

추장은 부족을 교수목(絞首木)으로 묶어 보냈다.

이렇게 몇 사람의 부족을 반역죄로 몰면서 추장은 완전히 인의 장막에 포위되어가고 있었다. 그러던 어느 날 도둑 떼들이 머지않아 '도깨비 우물'을 묻어버리기로 모의를 하고 있다는 소문(정보)이 들려왔다. 추장은 정신이 확 돌았다. 비상조치령을 내릴 생각으로 예언자를 불렀다.

"예언자는 이 사태를 어떻게 수습할 생각인가? 내가 보기에는 상황이 좀 색다른 것 같은데……"

그러나 예언자는 조금도 초조한 빛을 보이지 않았다.

"그것만은 제게 맡겨주십시오. 좋은 방법이 또 하나 있습니다" 하고 얼굴을 환히 웃어 보였다.

"그 좋은 방법이란……" 하고 추장은 약초 찜질을 밀어젖히고 벌떡 일어나 앉았다.

"이번은 예언을 한번 바꿔치는 방법입니다. '샘물을 퍼마시면 부족이 죽고, 샘물을 안 퍼마시면 추장이 죽는다'고 하면 됩니다" 하고 대안을 내놓았다.

이 말은 지금으로 치면 추장을 살신구국(殺身救國)을 한 애국자로 탈바꿈을 해놓자는 것이었다. 과연 만족한 대안이었다. 추장은 아직 누가 무어라고 해도 추장 자신이 제일이라는 자부심을 가지면서

"그대의 대안을 곧 반포하기로 한다" 하고 재가를 내렸다.

그러나 '공동 우물'의 기적을 낳고 있는 부족들은 예언자의 말 따위에는 귀를 주려고도 하지 않았다. 그만큼 사관(史觀)이 바뀌어가고 있었

던 것이었다. 예의 추장의 부상이 거의 완치에 가깝다는 소문이 퍼지고 있던 어느 날 아침 '도깨비 우물'로 물을 길으러 갔던 추장의 아내가 포수에 쫓긴 노루가 하듯 사지를 와들와들 떨면서 들어서는 것이었다.

"영감! 일은 매우 다급해졌습니다. 이걸 어쩌면 좋죠!"

비명을 올리다시피 하면서 대번 추장의 품으로 뛰어들었다.

"왜 이리 천방지축이지! 물을 어느 놈이 먼저 퍼간다는 거야!"

추장의 귀에는 '도깨비 우물'이 바닥이 났다는 소리로만 들렸다.

"물이 아니라니까요. 사태가 험악해가고 있다니까요" 하고 얼굴이 질려 있었다.

"그럼 우물을 누가 묻어버렸다는 거야!"

아직도 추장은 놀랄 만큼 실감을 느끼지 못하고 있었다.

"그 잠꼬대 같은 소리 그만하세요. 부족들이 예언자를 지금 막 교수목에 매달고 있는 참이라니까요!"

역시 추장은 실감을 느끼지 못했다.

"죄도 없는 예언자를 왜 잡는 거지? 왜! 왜 그러는 거야!" 하고 문을 탁 치고 뛰쳐나가려다 말고

"예언자를 죽이는 그놈이 누구냐 말이야?" 하고 볼멘소리를 했다.

"누구긴요. 부족 전부가 그러는 거죠. 전부가 무섭게 흥분했다니까요."

"주모자는 누구지? 그 몹쓸 놈이 누구냐 말이야? 누구?" 하고 묻자

"주모자는 여자들이라니까요. 기실 떠들어대는 남자들은 여자의 하수인으로 되어 있다고들 하잖아요" 아내는 목이 말라 했다.

"망할 년들…… 어떻든 죄명이 있을 게 아니야, 죄명!" 하고 추장은 짜증을 냈다.

"죄명을 따질 때가 따로 있지, 지금이 어느 땐데 그러고 계세요? 도둑들은 도둑 아닌 사람을 꺼려하는 거죠. 나도, 당신도 다!" 하고 말을

맺지 못했다.
 그제야 추장도 짐작이 가는 데가 있었다.
 "그렇다면 부족 전부가 도둑이란 그 말 아닌가? 그렇게 됐다 그 말이지?" 하고 추장은 그제야 겁이 더럭 났다.
 "사태는 이미 기울어졌군그래. 이 일을 어쩌면 좋지! 우리도 안심할 수는 없잖는가."
 공포심은 실감이 날 정도가 아니었다. 밀어닥치는 전율에 와들와들 떨고 있었다. 아내는 눈물을 글썽이면서 추장의 손목을 꽉 잡았다.
 "당신 고집 세우지 말고 내 말대로 하는 거죠?"
 다급한 음성이었다. 추장도 아내를 쓸어안으면서
 "뭐나 다 할게, 어서 얘길 좀 해봐!"
 아내도 신통한 대안이 없어 얼마간 머뭇대다가
 "우리도 부족들이 하듯 공동 우물을 떠 마시면 되잖아요. 알아들으시겠어요?"
 아내의 마지막 권유가 예언자의 대안보다는 월등히 실감이 나는 말이었다. 그러나 때는 이미 늦어 있었다. 부족들은 샘터를 찾아나선 추장 내외를 끌고 교수목으로 간 것이었다.

 박 기자는 흥분이 가시지 않은 채 담배에 불을 켜대면서
 "선생님도 추장이 하듯 '도깨비 우물'이나 퍼마시고 인간 국보(國寶)가 되실 셈입니까…… 하긴 제가 없는 동안 선생님도 몇 편의 작품을 발표하시긴 하셨더군요. 전 그 작품 다 읽었습니다. 무슨 작품이 그렇습니까? 다시 말해서 리얼리티가 없다 그 말입니다. 서울 시민이 떠맡고 있는 현실은 그런 게 아니잖습니까? 한강 물을 퍼마시긴 선생님이나 저나 매일반인데, 작품이 뭐가 그렇습니까! 한번 생각해볼 문제 아닐까요."

하고 갑수의 폐부를 찌르는 투로 말을 건네왔다. 그러나 갑수는 담담한 자세로 박 기자의 심적 상황을 살피고 있다가

"박 기자의 교수목 이야기는 하나의 현실을 관찰의 대상물로 삼았을 뿐이지, 박 기자 자신은 어디에도 나타나 있지 않은 거야. 다시 말하자면 박 기자가 현실, 현실 하는 그 현실은 이미 관념화된 죽은 현실이라 그 말일세. 즉 주체성도 내면성도 없는 일반화된 개념이지 현실도 사실도 아니잖아!" 하고 쓴웃음을 웃어 보였다.

그제야 박 기자도 약간 의기소침해서

"그걸 좀더 구체적으로 설명해보신다면……" 하고 반문을 해왔다.

"구체적으로 말을 해보라고? 박 기자도 참 딱도 하군. 박 기자가 묻고 있는 구체적이란 그 말 자체부터가 사람은 어떻게 살아야 잘 사는 것입니까, 하는 것 같은 우문우답 아닌가. 허나 하나 얘기해둘 게 있네. 박 기자의 사고방식은 너무 고정화돼 있다. 그 말일세. 인간이래도 좋고 문학이라고 해도 좋네. 그건 박 기자 자신이 알아서 할 얘기고, 인간은 사관을 비판할 줄은 알면서 인간 자신은 왜 비판할 줄을 모르는 거지. 자네가 내 작품을 읽어주듯이 나도 자네 작품을 다 읽었네마는 읽을 때는 사실 같은데 다 읽고 나면 사실 같은 거짓말로 돼 있다 그런 말일세. 한 번 더 꼬집어 말한다면 작품을 쓰기 위해 쓴 작품 같은 것, 그리고 사실주의 모사 방법을 위한 사실 모사를 한 것 같은 것 말일세. 떡이라면 본을 박아 먹을 수도 있겠지만 인간은 본래 탁본은 없잖아! 모두가 그와 마찬가지라고만 알면 되는 거야. 사람이 현명해지기 위해 누구의 탁본을 받았다고 한다면 그건 어디까지나 타인의 것이지 자기 자신일 수는 없지 않을까. 안 그래? 박 기자만이 할 얘기가 따로 있듯이 말일세."

갑수가 말을 채 맺기도 전에

"선생님! 교수목에 나오는 광녀가 저라고 해도 박 기자 자신이 없다 그 말씀입니까. '도깨비 우물'만 퍼마시고 있다가 교수형을 당한 추장이 선생님 같은 유형이라고 해놓아도 말입니다" 하고 반격을 해왔다.

"그건 나타나고 있는 어느 하나의 사실을 분석해놓았을 뿐이야. 한번 더 함축해서 말을 해본다면 인간은 어느 천재(天才)가 나타나주기를 기다리고 있는 것이 아닐세. 저마다의 가슴에 지니고 있는 유령이 어서 나타나주기를 기다리고 있는 것뿐이야. 인제 알아듣겠나?"

그러나 박 기자는 못마땅한 얼굴을 하고 있었다. 한갑수도 더 건네줄 대화가 없었다. 얼마간 마주 코허리를 일고 있다가

"박 기자가 나를 처음 만나주던 때가 언제지?" 하고 향수에 찬 쓸쓸한 표정을 지었다.

박 기자는 그건 알아서 뭣에다 쓰세요, 하려다 말고 "1966년 봄이었으니까, 아마 한 7년 남짓 됐군요" 하고 다시 표정을 바꾸어가고 있었다.

"벌써 세월이 그래졌나?…… 그때 내가 동맥 경화증을 앓고 있을 때였지, 아마. 그렇지?" 하자, 박 기자는 날쌘 동작을 하면서

"네, 맞습니다. 그게 선생님의 유일한 처세술 아닙니까. 엄살 같은 거 말입니다" 하고 허리를 꺾어가면서 폭소를 터뜨렸다.

갑수도 마주 웃어가면서

"박 기자! 그렇게 웃을 일만은 아니잖아! 그동안 나는 그야말로 안 웃고는 못 배길 또 하나의 이질(異質) 병을 앓고 있었던 참이야. 이번은 퇴영성(退嬰性) 질환이라는 건데 내 키가 점점 잦아들고 있는 거야. 어린애처럼 말일세. 게다가 기억력 상실증 하나를 더 얹어주는 게 아니겠어. 머릿속이 썩어빠진 호두 속같이 덜렁대면서 현실 상황에 실감을 내지 않는 거야. 말하자면 물가지수를 송두리째 잊어먹은 거지. 무슨 단위(單位) 같은 것 말일세" 하고 기가 푹 꺼지는 시늉을 했다.

그러자 박 기자가

"선생님! 누구도 믿어주지 않는 그 연막전술은 그만했으면 인제 걷어치우시기로 하시죠. 그건 병이 아니고 바보 아닙니까. 천치 같은 바보 말입니다" 하고 웃어젖혔다.

갑수도 허기가 지도록 웃고 나서

"그 말이 옳군그래! 바보였지. 신이 없는 것도 아닌, 그리고 신이 있는 것도 아닌 중간 지점에서 방향을 찾고 있는 눈뜬 장님 같은 바보였지. 이런 반수 반인(半獸半人) 같은 바보가 말일세, 이렇게 앓고만 있다가는 안 되겠다는 생각이 들더군. 말라비틀어진 오금도 좀 세워볼 겸 서점에라도 한번 나가볼까 하던 참인데, 식모애가 겁먹은 얼굴로 조간 신문을 들고 뛰어들지 않겠어. 신문을 받아 보니 과연 겁도 먹을 만하더군그래. 영문학자 K형의 부음이 사회면 한구석지에, 그것도 간신히 자리를 비집고 나 있는 거야. 나는 놀랍다기보다는 어처구니없는 웃음이 쿡쿡 받쳐오르지 않겠어. 그 전날 오후 3시쯤 해서 닥터 우와 함께 K형이 내 병문안을 와준 거지. 신색도 훤하던 사람이 하룻밤 새 세상을 뜬 거로 되어 있다는 거야. 이건 도시 실감이 나지 않더군. 병문안을 받고 있던 나 자신은 두 눈을 부릅뜨고 천연스럽게 앉아 있는 판인데 남의 병문안을 다녀간 사람이 죽기는 왜 먼저 죽었다는 거지. 전연 죽었다고 믿어지지가 않더라니까. 이건 농담치고는 좀 짓궂다는 해석이 들면서어서 역습을 해줘야겠다는 생각을 한 거지. 나는 웃음이 목젖에 걸리는 소리로 '이봐! 키다리' 하고 우리 안사람을 불러댔지. 아내는 대답을 하지 않는 거야. 나는 좀더 웃음에 목이 집힌 소리로 '이봐! 뚱보!' 하고 소리를 지르니까 그제야 우리 안사람이 못마땅한 얼굴을 하고 들어서면서 '사람대접 한번 잘하시는군요. 뚱보는 또 뭡니까, 뚱보가!' 하고 눈을 흘기는 거야. '그 말은 됐다 하기로 하고, K형 댁에 전화부터 좀 걸어주게! 어서' 하고 역시 느닷없이 웃음을 웃어젖힌 거야. '당신은 손이 없수? 전에 없이 전화는 왜 나더러 걸라는 거죠?' 하고 주춤대지 않겠나. '아니야. 이런 경우에는 본인은 전화를 걸 수 없게 돼 있는 거야. 대신 타인이 거는 거로 되어 있다니까! 걸라면 어서 걸어!' 하고 쿡쿡대고 웃어젖히자, 그제야 수화기를 들면서 '전화를 뭐라고 해요. 어서 일러봐요. 어서요!' 하고 다이얼로 손을 가져가는 거야. 'K선생님 댁이시죠? 선생님 좀 바꿔주세요. ……K선생님이세요? 어젯밤 우리 주인 양반이 고혈압으로 뻗었습니다. 완전히 뻗었습니다. 유서에는요, 자신의 시체는 쓰레기로 되어 있으니까 당장 오늘로 쓰레기 처리를 하는 것으로 되어 있습니다. 전화는 이것뿐입니다' 하고 불러준 거지. 이를테면 신문 사회면의 부음 기사 같은 거 아니겠나. 나는 이 전화를 받은 K형이 허겁지겁 달려올 꼴을 생각하고 좀더 신이 나서 웃어젖히는 참인데, 이걸 본 우리 집 뚱보는 수화기를 덜렁 놓더니, 혼백이 다 부서진 등신 같은 얼굴로 나를 한참 바라보고 있다가 '당신 미쳐도 정통으로 미쳐났군요. 지금 당신 손에 들고 있는 그게 어느 개인의 편진 줄 아세요. 대한민국의 대표 기관지예요. K선생의 부음을 보고도 그러고만 앉아 있을 참이세요. 어서 문상을 가야 하잖아요. 안 가신담 제가 대신 갈 테여요' 하고 내지르는 소리를 하는 거야. 그제야 내 머리가 무엇에 콱 부딪히는 것 같은 충격이 오면서 이러고 있을 때가 아니라는 생각이 들더군. 나는 그길로 K형의 문상을 가기로 한 거지. K형 댁 마루로 들어섰을 때 안방에서는 벌써 여자 조객들이 모여 앉아 흐느낌으로 상가 분위기를 한창 조성하고 있는 중이더군. 나는 K형의 위패를 모신, 동북쪽으로 창이 많이 나 있는 K형의 서재로 들어섰지. 상반신만으로 된 K형의 영정은 한복 차림을 하고 상 위에 앉아 있더군. '네가 먼저 뻗었다고 전활 했다면서, 인마! 이쪽을 좀 똑똑히 바라봐. 어른이 여기 이렇게 누워 계시다. 어서 냉큼 인사 못 할까' 하고 농을 건네오는 것만 같은 착각이 들잖아. 나도 'K소년! 내가 뭐라고 교육을 시켜줬지. 잘 때는 똑바로 누워 천장을 보고 자라고 했잖았어! 왜 엎드려 자곤 했지' 하고 웃음을 터뜨리려는 순간 가슴이 왈각 뒤집어지면서 이런 경우에는 누구나 그래야 한다는 투로 눈물이 솟구쳐오잖아. 그제야 떨리는 손으로 간신히 분향을 마치고 나서 방 안을 둘러보니 상주 대신 작가 S형이 '한 형이 앓아누워 있다고 소문을 들었는데, 용케 찾아줬군그래!' 하고 나를 맞아주더군. 나는 인사말을 한다는 소리가 'K형이 무슨 병으로 세상을 떴습니까?' 하고 묻자 '한 형도 그 병을 앓고 있다면서? 퇴영성 질환으로 간 거지, 퇴영성 질환' 하고 제대로 말을 맺지 못하더군. 이때 나는 한참 타고 있는 짙은 선향 냄새가 코로 밀어닥치면서 예의 고혈압이 이질적인 현상을 나타내주고 있는 거야. 물체가 둘로 겹쳐 보였다 셋으로 보였다 하면서 점점 동공을 좁혀가고 있었던 거지. 'K형이 어디로 간 겁니까!' 하고 묻자 '이 사람 못 하는 소리가 다 없네. 그걸 내가 어떻게 알겠나, 원! 하긴 낚시를 갔는지도 모르지!' 하고 웃는 것도 우는 것도 아닌 안색을 지으면서 꺼진 향로에 다시 불을 댕겨주고 있는 거야. 그러자 나는 점점 더 빗나가기 시작하는 거지. '그렇다면 일은 잘된 셈이군요. 낚시를 좋아하는 양반이 낚시터로 갔다면 저 갈 길 찾아간 것 아닙니까!' 하고 대답을 하자, S형은 허탈감에 빠진 눈매로 나를 훑어보고 있는 거야. 그러나 나는 여전히 한다는 소리가 'S형, 그렇잖습니까? 사람이 죽어서 가나, 살아서 가나 여행을 떠났으면 행선지가 있을 게 아닙니까!' 하고 반문을 하자 '이거 이러고 있다는 무리 장사 나겠군. 한 형! 충격을 받은 모양인데 누워서 한잠 자게!' 하고 자리를 내주려는 참이었지. 이때 방문이 드르륵 열리면서 몇 사람의 조객이 들어서더군. 방 안 공기는 대번 귀빈을 맞아들이는 분위기로 뒤바뀜을 하면서 술렁대기 시작하잖아. 나도 자리를 비켜 앉는 시늉을 하면서 그들과 얼굴이 마주쳐진 거지. 그런데 말일세, 어디서 그런 것들을 취득했는지 이상한 마스크 하나씩을 얻어 쓰고 들어서면서 눈을 번쩍대는 게 아니겠어. 나는 대번 수치감 같기도 하고 비굴감 같기도 한 치기에 마음이 쫓기면서 몸을 빼치고 싶은 생각이 들더군. 그렇다고 그냥 자리를 뜨기도 멋쩍고 해서 기회를 기다리고 있을 수밖에 별도리가 없었다니까. 그들은 분향을 끝내고 나서 영정을 가리키면서 '이 양반, 간다는 인사도 없이 새치기를 한 거 아냐!' 하고 마치 죽음을 한 번씩 치르고 난 사람들처럼 태연한 자세를 취하더군. 그러자 아주 험상궂은 마스크를 쓴 사람이 '아니지! 이 양반이 나와 동갑내기니까. 범띨 거야. 범띠는 금년이 액년이라니까, 나는 이 양반보다 하루 앞서 갈 뻔한 거야. 교통사고로 말일세' 하고 나를 쳐다보더니 '아니, 갑수 아냐! 너도 범띤데 어떻게 아직 살아 있지!' 하고 조크를 하는 거야. 그러자 옆 사람이 '갑수, 그동안 서울서 살았나? 서울 있었느냐 그 말이야!' 하고 묻는 거야. 나는 그렇다고 대답했지. 그러자 다음 사람이 '아니겠지! 아마 이민을 갔다 온 거겠지! 그렇지?' 하고 조크를 하는 거야. 나는 역시 그렇다고 대답을 해주자, 와르르 하고 온 방 안이 웃음판이 되더군. 그런데 말일세, 이게 날 반겨주는 소리로만은 들리지가 않는 거야. '너는 인간쓰레기다. 아니 우리 앞에서는 인간쓰레기 같은 흉내를 내다오. 그래야 우리들이 쓰고 있는 마스크가 좀더 빛날 거다' 하고 나를 깔아뭉개주는 그런 소리로만 건네오는 게 아니겠나. 방 안 조객들도 그리로만 쏠려들고 있는 얼굴가짐을 하더군. 내 몸은 점점 걷잡을 수 없는 예의 퇴영성 질환에 말려들면서, 누구의 입에선지도 모르게 또 하나 색다른 소리가 들려오고 있는 거야. '우리들은 K형의 죽음을 애도하기 위해서 온 것만은 사실이다. 그러나 우리들이 지니고 있는 인간 보자기 속에는 나침반이 들어 있다. 우리는 지금 K형의 죽음을 향해 나침반을 놓고 조준을 하면서 아직 살아남은 자신들의 생명감을 재확인하고 있는 참이다. 죽은 너보다 살아 있는 편이 다행하다는 스릴 같은 것 말이다' 하고 모두의 가슴에서 내게로 합창을 해오고 있잖겠나. 나는 대번 울먹이면서 방 안을 뛰쳐나왔지. '인간이 이런 것만은 아닐 텐데, 그것만은 아닐 텐데' 하면서 나는 지향 없이 뛰는 거야. '잘 뛴다! 어서 뛰어라! 잘 뛴다! 어서 뛰어라!' 하고 누가 응원을 해주는 것 같더군. 이렇게 한참 뛰다가 왜 그 S대 앞에 학사주점이 있잖아! 나는 무엇에 쫓긴 사람처럼 느닷없이 그리로 뛰어들었지."
하고, 얘기를 중단한 갑수는 이마의 땀을 닦으면서 담배에 불을 붙이려고 하자, 박 기자가 재빨리 자동 라이터로 점화를 해주면서

"선생님, 그 마스크라는 것은 도대체 무엇을 뜻하는 말입니까!" 하고 반문해왔다.

갑수는 한참 주뼛대고 있다가,

"글쎄, 그건 내 환상일지도 모르지. 특권 의식 내지 사회 저변에 깔려 있는 인간 잔인성의 발로에 대한 대항 의식에서 오는 환상 아닐까! 그건 박 기자의 해석에 맡기기로 하고…… 학사주점을 들어섰을 때는 홀 안은 젊은 학생들로 꽉 메워져 있더군. 누가 내게 자리를 내줘야 말이지. 하는 수 없이 나는 구석 자리로 찾아갔지. 나 혼자니까 우선 술 반 되쯤 청해놓고 앉아서 'K형! 나는 혼자 앉아 막걸리를 퍼마시면서 네게 헌시(獻詩)를 보내기로 한다. 내가 앉아 있는 여기는 술집이 아니다. 너와 함께 낚싯대를 드리우고 있는 장자늪으로 한다. 술도 너하고 둘이 마주 앉아 퍼마시고 있는 것으로 한다. 나는 네가 죽었다는 복잡한 계산을 하지 않기로 하겠다. 네가 없어도 나는 역시 네가 필요하다. 지금 이 시간에도 나는 너를 필요로 하고 있는 참이다. 장자늪에서 너는 빈 낚싯대를 걷어올리던 날, 나만이 월척을 낚아올리면서 스릴을 느

끼던 그때의 잔인성만큼 나는 너를 필요로 할 뿐이다. 그 이상은 필요치 않은 것이 우정으로 되어 있다. 그리고 하나 더 분명히 밝혀둘 얘기가 있다. 네 위패 앞에서 흐느껴본 내 애도의 뜻은 내가 아직 살아 있다는 나 자신의 희열을 눈물로 바꾸어놓았을 뿐이다. 그동안 나는 나 자신만을 위해서 너를 향해 네로처럼 수다를 건네줬고, 나 자신을 위해서는 때로는 나는 너를 뱀같이 피해 다녔다. 지금도 마찬가지 뜻으로 이 시간을 장식하고 있다. 내 인간 저변에 깔려 있는 잔인성에 내 몸이 푹 젖어들 때까지 나 혼자 이 막걸리를 마시고 있는 참이다. 그렇다고 삐뚤어지지는 말아주게. 내가 그동안 쓰고 다니던 사피(蛇皮) 같은 껍질을 네가 가듯이 나도 죽음으로 벗고 가마. 살아서 못 벗은 사퇴(蛇退)를 죽음으로 벗고 가주마. 아멘!' 하고 술을 거의 비우고 났을 때였지. 술집 아주머니가 술값 받을 생각은 않고 나를 향해 빈 주전자를 잔뜩 얼메면서 '30년간 술장수를 해먹었어도 너 같은 인간 망종은 내 처음 본다. 요 귀에 피도 안 마른 자식이 뭐 술을 처먹어! 이 자식, 어서 썩 꺼지지 못해!' 하고 마구 주먹다짐을 하는 거야. 그러자 젊은 패들이 '히야! 그거 한번 볼만한 광경인데. 아주머니, 사람은 나면서부터 사람이지 커서만 사람이 되는 줄 아세요. 이 꼬마야, 어서 마셔라, 마셔! 실컷 마셔둬라. 이제부터 마셔도 연령이 모자라서 못 먹지 술이 모자라진 않는다. 어서 마셔라, 마셔!' 하고 합창을 하는 거야. 박 기자가 이 광경을 보지 못한 것만이 지금도 유감일세."

하고, 갑수는 담뱃불을 탁 발로 밟아버리면서

"퇴영성 질환을 앓고 있는 나 같은 환자는 어디를 가도 설 자리가 없더군. ……박 기자, 이제부터가 재미있는 얘기일세. 내가 집으로 돌아왔을 때 우리 안사람이 날 보고 무어라고 했는지 알겠나? 우리 안사람이 말일세. 나를 보자 대번 얼굴을 감싸고 돌아서서 칙칙 울고 있는 게 아니겠나. 왜 우느냐고 하니까 '당신 꼴을 좀 보세요. 어린애같이 키가 졸아만 드니 남이 챙피하지 않아요. 누가 당신하고 부부 행세를 해줄 줄 아세요' 하고 마구 나무라는 게 아니겠어. 이쯤 되고 보면 나도 나 자신(상황)을 좀 알아챌 때가 왔다는 생각이 들더군. 그다음 날 나는 우리 안사람에게 손목을 잡히고 가회동 입구에 있다는 한방의를 찾아간 거지. 의사는 70이 다 된 사상의(四象醫)로 되어 있더군. 우리 안사람이 목례를 해 보이자 의사는 안사람을 보고 '주인 양반 연령이 60을 막 넘어서고 있군그래. 분명 갑인생(甲寅生)이지? 그러면 그렇다고 해!' 하고 자신만만한 듯이 내 골상부터 보는 거야. 나는 원래 한방의를 믿지 않는 성미여서 어디 한번 네 재주껏 해봐라! 하고 저 하는 대로 내버려두어봤지. 그러자 내 손목을 탁 끌어당기며 '맥은 보나 마나지!' 하면서도 진맥을 한참 하고 나더니 '이 양반 병이 골수에 꽉 차 있군그래!' 하고, 난색을 표하는 거야. 이 말을 들은 우리 안사람은 얼굴이 빳빳해지면서, '선생님! 무슨 병인데 만성이 됐습니까?' 하고 애걸하다시피 묻자, '이건 보행 도산증(步行倒散症)이라는 괴질인데, 인공위성이 뜨자부터 환자가 부쩍 늘어나고 있잖아!' 하고 반말투로 씨불이면서, 삼인방 병인론(三因方病因論)을 들척대고 있는 거야. 나는 하도 따분하기에 '삼인방은 뭡니까?' 하고 묻자 벌컥 화를 내면서 '무식한 양반 다 보겠네. 내인(內因)이라면 알겠나? 칠정내인(七情內因)…… 즉 칠정이란 희·로·우·사·비·공·경(喜怒憂思悲恐驚)의 변동에서 생기는 신경 과로증을 말하는 건데 이걸 쉽게 풀어 아기들이 걸음마를 타다 거꾸러지는 그런 거라면 알아듣겠지!' 하고, 한의서(漢醫書)를 탁 접어버리고 딴 환자를 향해 돌아앉는 거야. 우리 안사람은 역시 기어들어가는 목소리로 '선생님! 처방을 좀 내주시죠' 하고 다져 묻자, '처방은 해서 뭘 해! 그 병은 약이 없다니까!' 하고 책상 빼닫이를 들척이더니, 다 떨어진 책 한 권을 꼬나 잡으면서, '소설책은 읽을 줄 알겠지! 내 말이 안 믿어지거든 어느 환자 수기(受記)를 한 권 줄게 가져다 읽어봐! 이 한 권만 읽고 나면 무슨 병인지 짐작이 갈 걸세' 하고 얄팍한 팸플릿 한 권을 던져주는 거야. 저것도 의사랍시고 제법 까불어대는군, 하는 생각이 치밀어 나는 문을 박차고 나서다 보니 어느새 우리 안사람이 어줍잖게 그 책 한 권을 잔뜩 거머쥐고 내 뒤를 따라나서는 게 아니겠어. 그 순간 나는 학사주점에서 빈 주전자를 얼메고 날 내쫓던 술집 아주머니 생각이 나더군. 하도 화가 나길래 나는 그 책을 뺏어 집어던지려다 보니 책 제목이 이색적인 데가 있잖아!『여자와 개구리와 역사는 그들의 뛰는 방향을 누구도 예지하진 못한다』로 되어 있는 거야."
하고 한갑수는 퇴영성 환자의 수기를 읽고 있었다.

   —젊은 알피니스트인 우식(宇植) 군은 외인 등반대(外人登攀隊)에 편승을 해서나마 후지(富士) 3,777고지(高地)를 거뜬히 돌파하고 돌아온 원정 등반 대원의 한 사람이었다. 등반 실적을 표고(標高)로만 따질 수는 없지만 외국 원정을 했다는 그 여건 하나만으로도 우식 군이 속해 있는 B등반 그룹에서는 엘리트의 한 사람으로 간주하지 않을 수 없었다. 이를테면 한국 산악의 시조로 되어 있는 장백산이 2,744 고지였고, 남한의 최고봉이라고 불리는 한라산이 기껏 1,950고지를 하회하고 있다고 친다면 표고 차만으로도 기록 소지자임에는 틀림이 없었다.
   이렇듯 우식 군이 처음 등산을 하게 된 동기는 K대학 체육관장을 지낸 바 있는 L씨의 지도를 받아 단 688고지로 되어 있는 소요산을 탄 데서 비롯했다.
   그날 L씨는 출발하기 직전 초년병들을 모아놓고 주의 사항부터 얘기했다. "등산의 연마 과정은 유아들의 보행 연습 과정과 같다고만 알아두면 된다. 오금도 서기 전에 달린다거나 뛰어넘기부터 한다면 유아의 보행은 곧 쓰러지는 것으로 되어 있다. 이것을 등고자비(登高自卑)라고 한다. 이번 등산 코스를 소요산으로 잡은 것도 뜻이 딴 데 있지 않다. 고산을 타기 이전의 디딤돌을 놓아주기 위해서다. 다음이 등반 자세다. 독점 의식은 금기로 되어 있다. 이유는 간단하다. 체력에 무리를 가져오기 때문이다. 돌부리를 밟아서도 안 된다. 돌을 던지거나 굴려 떨어뜨려서는 더욱 안 된다. 타인에게 부상을 줄 확률이 높기 때문이다" 하고, 등산의 제1장을 훈시하는 것이었다.

그러나 우식 군은 그런 말 따위는 귀도 주려 하지 않았다. 그냥 뛰어오르기만 하면 된다는 식으로 등반의 첫출발을 했던 것이었다.

그다음이 1,157 고지로 되어 있는 용문산이었다. L씨는 역시 똑같은 자세로 "등산은 먼저 지리 풍토부터 배워야 한다. 명산은 토착민의 신앙의 대상으로 되어 있다. 산악을 신으로 믿고 있는 그들에게는 나무 한 그루 바위 하나도 신주로 모시고 있다. 나무를 꺾어서는 안 된다. 바위를 손상해서도 안 된다. 기성을 질러서는 더욱 안 된다. 조용한 자세로 등반을 하고 조용히 하산을 하기로 한다. 한번 더 강조한다. 등반을 육체에 맡겨서는 안 된다. 먼저 인격에 맡겨야 한다" 하고 등반 제2장을 훈시했다.

우식 군은 역시 그 말뜻을 이해하지 못했다. 무턱대고 "야아호오"를 부르다가 "이 사람아 야호가 무슨 노랜 줄 아나! 그건 선진 부대가 후속 부대에게 등산 코스를 알려주는 신호로만 쓰는 거야!" 하고 꾸지람을 받았다.

그다음 1,950고지로 되어 있는 한라산이었다. L씨는 "등산에는 먼저 장비가 필요하다. 비에 젖은 옷을 입고 등반을 하면 체력 소모가 극심해진다. 수렵인은 비에 옷이 젖으면 옷부터 말려 입고 나서 수렵을 나서기로 되어 있다. 식량은 보행에 부담이 가지 않을 적당량을 휴대한다. 그 대신 소비 분배로 균형을 기한다. 등산인의 룩색 속에는 하산을 한 뒤에는 1일분의 식량 정도는 남아 있어야 한다. 이걸 한 번 더 다짐해둔다. 만일 하산을 끝낸 등반 대원의 룩색 속에 한 톨의 식량도 남아 있지 않다면 그건 알피니스트의 최대의 수치에 속한다" 하고 철저한 정신 무장을 시키는 것이었다.

이때도 우식 군은 말뜻을 제대로 해득하지 못하고 식량 부족과는 역반대로 과식을 했다가 복통을 일으킨 것이었다. L씨는 사정을 두지 않았다. "등산은 시간의 비중이 식량보다 좀더 큰 것으로 되어 있다. 짜여진 등산 코스에는 시간과 체력과 식량이 균등 비율로 계산되어 있는 신경 세포 같은 거다. 어느 하나도 절름발이가 돼서는 안 된다. 죽어도 제 코스를 타다 죽는 것으로 되어 있다" 하고 강행을 주장했다. 그날 우식 군은 개같이 질질 끌려간 것이었다.

그다음이 1,708고지로 되어 있는 설악의 마의 계곡에서였다. L씨는 "매 코스마다 출발은 일찍 하기로 한다. 출발 준비는 1분 내에 끝내야 한다. 등산 거리의 측정은 머리로 하지 않는다. 육체의 컨디션으로 정한다. 캠프 작업은 낙일(落日) 이전에 완료하기로 한다. 캠핑 장소는 계곡 속으로 낮추 잡거나, 반석을 가까이해서는 안 된다. 홍수는 눈사태보다 더 무모한 폭군이라고 알아두면 된다" 하고 자신의 캠프를 계곡에서 몇십 미터 돋우치는 것이었다.

이때도 우식 군은 그 뜻을 완전히 소화하지 못하고 있었다. 저만치 캠프 하나쯤 치기에 꼭 알맞을 만한 반석 하나가 자리를 펴놓은 듯이 깔려 있었다. 우식 군은 반석 위에 손을 얹어보았다. 반석은 한종일 태양열을 받아 불같이 달아 있었다. 우식 군은 그 전날 밤 새벽녘쯤 해서 습기와 추위에 몰리던 일이 생각났다. 이거야말로 맞춤이다 하고 곧 열이

식지 않도록 반석 위에 담요를 덮어 깔고 부리나케 캠프를 쳤다.

그날 밤 캠프 안은 온돌방보다도 다감하고 훈훈하게 보온을 해왔다. 몸이 확 풀리면서 곧 잠에 곯아떨어지고 말았다. 밤 1시쯤 돼서였다. 물에 젖은 자일로 하반신을 감아올리는 것 같은 촉감을 해왔다. 몇 번 밀어내보았다. 역시 감아올리고 있었다. 다시 밀어냈다. 그러나 이번은 차가운 물체가 가슴께를 건너고 있는 것이었다. 어렴풋이 잠에서 깼다. 코로 특유한 냄새가 풍겨왔다. 그제야 정신을 차려 몸에 달라붙은 물체를 움켜쥐었다. 손에 오는 촉감으로 대번 뱀인 줄을 알아챘다.

"뱀이닷! 뱀" 하고 기겁을 해서 벌떡 일어나 플래시를 켜댔다.

뱀은 한 마리만이 아니었다.

몇십 마리가 기어들고 있었다. 옆에서 자고 있는 동료의 가슴 위에도 뱀이 도사리고 앉아 있었다.

"이 새끼야! 어서 일어나! 뱀이다, 뱀!" 하고 피켈을 찾는 동안 뱀은 날쌔게 담요를 깔아놓은 반석 밑으로 숨어버리는 것이었다.

이때에야 비로소 산이 무섭다고 깨달았다. 다시금 L씨의 말을 뇌리에 되새기면서, 그다음 해 겨울 동계 등반을 마치고 하산을 할 때였다.

"선생님! 다음 등반은 어느 산으로 정해 있습니까!" 하고 묻자,

"인제 설악은 싫어졌다 그 말이군그래!" 하고 L씨는 시무룩한 표정을 짓는 것이었다.

"이를테면 그런 거죠. 처음 탈 때처럼 긴박감이 없잖습니까!" 하고 한 번 더 말을 내뱉어보았다.

"나도 그 심정을 이해 못 하는 것은 아닐세. 등산의 기본 정신은 먼저는 정복감에 있으니까 우식 군의 주장도 무시할 수는 없겠지. 허나 우리를 받아들이는 산의 자세는 긴박감만으로는 되어 있지 않지 않을까? 이를테면 어느 산악을 열 번을 탄다고 쳐보기로 하세. 허나 열 번을 탄

다고 산이 열 번 다 같은 자세로 대해주는 것만은 아닐세. 때로는 어머니같이 자비로운 때도 있고, 다감한 소녀로 대해줄 때도 있잖을까? 계절 바뀜을 하면서 노염을 타는 맛도 좋고, 화사하게 웃어주는 그 육감적인 여성미는 일품 중의 일품이라고 해도 지나친 말은 아니겠지" 하고 씁쓸한 웃음을 짓고 나서

"이건 내 과거담인데 내 나이 우식 군만치 젊어서였지. 칠보산을 처음 탔을 때의 인상은 칠보산 그 자체를 떠다 놓기 이전에는 누구도 그녀 그대로를 표현해줄 용어가 없을 걸세. 그 아름답고 다양한 기암의 조형미는 그냥 바위가 아니고 그녀의 생동한 육체미로 어필해오면서 마치 숨 쉬는 소리가 들릴 것만 같더군. 고개를 한쪽으로 꼬는 듯한 자세를 취하면서 '손님. 제가 그렇게 좋으세요. 허나 저를 너무 구석구석 뜯어보진 말아주세요. 부끄럽잖아요' 하고, 수줍음을 타는 것 같더라니까. 나는 하산을 하면서 내 아내의 육체를 떠올리고 있었지. 그것까지는 좋았는데 말일세. 그다음 내가 무슨 생각을 하고 있었는지 알아듣겠나? 집으로 돌아가면 나는 누구하고 살아줘야 하지! 하고 눈물을 떠올리고 있었던 거야. 그게 산이야, 산⋯⋯" 하고 향수에 젖어들고 있다가 "장백산 2,744고지, 관모봉 2,541고지, 도정산 2,201고지, 입석산 1,982고지, 궤산봉 2,277고지, 두봉 2,335고지, 설령(雪嶺) 2,172고지를 비롯해서 관모봉 계열의 2,000고지를 넘어서는 산악만도 72좌(座)가 기라성같이 한국에 서 있네. 그것만이 아닐세. 한국의 지붕이라고까지 불리고 있는 장진고원도 한몫 쳐줘야 할 걸세. 표고로는 비록 1,900고지로 되어 있지만 한겨울에는 눈의 깊이가 허리를 재고, 기온이 영하 43도 3부까지 내려설 때가 있네. 이것도 동계 등반으로는 한 번쯤 부딪쳐보고 싶은 여건 아니겠나. 몸이 부서져라 하고 말일세. 허나 지금의 우리에게는 지도에서나 볼 수 있는 산악이요, 등산 코스로 되어 있으니 한

스럽다 그 말 아닌가."

하고 마의 38선, 하려다 말고 입을 꽉 다물고 있다가

"설악은 원래 등산 코스라고 하기엔 좀 수줍은 축에 들어 있다고 해야 옳겠지. 유한객들이 절간이나 찾아다니는 산책 코스였다 그 말일세. 다시 말하자면 말일세. 설악에서 한국 등반 대원이 조난을 당했다면 그건 기후의 악조건도 아니고 눈사태 탓만도 아니야. 어린애가 디딤돌을 건너뛰다 발을 헛짚은 것뿐이야. 등고자비란 말이 곧 이런 경우에 해당되는 말일세. 알아듣겠지!" 하고 한 번 더 못을 박아놓는 것이었다.

우식 군은 한숨을 졌다. 그의 마지막 관문은 에베레스트의 8,848고지로 되어 있었기 때문이었다.

우식 군은 후지 원정을 마치고 나서, 역시 외인 등반대에 끼어 케냐(5,200고지)를 타기로 원정 계약을 맺고 돌아온 참이었다.

이번 케냐를 택하게 된 동기는 딴 데 있지 않았다. 에베레스트로 가기 위한 하나의 디딤돌을 놓자는 데 있었다.

그러나 우식 군의 아버지는 산은 그만 타고 어서 결혼을 하라고 재촉을 했다. 하나 우식 군은 여태껏 산악에서 느껴보던 그런 긴박감을 안겨주는 이성을 단 한 번도 만난 적이 없었다. 아버지와는 정반대로 우식 군은 마지막 관문을 돌파하고 나서 타줄 산이 없을 때 산 대신 여자를 타기로 마음을 먹었다. '내게는 아직 산이 있을 뿐이다. 산!' 하고 우식 군은 거듭 다짐을 하며 기분도 풀 겸 당일 코스로 되어 있는 S산을 타기로 했다.

S산은 누구도 돌보지 않는 이름 없는 산이었다. 표고도 420고지에 불과했다. 그러나 S산은 비탈이 가파로울 뿐만 아니라, 산에 비해 산 자체만큼 높은 암벽으로 쌓아올린 산이었다. 설악에서도 후지에서도 보지

타인을 대행하는 두뇌들

못한 그런 암벽이었다. 우식 군은 이 암벽을 타면서 S산을 썩은 산으로 간주하는 등반 대원들을 이해할 수가 없었다. 굳이 해석을 붙인다면 한국 등반은 아직 스포츠의 영역을 접어들지 못한 채 남이 고산을 탄다니까 나도 고산을 탄다는 식의 허영심 같은 것이라고나 할까! 이런 생각을 하면서 선바위가 많이 늘어서 있는 다음 능선을 오를 때였다.

축 늘어지는 부담감과 함께 체력이 발끝으로 빠져나가는 느낌을 해왔다. 처음 느껴보는 그런 그로기 상태였다. 쥐풀을 한쪽으로 밀어 눕히고 그 위에 앉아 휴식을 취해보았다. 룩색에서 수통을 내어 목을 축여봤다. 그래도 가슴이 열리지 않았다. 번듯이 드러누워보았다. 직사광선에 눈이 부시어 등산모로 얼굴을 반쯤 가리고 고개를 동북쪽으로 돌려 댔다. 멀리 춘천호가 바라보였다. 전망도 꽤 쓸 만하다고 생각했다.

그러나 호수는 우식 군 자신도 모르게 점점 멀어져가면서 잠깐 졸았다는 생각을 했을 뿐인데, 어느새 시간은 우식 군을 멀리 비켜가고 있었다. 하산 시간이 촉박해진 것이었다. 흩트려놓았던 장비를 1분간이 아니라, 단 몇 초 동안에 주워 챙겼다. 룩색을 거둬 진 우식 군은 다급한 걸음으로 하산을 시작했다.

등산화에 밟힌 자갈들이 소리를 내면서 튕겨나갔다. 이렇게 거친 걸음새로 암벽을 막 내려서는 찰나였다.

평소엔 별로 눈여겨보지도 않던 폭포수의 낙차 소리가 우람차게 들려왔다. 발밑까지 울려주는 것이었다. 잠깐 발을 멈추고 폭포수를 바라보았다. 수세는 그리 대단한 것이 아니었다. 산사람들이 흔히 말하는 적수(滴水)를 몇 배쯤 확대해놓은 것 같은 작은 물줄기를 내리꽂고 있을 뿐, 기실은 수세보다 받아주고 있는 밑의 암반이 우람찬 낙차 소리를 내고 있는 것이었다. 계절 바꿈을 하면서 산은 노여움을 곧잘 탄다는 L씨의 이야기를 머리에 떠올렸다. '낙차 소리 자체가 우람찬 게 아니고,

가을이 깊었으니까, 그만큼 물소리가 차갑게 들린 것뿐이군그래!' 하고 관목이 우거진 계곡을 막 접어들려고 할 때였다.

무언가 눈에 들어오는 게 있었다. 우식 군은 걸음을 멈춰 섰다. 저만치 암벽 밑에 젊은 여자 하나가 앉아 있었다. 옷은 아직 철에 맞지도 않는 핑크 색 동복 스웨터에다 청바지를 받쳐 입고 있었다. 신도 등산화가 아니었다. 끈을 허술하게 맨 남자용 농구화를 신고 있었다. 등산모도 쓰지 않았다. 룩색도 없었다. 어쩌다 한쪽 손에 피켈을 들고 있을 뿐이었다. 우식 군은 귀찮은 존재가 나타나고 있다는 생각에 그냥 지나쳐 버릴까 했다. '지금이 어느 시간인데 저러고 앉아 있을까. 자살! 조난!' 에까지 생각이 미치자 이건 남의 일 같지가 않았다.

우식 군은 발길을 그녀 쪽으로 꺾어 돌렸다.

"야! 호! 야호!" 하고 손을 들어 보였다. 그러나 그녀는 얼굴을 반쯤 들어 보일 뿐이었다. 우식 군은 조금 더 다가갔다.

"이거 봐요. 왜 그러고 계시죠?" 하고 말을 건넸다. 역시 그녀는 대답 대신 얼굴만 들어 보이는 것이었다. 그냥 버려두기에는 아까우리만큼 예쁜 얼굴을 하고 있었다. 아니 미인을 가리켜 국보라는 용어가 해당된다면 그녀야말로 국보급에 속해 있는 미인으로 보였다.

우식 군은 대번 가슴이 설레왔다. 산악에서 느껴보던 그런 긴박감이 아니었다. 몸이 떠오르는 게 아니고, 빨려들 것만 같은 딴 의미의 긴박감이었다.

"왜 그러고 앉아 계시죠. 혹시 누굴 기다리고 있는 겁니까? 하산 시간이 꽤 절박했습니다. 어서 일어나보시죠."
하고 우식 군은 다시 한 번 하산을 재촉해보았다. 그러나 그녀는 '선심 그만 쓰시고 그대나 먼저 가시지!' 하는 투로 장갑도 끼지 않은 흰 손을 들어 몇 번 흐느적대 보이고는 축 늘어지는 시늉을 했다. 우식 군도 하

타인을 대행하는 두뇌들

는 수 없이 '그럼 먼저 갑니다. 빠이빠이!' 하려다 말고 다시 그녀쪽으로 시선을 돌려댔다. 그녀도 마주 시선을 건네왔다. 환히 트인 눈동자 밑에는 많은 대화가 깔려 있어 보였다. 아니, 얘기를 하는 것도 눈으로 하고 얘기를 듣는 것도 눈으로 듣는 그런 눈가짐을 하고 있었다. 두발에 반쯤 덮여 있는 귀도 꽤 예쁜 편이었다. 그러나 퇴화될 대로 퇴화되어 청각이 마비된 채 하나의 장식품으로 달려 있는 그런 귀로 보였다. 우식 군은 좀 이상한 생각이 들었다. 유감에서가 아니었다. '저건 필시 벙어리가 아니면 조난자임에 틀림없다'는 불안감이 앞을 섰다. '이러고 있다가는 너도 죽고 나도 죽는다!'는 다급한 생각이 밀어닥쳤다.

　우식 군은 그녀의 앞으로 바싹 다가서면서
"어서 일어나요. 어서!" 하고 그녀의 손목을 잡아 일으켰다.
　그제야 벙어리 색시라고만 생각했던 그녀의 입에서
"미안해서 이걸 어떡허죠!" 하고 따라나서는 것이었다.
"미안이란 용어는 이런 때 써먹으라고 생긴 말이 아니오. 인사는 뒀다 다음 하기로 하고 어서 갑시다" 하고, 그녀의 몸을 부축해주었다.
　그런데 하나 이상한 데가 있었다. 별로 다친 데도 없었고, 숨도 차 하지 않았다. 체력도 그다지 모자라 보이지 않았다. 가파로운 비탈도 우식 군에게 부담이 되지 않으리만큼 잘 타고 있었다. 다만 이상이 있다고 하다면 발을 옮겨 짚는 걸음걸이가 비정상적인 데가 있었다. 자신의 육체로 걷는 게 아니고, 마치 의족을 쓰듯이 기계 장치로 조종을 해가면서 걷는 것 같은 그런 걸음걸이였다.
"어디 다친 데나 없습니까?"
하고 우식 군은 한번 더 확인을 해보았다. 그러나 그녀는 희미한 미소를 떠올릴 뿐 한쪽 손에 들고 있던 피켈을 내던지는 것이었다.
"건 왜 또 던지죠?" 하고 묻자,

그녀는 씁쓸한 표정을 지으면서

"제가 던지는 게 아니죠. 피켈 자신이 저를 떠나가고 있는 거죠. 저는 지금 하산을 하고 있는 게 아닙니다. S산악 자신이 제게서 멀리 떠나가고 있는 것으로 되어 있죠. 이상 더 꼬치꼬치 묻지 말아주세요."
하고 대화를 건네온다기보다는 그녀 혼자 씨불여대는 식의 대답을 해왔다. '이건 어딘가 잘못된 여자다!' 하는 생각을 하면서 계곡을 한 2킬로쯤 빠져나와서였다.

그리 깊은 수심은 아니지만 눈짐작으로 넓이가 3미터쯤 돼 보이는 내를 하나 건너야 다음 하산 코스를 이어가게 돼 있었다. 그러나 강에는 다리가 놓여 있지 않았다. 듬성듬성 널려 있는 자연석을 디딤돌로 하고 건너야 했다. 우식 군은 그녀를 업어 건넬 생각으로 "부축을 하지 않아도 괜찮겠습니까?" 하고, 등을 비켜 대줄까 했다. 하나 그녀는 말이 채 떨어지기도 전에 몸을 던져 가듯이 앞질러 건너고 있었다. 이것을 본 우식 군은 여자는 알다가도 모를 존재라는 생각을 하고 있을 때였다.

강 중간쯤 가서 한쪽 발을 헛짚고 바위 위에 너부죽이 엎드리면서
"선생님! 저 좀 도와주시겠어요. 어서요!"
그녀는 비명을 울리는 것이었다. '진작 그럴 노릇이지!' 하고 우식 군은 곧 그녀에게로 달려가 그녀의 가슴께를 안아 올렸다. 어느 부분에 손이 닿자 그녀는 본능적인 웃음을 지으면서 우식 군에게로 몸을 기대왔다. 우식 군도 그녀를 부지중 꽉 껴안아주었다. 하반신에 비해 상반신이 지나치게 탄력을 지니고 있는 육체로 보였다. 우식 군의 가슴은 쥐가 날 정도로 두근대기 시작했다.

그러나 강을 건너면 부축을 하지 않고도 충분히 걸어내릴 수 있는 산길이 나 있었고, 이 산길을 빠져나면 곧 우식 군이 차를 맡겨놓은 산막(山幕)이 나타나기로 되어 있었다. ……무난히 하산을 하고 난 우식 군

타인을 대행하는 두뇌들 315

은 장비를 트렁크 안에 처넣고 그녀에게 문을 따주었다. 그녀도 사양하지 않았다.

차가 가평에 닿았을 때는 거리에는 이미 전등불이 들어와 있었다. 우식 군은 차를 막연히 몰 수만은 없었다. 원래 우식 군이 소유하고 있는 차는 1972년형 컨티넨털로 되어 있었으니까 자체의 단면적은 물론이고, 소음 장치까지도 완벽을 기한 차였다. 만일 이 차가 시속 100킬로의 회전 속도로 서울 부산간을 왕복을 한다면 차 자체는 어느 주부가 먼지떨이로 방 한 칸을 떨고 난 것만큼밖에 더 피로를 느끼지 않을 것이다. 우식 군은 액셀러레이터를 그냥 두지 않았다. 가평을 벗어나면서부터 가속 페달을 마구 눌러댔다. 여덟 개의 실린더에서 피스톤이 폭발음을 내면서 차는 달리는 게 아니고 나는 거나 마찬가지의 기동력을 냈다.

그녀는 커브를 돌 때마다 '저는 히치하이커로 댁을 대해주고 있는 참예요' 하는 식으로 우식 군에게 몸을 기대오는 것이었다. 그러나 우식 군은 핸들을 잡은 양손을 떨면서도 '나는 카섹스를 범하리만큼 성급한 드라이버는 아니니까 안심해도 좋다' 하는 식의 의젓한 태도로 그녀의 육체와 마주 밀착을 해주면서 M시외버스 정류소 앞에까지 닿았을 때였다.

"여기가 시외버스 정류소죠. 저 여기 좀 내려주세요!" 하고 차창 쪽으로 몸을 내끄는 것이었다.

"이왕이면 댁까지 바래다드리죠" 하고 우식 군은 차를 세워주지 않았다. 그러자 그녀는 "댁이 저의 집 코스를 아신다는 겁니까?" 하고 항의조로 나왔다.

"그대가 가르쳐만 준다면 차는 찾아가기로 돼 있습니다" 하고 마주 응수를 했다.

그녀는 피식피식 웃으면서

"그 점이 잘못됐다는 거예요. 저는 택시를 타고는 저희 집 코스를 찾지 못하는 것으로 되어 있습니다. 어서 버스 정류장께로 차를 몰아주세요."

우식 군은 터지려는 웃음을 참으면서

"정히 그러시다면 그거 어렵지 않습니다" 하고 우식 군은 차를 돌려 그녀를 내려놓았다. 그녀는 '내가 너를 알 건 뭐냐'는 투로 인사도 없이 버스에 뛰어올라 몸을 흔들면서 북악터널 쪽으로 달리고 있었다.

이때 새장 안에서는 갑수의 얘기에는 아랑곳도 없다는 듯이 '피이 쫑! 피이 쫑! 피이 피이 핏쫑!' 하고 접동새가 금방 숨이 넘어가는 소리로 울고 있었다. 갑수도 하던 얘기를 잠깐 중단한 채 '저 자식, 꽤 심정이 뒤틀려 있나 보군그래!' 하고 귀를 돌려댔다. 그러자 눈을 반쯤 가고 있던 박 기자가

"선생님! 그 얘기는 타인의 수기만은 아니잖습니까. 선생님도 한몫 끼어들고 있군그래요. L씨는 이름만 바꿔놓았다 뿐이지, 기실은 선생님 자신의 얘기 아닙니까. 회고담이라면 몰라도 픽션치고는 너무 어설픈 데가 있잖아요" 하고 웃어젖히는 것이었다.

갑수도 마주 웃음을 지으면서

"이 사람아! 픽션이 따로 독립돼 있는 무슨 물체인 줄 아나! 인간은 본래 한 편의 수기를 남기는 정도로 일생을 끝내면 그뿐이야. 그것도 남이 씹다 버린 이야기를 되씹는 정도로 끝장을 내는 것뿐이라니까. 안 그래!" 하고 부전을 달았다.

"제 말은 그게 아닙니다. 그 수기가 도대체 시시하다 그 말입니다. 전 등산 따위엔 일체 흥미를 느끼지 못하고 있으니까요" 하고 경멸하는 눈가짐을 했다.

"사람, 성급하긴…… 다음 얘기를 들어보라니까 그러네. 얘긴 이제부터야, 이제부터!"
하고 중단했던 얘기를 다시 계속했다.

——시간은 기다려주지 않아도 곧잘 찾아오기로 마련이다. 여자도 마찬가지였다. 우식 군은 그녀를 기다리지 않았다. 약속도 한 적이 없었다. 그러나 그녀는 헤어진 지 월여 후에 우식 군을 다시 만나준 것이었다.

이번은 S산 계곡에서 만나지 않았다. 어느 운동구점에서였다. 그날 우식 군은 선매를 해두었던 등산화를 찾으러 간 참이었다. 때마침 주인은 출타를 했고, 점원 한 사람이 가게를 지키고 있었다. 점원은 우식 군이 맡겨둔 그 등산화는 외래품이라서 자신의 소관이 아니라면서 주인이 돌아올 때까지 기다려달라고 했다. 그러나 곧 돌아온다는 주인은 좀체 나타나주지 않았다. 우식 군은 사무를 뒤로 미루어두는 법이 없었다. 부러지건 처지건 그날 할 일은 그때 해치우고 나야 직성이 풀리는 성미였다. 잔뜩 볼을 붉히고 서 있는 참인데, 화사한 옷차림을 한 아주머니 한 분이 들어서는 것이었다. 이 아주머니는 점원 따위는 상대도 할 체를 않고 제멋대로 이것저것 물건을 들척이고 있다가 우식 군과 시선이 마주치자 반색을 하다시피 하면서

"어머니! 선생님 아니세요" 하고 우식 군 앞으로 다가서는 것이었다.

우식 군도 많이 본 듯한 얼굴임에 틀림이 없다는 데까지는 생각을 했으나 그 이상은 기억이 나지 않았다.

"누구시더라!" 하고 엉거주춤해 있자, 발랄한 얼굴가짐을 하면서

"저예요. 왜 S산 계곡 있잖아요. 그날의 히치하이커라고 하면 아시겠어요?" 하고 교태까지 부리는 것이었다.

그러나 계곡에서 만났던 그녀는 아직 학생 티를 벗지 못한 소녀에 속

해 있다고 기억을 하고 있었는데 막상 만나놓고 보니 의상에서 오는 인상 탓인지는 몰라도 얼굴이 좀더 풍만해 보였고 연령도 좀더 잡힌 듯해 보였다. 우식 군은 하마터면 '그때 그 아주머니시군요' 하려다 말고
"아 참, 그러시군요. S산 계곡에서 만난……" 하고 마주 웃어주자
"선생님, 여긴 어쩌다 와 계시죠? 아마 화구를 사시러 오신 게죠?" 하고 소재도 제대로 가리지 못하는 대화를 건네왔다.
"화구를 산다구요? 여기는 저의 단골 운동기구점입니다" 하고 대답을 해주자 그녀는 약간 이상한 눈빛을 하면서,
"나 좀 봐. 여기가 운동구점이군요" 하고 한쪽 손에 골라잡고 있던 휴대용 버너를 덜렁 놓아버리는 것이었다. 순간 그녀의 얼굴은 난색을 표한다기보다는 기복이 심한 동작을 해 보였다.
우식 군도 마찬가지 얼굴가짐을 해 보였으나 마음의 여유를 되찾으면서
"건강은 좀 어떠세요?" 하고 얼버무려주었다. 그러자 그녀는
"뭐 건강까지야……" 하고 말꼬리를 흘려버리는 것이었다.
우식 군은 분위기를 조성하려는 어투로
"그때보다는 신색이 아주 훤하시군요" 하고 웃음을 건넸다.
"선생님, 시간 있으세요?"
"별로 바쁘달 건 없지만, 왜 그러시죠?" 하고 묻자
"제 부탁을 하나 들어주시겠어요? 제가 점심을 사드릴게요. 시간 좀 내주실 수 있죠?" 하고 천연스러운 자세를 취해 보이려고 애를 쓰는 것이었다.
"그거 그렇게 어려운 부탁이 아니군요. 점심은 제가 사기로 하죠" 하고 대답이 채 떨어지기도 전에 그녀는 우식 군의 한쪽 팔을 끼면서
"오늘만은 제게 맡겨주세요. 그렇게 해주시는 거죠" 하고 어느 골목으로 끄는 것이었다.

"이렇게 되면 오늘은 내가 숙녀의 히치하이커가 되어주는 셈이 되겠군" 하고 조크를 하자, 그녀도

"그러시담 저는 직행버스 안내원 정도로 해드릴까요?" 하고 두 사람은 허리를 꺾어가면서 웃어젖혔다.

그녀를 따라간 음식점은 조촐한 제과점이었다. 간판은 '명과 블랙캣'이라고 되어 있었다. 우식 군은 주인 양반이 꽤 무식한 축에 드는 인간이라고 생각했다(고양이는 빵보다 육식을 좋아한다). 하필이면 영업 감찰에다 왜 고양이를 끌어다 붙였을까 하는 생각을 하면서 홀로 들어섰다. 홀 안에는 여대생과 아베크족이 혼성팀으로 꽉 차 있었다. 우식 군도 빈자리를 찾아 그녀와 마주 앉았다.

"역시 단걸 좋아하는가 보지!" 하고 홀 안을 다시금 둘러보았다. 그녀는 우식 군의 말뜻을 알아챘음인지

"그건 너무 속단인걸요. 이 집은 겉보기보다는 좀 다를걸요. 간판은 제과점으로 되어 있지만 경양식을 겸하고 있죠. 무어든 식성껏 찾으세요" 하고 약간 자존심이 상한 듯한 표정을 지었다.

"그럼 술도 준다 그 말인가!" 하고 한 번 더 짓궂게 물었다.

"양주 말씀이세요? 이 집에선 국산은 안 쓴다잖아요. 여기가 외래품이 서울로 숨어드는 관문으로 되어 있다니까요. 이 집 술은 다들 진품이라더군요. 코냑, 샴페인 정도는……" 하고 씨불이는 것이었다.

우식 군은 좀 수상쩍은 생각이 들었다. '이건 너무 뜻밖이다. 제법 양주 루트까지 외고 있는 걸 보니 이 여자 겉보기와는 다른 데가 있는걸. 혹시 이 집 매니저가 아닐까!' 하는 기우심까지 들었다.

이때 여점원이 주문을 청해왔다.

"무얼로 드실까요?" 하고 물어도 점심을 산답시고 사람을 낚아채던 그녀는 그녀답게 주문할 생각은 않고 겁먹은 얼굴을 하면서 여점원을

노려만 보고 있는 것이었다. 그것도 김이 확 샌 시선으로 그러고 있었다. 주문을 기다리고 있던 여점원은 '무슨 손님이 이따위가 다 있어!' 하는 눈매로 그녀를 깔아뭉개고 돌아서려고 했다. 우식 군은 그녀가 하는 양을 보고만 있을 수가 없어

"웨이터! 잠깐 있어봐! 우리 뭘로 할까? 샌드위치 2인분하고 샴페인 한 병만 가져와봐요" 하고 우식 군은 얼른 가로맡아 주문을 했다.

"그러시죠" 하고 여점원은 카운터로 갔다.

우식 군은 우울해하는 그녀의 뜻을 이해할 수 없었다.

잠깐 침묵이 흐르는 동안 음식을 날라왔다. 여점원이 샴페인 병을 70도 각도로 뉘면서 병마개를 따고 있었다. '이 여자 술병 따는 솜씨가 제과점 여점원만은 아닌걸!' 하는 생각을 하며 그녀 앞에 손수 컵을 놓아주었다. 여점원은 양쪽 컵에다 술을 부어주면서

"두 분이 재미나게 드세요" 하고 물러가는 것이었다. 우식 군은 우선 술로 목부터 축였다. 그때도 그녀는 술을 들 생각을 하지 않았다.

"왜 그러고 앉아만 있는 거지? 어서 들어요" 하고 권하자 그녀는 대답 대신 머리를 젓는 것이었다.

"그럼 샌드위치라도……"

역시 머리를 젓고 있었다.

"그럼 딴걸로 주문할까요!" 하고 묻자, 그제야 마지못해 샌드위치 한 조각을 입안에 넣으면서

"기분 잡쳐드려 미안해요" 하고 눈동자가 안으로 기어드는 시늉을 했다. S산 계곡에서 만났던 그녀로 되돌아가고 있는 참이었다. 미안할 정도로 그랬다. 계곡에서 하던 투로 대화가 많이 깔려 있는 시선을 건네오면서

"선생님, 오해 마세요. 전 가끔가다 이런 버릇이 있거든요. 평소에는

실컷 처먹어주다가도 느닷없이 발작을 일으키는 신경성 위장병 환자로 되어 있죠. 구토증이 나서……" 하고 말을 얼버무리는 것이었다.

"그럼 신경성 위장병 때문이라 그 말씀이시군!" 하고 묻자

"……"

역시 대답 대신 눈물을 떠올릴 것 같은 얼굴을 짓고 있었다.

"그러시다면 내가 대신 먹어주지" 하고 우식 군은 샌드위치를 한참 밀어 넣고 있다가

"아 참, 잊은 게 하나 있군그래! 이름이 뭐랬지?" 하고 부자연하게 웃어 보이자, 그녀도 행커치프로 입을 감싸 쥐면서 한참 쿡쿡대고 웃다가 목을 가다듬는 시늉을 하면서

"선아(宣亞)!" 하고 우식 군의 안색을 살피는 것이었다.

"선아! 그거 이름 한번 매력 있다" 하고, 기분을 내주었다.

"제 이름이 마음에 드세요?" 하고 그제야 약간 눈을 빛내는 것이었다.

"이름이 마음에 든단 정도로 해서야 어디 인사가 되겠나. 이렇게 하지. 만일 선아가 과일이라고 친다면 껍질을 깎지 않고 통으로 삼켜도 목젖에 때도 안 묻겠다로 해두면 만족한 표현이 되겠지!" 하고 웃어줬다.

"어마나! 그건 너무 과찬 아니세요. 그렇게까지야……" 하면서도 비로소 처음으로 청등한 인간가짐을 해왔다.

그러나 우식 군은 '나는 알피니스트다. 이 우식 군에게는 복선은 통하지 않는 것으로 되어 있다. 나는 하나만으로 산다. 그 이상은 필요로 하지 않고 있다' 하고 우식 군다운 생각을 하면서,

"선아! 오해를 받는 한이 있어도 나는 거짓말을 못 하는 성미야. 선아는 외모만 이쁘다 뿐이지, 내가 본 선아의 인간 자세가 왜 그렇지? 모든 행동이 어쩌다가 예스 노 둘이 겹쳐 다니고 있느냐 그 말이야!" 하고 암벽을 탈 때와 같은 다급한 기세로 대화를 몰아갔다.

"구체적으로 말씀을 하신다면……" 하고 그녀는 말을 채 맺지도 못한 채 다시 의구심에 말려들고 있었다.

"겁을 먹을 것까진 없구! 내 얘기는 간단한 거야. 하긴 사근취원(捨近取遠)이란 말이 있지! 하지만 말이야, 난 그런 성미는 질색이야. 암벽이 가로놓여 있으면 우선 타놓고 보는 게 알피니스트로 되어 있으니까 그 점만은 이해해주겠지? 나는 지금 선아를 장난으로 대하고 있는 게 아니야. 사랑하고 있는 참이라니까. 다시 말해서 선아가 나를 사랑해줄 수 있다면 나는 그것으로 족하다 그 말이야. '답은 둘은 없다. 하나로 한다'로 해도 과히 무리는 아니겠지."

우식 군은 등산화에 밟힌 돌이 튕겨나가는 소리로 울부짖었다.

그제야 그녀는 약간 불안을 가라앉히면서

"제 마음은 벌써 그렇게 돼 있는걸요" 하고 부끄러움을 타는 시늉을 했다.

"분명 그렇다고 맹세하는 거지?"

"맹세하는 것으로 되어 있다니까요."

"그렇다면 이제 선아는 내가 하자는 대로 따라나서는 것만이 남아 있을 뿐이야. 우리는 당분간 이 홀에서 만나기로 한다. 시간은 오전 10시로 정한다. 선아! 그렇게 해주는 거지?" 하고 마구 조져나갔다.

그러나 그녀는 주저주저하고 있다가 백을 거둬 안고 푸시시 일어나더니 간다는 말도 없이 밖으로 휘청대고 나가버리는 것이다.

이것을 본 우식 군은 머리로 뜨거운 피가 역류해왔다. '너는 위장병 환자만은 아니다. 어느 놈팽이한테 한번 호되게 얻어터진 인간 조난자(遭難者)다. 나는 너를 사랑해줄 권리는 있어도 아직 내게는 너를 구해주어야 할 의무까지는 느끼지 않는다. 이왕 포기를 할 바에는 빠를수록 좋다' 하고 자리를 뜨려고 하던 참인데 밖으로 나갔던 그녀가 다시 제자

리로 되돌아와 앉으면서

"그럼 저도 예서 만나기로 약속드리겠어요. 인제 됐죠" 하고 안도감을 갖는 것이었다. 그러나 우식 군은 마음이 가셔주지 않았다. 얼마간 찜찜한 생각에 사로잡혀 있다가,

"선아! 지금 어디 갔다 온 거지?" 하고 묻자,

"어디는요, 이 집이 제과점 '블랙캣'이 분명한가 확인하고 온 것뿐인걸요."

"그건 또 무슨 소리지? 자기가 소개한 집이면서 확인은 또 뭐지?" 하고 반문을 하자, 제법 천연스러운 표정을 지으면서

"아 참, 그렇긴 하군요. 그런데 말씀이에요. 제 동창엔 애라(愛羅)라는 예쁘장한 애가 하나 있죠. 그 애네 집에서도 이런 영업을 하고 있거든요. 제가 지금 애라네 집에 와 있지나 않나 하는 생각이 들지 않겠어요. 혹시 잘못 골라잡은 게 아닌가 해서 한번 확인해본 거죠. 그럴 수도 있잖아요. 저는 이런 것들이 도시 믿어지지가 않거든요. 이 집을 꼭 '블랙캣'이라고 기억해야만 한다는 법도 없으니까요. 애라래도 좋고 또 무엇무엇하고 달리 불러볼 수도 있는 게 사람 아니겠어요" 하고 행커치프를 개켰다 폈다 하고 있다가,

"우식 씨! 아까 제 이름을 가르쳐드릴 때 제가 왜 그렇게 웃었는지 아세요. 제 이름이 어째서 선아로 되어 있는지 그게 전연 믿어지지 않을 때가 있죠. 무슨 상품명 같기도 하고 지명 같기도 한 생각이 들거든요. 미아동이니 뭐니 하는 것 같은 것 말이에요."

"그럼 내 이름도 무슨 지명으로 기억하고 있다 그 말이군그래?" 하고 물었다.

"그렇게까지야…… 가끔가다 그러는 거죠. 지금같이 긴장할 때는 더욱 그런다니까요. 아시겠어요. 꼭 붙잡으려 들면 들수록 보기 좋게 사

람 골탕만 먹여놓는다니까요. 혹시 내 편이 항거를 하고 있는지도 모를 일이지만……" 하고 깊은 생각에 잠겨들고 있었다.

우식 군도 주춤해 있다가

"선아! 내 말을 고깝게 듣진 말아줘! 선아는 위장병 환자만은 아니잖을까? 어딘가 몹시 다친 사람 같은데그래. ……아니지. 나까지 이러고 있어서야 어디 말이 되나. 내 똑똑히 일러줄게. 너 분명 머리가 돈 사람이지! 그렇지?" 하고 선아가 드리우고 있는 연막을 가차 없이 벗겨 젖혔다. 그러자 떨어뜨리고 있던 머리를 번쩍 들면서

"어머나! 선생님 절 다 알고 계셨군요. 이걸 어쩌면 좋죠" 하고, 당황해했다. 우식 군도 너무했다는 생각이 들어 민망해 있을 때였다. 보험 외교원 타입의 젊은 사내 한 사람이 식탁 옆에 와 서는 것이었다. 한쪽 손에는 조그마한 백이 들려 있었다. 연령은 한 40 정도로 보였다.

젊은 상인이 사내 우식 군을 향해

"신사 양반 이 샴페인을 잡숫고 계시는군" 하고 무슨 암호 같은 웃음을 지어 보이며 손에 들고 있던 백을 식탁 위에 올려놓고 지퍼를 끌러 보이는 것이었다. 두 사람의 시선은 백으로 쏠렸다. 백 안에는 마르텔 코냑의 '콜돈불'이 들어 있었다. 젊은 사내는 곧 지퍼를 다시 채우고 나서 바른쪽 손가락 다섯 개를 펴들고 다음 왼쪽 손가락 둘을 들어 보이는 것이었다. 그녀는 우식 군을 보고

"코냑 필요하시죠?" 하고 자신의 핸드백을 따려고 했다.

우식 군은 대번 상인의 백을 밀어젖히면서

"그 실없는 소리 작작해!" 하고 그녀의 손을 제지했다. 그녀도 손을 잡힌 채 젊은 상인을 향해 미안하다는 말로 거절을 해 보냈다.

상인은 입을 삐쭉해 보이고는 한쪽 발을 끌면서 다음 자리로 옮아가는 것이었다. 그녀는 상인의 뒷모습을 넋이 빠지게 바라보고 있다가

"저 양반 다리는 저는 게 아니에요?" 하고 연민의 정을 느끼고 있었다.

"그 자식 다리만 절다 뿐이야! 불량품이야, 불량품!" 하고 우식 군은 경멸을 해 보였다. 그녀는 흠칫 놀라면서

"불량품이라뇨. 그건 너무하잖아요." 하고 못마땅한 얼굴가짐을 했다.

"선아는 아직 내 말뜻을 잘 못 알아들은 모양인데, 왜 이런 게 있잖아? 공장에서 저마다 정밀 기계로 제품을 뽑아낸다고 떠들어대지만 그 많은 상품 중에는 불량품이 끼기도 마련이거든. 인간도 마찬가지야. 많은 인구 중에는 불량품이 얼마든지 끼어들고 있는 거야. 방금 봤잖아! 저치 백 속에 뭐가 들어 있었지? 뭐 술 한 병에 5만 2천 원을 내라고. 저따위 불량품이 나대니까 사회는 자꾸 악순환이 겹치고 있다니까. 불량품은 가차없이 제거해버려야 하는 거야" 하고 그녀를 향해 타이르듯 말했다.

그녀는 머리를 푹 꺾고 얼마간 있다가 심각한 표정을 지으면서

"그럼 저도 불량품이군요. 그렇죠…… 선생님! 저번 S산 계곡에서 저를 만나주시던 일 생각나세요? 저는 그날 등산을 간 게 아니었어요. 저의 어머님 무덤을 찾아간다는 게 그만 길을 잘못 든 것뿐이죠. 선생님은 저를 돌았다고 보시는 모양인데 저를 미친 사람으로 아셨다면 그건 우식 씨의 오버센스인걸요. 노이로제 환자도 정신분열증 환자도 아니란 것만은 분명히 해두고 싶군요. 해석은 우식 씨 자유니까 저는 그걸 탓하자는 건 아니고 분명히 제 병은 자신을 팽개치는 거부증 환자로 되어 있다 그 말이죠" 하고 말에 뜸을 들이고 나서

"맨 처음은 머리에서부터 시작하더군요. '네가 가진 재산은 모두 네 것이 아니다. 타인의 것이니까 버려야 한다' 하고 거부 현상을 일으키기 시작하지 않겠어요. 그때부터 신경성 위장병을 앓게 된 거죠. 그다음이 다리죠. '네가 가는 길은 자신의 길이 아니다. 타인의 코스다' 하고, 다

리가 제 맘대로 움직여주지 않더군요. 하긴 이런 얘기가 있죠. 게 발을 잡으면 자신의 몸을 빼치기 위해서는 자신의 발을 따버린다잖아요. 그런 거로 따져본다면 제가 하는 모든 일이 불량품 탓만은 아니잖을까요. 제 자유를 지배하려 드는 주위 환경이 더 나쁘다면 몰라도. 안 그래요? 자신의 생명을 위해서 자신의 발을 따버린 게〔蟹〕 그녀에게 무슨 죄가 있다는 거죠" 하고, 제법 핏대를 올리는 것이었다.

이 말에 우식 군은 벌컥 화를 냈다.

"그건 동문서답 아닌가. 다시 말해서 내 얘기와는 구체적인 관계가 없잖느냐 그 말이야" 하고, 마주 불을 찔러주었다.

"당신, 남의 말은 채 듣기도 전에 그런 투로 나오기예요" 하고, 그녀도 말투를 바꾸어가면서

"당신의 요구대로 해드리죠. 하지만 저를 바라보고 있는 당신의 렌즈를 바꿔 채우기 전에는 저를 구체적 사실대로 봐줄 눈이 없을걸요. 남을 병신으로 쳐주는 것밖에 모르고 있잖아요. 그렇죠?" 하고 가슴을 확 펴고 나앉는 것이었다.

"선아, 흥분하진 말아줘. 나도 선아의 말을 잘 알아듣는 거로 해주지. 그렇지만 말이야, 선아의 말을 한번 엎어쳐본다면 선아를 바라보는 내 눈도 나 자신의 것이 아니고 타인의 눈이다 그 말 아닌가. 그렇지? 개 눈깔 같은 것…… 어쩌다가 숙녀 씨한테 한번 멋지게 얻어터졌는걸!" 하고 우식 군은 배를 흔들면서 웃어댔다.

"우식 씨 주책도 엔간하시군요. 그런다고 누가 웃어줄 줄 아나 보죠?" 하면서도 그녀는 섹슈얼한 웃음을 건네왔다. 그제야 우식 군은 신이 나서

"됐어, 바로 그거야. 나는 선아의 웃음을 사주고 있는 참이야. 날 뇌쇄할 듯이 다가서는 육감적인 인간 냄새에 주려 있는 게 나거든. 그게 사내

야. 알아듣겠나!" 하고 그녀의 페이스에 말려드는 시늉을 해 보였다.

"그건 좀 시답잖은 얘긴걸요. 숙녀 앞에서 부끄럽지도 않으세요" 하고 말로는 힐책을 하는 척하면서도 그녀는 우식 군의 왼쪽 손을 감아 쥐면서 몸을 기대왔다. 우식 군도 그녀의 손을 힘껏 쥐어줬다. 두 사람은 말을 하지 않았다. 뛰고 있는 맥박을 통해서 서로 긴박감을 건네주고 있었다. 홀 안은 손님이 거의 다 빠져나가고 얼마간 한적해지자, 그녀는 카운터 쪽을 향해 손을 들어 보였다. 앞서 왔던 예의 그 여점원이 다가와서 주문을 대기하고 있었다. 그녀는 손가락 둘을 들어 뵈면서

"마르텔 코냑으로!" 하고, 압도적인 자세를 취했다.

여점원도 '이 여자 잘못 치부했다가는 큰코다치겠다' 하는 몸가짐을 하면서 "알아모시겠습니다" 하고, 술을 날라 왔다. 그녀는 먼저 술잔으로 손을 가져가면서

"김새기 전에 어서 드세요" 하고 술을 권했다.

"코냑은 김이 안 새는 술로 알고 있었는데!" 하고, 이번은 우식 군 쪽이 주춤했다.

"사람도 김이 새는 판인데 김 안 새는 술이 어디 있어요. 김새기 전에 어서 드시라니까요."

그녀는 너 좀 봐란 듯이 벌컥벌컥 술을 마시는 것이었다. '또 구토증이 나면 어쩌려고 그러지. 신경성 위장병 말이야' 하려다 말고 우식 군도 술을 한 모금 마셔보았다. 향이 먼저 코로 와 닿았다. 빛깔도 예뻤다. 술 그녀는 무슨 액체라기보다는 사람을 핑크 색으로 화신을 해놓을 것 같은 마력을 발하고 있었다. 이런 경우에는 우식 군 자신이 반제품(半製品) 같다는 느낌을 하면서 그녀를 마주 바라보았다.

술을 마시고 있는 그녀는 구토증을 느끼지 않았다. 요염한 얼굴가짐도 하지 않았다.

이번은 그녀 쪽이 우식 군의 인간 계단을 하나하나 깔아뭉개면서 위로만 치닫고 있는 절박한 발소리를 내주는 것만 같았다.

"저는 그날 꽃다발을 한 묶음 들고 어머님이 누워 계시는 '모란공원 묘지'를 찾아나선 거죠. 제가 탄 버스가 모란공원 입구에 닿았을 때군요. 저는 어서 내려야 한다, 어서 내려다오, 하고 조바심치고 있었죠. 허나 제 다리는 내려줄 생각을 하지 않더군요. 그러는 동안 버스는 이미 대성리를 지나 청평 거리를 벗어나고 있지 않겠어요. 그제야 두 다리가 거부 현상을 일으키고 있다는 걸 눈치챈 거죠. 저는 그녀가 하듯 나도 게 발을 어서 따줘야겠다는 생각을 했죠. 허나 사태는 그렇지가 않더군요. 어찌 보면 제가 가고 싶은 목적지가 어머님 무덤이 아니고 제 두 다리가 제가 가야 할 자신의 코스를 제대로 찾아들고 있다는 엉뚱한 생각을 하고 있지 않겠어요. 물론 제가 가 닿을 종점이 어딘지는 저 자신도 모르고 가긴 했지만서두요. 버스가 의암댐 검문소 앞에 서자 그제야 제 두 다리가 자동적으로 후닥닥 몸을 일으키면서 하차를 해주더군요. 제 손에는 그때도 어머님 무덤에 헌화를 해야 할 꽃다발이 제대로 들려 있었죠. 다음 당신을 따라 하산을 할 때에야 그게 꽃다발이 아니고 피켈인 줄을 알긴 했지만서두요. 저는 손에 그 피켈을 꽃다발로 받쳐 들고 다리가 가는 대로 따라나서주었죠. 제 두 다리는 의암댐을 건너줄 것처럼 얼마간 주춤대고 섰다가, 댐 제방을 우수로 끼고 새로 트인 붉은 신작로를 따라 동북쪽을 향해 걷기 시작하는 게 아니겠어요. 저는 이때 무엇을 생각하고 있었는지 아시겠어요. 제 인간은 제 다리가 하자는 대로 다리를 따라가서 의암댐 호수에 바싹 타 죽어볼까 했던 거였죠. 제가 말하는 거부 현상 말입니다. 그때 저는 아주 신바람이 나 했죠. 허나 제 다리는 산막을 지나면서부터 생각을 좀 달리하고 있더군요. 호수와는 정반대 쪽인 계곡으로 저를 끌어다 밀어붙이고는 푹 쓰러지는 게 아니겠어요. 하긴 올바로 찾아가긴 했죠만요. 당신을 그 계곡에서 만나주었으니까요. 그렇다고 너무 우쭐하진 마세요."

그녀가 웃음을 지으면서 우식 군의 손을 다시 한 번 꼭 거머쥐는 것이었다. 그녀의 손에서는 뜨거운 체온이 옮아왔다.

"그거 얘기 한번 기발하군그래. 하지만 선아의 얘기는 어디까지가 현실이고 어디까지가 꿈이지? 아니야. 모든 용어의 개념을 엎어쳐 쓰고 있다 그 말이야. 물에 빠져 죽는다면 몰라도 뭐 의암댐 호수에 타 죽어! 그걸 어불성설이라고 하는 거야. 알겠나?" 하고 비꼬아주었다.

"왜요. 의암댐은 발전소가 있잖아요. 현대인은 물에 빠져 죽으리만큼 바보는 아니거든요. 감전에 많이 타 죽고 있는 거죠."

"내 말은 그게 아니라니까! 도시 실감이 나지 않는다 그 말 아닌가. 필연적 조건이 없이 어느 사건이 사리에 맞아떨어질 리가 있겠어. 안 그래?"

"당신 얘기 알아듣겠어요. 우식 씨는 아직도 제 말이 정상적이 아니다, 일반화돼 있지 않다, 그 말씀이시죠? 그러시다면 제가 하나 묻겠어요. 당신하고 저하고 계곡에서 만난 것도 정상적인 조건, 다시 말해서 필연적인 여건에서 만났다고 믿고 있는 거죠. 하지만 지금 우리는 어디까지나 우발적인 사건을 현실 여건에 뜯어맞추고 있는 참이에요. 맞아떨어질는지 어쩔는지 그건 아직 미지수이긴 하지만요. 역사도 마찬가지 아니겠어요. 2차 대전을 생각해보세요. '하일 히틀러' 한 사람의 일인 단위(一人單位)가 38억이 찾고 있는 필연적 조건을 대신할 수가 있다고 생각하세요. 우발적인 불장난을 필연적 사실에 뜯어맞추고 있는 게 역사 아니겠어요. 기본적 조건과 역사적 조건은 언제나 엇갈리고 있거든요. 하긴 저의 언니도 곧잘 그런 얘기를 뇌까리곤 했죠. 사실적이어야 한다, 필연적이어야 한다 하고 말입니다. 그러나 저는 그런 것을 이해할 수가 없더군요. 제가 보기에는 모든 사실이 그렇게 되어먹지가 않은걸요. 인간은 필연적인 조건보다는 우연적인 편이 비중이 더 큰 것으로 되어 있잖아요. 가령 근사치로 예를 든다면 말이에요. 계곡에서 당신을 만나줄 때 저는 그런 까다로운 계산을 하지 않기로 한 거죠. 당신이 그때 뭐라고 했죠. '하산 시간이 절박했다. 이러구 있다가는 너도 죽고 나도 다 죽는다' 하고 저를 구해줄 구세주로 나타나준 거죠. 그때 제가 무슨 생각을 했는지 아시겠어요. '남자들은 여자의 짐을 곧잘 받아지는 별난 기사(騎士)도 다 있다' 하고 보아주었다면 좀 불쾌하시겠죠. 하지만 말이에요, 당신이 제 가슴을 끌어안을 때 제가 왜 목을 꼬았는지 아세요? 울음이 왈칵 터지려고 하잖아요. 제 개체에 숨어 있던 또 하나의 딴 여자가 나타나면서 '여자는 남자하고만 살기로 돼 있다. 남자 없이 사는 여자는 여자 자신도 모르고 산다' 하고, 미친개같이 울부짖었다고 한다면 외설에 속한다고 할까요. 어쨌든 그때의 우연은 필연적 사실을 가차 없이 밟아 뭉개면서 '도깨비가 탄생하고 있다. 어서들 비켜서라!' 하고 위력을 발해주더군요. 저는 그 우연적 현상에 경의를 표하고 있는 거죠. 그래도 제 말이 애매하다고 생각하세요?" 하고 이야기에 한창 열을 올리고 있었으나 그녀는 흥분한 얼굴빛을 보이지 않았다. 우식 군은

"선아, 그것은 우연이라고 하자! 그러나 지금은 상황이 일반화되고 있잖아! 그거까진 부인 못 하겠지. 지금 막 여기 너를 한 번 더 놀라게 해줄 지존이 나타나고 있듯이 말이야" 하고 조크를 건네주자, 그녀는 눈동자에 불꽃을 튕기면서

"그래만 주신다면…… 그러나 너무 기대는 갖지 마세요. 우리는 지금 어느 우연 앞에 제물이 되고 있는지도 모르잖아요" 하고, 말에 잠깐 뜸을 들이고 나서

"제가 만일 살인범이었다면 우식 씨는 제게다 침을 뱉겠죠. 허울 좋은 개년이라고…… 출옥한 지가 벌써 한 1년쯤 넘어서기는 했지만서두요" 하고 심각한 표정을 지으면서

"제겐 언니가 한 사람 있긴 하지만 저를 감싸줄 만한 사람은 못 되죠. 저는 늘 무엇에 쫓기고 있는 심정이라면 제 입장을 이해해주시겠어요? 제가 감당해내지 못하리만큼 그러는 거죠. 우식 씨, 저 좀 붙잡아주세요" 하고, 이마에 땀발까지 잡히고 있는 것이었다. 가뜩이나 갈피를 못 잡아 하던 우식 군의 눈에는 그녀의 얼굴이 대번 흉악범으로 탈바꿈을 해왔다. 그녀에게서 느끼던 긴박감이 싹 가시면서 가슴이 얼어붙을 것만 같은 그런 순간이 다가서는 것이었다.

"선아에게 그런 사연이 있었다면 일은 크게 벌어졌군그래. 허나 차마 진담은 아니겠지. 그렇지?" 하고 조마조마한 심정을 감당해낼 수가 없었다.

"진담이라면 어쩌시겠어요."

너무 당돌한 대답을 건네왔다.

우식 군은 등골이 서늘해왔다.

"어쩌구 자시구 할 게 있어! 나는 살인은 일체 용납하지 않는 거로 되어 있으니까 칼엔 칼로 대해주는 거지! 내 인간 신념은 타인의 생명, 재산, 인권을 절대 존중하는 거로 돼 있다 그 말이야" 하고 울상을 지어 보였다. 그러자 그녀는 우는 것도 웃는 것도 아닌, 방향 감각이 없는 웃음을 건네오면서

"기분 나쁜 얘기는 안 할걸 그랬죠" 하고 애매한 자세를 취했다. 우식 군은 그녀의 대답이 좀더 못마땅하다는 생각이 들어 미간을 찌푸리면서

"선아! 나는 네가 생각하듯이 여자들의 짐이나 받아 지고 다니는 그

런 어설픈 사내만은 아니다. 선아는 언니가 있다고 했지? 그 언니 나 좀 만나게 해줄 수 없을까?" 하고 초조한 빛을 보이자, 그녀는 대번 발끈해지면서

"그거 미안하게 됐군요. 우리 언니는 교환 교수로 미국에 가 있는걸요. 지금쯤은 아마 백마들하고 얽혀 다닐걸요. 우먼 파워가 어떻다느니, 현대 문화는 소걸음을 한다느니 하고 지금 막 열을 올리고 있겠죠. 그것도 아는 체하는 그런 자세로 말이에요. 헌데 당신 우리 언니는 왜 만나자는 거죠? 제 말이 못 미더워 그러시는 거죠? 그러시다면 제게도 할 얘기가 있어요. 당신이 저를 바라보듯이 저도 그런 눈으로 지금 막 당신을 쳐다봐주고 있는 중이에요. 당신 틀림없이 우리 형부 같은 인간에 속해 있군요. 분명 그렇죠?" 하고 차가운 시선을 건네오면서

"우리 형부가 무어라고 하는지 아시겠어요? 우리 형부는 실업자거든요. 자신이 한 사람 몫의 자리를 차지하고 나선다면 다음 한 사람이 앉을 자리를 뺏긴대나요. 이를테면 두 사람 중에서 한 사람꼴은 실직을 해야 할 테니까 이왕 실직 사태를 낼 바에는 남에게 피해를 주느니 자신이 그 자리를 물러선다는 거로 되어 있죠. 게다, 말까지 더듬는다니까요. 우리 언니는 발끈해서 '당신 소처럼 풀이나 뜯어 자시고 사세요' 하고 나무라면 '나, 나는 실직자가 아니야. 동조자지. 네가 벌어들이는 돈도 너 혼자서 버는 것처럼 생각하고 있지만 그건 큰 착오다 그 말이야. 사회 윤리관으로 따져봐! 너하고 나하고는 부부 동체 아냐? 그러니까 나하고 둘이서 버는 거로 되어 있는 거야. 어서 용돈이나 내놔! 내 돈 말이야!' 하고 천연한 자세를 취하는 거죠. 우식 씨는 이런 것도 인권 존중에 속한다고 생각하십니까? 한번 계산해보세요. 윤리관은 버릇이 고약한 존재로 되어 있다니까요. 때에 따라서는 우식 씨로 둔갑을 할 때도 있고, 우리 형부로 둔갑을 할 때도 있거든요" 하고 우식 군을 깔보

타인을 대행하는 두뇌들 333

는 눈치였다.
　우식 군도 안색을 좀 바꾸면서
　"그거 얘기가 너무 난해하군그래! 나는 학자가 아니라니까. 알피니스트라고 했잖아. 그런 어려운 용어를 알아들으리만큼 유식하진 못하다는 것쯤 잘 알고 있으면서 왜 자꾸 횡적인 얘기만 들고 나오는 거지. 내가 사회 윤리관을 알 건 뭐야!" 하고 그녀의 말이 아직 빗나가고 있다고 생각하면서 그건 그것대로 한번 들어둘 만한 얘기로 받아들이고 있었다.
　시계는 이미 2시를 넘어서고 있었다. 홀 안은 좀더 조용해졌다. 그녀는 행커치프로 한쪽 손을 감아올리면서
　"제 말이 아직 이해가 안 간단 그 말씀이죠? 그러시다면 우리 언니의 저서 『사회학 개론 서설』을 한번 얘기해보기로 하죠. 현대인들의 윤리관은 이유보다는 결과에 좀더 많은 비중을 두는 것이 정석으로 되어 있더군요. 당신도 저를 지금 그렇게 보고 있는 거죠. '의사는 환자의 병원(病原)까지는 책임지지 않는다. 투약만 해주면 생사는 환자 자신이 맡아서 하기로 돼 있다' 하고, 생명을 사무적 처리로 끝내듯이 당신도 저를 그런 식으로 대해주겠다 그 말씀이군요. 저는 그게 못마땅하다는 거예요. 경우에 따라서는 피살자보다 가해자(살인범) 편이 더 억울할 때가 있잖아요. 피살자는 죽음 하나만 내놓으면 모든 것을 다 그것으로 탕감하고도 과불(過拂)이 되는 것처럼 착각들을 하고 있죠. 하지만 실은 과불보다는 미불액(未拂額)이 더 많이 남아 있다면 당신은 그런 경우를 어떻게 처리하실 참이세요. 법은 사건의 정상을 잘 알면서도 '법전은 죄인의 자신이 돼줄 수는 없다. 범인을 잡아 조문에 뜯어 맞추기만 하면 그걸로 사명은 끝나는 거다' 하고 결과만 따지는 것으로 되어 있잖아요. 우식 씨! 만일 제가 살인죄를 범하면서까지 피살자에게서 완불을 받지 못했다고 쳐봅시다. 그때도 역시 '나는 일체의 살인을 용납하지 않

는다. 내 신념은 타인의 생명, 인권, 재산을 존중하는 거로 돼 있다'하고 역시 칼엔 칼로 대할 작정이십니까?"

그녀의 얘기 뒤에는 또 하나의 색다른 인간 전형이 숨어 있는 것만은 사실이었다. 그녀를 나무라던 우식 군은 생각과는 반대로 미인을 대하기 이전에 마상인(馬上人)을 대하는 기분이었다.

"선아! 너무 흥분하지만은 말아줘. 나도 선아의 얘기를 전적으로 부인하고 싶지는 않은 거야. 물론 죄도 죄 나름이겠지. 선아의 죄명은 뭔가!"

우식 군은 듣고 싶지도 않은 얘기를 끝내 터뜨리고야 말았다. 그러나 생각했던 것과는 정반대로 그녀는 긴장을 확 풀면서

"꽤는 잔인하군요. 그게 그렇게도 알고 싶으세요? 타인의 시체 처리를 해주다 살해범으로 둔갑을 할 때도 있잖아요" 하고 쿡쿡대고 웃는 것이었다. 그제야 우식 군은

"그러면 그렇겠지! 우리 선아가 설마 사람까지 잡았을라고! 선아! 이제부터는 말조심해! 사람 실망을 시켜도 정도껏 하는 거야. 말끝마다 하켄이 빠지는 소리를 내준다면 어디 겁이 나서 그놈의 암벽을 마음놓고 타줄 수 없잖아! 안 그래?" 하고 짓궂게 웃어 보였다.

"징글맞긴. 당신 끝내 그런 거로 대해오기예요? 좋아요. 저도 칼엔 칼로 대할 테니까 그것쯤 각오하고 계세요" 하고 눈을 흘기면서도 상반신을 기대왔다. 피부가 느껴지도록 좀더 밀착해오고 있었다.

"왜, 호박꽃도 꽃이란 말이 있지! 너 어쩌다 그런 험상궂은 마스크를 쓰고 대드는 거지!" 하고 역습을 해줬다.

"흥, 한술 더 뜨시는군요" 하고 이번은 선아의 한쪽 팔이 우식 군의 허리를 감아 안는 것이었다.

"고지식하긴, 넌 너무 예쁜 게 탈이야. 언제고 한 번은 얼굴값을 할

타인을 대행하는 두뇌들

거라 그 말 아닌가" 하고 대답은 해주면서도 '나는 학술 용어에는 둔감하다. 그러나 알피니스트는 카메라의 원리쯤은 알고 있다. 렌즈로 역광을 향해 영상을 제대로 잡자면 이쪽에서 먼저 플래시를 터뜨려줘야 한다. 나는 지금 잡담을 하자는 게 아니다. 강한 역광을 등에 업고 앉아 있는 선아에게 주고 싶은 대화가 있다. 선아의 현기증은 역광 탓만은 아니다. 인간을 너무 높은 차원에서 보고 있기 때문에 현기증을 느끼게 된다. 인간은 서로 대등한 위치에서 마주 보고 살기로 되어 있다.'

이렇게 우식 군은 자기 투의 해석을 하면서

"선아! 오늘부터 선아는 나와 마주 보고 살면 되는 거야. 선아와 나와 서로 바꾸어 살아보아도 좋지" 하고 분위기를 달리 조성해보았다.

그러자 그녀는 다시 겁먹은 얼굴을 하면서

"절 맡아주신다 그 말씀이시군요. 그렇게 한다면 혼성팀(윤리관과 윤리관의 차원)이 되겠군요" 하고, 푹 꺼져드는 시늉을 했다.

그러나 우식 군은 신이 나서

"직언으로 말한다면 너하고 나하고 결혼을 하는 거지. 결혼!" 하고 대답했다.

그녀는 '하긴 그렇군요. 완인(完人)과 미완인(未完人) 두 사람이 한바탕 얼크러져볼 만도 한 일이군요. 무어가 탄생하나 한번 두고 보게요' 하려다 말고

"우식 씨, 그게 정말이세요? 저도 동의해드리죠. 허나 너무 과분하잖을까요" 하고 우식 군의 허리를 감고 있던 팔을 풀면서

"우식 씨! 당신이 저를 붙잡아주었다 흉악범으로 밀어냈다 하고 있는 그 심정을 저는 잘 이해하고 있어요. 제 얘기에 사회성이 결여됐다 그 말씀이시죠? 다시 말하자면 대화가 엇갈리고 있다 그 말씀인데, 언어의 내용 탓만은 아니잖겠어요. 제 주위 사람들이 절 보고 무어라고 하는지

아시겠어요? 허우대만 멀쩡한 벙어리 색시라잖아요. 저를 대할 때 그들은 제 말을 들어보기도 전에 '네가 아무리 씨불여대도 우리는 우리 나름대로 너를 잘 알고 있다. 그만해둬라. 그만해!' 하고 싱글싱글 웃어젖히더군요. '너희들은 어디까지나 너희들 자신이 알아서 할 일이지, 내게 책임이 있는 것만은 아니다' 하고 나도 나 자신의 고독을 달래곤 하죠." 하고 미소를 건네왔다.

우식 군은 담배에 불을 댕기면서

"자신도 알기는 알고 있군그래. 선아는 그게 잘못됐다는 거야. 가끔 가다가는 꼭 등신이 하는 얘기 같다니까. 대화가 그렇게 출렁대기만 한다면 건 생활이 없다는 거나 마찬가지 얘기야. 대화에도 반환점이 있어야 하잖아. 반환점이 뭔진 알겠지?" 하고 목을 추슬렀다.

"하긴 저의 언니도 그런 얘기를 곧잘 했죠. 인간은 언어의 유형을 통해서 생활하고 있다구요. 다시 말하자면 현대 문화는 언어의 극한 투쟁이라고 하잖겠어요. 그러나 저는 그게 납득이 가지 않거든요. 인간 전형을 무시한 언어가 인간 존재 가치를 찾아나설 수가 있을까요. 안 그래요? 아까 제가 왜 운동구점엘 들렀는지 아세요? 길을 잘못 든 게 아닙니다. 실은 화방을 찾아나섰던 길이었죠. '내가 화방이나 찾아다니고 있다가는 무엇한테 붙잡히고 만다. 영원히 발을 빼치지 못한다' 하는 조바심이 생기더군요. 못 견디도록 그러는 거죠. 그런 때면 저는 마음을 달래주기 위하여 무슨 물건이든 마구 사들이는 버릇이 있거든요. 그래도 못 알아들으시겠다면 제 얘기를 한번 사회 유형으로 전환을 해보기로 하죠. 우식 씨는 그런 투의 얘기가 듣고 싶은 거죠? 그렇죠?" 하고 그녀는 자신의 백서를 읊조리고 있었다.

"제 정체를 까놓기 전에 저의 가족 상황부터 말씀드리기로 하죠. 우식 씨가 제일 궁금해하는……" 하고, 방향 감각도 없는 미소를 떠올리

다 말고

"아 참, 잊어먹은 게 있군요. 제 주소가 정릉 산 ×번지로 되어 있죠. 문패는 최애자(崔愛子)…… 제 본명이 본래 애자거든요. 지금도 남들은 저를 애자라고 불러주죠. 전 그게 죽게 싫더군요. 왜 저를 꼭 애자라고만 불러대야 합니까. 저는 그게 믿어지지가 않는다니까요. 사람에게 일정한 이름이 붙어 다니는 것 같은 거 말이에요. 하긴 사람마다 누구의 습관인지는 모르지만요. 이름 뒤에는 많은 복수가 따르기로 마련이더군요. 그걸 계산에 넣자는 거겠죠. 그렇죠. 아마 우식 씨 이름 뒤에도 많은 그림자가 따라다니고 있을 거 아니겠어요. 다시 말해서 김우식이란 한 개 명사의 어의는 어느 젊은 알피니스트를 말함이다, 김 사장의 장남이라고 한다, 하고 인명(人名) 이전의 대명사 구실을 더하고 있겠죠. 그렇죠. 그거 마치 무슨 음식점 메뉴 같잖아요. 저는 그 시시한 복수가 싫어진 거죠. 그래서 매주마다 제 이름을 바꿔 부르기로 했죠. 그러니까 선아는 금주에만 해당되는 닉네임으로 해두는 거예요. 아셨죠?" 하고 그녀는 역시 대화의 방향 감각을 흐려놓고 있었다. 지적 세계도 아닌 정적 세계도 아닌 그런 대화였다.

"선아! 나는 산악밖에 모르는 속물이야. 그러나 네 대화에서 하나만은 알 수가 있군그래. 넌 기존 개념을 부정한다 그 말인데 그다음을 어떡헌다는 거지. 진리! 진리까지는 항거하고 나서지 못할 거 아냐! 다시 말해서 선아의 얘긴즉슨 세끼를 다 찾아먹고 나서 하는 소린데, 선아도 사흘만 굶어봐! 무슨 소리가 나오나 보게!" 하고 비꼬아댔다. 그러자

"우식 씨 아주 사람 웃기시네……" 하고 시니컬한 웃음을 웃고 나서

"우식 씨는 제법 지적인 체하시지만요, 그게 그거 아니겠어요. 지적인 세계와 정적인 세계는 무슨 한계선이 따로 있는 게 아니잖아요. 굳이 예를 든다면 남자와 여자와의 관계 같은 거라고나 할까요. 그래 백

보 양보해서 우식 씨의 논리대로 먹어야 산다는 건 영원불변의 진리라 해둡시다. 당장 죽고 싶은 사람에게도 그게 진리로 통할 수 있다고 믿고 계십니까. 그건 어느 구멍가게 치부책 같은 진리예요. 인간도 본래는 소비품에 속해 있거든요. ……그래도 우식 씨는 굳이 우월감을 가져보겠다는 겁니까. 꼬집어 말한다면 진리란 정설은 어느 고정 관념에서 오는 하나의 우월감에 지나지 않는 거예요. 제겐 어제도 없고 또 내일도 없다니까요. 그저 오늘만이 있을 뿐이죠. 지금 이 시각만이 진리와 통하고 있다고 해야 정직한 말이 되지 않을까요. 지(知)와 정(情)은 한시도 떨어져본 적이 없는 아베크족들이거든요. 굳이 분리를 한다면 정적 감정은 창조와 통하고, 지적 논리는 계산을 맡아보는 계리사 같은 존재 아니겠어요. 하긴 인간의 종착역이 죽음으로 되어 있으니까 죽고 싶지 않은 심정은 만인의 공통된 진리로 되어 있겠죠. 허나 그건 이미 통속에 속하는, 즉 진리 이전 아니겠어요. 저는 나면서부터 먹고 나면서부터 죽으면서 살아왔거든요. 25년간이나 그렇게 살아온 거죠. 하루 살면 하루만큼 죽고 이틀 살면 이틀만큼 죽으면서 살아왔다니까요. 그래도 믿어지지 않으신다면 자명종의 치차(齒車) 소리를 한번 들어보세요. 뭐라고 씨불이는지 아세요. 또 죽는다, 또 죽는다, 또 죽는다, 쉬지 않고 거듭 죽는다, 쉬지 않고 거듭 죽는다 하고 카운트를 하고 있잖아요. 이걸 두고 모두들 시간이 흐르면 아름다운 미래가 온다고들 믿고 있죠. 미래가 무슨 말라빠진 미랩니까. ……우식 씨! 제 부탁 하나 들어주시겠어요. 제 정체를 다 알기 전에 저와 함께 죽어주실 순 없으시겠어요. 기분 좋게 말이에요" 하고 화사한 웃음을 건네왔다. 우식 군이

"정사 같은 것 말인가!" 하고 묻자, 그녀는 대답 대신 머리를 흐느적대는 것이었다.

"나는 일체의 죽음을 거부한다고 했잖았어!" 하고, 담배에 불을 댕겼

다. 그녀는 의외란 듯한 시선을 건네오면서.

"바보! 쪼다!" 하고 흥분을 가누지 못하고 있다가, 다시금 정상을 되찾으면서

"나 좀 봐, 가족 상황을 얘기한다고 해놓고...... 우식 씨, 제 얘기가 지금 어디까지 와 있죠? 아 참 그렇군요. 우식 씨, 제가 하는 얘기를 사실이라고만은 믿지 말아주세요. 상황에 따라서는 사실 이하일 수도 있고 사실 이상일 수도 있으니까요. 그쯤 알고 들어주시는 거죠" 하고 담배를 꼬나무는 것이었다.

우식 군은 불을 켜 대줘봤다. 그녀는 심호흡을 하듯이 연기를 힘껏 빨아 삼키는 품으로 보아 끽연 방법이 너무나 능숙한 데 한 번 더 놀랐다.

"먼저 누구부터 얘기할까요. 아 참, 그렇군요. 저의 아버지는 S은행 감사역을 지냈죠. 사냥을 무척 좋아했구요. 그렇다고 명사수는 못 되었다고 하더군요. 저의 아버지보다는 아버지와 곧잘 붙어 다니는 종로 지점 김 대리가 도리어 사격술은 월등했다잖아요. 하나 돌아올 때 보면 포획물은 저의 아버지 편이 월등히 많거든요. 결과가 왜 그렇게 되느냐고 물으니까 대답은 간단하더군요. 김 대리는 장타를 쳤다 뿐이지 게임은 늘 지기로 되어 있다잖아요. 김 대리는 사격엔 능해도 사냥꾼이 먼저 마스터를 해야 할 동물의 생태는 아직 모른다는 거예요. 본래 산짐승도 사람이 길로만 다니듯이 저희들이 다니는 길이 따로 정해져 있다는 거 아니겠어요. 사냥꾼은 사격보다는 길목을 잘 잡아 앉아야 한다더군요. 수렵 용어로 따진다면 포인트라고나 할까요. 어쨌든 저의 아버지는 목을 지른다고 했죠. 이렇게 목을 질러 앉아 있노라면 산짐승은 제 발로 걸어 들어오기로 마련이라는 거예요. 그때 25미터, 10미터, 5미터, 하고 카운트를 하다가 사격만 하면 명중하기로 되어 있다는 거죠. 이걸 포수의 연조라고도 하더군요. 그러나 저흰 도시 이해가 가지 않는

애기 아니겠어요. 총신에서 화약 냄새가 날 텐데 후각이 예민한 동물이 저 죽을 줄 모르고 마주 들어와줄 리가 있겠느냐고 반문을 한 거죠. '맞다. 산짐승은 후각으로 자신이 흘리고 다닌 자신의 체취를 맡으면서 자기 궤도를 찾아다니기로 되어 있다. 자신이 가야 할 길목에 무서운 복병이 있다는 것도 잘 알고 있다. 그러나 궤도를 벗어나면 더 무서운 복병, 이를테면 맹수라거나 함정이 기다리고 있기 때문에 탈선을 했다가는 앞질러 죽기로 마련이다. 그러니까 자기 궤도껏 달리다가 포수에게 죽어주는 것으로 사명을 다하는 것으로 된다. 사람도 마찬가지다. 인간 궤도에도 길목마다 복병이 숨어 있기로 마련이다. 그렇다고 궤도를 벗어나면 곧 개죽음을 당하게 된다. 그러니까 정직한 사람은 자신의 맡은 궤도를 자신의 나름대로 달리다가 복병에게 죽어주는 것으로 맡은 사명을 다해야 한다.' 이를테면 이 말이 명중을 한 셈이 됐죠. 제가 여고 2학년 때였군요. 저의 아버지 최 감사님은 부정 대출 사건에 말려들어 병보석으로 나온 지 22일 만에 숨이 진 거죠. 그러니까 저의 아버지의 인간 가치관은 궤도에 두었던 거죠. 다음이 저의 어머니인데 저의 어머니는 의상실을 내고 있었죠. 인간 문화는 의상에서부터 시작됐다는 정설을 굳게 믿고 있다고 할까요. 다시 말해서 인간 개념도 윤리관도 의상에 있다고 했고, 인간 지혜도 인격도 연령도 미모도 모두 의상이 도맡아 판을 치고 있다는 거죠. 여자는 더욱 옷매무시 하나로 운명이 좌우된다고 역설을 하시다 제가 출옥하기 2개월 전에 그만 세상을 떠나시고만 거죠. 다음이 저의 언니인데 우리 언니는 사회학을 전공했죠. 자신의 저서도 있고, S대학 부교수로 있다 어머님의 초종을 치르고 나서 곧 교환 교수로 도미를 했으니까 지금은 재미 중이라고 해두죠. 언니는 언니대로의 얘기가 있기는 하지만 여기서는 중복을 피하기로 하죠. 그다음이 가정부 영자가 있군요. 남들은 그 애를 우리 집 가정부라고만 착각들을 하고 있었지만 기실은 저의 이모님이 수양딸로 길러오다 그분이 작고하자 영자 그녀하고 지금 저의 집을 지키고 있는 이종사촌 귀남이를 저의 어머님이 떠맡게 된 거죠. 그 애가! 그 애 영자가……" 하고, 그녀는 우식 군에게로 흐트러진 시선을 건네왔다. 우식 군은 따분한 생각에 눈을 반쯤 감고 있을 때였다.

"우식 씨, 그 눈 좀 뜨시죠. 번번이 눈을 감곤 하는데, 건 왜 그러시죠. 무슨 사색에 잠기시는 중입니까? 사람은 죽을 때도 눈을 뜨고 죽는다잖아요. 저는 잠을 자도 눈을 뜨고 자기로 했죠. 한낮에 눈을 뜨고도 번번이 봉변을 당하는 주제에 왜 눈을 감아줍니까" 하고, 담배에 불을 댕겨 건네주는 것이었다.

"나는 눈을 감고도 나 할 짓 다 하는 천리안이다. 어서 네 얘기나 해!" 하고 우식 군은 담배를 받아 재떨이에 담배 허리를 꺾어버리고 말았다.

"그럼, 눈 안 감으시는 거죠."
하고 그녀는 다시 얘기를 계속했다.

"영자 그녀는 변덕이 죽 끓듯 하는 애였죠. 허나 이 사고덩이가 어쩌다 제 얘기의 주역을 맡아준 셈이 되긴 했죠마는, 그녀는 뭐라고 했는지 아시겠어요. 자신의 존재 가치는 성냥개비 같은 거라고 하잖겠어요. 다시 말해서 그녀 자신은 성냥개비가 타듯 한번 확 타버리는 맛에 산다는 그런 식이었죠. 그 이상은 거추장스러워서 더 생각도 하고 싶지 않다잖아요. 징글맞고, 구질구질하고, 지루해서라도 그 이상의 욕망은 없다는 것으로 되어 있었죠. 하지만 가다가는 엉뚱한 얘기를 할 때가 다 있더군요. 저 좋아 놀아나는데 간통죄가 왜 성립이 되느냐구요. 이를테면 아내 있는 남자와 유부녀와의 화간 같은 걸 말하는 거겠죠. '결혼 제도는 애정 영위가 아니고 인권유린 아닙니까. 저 싫다면 서로 웃고 헤어질 노릇이지, 같은 주제에 이혼 소송은 해서 뭣에다 쓰자는 거죠. 서울 장안엔 그런 치사한 것들이 꽉 차 있으니까 쌀값이 치뛰기로 마련 아니겠어요. 안 그래요. 쌀 한 말에 한 10만 원쯤 해봤음 좋겠어요. 그때도 간통죄가 성립되나 한번 두고 보게' 하고 흥분할 때도 있었고, 가다가는 나글나글한 웃음을 웃으면서 '신약전서에 왜 막달라 마리아설이 있잖아요. 그것 참 멋진 소설이더군요. 읽다 보면 속이 다 후련해지거든요. 저는 예배당엘 가도 목사 설교는 통히 안 듣기로 했는걸요. 요한복음 8장 7절만 읽다 오곤 하죠—서기관들과 바리새인들이 간음 중에 잡힌 여자를 끌고 와서 가운데 세우고 예수께 말하되 선생이여 이 여자가 간음하다가 현장에서 잡혔나이다. 모세는 율법에 이러한 여자를 돌로 치라 명하였거니와 선생은 어떻게 말하겠나이까. 저희가 이렇게 말함은 고소할 조건을 얻고자 하여 예수를 시험함이러라. 예수께서 몸을 굽히사 손가락으로 땅에 쓰시니 저희가 묻기를 마지아니하는지라. 이에 일어나 가라사대 너희 중에 죄 없는 자가 먼저 치라 하시고 다시 몸을 굽히사 손가락으로 땅에 쓰시니 저희가 이 말씀을 듣고 양심의 가책을 받아 어른으로 시작하여 젊은이까지 하나씩 하나씩 나가고—예수와 막달라 마리아만 남았다잖아요. 이 기독의 위트야말로 우리 청춘 문화의 헌장 아니겠어요. 헌데 하나 유감이 있어요. 너희들 중의 죄인이란 단어 말이에요. 전 이걸 한번 자구 수정(字句修正)을 해놓고 보았죠. 죄인이란 말은 간음하지 않은 자가 있다면으로 말입니다. 그렇게 해놓고 보니까 이 세상 사람은 간음 안 한 자가 없는 거로 되고 말더군요. 간음한 자끼리 무슨 간음한 자를 벌을 준다는 겁니까. 그러니까 법전은 장님이 껍죽대고 다니는 격 아니겠어요. 언니! 전 가불을 해도 좋고 속도위반을 해도 조금도 거리낄 게 없다고 생각하고 있죠. 아내가 있는 남자라면 어때요. 저는 그런 스릴을 한번 느껴봤으면 하는걸요' 하고 호들갑스럽게 웃어젖히더군요. 그때 저는 언니의 지도를 받고 있을 때니까 그녀를 너무 이질적이라고만 생각했던 거죠. 마치 모욕을 당한 것 같은 기분이 들기에 '너 어쩌다 인간 열쇠 하나를 잊고 온 게 아니냐. 아니면 바꿔쳤거나…… 걸 말이라고 지껄이니!' 하고 쏘아붙이자 '언닌 죄를 숨기기만 하면 천국도 갈 수 있다는 식이군요. 걸 뭐라고 하는지 아세요. 바리새교인. ……언닌 바리새교인 아니세요. 분명 그렇죠' 하고 열을 올리잖겠어요. 그뿐인 줄 아세요. '전 바리새교인을 향해서는 오줌도 안 싸기로 한걸요' 하고 저를 아주 못마땅히 여긴 거죠. 이게 그녀와 저와의 알력의 불씨가 된 거죠. 저는 그때 언니가 근무하고 있는 S대학 미술과를 다닐 때였죠. 언니는 이미 사회학과 부교수로 있더군요. 자신의 저서 사회학 개론이 학생간에 꽤 인기가 있었고, 교수진에서도 유망주다, 유망주다 하고 칭찬이 자자한 판이었죠. 저도 언니의 입김 덕이라고나 할까. 비록 신입생이긴 하지만 저의 클래스에선 언니만큼 학생간에 유망주로 등록이 되고 있을 때였죠. 그러니까 어느 일요일이었나 보군요. 제 옷장 자물쇠가 열려 있더군요. 이상하다 생각이 들기에 문을 따고 보니 옷이 마구 흐트러져 있지 않겠어요. 제가 제일 아껴 입던 연분홍색 원피스는 말이 아니잖아요. 걸레쪽같이 구겨져 있고 군데군데 얼룩이 져 있더군요. 이건 필시 영자의 장난이다, 그 철면피 년이 한 짓이다, 하고 생각이 들면서 대번 피가 끓어오르더군요. '영자 이리 좀 와봐! 이거 네가 한 짓이지, 그렇지!' 하고 따져 묻자, '제가 그랬어요. 그게 죄가 됩니까. 옷 한번 입어본 게 그렇게도 못마땅합니까!' 하고 사람을 노려보지 않겠어요. 저는 부지중 그녀의 멱살을 움켜쥐고, 어서 썩 내 옷 물어놓아! 안 그럼 내쫓을 테다! 네깟 년이 뭔데 남의 옷을 함부로 입는 거야! 죽일 년!' 하고 구석지로 밀어붙였죠. '그래, 죽일 테면 죽여라! 어서 죽여봐! 대학생이면 제일이야! 건방지게!' 하고 마구 대들더군요. 순간적으로 그녀는 그녀대로 저는 저대로 밀고 닥치고 하다 그만 그녀의 콧집이 터진 게 아니겠어요. 피를 보는 순간 울기는 제가 먼저 운 거죠. 그러나 그녀는 저처럼 울지도 않고, 일인즉슨 제대로 잘됐다 하는 투로 코피를 제 옷에다 마구 뭉개주면서 대들지 않겠어요. 일이 이쯤 되고 보니 저의 언니도 참을 수만은 없었던 모양이죠. 한데 우리 언니 하는 것 좀 보세요. '애자! 너 미쳤니, 이거 썩 물러서지 못해!' 하고 저를 한쪽으로 밀어붙이고 나서 식모인 영자 편을 두둔하고 나서더군요. 코피를 닦아주고 어루만져주고 아첨을 하다시피 하지 않겠어요. 하긴 저도 콧집은 내 편이 먼저 터졌더라면 하는 생각을 하면서도 이번은 화살을 우리 언니에게로 돌려댔죠. '그까짓 년이 뭔데 언니는 그년을 두둔을 하고 나서는 거지. 무슨 비밀이라도 잡힌 데가 있는 게 아냐! 그렇지!' 하고 마구 쏘아붙였죠. 그러나 우리 언니는 낯빛 하나 바꾸지 않고 한다는 얘기가 너무 엉뚱한 데가 있잖아요. '애자(선아의 본명)야! 내 말 똑똑히 들어두어! 인간 사회는 둘로 나뉘어 있다. 한쪽은 완인 세계고, 한쪽은 미완인 세계로 되어 있다. 미완인을 병리학상으로는 신경 질환이라고 한다. 오늘의 너는 아직 미완인에 속해 있다고만 알면 되는 거다. 알아듣겠니!' 하고 제법 타이르지 않겠어요. 그것도 강의를 하는 식으로 말입니다. 그러나 저는 언니의 말을 수긍해주지 않기로 했죠. 언니가 유망주라면 나도 지금 막 유망주를 향해서 치닫고 있는 참이다, 사람 깔보지 마, 하는 투의 자존심을 걷잡을 수가 없었던 거죠. '나도 그 너절지근한 언니의 사회학 개론을 다 읽고 났는걸. 그래 완인은 의사에 속해 있다 그 말씀이신데, 제발 거드름 좀 피우지 마! 건 다 속물들이나 하는 짓이야!' 하고 언니의 인격을 밟아 뭉개주는 시늉을 했죠. 그러나 언니는 좀더 유들유들한 자세를 취하면서 '애자 네 말이 맞다. 비정상적인 사람에게는 정상적인 것이 모두가 다 속물에 속해 보이기로 마련이다. 히피족이 히피 아닌 사람을 볼 때면 썩어 문드러진 고물덩이로 보듯이 말이다. 그러나 우리의 고민이 바로 그거다. 장발족도 완인이 되고 나서 장발이 되었다면 그건 어디까지나 정상적일 것이다. 모두들 현대인, 현대인, 하고 자처하지만 아직 인류 사회는 미완인으로 꽉 차 있는 것이다. 너 함부로 나대지만 말고 대다수의 숫자가 미완인에 속해 있다고 한번 생각해보지그래. 이걸 좀더 자세하게 얘기해줄까! 사회는 대다수의 미완인이 소수의 완인의 흉내를 내는 것으로 현대 문화를 발전시키고 있다고 한다면 너는 그래도 내 얘기가 못마땅하다고 생각할 수 있을까! 한 번 더 일러두거니와 외국 유학을 가는 것도 국제 문화 교류를 하는 것도 다 완인의 흉내를 내는 지름길이라고만 알아두면 너는 그것으로 족한 거다. 이제 알아들었겠지!' 하고 제 어깨를 투덕여주더군요. '흥, 제법 의사인 체하시는군그래. 내겐 그런 치료 따위는 필요하지 않은걸. 어서 영자나 치료해주시지그래!' 하고, 물고 늘어지자 이번은 언니도 약간 안색을 바꾸면서 '정히 그렇다면 말을 한번 바꿔보기로 하자. 너 반 고흐를 좋아한다고 했지?' 하고 다져 묻더군요. '그래, 나는 언니 편보다는 반 고흐 편을 더 좋아하고 있다. 그게 어떻다는 거지. 뭐가 못마땅해서 다져 묻는 거지?' 하고 여전히 반항 의식 같은 것을 내세워봤죠. '잘못됐다는 게 아니다. 사회 윤리관으로 따져본다면 예술도 남기고 사람도 남겼어야 할 텐데, 왜 하필이면 미친 거로 되어 있느냐 그 말이다. 나도 그걸 몰라 지금 막 생각 중이야. 그래서 네게 물어보자는 거다. 하문불치란 말도 있잖아!' 하고 한숨을 끄더군요. 언니에게서 처음 찾아보는 그런 인간 자세였죠. '반 고흐도 아마 미완인이었던가 보지! 완인이 되려다 못 된 게 미친 사람이라면서? 언니의 사회학 개론에 그렇게 돼 있지 않아! 서울 장안은 불구자, 머저리로 꽉 차 있다면서 그래!' 하고 한번 보아란 듯이 비꼬아주기는 했죠마는 너무했다는 생각을 하는 참인데 언니 얼굴이 착 가라앉으면서 한참 심각한 생각을 하고 있다가 '애자야! 너 내 대답을 듣기 전에 내 얼굴부터 좀 봐! 나도 완인 이전인지는 나 자신도 모르고 사는 거다' 하고, 목이 떨리는 소리를 내더군요. 저는 어쭙잖게도 수줍은 생각이 들면서 '언니, 노여웠어?' 하고 말이 기어들어가는 소리를 내자 '……' 언니는 대답 대신 눈물을 떨구고 있잖아요. '언니, 그럼 언니는 어느 편에 들어 있는 거지?' 하고 다시 다져 묻자 언니는 흐트러진 자세를 다시금 거둬들이면서 '인간은 단 1초도 현실을 떠날 수 없는 거로 되어 있다. 누가 붙잡아도 나는 완인 세계를 향해서 가는 거다. 네가 생각하듯이 반 고흐는 자신의 예술에 미쳐났다고 쳐두자. 그러나 내 생각은 그와는 정반대로 되어 있다. 반 고흐는 완인의 극치를 고흐 자신의 예술에서도 인간 세계에서도 받아주지 않은 데서 온 자살이 아닐까?' 하고 말꼬리를 흐려버리더군요. 저는 이해가 안 되기에 '언니는 그걸 무엇으로 증명하지?' 하고 묻자, '인간 생활은 회화와 보행으로 시작된다고 하지만 그 생활 영위는 상거래가 뒷바라지를 해주고 있는 거야. 그래도 모르겠니!' 하고 제게로 시선을 건네오더군요. '그럼 반 고흐가 가난뱅이였으니까 그렇다 그 말이군그래!' 하고 대답하자 절 아주 깔보는 눈매를 하면서 '애자 너는 말이다. 반 고흐를 어루만지기에는 아직 미성년에 속해 있군그래. 네가 반 고흐류의 그림을 좋아한다는 것도 하나의 불장난에 지나지 않는 거야. 가난은 가난 그대로의 생활이 있는 거다. 그러니까 가난이 문제가 아니지. 이건 나대로의 해석이지만 반 고흐의 불우는 중요한 인간 문제로 되어 있는 거다. 너도 그것만은 알고 있겠지. 반 고흐는 일생을 통해서 자신의 그림을 단 한 폭밖에 팔아보지 못했잖아. 이걸 한번 바꿔쳐본다면 반 고흐의 그림을 한 장 이상 받아줄 만한 그때의 인간군이 제대로 성장이 돼 있지 못했다는 뜻으로도 해석할 수 있지 않을까' 하고 머리를 젓더군요. 우식 씨, 저는 지금도 언니의 그 얘기 뜻을 아직 이해하지 못하고 있는 거죠" 하고 선아는 이마의 땀을 닦고 나서
"그런 일이 있은 지 한 일주일 후에 생긴 일이었죠. 그날이 마침 토요일이었군요. 제겐 수강 시간이 없기에 집에서 하루 푹 쉬려던 참이었죠. 영자 그녀가 그걸 눈치챘던 모양이죠. 그녀는 어딜 좀 다녀올 데가 있다면서 곰국을 안쳐놓고 가니 저더러 그걸 좀 봐달라잖겠어요. 전 두말없이 그래주마고 했죠. 마음놓고 낮잠 자기는 다 틀렸더군요. 곰국을 봐줘야 하니까요. 저는 제 아틀리에로 들어갔죠. 언니의 초상화에 손을 대고 있을 때였으니까 그거나 제작하기로 했었죠. 한데 하나 이상한 현상이 나타나고 있지 않겠어요. 곧잘 나가던 붓이 말을 들어주지 않는 게 아니겠어요. 입과 눈매는 언니 얼굴 그대로 캔버스 위에 옮아와 앉아주면서, 코만은 이미지가 엇갈리고 있는 거죠. 명암과 색채가 엉망이 되더군요. 그래도 전 코를 옮겨 담기에 갖은 안간힘을 다 써봤죠. 그러나 붓을 뭉개면 뭉갤수록 마음만 초조해지지 않겠어요. 이래서는 안 되겠다는 생각이 들어 붓을 놓았을 때였군요. 이상한 냄새가 코로 밀어닥치면서, 그제야 영자 그녀가 얹어놓고 간 곰국이 타는 줄을 알아차린 거죠. 저는 부엌으로 뛰어나갔을밖에요. 곰국만 탔으면 좋게요. 냄비 밑에 타서 구멍까지 났더군요. '이년 집에만 들어서봐라! 죽여놓을 테다' 하고 저는 영자 그녀를 향해 울화를 터뜨린 거죠. 그러자 부엌문 밖에서 '누나! 그건 누나가 잘못한 거지, 영자 탓은 아니지 않우!' 하고 귀남이가 끼어들더군요. 저는 대번 발끈해져가지고 '이 자식아, 지금 뭐라고 했지? 그래 알겠다. 나는 뭐 장님인 줄 아니? 넌 그년의 뒤꽁무니를 졸졸 따라다니더니 벌써 그렇게 됐니! 못난 주제에 제법 그년의 편까지 들고 나섰것다!' 하고 험담을 그것도 체면 볼 것 없이 쏟아댄 셈이

되어버렸죠. '누난, 누가 편을 든댔어요?' 하고 울상이 되더군요. '그럼 그게 네가 할 얘기니? 네가 참견할 얘기냐 말이다!' 하고 좀더 언성을 높여주자, '내가 얘길 안 하면 이 집에서 그럼 누가 얘길 하우!' 이렇게 거침없이 내뱉고 나서 횡하니 대문 밖으로 빠져나가더군요. 그 순간 저는 좀 이상한 생각이 들지 않겠어요. '그렇구나! 귀남이까지가 영자 그녀를 두둔을 하고 나서는 걸 보니 내가 영자에게 너무한다고 주위 사람들이 날 감시를 하고 있구나. 내가 식모를 못살게 들볶고 있다고들만 생각하고 있었구나!' 하는 생각과 함께 무섭도록 외로움이 몰아닥치더군요. 저는 그녀를 감싸줄 생각으로 타다 남은 곰국 냄비를 누구도 보지 못하게 광 속에 깊숙이 처박아두었죠. 그러고 나서야 약간 안정감을 되찾을 때였군요. 밖에서 누가 초인종을 누르잖겠어요. 영자 그녀 같으면 초인종이 부서져라 하고 눌러댈 텐데 아주 슬로로, 그것도 간신히 눌러보는 식으로 말입니다. 저는 대번 귀남이 그 자식이다, 하는 생각을 하면서 문을 따주자 뜻밖에도 영자 그녀가 들어서지 않겠어요. 축 늘어진 몸가짐을 하면서 '언니, 곰국이 다 탔다면서요!' 하고 목젖이 기어들어가는 소리를 내더군요. '그래, 다 탔다. 그걸 보지도 않고 네가 어떻게 알지? 도깨비가 접을 하고 다니니!' 이건 귀남이 그 자식이 일러줬구나 하는 생각을 하면서 쏘아붙였죠. 허나 마주 대들기를 좋아하는 그녀는 그녀답잖게 풀이 콱 죽어 하면서 '언니, 미안해요. 제가 다 잘못했어요. 언니, 용서하시는 거죠' 하고 죽여주십사 하는 식이었죠. 이때 전 겁이 덜컥 나더군요. 언니의 얘기대로 나도 어른답게 굴었더라면 영자 그녀의 왈패스러운 반항 의식을 콧집을 터뜨려주지 않고도 받아줄 수 있지 않았을까 하는 생각에서죠. 그래서 저는 초조감에 마음이 쫓기기 시작한 거죠. 이제라도 몸가짐을 좀 달리해야겠다는 생각이 들더군요. 우리 언니가 하듯이 말이에요. '영자! 안심해! 곰국은 내가 태운 거니까 그건 내 잘못이야. 그러니까 누구도 모르게 하는 거다. 알았지!' 하고 저는 다시 아틀리에로 들어서려 할 때군요. '언니!' 하고 저를 불러세우지 않겠어요. '뭔데 또 그래!' 하고 대답을 해주자, 그녀는 약간 턱을 흔들면서 '언니! 소나기가 쏟아질래나 보죠. 빗방울이 떨어지게…… 어서 빨래를 걷어야 할 텐데요! 이걸 어쩌죠' 하고 제 도움을 한 번 더 청해보자는 그런 투더군요. '너 어찌된 게 아니니! 구름 한 점 없이 비는 무슨 말라빠진 비가 온다는 거지! 빨래는 또 뭐구! 어디 빨래가 있다는 거야! 하지도 않은 빨래가……' 하고 저는 기분 좋게 웃어줬죠. '아 참, 그렇군요. 차멀미가 나서…… 언니 저……' 하고, 말꼬리를 흐려버리면서 몸을 제대로 가누지 못하는 게 아니겠어요. 분명 어디가 좀 잘못되었다는 생각과 함께 측은한 감정이 들어서 '영자! 어디가 아픈 거지! 그럼 그렇다고 말을 해봐' 하고, 저는 그녀의 이마를 짚어줬죠. 그녀도 감사하다는 표시로 간신히 웃음을 지으면서 '아프긴요. 차멀미겠죠' 하고 머리를 떨어뜨리더군요. '아냐, 아픈 게 분명해. 그렇지?' 하고 재우쳐 묻자, 그제야 '뱃속이 좀 언짢아서……' 하고 씨불이면서 확 풀어진 시선을 건네오더군요. '그럼 의사 선생 불러올까! 의사 선생……' 하고 재우쳐 묻자 제 말이 채 떨어지기도 전에 그녀는 대번 왈패스러운 본연의 자세로 되돌아가면서 '언니, 그 수다 좀 떨지 마세요. 배 좀 언짢은데 의사는 불러다 어쩐다는 거죠' 하고 펄쩍 뛰는 게 아니겠어요. 모처럼 선심을 써본다는 게 그만 멍이 들고 만 거죠. 그렇다고 저는 조금도 불쾌하지는 않았지마는 그 시간부터 저는 언니가 된 기분이 되어, 아니죠, 완인다운 행세를 해보기로 한 거죠. '그럼, 소화제 좀 줄까!' 하고 아량을 보여주자 '그러세요. 주실램 좀 많이 주세요' 하고, 상반신을 흐느적대면서 자기 방으로 들어가 눕더군요. 저는 마음속으로 '나도 언니만큼은 철이 든 거다. 언니가 하는 일을 나도 지금 막

하고 있는 참이다' 하는 생각을 하면서 제가 먹다 남은 소화약 두 첩을 다 떨어 들고 그녀의 방으로 달려갔죠. 마음을 한번 바꿔놓고 보니까 그건 그것대로 신바람이 나더군요. 저 자신이 언제 그렇게 교활했던가 하고 놀라리만큼 말이에요. '영자! 약 먹어. 어서 일어나 약 먹으라니까!' 하고 이름을 불러대도 그녀는 대답 대신 손을 헤젓지 않겠어요. '얘가 곧잘 나가다 왜 또 고집이지!' 하고 그녀의 손길을 잡아줬죠. 촉감이 좀 이상하다 해서 그녀의 이마를 짚어봤죠. 이마에 땀발이 잡히고 있지 않겠어요. 저는 이러고만 있어서는 안 되겠다는 생각이 들기에 강제로라도 약을 떠맡겨보려고 했죠. 허나 그녀는 입을 악물고 막무가내로 약을 안 먹는다는 거 아니겠어요. 저 혼자만으로는 어쩔 도리 없더군요. 하는 수 없이 '귀남아! 이리 좀 와! 어서' 하고 귀남이의 도움을 청했죠. 귀남이는 '누나, 그 약이 무슨 약입니까?' 하고 저를 좀 의아한 눈으로 바라보더군요. '이건 소화제다. 잔말 말고 하라는 대로만 하면 되는 거야!' 하고 귀남이더러 그녀의 턱을 거머잡고 입을 벌리게 하고, 저는 그녀의 입에다 약을 떨어 넣고 물을 떠맡겨줬죠. 그제야 약을 삼키면서 '언니! 감사해요' 하고 눈물을 떠올리더군요. '감사는 두었다 하기로 하고 너 어느 정도로 배가 아픈 거지!' 하고 묻자 '안심하세요. 벌써 좀 나은걸요' 하고 천연스레 대답을 하지 않겠어요. 저도 그런 정도일 거라고 지레짐작을 하면서 그녀 이마의 땀을 닦아줬죠. '이제라도 의사선생 불러올까!' 하고 한 번 더 다져 묻자 그녀는 잠에 쫓기는 얼굴을 하면서 '언니! 저 좀 자게 혼자 두어주세요. 곧 나을걸요' 하고 벽을 향해 돌아눕더군요. '그래 푹 자둬라. 저녁은 내가 지을게!' 하고 저는 부엌으로 직행을 한 거죠. 그날 해가 다 질 무렵해서 가족들이 한참 식사를 시작하고 있을 때였군요. 어머님이 밥을 한술 뜨다 말고 '영자는 어딜 갔지?' 하고 독촉을 하지 않겠어요. '영자는 뱃속이 안 좋다고 자고 있는걸요. 이 밥 제가 지은 거예요. 어머니, 제 실력 인정하시는 거죠' 하고 조크를 했죠. '어쩐지 밥 뜸이 덜 들었다 했더니만 그게 네 실력이었구나!' 하고 한참 웃으시고 나서 '귀남아! 너 가서 영자 깨워봐! 어디 밥 한술 뜨나 보게!' 하고 귀남이를 영자 방으로 보내시더군요. 저는 한술 더 뜬답시고 '영자 먹을 죽도 다 끓여 놓았는걸요' 하려는 찰나였죠. '이모 큰일났어요. 영자가 죽어 있어요' 하는 다급한 비명 소리가 들려 오지 않겠어요. 제 귀에는 그 소리가 불이야! 하는 소리로만 들려 오더군요. 대번 가슴이 후덕이면서 사지가 꽉 얼어붙지 않겠어요. 왜 그랬는지는 지금도 잘 모릅니다마는. 가족들이 그녀의 방으로 와르르 달려 갈 때도 저는 그냥 방에 서 있기만 했죠. 그러자 '영자야! 영자야!' 하고 찢어지도록 불러대는 어머니 목소리, '정신 좀 차려봐! 어서 눈 좀 떠 봐!' 하고 뺨을 찰싹찰싹 치는 언니의 거센 소리, 흐느껴 우는 귀남이의 울음소리가 한데 뭉치면서 '영자는 애자가 죽인 거다, 영자는 애자 네가 죽인 거다!' 하는 울부짖음 소리로 탈바꿈을 해오면서 몸이 와들와들 떨리기 시작하더군요. 걷잡을 수 없을 정도로 말입니다. 그러자 어머니와 언니가 제게로 달려와서 '너 무슨 약을 주었길래 사람을 죽여놓은 거지! 어서 썩 바른대로 말을 못 할까!' 하고 다그쳐 묻잖겠어요. 어머니도 저만큼이나 겁먹은 얼굴을 하시면서 말이에요. 저는 입안이 바싹 타들면서 말이 제대로 되지 않더군요. '내가 준 건 소화제뿐인데 왜 야단들이세요' 하고 간신히 대답을 하긴 했으나 제 청각에는 제 대화가 와삭와삭 부서지는 소리를 내는 것만 같더군요. 낙엽이 발에 밟혀 부서지는 그런 느낌이라고나 할까요. 그러자 날카로운 시선으로 저를 쏘아보고 있던 언니가 '어머니 떠들지 마세요. 상황이 심상치가 않습니다' 하고 가쁜 숨을 들이쉬더군요. 어머니는 울상을 지으면서 '그럴수록 이유는 알아두어야 하지 않니!' 하고 목멘 소리를 하잖겠어요. '어머니 너무 서둘지 마세요. 수습하긴 다 틀린걸요' 하고 이건 오차 없는 완인들의 판단이다, 하는 투로 언니는 저를 죄인시하려 들더군요. 저는 언니의 무서운 시선을 피해보려고 안간힘을 썼죠. 그러나 언니의 말대로 수습할 수 없는 기정사실 같은 무서운 시각이 절박하게 다가서면서 저는 비로소 처음 사람이 무섭다는 걸 알아챈 거죠. 사람이 이렇게도 무섭도록 잔인성으로만 반죽을 해 빚은 물체였던가 해서 말입니다. '애자야! 네가 어쩌다 그런 짓을 저질렀지!' 하고 어머님은 다시금 눈물을 떠올리는 게 아니겠어요. 저도 와아! 하고 울음을 터뜨릴 뻔하는 순간 제 뇌장이 술렁대면서 이상한 현상을 일으키기 시작하더군요. 저를 살인범으로 간주하고 있는 어머니는 어머니의 개체대로, 저는 저 자신의 개체대로 서로 방향이 엇갈리면서 모성애는 이미 파산 선고를 당했다는 생각을 한 거죠. 그러면서도 저는 자신의 마음을 가다듬으면서 눈물을 떠올리고 있는 어머님의 시선을 한 번 더 더듬어보기로 했죠. 조준이 분명치 않은 제 동공에는 어머니의 얼굴 위에 언니의 얼굴이 겹쳐지면서, '애자, 너 없이는 나는 못 산다 나는 못 산다!' 하고 울어주는 어머니의 모성애는 진실이 아니다, 습성에서 오는 잠재의식에 불과하다, 현대인은 직계 존속의 본능인 모성애를 자신들의 장식품으로 바꿔치고 있는 참이다, 헌법에는 딸이 사형대에 오른다고 어머니까지 따라 사형대로 올라가 죽어줄 수 있는 그런 인권까지는 부여돼 있지 않은 것이다, 교통 사고가 났다고 쳐보아라, 자식의 시체를 거두기 전에 상거래부터 하기로 되어 있다, 위자료를 올려달라고 떠들어대는 어머니들의 데모대의 행렬을 다시 한 번 더 보아라 하고 타이르는 것만 같은 심적 변화를 일으키면서 영자의 죽음쯤은 문제가 되지 않더군요. 그보다는 모두들 저를 죄인시하고 있듯이 제 뇌리에도 그들이 지니고 있는 것만큼 무서운 잔인성이 도사리고 있는 데 좀더 놀란 거죠. 저는 본능적으로 으악! 소리를 내면서 제 머리끝을 한참 뜯어내렸죠. 그다음은 천장이 무너져내리는 것도 같고 한참 비가 쏟아져내리는 것도 같은 순간을 치르면서 '영자! 너만은 알 거다. 죽음은 말이 없다고 하지만 너만은 말이 없이도 나를 알아줄 거다. 만일 내가 네 콧집을 터쳐주던 그때의 바보 그대로였더라면 지금 누워 있는 네 죽음에 내가 말려들고 있지는 않았을 것이다. 그러나 지금 이곳에는 내가 너를 죽여놓은 범죄 대상으로 남아 있을 뿐이다. 대변 없는 결과만이 말이다' 하고 마음을 달래보았으나 사건은 그녀가 이름 없는 죽음을 받아들이듯이 저 자신도 살인범이란 극형을 받아들여줘야 할 상황만이 남아 있을 것 같은 현실감이 다가서주더군요. 설관(雪冠)을 뒤집어쓴 만년빙 같은 현실 감각 말입니다."

그녀는 몹시 질린 얼굴을 하고 있다가

"그제야 마음이 착 가라앉으면서 제 육체가 빙점 이하로 내려서주더군요. 매미는 하늘을 한번 날아보기 위하여 7년간이나 땅속에서 유충으로 지내야 하듯이 저도 긴 세월을 두고 자란 인간 유충에서 한 마리 매미로 승화해줄 것만 같은 그런 순간이었죠. 이때 또 하나 이상한 광경이 벌어지고 있지 않겠어요. 우리 집에서는 아직 신고도 안 했는데 정사복 경관이 들이닥치고 있는 거죠. 벌 떼같이 왕왕대면서 영자의 시체로 몰려가더군요. '그거 냄새 한번 잘 맡는다. 송장이 있는 줄을 어떻게 알고 찾아들었지!' 하고 저는 하마터면 웃음을 터뜨릴 뻔했죠. 귀남이가 밀고를 했다는 사실은 그 후에야 안 일이지만, 방향 감각이 그렇게도 예민할 수가 있을까 하는 생각에 소름이 끼쳐지더군요. 그러나 인간 후각은 너무나 퇴화가 되어 있잖아요. 개 코의 만분의 1 정도 이하로 말입니다. 한동안 벼락다짐으로 설레발을 치던 그들의 거동도 별게 아니더군요. 영자가 죽어 있다는 즉흥 감각에서 덤벙대다 말고 증거 보존을 찾는 데 미쳐 날뛰는 거죠. 대번 가택 수색이 시작된 거죠. 저는 범죄

과학을 잘은 모르지만 '저건 수사 방향이 빗나가고 있다! 수사 방향이 빗나가고 있다!' 하고 저도 스릴 같은 것을 느끼면서 바라보아주었죠. 책상 서랍, 화장대, 화구 할 것 없이 손이 닿는 대로 뒤엎어놓기 시작하더군요. 그런다고 이렇다 할 단서가 나타나주지 않자 사복 경찰 한 사람이 김이 다 샌 소리로 '아직은 허탕인걸!' 하고 씨불이면서 저를 힐끔힐끔 흘겨보다 말고, 이번은 대청마루로 몰려가 둘러엎다시피 하고 나더니 '그러면 그렇겠지. 제가 어딜 갈라구!' 하고 쓰다 남은 포리돌(쥐약) 한 병을 얻어 들고 나서면서 득의 찬 어투로 '이 댁 둘째 따님이 어느 분입니까?' 하고 어머니 앞으로 바짝 다가서더군요. 어머니는 반은 죽는 얼굴을 해 보이면서 '이 애가 바로 내 둘째 딸앤데 그건 왜 묻죠' 하고 저를 가리키자, '이 학생이 애자입니까?' 하고 저를 향해서 턱을 끄덕여 보이지 않겠어요. 우식 씨, 정상 판단이 빗갈 때처럼 처참한 일은 더는 없더군요. 인간이 맨 처음 눈물을 취득하게 된 그 눈물의 시조(始祖)가 아마 이런 경우에서부터 시작됐는지도 모를 일이 아니겠어요. 빗나간 상황 판단 앞에서 대화 따위는 완전히 기능을 박탈당하기로 마련이니까요. 제가 처해진 상황이 그런 것 아니겠습니까. 죽음은 말이 없고 포리돌 병은 튀어나왔으니 저는 대화 대신 눈물을 찔끔댈 수밖에요. 이때 한쪽 사복 경찰이 '색시가 분명 애자지! 미대에 다닌다는 애자지!' 하고 재우쳐 묻더군요. 대답이 없자, 다음 한쪽이 '그 학생 인물이 아깝군그래!' 하고 사건 수사는 추리를 다 끝마치고 나서 이미 기정사실로 치부하는 그런 어투로 씨불이더군요. 그때도 저는 묵비권을 쓴 거죠. '학생! 우리하고 좀 같이 가주어야겠는데…… 그렇다고 이상히 생각할 것까진 없으니까 안심하고 가도 돼요' 하고 제 등을 밀어내더군요. 어머니는 대번 저를 꽉 붙들면서 '경찰 양반, 이게 무슨 경우죠. 이 집 세대주는 난데 가면 내가 가지 그 애를 왜 가자는 거죠. 그런 불법도 다 있군요' 하고 앞을 가로막아서자, '법적 순서로 따진다면 아주머니 말씀이 지당하십니다. 하지만 두고 보시면 다 아시게 됩니다. 그쯤 아시고 좀 비켜주세요' 하고 어머니를 밀어젖히더군요. 그러나 저의 어머니는 경찰과 멱살잡이라도 할 태세를 취하면서 '나를 여자라고 깔보는 모양인데, 그렇게 호락호락하지만은 않을걸요. 책임도 내가 지고 가드 내가 간다는데 뭐가 부족하다는 거죠. 대한민국 국법이 그렇게 돼 있습니까' 하고 항거하자 '이 아주머니 유식한 체하시네. 우리가 무슨 농담을 하고 있는 줄 아십니까. 우리는 지금 치안 사무를 집행하고 있는 참입니다. 그만 아는 체하시고 어서 좀 비켜나주세요. ……이거 썩 비켜나지 못할까?' 하고 거칠게 나오자 저의 어머니는 대번 기가 꺾이면서 '그럼, 옷이라도 좀 갈아입게 해주세요' 하고 애원조로 나오지 않겠어요. 저는 등골이 오싹하고 소름이 끼쳐지더군요. 그 이유가 어디 있는지 아시겠어요. 저를 끌어내려는 경찰이 두려워서가 아닙니다. 저를 노려보는 경찰의 눈매와 저를 붙잡으려는 어머니의 눈매, 즉 이 두 시선이 찾고 있는 초점이 일치하고 있더라 그 말씀입니다. 저는 그 잔인성을 더는 지탱할 수가 없어 어머니가 건네주는 옷을 밀어젖히고 경찰을 향해 양팔을 불쑥 내밀어주었죠. 경찰은 능란하게 그것도 아주 천연스럽게 웃음을 지어 보이면서 '아직은 그런 단계가 아니니까 어서 차에 올라타기만 하면 되는 거야' 하고 지프차 문을 따주더군요. 이렇게 해서 저는 S서로 끌려가게 된 거죠."

그녀는 그때인 거나처럼 얼굴에 먹구름이 번지고 있었다. 우식 군은 그녀의 얘기가 비전을 어디다 두고 있는지 그 윤곽을 제대로 포착하지는 못하고 있었다. 그러나 서로 주고받는 대화의 힘을 빌려 그런대로 두 사람 간격을 한결 좁혀가고 있는 것만은 사실이었다. 그렇다고 그녀의 말을 그대로 수긍해줄 수는 없었다.

"선아! 사람은 자기를 가장 잘 이해하는 사람이 자신으로 되어 있다고들 하지만 때에 따라서는 자신을 제대로 바라보지 못하는 장님으로 되어 있는 것이 또한 자신 아닐까! 안 그래!" 하고 반문을 해 보이자 선아는 대번 축 늘어지는 몸가짐을 하면서

"그건 무슨 뜻이죠?" 하고 약간 더듬대고 있었다.

"별 뜻은 없지만 선아의 정신 상태가 이상 기온 같은 거 아니야. 다시 말해서 선아의 얘기가 말일세. 한쪽은 논리적인 데가 있는가 하면 다른 한쪽은 너무 비논리적인 데가 있다 그 말이야!" 하고 정색을 해 보이자 그녀도 마주 몸을 가다듬으면서

"구체적으로 말씀한다면……" 하고 입술을 감아 무는 것이었다.

"이를테면 경찰과 어머니와를 동일시하려 드는 것 같은 것 말이야. 선아 말대로 한다면 모성애까지에도 불신을 가진다 그 말 아닌가" 하고 마주 밀고 나가자, 그녀는 정신 착란증을 동반하고 다니는 예의 조소를 지으면서

"그게 왜 불신에 속합니까. 본질이라면 몰라도……" 하고 약간 주저주저하고 있다가

"저는 틀림없이 그렇게 느꼈으니까요. 생각해보세요. 만일 어머니가 제 자신이었더라면 저를 죄인시하진 않았을 게 아니겠어요? 하긴 불신시대라는 말을 많이들 되뇌고는 있지만, 그걸 불신에다 끌어 붙인다면 그건 모욕적인 언사에 속해 있다고 아셔야 해요. 인간 모욕 같은 것 말이에요. 저는 그런 뜻이 아니죠. 모성애도 언니가 떠들어대는 완인들의 풍습에서 온 하나의 타의라 그 말이죠. 인제 아시겠어요?" 하고 그녀는 담배를 한 대 더 꼬나물고 나서 "제가 S서로 끌려간 날 저녁 전등불이 들어오자, 담당 형사 두 사람이 저를 마주하고 앉아 조서를 꾸미고 있었죠. '미대 2학년이라고 했지?' '그렇다!' '애자는 피해자를 왜 미워하

기 시작했나!' '내가 미워한 것이 아니라 피해자가 내게 미움을 산 것뿐이다.' '그녀의 말대로 그건 그렇다 치자! 그렇다면 피해자는 어떤 이유로 그녀의 미움을 사게 됐나?' '그녀는 외출을 할 때면 꼭꼭 내 옷을 훔쳐 입고 나가곤 했다. 시계에서 구두, 화장품까지도 이름만 내 것으로 되어 있었다 뿐이지 기실 사용자는 그녀로 되어 있었다.' '그래서 죽이고 싶도록 미워졌나?' '아니다. 신경이 쓰일 뿐이었다.' '며칠 전에 피해자하고 그녀하고 육박전을 하다 피해자의 콧집을 터뜨려준 적이 있다던데 너무했다고 생각지 않는가?' '내가 피해자의 콧집을 터뜨려준 것이 아니다. 나보다 피해자의 콧집이 먼저 터졌을 뿐이다' 하고 대답을 하자, '이거 조서치고는 기상천외의 걸작이 되겠군' 하고 심문실이 온통 웃음판이 되더군요. 저도 따라 웃어주었죠. '피해자가 그날 어디를 다녀왔다고 했지?' '그건 내 편이 묻고 싶은 얘기다.' '피해자가 집을 떠나면서 안쳐놓은 곰국을 부탁하고 갔다던데 그게 사실인가?' '그렇다. 내가 봐주마 했다.' '곰국을 보아주기로 했으면 태우지 말았어야 했을 텐데 어떤 고의로 태운 건 아닌가?' '그림 제작에 몰두한 것뿐이었다.' '그녀는 곰국 탄 것을 보고 피해자가 돌아오면 잡아 죽이겠다고 했다던데, 그 뜻이 나변에 있나?' '홧김에 그냥 해본 얘기일 뿐이다. 애교로도 할 수 있는 얘기가 아니겠나!' '어쨌든 사람을 죽이겠다는 말은 너무 심하다고 생각지 않는가?' '나는 아직도 사람을 죽이겠다는 그 말뜻을 잘 이해하지 못하고 있다. 우리들이 사용하고 있는 언어의 풍속의 탓이라고 믿는다. 완인들도 그런 얘기는 곧잘 한다고 기억한다.' '완인들! 완인들! 하는데 그건 무슨 뜻이지?' '그건 우리 언니의 얘기다. 미완인이 완인의 흉내를 내면서 사회생활을 영위한다는 그런 뜻으로 되어 있다.' '그렇다면 그녀는 완인이라고 생각하나?' '아니다! 나는 완인들을 향해서 달음질을 치다가 예까지 왔을 뿐이다.' '그럼 아직은 미완인이군그래!' 하고 또 한바탕 웃어젖히더군요. '피해자가 돌아왔을 때 그녀보고 뭐라고 하던가?' '비가 온다는 둥, 빨래를 걷어야 하겠다는 둥 하고 동문서답을 하고 있었다.' '그녀는 무어라고 대답했나?' '너 어딘가 잘못된 게 아니냐고 물어봤다.' '피해자의 대답은?' '별 대답도 없이 고개를 푹 꺾고 풀이 죽어 있을 뿐이었다.' '우리가 알기에는 그것뿐만은 아니라고 생각하는데!' '그렇다. 위장이 안 좋다고 하기에 의사를 불러오자고 했다.' '뭐라던가?' '뱃속이 좀 언짢은데 의사를 불러다 뭣에다 쓰려느냐고 펄쩍 뛰면서 항거를 했다.' '그다음은?' '뱃속이 좀 언짢으면 소화제라도 먹어두어야 하지 않겠느냐고 하니까, 그녀는 머리를 끄덕이면서 소화제를 이왕 줄 바에는 겹쳐달라고 했다.' '소화제를 주었나?' '그때 내게는 먹다 남은 소화제가 두 봉이 남아 있었기에 나는 그녀 말대로 두 봉을 한 봉으로 겹쳐가지고 그녀 방으로 들어갔다.' '피해자 자신이 그 약을 받아먹던가?' '아니다. 그녀는 약을 먹지 않아도 이제 곧 나을 거라고 하면서 약을 먹지 않으려고 했다.' '그러니까 그대가 강제로 떠맡겼다 그 말이군그래!' '그렇다. 나 혼자만으로는 약을 떠맡길 수가 없어 귀남이를 불러들여 그녀의 입을 벌리게 하고 나는 약을 털어 넣고 물을 떠맡겼다.' '피해자가 분명 그 약을 다 삼키던가?' '목을 몇 번 추스르면서 쿡쿡대더니 약을 다 먹고 나서 언니 감사해요 하고 처음 말을 했다.' '그렇게 미워하던 피해자에게 왜 그토록 약을 먹이려고 했나?' '환자에게 약을 준 것이 잘못했다는 말인가?' '아니다. 평소엔 미워하면서 그토록 친절을 베풀었다면 그건 그것대로 무슨 이유가 있었을 게 아니겠나?' '이유는 간단하다. 그녀가 평소에 내게 미움을 사는 것만큼 그날은 내게 호감을 사려고 했기 때문이다.' '순간적으로 원한이 다 풀렸다는 식이군그래! 그녀는 두고두고 쌓였던 원한이 그렇게 간단히 풀릴 수 있다고 해석하고 있나?' '나는 아직 그것까지는 생각해보지 못했다.

그때 그녀는 나보다 인간이 미숙해 보였기 때문에 나 자신만은 어서 바삐 우리 언니가 하듯 그녀를 대해줘야겠다고 마음이 쫓기고 있었을 뿐이었다.' '그거야말로 동문서답이다. 그 약은 어디서 지어 왔지?' 'S병원에서였다.' '아무리 따져봐야 그 말이 그 말 아닌가! 이거 안 되겠군!…… 지금 피해자는 포리돌을 먹고 죽은 거로 되어 있다. 알겠나!' 나는 포리돌이 무슨 약인지 그것을 전연 몰라 얼마간 머뭇거리다가 '포리돌이 무슨 약인지 나는 아직 모르고 있다!' 하고 대답하자, 대번 테이블을 쾅 내리치면서 '이 바보 같은 것, 쥐약도 몰라!' 하고 심문이 거칠어지지 않겠어요. 그런다고 저는 조금도 겁을 낸 건 아니지만요. '아직도 모르겠나?' '모르겠다!' '모르겠어?' '모른다! 나는 전연 먹어본 적이 없는 약명이다' 하고 대답하자, 이번은 반병들이 쥐약 병을 테이블 위에 탁 놓으면서 '이래도 모르겠어!' '그거라면 알겠다. 그건 쥐가 먹는 약이지 사람이 먹는 약이 아니라고 기억한다!' '곧잘 말하는군그래! 이것 네가 한 장난이지?' '아니다!' '아니야?' '아니다!' '분명 아니야?' 하고 핏대를 세우더군요. 이때 저는 이상한 생각이 들더군요. 이렇게 싸우고만 있다가는 고생을 사서 하게 될 것 같은 생각이 들더군요. 사람은 누구나 그 자리에 몰아넣으면 개돼지로도 되는 게 아니겠어요? 이왕 그렇게 될 바에는 내가 먼저 앞질러 가자는 식으로 '내가 피해자에게 포리돌을 먹여 죽였다고 해두면 조서는 쉽게 끝나는 거죠?' 하고, 대답하자 '해두었다고 해서는 안 된다. 그건 위증과 같은 어투다. 했다고 해야 한다.' '했다고 하겠다.' '그건 더욱 안 된다. 알아듣겠나! 흉악범이 생기면 흔히 가짜 자수범이 나타나서 횡설수설할 때가 있다. 이자들이 정체가 드러나면 뭐라고 하는지 알겠나! 손부터 내미는 거야. 술값이라도 좀 달라고…… 색시는 가짜 자수범 같은 시늉을 하고 있군그래! 이걸 가지고야 어디 조서를 꾸밀 수가 있느냔 말이다. 인제 밤도 깊었는데 애자도 자고, 나도 좀 자야 하지 않아! 나 좀 살려주는 셈치고 사실대로 쏟아놓아봐!'하고 확 풀어진 시선을 건네오더군요. '그러니까 나는 그를 죽였다고 하자고 하지 않았는가!' '그런 어투로는 조서가 성립이 되지 않는다고 했잖았어! 죄를 저질렀으면 숨김없이 쏟아놓는 것이 의무로 되어 있는 거야.' 저는 한참 생각을 하고 나서 '조서에는 해당되지 않는 얘기가 있는데 언권을 줄 수 있겠나?' '그럼, 그 얘기라도 좀 해봐! 사람 졸려 죽겠다. 잠이라도 좀 깨나 보게!' '나는 그녀의 입에다 약을 강제로 처넣어준 것도 사실이다. 그녀가 죽은 것도 사실이다. 우리 대청마루에서 반병들이 포리돌 병이 튀어져 나온 것도 사실이다. 그뿐이 아니다. 그녀의 죽음은 말이 없다. 수사 방향도 고정되어 있다. 이 상황에서 내가 갈 곳도 정해져 있다. 내가 그녀를 죽인 것도 기정사실로 되어 있다. 그러나 하나만은 분명히 얘기해두겠다. 나는 우리 언니를 죽게 미워한다. 모든 책임이 먼저는 언니에게 있다고 생각한다' 하고 대답하자 그들은 눈에 쌍심지를 켜들면서 '그럼, 너는 언니의 하수인이었다 그 말이지. 그러면 그렇다고 진작 불 것이지! 왜 고생을 사서 하지? 사건은 엉뚱한 데로 방향을 바꿔가고 있군그래!' 하고 술렁대더군요. '그러니까 그녀를 죽인 건 언니의 사주를 받았다 그 말 아닌가?' 하고 한 번 더 다져 묻고 나서 '이거 조서를 다시 써야겠는데' 하고 제 앞으로 좀더 다가앉으면서 아주 신바람이 나 하더군요. 저는 그들이 하는 양을 얼마간 보고 있다가 '사주를 받았다는 말이 아니다. 올바른 조서를 작성하기 위하여 범죄 동기를 말했을 뿐이다. 그 동기는 언니의 사회학 개론에 있다. 좀더 구체적으로 말한다면 현재 사회는 완인이 미완인을 완인으로 끌어올리면서 문화 발전을 하고 있다고 했다. 이것을 다시 바꾸어 얘기하겠다. 내가 그녀에게 약을 떠맡기게 된 동기는 완인 세계의 풍속을 흉내낸 데 지나지 않는다. 존엄한 사회 문제를 방정식 같은 추리 방법으로 사무 처리를 하는 것 같은 것 말이다. 분명히 말해두거니와 나는 그날 그녀가 어디를 다녀왔고 뭣 때문에 배가 아팠는지 그 정상을 알았더라면 해당도 되지 않는 소화제를 처넣어줄 바보만은 아니었다. 나를 취조를 하고 있는 당신들도 마찬가지다. 수사 방향이 정상도 제대로 파악하지 못한 채 추리에만 중점을 두었기 때문에 지금 당신들이 작성하고 있는 조서 자체에 자신을 갖지 못하는 거나 매일반이다. 물적 증거, 즉 알리바이에도 맹점은 얼마든지 있다. 잘못된 방증은 필연적인 사실보다는 우연적인 현상이 더 많으니까 그건 범죄를 조작할 때가 더 많다고 생각된다. 법전의 기능은 범죄를 조문으로 뜯어맞추는 데만 혈안이 되듯이 우리 언니의 완인설은 정신 세계를 지적 논리로만 묶어놓자는 획일주의에 지나지 않는다. 나는 일체의 집단을 항거한다' 하고 말을 채 맺기도 전에 '이년, 개소리 그만 지껄여대! 여기가 무슨 강의실인 줄 아나 부지! 너 지독한 지능범이 아니면 미친년이다' 하고, 쓰고 있던 조서를 내동댕이를 치더군요. ……(조서문 이하 생략)……저를 중앙 검사소에서 넘어온 그녀의 위액 검사 카드(카드에는 그녀의 위액에 포리돌이 치사율의 5배 이상으로 되어 있었음) 한 장하고 반병들이 포리돌 한 병과 함께 검찰청으로 넘겨준 거죠" 하고, 그녀는 물컵을 들어 벌컥벌컥 마시고 나더니

"이제부터가 제 얘기입니다. 1심에서 사형 언도를 받고 재심으로 넘어가기 전날 밤이었죠. 그때가 바로 10월 하순이었으니까 날씨가 제법 추워졌을 때였죠. 저는 어서 소등 시간이 와줬으면 하고 있는 참인데 동료 수감인 한 사람이 '지금 우리가 맡고 있는 시간은 그만큼 소중하잖아요. 이왕이면 우리 웃고 살아요' 하고 제 등을 어루만져주더군요. 제가 갇혀 있던 이사하(二舍下) 17호 감방에는 저까지 네 사람이 들어 있었으니까요. 두 사람은 중년 아주머니였고 한 사람은 기지촌에서 해피

스모그 밀상을 하다 붙들려 왔다는 아주 마음씨 좋은 젊은 색시가 있었죠. 저는 이 색시를 기지촌 아주머니라고 불렀고, 그녀는 저를 학생이라고 불러주더군요. 상냥하고, 친절하고, 사람 좋기로 유명한 그런 인품을 가진 여자가 무슨 짓을 못 해서 하필이면 스모그 장사를 했는지는 모르지만 저는 그 여자를 만나면서부터 제 자신을 한 번 더 바라볼 수가 있었던 거죠. 본래 여자들은 모여 앉으면 말이 많기로 돼 있죠마는 그 인간 습성이 본능 자체 그대로 드러나더군요. 그럴밖에요. 바깥과는 분리된 세계였으니까요. 마치 외국에서 나서 조국 현실을 좀더 선명하게 바라볼 수 있듯이 감방 안에서 바라보는 바깥세상도 마찬가지더군요. 어떻게 생각하면 수감 이전에 겪다 두고 온 현실을 재정리하는 보람 같은 뜻도 있기는 하지만 화제만 나왔다 하면 사내 얘기들뿐이죠. 재동 아주머니라고도 하고 계주 아주머니라고도 불리는 중년 부인은 계를 펑크 내고 사기죄로 몰려 들어왔다고 했죠. 이 아주머니는 입만 벌렸다 하면 자기 남편 자랑이죠. '나는 우리 바깥양반이 무능해서 이 꼴이 된 거야! 그렇다고 나는 그이를 조금도 저주한다거나 탓하지는 않는다니까. 우리 바깥 양반은 멋진 사내지! 인물이 잘났거든. 돈 못 벌면 어때! 내가 벌어대면 되잖아! 난 이제 나가면 그 양반을 업고 다닐 테야. 여자는 정조만 지키면 여타 과실은 다 용서받기로 되어 있으니까. 정조!' 하고 자신의 인간 가치를 정조 하나에만 매어달리면 된다는 식이더군요. 그와는 반대로 어느 가수를 닮았대서 추자 아주머니라고 불리는 그녀는 재동 아주머니와는 대조적인 성격이었죠. '계주 아줌마! 건 아줌마가 속고 사는 거야. 남자 외모가 뻰지르르하면 실속은 없다잖아! 나도 다 속아본걸. 스태미나도 보잘게없고, 여자 하나 제대로 못 다뤄주는 미남은 해서 뭣에 쓴다는 거지. 어쨌든 남자는 낯짝 한번 험상궂다 할 정도쯤 돼야 살맛이 있다니까. 신은 사람에게 재주를 둘은 주지 않는 거야.

하나씩 골고루 나누어주기로 되어 있는 거지. 이제 재동 아줌마도 40이 다 됐으면서 남녀가 무슨 맛에 서로 붙어 사는 것쯤 알 게 아니야! 어느 편을 취할 테야? 더도 말고 다음 나가면 그 녀석 바꿔치워! 그땐 떡 사 가지고 나를 찾아오게 될걸' 하고 웃음판을 터뜨리곤 했죠. 그러나 기지촌 아줌마는 남자를 상대로 하는 직업여성이면서 그와는 반대로 남자에게서 어떤 혜택도 별로 받지 못했다는 거죠. 자신보다는 남자 편이 만족해하는 것으로 보람을 느낀다잖아요. 돈도 적건 크건 주는 대로 받고 생기면 생기는 것만큼 쓴다는 식이죠. 그렇다면 왜 해피스모그 장사를 했느냐고 물으니까, 어쩌다가 메워줘야 할 구멍이 하나 생겼다는 거 아니겠어요. 그 구멍을 메우기 위해서는 자기는 이사하 17호 감방을 피해 다닐 수는 없다는 거였죠. 그렇다면 그건 무어냐고 하니까, 옆집에 50이 다 된 미망인이 살고 있다나요. 남편이 죽었는지 가출을 했는지는 분명치 않지만 어쨌든 보기에 딱하다는 거예요. 그것도 단신이 아니고 자녀가 자그마치 칠 남매나 있다는 거죠. '그것까지도 좋은데 말씀이야. 게다 장남이 바보라니까요. 밥상만 들어오면 덩치 행세부터 하려 들죠. 밥을 제가 먼저 많이 먹겠다고 동생들을 윽박질러대고, 한참 난리판을 벌이곤 하죠. 어린것들은 어린것들대로 마주 붙어 얼굴을 할퀴어주고 콧집을 깨고 하면서 한바탕 싸움을 치르고 나서 기운이 푹 꺼진 뒤에야 제각기 밥그릇을 차고 앉는 게 아니겠어요? 가난 중에도 소름이 끼칠 정도로 무서운 가난을 본 거죠. 안 볼 걸 봤다는 생각이 들면서 무슨 짓을 해서라도 좀 도와주기로 마음을 먹은 거죠' 하고 해피스모그에 손을 대게 된 동기를 말하고 나서 그녀가 뭐라고 했는지 아시겠어요? 그 집에 쌀 한 가마를 들여주었다나요. 그러자 그 미망인이 반색을 하면서 '색신 아직 미성년이군그래. 내 연령이 되어봐. 엄마가 뭔지 다 알게 될 거야. 쌀을 가마로 들여놓고 퍼먹인다면 무슨 재미로 살겠느냐 그 말일세. 가난하면 가난한 것만큼 자식이 좀더 귀엽고 피나도록 아끼고 싶은 거야. 안 그래? 배불리 밥 처먹고 자빠져 있는 자식을 보고 느끼는 정감하고 내가 지금 당면하고 있는 정감하고 어느 편이 더 심각하다고 생각하나! 어서 쌀가마 가지고 가게!' 하고 거절을 하더라잖아요. 저는 그 얘기를 듣는 순간 차라리 그따위 얘기를 안 들었으면 좋았을걸 하는 생각과 함께 가슴이 떨려오더군요. 저만이 그런 심정을 느끼고 있었던 건 아니었던가 부죠. 모두들 심드렁해져 대화가 단절되어 있을 때였군요. 제 앞으로 솜옷 한 벌하고 내의 한 벌을 차입을 들여왔더군요. 저는 그 옷을 탐탁지 않게 그냥 보고만 있었죠. 그러자 '학생, 그 옷 좀 입어봐요. 날씨도 찬데 왜 그러고 앉아만 있지?' 하고 기지촌 아주머니가 거들어주지 않겠어요. 저는 그녀가 시키는 대로 했죠. 옷을 다 입고 나서 보니 빨간 털양말 한 켤레가 더 곁들여 있더군요. 아마 어머님이 손수 뜨신 양말이었겠죠. 저는 무심중 어머니가 뜨셨구나! 하는 생각을 하면서 그 양말을 신고 감방을 서성대볼 때였죠. 제 뇌리에 무언가 부딪쳐오는 게 있더군요. 그렇다고 어머니가 보고 싶다거나 집 생각이 나서 상심이 된 것과는 그 성질이 전혀 딴판이더군요. 얼마간 마음을 안정시키고 나서야 제 자신도 제가 어렸을 때 있었던 일을 생각해냈다는 걸 안 거죠. 그러니까 그때가 제 돌맞이 잔치였나 보군요. 어머님이 주머니만 한 빨간 털양말을 신겨주면서 어린 저더러 걸음마를 타보라는 게 아니겠어요. 저도 새 양말을 신은 게 신이 나서 처음 걸음마를 타보게 된 거죠. 그러자 어머니는 '아빠! 이 애 좀 보세요. 애자가 걸음마를 타요. 걸음마······' 하고 손뼉을 쳐주시더군요. 저는 까드득까드득 웃으면서 어머니의 손뼉 소리에 맞추어 걸음마를 계속해 탔죠. 쓰러졌다가는 다시 일어나고 쓰러졌다가는 다시 일어나고 하면서 걸음마를 탄 거죠. 이런 심정을 쇼크에서 오는 현상이라고 할 수도 있겠죠마는 어쨌든 그때의 추억이 인간 오뇌로 되돌아오면서 가슴이 뭉클해지더군요. 대번 눈시울이 뜨거워지지 않겠어요. 저는 쿡쿡대고 울어버렸죠. 그러나 '학생, 왜 울지! 울면 안 돼요!' 하고 기지촌 아주머니의 달래주는 소리가 제 귀에 어렴풋이 들려오면서 어머니의 손뼉 소리로 탈바꿈을 해오지 않겠어요. '그렇구나. 오늘의 애자는 걸음마를 타던 그때의 연장이었구나!' 하는 허탈감과 함께 제 몸이 각기병 환자처럼 푹 거꾸러지더군요. 미처 사지를 가눌 새 없이 말이에요. '학생! 왜 쓰러지는 거지' 하고 모두들 부축을 해준다기보다는 겁먹은 얼굴을 해 보이더군요. 저는 안 그런 체하려고 안간힘을 써보았죠. 허나 제 발이 전처럼 말을 들어주지 않는 게 아니겠어요. 걷다가는 쓰러지고 걷다가는 쓰러지고 하면서 자꾸만 주저앉는 거죠. 걸음마 타는 시늉이라고나 할까요? '이건 꾀병 같은 거다!' 하고 내가 먼저 말을 하려는 참인데 재동 아줌마가 차가운 눈초리로 저를 훑어보더니만 '그 학생 꾀병 아냐! 정상 참작을 받아볼까 해서 지어서 그러는 거지' 하고 저를 깎아내리기에 한참 열을 올리고 있는 참이었죠. '아주머니, 말이면 다하는 줄 아세요. 남을 헐뜯어도 정도껏 하세요. 왜 그게 꾀병입니까!' 하고 기지촌 아주머니가 쏘아붙이더군요. 저는 기지촌 아주머니를 봐서라도 꾀병이 아니기를 바랐죠. 하나 그다음 날도 제 다리는 여전히 걸음마 타는 시늉을 하지 않겠어요. 하는 수 없이 저는 법정을 나설 때도 들것에 들려 나갔고, 사건 심리도 들것에 웅크리고 앉아 받곤 했죠. 재심에서 사형을 구형받고 나올 때였군요. 역시 들것에 들려 나오는 참인데, 짓궂은 형리 한 사람이 '이 색시 밥통 아냐? 너무 무거운걸그래! 색시! 억지로라도 한번 걸어보지그래' 하고 저를 복도에 내려놓더군요. 저도 꾀병이 싫어서 '어서 걸어야 한다! 걸어야 한다!' 하고 용기를 내보았죠. 이렇게 해서 제 다리가 한 3미터쯤은 꽤 잘 걸어주더군요. '어머니 손뼉 좀 쳐주세요. 지금 제가 막

걸음마를 타고 있잖아요' 하고 마음속으로 열심히 빌고 있는 참인데 다리가 후들후들 떨리면서 역시 앞으로 폭 거꾸러지는 게 아니겠어요. 머리를 땅에 처박고 졸도를 한 거죠. 그러자 얼굴에 물을 끼얹고 주무르고 하면서 한참 소란을 피우고 나서 되살아나는 순간 제 가슴이 확 열리는 것 같은 느낌을 해오면서 현상 이전의 사진 원판을 보는 것 같은 희미한 영상이 앞을 막아서지 않겠어요. 저도 처음엔 그게 누구의 얼굴일까 하고 주춤댔지마는요. ……우식 씨! 기독이 십자가를 지기 전날 밤 열두 제자를 모아놓고 왜 만찬회를 베풀었는지 아시겠어요? 그 연회석에 참가했던 열두 제자가 실존 인물이라고 해도 좋고, 가공 인물이라고 해도 그건 문제가 되지 않습니다. 저는 열두 제자를 독립된 특정 인물이라고 생각하지 않는 거죠. 기독 자신이었죠. 다시 말해서 기독 한 사람의 가슴속에 열두 제자 같은 인간 유형이 들어 있었던 거 아니겠어요? 제 얘기를 알아들으시겠어요? 기독이 십자가를 지기 위해서 만찬회를 연 거나 반 고흐가 자살을 위해서 미쳐난 거나 그 방법은 대동소이합니다. 좀더 정확한 표현을 한다면 완인의 세계를 피해가기 위해서는 그 한 길밖에 딴 문이 없었던 거죠. 저는 무죄 석방이 되어 나오면서도 이런 생각을 했죠. 완인의 세계를 피해갈 수만 있다면 만찬회를 사양하지는 않겠다구요" 하고 그녀는 눈물을 글썽대고 있었다.

우식 군은 자기 컵에 남아 있는 술을 그녀의 잔에 첨작을 해주면서
"말이 좀 중단이 된 감이 있는데, 사형 언도를 받았다면서 무죄 석방이 됐다는 건 기적 아니야!" 하고 물었다.
우식 군의 반문에 그녀는 별 흥미를 느끼지 않고 있다가
"그건 저도 출옥해서 안 얘기죠. 영자 그녀가 제 옷을 훔쳐 입고 나닌 것도 그녀대로의 이유가 있었던 거였죠. 그녀에게는 내연의 남편이

있었다니까요. 요한복음 8장 7절을 열심히 낭독한 것도 그 내연의 남편 때문이었더군요. 그 사내에게는 이미 처자식이 있었다니까요. 결혼 같은 건 엄두도 못 냈다잖아요. 사랑의 파탄이라고나 할까요. 영자 그녀 말대로 성냥개비가 타듯 한번 타본 것뿐이죠. 바로 죽던 그날 그녀는 내연의 남편과 정사를 하기로 작정을 하고 K여관 삼호실에서 포리돌 한 병을 반으로 갈라 나눠 먹기로 했다더군요. 그러나 영자 그녀가 약 반 병을 다 먹고 났을 때 그녀를 지켜보고 있던 사내가 한다는 소리가, '내가 왜 죽어! 난 안 죽을 테야! 안 죽어!' 하고 문을 차고 도망을 쳤다잖아요. 그러니까 영자 그녀가 저희 집으로 돌아왔을 때는 이미 극약을 먹은 후였죠. 사건은 그 사내의 자수로 종말을 보게 되었다고는 하지만요. 자수를 하게 된 동기는 저 자신도 아직 모르고 있는 얘기죠" 하고, 우식 군에게로 시선을 건네왔다. 그리고 한참 있다가 그녀의 얼굴에는 약간 술기가 돌면서

"우식 씨! 우리 어머니 못 보셨어요? 지금 막 지나갔죠. 저기로 말이에요" 하고 목을 길게 뽑고 창밖을 내다보는 것이었다.

우식 군은 깜짝 놀라면서

"선아! 잘 나가다 왜 또 말이 빗나가고 있는 거야? 어머니는 죽었다고 했잖았어. 여기가 무슨 지옥인 줄 아나 보지!" 하고 타이르자

"내 정신 좀 봐! 시간이 너무 지났다는 소리를 한다는 게 그만 말을 바꿔쳤군요" 하고, 비굴한 웃음을 건네왔다.

우식 군은 약간 흥분한 어조로

"선아! 지금 한 얘기가 모두 자신의 얘기가 아니지? 어느 책에서 본 얘기를 가지고 자신의 정신 질환을 타당화해보자는 심산에서 지껄여댔지. 그렇지?"

이렇게 다져 묻자

"그건 우식 씨 생각대로 하세요. 그러나 우식 씨를 사랑하고 있는 것만은 사실로 기억해주세요" 하고 몸을 기대오면서

"우식 씨! 이제부터 우리는 어디를 향해 가는 거죠?" 하고 역시 동문서답을 하는 것이었다.

"향하고 자시고 할 게 있어? 내일은 둘이서 산으로 가는 거다. 산! 우선 선아의 머리를 좀 식히고 나서 다음 얘기를 듣기로 하지!" 하고 다져나갔다.

"저더러 다시 S산 계곡으로 가자 그 말씀이시군요. 그렇죠?" 하고 그녀는 부담감을 느끼는 듯한 눈치였다.

"왜 흥미 없다 그 말인가?" 하고 묻자

"그렇지는 않지만서두요" 하고 얼버무리는 것이었다.

"이제부터 너하고 나하고는 죽기 아니면 살기다. 알아들었지?" 하고 한 번 더 다져놓자

"내일은 좀 어려울 것 같은걸요. 저는 가다가는 하루 건너 한 번씩 기어다니면서 살 때가 있거든요. 의사는 그걸 스태미나가 모자라서 그렇다더군요. 우식 씨도 그렇게 생각하세요" 하고 그녀는 계곡에서 만나던 그 얼굴로 되돌아가고 있었다.

이 말에 우식 군은 난감해 있었다.

'선아, 두 사람의 교제는 이것으로 끝내기로 하자. 그 복잡한 밤의 수속을 치르기 전에 말야. 선아 자신을 위해서라도⋯⋯' 하려다 말고

"그렇다면 내일이 화요일이니까 수요일로 하는 게 어떨까?" 하고 묻자

"그러세요. 우식 씨 소원이시라면⋯⋯" 하고 탐탁지 않은 대답을 하고 나서 벽시계와 자신의 손목시계를 맞춰보고 나더니

"나 좀 봐! 돌아갈 시간이 막 지났군요. 저 가는 거예요" 하고 저 혼자 상반신을 흔들면서 밖으로 나가는 것이었다.

타인을 대행하는 두뇌들 369

그다음 수요일이 왔다.

우식 군은 한 10분쯤 앞질러 와 있었다. 12시가 지났다. 그녀는 나타나주지 않았다. 1시가 지났다. 역시 나타나지 않았다. 우식 군은 마음이 초조해졌다. '지금쯤 그녀는 방 안에서 기고 있는 게 아닐까! 아니지, 그 작업은 격일제라고 했으니까, 이리로 온다는 게 어쩌다 방향을 잘못 잡은 게 아닐까!' 하는 생각과 함께 초조감에 몰리면서 '등산은 조난을 당하는 한이 있어도 목적지까지 가놓고 보기로 되어 있다' 하고 차를 몰고 정릉 산 ×번지를 찾아갔다.

기특할 정도로 문패는 최애자로 되어 있었다. 대문 한쪽은 셔터로 돼 있었고, 한쪽은 외짝 철문으로 되어 있었다. 우식 군은 인터폰의 벨을 눌러댔다.

"누구세요?" 하고 대화가 통해 나왔다. 한 40쯤 돼 보이는 아주머니 음성이었다.

우식 군은 조급해진 것만큼 대화를 다급하게 몰아갔다.

"누군지는 두었다 알기로 하고 선아부터 좀 대주세요" 하고 숨을 몰아쉬자

"집을 잘못 찾으셨군요. 이 집에는 선아라는 사람은 없습니다" 하고 인터폰의 수화기를 놓으려는 눈치였다. 우식 군은 스피커로 바싹 다가가면서

"아주머니, 잠깐만 참으세요. 선아가 아니고 애잡니다. 지금 애자가 기고 있습니까? 그것만이라도 좀 알려주세요" 하고 재우쳐 묻고 난 우식 군은 저도 모르게 눈시울이 뜨거워왔다.

"댁이 누구신데 그걸 아시죠. 성함을 말씀해주세요" 하고, 그쪽에서도 좀 당황해했다. 우식 군은 짚인 목소리로

"애자를 대주면 다 아시게 됩니다. 그렇다고 문을 따달라는 건 아닙니다" 하고 안심을 시키자, 그제야

"손님, 이거 너무 실례가 돼서 죄송합니다. 애자가 지금 집에 없습니다. 그래도 들어오시겠어요?" 하고 목쉰 소리를 했다.

"실례가 안 된다면……" 하고 우식 군은 우선 천연스러운 자세를 취하고 서 있자, 그제야 잘각 하고 문이 열리는 것이었다.

우식 군은 뜰부터 둘러보았다. 정원 중앙에는 황색 달리아가 한참 피어 있고 동남쪽으로 빨간 페인트칠을 한 차고에는 다 썩어빠진 연분홍색 1954년형 시보레 한 대가 엎질러 있었다.

"어서 올라오세요" 하고 지나치게 말라빠진 아주머니 한 분이 맞아주면서

"이 집에는 식구가 없어서……" 하고 뜻도 모를 말을 그런 정도로 흘려버리는 것이었다.

"절 믿어도 좋다고 해서 말이 통할지 모르겠습니다마는 애자는 어딜 갔습니까?" 하고 묻자 아주머니는 애자에 대한 대답 대신,

"저부터 먼저 소갤 해야겠군요. 저와 애자와는 연령과는 반대로 제 편이 애자의 칠촌 조카뻘이 됩니다. 그런데 선생님은 애자를 언제부터 아신 거죠?" 하고 따지다시피 물어오는 것이었다.

"저는 우물쭈물하지 않는 성격입니다. 다 말씀드리죠. 저는 한 달을 절반은 산에서 사는 알피니스트입니다. 그러니까 한 월여 전 일이군요. 애자를 S산 계곡에서 만난 거죠. 아주머니, 사람은 나면서부터 사람을 사귀고 나오는 사람은 없는 법입니다. 이럭저럭 사노라면 다 사귀게 마련 아닙니까? 안 그러세요?" 하고 결혼하겠다는 말만은 생략을 해놓았다. 그러나 아주머니는 깜짝 놀라면서

"그러시다면 김 사장 댁 서방님 아니세요. 제가 너무 실례를 해서 이

걸 어떡허면 좋죠" 하고 수줍음을 감추지 못해 했다.

"애자한테서 제 얘기를 다 듣고 계셨군요. 그러시다면 여타 얘기는 애자를 만나서 하기로 하죠. 지금 애자는 어디 있죠?" 하고 묻자,

"그러신 분이시라면 말씀드리겠어요. 지금 S병원 신경외과로 가 있죠. 의식은 회복됐다지만 아직은 두고 보아야 안다잖아요" 하고, 얼굴빛을 흐려놓는 것이었다.

"무슨 병이죠?" 하고 묻자,

"다 아시면서 물으시는군요. 한동안은 일주일에 하루 정도밖에 외출을 못 하게 돼 있었죠. 말도 많이 더듬었구요. 그러던 분이 어쩌다 한 이삼일째부터는 매일같이 외출을 하는 게 아니겠어요. 말을 더듬던 것도 많이 좋아졌구요. 저흰 이제 안심해도 됐다 싶었죠. 그런데 바로 어제 10시쯤 해서였군요. 많이 피로해하더군요. 좀 쉬라고 하니까 '난 이제부터는 집에 누워만 있을 수는 없는 몸이야. 그쯤 알고 알아서 해줘' 하고 난간을 짚고 계단을 몇 번 오르내려보더니 '나 오늘은 좀 늦어질 거야!' 하고 외출을 하지 않겠어요. 아마 차를 잡아타고 어디를 다녀오겠거니만 하고 믿었던 게 탈이었죠. 집을 나간 지 한 10분도 못 돼서였군요. 애자가 졸도를 했다고 마을 사람들이 소란을 피우지 않겠어요. 바로 옆집 담모퉁이에 쓰러져 있더군요. 아침 식사도 별로 한 게 없는데 죄다 토해놓고……" 하고 좀더 말을 하려다 마는 투로 입을 다무는 것이었다. 이때 우식 군은 어딘가 생각키우는 데가 있었다.

"아주머니, 애자 일은 제가 맡아 할께요. 그 대신 애자의 아틀리에를 좀 보여주실 수는 없으실까요" 하고 청을 대자

"정말 그래주시는 거죠. 그러시다면 뭐나 다 보여드릴게요" 하고, 화실로 안내를 하는 것이었다. 애자의 아틀리에는 2층에 있었다.

아주머니가 문을 따주기를 기다려 들어서보니 방은 아틀리에답지 않

게 너무 깨끗이 정돈돼 있는 게 아닌가.

　미술계보다는 문학계 서적이 꽉 차 있었고, 그림은 단 한 폭만이 걸려 있었다.

　우식 군은 그녀가 그린 그림이 보고 싶어서였다. 우식 군은 액자 앞으로 다가섰다. 한 40호 남짓한 그림이었다. 그림은 구상이 예상과는 정반대로 그녀가 그렇게도 좋아한다던 '고흐'는 어디로 쑥 빠져나가고 붓은 그녀의 대화가 하듯이 원색과 중간색이 뒤바뀌면서 색감을 부각시키는 게 아니고 실조와 실조의 점철로 원색을 되찾아 헤매는, 다시 말해서 눈으로 보는 그림이기보다는 마음으로 볼 수 있는 그런 그림이었다. 굳이 미술 용어를 빌린다면 비구상에 속한다고나 할까. '이걸 그림이라고 그렸군그래' 하고 우식 군은 웃는 것도 우는 것도 아닌 얼굴가짐을 했다. 그런데 하나 이상한 데가 있었다. 실조된 색감 뒤에 점철된 선과 선이 맞부딪치면서 어떤 형체가 되살아오고 있었다. 어느 공간을 배경으로 하고, 중년 아주머니 한 분이 오른쪽 손에 오징어 한 발을 들고 서 있었고, 그 주위에는 셋으로 보였다 여덟으로도 보였다 하는 어린애들이 둘러서서 손을 추켜들고 그 오징어 발을 낚아채려는 그런 움직임을 해왔다. 발소리가 들릴 것만 같은 너무 개성적인 작품이었다. 연대는 분명치 않지만 그 밑줄에는 'C.A.J'라고 씌어 있었고, 화제는 「어느 모자상(像)」이라고 되어 있었다. 우식 군은 이 그림을 보는 순간 기지촌 아주머니의 말을 떠올리면서 가슴이 설레기 시작했다. '애자! 나도 너를 알 것만 같군그래. 아니 네 얘기를 알아들을 것만 같다 그 말이야!' 하고 액자를 움켜쥐고 얼마간 서 있다가 '이 그림이 말이야! 인간 유산은 모성애 하나뿐으로 되어 있다 그 말이지. 그 이외의 모든 문제는 윤리관의 소산이지 유산은 아니라고!' 하고 그녀의 대화를 재정리나 하는 것처럼 혼자 씨불이면서 아틀리에를 나섰다.

문밖에는 아주머니가 기다리고 서 있었다.

"아주머니, 시간이 없습니다. 애자가 S병원 몇 호실에 들어 있습니까?" 하고 묻자

"3호실요. 그리로 가주시겠어요?" 하고 기대에 찬 당부를 하는 것이었다. 우식 군은 모든 대답 대신

"다음 또 오죠" 하고 병원으로 직행을 해 갔다.

우식 군이 S병원 3호실을 들어섰을 때는, 그녀는 잠이 들어 있었다. 옆에는 귀남이로 짐작되는 스무 살 남짓한 사내 한 사람이 앉아 있다가 우식 군을 향해 잠을 깨우면 안 된다는 뜻으로 말 대신 손을 저어 보이는 것이었다.

우식 군은 그녀가 깰 때까지 대합실로 가 기다리기로 하고 병실을 막 나서려는 참인데 주치의 K박사와 마주쳤다.

"이거 김 군 아니야! 여긴 왜 왔지? 그 환자와 잘 아는 샌가?" 하고 컬컬한 목소리로 묻는 것이었다.

"치료에 참고가 될 정도만큼은 알고 있죠. 아직 그 이상은 별 진전을 보지 못했습니다" 하고, 대답하자

"그렇다면 마침 잘됐네. 자네 내 연구실로 좀 같이 가주겠나?" 하고 앞을 서서 걷는 것이었다. K박사는 우식 군의 아버지와 중학 동창이었다.

우식 군은 일이 제대로 방향을 잡아가고 있다는 생각을 하면서 K박사를 향해 그녀의 병원(病原)을 묻기로 했다.

"선생님! 그녀 병명이 무어라고 돼 있습니까?" 하고 묻자, K박사는

"자네가 잘 안다고 했잖았어! 이건 역습 아냐!" 하고 웃어대는 것이었다.

"저는 그 여자의 성격을 좀 안다는 것뿐이지, 제가 뭐 의사입니까?" 하고 조크를 건네자

"그건 내가 할 말을 하는군그래! 의사를 무슨 무당인 줄 아나! 예감으로 척척 알아맞히는…… 의사의 진단은 그런 게 아닐세. 병원군(病原群)부터 찾는 거로 되어 있네. 전문 용어로 말한다면 질환 현상의 변화 과정에서 오는 증상의 가치 판단을 하고 나서야 개인의 병상 ranken bild을 파악하는 거로 돼 있네. 이제 알아듣겠나? 혹시 세균 질환이라면 몰라도 환자는 별로 열도 없던데그래" 하고 넌지시 떠보는 것이었다.

"그러시다면 선생님도 아직 그녀의 병이 무언지는 모르시고 계시다 그 말씀이시군요" 하고 반문을 하자

"이를테면 그런 거지. 환자가 묵비권을 쓰니까 어디 주증(主證)을 잡을 수가 있어야 말이지. 의사라고 별게 아닐세. 주증을 잡아야 객증(客證)도 잡을 게 아닌가?" 하고 우식 군에게로 시선을 건네오는 것이었다. 우식 군은 석연치 않은 생각이 들어서

"선생님! 주증은 뭐고, 객증은 또 뭡니까!" 하고 반문을 하자 K박사는 머리를 긁적이고 있다가

"음! 내 설명이 좀 어설퍼졌군그래. 그 말이 딴말이 아닐세. 주증은 병원을 말하는 거고 객증은 병발증을 말한 건데, 자네 혹시 짐작하는 데가 없을까?" 하고 우식 군의 안색부터 더듬는 것이었다.

"네, 그 말이시라면 저도 좀 알 듯한 데가 있습니다. 그녀는 가끔가다 구토증을 일으킨다더군요" 하고 대답해주자, K박사는 대번 짓궂은 표정을 지으면서

"그것뿐야! 그렇다면 김 사장 댁에 경사났는걸그래. 그건 병이 아니야. 조토증(朝吐症)이라는 거야. 여자라면 누구나 다 하는 입덧을 가지고 응급실로 직통을 해 왔군그래. 사람도 싱겁기란…… 난 신경외과 의사야. 차마 나더러 임신 중절 수술을 해달라는 건 아니겠지!" 하고 마구 웃어젖히는 것이었다.

K박사의 얘기에 우식 군은 너무 기가 찼다. 하긴 물을 먹다가도 목에 걸릴 때가 있기는 하지만 얘기는 어처구니없이 방향이 빗나가고 있었다. '선생님! 그만 아는 체하세요' 하려다 말고

"그녀와 저와의 교제는 밤이 없는 교젭니다. 그것도 몇 시간 동안 주고받은 얘기뿐으로 돼 있죠. 그녀의 얘긴즉슨 살인 혐의로 몰려 사형 언도를 받은 적이 있다더군요. 그때부터 각기병을 얻었다잖아요. 자신은 그걸 가지고 거부증이라고만 믿고 있는 거죠. 혹시 미친 건 아닙니까?" 하고 우식 군은 대화의 방향을 굳혀놓았다.

"자네도 알고 있었군그래. 세균성 질환이 아닌 경우를 쉽게 말해서 신경 질환이라고들 하지. 하나 말일세, 그냥 미쳤다고만 하기엔 좀 속단 아닐까?" 하고 벌떡 일어나 서가에서 대진서(對診書)를 뽑으려다 말고

"꼭 그렇다는 건 아니지만 그녀의 경우를 질병 분류학으로 따진다면 사고성 대사증(思考性 代謝症)이라는 건데, 자네 말대로라면 환자의 병은 이미 섬망증에까지 와 닿아 있군그래. 자신은 각기병이다, 거부증이다 하지만 말일세. 그건 섬망증, 다시 말해서 헛소리와 함께 나타나는 병발증이라는 거야. 병리학에서는 운동 조절 실조증이라고도 하지!" 하고, 난색을 표하는 것이었다.

"미치지 않았다면 그럼 신진대사 같은 겁니까?" 하고 부러 동문서답을 해주자

"그건 대화가 너무 비약을 하고 있잖아! 기존 개념의 파괴라면 몰라도……" 하고 주저주저하고 있다가

"신경외과 의사처럼 애매한 직업은 없다니까. 가끔가다가는 환자를 치료한다고 나대던 의사가 환자에게 말려들 때가 있지. 이건 어느 학사(學士) 환자한테 당한 얘긴데, 그것도 인턴 레지던트, 간호원을 다 동

반하고 회진을 할 때였지. 잘 잤느냐고 묻자 환자는 기분 나쁠 정도의 조소를 띠면서 '세상은 묘하게 돌아가고 있군요. 어쩌다 선생이 의사가 되고 제가 환자가 돼주고 있습니까?' 하고 얼굴까지 붉혀가면서 한다는 소리가 '의사 선생! 식인종 얘기를 아시죠. 본래 식인종이 따로 있는 게 아닙니다. 유독 문화에 뒤져 있는 게 흑인 아닙니까? 그 흑인 부족이 식인종 그대로 남아 있다 뿐이지 기실 식인종이기는 너나 나나 매일반입니다. 그 고증을 말씀드릴까요. 사람은 본래 동류를 잡아먹진 않았습니다. 먹을 것이 허다한데 하필이면 왜 사람이 사람을 잡아먹습니까? 먼저는 대상물이 사람이 아니고 맹수였죠. 그때는 가장 무서운 적이 맹수였으니까요. 호랑이나 사자 같은 짐승을 잡아먹고 나서 내 뱃속에는 범이 들어 있다, 내 뱃속에는 사자가 들어 있다 하고 위세를 부려본 거죠. 이것을 한번 엎어쳐본다면 비로소 인간이 자연을 파괴하게 된 시발점이라고 해야 옳겠죠. 안 그럴까요? 그게 바로 그때의 사관이었고, 사회 윤리관으로 되어 있었다 그 말씀입니다. 그런 방향으로 쫓다 보니까 인간의 적은 맹수가 아니었습니다. 맹수보다 좀더 무서운 적이 인간 자신 속에 있다는 또 하나 색다른 사관에 눈을 뜨게 된 거죠. 다시 말해서 식인종의 기원은 식량 탓이 아니었습니다. 그때의 사관이 시킨 일이었죠. 맹수를 대하던 그런 수법으로 사람을 집어삼키고 나서 내 뱃속에는 강적이 두 명이 들어 있다, 세 명이 들어 있다, 하고 인간은 인간을 파괴하는 것으로 현대사가 탄생됐다면 과분한 말이 됩니까? 하지만 말입니다. 지금은 식인을 입으로 먹지 않고 두뇌로 세뇌시키는 그 방법이 좀 다르긴 하지만요' 하고 핏대를 세우다 말고 '말이 좀 잔인해졌습니다마는 제 얘기는 딴 데 있지 않습니다. 의사 선생은 지금 누구를 세뇌를 하고 있습니까? 뭐 그렇게 거북해하실 게 없습니다. 이미 사관이 다 판가름을 해놓고 있으니까요. 차마 제가 의사 선생이 찾고 있는 대상물이 돼주고 있는 건 아니겠죠? 이래도 제 얘기를 인정하지 않는다는 겁니까? 네 병은 언어의 조건 반사에서 오는 콤플렉스다, 언어는 육체를 명령한다 하고 또 제 근육에다 주사침을 꽂고 나가실 참입니까? 그 너절지근한 병리학은 그만 집어치우고 어서 썩 나가주시지. 어서 나가요!' 하고 삿대질을 하는 게 아니겠어. 나는 환자의 얘기가 너무 논리 정연한 데 달리 줄 대답이 없더군. 이런 경우 어느 편이 의사고 어느 편이 환자지? 그 환자가 영양실조로 죽어 나가긴 했지만……" 하고 역시 난색을 표명하는 그런 얼굴가짐으로 시선을 건네왔다. 우식 군은 이 말을 단적으로 해석을 하려 들었다. 선아 그녀의 병원을 직언으로 하기에는 좀 거북한 데가 있으니까 빗대놓고 하는 얘긴 줄만 알았다.

"그런 환자의 경우는 병원을 무엇으로 잡습니까?" 하고 우식 군도 마주 빗대놓고 묻자

"환자 얘기 그대로일세. 미칠 바에는 좀더 확 미쳐주거나 이것도 저것도 아닌 환자, 즉 환자 자신이 언어의 조건 반사에서 오는 콤플렉스에 빠져 있다는 걸 잘 알고 있으면서 그 병을 열심히 앓고 있는 환자일 때가 더욱 곤란하다 그 말일세" 하고 청진기를 들었다 놓았다 하고 있었다.

우식 군은 '그렇다면 신경 질환은 환자 자신이 앓는 병이 아니고, 의사가 환자를 신경 질환으로 유도를 해가는 병이군요' 하려다 말고

"듣고 보니 꽤 애매한 병이군요" 하고 말을 얼버무리자

"장님 코끼리 다리 더듬기라니까…… 누구를 꼭 꼬집어서 너만은 미친 사람이다, 하고 잡아내기엔 좀 애매하게 돼 있는 것이 신경 계열 아닌가. 물론 정도 차는 있겠지만, 누구나 콤플렉스 하나씩은 다 가지고 사는 게 사람 아닐까? 자네도 나도 말일세" 하고 웃는 것도 아닌 우는 것도 아닌 얼굴가짐을 했다.

우식 군은 '저는 선생님을 사계의 권위자라고만 믿어왔습니다마는 지금 하시는 얘기는 더도 없는 망언이군요' 하는 생각을 하면서 K박사의 얼굴을 노려보고 있었다. 그러나 K박사는 태연한 자세로 되돌아오면서

"자네 내 말이 못마땅한 모양이군그래. 그렇다면 자네가 알아듣기 쉽도록 말을 한번 기초학으로 가져가보기로 하지. 사람은 본래 나면서부터 말을 가지고 나온 사람은 단 한 사람도 없는 것으로 되어 있네. 달리 있다면 어머니의 모체에서 20만 개의 뇌세포를(뇌세포 단위는 억으로 되어 있음) 받아가지고 나온 것뿐이야. 나면서 조판공이 식자를 하듯 남의 말을 주워 모아 자신의 뇌세포에다 이식을 해가면서 대화도 하고 노래도 부르는 거지. 그러니까 우리가 사용하고 있는 용어는 곧 타인의 말로 되어 있다 그 말일세. 우리의 두뇌 관리도 마찬가지일세. 나 자신을 행사하는 게 아니고 타인을 대행하고 있는 거야. 인간이 현실을 벗어나지 못한다는 말도 곧 언어의 생활권을 말하는 걸세. 사람은 말의 명령에 의해서만 행동하고 있으니까. 꿈속에서까지도 말의 세계를 벗어나지 못하는 거로 되어 있네. 이걸 언어의 발전사로 한번 되새겨보기로 하지. 신화 시대도 과학 시대도 별게 아닐세. 언어의 사생아야. 사생아를 낳아서는 안 된다, 안 된다 하면서 많은 사생아를 낳아놓은 거야, 알겠나? 그런데 말일세. 지금 막 또 하나 색다른 사생아를 낳아놓을 듯이 딴 사관이 머리를 들고 있는 중이야. 사람이 언어의 명령에만 추종해오다 보니까 인간 자기 자신을 어디다 놓고 그만 잊어버리고 온 셈이 된 거지. 즉 언어는 점점 집단 체제를 갖추면서 인간 내면 세계를 규격화해놓았다 그 말일세…… 이건 우문우답 같은 얘긴데 자네 용모와 똑같은 그런 닮은꼴을 만난 적 있나?" 하고 주먹다짐을 하듯이 물어왔다.

우식 군은 얼마간 주춤해 있다가

"저 아직 그런 것까지는 생각해본 적이 없습니다" 하고 대답해주자

"생각해보나 마나 결과는 뻔한 거야. 38억의 인구를 다 뒤져봐도 자네 같은 사람은 단 한 사람도 찾지 못할 걸세. 인간 내면 세계도 마찬가지야. 저저마다 다른 세계를 갖고 사는 게 사람이니까. 그건 자기만이 옳다는 아집이라고 해두어도 좋고, 개성이라고 해도 좋네. 하나 언어의 집단 체제는 닮지 않은 꼴과 역시 닮지 않은 꼴을 맞붙여만 놓는다면 곧장 닮은꼴이 돼 나온다고 명령을 하고 있는 거야. 그러나 인간 내면 세계에서는 이 명령에 항거를 하기 시작한 거지. 즉 불신감을 낳아놓고 있다 그 말일세. 이게 조건 반사에서 오는 콤플렉스야. 이제 알아들었겠지?" 하고 K박사는 심호흡을 하는 것이었다.

그러나 우식 군의 뇌리에는 선아 그녀가 자리를 잡고 앉아 어떤 말도 받아들여주지 않고 있었다. 못 견디도록 초조감에 몰리면서

"그건 무슨 학설 같은 것 아닙니까? 그녀에게는 약이 필요합니다. 약……" 하고 따지고 들자 K박사는 좀더 유들유들한 자세를 취해 보이면서

"자네 그 말 알아듣겠네. 인간 육체는 아직 3차원 세계에 속해 있다 그런 얘긴데 병자에겐 아직 완전 의사, 완전 약 같은 것은 준비돼 있지 않다고 알면 되네. 의학사로 따져본다면 의학은 본능적 의료 요법에서부터 출발된 걸세. 다시 말해서 식욕이 내키는 대로 무어나 주워 삼키고 나서 복통이 나면 약 대신 목젖에 손부터 집어넣기로 되어 있었다네. 즉 구토를 일으켜 뱃속에 잡아넣었던 이물질을 손으로 후벼내는 그런 치료 방법이었지. 자네 이걸 뭐라는 건지 알겠나? 이물 개념(異物槪念)이라는 걸세. 이물 개념. 우리 병원 7호실에 들어 있는 환자 한 사람이 바로 이 이물 개념증에 걸려든 거야. 이 환자는 S대 법과를 수석으로 나온 법학도인데 말일세. 사법 고시를 3년간이나 내리닫이로 낙방을 했다나. 왜 그랬느냐니까 학기말 시험 때는 수업 실적 그대로 답안지만 채

위 내면 틀림없는 만점이었는데 정작 법전을 실생활에 적용시키다 보면 법철학과 법조문이 서로 딴 방향으로 엇갈리고 있다고 하지 않겠어. 법철학은 죄질을 경감 내지 해명하는 거로 법의 가치관을 내세우고 있는데 반해 법조문 자체는 형량을 묶어놓는 데만 목적을 두고 있다는 거야. 판례집을 들춰봐도 법 조항만이 판을 치고 있다잖아. 하는 수 없이 3년을 세 번 다 답안지를 백지로 냈다는 거지. 이래서는 안 되겠다는 생각이 들어 이번은 학기말 시험 그때의 그 시점으로 되돌아가 육법전서를 암송을 하기로 했다고 하지 않겠어. 그것도 다시는 안 봐도 된다는 다짐으로 암송을 끝낸 부분은 뜯어내어 불에 태워 물에 타 마시면서 말일세. 그런데 하루는 몸이 노곤하기에 법령집으로 얼굴을 덮고 잠이 들고 있었는데, 어쩌다 책갈피에 숨통이 막히면서 가사를 하는 순간, 그 순간적 찰나가 꿈으로 뒤바뀜을 하면서 자신이 고시장으로 달음박질을 쳤다는 거야. 그것도 숨이 턱에 닿도록 말일세. 이렇게 달리면서 주위를 살피다 보니 노변에 있는 어느 과수원 울타리 밖에 노동자 차림의 젊은 사내 하나가 남의 과일을 훔쳐 먹고 있더라는 거야. 이걸 본 7호실 환자는 대번 그 사내의 덜미를 잡고 '이 자식아! 남의 과일은 왜 훔쳐 먹지!' 하고 호통을 쳐주자 이 노동자가 하는 말이 '과수원 주인은 따로 있는데 네가 왜 끼어들지? 이거 썩 못 놓을까!' 하고 항거를 해오기에 이쪽에서도 마주 열을 올리면서 '나는 네 말대로 과수원 주인은 아니다. 그러나 너 가서 형법을 한번 뒤져봐라! 살인 현장을 보고도 못 본 체하고 지나치면 살인 방조가 되는 거다. 너 같은 경우도 마찬가지다. 도적을 보고도 그냥 지나치면 도적 방조자가 되는 거야!' 하고 한 번 더 꾸짖어주자 '너 사법 고시에서 낙방을 했다는 소문도 다 듣고 있었다. 그런 꼴을 하니까 낙방을 하는 거야. 이런 경우를 가지고 도둑이라고 하지는 않는 거다. 만일 굶어 죽게 된 아귀(餓鬼)가 남의 과일 하나쯤 따 먹고 생명을 되찾는 것과, 법조문이 두려워 못 먹고 죽는 것과 어느 편이 올바른 법이라고 생각하니? 너 같으면 어느 편을 취하겠느냐 그 말이다' 하고 7호실 환자를 깔아 눕히고 나서 올라타더니 '너 똑똑히 들어두어라. 네가 하는 식으로 법 해석을 한다면 이 세상은 전부 도둑으로 천반도배까지 다 하고도 남는다. 만일 한 사람의 상인이 천 원을 주고 사들인 물건을 2백 원을 얹어 1천2백 원에 팔았다 치자. 그 남은 2백 원은 훔친 거니? 이윤이니? 나는 말이다. 매년 이 과수원에 와서 품팔이를 하고 있다. 재수 좋은 날은 천 원도 받고 재수 옴 튼 날은 6백 원도, 8백 원도 받을 때가 있는 거야. 과수원지기와 나와 어느 편이 도둑이지?' 하고 발꿈치가 다 빠져나간 때 묻은 헌 양말 한 짝을 벗어 들더니 '이런 자식은 다시는 입을 놀리지 못하도록 목구멍을 땜질을 해놔야지!' 하고 그 고린내 나는 양말짝을 뭉쳐 목젖 너머로 밀어 넣더라는 거야" 하고 K박사는 자리를 뜨며

"이 환자가 가사에서 풀려난 지 사흘 후 일일세. 환자더러 퇴원계를 내라니까 환자를 치유도 하기 전에 퇴원부터 시키는 병원도 다 보겠다면서 목구멍에 박혀 있는 양말목이나 뽑고 나거든 그때 퇴원을 해도 되지 않느냐고 버티면서 벌써 한 달째나 드러누워 입에서 양말목을 후벼내는 시늉을 하고 있는 거지. 직접 자네 눈으로 한번 이물 개념을 확인해보는 것도 좋지 않을까!" 하고 남은 응하기도 전에 K박사가 먼저 연구실을 나서는 것이었다. 우식 군은 엉겁결에 K박사를 따라 7호 병동실을 들어섰다.

환자는 K박사의 말대로였다. 침대 위에 반쯤 기대앉아 양쪽 손으로 어비적대면서 입에서 무엇을 뽑아내는 시늉을 하고 있는 것이었다.

"댁은 지금 무슨 작업을 그렇게 열심히 하고 있습니까?" 하고 우식 군이 묻자

"걸 몰라서 묻소? 나는 지금 내 목구멍에 끼어 있는 양말목을 풀어내는 중이오. 당신 좀 도와주지 않겠소?" 하고 좀더 신이 나서 손장난을 치는 것이었다. 우식 군은 곧 얼굴을 돌리고 7호 병동실을 나섰다.

우식 군 자신도 예외는 아니었다.

"일은 제대로 맞아떨어지고 있군그래. 그렇지! 그녀와 내가 결혼을 할 게 아니라 7호실 환자하고 선아하고 중매를 서줘야지!" 하고 쿡쿡대면서 그녀가 들어 있는 병동 3호실을 들어섰을 때는 그녀는 이미 잠에서 깨어 벽에다 등을 비껴 대고 침대 위에 앉아 있었다.

"좀 어때!" 하고 묻자 환자는 피식피식 웃으면서

"누가 뭐랬어요. 잠 좀 잔 것뿐인데 왜들 그러죠? 저는 막 집으로 돌아가려던 참인걸요" 하고 뭔가 주섬주섬 찾아 짐을 챙기는 시늉을 했다.

"돌아가도 좋겠지. 선아는 병인이 아니니까 말이야. 허나 이왕 온 길인데 치료도 좀 받는 척해야 의사 선생 보기에도 체면이 설 게 아냐!" 하고 달래주었다.

그러자 그녀는 우식 군의 목을 끌어안으면서

"당신의 소원이라면 그러기로 하겠어요. 그러나 제가 입원했다고 환자 취급은 안 하기로 하는 거죠? 분명 그래주기로 약속하는 거예요. 다음부터는 저도 남이 하는 대로 할게요. 빨래도 하고, 그럼 됐죠?" 하고 탄력 있는 대화를 건네왔다. 우식 군도 그녀의 허리를 끌어안아주면서

"듣던 중 반가운 얘긴데그래. 꼭 그렇게 해주는 거지, 그렇지?" 하고 한 번 더 다져묻자 그녀는 얼굴을 뒤틀어 보이면서

"바보, 쪼다!" 하고 감았던 팔을 풀면서 눈물을 떠올리는 것이었다.

며칠 후 그녀의 발은 그녀를 데리고 병원을 탈출했다.

이번은 S계곡으로 가지 않았다. 그녀를 끌고 구암리(鳩岩里) 나루터로 가 그녀를 물속에 처넣은 것이었다.

한갑수의 얘기를 다 듣고 난 박 기자는 비굴할 정도로 조소를 던져오면서,

"선생님! 그건 한 사람의 얘기만은 아니군요. 뒷골목을 쓸고 다니는 미아 같은 얘기들을 주워다 모자이크를 해놓은 것 아닙니까? 낙수(落穗)를 줍고 다니는 인간 자세는 어디까지나 표절에 속해 있습니다. 그러고도 죄책감을 느끼지 않으세요?" 하고 앞가슴을 확 내미는 시늉을 했다. 한갑수는 얼마간 퇴영성 질환에 몸이 빠져드는 시늉을 하고 있다가

"자네는 여전히 직업의식을 행사하고 있군그래. 자네가 월남 전선에서 전사했다는 건 오보라면서? 그러니까 오늘도 역시 기자의 자격으로 취재차 왔다 그 말 아닌가? 허나 너무 흥분하진 말아주게. 나는 지금 자네 입에서 그런 반격이 나오도록 유도를 해온 걸세. 죄책감! 죄책감······" 하고 겁에 질린 얼굴을 지어 보이면서

"그건 나 한 사람만은 아니지 않을까? 이 세상엔 죄인 아닌 사람이 없듯이 완전 범죄는 없다 그런 얘긴데 그렇다면 우리 도스토옙스키의 『죄와 벌』을 놓고 한번 생각해보기로 하지. 나도 한때는 그 작품을 천의무봉이라고 경의를 표해왔던 거야. 하지만 따지고 보면 그것도 범죄미수 같은 것 아닐까? '라스콜리니코프'란 단일 유형을 통해서 자신의 죄의식을 털어놓았다 뿐이지, 작품의 여타의 부분은 역시 모자이크야. 언어의 표현력을 사용하는 한은 말일세. 자네 지금 나더러 모자이크 운운하고 반격을 가해왔지만 그건 말일세. 현대의 물리학은 3차원 세계를 넘어서고 있는 데 반해 인간을 현대 윤리관으로 따진다면 우리는 역시 3차원 세계의 사이클 속에 갇혀 살기로 마련이야. 자네야말로 남이 씹다 버린 것 같은 얘기를 되씹는 시늉은 그만 하게. 조직공학이라면 몰라도······" 하고 갑수는 나무라주었다. 박 기자는 여전히 발랄한 자세

를 취하면서

"선생님, 그건 너무 비약을 하시는군요. 조직공학은 또 뭡니까?" 하고 여전히 엇갈리는 소리를 했다. 한갑수는 좀더 저자세를 취해 보이면서

"박 기자가 끝내 그렇게 대해온다면 내가 먼저 고백해둘 얘기가 있네. 지금 박 기자와 나와의 대화에서 내 얘기는 한마디도 들어 있지 않은 거로 되어 있네. 남이 쓰다 버린 얘기를 주워섬기면서 아집을 부려본 것뿐이야. 얘기를 한 번 더 강조해보겠네마는 이것 역시 앞의 수기에 나온 K박사의 논리를 내 나름대로 한번 분석을 해본 데이터라고만 알고 들어주게. 한 사람의 두뇌가 알면 얼마나 알고 위대하면 얼마나 위대하겠나. 기껏해야 20만 개의 뇌세포를 가지고 나오기는 너나 나나 매한가지야. 내 말은 딴 얘기가 아닐세. 한 사람의 두뇌만을 가지고 장님 코끼리 다리를 어루만지듯 인간을 주물럭대고만 있을 게 아니라 만인의 두뇌를 한데 한번 묶어보자 그런 뜻일세. 다시 말해서 3차원 세계를 한번 넘겨놓고 보자는 거지. 무어가 되나 보게. 하긴 도깨비 중에는 머리를 열두 개나 갖고 다니는 놈이 있다면서……" 하고 갑수는 호주머니로 손을 가져갔다. 담배를 더듬고 있는 것이었다. 박 기자는 갑수 앞으로 부쩍 더 다가서면서

"그것 말이 뒤바뀌고 있군요. 환자 그녀를 완인 세계로 인도를 해주자 그 말씀 아닙니까?" 하고 가차없이 반격을 해왔다.

"사람도 어설프긴…… 완인은 3차원의 장벽에 갇혀 사는 사람들 아냐? 남의 걸 훔쳐먹고도 배를 내미는 인간형 말일세. 어쩌다 남의 양말목을 주워 먹었는지는 모르지만 먹은 양말목을 풀어내는 환자를 보면서 그래. 언어의 명령에만 복종하던 육체를 말일세. K박사의 얘기가 있잖아. 이물 개념 말이야, 이물 개념" 하고 간신히 말을 이어갔다. 그러나 박 기자는 갑수의 얘기 따위에는 귀도 줄 생각을 않고,

"이물 개념은 또 뭡니까?" 하고 흐트러진 넥타이를 바로잡고 있었다. 한갑수는 광기 어린 눈으로 박 기자를 노려보고 섰다가

"박 기자! 올 적마다 넥타이는 왜 매고 다니지? 왜 목을 졸라매고 다니느냐 그 말이야!"

하고 예의 이질적인 대화를 건네자

"이 넥타이 말입니까? 이건 현대인의 에티켓에 속해 있습니다. 선생님을 방문하기 위해 정장을 하고 온 것 아닙니까!" 하고 여전히 넥타이를 바로잡고 있었다.

"에티켓 좋아한다. 에티켓……" 하고 갑수는 곧 박 기자의 넥타이를 낚아챘다. 넥타이는 우지직 소리를 내면서 풀려나갔다. 박 기자는 울상을 하면서

"선생님, 이거 너무하시잖아요. 넥타이가 어쨌다고 그러시는 거죠?" 하고 항의를 해왔다. 마주 대들 듯이 그랬다. 갑수는 한참 허파가 찢어지도록 웃고 나서

"우리말로 하면 이건 넥타이가 아니고 대님이야. 방풍을 하기 위해서 발목을 졸라매고 다니던 대님이라 그 말일세. 땀을 흘리면서까지 목에다 왜 대님을 하고 다니지? 똑똑히 들어두게. 자네는 에티켓을 찾고 있지만 자네 육체는 숨통이 막혀와서 이걸 항거하고 있는 중이야. 그게 자네 자신이다 그 말일세" 하고 광기를 발했다. 박 기자도 눈이 충혈이 되면서

"선생님, 사람대접이 기껏 이겁니까?" 하고 부썩 다가섰다. 그제야 갑수는 흥분이 푹 꺼지면서

"어쩌다가 내가 잘못했네. 용서하게. 이건 나 자신이 한 짓이 아닐세. 선아의 발이 하듯 내 손이 한 짓이니까 고깝게 생각지 말고 어서 받아두게!" 하고 넥타이를 되돌려주었다. 박 기자는 떨리는 손으로 넥타이를

받아 들긴 했으나 이번은 목에 매지 않았다. 호주머니에 되는대로 구겨 넣고 새장 문을 치고 횡하니 빠져나갔다. 한갑수는
"박 기자, 나 좀 보게! 나 좀 보자니까!" 하고 뒤를 따라나서다 발을 헛짚고 보기 좋게 나뒹굴었다.

낮에 보는 꿈이었다. 그나마 앉아서 꾼 꿈이었다.

후기

대작들의 생산기술을 어디 두고 있느냐고 물어온다면 나는 창작이다, 창조다 하는 것 같은 거창한 말 대신 해묵은 언어에 생활 감정을 조립하는 것으로 작가 수업을 하고 있다고 하겠다. 그 이유를 언어생활의 관습에서 찾아본다면 한유는 인생을 '희(喜), 로(怒), 애(哀), 구(懼), 애(愛), 오(惡), 욕(慾)' 칠정으로 분류를 했고, 그 칠정을 다시 '상정, 중정, 하정' 등 정삼품으로 나누어놓았다. 나는 처음 한유의 인생론을 시답잖게 여기면서도 일변 놀라지 않을 수가 없다. 좋게 말해서 우연의 일치라고나 할까. 그 옛날 고색창연한 한유의 정삼품설이 어쩌다 현대 천문학설과 일맥상통한 데가 있다. 즉 천문학에서는 태양광선을 칠색으로 잡고, 이 칠색 중에서 단 한 색이라도 균형을 잃고 어느 한쪽으로 치우친다면 우주는 적색일변도가 된다는 것이다. 한유의 정삼품설도 마찬가지의 뜻을 내포하고 있다. 인간 칠정이 완전 균형을 지으면 상정을 이루면서 인성이 성인으로 나타나주고, 칠정 중에서 정 하나만 빗나가도 중정을 이루면서 인성이 현인으로 나타나주고, 칠정이 전부 무너져 버리면 그때는 인성이 악인으로 나타난다고 했다. 만일 우리 문학 작품에다 이 한유의 정삼품을 가져온다면 상정으로 쓴 작품은 역작이 될 게고, 중정으로 쓴 작품은 가작이 될 게고 하정으로 쓴 작품은 태작이 된다는 뜻도 되겠다. 이 얘기가 너무 비속한 비유라고 웃어버릴는지도 모를 일이다. 허나 여기에는 하나의 부인 못 할 준엄한 문제가 가로놓여 있다. 문학작품의 생산 과정은 낭만주의니, 사실주의니 하는 것 같은 어느 기법이 맡아주는 게 아니고, 어디까지나 작가의 인성 자체가 작품을 판가름하고 있다는 사실이다. 문학은 먼저 독자에게 인간 열쇠를 찾아주어야 했다. 그러나 현대문학 자체는 작가에게 퇴적 더미 같은 습성을 강요해왔을 뿐 별 진로를 제시해주지는 못했다. 그저 고식지계로 '문학은 사실주의 문학이어야만 한다! 내 문학은 제3인간형이다' 하고 기법만을 업명으로 삼아왔다. 그러나 문학 정신의 정수와는 정반대로 작품 자체는 사실주의를 위한 사실 묘사에 떨어졌거나 아니면 시정소설로 전락하기가 일쑤였다. 그러고도 모자라서 '내 문학은 선(善)의 문학이다' 하고 캐치프레이즈를 떠메고 나서는 사람까지 있었다. 이 '선'이란 말을 한번 역산해본다면 서기전 289년대에 대두한 맹자의 성선설 계열이 아니겠는가. 허나 순자는 성악설을 주창하면서 '선'은 윤리관의 소산이지 진실은 아니라고 했다. 이 말을 한 번 더 강조한다면 윤리관의 산물은 허위라는 것이었다. 그렇다고 성악설만이 옳다는 말은 아니다. 내가 보기에도 두 사람의 학설이 일방적이기는 매일반이라고 하겠다. 본래 인간은 '선'만으로 된 것도 아니요, '악'만으로 된 독립체도 아니다. '선'과 '악'을 동시에 영위하고 있는 것이 인간 본질로 되어 있다. 그렇다면 '선'의 문학 운운은 곧 허위와 직통을 하고 있는 게 아니겠는가.

나는 이 작품을 소설을 쓴다고 쓰지 않았다. 더욱 시를 쓴다고 쓰지도 않았다. 야인으로 돌아가서 내 얘기를 내가 쓰는 투로 씀으로 해서 현대문학 습성을 탈피해봤으면 했다. 작품에 나오는 구관조도 한갑수도 타인이 아니다. 내 체내에서 나와 함께 이단을 모의하고 있는 내 분신들로 돼 있다. 허나 분신 역시 예외는 아니었다. 모든 문학작품에서 하듯이 언어의 기능 한계선까지만 응해줄 뿐 그 이상은 표현을 해주지 않았다. 언어의 연기력이 모자랐는지는 모르지만……

인간은 공간을 벗어나보지 못하듯이 언어의 울타리를 영원히 벗어나보지 못하는 것으로 되어 있다. 문학도 마찬가지다. 남이 쓰다 버린 타인의 언어를 주워다 놓고 오늘도 대행 사무를 열심히 보고 있는 중이다. 내 서재에서도 타인의 대행 사무를 파기하지 않는 한은, 『구관조』의 작중 인물이 했듯 장님 과학에 눈을 달아준다고 나대던 김입삼 군이 자신의 마음에조차 눈을 달아주지 못한 채 사형장으로 끌려가듯이 주인공 한갑수도 어느 다리목에 놓고 온 자신의 인간 열쇠를 영원히 되돌려받지는 못할 것이다.

1979년 10월
허윤석

해설

백일몽, 그 결여의 존재론
— 허윤석의 『구관조』 다시 읽기

우찬제

1. 백일몽의 서사

"한갑수는 심장병 외에 또 하나의 딴 병을 지니고 살아왔다. 밤마다 구관조의 꿈을 보는 그런 병이었다"는 문장으로 시작하는 『구관조』는, "낮에 보는 꿈이었다. 그나마 앉아서 꾼 꿈이었다"는 문장으로 끝난다. 이런 시작과 끝의 짜임새를 바탕으로 우리는 이 소설이 낮에 꾸는 꿈 그러니까 백일몽과 관련되고, 그 꿈이 병적인 어떤 것과 연계된다는 생각을 해볼 수 있다. 과연 『구관조』는 온갖 백일몽들로 일렁이고 각종 질환과 상처의 흔적들로 술렁거린다. 병적인 꿈의 출몰로 현실과 비현실, 혹은 현실과 환상 내지 망상의 경계가 흐릿해지고 이야기의 선조적 진행도 곤혹스럽게 된다. 이야기의 인접성 장애나 유사성 장애 현상도 빈번하게 발생한다. 일그러진 은유나 어긋나는 환유로 독자들의 독서 공간은 교란을 면치 못한다. 작가나 서술자, 텍스트 안의 인물이나 텍스트 밖의 독자 모두

이야기 세계와 관련된 소망 충족의 지연을 경험하게 된다.

이런 상황에서 한국적 근대의 비극적 주인공 한갑수가 탄생한다. 그는 식민지 조선에서 태어나 정치·경제적 질곡과 문화적 혼돈, 그리고 신체적 정신적 질환을 겪는 인물이다. 소설 안에서 작가인 그는 실존적 존재로서는 물론이려니와 예술가로서도 자기 소망 충족의 지연을 부단히 경험해야 하는 인물로 그려진다. 거듭된 지연과 차연 속에서 그는 극도의 불안과 자기 분열을 경험한다. 이런 인물에 대한 심리적 분석을 통해 작가는 대단히 실험적인 소설 한 편을 빚어낸다. 자기 분열의 극한에서 자기 죽임을 통해 순교적 자기 인식의 지평에 이르려는 한 인물의 분열적 이야기를 통해서 존재 탐문과 진실 발견의 곤혹스러운 가능성을 탐문하고자 한 것이다.

『구관조』의 작가 허윤석은 1915년 경기도 김포에서 태어났다. 1935년 『조선문단』 25호에 「사라진 무지개와 오뉘」를 발표하면서 등단한다. 이때 『조선문단』은 작품 뒤에 「허윤석 군의 영부인」이라는 제목의 기사를 통해 신인의 프로필을 간략히 소개한다. 경성 중동학교에서 수학하고 동경으로 가려다가 집안 형편으로 포기한 다음 와세다 대학 문학 강의와 문예춘추사의 문예 강좌 및 세계문학전집을 사다가 문예 연구를 한 신인이라고 했다. 특이한 것은 "김우철 정서죽 등과 같이 기분에 날뛰며 '프로문학' 운운하던 분으로 지금은 모든 것을 청산하고 문학 연구와 창작으로 일삼는"다고 한 대목이다. 그리고 동경의 여자대학과 북경의 대학에서 수학한 바 있는 모던 걸인 부인이 문학에 관심이 많아 허윤석과 결혼한 다음 남편의 문학을 위해 정성껏 내조하고 있다고 적었다. 부인의 에피소드는 그렇다 치더라도 프로문학 운운한 대목은 허윤석의 문청 시절의 단면을 짐작게 하는 좋은 자료가 된다.「유두」「수국(水菊)의 생리」「옛마을」「해녀」「길주막」「해협」 등을 발표하면서 백철 등으로부터 감각적이고 낭만적인 문체로 토속적 서정을 그리는 작가라는 평을 받았다. 해방 건국기에는「하일(夏日)」「감각파(感覺派)」 등의 시를 발표하기도 했다. 그의 대표작으로 알려진 장편『구관조』는 1966년「구관조」(『문학』), 1973년「초인:『구관조』2부 1장」(『문학사상』), 1974년「타인을 대행하는 두뇌들:『구관조』2부 2장」(『현대문학』)을 발표한 작가가 단편 몇 편을 다시 결합해 모두 12장으로 1979년에 장편으로 간행한 소설이다.

작가의 전기적 정보에 따르면 허윤석은 1951년(37세)에 고혈압으로 발병한 이후 척수간판 탈출증, 중추신경 기능 마비, 퇴행성 질환, 정신분열증 등 심신의 만성 질환으로 고통 받다가 결국 1995년에 뇌졸중으로 타계했다. 그러니까『구관조』는 그런 만성 질환과 싸우며 실존적인 고통과 고뇌를 담아 쓴 소설로 보인다(소설에서 주인공 한갑수는 "저는 한 15년간 시체로 있었습니다"(p. 111)라고 말하는데 이는 곧 작가의 전기적 상황과 호응된다). 이 소설을 간행하면서 작가는 "나는 이 작품을 소설을 쓴다고 쓰지 않았다. 더욱 시를 쓴다고 쓰지도 않았다. 야인으로 돌아가서 내 얘기를 내가 쓰는 투로 씀으로 해서 현대문학 습성을 탈피해봤으면 했다. 작품에 나오는 구관조도 한갑수도 타인이 아니다. 내 체내에서 나와 함께 이단을 모의하고 있는 내 분신들로 돼 있다. 허나 분신 역시 예외는 아니었다. 모든 문학작품에서 하듯이 언어의 기능 한계선까지만 응해줄 뿐 그 이상은 표현을 해주지 않았다"(「후기」)라고 적었다. 리얼리즘이 인간의 생리를 너무 무시한다면서 리얼리즘에 대한 염증을 종종 토로하기도 했던 작가가, 분열적인 자신의 이야기를 낯선 방식으로 쓰면서 새로운 문학의 지평으로 나아가고자 했던 것이다. 소설에서 주인공 한갑수는 "육안으로 볼 수 없는 곳에 인간이 깃들어 있다"(p. 179)고 강조하고 있거니와, 작가 허윤석은 자신이 경험하거나 관찰한 세계에 평면적인 거울을 들이대기보다는, 경험과 관찰을 주관하는 의식이 균열되는 비좁은 통로의 심연에서 혼란스러운 자의식과 무의식의 오믈렛들을 탈주의 서사로 엮어내고자 했던 것이 아닐까 싶다. 그 탈주는 주로 백일몽을 통해 혼돈스럽게 이루어진다. 그런 면에서 소설 『구관조』는 지독한 백일몽의 서사다.

2. 철의 새장에서 꿈꾸기

주인공 한갑수에게 있어서 꿈은 실존을 위한 절박한 조건이다. "나는 이 꿈으로 산다니까. 낮에는 눈을 뜨고 앉아 잠을 자고, 밤이면 눈을 감고 누워 꿈으로 사는 거라니까"(p. 190)라고 말하는 그의 전언은 결코 위장된 포즈에 그치는 것이 아니다. 또 서술자는 이렇게 전한다. "꿈으로 생활을 영위하다시피 하고 있는 갑수에게 있어서는 꿈이 산소 호흡과 같은 작용을 하고 있는지도 모를 일이었다."(p. 225) 한때 매우 감각적인 소설을 쓰기도 했지만 이제 그는 이렇다 할 소설을 발표하지 못한다. 그래서 소설가이기도 한 젊은 박 기자로부터 힐난을 받기도 한다. 서사적 현재의 시간에 한갑수는 "피부와 신경의 음모에서 오는 퇴화 현상"(p. 50) 때문에 속절없어 하고, 자신의 삶이 "쓰레기 같은 생활"(p. 51)임을 토로하기도 한다. 그리고 그렇게 된 원인을 탐문하는데 골몰한다. "……어디서부터 시작됐을까? (중략) 기원을 찾기 위하여 그 많은 분신을 해왔고 전무후무한 숫자놀이를 하고 있는 것이었다."(p. 51) 이때 그 분신 놀이가 꿈을 통해 이루어지는 것은 물론이다. 그리고 그 꿈은 주로 구관조의 새장이나 감방에서 현시된다. 대부분의 이야기들이 새장이나 감방에서 전개되고 있을 뿐만 아니라, 소설 앞과 뒤에 한갑수의 서재가 공간으로 제시되긴 하지만 그 또한 갇힌 감옥의 이미지로 유추되는 형국이기 때문이다.

일제 말 친일 지주의 아들로 성장한 한갑수는 열여덟 살 무렵 총독부 관료의 여인이었던 아키코와 치명적인 간통을 한다. 이때 아키코로부터 받은 것이 구관조 한 쌍이다. 한갑수의 새장에서 자라던 구관조 수컷이 죽자 암컷은 한갑수를 살해 혐의로 고발한다. 이에 법정에서 재판을 거쳐 한갑수는 27호 감방에 수감된다. 구관조 살해 혐의로 기소되고 수감된다는 설정도 이미 비현실적이거니와, 법정에서 때로는 한의 시체가 피고석에 누워 재판을 받기도 하고, 그 시체와는 별도로 법정의 맨 뒷자리에 앉아 얼굴을 반쯤 가리고 울고 있는 한갑수의 모습이 제시되는가 하면, 때로는 젊은 한갑수가 피고인석에 서기도 하는데, 이렇게 기본적으로 현실과 환상을 넘나들면서 이야기가 진행된다. 젊은 한갑수에서 시체에 이르기까지 다양한 한갑수의 분신이 법정에 선다는 설정은 곧 한갑수의 존재 전체를 법정에 세운다는 것과 같은 의미이다. 전적인 자기 고발, 자기 심문의 형상이다.

그렇다면 왜 한갑수라는 인물은 그토록 도저한 자기 고발과 자기 심문을 단행하는가. 서둘러 대답하자면 자기를 알 수 없기 때문이다. 감방에서 한갑수는 방장에게 "방장님 자신이 누구인지나 알고 계시느냐 그 말입니다. 방장님은 보시나 마나 나는 나다! 나는 나 자신으로 산다 하고 안이한 생각을 하시겠죠. 그렇죠?"(p. 241) 하고 반문한 바 있거니와, 그 자신 매우 절박하게 자기를 알 수 없음을, 자기를 발견할 수 없음을 고백한다. 육십 고개를 넘어서면서도 "저는 제 자신을 발견하지 못했습니다. 내 인간은 고사하고 어리친 개새끼 한 마리 얼씬하지 않더군요. 이번만은 꼭 내 자신을 붙들어 놔야겠다고 생각하면 역시 그놈이 그놈이고, 또 그놈이 그놈 아니겠어요. 인간이 꼭 이래야만 한다는 윤리관의 정설을 주장하는 것은 아닙니다. 허나 제가 만나본 제 자신은 전부가 협잡배뿐이더군요"(p. 241)라고 말하고 이미 자신의 삶이 "쓰레기 같은 생활"(p. 51)이라고 언급한 바 있거니와, 이와 같이 쓰레기 같은 협잡배 의식은 소망스러운 삶의 지평에 다가가지 못한 지난 삶 전체를 병적인 것으로 받아들이게 한다. 혹은 병적 의식에 갇혀 있다. 그러니 그가 수감되어 있는 감옥은 실재하는 감옥이라기보다는 차라리 유폐된 의식의 감옥에 가깝다. 그 감옥은 막스 베버가 언급한 바 현대 사회의 온갖 제도들에 의한 철의 새장보다 더 수인을 옥죄는 어떤 것이다. 베버의 철의 새장에서 인간은 좀처럼 빠져나가기 어렵다. 한갑수가 갇혀 있는 유폐된 의식의 새장은 더욱 가혹하다. 자유와 해방의 지평은 그의 편이 아니다. 그는 언제나 배반과 억압만을 체험하고 좌절할 따름이다.

그런 형상에 대한 좋은 비유로 우리는 「초인」에 제시된 누에고치 삽화를 들 수 있다. 어린 갑수는 월매와 함께 산잠(山蠶) 치는 광경을 본 적이 있다. 뽕을 먹던 누에들이 "머리를 휘휘 내저으면서 명주실을 뽑아 그물코를 잡아 묘한 집을 짓"(p. 242)는 모습을 보면서, 어린 갑수는 그 누에들이 고치 안에 갇혀 영락없이 죽을 것이라고 생각한다. 그런데 놀랍게도 며칠 안 되어 누에고치 속에서 흰 나방들이 쏟아져 나오기 시작한다. 이때 그는 이렇게 생각한다. "이거야말로 멋진 승화 아니겠어요. 기어다니던 버러지가 천사처럼 날아다니니 말입니다. 그뿐입니까. 이번은 나비들이 떡갈잎을 먹는 게 아니었습니다. 꽃술에 앉아 꿀을 빨아먹는 게 아니겠어요."(p. 242) 땅을 기면서 갈잎을 먹는 누에와 하늘을 날면서 꿀을 먹는 나비 사이의 대조가 어린 갑수에게 현묘한 승화처럼 비쳤던 것이다. 그러나 이내 그는 크게 실망하고 만다. 나비가 다시 알을 낳고, 그 알이 다시 성충이 되고, 나비가 되고 다시 성충이 되고 하는 허망한 윤회의 사슬로부터 결코 자유로울 수 없음을 발견한 까닭이다. 이때의 충격이 그의 무의식으로 적층되어 다음과 같은 비극적 세계관의 발화를 낳는다. "승화가 무슨 승화입니까. 버러지는 역시 버러지 그대로 남았습니다. 인간 사회도 그런 거 아니겠어요."(p. 243) 승화는 없다! 이것이야말로 한갑수로 하여금 속절없는 철의 새장에 갇히게 한 본원적인 증후이다. 그러니 어쩌겠는가. 예의 새장 안에서 꿈을 꾸는 수밖에. 그것도 지독한 백일몽을 말이다.

3. 불안의 심연과 분열증

철의 새장에 갇힌 존재의 나날은 불안의 연속으로 점철된다. 이 소설의 근원적인 분위기는 이런 것이다. "새장 안은 무거운 침묵이 깔려 있었다. 구관조의 신음 소리도 들리지 않았다. 어딘지 모르게 모든 문제가 끝장이 났다는 불안감이 안겨왔다."(p. 70~71) 세계 파국의 불안은 존재의 극한 체험임에 틀림없다. 그만큼 한갑수의 불안의 심연은 깊고도 아득하다. 하고 보니 차라리 한갑수에게 불안은 친숙한 체험이다. 피할 수 없는 속절없는 불안 체험의 과정이 피하고 싶은 기괴한 것을 친숙하게 했을 터이다. 그렇다면 다시, 그의 불안은 어디에서 오는가. 분리와 분열과 관련된다. 지주의 아들로 태어난 그는 어머니로부터 분리된 채 유모의 젖을 먹고 자랐다. 구강기로부터 분리 불안을 적층했을 터이다. 어머니의 젖과 유모의 젖 사이에 분열적인 존재로 자란 그는 조모의 시중을 들던 하녀 월매의 가슴에 고착되는 양상을 보이기도 한다. 물론 유아기적 고착에서 성에의 눈뜸으로 성장하는 경로를 약간 보이기도 하지만, 고착적인 성격이 강한 편이다. 「축제」에서 매우 심각한 모성 고착 증세를 보이는 사형수의 모습은 곧 한갑수의 유년기 모성 고착의 분신을 극화한 장면에 다름 아니다. 또 고려장 이야기의 변이 형태이기도 한 산대마을 '곰' 이야기는 모성 고착의 윤리적 승화 가능성을 탐문하기 위해 가져온 삽화처럼 보인다.

유년 시절 월매와의 경험과 청년 시절 아키코와의 경험 사이의 대조도 그로 하여금 분열증을 낳는 기제가 된다. 월매의 가슴은 어머니의 그것을 대치한 것이었다. 가족 구조상 아버지를 대리하는 할머니의 규율 때문에 월매와의 관계에서도 어린 갑수는 오이디푸스 콤플렉스를 느낀다. 억압된 리비도는 아키코와의 관계에서 분출된다. 아키코와는 확실하게 육체의 다리를 건너면서 죽음 충동처럼 관계를 맺는다. 그런데 앞에서도 언급했듯이 아키코는 일제 총독부 고위 관료의 여인이다. 아키코가 자신의 아이를 임신했다는 소식을 편지로 전해들은 그는 분열상을 체험한다. "이 자식 일본 군국주의 자만 되어보아라. 나는 네 목부터 칠 테다"(p. 220)라며 "사명 분석도 발상도 없는 애국 운동"에 휩쓸린다. 때로는 건달패도 되고 때로는 애국자도 되고 했다고, 한갑수가 술회하고 있거니와, 영락없는 분열증이다. "갑수가 외국 땅에서 이국 여성의 육체를 깔아뭉개고 나대면서도 『자본론』만은 잊지 않고 읽었으니까 말이다."(p. 227)는 대목에서도 확인할 수 있듯이, 한갑수는 스스로도 받아들이기 어려울 정도로 모순적이고 분열적인 삶의 경로를 거친 것이다. 친일 지주의 아들과 사회주의 사이에서, 혹은 친일 가문의 굴레와 민족주의 사이에서, 그는 분열적인 존재로 불안을 체험할 수밖에 없었던 것으로 보인다.

이와 같은 유년기, 청년기의 체험은 작가가 된 중장년기에도 영향을 미친다. 분열적 근대인의 정치적 무의식을 보이는 그는 혹독한 현대의 악순환 속에서 속절없이 철의 새장에 유폐된다. 그런 측면에서 보면 「증인 신립」에서 주인공의 주치의 닥터 우가 하는 말은 매우 의미심장하게 다가온다. "정신분열증도 사회병 아닌가?"라는 한갑수의 말에 닥터 우는 "시대에 얽매여 있으면서도 안 그런 척하다 생기는 병을 시민 질환(市民疾患)이라고 하는 거야. (중략) 자네 인간을 감당해줄 만한 자신의 신을 발견하지 못하는 데서 온 신경쇠약 같은 거야"(p. 62)라고 말한다. 먼저 시대에 얽혀 있으면서도 안 그런 척하다 생긴 병이라고 했다. 질곡으로 점철된 근현대기를 살아오면서 한갑수는 앞서 살핀 분열적 상황으로 인해 시대와 불화할 수밖에 없었다. 박정수가 이를 전향자의 심리적 외상 증후로 파악한 바 있는데, 그런 외상 때문에 그는 시대나 현실과 정면에서 마주치지 못한 채 불안해야만 했다. 또 자신의 신을 발견하지 못한 데서 온 신경쇠약이라고 닥터 우는 말했다. 누에고치 삽화에서도 보았듯이 비극적인 세계관을 견지할 수밖에 없었던 한갑수에게 '숨은 신'이 지상에 남기고 간 마지막 빛줄기도 비쳐들지 않았던 것이다. 게다가 육체적 질환으로 인해 15년간을 거의 죽어지내다시피 했던 사정까지 고려하면, 한갑수의 불안의 늪을 가늠할 수 있게 된다. 그와 같은 불안 양상은 「무서운 대결」에서라면 죽음과 마주하며 대결하고 있는 사형수들의 극단적인 불안과 고통으로 극화된다. 아울러 「분신과의 대화」에서 박 기자와의 대화를 통해 드러나는 것처럼 작가로서도 불안하기만 하다. 상업주의 물결 속에서 진정한 문학에 대한 추구가 외면당하는 상황이기 때문이다. 이래저래 한갑수는 불안한 존재이다. 그의 존재론적 결여나 결핍은 깊고도 넓다. 그 결여가 불안을 낳고 또 백일몽을 낳고 나아가 백일몽의 서사를 낳는다.

4. 마음의 열쇠를 찾아서

그러니까 허윤석이 형상화한 한갑수라는 인물은 결여의 공간에 존재한다. 있는 자리에 없고, 없는 자리에 있는, 역설적인 존재이다. 있는 자기를 죽이고, 없는 자기를 살린다. 살아서 죽고, 죽어서 산다. 그가 보이는 온갖 분신 놀이와 백일몽은 그런 형국이다. 자기 죽임을 통해 자기 치유의 가능성을 가까스로 모색하려는 모습이다. 자기 존재 안에, 자기 몸 안에, 타인의 고통을, 타인의 상처를, 세계의 허물을, 중층적으로 껴안고, 앓으면서, 죽음에까지 입사하면서, 웅숭깊게 결여의 존재론을 탐문한다.

이러한 탐문을 위해 그는 온몸을 열어놓는다. 가령 그는 입이나 귀로 대화하는 것이 아니라고 했다. 피부로 대화한다고 했다. "피부였다. 바람이 밀어올리는 물이랑이 일렁이듯 고혈압에 이글대고 있는 피부가 이야기를 주고받았다. 아마 죽음을 직면한 사람이 공포감을 잊기 위한 하나의 수단 방법인지도 모를 일이다."(pp. 49~50) 죽음의 공포와 불안을 넘어서기 위한 방법이라는 설명까지 고려하면, 한갑수가 시도하는 피부 대화는 매우 도저한 것이다. 온몸으로, 피부로, 대화하면서 그는 양면적인 모든 것을 끌어안는다. 예컨대 "고혈압으로 해서 오는 항거의 세계"와 "저혈압이 될 때의 이완에서 오는 긍정의 세계"(p. 50)를 한 몸으로 체험하는 것이다. 그의 분신 내지 분열 놀이는 이렇게 몸의 작용과도 관련되는데, 그것은 나아가 주체의 해체와 타자로의 분열 놀이와도 연계된다. 「하수인의 변」에서 자기 생각을 드러내는 대목 중에 "인간은 저마다 무엇을 동경하면서 살아왔다. 그 점에 있어서는 한 자신도 마찬가지가 아니겠나!"(p. 190~91) 같은 경우, 통상적으로는 '나 자신도'라고 해야 하겠으나 자기를 타자화하는 방식으로 '한 자신도'라고 쓰고 있다. 이런 타자화 담론 전략은 여러 군데서 산견되는데, 작가는 그것을 인간의 사유와 언어 및 꿈의 속성과 관련하여 근본적으로 성찰한다. "우리가 사용하고 있는 용어는 곧 타인의 말로 되어 있다 그 말일세. 우리의 두뇌 관리도 마찬가지일세. 나 자신을 행사하는 게 아니고 타인을 대행하고 있는 거야. 인간이 현실을 벗어나지 못한다는 말도 곧 언어의 생활권을 말하는 걸세. 사람은 말의 명령에 의해서만 행동하고 있으니까. 꿈속에서까지도 말의 세계를 벗어나지 못하는 거로 되어 있네."(p. 379) 마지막 장의 제목이 「타인을 대행하는 두뇌들」이기도 하거니와, 주체와 타자 사이의 대화를 통해 "마음의 열쇠"(p. 177)를 찾아보려는 다채로운 수고는 『구관조』 전편을 통해 상당히 곡진하게 전개되는 편이다. 서술의 측면에서도 "동안으로 되돌아가고 있는 갑수의 눈에는 달무리에 구름이 덮이듯 눈물이 번지고 있었다."(p. 236) 같은 부분에서 확인되는 시간과 인물의 몰핑을 비롯하여 공간적 존재론적 몰핑 등을 다채롭게 전개한다. 다시 말해 시간의 과거와 현재, 공간의 안과 밖 혹은 여기저기, 꿈과 현실을 넘나드는 몰핑 기제를 통해, 다채로운 내적 독백이나 의식의 흐름을 흩뿌려놓고 있는 소설이라는 것이다.

　허윤석의 『구관조』는 리얼리즘이 중심 경향이던 1970년대 소설 동향을 고려할 때 매우 이채로운 소설임에 틀림없다. 외적으로 주어진 산문적 과제에 대한 대응의 서사가 우세했던 시절에 본격적으로 인간의 내면 세계를 탐문한 것은 의미심장한 일이 아닐 수 없다. 현상과 본질, 외적 풍경과 내면 정경, 현실과 소망 사이의 괴리라는 근본적 문제에 착목하여, 내면의 세계를 본격적으로 서사화했다는 점에서 세계문학의 보편적인 의미를 획득한다. 아울러 식민지와 전쟁을 혹독하게 체험한 한국 근대인의 비극적 내면과 심리적 외상을 극화했다는 점에서 한국문학의 특수성을 웅변한다. 20세기 한국인이 왜 그와 같이 고통스러운 결여나 결핍을 내면화해야 했으며, 어떻게 그토록 불길한 고통과 불안을 백일몽처럼 견디어야 했으며,

그럼에도 불구하고 그것을 넘어서 마음의 열쇠를 간절하게 응시하지 않으면 안 되었는가, 하는 무거운 질문에 대한 간곡한 서사적 탐문이 바로 『구관조』의 세계이다.